U1003188

国家古籍整理出版专项经费资助项目

文心雕龙解析

（上）

周勋初 著

凤凰出版社

图书在版编目（CIP）数据

文心雕龙解析 / 周勋初著. -- 南京 : 凤凰出版社, 2015.12（2018.3重印）
ISBN 978-7-5506-2211-1

Ⅰ. ①文… Ⅱ. ①周… Ⅲ. ①文学理论—中国—南朝时代②《文心雕龙》—研究 Ⅳ. ①I206.2

中国版本图书馆CIP数据核字(2015)第212322号

书　　名	文心雕龙解析
著　　者	周勋初
责任编辑	郭馨馨
出版发行	凤凰出版社(原江苏古籍出版社) 发行部电话025-83223462
出版社地址	南京市中央路165号,邮编:210009
出版社网址	http://www.fhcbs.com
照　　排	江苏凤凰制版有限公司
印　　刷	苏州市越洋印刷有限公司 苏州市吴中区南官渡路20号,邮编:215104
开　　本	718×1005毫米　1/16
印　　张	59.75
字　　数	784千字
版　　次	2015年12月第1版　2018年3月第2次印刷
标准书号	ISBN 978-7-5506-2211-1
定　　价	280.00元(全二册)

(本书凡印装错误可向承印厂调换,电话:0512-68180638)

周勋初

摄于2013年

时年84岁

目　　录

前　言

刘勰的生平

阅读《文心雕龙》，首先得对作者刘勰的历史有所了解。

刘勰的个人历史很简单，只有《梁书》的《文学传》中有记载，《南史》的《文学传》中也有同样的一篇传记，只是略有出入就是了。

进入二十世纪之后，古代文学理论的研究空前繁荣，《文心雕龙》是古代唯一的一部体系完整的文论专著，这就吸引了众多学者的关注。二十世纪六十年代，社会主义阵营发生分裂，中国强调独立自主，从而着力宣扬传统文化，《文心雕龙》开始得到重视。八、九十年代，更是名家云集，著述繁富，其间产生了许多年表与年谱，对刘勰生平的每一个环节都进行了反复的推敲。初学者读过正史中的传记之后，进一步阅读各家论述，或许会感到头绪纷繁，难于把握。牟世金撰《刘勰年谱汇考》，集合诸家之说，申述个人考辨所得，值得参考。[①] 杨明照修订《梁书·刘勰传笺注》，又作了大量的考证，对刘勰的历史作了新的考察。[②] 张少

---

① 牟世金《刘勰年谱汇考》，巴蜀书社 1988 年 1 月版。

② 首载《文学年报》第 7 期，1941 年；后经大幅改写，收入《文心雕龙校注》，中华书局（中华书局上海编辑所编辑）1959 年 1 月版；后经修改，发表于《中华文史论丛》1979 年第 1 辑；其后又作了大幅改写，载于《增订文心雕龙校注》本，中华书局 2000 年 8 月版。今即据《校注》本。

康继起，拟订了一份简表，吸收了台湾学者的一些成果，加上自己的精密论证，又取得了很多新的成果。[1] 读者如欲了解刘勰的生平大事，可以参看张少康的这一新表。

上述几家的考证，对于恢复刘勰的历史原貌作出了贡献，但还不能说已可成为定论。因为有关刘勰生平的历史记载材料太少了，各家论证时，势必要有很多假设和推论，这就不可避免地会留下一些不确定因素。

李庆甲作《刘勰卒年考》和《再谈刘勰的卒年问题》，引用了几位宋元时期僧人撰写的佛教历史典籍，中有关于刘勰出家年代的记载；他还依据正史合传以传主卒年为序的惯例作出推断，又把刘勰的出家与萧统之殁联系起来，把刘勰之死定在中大通四年(532)，这就把过去许多学者所定的年代延后了很多年。[2] 李庆甲在刘勰生平研究问题上起到了很大的推动作用，杨笺、张表就是在此基础上续作论证的。但是这种新说也有其根本的缺憾，因为僧徒的历史著作一般都不遵循中国史官的传统规范，常是为了扩大佛家影响而编造史实。中国正史的著述首重政治军事等方面的重要人物的事迹，文学方面的记载常嫌简略，著述态度也每嫌不够严谨，因此纯依《梁书·文学传》中人物的先后顺序考刘勰生平，也非绝对可靠。上述佛教历史典籍的产生年代上距齐梁已有五六百年之久，其中对萧统与刘勰的相关记载更是纷纭不一，遽难令人信从。穆克宏曾引其中的首出之作南宋释祖琇《兴隆佛教编年通论》之说，申论之曰："这里，把昭明太子萧统的卒年定于大同三年，显然是错的。萧统卒于中大通三年。这段记载是先述萧统去世，然后旁及东宫通事舍人刘勰，并不是刘勰的变服出家是在萧统卒后。

---

① 张少康《刘勰及其〈文心雕龙〉研究》，见第一章《刘勰的家世、生平和思想》，北京大学出版社 2010 年 9 月版。

② 二文载《文心雕龙识隅集》，上海古籍出版社 1989 年版。

由于有的研究者对这段记载的误解，引起了许多讨论，实难以令人信服。再说，这段记载只是在《梁书·刘勰传》的基础上编写成的，编者并没有掌握任何新的资料，怎么能够提供刘勰卒年的新证据呢？没有新证据，又怎么能够得出新的结论呢？因此，关于刘勰的卒年，我仍然采用范文澜同志的说法。”[①]这种谨慎的态度，在《文心雕龙》研究者中也有其代表性。

新中国成立初期，人们研究历史人物时，首先关注其出身，因此刘勰到底出身于庶族还是士族，是低级士族还是高级士族，有人进行了探讨。[②] 随着历史学界对此深入研究，问题趋于明朗。[③]《梁书》本传上说：“祖灵真，宋司空秀之弟也。父尚，越骑校尉。”说明刘勰出身于官宦之家。而据《宋书·刘秀之传》上的记载，他是刘宋开国君主刘裕最为倚重的大臣刘穆之的从兄之子，可以认为刘勰出身于一个显贵家族。有的研究者则注意到，《南史》上已把“祖灵真，宋司空秀之弟也”一句删去了。何以如此，情况确是很复杂，值得进一步探讨。或许刘勰一系为了抬高自家声价，与刘秀之一族硬拉上关系。六朝之时常见这种族谱作假之事。只是到了二十世纪七十年代，江苏镇江地区句容县发现了一方刘岱墓志，上面记载着刘氏的先世，与灵真情况相同，可证《宋书》上的记载是可信

---

① 穆克宏《刘勰生平述略》，原载《福建师范大学学报》1986 年第 2 期，还附入其所撰《刘勰年谱》；此文后又收入论文集《文心雕龙研究》中，鹭江出版社 2002 年 8 月版。

② 参看周振甫主编《文心雕龙辞典》中“各家争论说介绍”内“刘勰家世”部分，中华书局 1996 年 8 月版；张少康等著《文心雕龙研究史》第四章《当代的〈文心雕龙〉研究（下）》“关于刘勰的身世研究”，北京大学出版社 2001 年 9 月版。

③ 唐长孺对魏晋南北朝的社会结构有很深入的分析，可参看《魏晋南北朝隋唐史三论》中的前面部分。他在《魏晋南北朝史论拾遗》中的《读史札记》中对“素族”、“寒士”的分析，亦可参看。二书分列《唐长孺文集》第四卷、第二卷，中华书局 2011 年 4 月版。

的。刘勰应当出身于刘穆之、秀之等同一家族。五胡之乱，东莞刘氏由徐州东莞郡莒县（今山东莒县）迁至南方侨置的南徐州东莞郡治所京口（今江苏镇江），虽非最高层阶的士族，却也高官多见，属于层次稍低的士族。只是他与家族中人的关系似乎并不亲密，父亲又早殁，因无人援助，也就陷于窘迫了。

《梁书》上说他“家贫不婚娶”，何以如此，大家看法也不一致。有人认为士庶天隔，他家穷了，同一阶层中人不肯把女儿许配给他，又不好到其他阶层中去物色，只能陷于“不婚娶”的困境。有人则认为他已皈心佛教，故而不婚。这种事情很难说清楚。今日人们对这类问题作出的分析，大都是基于个人对当时社会的理解，认为情理上必然如此而作出的判断。但人在社会上存身，情况至为复杂，要想根据历史上的个别材料进行分析得出大家普遍认可的结论，很难。我们只能说，刘勰因父亲早死，家道中落，在婚姻问题上高不成低不就，也就难以解决。况且他在二十多岁时即已入居定林寺，置身宗教场所，周围全是“不婚娶”之人，也就会淡然置之了。

看来刘勰思想上一直存在着入世与出世的矛盾。他对佛教的信仰，可谓始终如一。除《文心雕龙》一书外，他还留下了《灭惑论》与《剡山石城寺造像碑》二文。[①] 据近人考证，《灭惑论》的写作当在齐代，是为批判道教中人提出的《三破论》而写作的。所谓“三破”，即“入国而破国”，“入家而破家”，“入身而破身”。僧徒剃掉父母生下的毛发，又不营家室，违背中国传统，因此《三破论》中攻击佛教

① 《灭惑论》载梁释僧祐编《弘明集》卷八，《四部丛刊》本。《剡山石城寺造像碑》全称《梁建安王造剡山石城寺石像碑》，载宋孔延之编《会稽掇英总集》卷十六，杨明照从清道光六年山阴杜氏刊本抉出，首载于《文心雕龙校注》，中华书局（上海编辑所）1959 年 1 月版。此碑残文见《艺文类聚》卷七六，题作《剡县石城寺弥勒石像碑铭》。

徒的不婚娶有“绝种之罪”。刘勰以为佛教的戒令自有其理由:“妻者爱累,发者形饰,爱累伤神,形饰乖道,所以澄神灭爱,修道弃饰。”由此可见,刘勰对佛家教理也是信从的。他入定林寺后,一方面撰写《文心雕龙》,奉儒家思想为正宗,评判古今文章得失;一方面宣扬佛教教理,维护佛家宗旨。他在进入梁代王室系统的文士队伍之后,一直坚持二者并重的立场,只是随着处境与评论对象的不同各有侧重罢了。例如他在写作《文心雕龙》和在朝廷任职时,儒家思想自然上升至主导地位,而在写作《灭惑论》和各种有关佛教的碑志时,也就纯以信徒的身份出现了。

看来刘勰的家世对他深有影响。其上代均重建功立业,父亲早殁,未能升至要位,然位列四品,已经显示前途有望,说不定日后也能像刘穆之、刘秀之那样光耀史册。这种家族中的子弟,常是不甘沉沦而欲有所作为。《文心雕龙·程器》篇中说:“是以君子藏器,待时而动。发挥事业,固宜蓄素以弸中,散采以彪外,楩楠其质,豫章其干。摛文必在纬军国,负重必在任栋梁;穷则独善以垂文,达则奉时以骋绩。若此文人,应梓材之士矣。”这一番话,当是他本人有感而发的自白。他既不甘于“独善以垂文”,希望能有“奉时以骋绩”的机遇,从他进入萧氏王室之后的经历来看,也曾作出过努力,然而并不如愿。

《梁书》本传上说:“天监初,起家奉朝请。中军临川王宏引兼记室,迁车骑仓曹参军……除仁威南康王记室,兼东宫通事舍人”,后“迁步兵校尉,兼舍人如故”。这些任命中的记室之职,担任的是秘书一类职务,应是看重他善于文学的缘故。王室僚属中的秘书类官员每兼领军中职务,向军幕中的要职发展,刘勰担任的车骑仓曹参军、步兵校尉等职,与其上代担任的军中职务类同,但他未能由此“负重”而“任栋梁”,最后还是只能“独善以垂文”而命世。

看来萧氏一门都很看重刘勰的文才。上一代人,临川王萧宏引为记室,建安王萧伟请他为佛寺撰写碑文。下一代人,南康王萧绩又引之为记室，昭明太子萧统则让他到东宫兼职，且历时颇久，“深爱接之”，而从传世文献来看，湘东王萧绎对他也很欣赏，《金楼子·立言》篇曰：

> 管仲有言：“无翼而飞者，声也；无根而固者，情也。然则声不假翼，其飞甚易；情不待根，其固非难。”以之垂文，可不慎欤！古来文士，异世争驱，而虑动难固，鲜无瑕病。陈思之文，群才之隽也。《武帝诔》云“尊灵永蛰”，《明帝颂》云“圣体浮轻”，“浮轻”有似于蝴蝶，“永蛰”可拟于昆虫，施之尊极，不其嗤乎？①

这一段话，引自《文心雕龙·指瑕》，说明萧统兄弟都很重视刘勰的文学见解，萧纲、萧绎的文字中都有暗合《文心》的地方。

不过刘勰思想中的宗教成分还是太浓烈了。他在《文心雕龙》中尽力避免佛家教义的羼入，将之定格为宣扬儒家宗旨的一部学术著作，亦即“入道见志”的一部子书，但他在《论说》篇中纵论当前学界纷争时，也就提出“般若”之说来压倒“有、无”之辨了。这也说明，刘勰即使是在宣扬儒家义理时，还是不能忘情于佛理的宣扬。

因此，一当梁武帝萧衍于天监十六年诏令七庙飨祭改用蔬果之后，刘勰随即上表陈请二郊的祭礼应与宗庙一致，改用蔬果，取代牺牲。此举得到了朝廷的认可，于此也可看到刘勰笃信佛家教义的态度前后一致，而这与萧氏王室中人的儒释相容的作风也一致。

正由于这种思路上的一致，刘勰常是来回于王室与寺院之间。天监七八年间，他受王家之命，返回定林寺，担任佛经方面的整理

① 参看许逸民《金楼子校笺》卷四《立言篇第九下》，中华书局 2011 年 1 月版。

工作。梁武帝“选才学道俗释僧智、僧晃、临川王记室东莞刘勰等三十人同集上定林寺，抄一切经论，以类相从，凡八十(八)卷”。[①]一当僧祐去世，梁武帝萧衍又立即想到让刘勰回到定林寺去完成经藏编目的任务去了。

僧祐在萧氏皇室中享有至为崇高的声誉。梁武帝经常请他到宫中讲经，遇到佛学上的问题，佛事方面的处理，都要听取他的意见。僧祐晚年，患脚疾，行动不便，梁武帝让他乘舆入内殿为六宫嫔妃受戒。临川王萧宏，平南王萧伟、永康定公主均尽师资之礼。刘勰进入萧梁皇室文士队伍，得到上、下两代的接纳，应当与僧祐的引见有关。即以前时封为建安王的萧伟来说，分封的境内剡县发现了灵异之事，上报之后，朝廷随即命僧祐营造大佛，且由刘勰撰写碑文，即可见其因缘。萧统之母丁贵嫔亦崇信佛教，师奉僧祐，刘勰受到昭明太子的爱接，亦当与这层因缘有关。[②]

刘勰重回定林寺，宗教方面的情绪越发强烈，证功已毕，遂“燔鬓发以自誓”，“启求出家”，可知其时他为宗教热忱所驱使，已陷狂热状态，于是他在人生的起点定林寺中以一名僧人的身份渡过了晚年。

刘勰研究基本史料之分析

我对刘勰的生平作了概括性的介绍，便于读者对此先有一些基本的认识，而不致多歧亡羊，无所适从。只是想要了解得深入，则还得作进一步的分析。

首先得对《梁书》和《南史》的性质作些介绍。

---

① 见唐释道宣《续高僧传》卷五《梁扬都庄严寺沙门释僧旻传》，大正新修《大藏经》本，第五十册，史传部二。

② 参看梁释慧皎《高僧传》卷十一《齐京师建初寺释僧祐》，汤用彤校注、汤一玄整理本，中华书局 1992 年 10 月版。

大家知道，《南史》是抄录宋、齐、梁、陈几朝史书而成的，又进行了大幅度的删节，增加了许多新的史料。从删节而言，或是认为无关紧要，或者只是为了减少篇幅。在刘勰传中删去有关刘秀之的记载，当是以为此事无妨大局，而他没有在刘勰传中增加一丝新的材料，却是耐人寻味。

李延寿在《北史·序传》中自云，他"从此八代正史外，更勘杂史，于正史所无者一千馀卷，皆以编入"，说明他曾在南朝的四种正史记载之外，补入了大量史料。从我们研究文史的人来说，《南史》中增入的"杂史"，很多属于笔记小说中的记载，尤应重视，因为其中常有涵义丰富的一些奇闻轶事。例如《江淹传》中，就记有他梦见张协向他索回一匹锦与郭璞向他索回五色笔之事，这些都是传颂千古的文坛嘉话，而"江郎才尽"这一典故，也一直为后人所惯用。

《梁书·五王列传》中，记叙王室中人的事迹多避忌，不能窥知究竟。《南史·梁宗室列传》上、下中则补入了很多珍贵的材料，可以说明刘勰出仕之后的那些事主为何等人物，从而可以逆探其时的处境。

《南史·昭明太子统传》中还记载，萧统葬母时为了风水方面的原因，埋蜡鹅厌祷而失欢于父，终至惭愤而卒。这事与刘勰晚年的去向也有关系，却不见于《梁书》中的记载。可知《南史》中所增补的史料，确是值得后人高度重视。

这就说明，研治魏晋南北朝文史的人，如将南朝几部正史与《南史》并读，自可从中得到启悟。

赵翼《廿二史札记》卷十有《南史增删梁书处》一条，曰：

> 《南史》增《梁书》事迹最多。李延寿专以博采见长，正史所有文词必删汰之，事迹必檃括之，以归简净，而于正史所无者，凡琐言碎事，新奇可喜之迹，无不补缀入卷。而《梁书》本据国史旧

文，有关系则书，无关系则不书，即有关系而其中不无忌讳，亦即隐而不书，故行墨最简，遂觉《南史》所增益多也。[①]

吕思勉在介绍齐代萧子良之败时，以王融之死为例，纵论《南史》等书之史例，文曰：

《十七史商榷》曰："融乃处分至无不从命一段，《齐书》所无，《南史》所添也。描摹情事，颇觉如绘。但李延寿既知此，则下文西昌侯固争不得一句，亦《齐书》所无，延寿何意又添此一句乎?"案此可见古人史例，凡众说皆网罗之，虽相矛盾，亦不刊落，只待读者之自参。因当时行文通例如此，故不必更加解释。后人动以矛盾驳杂议古人，实非也。[②]

由此可见，李延寿编纂《南史》时广采异说，即使内容矛盾的材料也尽行纳入，而他所作的删节，却有不尽妥当之处。除赵翼外，王鸣盛在《十七史商榷》、钱大昕在《廿二史考异》中均曾多次指责其学识方面之不足，这些亦应引起后人注意。《南史》中对刘勰史实的处理，也是在不该删节之处作了删节，大家期待他有所加入时却没有任何增添。不过这事也可说明，其时有关刘勰的记录确实很少，即使喜奇好异如李延寿辈，也无法求得任何一点新的史料。

这里可对记录南朝历史的另一史书作些考察。唐肃宗时史家许嵩撰《建康实录》，对齐、梁之时的历代帝王及其臣僚均有记载，有些地方还有可补正史之处，然无一字提及刘勰。书中对建康都城之内的寺宇也有记叙，仍无有关刘勰的任何记载。[③]

---

① 参看《廿二史札记》卷十《南史增删梁书处》、《南史增梁书有关系处》、卷十一《南史增梁书琐言碎语》等条，王树民校证本，中华书局 1984 年 1 月版。

② 吕思勉《魏晋南北朝史》上册第十章《齐梁兴亡》第四节《齐治盛衰》，开明书店 1948 年 10 月版。

③ 参看孟昭庚、孙述圻、伍贻业点校《建康实录》，南京大学古典文献研究所专刊本，上海古籍出版社 1987 年 10 月版。

吾等还可注意的是，时人诗文中，均无有关刘勰的丝毫踪迹，可知他在文坛上虽有一时名望，却是很少有人与他交往。传世的典籍中，不见任何记载，只有僧祐《出三藏记集》卷十二《法集杂记铭目录序第十》中录有刘勰撰的《锺山定林寺碑铭》一卷，《建初寺初创碑铭》一卷，《僧柔法师碑铭》一卷；[①]梁代慧皎《高僧传》卷八《齐上定林寺释僧柔》、卷十一《齐京师建初寺释僧祐》、卷十二《齐上定林寺超辩》三人的传记中有“东莞刘勰制文”的记载，可与《梁书》上说的“为文长于佛理，京师寺塔及名僧碑志，必请勰制文”之说相印证。

种种事实说明，刘勰之于梁代文坛，当属落落寡合者。或许他的为人宗教色彩太浓，因而不易与大家融合吧。他在政务官上的经历，也就是做过“太末令”，但也未能由此步步升迁，展示其政治上的抱负。看来这也是因为他不太能适应官场的一套，因而只能博得一个“政有清迹”的结果。

这里可以附带一提的是，即使其时他在外地为官作宦，还是未营家室，或许仍是“妻者爱累”的思想在起作用吧。

刘勰为文长于佛理，对南朝文士擅长的吟风弄月，看来并不相合，这也使得他只能以“深得文理”见长，从而博得性格淳静而作风相合的昭明太子萧统的欣赏。

正像《文心雕龙》中所再三强调的，自刘宋之后，文学在向轻艳的方向发展。南朝本是一个处在急剧转型中的社会，风气越来越趋于浮靡，举目文坛，可谓滔滔者皆是。即使是老一辈的梁武帝，皈依佛教，然对江南民歌与古代情诗有偏好，留下了不少旖旎多情的诗歌与乐府。好古体的裴子野，和昭明太子关系深切的刘孝绰，也有言情之作采入《玉台新咏》之中。这些都与刘勰的情况大有差

① 梁释僧祐《出三藏记集》，苏晋仁、萧炼子点校本，中华书局 1995 年 11 月版。

异，史料中从无刘勰与其他文士酬唱的踪迹。

总的看来，刘勰始终游离于齐梁这一阶段创作界的主流之外，因而没有留下任何诗文作品。即使在类书中，也不见有任何残文佚句。他的文章当然写得很好，《文心雕龙》就是以漂亮的骈文写成的，但在竞相创作流连哀思之作的文学界却没有留下踪影，看来这与他热衷于理论探讨，坚守儒家基本立场有关。浓厚的宗教背景，让他不能融合到文人队伍中去，但他的思辨能力，不但在佛学界博得了尊重，还得到了文人队伍中人的普遍认可，也博得萧氏王室中人的赞誉。

萧宏的愚妄贪顽，萧绩其时年岁尚小，不可能支持刘勰的发展，双方的思想作风差距太大。其间幸得好文学的昭明太子萧统的赏识，"深爱接之"，才能使他的文才在世俗社会中有所呈现。①

《梁书》本传上说："(《文心雕龙》)既成，未为时流所称。勰自重其文，欲取定于沈约。约时贵盛，无由自达，乃负书候约出，干之于车前，状若货鬻者。约便命取读，大重之。"按照清儒刘毓崧的考证，《文心雕龙》成于齐代。② 沈约之"贵盛"，当在辅助梁武帝萧衍篡齐之后。因此刘勰献书沈约，当在梁初。刘勰前得文坛领袖沈约的发现，后得高层知音萧统的赏识，这应当是他在文学道路上最舒心的两件大事了。

刘勰的成长，始终与定林寺的主持僧祐有关。僧祐去世不久，梁武帝就想起刘勰，命令他重返这一宗教圣地，继续整理佛教典籍，编纂佛经目录，完成僧祐的心愿。值得注意的是，一代高僧僧

---

① 参看曹道衡、傅刚《萧统评传》上篇《萧统的家世和生平》第四章《梁武帝诸弟侄及梁武帝对他们的态度》、第六章《萧统诸弟及萧统与他们的关系》，《中国思想家评传丛书》本，南京大学出版社 2001 年 12 月版。

② 刘毓崧《书文心雕龙后》，载《通义堂文集》卷十四，南林刘氏求恕斋 1920 年刊本。

祐的碑文也是由刘勰撰写的，可见他落发前后在佛学界的地位之崇高。

刘勰思想的时代特点

刘勰的思想，今人可能难以理解。他在《文心雕龙》中那么热情地宣扬儒家的宗旨，为什么还不能忘情于佛家的义理？这就得从南朝思想家的常见情况讲起。

《梁书·武帝纪下》叙萧衍生平，曰："少而笃学，洞达儒玄。"《南史·隐逸下·陶弘景传》上说："大同末，人士竞谈玄理。"这里是说梁武帝时玄风大盛，朝野风靡。颜之推身遭梁末亡国之痛，在《颜氏家训·勉学》篇中极言玄谈之弊，云是"直取其清谈雅论，剖玄析微，宾主往复，娱心悦耳，非济世成务之要也。洎于梁世，兹风复阐，《庄》、《老》、《周易》，总谓三玄。武皇、简文，躬自讲论"。《梁书·儒林·太史叔明传》："少善《庄》、《老》，兼治《孝经》、《礼记》，其三玄尤精解，当世冠绝。"刘勰正生活在这一段玄风日炽之时。他笔下所透露的复杂情况，可以帮助后人看清这一时期的社会动态，说明很多疑难问题。吾等自可从文史方面的多种不同角度进行解读。

汉末魏初，玄风开始形成。其时经过汉末数十年的动乱，前此的社会秩序已经难以维持，于是何晏、王弼等人引入道家之说，以此改造儒家思想。何晏作《论语集解》，徵引汉代经师的成说，时而掺入老庄之学阐述孔门义理。王弼注《易》，更将儒道两家进一步融合，玄学的面貌开始清晰。《三国志·钟会传》附《王弼传》上说他"好论儒道"，而又尊孔子为圣人，说明玄学初起之时，仍尊儒家，把孔子放在首尊之位。刘勰在《文心雕龙》中的表现，有类于此。

时至齐梁，玄学仍在不断扩大其影响。尽管从其内在的义理而言，已无多大发展，但是融合儒、佛的程度却更为深广，在多种学术领域内均可发现其踪迹。锺嵘的《诗品》，刘勰的《文心雕龙》，山水诗的写作及其理论方面的总结，均可看到玄学在各种论题上的渗透。

南朝思想界也一直处在急速的转型之中。早期的一些士人崇奉儒学而又兼奉道释，他们的特殊作风，在一般人看来，有些感到怪异。时异势转，人们展示风貌的方式随之改变，一些惊世骇俗的作风，稍后些时，大家也会视为平常了。

史书上留下不少这方面的记叙。

《南齐书·张融传》载其临终遗令曰："三千买棺，无制新衾。左手执《孝经》、《老子》，右手执《小品》、《法华经》。"

《南齐书·周颙传》曰："……兼善《老》、《易》，与张融相遇，辄以玄言相滞，弥日不解。"孔稚圭《北山移文》上称他"既文既博，亦玄亦史。……谈空空于释部，核玄玄于道流"。可见其作风与张融一致。

《南史·儒林·皇侃传》曰："尤明《三礼》、《孝经》、《论语》。……侃性至孝，常日限诵《孝经》二十遍，以拟《观世音经》。……所撰《论语义》、《礼记义》，见重于世，学者传焉。"

《梁书·处士·何胤传》："既长好学，师事沛国刘瓛，受《易》及《礼记》、《毛诗》，又入钟山定林寺听内典，其业皆通。而纵情诞节，时人未之知也，唯瓛及汝南周颙深器之。"

《陈书·儒林·张讥传》："讥性恬静，不求荣利，常慕闲逸。所居宅营山池，植花果，讲《周易》、《老》、《庄》而教授焉。吴郡陆元朗、朱孟博，一乘寺沙门法才，法云寺沙门慧休，至真观道士姚绥，皆传其业。"

《南史·隐逸下·马枢传》："六岁，能诵《孝经》、《论语》、《老子》。及长，博极经史，尤善佛经及《周易》、《老子》义。梁邵陵王纶为南徐州刺史，素闻其名，引为学士。纶时自讲《大品经》，令枢讲《维摩》、《老子》、《周易》，同日发题，道俗听者二千人。王欲极观优劣，乃谓众曰：'与马学士论义，必使屈服，不得空立客主。'于是数家学者，各起问端。枢乃依次剖判，开其宗旨，然后枝分派别，转变无穷，论者拱默听受而已，纶甚嘉之。”

刘勰的作风与上述诸人甚为相似，只是不像这些玄风卓著的名士那么怪异就是了。尤可注意的是，那位曾入上定林寺听高僧讲经的何胤，其经历与刘勰更为近似，只是刘勰更为耽于佛法，以致最后终老于佛门。

一些佛门中人的作风也与此相似，融贯内外，精通俗家经典。典籍中也有不少这方面的记载，今亦徵引数例如下：

《高僧传》卷七《宋吴虎丘山释昙谛》：“谛后游览经籍，遇目斯记。晚入吴虎丘寺，讲《礼》、《易》、《春秋》各七遍，《法华》、《大品》、《维摩》各十五遍。”

《高僧传》卷七《宋京师灵根寺释僧瑾》：“少善《庄》、《老》及《诗》、《礼》。后行至广陵，见昙因法师，遂稽首一面，伏膺为道。游学内典，博涉三藏。……先是智斌沙门，初代昙岳为僧正，斌亦德为物宗，善《三论》及《维摩》、《思益》、《毛诗》、《庄》、《老》等。”附《昙度》：“复有沙门昙度，续为僧主。度本琅玡人，善三藏及《春秋》、《庄》、《老》、《易》，宋世祖、太宗并加钦赏。”

《高僧传》卷八《齐京师庄严寺释道慧附玄趣、僧达》：“时庄严寺复有玄趣、僧达，并以学解见称。趣博通众经，并精内外，而尤善席上，风轨可欣。达少而头白，时人号曰白头达。亦博解众典，尤精往复。”

《高僧传》卷八《齐荆州竹林寺释僧慧》：“又善《庄》、《老》，为西学所师，与高士南阳宗炳、刘虬等，并皆友善。……吴国张畅经游西土，乃告慧而请交焉。”

《续高僧传》卷五《梁扬都庄严寺沙门僧旻传》：“七岁出家，住虎丘西山寺，为僧回弟子。从回受五经，一闻能记，精神洞出，标群独秀。”

佛寺中的一些高僧也在宣讲俗家经典，刘勰自可栖身佛寺而写作《文心雕龙》。

齐梁之时，各种学术思想汹涌澎湃，汇为洪流，刘勰正是在这时代思潮中孕育成长的一位杰出人物。

如果说，早期的玄学重在儒道融合，后期的玄学则重在玄佛双修。与刘勰同时而稍后出的颜之推也呈现出了同样的特点。他在所著《颜氏家训·归心》篇中提出：

内外两教，本为一体，渐积为异，深浅不同。

“深浅”云云，当然是说佛教的义理为深，儒家的义理为浅。其理由是：“原夫四尘五荫，剖析形有；六舟三驾，运载群生；万行归空，千门入善，辨才智慧，岂徒《七经》、百氏之博哉？明非尧、舜、周、孔所及也。”这也就是说，对于宇宙万物及其复杂现象的观察与分析，儒家不逮释典之精微，这和刘勰在《文心雕龙·论说》篇中讨论有无之辨时举出“般若绝境”来压倒儒道二家的态度是一致的。

但《颜氏家训》中的基本立场和著作宗旨，却是儒家思想，所以早期的书目，如《郡斋读书志》、《直斋书录解题》等，都将它归属儒家类。颜之推撰此家训的目的，谆谆告诫子孙的内容，都是儒家主张的纲常和伦理。作为南朝著名的琅玡颜氏，维护他们家族的利益，是至高无上的，而立身持家，除儒家有丰富资源外，其他学派均无此类材料。佛家认为一切皆空，人生虚幻，家庭也应抛弃。而从文学方面来说，其时传入的佛经中只有部分关于对译佛经心得的材料，其他更无资源可挖了。

刘勰的情况类同。作为东莞刘氏家族中的一员，不能忘情于建功立业，只是成长之后，处境不顺，此心所寄，还在文学上面的建树，而文学方面的资源，理论上的论述，佛典中亦无可寻求。其他各家各派均无系统的学说可作根据。儒家学说作为中国思想领域中的主流，历经千年，已经将其他各家各派的可用因素吸收融合，刘勰作为一个没落中的世家子弟，从立身处世到文学理论方面的探讨，也只能以此为准则。最后归宿，自然奉行儒家经典而立论。

处在齐梁时期，不论从客观情势上考察，还是从主观因素来分析，作为世家大族中人的刘勰与颜之推，都会走上相同的道路：玄佛双修，在论文时则宗奉儒家。

正因颜之推的著作以儒家思想为主导，故在论及文体问题时，也有不少地方与刘勰的观点相合，如《文章》篇开端云：

> 夫文章者，原出《五经》。诏命策檄，生于《书》者也；序述论议，生于《易》者也；歌咏赋颂，生于《诗》者也；祭祀哀诔，生于《礼》者也；书奏箴铭，生于《春秋》者也。[①]

这种后代文体均出儒家《五经》的观点，和刘勰在《文心雕龙·宗经》篇中的看法如出一辙，而在论及当下文学变化时，也以典正为重，批判日趋浮靡的不良风气，可见二者之间存在着很多思想上的一致之处。

颜之推在《文章》篇中还猛烈抨击文人之无行，曰：

> 然而自古文人，多陷轻薄：屈原露才扬己，显暴君过；宋玉体貌容冶，见遇俳优；东方曼倩，滑稽不雅；司马长卿，窃赀无操；王褒过章《僮约》；扬雄德败《美新》；李陵降辱夷虏；刘歆反覆莽世；傅毅党附权门；班固盗窃父史；赵元叔抗竦过度；冯敬通浮华摈压；马季长佞媚获诮；蔡伯喈同恶受诛；吴质诋忤乡里；曹植悖慢犯法；杜笃乞假无厌；路粹隘狭已甚；陈琳实号粗疏；繁钦性无检格；刘桢屈强输作；王粲率躁见嫌；孔融、祢衡，诞傲致殒；杨修、丁廙，扇动取毙；阮籍无礼败俗；嵇康

① 参看《颜氏家训》卷三《勉学第八》、卷四《文章第九》、卷五《归心第十六》诸篇，王利器集解本，上海古籍出版社 1982 年 3 月第一版第二次印刷。

凌物凶终；傅玄忿斗免官；孙楚矜夸凌上；陆机犯顺履险；潘岳乾没取危；颜延年负气摧黜；谢灵运空疏乱纪；王元长凶贼自诒；谢玄晖侮慢见及。凡此诸人，皆其翘秀者，不能悉纪，大较如此。

《文心雕龙·程器》篇中也有很多地方批评文士行为之不端。尽管二者对某些人物的看法有出入，例如刘勰对屈原的品德就有高度评价，但二人立论的基本精神却是一致的。

有一些人认为，像刘勰这样的理论家，可称千年难见的天才。《文心雕龙》是古代唯一一本“体大思精”的巨著，他的作者也应是与众不同的千古奇人。实则天才也生活于尘世，他也是其时时代潮流的一种产物。每一位历史人物，不论他在哪一个方面作出了卓越的贡献，他总是时代潮流中的一员，在他周围，总有一大批人在从事同样性质的工作，只是他在这方面更投入，更专一，更精到，因而作出的贡献更为巨大。这也就是说，我们研究刘勰时，也应把他放在中国学术史的长河中加以考察，探讨他与前代学术与其他方面的关系，看他吸收了前人与他人的哪些成果，还要把他与周围人作比较，看他作出了哪些突出的贡献，这样才能正确把握他在中国学术史上的位置，而不致将他视作遗世独立的一位超人。

《文心雕龙》研究中的儒佛之争

但刘勰之所以独超众类，应该具有一些他人不具备的条件，大家首先想到的，当然是他在学术领域中有一些与他人不同的背景。

一般认为，佛教的学理中思辨的成分要超过中国固有的各种学派。中土地区，儒家一直占有思想界的中心位置，同样无法与其相比。《文心雕龙》中呈现的思辨性之高，以及体系之完整，分析的透辟，都要超过前此的各种学术性著作。因此，很多学者认为，《文心雕龙》之成，当是受到了佛家学说的巨大影响。

一般说来，这种观点不会引起太多争议，因为刘勰本人自始至终一直生活在佛家学说的笼罩之中，只是刘勰在《文心雕龙》中却郑重提出，此书以儒家学说为宗旨，这就提出了一个难以调停的问题，后人应该尊重刘勰的自白呢？还是应该依据一些现代学者的观点，偏重后来传入的佛家学说？

魏晋南北朝时期，印度传来的佛学确是对中国的固有学术发生了巨大冲击，刘勰又始终与佛学结缘，因此后代学人自然应该对此加以关注。

范文澜引释慧远《阿毗昙心序》阐述《文心雕龙》的结构，云是"彦和精湛佛理，《文心》之作，科条分明，往古所无。自《书记篇》以上，即所谓界品也，《神思篇》以下，即所谓问论也。盖采取释书法式而为之，故能鰓理明晰若此"。[①] 饶宗颐不同意这种意见，以为"刘氏文学批评的基本理论，可称为'神理说'"，而神的本体，即从佛学输入之后才成为极重要的玄学论题的。他还从 A 徵圣的态度、B 文心的命名、C 全书的体例、D 带数法的运用四个方面进行考察，以为均与释氏思想有连带关系。[②] 王元化以为，像《文心雕龙》"这样有着完整周密体系的理论著作"，"倘撇开佛家的因明学对刘勰所产生一定影响，那就很难加以解释"。[③] 张少康强调刘勰所提出的"折衷"，也与儒家、道家、玄学的方法论有关，但更为重要的是

---

① 范文澜《文心雕龙注》卷十《序志第五十》注(二)，人民文学出版社 1960 年 4 月第一版第二次印刷。

② 饶宗颐《〈文心雕龙〉与佛教》，原载香港《民主评论》第 5 卷 5 期，今据张少康编《〈文心雕龙〉研究》，《20 世纪学术文存》本，湖北教育出版社 2002 年 8 月版。又饶氏撰《文心与阿毗昙心》，驳范氏之说，以为"其书体例实与释氏无关"，文载北京大学《中国文艺思想史论丛》第三辑，今亦据《文心雕龙研究》本。

③ 王元化《文心雕龙创作论・后记》，上海古籍出版社 1979 年 10 月版。

他所接受的龙树《中论》中的“中道观”的影响。[①] 类似的理论很多，无法一一详列。

马宏山将这一问题推演到了极致。《文心雕龙·序志》篇中开宗明义地说：“盖《文心》之作也，本乎道，师乎圣，体乎经，酌乎纬，变乎骚。文之枢纽，亦云极矣。”马氏提出“其中一以贯之的是作为佛家思想的‘道’。刘勰的指导思想是以佛统儒，佛儒合一”，“从表面上看，好像是儒释道三教并衡，但骨子里却只是佛家一家之‘道’”。[②]

此说一出，引起了各界人士的关注，一些研究宗教学的学者也参与进来讨论。任职于中国社会科学院宗教研究所的佛学研究者孔繁对此提出了商榷，认为：

> 《刘勰传》说他长于佛理，其实他亦精通玄学，他所笃信的佛理就是玄学化的佛学。……刘勰生活在玄学盛行的南朝，他本身又为士族中人，难免要受到玄风的熏陶，他在“文道”的关系上，是采用了玄学的体用观点。[③]

孔氏的这一结论，是在详细分析了《原道》篇的主旨后提出的，而他提出南朝的佛学为玄学化的佛学之说，汤用彤始发其端，很多宗教学者都已接受此说。

《文心雕龙》中首列《原道》、《徵圣》、《宗经》三篇，三者之间的关系又可用“道沿圣以垂文，圣因文而明道”来概述。这里的“圣”，

---

① 张少康《擘肌分理，唯务折衷——刘勰论〈文心雕龙〉的研究方法》，载《学术月刊》1986年2期；后在《文心雕龙新探》之二《〈文心雕龙〉的文学理论体系及其思想渊源》十四《“折衷”论——论〈文心雕龙〉的研究方法》中发表了同样的见解，齐鲁书社1987年4月版。

② 马宏山《论〈文心雕龙〉的纲》，载《中国社会科学》1980年第4期，后收入其《文心雕龙散论》一书，新疆人民出版社1982年5月版。

③ 孔繁《刘勰与佛学》，载《中国社会科学》1983年第4期。

乃是“爰自风姓，暨于孔氏”，明言此为儒家之道，而刘氏所说的“经”，也有明白的说明，云是“自夫子删述而大宝启耀，于是《易》张《十翼》，《书》标‘七观’，《诗》列‘四始’，《礼》正‘五经’，《春秋》五例”，正指孔门阐发后的《五经》。因此，从刘勰的自述中，完全可以确定“原道”之“道”乃儒家之道；况且根据范文澜后来作出的考察，刘勰在《文心雕龙》中严格保持了儒家的立场，拒绝佛教思想混进来。①

《序志》篇中，首言“昔涓子《琴心》，王孙《巧心》，心哉美矣，故用之矣”。说明《文心》一名，远有所承，受到前代著作的启发。全书五十篇，乃仿《易经》中的“大衍之数”而安排的。《序志》篇曰：“位理定名，彰乎大衍之数，其为文用，四十九篇而已。”说明全书的结构也是效法儒家经典而设计的。从头到尾，刘勰都在申说如何依据儒家学术而进行阐发，到了最后一段，叙述自己的治学态度和研究方法，则又提出“擘肌分理，唯务折衷”，当然也是依据儒家学说立论的。

应该说，刘勰在《序志》篇中表明立场时所提到的儒家，所谓“圣人之文章”，当然是指先秦时期的儒家学术，但在《文心雕龙》全书中，经过刘勰阐发后的儒家学术，已是综合后代学者多方阐发后齐梁时期的当代儒学。正像上面所介绍的佛学一样，已是玄学化了的儒学。作为中国传统文化学术的核心，儒学在发展过程中为了适应后起社会的需要，也在不断变化之中，时而融合进其他不同学派的学说。例如到了汉代时，大儒董仲舒倡天人感应之说，就纳入了不少阴阳家说；到了东汉时期的今文家时，谶纬之说内又融入了不少民间信仰；到了汉末魏初，又与道家之说交相融会，从而形成了玄学。中国学术历经千年而从不中断，以儒家学术为主体，不

① 载《中国通史简编》修订本第二编第五章《长江流域经济文化发展——东晋和南朝》，人民出版社 1984 年 8 月第 4 版。

断吸收其他学派的成果充实自身，到了魏晋南北朝时，又进而与释家之说相融合，吸收其中的新鲜因素而提高自己，从而形成新的风貌。

从刘勰的经历来说，他的学说之中受到佛学的影响，不但是可能的，而且可以说是必然的。上述各家对此进行的探讨，都有其价值，具有启发意义。但影响的问题却又往往难以具体说明。如果越俎代庖，把《文心雕龙》中的一句话、一段文字、一种论点与佛学中的理论一一对号入座，却常是流于词汇与论点方面的比附，难以做到切理厌心，有时还会显得凿枘难合，与刘勰的自述也不合。因此，我们研究《文心雕龙》时，应该首先尊重刘勰的自白。对佛学方面的影响，可在有把握的地方作出合适的提示，而不能仅限于自我申述。

在此还可附带讨论刘勰研究中常见的一种现象。

新中国成立之后，大家都要奉马克思主义毛泽东思想为准则，以此为研究各种问题的指针。马克思在《政治经济学批判导言》中提出的一种观点，曾在各种研究工作中发生过巨大影响。文曰：

> 资产阶级社会是历史上最发达的和最复杂的生产组织。因此，那些表现它的各种关系的范畴以及对于它的结构的理解，同时也能使我们透视一切已经覆灭的社会形式的结构和生产关系。资产阶级社会借这些社会形式的残片和因素建立起来，其中一部分是还未克服的遗物，继续在这里存留着，一部分原来只有徵兆的东西，发展到具有充分意义，等等。人体解剖对于猴体解剖是一把钥匙。低等动物身上表露的高等动物的徵兆，反而只有在高等动物本身已被认识之后才能理解。因此，资产阶级经济为古代经济等等提供了钥匙。但是，决不是像那些抹杀一切历史差别、把一切社会形式都看成资产阶级社会形式的经济学家所理解的那样。人们认识了地租，就

能理解代役租、什一税等等。但是不应当把它们等同起来。[1]

中国文学理论界也由此得到启示。大家要想彻底了解古代文学理论(包括《文心雕龙》),就得先学好当代马克思主义的文艺理论。这种指导思想很早就已传入中国,信奉马克思主义的人无不熟悉,上一世纪五十年代至九十年代的知识分子受此影响极大。

学术界普遍认为,刘绶松的《〈文心雕龙〉初探》是运用新观点和新方法研究该书的标志性文字,其中的一些主要观点,如确认刘勰根据儒家进步的文艺思想建立了“接近现实主义的文学理论”,反对当前“内容上的颓废主义和形式上的唯美主义”,通过宗经复古来达到革新的要求,追求思想内容的健康和形式技巧的完美,而且达到二者的辩证统一……都是面目一新的提法。[2] 考察全文,可知作者对刘勰的学术渊源没有什么深入的了解,只是运用了很多近代文学理论上的名词术语,按照本人的理解,将刘勰思想与南朝人的作品一一归入“现实主义”、“颓废主义”、“唯美主义”、“思想内容”、“形式技巧”等范畴中去。这样的研究方式,其后一直成为学术界的主流,即使是在改革开放多年之后的今天,仍然如此。后来的一些研究者,对中国文学的特点付予更多注意,但总的看来,有的人就难以摆脱现成的理论框架,多少总有一些将刘勰的理论分解作现代理论的取证材料的缺憾。

考察中国历史,前后有两个时期受外来文化的影响特别巨大。魏晋南北朝至唐代,受印度文化的影响特别巨大,五四运动前后,则受欧洲社会主义运动的影响特别巨大。1949 年之后,政权更替,标举的是马克思列宁主义;中苏分裂之后,首先强调的是毛泽东思想,毛泽东思想追求中国化,与原先的马列主义理论也就有所不同

---

① 马克思《政治经济学批判·序言·导言》,中共中央马克思、恩格斯、列宁、斯大林著作编译局译,人民出版社 1971 年 4 月版。

② 刘绶松《文心雕龙初探》,载《文学研究》1957 年第 2 期(6 月)。

了。例如原先的理论首先讲的是"文学的形象"问题,后起的理论讲的是文学与政治的关系,强调文学要为政治服务。

清末民初,中国开始感到欧风美雨的强烈冲击,一些学者回顾前尘,也就特别强调印度文化的巨大影响,而如陈寅恪等人,则提出一种所谓中国文化本位的观点。① 他们以为中国历经千年而兀然树立,传统文化生生不息,具有不断吸纳外来文化的能力,使之成为培育自身滋长的营养。中国几千年来的历史从不中断,衰而能振,就因具有这种内在的功能,往后中国文化的发展,仍将如此。应该说,这在知识分子群中也是一种有代表性的论点。

一些国外学者常把外来影响过度夸大,例如荷兰学者许理和就把他研究中国佛教的一本书命名为《佛教征服中国》。② 这书影响颇大,然而中国学者似乎没有全然接受,绝大多数的佛教史著作中,仍把印度传入的佛教视作一种新鲜成分,其时思想领域中的一些著名人物,融会贯通之后,将之纳入玄学的范畴,从而称之为玄学化的佛学。即使是精通"三论"的名僧僧肇等人,仍然不能彻底摆脱玄学的影响。这段历史,也就是佛学中国化的过程。经过唐代的禅宗,到宋代的理学,这段融合的过程才算是告一结束。有关这样的研究,论者甚多,兹不赘述。

如果借用这种观点,那是否可以说,刘勰在《文心雕龙》中所体现的,正是一位中国文化本位的坚持者的形象。他开宗明义,宣示以儒家思想为准则,书中从头到尾,标举的是儒家的义理。如前所

---

① 参看陈寅恪《冯友兰〈中国哲学史〉下册审查报告》,原载冯友兰《中国哲学史》下册,1933 年;今据《金明馆丛稿二编》本,《陈寅恪文集》之三,上海古籍出版社 1990 年 10 月版。参看钱穆《东西文化之再探讨》,原载华西大学《华文月刊》第 1 卷第 2 期(1941 年 6 月),收入《文化与教育》一书,今据《钱穆作品系列》本,生活·读书·新知三联书店 2009 年 10 月版。

② 许理和著,李四龙、裴勇等译《佛教征服中国——佛教在中国中古早期的传播与适应》,江苏人民出版社 2003 年 8 月版。

说，他依据的是南朝时期的儒学，涉及带有宗教意味的有无之辨时，也不忘他同时信仰的佛学，但在论文时，则坚持儒家宗旨。因此他的理论，是吸收了各种不同学派的有用元素，进行融合之后的成果，即齐梁时期玄学化了的儒学。这里所呈现的，是中国文化的一脉相承而没有什么不协调的中外凑合。

沿着阅读、思考、研究的正常途径学习与提高

《文心雕龙》毕竟是产生在一千五百多年之前的一部古书，文字艰深，内容深奥，要想读通，也不容易。

刘勰生活的年代，南北分裂，时局混乱，写作《文心雕龙》之时，当在齐代。书中待解的重要问题，大部集中在东晋之后，也就是历史上所说的南朝。彼时文风崇尚绮艳，文士创作好用美文，刘勰就是用当时风行的骈体写成的。

骈文在形式上有明显的特点，文字讲求对偶，多用成语典故，还要协调声律，这是与散文显著不同的地方。对于这些时人普遍关注的美感因素，刘勰撰有《丽辞》、《声律》、《事类》等文详加讨论，并且提出了精辟的处理意见。对于文学方面的一些传统问题，如比兴、章句、鉴赏，又有《比兴》、《章句》、《知音》等文加以讨论，而于其时文化领域中产生的一些新范畴，如风骨、势、味，则撰《风骨》、《定势》、《隐秀》等篇予以阐发。这些深奥的理论，即使今人运用当下的语体文来阐述，也难做到通顺畅达，切理厌心；刘勰用骈文加以表达，文字挥洒自如，仍能做到理无不畅。只是吾人在时隔千载之后想要完整地加以把握，却已非易事。

中国知识界，自从用白话文代替文言文之后，随着时间的推移，后来的人阅读古籍越来越感到困难。民国之后的学生，阅读《文心雕龙》时已经难以应对；新中国成立之后的学生，情况更为严重，学术界必须积极应对，解决青年学子的阅读问题。

上世纪六十年代之后，由于上级号召建设中国式的马克思主

义文艺理论，用毛泽东思想统率一切，一些老专家也竞相投入到古代文学理论的教学中去。他们针对学生阅读古籍的现状，竞相采取白话翻译的手段，以期降低《文心雕龙》的难度，加快此书的传播。就在这一高潮中，出现了不少《文心雕龙》的今译本。因为社会上有此需要，这一势头至今仍未稍减。

现在看来，这些译本的水准高下不等，但对扩大《文心雕龙》的影响，或多或少起到了积极作用。然以高标准来要求，则还难以说是取得了完美的成绩。通过阅读今译本来学习《文心雕龙》，对于学生来说，也是有利有弊，有得有失。

这里可对翻译这一特殊文类作些考察。

阅读国外学者的著作，或是境内其他民族学者的著作，因为语言系统不同之故，语法、词汇等方面都有很大的差异，翻译起来很不容易。蕴涵在语言文字中的民族特点，不同文化所呈现出的特有情味，难以完美地传述。因此，尽管从事这项工作的人无不黾勉从事，然而面对其中的甘苦，一些难以全然克服的困难，却又时而感到困惑与无奈。

魏晋南北朝时佛学大盛。佛学来自印度，其中一些经典用梵文写成，译为汉语，困难重重，动多障碍，即使是大慧高僧，也会感到力不从心。这一时期在佛经翻译事业上作出很大贡献的鸠摩罗什就曾发表过如下感慨：

> 初，沙门僧叡，才识高朗，常随什传写。什每为叡论西方辞体，商略同异，云："天竺国俗甚重文藻，其宫商体韵，以入弦为善。凡觐国王，必有赞德；见佛之仪，以歌叹为尊。经中偈颂，皆其式也。但改梵为秦，失其藻蔚，虽得大意，殊隔文体。有似嚼饭与人，非徒失味，乃令呕哕也。"①

① 载《出三藏记集》卷十四《鸠摩罗什传第一》。

《文心雕龙》的今译问题当然不会这么严重，绝大多数的译本都能做到文从字顺，起到传情达意的作用，不过要想说是中间一无问题，怕也未必。

古汉语与现代汉语之间，因系同一语系，当然不会像梵文转译成汉文那么困难，只是《文心雕龙》传流至今已逾千年之久，词汇方面的变化，显而易见；语法方面的变化，似乎小些，而自上两个世纪开始，随着西方文化的不断传入，中国人的语言中也融入了不少洋腔洋调，因而在语言的表达方式上也发生了很多变化。这些变化，都是在潜移默化中进行的，只要你拿清末民初的一些文字与当下的文字相比，就可发现其差异。由此可知，魏晋南北朝时的文章，译成现代汉语，说起来只是一个文言改为白话的问题，实则语言结构与内在的诸多要素已有很多不同，要想完美地重新复制，无疑有其难度。

《文心雕龙》是用骈文写成的，这种文章过去叫做美文。魏晋南北朝人追求风雅，语言潇洒清丽，翻译成通俗的白话作品，在情趣的表达上也就有其难度。现代学人已难通过转述来展示前人的神韵。

从翻译来说，还有一个直译和意译的问题。一般认为，直译忠实于原著，读者易起信任感。但骈文中的成语典故，如果一一对译，也会显得生吞活剥，诘屈聱牙，难以达到流畅自如，美文也就不美了。于是大多数的译者采用意译，或以直译为主而参以意译，这样做，又难避免将今人之意掺杂其内，因为经过译者大脑的加工，再加以表达，已经融入译者之意，也就难以和《文心雕龙》中的原有之意全然切合。

每一个人都生活在其特定的年代，都有一套习惯性的表达方式。新中国成立之后的古代文论研究者，无不受到斗争哲学的影响，因此他们翻译《文心雕龙》时，如果认准了其中哪些地方在批判形式主义文学或不良文风，也就会激发起斗志，语调自然会显得高昂起来。六朝人写作的骈文，呈现的是当时的情趣，即使是在抒写自己的理论观点，也多委婉顿挫，周折多姿。今日要想把这种情调表达出来，确是有其难度。

总结上言，可知做好《文心雕龙》的翻译工作也绝非易事。

我这么说，并非认为《文心雕龙》的今译工作无法进行。世上自有高手，于此已经取得不少成绩，也为普及古代文学知识作出了很大贡献。我只是认为，中文系的学生，中国古代文学的爱好者，就不能依赖《文心雕龙》的今译本来学习与研究，他们应该直接阅读《文心雕龙》原文，品尝此书的原汁原味。学生读通原著之后，还应常加讽诵，体察其中句式、对仗、声律等方面的妙处，这样才能进一步领会刘勰的文笔之佳。

读书应该循序渐进，大家在读懂原文的基础上进行思考，才能独立自主，培养起自己的看法和主张，而不致背离《文心雕龙》原意，将古人现代化。

如何阅读与学习，当然各人自有其主张，这与每一个人的经历有关。根据我自己的体会，学习《文心雕龙》时应该注意如下几点：

一是懂得题目的涵义。刘勰为这五十篇文章取名，花了很多心思，这里牵涉到了历史传承、时代风气和他个人的独特贡献，读者如能细加辨析，掌握其中涵义，也就抓住了文章的要领，认清该文在历史上的地位。

二是分清文章的层次。《文心雕龙》中每一个论点的展开，作者都从不同角度加以考察，有条有理地加以论证，逻辑性很强。然而由于骈文的表达方式自有其特点，读者往往对行文脉络难以掌握，这就要求我们厘清文章的层次，联系文章前面的题目和后面总结性的赞语，也就可以觉察每一篇文章都已做到浑然一体，这样才可以说是读通了原文。

三是掌握骈文的特点。骈文的表达方式，从运用材料到构词造句，和散文有很大不同。读者对这些方面的问题不断加深领会，也就会增加文史方面不少实际知识，领略到魏晋南北朝文学的奇光异彩。记住这些文史上的基本知识，对于日后的学习，会有很大好处。

刘勰对骈文的分析，不论构思、写作、修辞或其他方面，都是在对我国的文学特点作深入的阐发，读者如能从中有所启悟，则对祖国的语言文字之美更能有所感受。

我在讲授《文心雕龙》这一课程和对此书进行研究时，就对上述几个方面特加关注。这本《文心雕龙解析》，可以说是通过不断积累而取得的一份成果。

阅读、思考、研究，这是一条正常的发展道路。我在书中附入了多篇思考与研究论文，正是在教学中有了新的体会而提炼出来的不太成熟或较为成熟的一些心得，故附相关篇章之后，藉以展示我学习的全过程。个中得失，亦可供大家参考。

这些文章中的文字，或与原先发表的文字有所不同。因我写成文章之后，总是反复修改，即使那些发表过的文章，也常作改动。因此，收在这里的一些探讨《文心雕龙》的文字，可以视作最后定稿。

《文心雕龙》的版本与校勘

读古书，要讲求校勘，这是因为文本如有错误，则依此阅读，进行钻研，非但白费功夫，还会得出错误结论，贻笑大方。

《文心雕龙》之成，已经历时千年，传留下来的本子很多，有钞本，有刻本，哪一种本子接近刘勰原著的本来面貌？就得广求众本，相互比较，精心校雠，尽可能地让经过整理的本子接近于《文心雕龙》的原貌。

早在清光绪末年(1907)，匈牙利人斯坦因(Stein M. Aurel)从敦煌石窟中取走了《文心雕龙》的一幅长卷，首起《原道》，尾迄《谐讔》，中间共有十三篇全文，今藏伦敦大英博物馆，编号 5478，Giles 新编号为 7283。根据众多学者的研究，认为这是一种唐初的钞本，上距齐梁之时不远，当然价值很高。[①] 自清末传入中国后，一直引

① 张涌泉《敦煌本〈文心雕龙〉抄写时间辨考》以为“该卷的抄写时间当在睿宗朝或睿宗朝以后”，“尤以睿宗朝抄写的可能性为大”，载《文学遗产》1997 年第 1 期。

起各方学者的关注。只是由于早期摄制技术方面的不足，国内学者看到的卷子甚为模糊，因此各家进行的校勘未能达到完善的境地，一些《文心雕龙》的专家也就不能充分利用这一珍贵的材料。1970 年，潘重规亲赴大英博物馆中的东方图书室观看，携回用新技术照下来的本子，图片也就清晰很多。潘氏于同年用新亚研究院名义出版，学界始能较方便地使用这一材料。[①]

潘重规在唐人写卷的俗字研究上造诣很深。因此，他在识别文字上贡献很多，但他提供的毕竟只是一份残卷，而且未及利用各种版本进行校勘，他的贡献，也就限于唐钞卷子本身的整理。

到了 1980 年前后，上海图书馆所藏的元至正本《文心雕龙》由上海古籍出版社影印出版，引起学术界的注意。此书原藏朱学勤结一庐，清代学者未加利用，直到中国步入改革开放之后，学术界始回归正常规道。1984 年，复旦大学举办"中日学者《文心雕龙》研讨会"，上海古籍出版社遂将这一善本先后用线装、平装两种形式印刷出版，大家才能方便地使用此书。

随着中华书局将宋刊本《太平御览》等类书一一重行推出，学界的视野大为拓展。凭藉这些有利条件，《文心雕龙》领域中的校勘水准有了进一步的提高。

清代学者研究《文心雕龙》时，大都依仗黄叔琳的校本，《四库全书》著录的就是这一本子，然馆臣对之评价不高。这是因为其时朴学还处在起始阶段，没有多少名家投入。黄叔琳只是藉其政治地位，让众门客用明代梅庆生本、王维俭本加工而成。清代朴学兴盛之时，学界首重经史之学，虽有郝懿行等人开始投入此书校雠，多数名家还不愿在诗文评上下功夫。这就在很长的一段时间内没有出现高水准的整理本，致使杨明照于建国之初出版《文心雕龙校

---

① 潘重规《唐写文心雕龙残本合校》，香港新亚研究所 1970 年 9 月版。

注》时，还只能以黄叔琳的这一养素堂本为底本。

二十世纪下半期前后，善本易得，先后也就出现了几种校雠水准很高的本子，只是如何对此进行鉴裁，还可再作一些分析。

老一辈学者整理古籍时，都懂得先行校雠的道理，然因各人情况不同，工作做到什么程度就会有很大出入。像郭晋稀注释《文心雕龙》，起步很早，本人早年受业于曾运乾、杨树达等湖南名宿，小学方面有很高的修养，然因条件的限制，未能访求各种善本做好先行工作。①

现在看来，在《文心雕龙》的校勘工作中应以王利器、杨明照、詹瑛三家的贡献为最大。三家之中，尤以王、杨二氏为善。詹氏下的功夫很深，但偏于综合他人成果，个人创见较少，而詹著卷首的《〈文心雕龙〉版本目录》介绍各种不同版本颇为详细，大都经过目验，于此很费心思，有其参考价值。②

王利器作《文心雕龙校证》，尚在民国时期任教北京大学时。他充分利用了学校图书馆和北京各大图书馆的丰富藏书，潜心学术，广泛参考前人研究成果，自云见到的版本就有二十馀种，这是其他学者难以做到的。此本获得大家的首肯，确有他人难以企及之处。③ 杨明照作《文心雕龙校注》，着手之时尚在燕京大学求学。此书之最后取得完善，得益于改革开放之后，他在四川大学的支持下，前往京沪地区的各大图书馆访求善本再行加工。这时

---

① 郭晋稀《文心雕龙注译》，甘肃人民出版社 1982 年 3 月版。

② 詹锳《文心雕龙义证》，上海古籍出版社 1989 年 8 月版。

③ 王利器《文心雕龙校证》，上海古籍出版社 1980 年 8 月版。按王氏此书于上世纪四十年代完成时名《文心雕龙新书》，北京大学向巴黎大学北京汉学研究所推荐，编为《通检丛刊》第十五卷，与《文心雕龙新书通检》于 1951 年 7 月与 1952 年 11 月先后刊出。《文心雕龙新书通检》为吴晓铃所编。参看朱文民《〈文心雕龙新书通检〉及其作者之谜》，载中国文心雕龙资料中心、中国文选学资料中心编辑《消息交流》2012 年第 2 期(总第 26 期)。由于历史的原因，《文心雕龙新书》与《新书通检》都未能在社会上广泛流通，后书更少为人所知。

的处境，当然有其优于王氏之处，但也难说定能超过王氏当年的条件。不过杨氏之作定稿迟于王氏之作将近半个世纪，以杨氏的学养，自有后出转精之处。因此，读者选择校勘后的文本，或可首先考虑王利器的《文心雕龙校证》，再用杨明照的《增订文心雕龙校注》和《文心雕龙校注拾遗补正》覆核一下，也就可以放心得多。① 例如《时序》篇中有句云："有虞继作，政阜民暇，'薰风'诗于元后，'烂云'歌于列臣：尽其美者，何乃心乐而声泰也。"范文澜《文心雕龙注》从"乃"字处断句，"何"字属上，杨氏在《补正》中列举《史记》、《汉书》、汉代子籍与《世说新语》等处的例句，说明"何乃"连文，乃古时常用句式，这就纠正了前人的常见错误。又如《诠赋》中有"士衡、子安，底绩于流制"之句；《时序》篇中，有"于是王褒之伦，底禄待诏"之句，杨氏均详引先秦经典，说明"底"乃"厎"字之误。这些地方都对恢复刘书原貌有其贡献。而他之所以能够取得这样的成绩，与他长时期地反复进行注释上的加工，极度熟悉前代文献有关。这是杨书超过以校见长的王著的地方。

牟世金对《文心雕龙校证》的校勘成果也评价甚高，但对其运用唐本方面，还是存在着疑问，因为其中有的校勘说明与今天看到的唐写本《文心雕龙》残卷出入颇大。这或许是王利器在印行新版时，还是沿用了几十年前的那本《文心雕龙新书》的成果。② 王氏在二十世纪四十年代从事校勘工作时，所能看到的，只有那一种早期传入的残卷，限于当时条件，像赵万里等人所作的校勘，都留下很

---

① 杨明照《文心雕龙》方面的著作数量多，翻印的次数也多，可参看李平等著《〈文心雕龙〉研究史论》第五章《论杨明照的〈文心雕龙校注〉》，黄山书社 2009 年 10 月版。

② 参看牟世金《文心雕龙研究》第一章《绪论》第二节《〈文心雕龙〉研究的回顾与展望》中的相关论述，人民文学出版社 1995 年 8 月版。

多错误。[①] 看来《校证》出版时，王氏没有求得潘重规的新本加以订正。我在为《文心雕龙解析》正文定稿时，复核王书，也看到很多地方王氏未用新印出的唐写本加以订正，牟说可信。

基于上述原因，我在整理这本《文心雕龙解析》的正文时，以王利器的《文心雕龙校证》为底本，涉及唐写本时，则用潘重规的《唐写文心雕龙残本合校》重勘一过，以期避免一些不必要的错误，力求完善。

王利器所依据的元至正嘉禾刊本，可能也仅依据北京图书馆所藏的传校元至正中嘉兴郡学刊本，而据詹瑛的考察，上海图书馆的藏本与北京图书馆的传校本是不同的，因此我在为《文心雕龙解析》中的原文定稿时，又用上图的那种影印本重校了一遍。结果表明，詹说可信。王利器将旧本重印，沿用不可靠的底本，这是《文心雕龙校证》一书最为不足的地方。

詹书参考典籍甚为丰富，对王、杨二氏之书均有所订正，本书个别地方的校勘依詹书定稿。我在个别地方也加入了一些个人的新见。

黄侃《文心雕龙札记》与刘永济的《文心雕龙校释》都是研究《龙》学的名著。黄侃精通《选》学，其于《龙》学之开发，如两翼之舒张，可谓左右逢源，全书精义甚多，然于校勘一端则初非措意。刘著虽以"校释"为名，实则在"校"上花力不多，而在"释"上贡献很大；在文章层次的辨析上，尤见功力。我在"解析"《文心雕龙》时从中获益良多。[②] 范文澜的《文心雕龙注》为遵循近代学术规范

---

① 赵万里《唐写本文心雕龙残卷校记》，载《清华学报》第3卷第1期，1926年6月。

② 黄侃《文心雕龙札记》，早在1927年即由北京文化学社刊印，常见者为中华书局（上海编辑所）1962年本。刘永济《文心雕龙校释》，早在1948年即由正中书局出版，今据中华书局（上海编辑所）1962年7月本。

著述的第一部注本。自问世之日起，一直受到学术界的重视，梁启超为1929年天津新懋印书馆印行的《文心雕龙讲疏》作序时指出，该书“徵证精审，于训诂义理，皆多所发明；荟萃通人之说而折衷之，使义无不明，句无不达”。尽管事属草创，不足之处尚有，此固学术上之常态，其优胜之处仍足珍视。

本书所采取的新视角——学术史研究

我在晚年重操旧业，从事《文心雕龙》方面的研究与整理，精力日衰，困难很多，然因已是超越世务，自可从容应对，对过去的研究与整理的情况进行一些反思。

这里提出学术史研究的新观点，是在总结近代《文心雕龙》研究的经验教训之后所进行的一种新探索。

黄侃撰《文心雕龙札记》，在研究史上有启步之功，其后继之者不绝，直至目下正在从事研究的一些年轻学者，已经历有年代。其中的发展轨迹，似乎出现如下一些特点。

刘师培、黄侃等第一代学者所呈现的，可说都有清末学风的浓厚背景。他们都曾流亡日本，接触到欧美兴起的新文学观点与新治学方法，因此分析问题时，比之清儒更为细致专业。他们年轻时期均对中国各种重要文体进行过磨练，因此他们考察问题时，还有自己的创作经验为参照。刘师培留下的成果不多，仅存讲义两篇，有些见解分散在其他著作中，然均有启迪之功。[1] 黄侃极颖悟，呈现于著作中，比较贴近原意，显得深入。

其后成长起来的一批学者，生于民国时期而在新中国成立前

---

① 刘申叔遗说、罗常培笔受《文心雕龙颂赞篇口义上、下》，载《国文月刊》第1卷第9期、第10期，1941年7月、9月；刘申叔遗说、罗常培笔受《文心雕龙诔碑口义》，载《国文月刊》第36期，1945年6月。辽宁教育出版社编的《刘师培中古文学论著三种》也已收录，改称《文心雕龙讲录》，1997年3月版。

后投入《文心雕龙》研究，经史之学的基础大都没有师辈深厚，只有个别学者接受过严格的朴学训练。进入新中国后，由于形势的巨大变化，只能尽力紧跟时代步伐，可其时传入的苏联文艺理论与他们原来接受的教育距离过大，上级又要求大家迅速掌握，形势所迫，他们的理论中也就时见生吞活剥之弊。又加上其时政治要求压倒一切，强调历朝历代统治阶级都在毒害人民，于是大家无不操起大批判的武器，对那些统治阶级制订的典章制度与理论体系进行讨伐。他们中的一些人，本擅长考证、校勘等项，这时也急于要用理论武装起来，于是常会出现一些不协调的情况。

下面接上来的一批学者，大都成长在新中国成立之后。他们接受的教育，基本上是苏式文艺理论与毛泽东文艺思想。毛泽东的理论强调文艺的战斗作用，直接为政治服务；周扬等人阐述的一套观点，理论体系的重要部分就是这些内容，其中也有俄罗斯时期别林斯基、车尔尼雪夫斯基、杜勃罗留波夫的一些略带人本主义内容的学说。二十世纪八十年代，中国进入改革开放阶段，学术界的思想禁锢有所解放，理论框架可没有什么根本的变化。

其后成长起来的一批年轻学者，更为关注欧美的文学理论，而在《文心雕龙》研究中还未见到过什么自成体系的论述。

纵观全局，按照历史发展的顺序考察，黄侃的《文心雕龙札记》可以作为第一阶段学术成果的代表，继之而起的学术著作，可以范文澜的《文心雕龙注》与刘永济的《文心雕龙校释》为代表。刘永济年岁与黄侃相近，然成果产生较迟。继之而起的著作，校勘与注释方面取得的成果很多，校勘方面，可以王利器的《文心雕龙校证》与杨明照的《增订文心雕龙校注》为代表；注释方面，詹锳《文心雕龙义证》收集的材料最为丰赡。

身历“文革”前后两个不同阶段的学者，前时学风流风馀韵尚存，而又趋向于理性，因为他们不再困于强制性的思想改造，可以比较自由地选择自己的道路。他们运用前时积累的一些理论解释刘勰的思想，其中有的人则以构建刘勰的文艺思想体系为着力之点。这方面的成果很多，其中可以牟世金的《文心雕龙研究》与张少康的《刘勰及其〈文心雕龙〉研究》为代表。在理论探讨方面作出贡献的著作，可以王元化的《文心雕龙创作论》与罗宗强的《读文心雕龙手记》为代表。①

苏联的文学理论其实也属西学东渐中的一环，其中也有可取之处。如以早期莫斯科大学主讲文艺理论的季摩菲耶夫所著《文学原理》来看，其理论体系，从亚里斯多德《诗学》中汲取精萃甚多。② 应该说，西方的文艺理论源远流长，其中自有很多可资参考的地方。因此，中国学者在摆脱教条主义束缚与重重干扰之后，再来思考其中的成果，还是可以从中汲取不少可取之处。

我在从事研究时，参考了上述各个时期各种类型的研究著作，力求将他们的成果尽可能地吸收到《解析》之中。在注释部分，力求精练，对六朝时期文士普遍采用的表达方式明晰地展示，对《文心雕龙》每一篇文章的结构与层次，尽可能地作出符合实际的

---

① 《读文心雕龙手记》，生活·读书·新知三联书店 2007 年 10 月版。

② 《文学原理》包含三部分：《文学概论》、《怎样分析文学作品》、《文学发展过程》，查良铮译，平明出版社 1953 年 12 月版。《译者的话》中说："是以马、恩、列、斯的经典著作为基础，结合了世界上伟大文艺作家和文艺作品，一方面着重地从世界最早的一部唯物主义文学批评的经典——亚里斯多德的《诗学》——摄取了精华建立文学的理论。"查良铮即诗人穆旦，南开大学外文系教授。早年参加国民政府为了打通滇缅公路而进入缅甸的抗日远征军，任英语翻译，大撤退翻越野人山时备历艰难。抗日战争胜利后至美国留学，回国后于南开大学任教。因在国民党军队中服役过，又有留美经历，故在历次政治运动中又备受折磨。翻译季摩菲耶夫的著作，正是当时知识分子表示努力学习苏联的一种表现。不过由此也可看到，苏联早期的文学理论源出希腊文明，与其他欧美文化同源。然自苏共书记日丹诺夫主管意识形态之后，努力贯彻斯大林的文艺方针，文学只是为政治服务的工具，教条主义色彩日益严重。后来季摩菲耶夫的学生毕达可夫应邀至中国讲学，在北京大学的讲习班上所讲文学理论的内容，已是后期纯粹的苏式理论，与乃师的早期理论距离颇远了。

分析。

如上所言，后起学者重在揭示刘勰的理论体系，他们作出的努力自属可贵，有助于大家的了解与掌握，但读者也应认识到，这样拟就的体系，其理论框架，还是近代学者依据现代文艺理论而构建的，认为刘勰的本意定然如此，则又未必。近人普遍看重的所谓正确评价，也就是用当下政治领导人提出的价值标准去衡量前人的成就和作出的贡献。这样的工作应当有人去做，也有其价值。我则试图从另一种角度去解读刘勰的《文心雕龙》。

我所采取的新视角，即从学术史的角度考察《文心雕龙》的产生与成就。

刘勰是齐梁时期的人，他所继承的文化遗产，也就是先秦至晋宋这一历史阶段的成果。阅读《文心雕龙》，可知他在思想方面的资源主要来自先秦学术，儒、道、名、法无不熟习。时至晋宋，玄学已成主流，因此要想深入了解《文心雕龙》，自应对先秦学术加深理解，也应对汉代学术与晋宋学术有所了解。

先秦学术的传流与汉人密切相关。秦火之后，先秦典籍均有残佚，传世者，大都经过汉人的整理。汉代学术的建立，就与他们对前此学术的整理有关。小学与目录学方面的成果，对刘勰深有影响，这点自不应忽视。阅读刘勰对各种文体的定名与阐释，可以看到其间受到《说文解字》与《释名》等典籍的深刻影响；了解刘勰对诗、赋、乐府等文体的分析，即可感受他所受到刘向、刘歆等人的影响，从而对古时的礼乐文明增加认识。

但刘勰对前人的学说也有所增损。郝懿行在《书记》篇上加眉批曰："按《说文》：'谚，传言也。'（按见"言部"）'唁，吊生也。'（按见"口部"）彦和欲混为一，似未为得。经史亦无通用之例。"所以如此，当以刘勰已经发现历经时代变迁而词语已有变化，故不再墨守前人成说。

《文心雕龙解析》之中，这方面的考察成果，主要反映在《前言》

与五十篇《解题》之中。例如在《乐府解题》、《封禅解题》、《风骨解题》、《养气解题》等文中，可以看得比较清楚，读者如将这几篇解题与其他著作的同一“题解”相比较，或可认同此说。

如果不从学术史的角度进行考察，那么刘勰为什么要对《封禅》看得那么重，也就难以说明。按照前时一些学者看来，封禅文与现代有关“文学”的定义距离过远，又无文彩可言；一些更为激进的人看来，封禅是在宣传迷信，刘勰花这番笔墨，其实大可不必。这样考察问题，有些地方就难于解释，须知司马相如、司马迁等人都是汉代最为杰出的文士，难道他们的看法与我们发生差异，就会显得弱智了么？如果不从中国文化的历史传承与奇光异彩进行考察，也就难于说明其特点，最后只能得出古人皆蠢今人无不聪慧过人的结论。这样的看法，一般人可也不敢接受。

这就牵涉到了中国文化的特点问题。在世界各大古老民族中，中国文化独树一帜，而且自古至今一脉相承，从未中断，这在各大文化体系中独呈异彩。《文心雕龙》中显示的文论特点，正是这种文化的具体呈现。如想了解刘勰的真实面貌，也就必须了解中国文化的独特之处，这里就有中国文化对世界文化的独特贡献，而这不是光用西洋文明的视角加以裁断就能予以说明的。

按照一些杰出的前辈学人的看法，中国学术的发展，必将植根在本土文化的基础之上，再来吸收其他文化的精萃。由此之故，中国文学理论的发展，应该是在中国文化的基础之上，再融入其他不同文化的成分，才能完成。与此相通，研究《文心雕龙》，应该先对刘勰思想的来龙去脉梳理清楚，才能明白其真相。

刘勰在《序志》篇中宣示，“上篇以上，纲领明矣”，“下篇以下，毛目显矣”，目的就在告知读者阅读“毛目”时不能忘却“纲领”。但在《文心雕龙》研究的前期，大家却是偏重后面二十五篇有关理论的部分。改革开放之后，人们才逐渐认识到这样的研究实际上是偏颇的，随着文体论研究的兴起，“上篇”的文体部分才逐渐得到重视。众多专家投入之后，也已取得不少成绩，只是大家采取的视角，仍是以西方文体研究与逻辑思维方面的成果为利器，对中国古代文论进行剖析与评判，而这又产生了一些新的问题。

西方的文体观，植根在希腊时期亚里斯多德的《诗学》中。由于希腊文明中逻辑学早就得到很好的发展，因此这方面的成果显得区分明晰，含混之处较少，中国早期的文明重视礼乐文化，反映在创作中也就首重“得体”，人们在人际交往中遵循的行为规范，反映在文体论中，也就首重体制的约束作用。中国古代名学的发展不充分，人们的行为准则，有的场合双方应持何种态度，大都约定俗成，已成惯例，其中不可避免会有很多相通或近似之处，于是一些研究文体的学者及其著作，从现代学人的视角来看，也就显得模糊与不规范了。当然，如今人们研究古代文史，也不必抱残守缺，处处要为古人辨护，但总得实事求事，对他们的生存环境有所了解，才能说清楚中国文化的传承与发展，以此为前提，才能扬长避短，吸收外来文化中的优秀成分，铸造新的文明。

中国古时学术融而未分，即使是各家各派，也都是综合型的，如今学术分科愈来愈细密，学者限于个人的专业，往往难于掌握全貌。我在从事解题与分析时，颇欲根据刘勰的具体情况作一全面的考察，然牵涉至广，自知力有所不逮，然仍欲黾勉从事，以冀抛砖引玉，希望后人能有更丰硕的收获。

梁书·刘勰传

1. 刘勰，字彦和，东莞莒（jǔ）人[①]。祖灵真，宋司空秀之弟也[②]。父尚，越骑校尉[③]。勰早孤，笃志好学。家贫不婚娶，依沙门僧祐[④]，与之居处积十馀年，遂博通经论[⑤]。因区别部类，录而序之。今定林寺经藏[⑥]，勰所定也。

【注释】

① 东莞：东莞郡，本在山东，永嘉时沦入北虏，明帝于京口侨置南东莞郡。刘勰父祖三代皆住京口。莒：山东莒县，春秋莒子国，晋太康十年，属东莞郡，刘勰先祖曾居于此。

② 灵真：刘勰祖父。史籍无徵，或未尝出仕。司空：三公之一，位次丞相。秀之：字道宝。世居京口。宋元嘉中官建康令。又尝官雍州刺史。宋武功臣穆之从兄子。卒赠司空。

③ 尚：刘勰父亲。事迹不可考。越骑校尉：汉武帝置，一说因掌越人来降置，一说取其材力超越。为禁卫军统领，次于将军。

④ 沙门：和尚。僧祐：南朝齐、梁间僧人。原籍彭城下邳（今江苏邳州市），生于江南建业（今南京）。幼即出家于建初寺，十四岁投定林寺法达，后又受业于律学名师法颖。精通律学。齐永明中，竟陵王每请其开讲律学，听众常达七八百人。所弘律学，主要是属一切有部的《十诵律》。此外，搜校佛经，建立“经藏”。所著的《出三藏记集》十

五卷，为现存最早的佛教经录。刘勰随其从事整理厘定，并区别部类加以序录。其他尚存有《释迦谱》、《弘明集》等，馀均佚失。事迹见《高僧传》卷十一《僧祐传》。

⑤　经：亦作“契经”。梵文 sūtra 的意译，音译“修多罗”。原指“十二部经”的第一类，后泛指一切佛经，为“三藏”之一。佛教认为，“经”是佛陀所说而由弟子结集的文字形式。但后世亦有非佛所说的经，如《六祖坛经》、《那先比丘经》等。论：亦称“对法”、“无比法”、“大法”。梵文 Abhidharma 的意译，音译“阿毗达磨”、“阿毗昙”，或略作“毗昙”。指阐发佛经教义理论的一种体裁，是成就佛教智慧的手段，为“三藏”之一。唐玄应《一切经音义》卷十七：“此译云胜法，或言无比法，以诠慧故；或云向法，以因向果故；或名对法，以智对境故。”即以文字语言分析概念的形式，诠释教理。

⑥　定林寺：刘勰创作《文心雕龙》之处。说法不一，一为金陵六朝名刹，本称定林上寺，亦称上定林寺。一说为山东莒县定林寺。后说明显为伪。莒县当时在北魏实控下，刘勰何以定要老死敌国？刘家世仕南朝，本人与梁朝皇室关系很密切，史书亦无载其与北人有任何纠葛，故断无赴北之事。僧祐一直活动于南朝，刘勰与僧祐定经藏与制《雕龙》定在金陵无疑。

2. 天监初，起家奉朝请①。中军临川王宏引兼记室，迁车骑仓曹参军②。出为太末令③，政有清绩。除仁威南康王记室，兼东宫通事舍人④。时七庙飨（xiǎng）荐已用蔬果，而二郊农社犹有牺牲⑤，勰乃表言二郊宜与七庙同改。诏付尚书议⑥，依勰所陈。迁步兵校尉⑦，兼舍人如故。昭明太子好文学，深爱接之。

【注释】

①　天监：梁武帝年号（502—519）。奉朝请：依汉律，春为朝，秋

为请。汉代退职大臣、将军和皇室、外戚多以奉朝请名义参加朝会。晋代以奉车、驸马、骑三都尉为奉朝请，南北朝设以安置闲散官员，本不为官，无定员，无具体执掌，但可参与朝会请召。隋初罢，另设朝请大夫、朝请郎，为文散官从七品。南朝名人如沈约、何逊、刘昭、任孝恭等都是自奉朝请入仕。

② 中军：将军封号。临川王宏：萧宏，字宣达，梁武帝第六弟。天监元年封临川王，三年加侍中，进号为中军将军。记室：掌书记者之属。凡有表、章、杂、记之书，掌创其草。建安文人如陈琳、阮瑀都曾担任此职，梁王僧孺、殷芸、丘迟等都在萧宏幕中掌记室。车骑仓曹参军：车骑将军开府之仓库部属官，十八曹之一。

③ 太末令：太末县令。秦王政二十五年（前222），秦灭楚，于姑篾之地设太末县，隶会稽郡，太末县治在今浙江省龙游县。

④ 仁威南康王：武帝四子萧绩，字世谨。天监八年（509）封南康郡王。十年，进仁威将军。故称“仁威南康王”。东宫：太子。这里指昭明太子，梁武帝太子萧统，是《昭明文选》的纂集者。通事舍人：掌呈进文书，以他官兼领，南朝文人庾肩吾、何思澄曾任此职。

⑤ 七庙：帝王七庙，太祖居中，左右三昭三穆。梁之前只设六庙，太祖位虚。梁时不毁太祖之庙，与六亲庙为七。飨荐：祭祀。二郊：南、北郊，郊祭天地。农社：祭社稷之神，有太社、帝社、太稷三坛。

⑥ 尚书：梁时官制，尚书省为中央政务机关之一，为奉命办事机构。

⑦ 步兵校尉：官名。汉武帝时设，为八校尉之一，掌上林苑门屯兵，秩比二千石。所属有丞及司马，领兵七百人。东汉时属北军中候，校尉秩为比二千石，领宿卫兵。魏、晋、南朝及北朝魏、齐均置，属领军将军。魏晋以后多为虚职，阮籍曾担任此职，宋颜延之也曾担任过。梁武帝时，多以士林名流担任此职，如刘杳等。刘勰既仍兼太子舍人，则此或为东宫步兵校尉，《资治通鉴·齐纪四》胡三省注：“东宫官属：武则左右卫率，翊军、步兵、屯骑三校尉。”

3. 初，勰撰《文心雕龙》五十篇，论古今文体，引而次之。其序曰："夫文心者，言为文之用心也。……"[①] 既成，未为时流所称。勰自重其文，欲取定于沈约。约时贵盛，无由自达，乃负其书候约出，干之于车前，状若货鬻者[②]。约便命取读，大重之，谓为深得文理，常陈诸几案。然勰为文长于佛理，京师寺塔及名僧碑志，必请勰制文[③]。有敕与慧震沙门于定林寺撰经[④]。证功毕，遂启求出家[⑤]，先燔(fán)鬓发以自誓，敕许之[⑥]。乃于寺变服，改名慧地。未期(jī)而卒。文集行于世[⑦]。

【注释】

① 引而次之：徵引前人之言，按照次序论述。其《序》曰："夫文心者，言为文之用心也。……"："其序"，即《文心雕龙·序志》篇，为《文心雕龙》一书之总序，列为末篇。本篇就刘勰创作《文心雕龙》的目的意图、方法态度及写作的指导思想与内容安排等分别做了说明，是研究全书和作者思想的重要文献。《文心》之作，是刘勰儒家思想尚占主流时期的产物，作于齐末。古人书序都位列书末，《史记》、《汉书》、《法言》等书皆如此。

② 既成：即《文心雕龙》已成。《文心雕龙》成书时间当在齐和帝中兴元年(501)左右。取定：获得定论。沈约：字休文，齐、梁时的文学家。其《宋书·自序》："史臣年十三而孤，少颇好学，虽弃日无功，而伏膺不改。常以晋氏一代，竟无全书，年二十许，便有撰述之意。泰始初，征西将军蔡兴宗为启明帝，有敕赐许，自此迄今，年逾二十，所撰之书，凡一百二十卷。条流虽举，而采掇未周，永明初，遇盗失第五秩。建元四年未终，被敕撰国史。永明二年，又忝兼著作郎，撰次起居注。自兹王役，无暇搜撰。五年春，又被敕撰《宋书》。六年二月毕功……"历仕宋、齐、梁三朝，最高位吏部尚书兼右仆射。何逊、王筠、王籍、何

思澄等都得到沈约的提携，善文，作品流传很多。事迹见《梁书》卷十三《沈约传》。约时贵盛：沈约在齐、梁时官位甚高。据《梁书·沈约传》，沈约从齐至梁代曾任冠军将军、司徒左长史、征虏将军、南清河太守、骠骑司马、散骑常侍、吏部尚书兼右仆射等职。干：干谒。货鬻者：小摊贩。

③ 必请勰制文：刘勰当时所撰京师寺塔名僧碑志，现仅存《梁建安王造剡山石城寺像碑》。另三篇有目无文。

④ 慧震：梁沙门，事迹不可考，于昭明太子卒前后与刘勰合作编集《经藏》。

⑤ 证功：完成《经藏》的编集工作。与上“毕功”之义同，因所“功”为佛家典籍，故曰“证”。

⑥ 燔鬓发：焚烧鬓发。自誓：决心出家。

⑦ 变服：改换服装，意即改穿僧服。未期：不到一周年。卒：殁。刘勰之死当在普通四年(523)左右。享年当在五十八岁上下。

原道第一解析

【解题】在我国古代的信史记载中，殷周之时已经产生了人格神的上帝。他是宇宙的主宰，是一切事物的创造者。这种观念支配人们达千年之久。直到春秋之时，随着生产的发展，人类科学知识的提高，上帝的地位才发生动摇。老子首先提出了“道”这一概念，代替人格神的上帝。“道”是“先天地生”的“万物之母”，是不可思议的宇宙本根，它化生万物，支配万物。这是一种摆脱了神权控制而由思想家诉诸思辨所构拟的本体论。它仍然带有神秘的泛神论的色彩，不能算是科学的世界观，但比起那种单纯诉诸神力的宗教世界观来说，仍有巨大的进步意义。

稷下黄老学派和庄子一派继承并推进了老子的理论，他们都对有关“道”的学说作了阐发。不但如此，其他学派也直接间接地受到了影响，或明或暗地采用有关“道”的学说解释自然现象了。

儒家中人本来不大喜欢讨论抽象的本体论方面的问题，后来才受到其他学派的影响而补足了这方面的空白。早期儒家的大师不用“道”这一概念，但到荀子解释天体问题时，也就采用这一术语了。

万物为道一偏，一物为万物一偏。(《天论》)

天不为人之恶寒也，辍冬；地不为人之恶辽远也，辍广；君子不为小人之匈匈也，辍行。天有常道矣，地有常数矣，君子

有常体矣。(同上)

所谓大圣者,知通乎大道……大道者,所以变化遂成万物也。(《哀公》)

上面几条例句中的"道"字,涵义似乎稍有不同。前者仍指构成宇宙的本体,后者则指宇宙运行变化的规律。这种学说到了受荀子影响的《易·系辞》中时又有了新的发展。

《易·系辞》中也采用了"道"这一概念,它已严格地限制在用以指明运动变化的规律,此外《易传》作者还发明了"太极"这一概念,从另一种新的角度替代早先各家常用的"道"字。

易有太极,是生两仪,两仪生四象,四象生八卦。

显然,"太极"之说就是从"道"论中脱胎出来的。这点前人也已明确指出。虞翻曰:"太极,太一也。"(唐李鼎祚《周易集解》卷十四引)而"太一"一词,根据《老子》和《庄子·天下》篇中的说明,可以了解到它就是"道"的同义词。这点还可举受道家学派影响的杂家著作《吕氏春秋》为例以说明之。

太一生两仪,两仪生阴阳。(《仲夏记·大乐》篇)

万物所出,造于太一,化于阴阳。(同上)

道也者,至精也。不可为形,不可为名,强为之,谓之太一。(同上)

综上所言,可知"道"、"太一"、"太极"等词,涵义基本相同,都是从"道"这概念中衍化出来的。古代几个大的学派的本体论,都是从道家学派中生发出来的。刘勰这里又要特别强调"太极"等说,因为《文心雕龙》的理论基础植根在《易》学之中。

魏晋南北朝后,佛教传入中国,于是又增加了另一种体系的本体论,但《文心雕龙》中的有关学说看来未受其影响。

《序志》篇中说:"《文心》之作也,本乎道……"说明"道"这一概念乃是全书立论的重要根据。《老子》中说:"人法地,地法天,天法道,道法自然。"(马王堆汉墓帛书《老子》甲、乙本,傅奕本同)《文心雕龙》的主旨与此相合。刘勰立论的要点,即"自然"说。如上所言,有关"道"的学说源出道家学派,并为儒家学派所承用,刘勰的思想受儒道两派的影响都很深,因此《原道》篇中的哲理,可以说就是杂糅了上述两大学派的学说而成的。

《韩非子》中有《解老》篇。它对《老子》书中"道"的阐述,与《原道》篇的观点最为接近。

道者,万物之所然也,万理之所稽也。理者,成物之文也。道者,万物之所以成也。故曰:道,理之者也。

世界上的万事万物,都是"道"衍化成的,万事万物所体现的构造与法则,也是"道"生发出来的。"道"是宇宙的本根,"万物"为道之一端,"日月得之以恒其光","圣人得之以成文章",刘勰在《文心雕龙》前三篇中发挥的道理,也不出这种学说的范围。因此,我们说刘勰的哲学思想受道家学派的影响很深,但他站在儒家学派的立场上又作了加工和改造。

魏晋南北朝时学术界风行玄学,玄学就是糅合了道家与儒家的学说而形成的。从《文心雕龙》中不难发现刘勰揉合儒道的用心与印疤,可知他的文学理论深受玄学的影响。也可以说,《文心雕龙》就是以玄学为哲理基础而撰就的一部文学理论著作。

1. 文之为德也大矣①,与天地并生者何哉!夫玄黄色杂,方圆体分,日月叠璧,以垂丽天之象;山川焕绮(qǐ),以铺理地之形,此盖道之文也②。(一)仰观吐曜(yào),俯察含章,高卑定位,故两仪既生矣③;惟人参(sān)之,性灵所钟,是谓三才④。为五行之秀,实天地之心。心生而言立,言立而文明，自然之道也[5]。（二）傍及万品，动植皆文：龙凤以藻绘呈瑞，虎豹以炳蔚（wèi）凝姿；云霞雕色，有逾画工之妙；草木贲（bì）华，无待锦匠之奇；夫岂外饰，盖自然耳[6]。（三 a）至于林籁（lài）结响，调如竽（yú）瑟；泉石激韵，和若球锽（huáng），故形立则章成矣，声发则文生矣[7]。（三 b）夫以无识之物，郁然有彩；有心之器，其无文欤（yú）[8]！（三 c）

【注释】

① 文：刘勰使用"文"这一名词，内涵极为广泛，本文中指一切有具体形态呈现的事物。有时指色彩，或指修辞藻采。用在人事上，则泛指文化与学术，特指文学作品。德：指事物的属性、特徵和作用。

② 玄：黑赤色。本指天的颜色，这里指天。黄：本指地的颜色，这里指地。《易·坤·文言》："天玄而地黄。"玄黄色杂：指浑沌未开时的景象。方圆：指地和天。古代以为天是圆的，地是方的，所以用方圆代表天地。《大戴礼记·曾子天圆》："天道圆，地道方。"璧：一种圆形的玉。人们常将它制作成和日、月相似的形状。叠璧：日月迭相出入，故称叠璧。丽：附着。丽天之象：日月悬于天，故曰丽天之象。焕绮：光彩焕发的丝织品，形容彩色之美。铺：铺陈，陈列。理地之形：有条理的地形。道：一种先天地而生的本体，刘勰也用它指规律性的东西。道是化生万物的本源，它的存在和衍生万物，都是自然而然的，所以刘勰又称之为"自然之道。"

③ 吐曜：喷吐光华，指天。天上的日、月、星辰都有光华。含章：蕴蓄纹彩，指地。山川、河流都系地的纹理。高卑定位：指天、地的位置。两仪：天地。

④ 参：三。人与天地并列为三。性灵：天生的才智。钟：积聚，凝聚。三才：天道、地道、人道。《易·说卦》："是以立天之道，曰阴与

阳;立地之道,曰柔与刚;立人之道,曰仁与义,兼三才而两之,故易六画而成卦。”

⑤ 五行:金、木、水、火、土,古代有的哲学家认为这五种物质是构成世上万物的要素。五行之秀:五行所形成的事物中最特出者。天地之心:古人认为心是能动的具有思考能力的器官。世上只有人具有聪明智慧,所以称为“天地之心”。《礼记·礼运》:“人者……五行之秀气也。”又曰:“人者,天地之心也。”自然之道也:自然的道理。郭象《庄子·逍遥游注》曰:“天地者,万物之总名也。天地以万物为体,而万物必以自然为正。自然者,不为而自然者也。”

⑥ 傍:通“旁”。承接上文,指除人之外的“万品”。万品:无数事物。动植皆文:动物或植物都有其文。藻绘:水藻有美丽的花纹,绘画是诉之于视觉的艺术,二者合为一词,指龙与凤的外表色彩鲜艳。呈瑞:表现出吉祥的兆头。炳蔚:焕发繁盛,这里指虎豹的毛皮色彩绚烂。雕色:云霞色彩鲜艳,像是雕琢而成。逾:超越。贲:装饰。华:同花。无待锦匠之奇:用不到织锦工匠的奇妙技巧。

⑦ 籁:风吹过孔窍所发的声音。结响:聚而为声。调:声调,调子。竽:一种管乐器,像笙,有三十六簧,今已失传。瑟:一种弦乐器,像琴,有二十五弦或五十弦。激韵:泉冲激石而形成的节拍。和:声音的呼应。球:玉磬,一种玉做的乐器。锽:钟声。章:文彩。文:指声律、节奏。

⑧ 郁然:草木茂盛的样子。有心之器:指人。欤:句末助词,表示疑问或惊叹。

【分析】这一段文字可分三节:(一)言两仪有文,(二)言三才有文,(三)言万物有文。又(三)节中还可分为三小节:a. 言形文,b. 言声文,c. 引出情文。

这一段文字的主旨在于说明文与道的关系。

可能有人会问:六朝文字日竞雕华,所以刘勰写作《文心雕龙》

加以反对，那他为什么要在全书开端强调"文之为德也大矣"呢？

其实刘勰并不反对华美的文章。《总术》篇中说："若夫善弈之文，则术有恒数，按部整伍，以待情会，因时顺机，动不失正。数逢其极，机入其巧，则义味腾跃而生，辞气丛杂而至。视之则锦绘，听之则丝簧，味之则甘腴，佩之则芬芳，断章之功，于斯盛矣。"可见他很重视辞采、声律等文学的形式美。只是他认为写作文章应以情理为重，华美的辞采，只能服从于情理的表达，这种由质及文的过程本极自然。"自然"一词就是为了反对当时过于雕琢的文风而提出的。

六朝文人喜谈哲理。刘勰从事理论的研究工作，更应借助哲理阐明原则。他从宇宙形成的道理谈起，认为"道"衍化成两仪、三才乃至万物，也就并生出华美的"文"，"夫岂外饰，盖自然耳"。由此生发，人是"天地之心"，"心生而言立，言立而文明，自然之道也"。这些论证，也就成了后面一些篇章的理论根据。《明诗》篇中说："人禀七情，应物斯感；感物吟志，莫非自然。"显然是从上面的哲学理论中引申出来的。

与此相似的理论前此早已有人提出。

> 《论衡》："天有日月星辰谓之文，地有山川陵谷谓之理。"（《意林》卷三引）
>
> 《三国志·蜀志·秦宓传》："或谓宓曰：'足下欲自比于巢、许、四皓，何故扬文藻见瑰颖乎？'宓答曰：'仆文不能尽言，言不能尽意，何文藻之有扬乎？夫虎生而文炳，凤生而五色，岂以五彩自饰画哉？天性自然也。盖《河》《洛》由文兴，六经由文起，君子懿文德，采藻其何伤？'"

上面二例均强调文之重要，采藻之可贵，与刘勰的意见一致。这些学说都起了先导的作用。

刘勰还对文的内容作了分析，这与《情采》篇中的分析是一致的。《情采》中文曰：

> 夫立文之道，其理有三：一曰形文，五色是也；二曰声文，五音是也；三曰情文，五性是也。五色杂而成黼黻，五音比而成韶夏，五情发而为辞章，情理之数也。

2. 人文之元，肇自太极，幽赞神明，《易》象惟先[①]。庖牺画其始，仲尼翼其终，而《乾》《坤》两位，独制《文言》。言之文也，天地之心哉[②]！若乃河图孕乎八卦，洛书韫(yùn)乎九畴(chóu)，玉版金镂(lòu)之实，丹文绿牒之华，谁其尸之？亦神理而已[③]。自鸟迹代绳，文字始炳；炎皞(hào)遗事，纪在《三坟》，而年世渺邈(miǎo)，声采靡追[④]。(一)唐、虞文章，则焕乎始盛。元首载歌，既发吟咏之志；益、稷陈谟，亦垂敷奏之风[⑤]。夏后氏兴，业峻鸿绩，九序惟歌，勋德弥缛[⑥]。逮及商、周，文胜其质，《雅》《颂》所被，英华日新[⑦]。文王患忧，《繇(zhòu)辞》炳曜，符采复隐，精义坚深[⑧]。重以公旦多材，振其徽烈，制《诗》缉《颂》，斧藻群言[⑨]。至夫子继圣，独秀前哲：镕钧六经，必金声而玉振；雕琢情性，组织辞令，木铎(duó)起而千里应，席珍流而万世响，写天地之辉光，晓生民之耳目矣[⑩]。(二)

【注释】

① 元：起端。肇：开始。太极：《易·系辞》中提出的概念，指混沌未开之时处于原始状态的宇宙本原。幽：微妙而深入。赞：阐明。神明：玄妙精微的至理。《易·说卦》："幽赞于神明而生蓍。"蓍草用以占卜。《易》象：《易》经中有许多卦象，下附解释每种卦象的辞句，说明卦象的吉凶以及各种相应的意义。《易》象惟先：这里是说《易经》中的

象辞是文辞。最先出现的一种阐明神明之道之文辞。

② 庖牺：即伏羲，传说中的三皇之一。庖牺画其始：庖牺首先画出八卦。仲尼：孔子的字。翼：即十翼。传说孔子曾经写了解释《易经》的十篇文章，即《彖（tuàn）辞》上下、《象辞》上下、《系辞》上下、《文言》、《说卦》、《序卦》和《杂卦》，总称十翼，作为《易经》的羽翼。仲尼翼其终：仲尼最后写了十翼，作为辅之而行的材料。《乾》《坤》两位，独制《文言》：孔子为《乾》《坤》两卦写了一种专门的解释文章，叫做《文言》。两位：《乾》象徵天，《坤》象徵地，故称两位。言之文也，天地之心哉：《文言》这个名词，说明它是“言论”的“文”。因为它是“幽赞神明”极为精微的理论，所以是天地的心声。

③ 河图孕乎八卦：古代以为黄河里曾有龙负图而出，伏羲氏效法河图，画成了八卦。参看《易・系辞上》“河出图”孔颖达《正义》。洛书韫乎九畴：古代以为洛水里曾有龟出来献书，禹依据它韫蓄的道理，写成了《洪范》一文。《洪范》中云：“初一曰五行，次二曰敬用五事，次三曰农用八政，次四曰叶用五纪，次五曰建用皇极，次六曰乂用三德，次七曰明用稽疑，次八曰念用庶徵，次九曰响用五福，威用六极。”这是立国的九项重要原则，即“九畴”。九畴：九类，九大类别。《汉书・五行志》引刘歆说以为伏羲受《河图》而画八卦，禹据《洛书》而撰《洪范》。镂：刻。牒：简。玉版金镂之实，丹文绿牒之华：《尚书・中候据河纪》上说：“河龙出图，洛龟书感，赤文绿字，以授轩辕（黄帝）。”这是宣扬儒家神异学说的纬书上的说法，流行于东汉。“玉版金镂”是说玉版上面有镂刻的字，嵌有金线。“丹文绿牒”是说绿色的竹简上用朱漆书有文字。实和华（花）用来形容玉版金镂和丹文绿牒上所载文字的内容和形式。尸：主。谁其尸之，亦神理而已：是谁主持创造了这些自八卦以下的“实”和“华”，也只是那些能够体察精微神妙道理的人就是了。

④ 鸟迹代绳，文字始炳：《易・系辞下》曰：“上古结绳而治，后世圣人易之以书契（文字）。”许慎《说文解字序》上说：黄帝的史官仓颉观察了鸟兽的脚印，根据它们的形状创制出文字。炳：发出光彩，即起到

了阐发神理的作用。炎:炎帝,传说中上古的皇帝,一说即神农。皞:太皞氏,传说中上古的皇帝,一说即伏羲。三坟:传说中的一部古籍,春秋时尚存。《左传》昭公十二年上说楚国的左史倚相能读这书,孔颖达《正义》援引了好几种说法,有的以为它是伏羲、神农、黄帝之书,有的以为三皇之书……都出之于揣测。渺邈:悠远。声采:音节和文采。靡:无法。年世渺邈,声采靡追:三皇之书,年代过于久远,文字音节已经无法追究。刘勰对于这些传说中的典籍,实际上是抱存疑的态度。

⑤ 唐:尧的国号。虞:舜的国号。唐虞文章,则焕乎始盛:到了唐尧和虞舜时,文章才光彩焕发,开始兴盛起来。这里的"文章"指礼乐文物制度等等。《论语·泰伯》:"子曰:大哉!尧之为君也……焕乎其有文章。"元首:首领,指舜。载:句中助词,无具体意义。益稷:益是伯益,稷是后稷,都是舜的臣子。稷是周族的始祖。谟:谋议。敷:陈。元首载歌,既发吟咏之志,益稷陈谟,亦垂敷奏之风:《尚书·夏书·益稷》篇上记载着益、稷的一些论议,还有舜所作之歌词,曰:"股肱喜哉!元首起哉!百工(官)熙哉!"按《尚书》中的这些篇章起于东周,不能视作三代的信史。

⑥ 夏后氏:即夏王朝。业峻鸿绩:业、绩都指功业。峻、鸿用来指功业的崇高伟大。弥:更。缛:丰富。九序惟歌,勋德弥缛:《尚书·夏书·大禹谟》上说:"禹曰:于(啊),帝(舜)念哉!德惟善政,政在养民。水、木、金、火、土、谷惟修,正德、利用、厚生惟和。九功惟叙,九叙惟歌。戒之用修,董之用威,劝之以九歌,俾勿坏。""九序"即九叙。刘勰这里总括而言,把上述的各种治国程序称为"九序"。按《大禹谟》是后出的伪《古文尚书》,刘勰之时还辨识不清,故当作真的夏代典籍援用。

⑦ 文胜其质:文采超过了前代的质朴。"其"指上述各个朝代。雅颂:"雅""颂"是《诗经》中的部分诗篇,这里指代《诗经》全书。被:覆被,指发生的好影响。英华:精华。

⑧　繇辞：指卦辞和爻辞。炳耀：光辉灿烂。文王患忧，《繇辞》炳曜：相传《易》中的卦辞和爻辞是周文王所写。商末周初，政治黑暗，周文王被商纣王拘于羑里，乃演《周易》。见《史记·孔子世家》。符采：玉的横纹，比喻文采。复隐：深奥的意思。

⑨　公旦：周公，名旦。周武王的弟弟，周代政治礼制的创立者。振：倡导，发扬。徽：美。烈：功业。制：制作，创作。斧藻：斧用以斫削，引申为修改的意思。藻为修饰。制《诗》缉《颂》：根据《尚书大传》记载，周公曾制礼作乐。又据《尚书》、《诗经》、《国语》等书记载，《诗经》中“风”诗和“颂”诗中有好些篇章是周公所创作的。

⑩　夫子：指孔子。继圣：继起而为圣。独秀前哲：于前哲之中独为秀出。镕钧：镕为铸造器皿的模子，钧为造瓦的转轮，这里用作整理加工的意思。六经：指《易》《书》《诗》《礼》《乐》《春秋》六种经典。金声而玉振：金指钟，玉指磬。这里用音乐作比喻，以钟磬齐鸣象徵孔子的集文化之大成。《孟子·万章》：“孔子之谓集大成。集大成也者，金声而玉振之也。”木铎：拿木头做钟锤的大钟，古代施政教时摇动它。木铎起而千里应：《论语·八佾》载仪封人曰：“天将以夫子为木铎。”何晏《集解》引孔安国曰：“木铎，施政教时所振也。言天将命孔子制作法度以号令于天下。”席珍流而万世响：《礼记·儒行》篇记孔子曰“儒有席上之珍以待聘”，是说儒者有德行和学问，犹如席上之珍一样，可供人享用，从而把文化传流后世。写天地之辉光：描摹出天地之间光辉灿烂的东西。晓生民之耳目：使民众的耳目聪明起来，即孔子的学说可开通民智的意思。

【分析】这一段文字，根据历史年代的先后顺次介绍“人文”的发展。中间又可分为两节。（一）为信史以前遗留下来的著作，刘勰介绍了《易》、《河图》《洛书》、《三坟》三部分；（二）是信史以后的著作，刘勰介绍了唐、虞、夏、商、周五代。再以（一）中介绍的三类典籍来说，《易》与《河图》《洛书》最为神圣，所以刘勰誉之为“神理”;《三坟》较次要,且失传,故刘勰称之为“声采靡追”。

这里的“人文”,自庖牺至孔子的著述,都是圣人的制作,因此这一段文字的主旨在于说明文与圣的关系。

3. 爰自风姓,暨于孔氏,玄圣创典,素王述训,莫不原道心以敷章,研神理而设教[①]。取象乎河洛,问数乎蓍(shī)龟,观天文以极变,察人文以成化,然后能经纬区宇,弥纶彝宪,发挥事业,彪炳辞义[②]。故知道沿圣以垂文,圣因文以明道。旁通而无滞,日用而不匮[③]。《易》曰:“鼓天下之动者存乎辞。”辞之所以能鼓天下者,乃道之文也[④]。

【注释】

① 爰:在这里,总结上言的意思。风姓:伏羲姓风。暨:及。孔氏:孔子。玄圣:远古的圣人,指伏牺。素王:指孔子。古代以为孔子立帝王之法而不居王位,所以称素王。素有空意。原道心以敷章:根据道的精神来编写文章。研神理而设教:钻研玄妙的道理来树立教化。

② 取象乎河洛:从河图、洛书中取象,即从图象中得到启发和教益的意思。数:定数。蓍:占卜用的草。龟:占卜用的龟甲。问数乎蓍龟:通过蓍草和龟甲的占卜来预测机运。刘勰这里仍在描写自然之道的玄妙,以为圣人通过各种途径探索这种宇宙的精义和至理。极变:穷极其变化,即彻底探寻运行变化之道。人文:人类的活动和创造的文化。成化:完成其教化。经纬:组织成,治理好。区宇:天下,世界。弥纶:综合为,组织成。彝:永久的。宪:准则。发挥事业,彪炳辞义:使事业得到发扬,使辞义光辉灿烂。

③ 旁通:四处通行。滞:边际。匮:缺乏,贫乏。

④ 《易》曰:“鼓天下之动者存乎辞”:见《易·系辞上》。“存乎

辞”的“辞”，本指爻辞，刘勰借重于《易》，用指一切文辞。

【分析】这篇文章的结构，近于三段论式。1. 论文与道的关系，2. 论文与圣的关系，这第 3 段文字的主旨，也就顺理成章地论证到圣与道的关系了。

圣与道的关系，又可用两句话来概括：“道沿圣以垂文，圣因文而明道。”这也就是“原道”、“徵圣”、“宗经”说的全部根据。

《徵圣》篇的赞语中说：“妙极生知，睿哲惟宰，精理为文，秀气成采。”本来人是“天地之心”，尤其那些生知睿哲的圣人，更能“原道心以敷章，研神理而设教”，写出精理、秀采兼备的作品。

4. 赞曰①：道心惟微，神理设教②。光采玄圣，炳耀仁孝③。（一）龙图献体，龟书呈貌。天文斯观，民胥以效④。（二）

【注释】

① 赞：文体的一种。《文心雕龙》在每篇文章后面都有一篇赞，概括全篇大意，作为简短的结论。赞用韵文写成。下面各篇情况相同，不再一一加注。

② 道心惟微，神理设教：道的精神是非常微妙的，根据其神妙之理就可以树立教化。《尚书·大禹谟》上说：“人心惟危，道心惟微。”这是伪《古文古书》中的一段话，对后世影响深远。刘勰之时还不知道这是后人的伪造，所以作为经典加以引用。

③ 光采玄圣，炳耀仁孝：远古的圣人使这种教化焕发光彩，使仁孝等道德规范光辉灿烂。

④ 体：形体，与貌同。指河图。斯：句中助词，宾语倒置时应用。胥：一起，共同。效：效法，学习。龙图献体，龟书呈貌。天文斯观，民胥以效：黄河里献出了图，洛水里献出了书，圣人观察了天文，制定了

体现道心、神理的经典，民众应该效法经书上的教导而行事。“民胥以效”句出于《诗经·小雅·角弓》。

【分析】赞语可分前后两节：（一）强调“道沿圣以垂文”，（二）强调“圣因文而明道”。

徵圣第二解析

【解题】《原道》、《徵圣》、《宗经》三篇文章的题目构词方式相同，即“文原于道”，“文徵于圣”，“文宗于经”。

《说文解字·壬部》：“徵，召也。”段玉裁《注》：“按‘徵’者，证也，验也。有徵验斯有感召，有感召而事以成，故《士昏礼注》、《礼运注》又曰：‘徵，感也。’依文各解，义则相通。”徐锴《说文解字系传通释》即云“徵，徵验也。”《广雅·释诂》卷四上：“徵，明也。”王念孙《疏证》：“徵之言证明也。……《广韵》、《集韵》并云：‘徵，明也。’《中庸》‘杞不足徵也’，昭三十年《左传》‘且徵过也’，郑（玄）、杜（预）注并云‘徵，明也’。”可知“徵圣”之意是说“文”事可从圣人处得到证验，可用圣人的言行加以证明。文士从圣人处得到感悟，创作上也就可以取得成功。

《原道》篇中说：“道沿圣以垂文，圣因文而明道。”说明“道”是通过“圣”而彰显“文”的。《徵圣》篇中也说：“天道难闻，犹或钻仰；文章可见，胡宁勿思。若徵圣立言，则文其庶矣。”说明玄妙的“道”要由世上的“圣”通过“文”来传达。

刘勰所说的“圣”，是周公、孔子。他认为，文有繁有略，有隐有显，重在“抑引随时，变通适会”。此中要领，即在体悟圣人言行的示范作用，故云“徵之周孔，则文有师矣”。

《文心雕龙》中多次提到周公在文学领域中的贡献，《史传·赞》曰：“史肇轩黄，体备周、孔。”《铭箴》篇曰：“周公慎言于金人，仲尼革容于欹器，则先圣鉴戒，其来久矣。”有时则单举周公的贡献，《颂赞》篇曰：“鲁以公旦次编，商以前王追录。”“《时迈》一篇，周公所制。”而在全书中出现频率更高，《宗经》中的重点所在，则在阐述孔子的卓越贡献。孔子在各个方面都在“因文而明道”。

《序志》篇中说：“盖《文心》之作也，本乎道，师乎圣，体乎经。”这里是在作进一步的申述。刘勰的用意是把“道”落实在“圣”上，“圣”落实在“经”上。因为孔子与五经的创制与传承有关，所以孔子是中国文脉传承的关键人物。刘勰在《序志》篇中自云三十岁后梦见孔子，表明他将为发扬孔子在“文”方面的遗教而努力。

《徵圣》篇中开宗明义地说：“夫子文章，可得而闻。”其后列举“政化贵文”、“事迹贵文”、“修身贵文”的种种事例，均举孔子的言论为证。从中可见，刘勰所说的“文”涵义广泛，包括“文化”“文教”“文采”“文辞”等多种内容，落实之点则在“文辞”。随后他对“文辞”之妙又作了分析，以为有“简言以达旨”、“博文以该情”、“明理以立体”、“隐义以藏用”等种种妙处，又各举“五经”中文以明之，这就把“圣”人之功落实到“经”上去了。因此，《徵圣》之后接着就有《宗经》之说。所谓“论文必徵于圣，窥圣必宗于经”，可见《文心雕龙》的论述一气贯通，篇章之间的安排逻辑性很强。

1. 夫作者曰圣，述者曰明，陶铸性情，功在上哲，夫子文章，可得而闻，则圣人之情，见乎文辞矣。①（一）先王声教，布在方册；夫子风采，溢于格言。②是以远称唐世，则焕乎为盛；近褒周代，则郁哉可从。③此政化贵文之徵也④。郑伯入陈，以文辞为功；宋置折俎（zǔ），以多文举礼。⑤此事绩贵文之徵也。⑥褒美子产，则云“言以足志，文以足言”；泛论君子，则云“情欲信，辞欲巧”。⑦此修身贵文之徵也。⑧（二）然则志足而言文，情信而辞巧，乃含章之玉牒，秉文之金科

矣。[9]（三）

【注释】

① 夫作者曰圣，述者曰明：《礼记·乐记》："故知礼乐之情者能作，识礼乐之文者能述。作者之谓圣，述者之谓明。"作：创始，制作；述：继承，阐述。陶铸：培育，造就。性情：人之禀性和情感。上哲：超凡之人，圣人。夫子文章：语出《论语·公冶长》，指孔子的著述。情：指圣人的真实情志。文辞：刘勰所说的"文辞"，重在"言文辞巧"，即既能充分反映内容，而又形式华美的文章。

② 先王：上古贤明君王。声教：声威教化。方册：方牍简策，指上古时代的书写文献。格言：可以成为准则的言论，指孔子的著述。

③ 称：称赞，与下句"褒"同义。唐：陶唐，即尧。焕乎为盛：与下句"郁哉可从"，分别出于《论语》之《泰伯》"尧之为君也……焕乎其有文章"及《八佾》之"周鉴于二代，郁郁乎文哉！吾从周"，都是孔子称赞尧世及周代文教昌盛的话。

④ 政化：政治管理和教育感化。贵文：尚文；这里刘勰所说的"文"，指文章、文辞。徵：徵验。以上二句的意思是：孔子称颂远古的尧世文化灿烂达到盛美，褒扬近世的周代斯文郁郁堪当遵从，这就是孔子在政治教化方面崇尚文辞的验证。

⑤ 郑伯入陈，以文辞为功：《左传》襄公二十五年载，郑伐陈，郑子产赴盟主晋国报捷，晋人质问子产：陈有何罪而郑以大侵小，子产应对，顺理成章。孔子称赞道："《志》有之：'言以足志，文以足言。'不言，谁知其志？言之无文，行而不远。晋为伯，郑入陈，非文辞不为功。慎辞也！"孔子的意思是：郑国伐陈，如果没有子产精彩的辩辞，那就算不上是成功。宋置折俎，以多文举礼：《左传》襄公二十七年载，宋国设宴款待晋国赵文子，礼节隆重，宾主之间交往的言辞甚多，孔子认为文辞丰富足可为法，遂让弟子记录下来。折俎：将煮熟的家畜分解，盛放在盘上供贵宾享用，是一种较隆重的礼节。俎：祭祀或宴享时盛放牲体

或食物的礼器。

⑥ 事绩:功绩,功业。以上二句的意思是:孔子指出郑庄公攻入陈国的行动,因为子产精彩的辩辞才真正取得成功;孔子表彰宋国招待宾客的宴会,以宾主丰富的言辞而实现了礼数隆重。这就是孔子在事功方面崇尚文辞的验证。

⑦ 褒美子产,则云:“言以足志,文以足言”:事见《左传》襄公二十五年。褒美:赞美。“言以足志,文以足言”的意思是,言辞能够完美表达旨趣,文章能够充分传达言辞。“情欲信,辞欲巧”:语出《礼记·表记》所载孔子语,意思是,君子的情志和表现贵在诚实,言辞文章贵在和顺巧美。以上二句的意思是:孔子赞美子产,说他“言辞能够完美表达旨趣,文章能够充分传达言辞”;孔子泛论君子的修养,则说“君子的情志和表现贵在诚实,言辞文章贵在和顺巧美”。这就是孔子在修身方面崇尚文辞的验证。

⑧ 修身:培养德性。

⑨ 玉牒:原指古帝王写在玉简上的文书,封禅、郊祀时用。“玉牒”与下“金科”同义,指永恒不变的准则、法规。含章:蕴蓄贞美之质,意为“酝酿华美文章”,与下文“秉文”义近。这句的意思是:志趣充足而形式华美,情貌诚实而修辞巧妙,这就是文章写作的金科玉律了。

【分析】本段文字可分为三层:(一)建立“文徵于圣”的前提:夫子文章,可得而闻;圣人之情,见乎文辞,所以“徵圣”的重点就落在“文辞”上。(二)以孔子的言论为证,从三个方面举例说明“文辞”重要性。(三)“志足情信”,加上“言文辞巧”,亦即既有充实内容,又有华美形式,是文章撰作的不二法则。

2. 夫鉴周日月,妙极机神,文成规矩,思合符契;或简言以达旨,或博文以该情,或明理以立体,或隐义以藏用。① 故《春秋》一字以褒贬,“丧服”举轻以包重,此简言以达旨也。[②]《邠(bīn)诗》联章以积句,《儒行》缛说以繁辞,此博文以该情也。[③]书契断决以象夬(guài),文章昭晰以效离,此明理以立体也。[④]四象精义以曲隐,五例微辞以婉晦,此隐义以藏用也。[⑤]故知繁略殊制,隐显异术,抑引随时,变通适会,徵之周孔,则文有师矣。[⑥]

【注释】

① 鉴:鉴别,认识。周:遍。妙:高明。极:高抵,高达。机神:机微神妙;机,同"几",《易·系辞下》"几者动之微,吉之先见者也",事物变动之前的微小预兆。规矩:规和矩,这里指法则。符契:古代凭信之一,以金玉或竹木制成,刻上文字后分为两半,使用时以两半相合为验。思合符契,指神思与文章所要表现的客观内容相合一致。简言:简炼的文辞。达旨:传达主旨。博文:繁富的文辞。该情:包罗情志。明理:明察事理。立体:确定本体。隐义:隐藏旨意。藏用:潜藏功用,语出《易·系辞上》:"显诸仁,藏诸用,鼓万物而不与圣人同忧。"全句的意思是:圣人鉴识之周全如日月之照,鉴识之高明可以通神见微,所以其文章形式能够合乎法则,思想与客观事物能够契合如一;圣人文章的四种表现是:或用语简炼以表达意旨,或文辞繁富以畅述情志,或明察道理以建立体制,或隐晦旨意以潜藏功用。

② 《春秋》:编年体史书,传说经孔子修订。叙事简略,行文用字寓含褒贬。所记起于鲁隐公元年,止于鲁哀公十四年。"丧服"举轻以包重:古代丧服以亲疏远近分为五等,由重至轻为"斩衰(cuī)、齐衰(cuī)、大功、小功、缌(sī)麻",轻服应该达到的服丧要求,重服自然也必须达到,所以《礼记》所记孔子关于服丧礼制的论述,往往举"轻"以概"重",而不繁文重复。

③ 《邠诗》联章以积句:《邠诗》指《诗·豳风·七月》,全篇八章,章十一句,是《国风》中最长的一篇。《儒行》缛说以繁辞:《礼记·儒行》论儒者之行,缕列详尽,分析细致。

④　书契：文字。夬：《易》六十四卦之一；夬有决断之象，王弼注："夬者，明法而决断之象也。""书契决断以象夬"语出《易·系辞下》："上古结绳而治，后世圣人易之以书契，百官以治，万民以察，盖取诸夬。"意思是书契如"夬"卦一样能够决断万事。昭晰：清楚。离：《易》八卦之一，又为六十四卦之一；"离"卦有明丽之象，《彖辞》："离，丽也。"《说卦》："离也者，明也，万物皆相见，南方之卦也。""文章昭晰以效离"，意思是文章述理清晰就像"离"卦一样显明。

⑤　四象精义以曲隐："四象"所指，有多种说法，一见《易·系辞上》太极"生两仪，两仪生四象，四象生八卦"，李鼎祚《周易集解》引虞翻说，谓春、夏、秋、冬四时；孔颖达《周易正义》以为金、木、水、火。二亦见《易·系辞上》"《易》有四象，所以示也"，《正义》引庄氏语，谓六十四卦有"实象、假象、义象、用象"。这里刘勰称四象"精义以曲隐"，则颇具玄学意味，黄侃《文心雕龙札记》认为其用意与庄氏相同，其说可信。汉儒治《易》，近其占筮本质，多用于占候；王弼以玄学解《易》，提出"言、意、象"命题，赋予"象"以玄学意义。刘勰和庄氏关于"象"的思想，远于汉儒而近于王弼，因此刘勰所说的"四象"，应是"实象、假象、义象、用象"。精义：精深的义理。曲隐：曲折隐晦。五例微辞以婉晦：杜预《春秋左氏传序》总结《春秋》五种义例为：一曰微而显，二曰志而晦，三曰婉而成章，四曰尽而不污，五曰惩恶而劝善。这里刘勰是指《春秋》用辞隐微而又委婉含蓄的总体笔法。隐义：隐藏义旨。藏用：潜藏功用。

⑥　繁略：繁复与简略。隐显：含蓄与直露。抑引：压制或引申，即有所偏重。变通：不拘常规，应时而变。适会：适应并融合。这句意思是：文章繁复与简略的形制不同，文义含蓄与直露的方法有别，应视需要有所偏重，根据情况恰当地融汇。取周、孔文章以验证之，为文自然就有师法可从了。

【分析】本段对"文辞"的具体内涵进行分析，指出圣人"文辞"

之妙有四种表现：简言以达旨、博文以该情、明理以立体、隐义以藏用；强调灵活运用、随时变通，并一一验证于圣人文章的重要性。

3. 是以论文必徵于圣，窥圣必宗于经。①《易》称“辨物正言，断辞则备”；②《书》云“辞尚体要，不惟好异”。③故知正言所以立辩，体要所以成辞，辞成则无好异之尤，辩立有断辞之美。④虽精义曲隐，无伤其正言；微辞婉晦，不害其体要。⑤体要与微辞偕通，正言共精义并用；圣人之文章，亦可见也。颜阖（hé）以为仲尼饰羽而画，徒事华辞。⑥虽欲訾（zǐ）圣，弗可得也。⑦然则圣文之雅丽，固衔华而佩实者也。⑧天道难闻，犹或钻仰；文章可见，胡宁勿思。⑨若徵圣立言，则文其庶矣。⑩

【注释】

① 窥：窥知，探知。宗：朝见，归依。

② “辨物正言，断辞则备”：语出《易·系辞下》。辨物，辨识事物。正言，用正当、确切的言辞说出。断辞，指《易》中决断吉凶之辞。这里的意思是：辨明事物，必须使用正当、确切的言辞，由此而形成的判断，才能达到完备。

③ “辞尚体要，不惟好异”：语出《尚书·毕命》。体要，切实扼要；《文心雕龙·序志》中云：“盖《周书》论辞，贵乎体要。”好异，喜好立异。这里的意思是：文辞以切实简要为上，不应只是标新立异。

④ 辩：通“辨”。尤：过失。这句的意思是：雅正确切的言辞才能表现对事物的辨识，切实简要的文体才能保障文辞的成立，由此而成的文辞就没有猎奇的弊病，随之达成的辨识便富有明断的优点。

⑤ 此承上段“四象精义以曲隐，五例微辞以婉晦，此隐义以藏用也”而来，意思是：虽然义理精深又曲折隐晦，但不妨碍言论的正当确

切;尽管用辞隐微而又委婉含蓄,却无害于文章的切实扼要。

⑥ 颜阖以为仲尼饰羽而画,徒事华辞:《庄子·列御寇》记鲁哀公问颜阖:"我以仲尼为栋梁,国家有希望了么?"颜阖说:"危险了!仲尼方且饰羽而画,从事华辞。"饰羽而画,意思是在本有纹采的羽毛上再予修饰描画。徒:徒然。华辞:华而不实之辞。

⑦ 訾圣:诋毁圣人。

⑧ 雅丽:雅正优美。衔:口含。佩:佩带,带有。这句意思是:圣人文章的雅正优美,正在于既有华采,又有充实内容。

⑨ 钻仰:深入研究;语出《论语·子罕》:"仰之弥高,钻之弥坚。"胡宁:怎能。这句的意思是:天道难以闻知,仍然有人极力研究;圣人的文章能够见到,怎能不认真思考!刘勰在这里表示,"道"是由圣人通过文章传达的。

⑩ 庶矣:将近,差不多。

【分析】这一段指出"徵圣"还必须落实到"经"上,"经"作为圣人文章的典型,达到了"衔华而佩实"的最高境界,只有通过"徵圣",才能够"立言"。

4. 赞曰:妙极生知,睿哲惟宰。①(一)精理为文,秀气成采。②鉴悬日月,辞富山海。③(二)百龄影徂(cú),千载心在。④

【注释】

① 生知:《论语·季氏》:"孔子曰:生而知之者上也。"睿哲:圣明。宰:主宰。这句的意思是:圣人的高明达到了生而知之的境界,足以主宰一切。

② 精理:精妙的义理。秀气:文章具有秀丽之气。成采:具备文采。这句的意思是圣人文章既备精深之义理,又有秀丽之气而成就

华采。

③ 鉴悬日月:与前文"鉴周日月"同义,谓圣人的鉴识如日月悬挂,遍照一切。辞富山海:文辞丰富如山海高深。

④ 百龄:指人的一生。影:身影,指人之形体。徂:往。影徂:人身消逝。这句的意思是:圣人虽往,而由文章所存之心,千载犹在。

【分析】赞辞可分三节:(一)赞美圣贤的伟大,(二)赞美圣贤文章在"内容"、"文辞"上达到的境界,(三)强调圣贤文章的不朽。

宗经第三解析

【解题】“原道”、“徵圣”、“宗经”，这是我国早期正统文学理论的核心。三者之间，“原道”偏于哲理的阐发，“宗经”则是具体的论证，前者虚而后者实，因此发生的影响实以后者为大。“徵圣”居于中间环节的地位，目的在于阐明“道”经由“圣”而体现在“经”上。

提出这种理论，无异确立一种“绝对真理”，作为发挥义理和折衷群言的准则，它是适应中央集权的要求而出现的。先秦时代，百家争鸣，自然没有什么不可动摇的最后真理出现。墨子主张立论要有“三准”，但却没有提出什么具体的主张作为准则，直到战国末期儒家学派的最后一位大师荀子出现以后，才初次提出了“原道”、“徵圣”、“宗经”的主张。

荀子的理论，适应中国大一统后新兴封建政权的需要。他构拟了一系列的政治纲领，作为将来建立社会新秩序的依据。在他看来，这是将来实行儒家“王道”政治的必由之路，因此他名自己的文章为《王制》，作为政治理论的最高标准而提出。

传曰：“天下有二，非察是，是察非。”——谓合王制与不合王制也。天下有不以是为隆正也，然而犹能分是非曲直者耶？（《解蔽》篇）

凡议，必将立隆正然后可也。无隆正，则是非不分，而辩讼不决。故所闻曰：“天下之大隆，是非之封界，分职名象之所

起，王制是也。”故凡言议期名，是非以圣、王为师。（《正论》篇）

所谓“隆正”，也就是最崇高正确的标准。它的具体项目为王制，它的最后裁决者为圣、王。这里透露了“徵圣”说的苗头。

“圣”是儒家之道的集中表现，又是五经的制作者，因此圣人也就成了“道”与“经”的枢纽。

圣人也者，道之管也。天下之道管是矣，百王之道一是矣，故《诗》、《书》、《礼》、《乐》之（道）归是矣。《诗》言是其志也，《书》言是其事也，《礼》言是其行也，《乐》言是其和也，《春秋》言是其微也。故《风》之所以为不逐者，取是以节之也；《小雅》之所以为《小雅》者，取是而文之也；《大雅》之所以为《大雅》者，取是而光之也；《颂》之所以为至者，取是而通之也。天下之道毕是矣。乡是者臧，倍是者亡。乡是如不臧，倍是如不亡者，自古及今，未尝有也。（《儒效》篇）

“原道”、“徵圣”、“宗经”的结论，就是这么得出来的。

其后汉代的扬雄进一步发展了这种学说，建立了较完整的体系。它对刘勰的理论当有巨大的影响。

1. 三极彝(yí)训，其书曰“经”①。“经”也者，恒久之至道，不刊之鸿教也②。（一）故象天地，效鬼神，参物序，制人纪；洞性灵之奥区，极文章之骨髓者也③。（二）皇世《三坟》，帝代《五典》，重以《八索》，申以《九丘》，岁历绵暧(ài)，条流纷糅④。（三）自夫子删述而大宝启耀，于是《易》张《十翼》，《书》标“七观”，《诗》列“四始”，《礼》正“五经”，《春秋》“五例”，义既挻(shān)乎性情，辞亦匠于文理，故能开学养正，昭明有融⑤。（四）然而道心惟微，圣谟(mó)卓绝，墙宇

重峻，而吐纳自深。譬万钧之洪钟，无铮铮(zhēng)之细响矣[⑥]。(五)

【注释】

① 三极：即三才，指天、地、人。彝：经常的，永久的。彝训：垂之永久的至理。经：本是织物中纵的长线，后用指经久不变的常道。

② 不刊：不可削除，不能磨灭。鸿教：广漠无边的教化(材料)。

③ 象天地：描摹天地的形象。效鬼神：汲取鬼神的效验。参物序：探究事物的次序，即深入探讨事物内部秩序的意思。制人纪：制订人们行动的纲纪，即制订人伦的纪纲。洞：透彻地了解。性灵：聪明智慧。洞性灵之奥区：洞察人类聪明智慧的微妙领域。极：深究。极文章之骨髓：深刻地探索文章内涵的精髓。

④ 皇世《三坟》，帝代《五典》，重以《八索》，申以《九丘》：这些古籍，很早就失传，内容不明。后人曾作种种解释，但未必切合原意。今略作介绍。皇指三皇，一般以为指伏羲、神农、黄帝。帝指五帝，一般以为指少昊、颛顼、高辛、唐尧、虞舜。坟有大道的意思；典有常道的意思；八索是探讨八卦学说的一种典籍，索有探讨的意思。九丘指记载古代中国九州的多种情况的一种典籍，丘有积聚的意思。重，加上。申，申述。《左传》昭公十二年记楚国的左史倚相"能读《三坟》《五典》《八索》《九丘》"，孔颖达《正义》引贾逵曰："《三坟》，三皇之书；《五典》，五帝之典；《八索》，八王之法；《九丘》，九州亡国之戒。"绵：悠久。暧：昏昧不明。纷：混乱。糅：杂乱。刘勰对《三坟》等书持存疑的态度，因为这些典籍年代久远，一些阐释其流派的学说纷繁复杂，无法徵信。

⑤ 自夫子删述而大宝启耀：当时以为孔子是全面整理上古典籍的圣人，自经他删削演绎，各种典籍的精华才发出光彩。上述说法可以参看孔安国的《尚书序》。《易》张"十翼"：相传孔子曾作《彖辞》上、下，《象辞》上、下，《系辞》上、下，《文言》，《说卦》，《序卦》，《杂卦》，发挥

《易》中的义理,羽翼《易》而行世,故称“十翼”。张有扩大而成的意思。《书》标“七观”:《尚书大传》上记载,孔子以为《尚书》中的《甘誓》《汤誓》《泰誓》《牧誓》《费誓》《秦誓》可以观义,《酒诰》《召诰》《洛诰》《大诰》《康诰》可以观仁,《甫刑》可以观诫,《洪范》可以观度,《禹贡》可以观事,《皋陶》可以观治,《尧典》可以观美。总起来说,叫做“七观”。标有举出的意思。《诗》列“四始”:《毛诗序》中说,《诗经》中有“风”、“小雅”、“大雅”、“颂”四部分,总称“四始”,古人认为王道兴衰是从这里开始反映出来的。列有安排好的意思。《礼》正“五经”:古礼有五,《礼记·祭统》郑玄注曾作介绍,指吉礼(祭祀等)、凶礼(丧事等)、宾礼(朝觐等)、军礼(阅兵、正封疆等)、嘉礼(婚、冠等)。古人认为这是不可更改的常道,故称“五经”。《春秋》“五例”:杜预在《春秋左氏传序》提出《春秋》有五例,一曰微而显,二曰志而晦,三曰婉而成章,四曰尽而不讦(迂),五曰惩恶而劝善。挻:揉和捏合而成器,引申为培育。匠:规范,定出正格。开学:开通学识。养正:培育正道。昭明有融:光明而悠久。有是副词,没有具体意义。融有长的意思。

⑥ 道心惟微,圣谟卓绝:道的精神是非常微妙的,圣人的议论极为高超。《尚书·大禹谟》上说:“人心惟危,道心惟微。”《大禹谟》是伪《古文尚书》,刘勰那时以为它是真的经典,因而加以援用。谟:议。墙宇重峻:比喻圣人的怀抱。宇,屋。重,重叠。峻,高耸。吐纳自深:吞吐内心的蕴畜,自然具有深度。钧:三十斤。

【分析】这一段文字可分五节:(一)释经,(二)赞经,(三)叙古经,(四)析五经,(五)言经义奥隐,不易觇测。

刘勰叙述古史,也有一定程度的考核。《三坟》、《五典》、《八索》、《九丘》等书,旧说虽尊贵,然只见之于传说,因此刘氏取存疑态度。《原道》篇中说:“炎、暤遗事,纪在《三坟》,而年世渺邈,声采靡追。”亦即此意。

2. 夫《易》惟谈天，入神致用，故《系》称旨远辞文，言中(zhòng)事隐。韦编三绝，固哲人之骊(lí)渊也[①]。《书》实纪言，而训诂茫昧，通乎《尔雅》，则文意晓然。故子夏叹《书》，昭昭若日月之明，离离如星辰之行，言昭灼(zhuó)也[②]。《诗》主言志，诂训同《书》，摛(chī)风裁兴，藻辞谲(jué)喻，温柔在诵，故最附深衷矣[③]。《礼》以立体，据事制范，章条纤曲，执而后显。采掇(duō)片言，莫非宝也[④]。《春秋》辨理，一字见义，五石六鹢(yì)，以详略成文；雉门两观，以先后显旨。其婉章志晦，谅以邃矣[⑤]。(一)《尚书》则览文如诡，而寻理即畅；《春秋》则观辞立晓，而访义方隐。此圣文之殊致，表里之异体者也[⑥]。(二)

【注释】

① 《易》惟谈天，入神致用：《易》是谈天道的，进入了精妙的境界。因为它会通事物的理数，又能表达它的作用。《易·系辞下》曰："精义入神，以致用也。"《系》称旨远辞文，言中事隐：《易·系辞下》曰："其旨远，其辞文，其言曲而中，其事肆而隐。"这是宣扬《易经》神妙的文字，意思是说：《易》的意旨很深远，辞句有华彩，它的话很婉转然而切中事理，叙述事情很畅达然而内涵不易觉察。骊渊：《庄子·列御寇》上说：潜藏在九重深渊之下的骊龙颔下，有千金之珠。这里用作《易》中精义的比喻。韦编三绝，固哲人之骊渊也：根据《史记·孔子世家》中的记载，孔子晚年喜欢钻研《易》，曾把串连竹简用的熟牛皮都翻断了三次。这样他就像是潜入骊渊而得到了宝珠。固，确实是。

② 训诂：解释古语。《尔雅》：训诂学的专著。据近人研究，当是汉初学者集纳先秦古籍词义而成的一部辞书，后人将它归入十三经中。《书》实纪言，而训诂茫昧，通乎《尔雅》，则文意晓然：古代制

度，君主身边有左右史官，记载他的言行。传说左史记言，《尚书》就是这样的典籍。因为文辞古奥，解释不易明白，但若通过《尔雅》一书的训释，文意能够明白。子夏：姓卜，名商，孔子弟子。昭昭：明白的样子。离离：清楚的样子。昭灼：非常光亮。子夏叹《书》，昭昭若日月之明，离离如星辰之行，言昭灼也：子夏称叹《书》的这段话，见《尚书大传》。

③ 诂训同《书》：它的文字和《书》一样解释。摛风裁兴：摛，发布。风，指风、雅、颂等部分作品，即文学的样式；裁，制作。兴，指赋、比、兴等几种写作手法。藻辞谲喻：文辞很美丽，比喻很婉曲。《毛诗序》："主文而谲谏。"温柔在诵，故最附深衷矣：诵读之时，可以感受到温柔敦厚的特点，所以最能触动心灵深处。附，接近，触及。《礼记·经解》："温柔敦厚，诗教也。"

④ 体：典范。据事制范：根据事情制订各种规范。章条纤曲，执而后显：章节和条目精细曲折，把握住礼，就有明显的功效。采掇：采择。片言：一星半点的言论。

⑤ 《春秋》辨理，一字见义：古人以为经过孔子删述过的《春秋》是辨明道理的书，每一个字都有其用意，常用个别字表示褒贬。五石六鹢，以详细成文：鹢，水鸟。《春秋》僖公十六年记："春王正月戊申朔，陨石于宋，五。……是月，六鹢退飞过宋都。"晋范宁在《穀梁传集解》中解释道："石无知而陨，必天使之然，故详而日之。鶂（鹢）或时自欲退飞耳，是以略而月之。"以日记，显得详；以月记，显得略，他们认为孔子记事时用字的详略都含有深意。雉门两观，以先后显旨：雉门，鲁宫的南门。两观，宫门外两边台上的楼。《春秋》定公二年："雉门及两观灾"，《公羊传》解释道："其言雉门及两观灾何？两观，微也。然则曷为不言雉门灾及两观？主灾者两观也。主灾者两观，则曷为后言之？不以微及大也。"他们认为先谈后起火的雉门，后谈先起火的两观，含有深意，目的在于突出雉门，因为这比两观更为重要。婉章志晦：杜预以为《春秋》有"婉而章"、"志而晦"的特点。所谓婉而章，是说文辞很

婉转，然而用意很清楚；所谓志而晦，是说宗旨很明确，然而表达得很隐晦。谅：信实。邃：深远。

⑥ 诡：新异，奥曲。殊致：不同的特色。

【分析】这一段文字可分两节：(一) 分叙五经，(二) 比较《尚书》、《春秋》。

这一段文字中对五经的分析，与上一段文字中所作的分析不同。上段主要介绍了经书中的要点，本段则偏重介绍经书写作上的成就。《徵圣》篇中有一段文字，论点与此相似。"夫鉴周日月，妙极机神，文成规矩，思合符契；或简言以达旨，或博文以该情，或明理以立体，或隐义以藏用。故《春秋》一字以褒贬，'丧服'举轻以包重，此简言以达旨也。《邠诗》联章以积句，《儒行》缛说以繁辞，此博文以该情也。书契断决以象夬，文章昭晰以效离，此明理以立体也。四象精义以曲隐，五例微辞以婉晦，此隐义以藏用也。故知繁略殊形，隐显异术，抑引随时，变通会适。徵之周孔，则文有师矣。"可与此文互参。

刘勰喜欢拿性质相近的作家或作品作比较。这也是一种很好的研究方法。通过比较，可以更深地发掘出二者的同异，进一步掌握彼此的特点。这里对史书的研究就是一个例子。

3. 至于根柢(dǐ)槃(pán)深，枝叶峻茂，辞约而旨丰，事近而喻远[①]。是以往者虽旧，馀味日新。后进追取而非晚，前修久用而未先，可谓太山遍雨，河润千里者也[②]。(一) 故论说辞序，则《易》统其首；诏策章奏，则《书》发其源；赋颂歌赞，则《诗》立其本；铭诔箴祝，则《礼》总其端；纪传盟檄，则《春秋》为根：并穷高以树表，极远以启疆，所以百家腾跃，终入环内者也[③]。(二)

【注释】

① 槃:通“盘”,蟠曲。峻:高耸。辞约而旨丰,事近而喻远:文辞很简练,旨趣很丰富;提到的事物很普通,说明的道理很深远。

② 后进追取而非晚,前修久用而未先:后起的人追慕前代经典而加以领会,为时不晚;前辈文士早就运用,也不算占先。这里是在称赞五经内容丰富,不论过去或未来,都可受到教益。河:黄河。太山遍雨,河润千里:见《公羊传》僖公三年。

③ 论说辞序,则《易》统其首:论、说、辞、序等几种文体,总的说来都是由《易》开创的。统,总括起来。赋颂歌赞,则《诗》立其本:赋、颂、歌、赞等几种文体,《诗经》为之树立了根本。这也就是说,赋等文体是从《诗》中生发出来的。表:标志。穷高以树表,极远以启疆:经书的作用,像是在极高的地方树立起标志,往极远的地方开拓起疆域。环:圈子,范畴。百家腾跃,终入环内:百家踊跃竞起,但总超不出它的范围。

【分析】这一段文字可分两节:(一)言经典沾溉后代无穷,(二)言后代文体均出五经。《颜氏家训·文章》篇中也有类似的论述。

4. 若禀经以制式,酌雅以富言,是即山而铸铜,煮海而为盐也[①]。故文能宗经,体有六义:一则情深而不诡,二则风清而不杂,三则事信而不诞,四则义贞而不回,五则体约而不芜,六则文丽而不淫[②]。扬子比雕玉以作器,谓《五经》之含文也[③]。(一)夫文以行立,行以文传,四教所先,符采相济[④]。迈德树声,莫不师圣,而建言修辞,鲜克宗经[⑤]。是以楚艳汉侈,流弊不还,正末归本,不其懿欤[⑥]。(二)

【注释】

① 禀:继承。酌:掇取。禀经以制式,酌雅以富言:继承经书而制定其法式,采取经书的典范语言来丰富自己的词汇。即山而铸铜,煮海而为盐:靠近矿山而铸铜,用海水熬煎制盐。这是两个比喻。

② 体:主体,根本。体有六义:从根本上来说可表现为六个方面的内容。风:风触动物,比喻感染力量。清:纯正。诞:荒谬。贞:端方。回:邪曲。体:风格,风貌。淫:过度。

③ 扬子:扬雄,西汉后期的著名文士和思想家,著有《羽猎赋》、《剧秦美新》等文和《法言》十三卷。比雕玉以作器:《法言·寡见》篇上说:"或曰:良玉不雕,美言不文,何谓也?曰:玉不雕,玙璠(玉制礼器)不作器;言不文,典谟不作经。"扬雄以为玉一定要经过雕琢,才能成为好的礼器;言辞如果缺乏文采,则古代的典籍也不能成为经典。

④ 文以行立,行以文传:文章的好坏由德行的高下决定,德行则要借文章而传布。四教:文、行、忠、信,孔子用它教育弟子,见《论语·述而》。符采:玉的横纹。济:帮助。四教所先,符采相济:孔子以文、行、忠、信教育弟子,又把文置于首位,正像美玉一定要有纹采来助益一样。

⑤ 迈:勉励,努力。迈德树声,莫不师圣:努力提高德行,树立好的名声,没有一个人不去效法圣人的。《尚书·大禹谟》上说:"皋陶迈种德。"孔安国传:"迈,行也。"《大禹谟》和孔《传》都是后起的伪书,刘勰当时还分辨不清,仍视作经典而援用。建言:创立学说。修辞:修饰文章。鲜:很少。克:能。

⑥ 楚艳:楚指楚辞。刘勰认为楚辞在形式上开始趋向艳丽,有异于《诗经》的文质相称。汉侈:汉指汉赋。赋重铺陈,夸饰过度,所以刘勰称之为"侈"。不还:不能再回到正道上来。正末:端正它的末流。归本:回复到它的本源。即回到经书所确定的道路上去。懿:美。欤:么。表示疑问的副词,实际上是表示惊叹的意思。

【分析】这一段文字含有正反两层意思：(一) 言文章若能宗经，则从内容到形式都能取得良好的成绩；(二) 言文章若不宗经，则如楚汉之后的文章，“流弊不还”。

5. 赞曰：三极彝训，道深稽古①。致化归一，分教斯五②。(一) 性灵镕匠，文章奥府。渊哉铄(shuò)乎，群言之祖③。(二)

【注释】

① 稽古：《尚书》的典谟等训词中常以“曰若稽古”开端，伪孔安国《传》训为“考之古道”，郑玄依据纬书训为“同乎古道”。

② 斯：则。致化归一，分教斯五：达到教化的目的则归于一致，分别发挥其教育的作用则可分为五经。

③ 性灵：聪明智慧。镕匠：镕是镕铸金属，匠是加工成器，这里用作锻炼人的道德的比喻。奥府：珍秘的仓库。渊：深不可测。铄：美。

【分析】赞语可分上下二节：(一) 阐明“原道”与“宗经”的联系，概括了第 1 段的内容；(二) 阐明五经与文学的联系，概括了 2、3、4 段的内容。

潘勖《九锡》与刘勰崇儒

潘勖《册魏公九锡文》的沉浮

汉献帝加曹操九锡的殊礼，命潘勖作文，《三国志》卷一《武帝纪》、卷二一《卫觊传》二文的裴松之注中均有说明。但在当时，就发生过另一种说法，以为《册魏公九锡文》的作者乃是王粲。

> 魏国初建，潘勖字元茂，为策命文。自汉武已来未有此制，勖乃依商、周宪章，唐、虞辞义，温雅与典诰同风，于时朝士皆莫能措一字。勖亡后，王仲宣擅名于当时，时人见此策美，或疑是仲宣所为，论者纷纭。及晋王为太傅，腊日大会宾客，勖子蒲时亦在焉。宣王谓之曰："尊君作封魏君策，高妙信不可及，吾曾闻仲宣亦以为不如。"朝廷之士乃知勖作也。(《太平御览》卷五九三引殷洪《小说》)①

由此可见，此文具有如下一些特点：

(一)"九锡文"前无所承，具有首创意义。②

(二)继承典诰传统，文辞温雅，为众人所折服。

---

① 当是殷芸《小说》之误。余嘉锡《殷芸小说辑证》下加按语曰："殷洪不知何人，亦不闻别有此小说，此盖是引殷灌蔬《小说》，传写脱去'蔬'字，又讹'灌'为'洪'耳。"载《余嘉锡论学杂著》上册，中华书局1963年版。殷芸，字灌蔬，见《梁书》卷四十一、《南史》卷六十本传。

② 王莽篡位前，亦曾受九锡，见《汉书・王莽传上》。然此九锡文仅五百馀字，平铺直叙，文采殊逊，与潘勖之《九锡》无前后继承关系。王莽之前未见九锡文之作。

（三）此文虽然极力称颂曹操的功德，但却博得了企图取代曹魏王朝的司马氏的赏识。

这个故事中的“晋王”、“太傅”和“宣王”，究竟指谁，颇难断言。如依“太傅”、“宣王”二名而言，当指司马懿无疑，然与“晋王”一称不符。司马昭曾封“晋王”，却又没有任过“太傅”，也没有追谥为“宣王”。但不管是谁，此人曾经赏识过潘勖的九锡文，本身就是一件令人奇怪的事。司马氏的阴险狡诈，处心积虑篡夺曹魏政权，那是上下两代完全一样的。照理说，他们应该贬抑替曹魏政权的奠基者曹操吹嘘功德的文字才是，这时他们转而表示欣赏，当是另有其考虑。不论司马懿或司马昭，都曾荣膺九锡之礼，按照当时政权递嬗的程序，九锡之后，就可实行禅让大典了。因此，晋王对《册魏公九锡文》表示欣赏，可能着眼于演变中的政局。尽管晋王曾经虚假地固辞九锡的殊礼，但历史仍在按预定计划发展，《册晋公九锡文》出，也会把晋王的功德尽情吹嘘一番，这样也就有助于他们声誉的提高和事业的发展。

自此之后，宋、齐、梁三朝按照同一方式夺取政权，开国之君先是受命加九锡，在九锡文中大大张扬一番功业，然后实行禅让。而每一次的加九锡，其文铺张扬厉，都是遴选当代大手笔撰写的。

汉末的大手笔，自然要以王粲为巨擘，况且他与曹操的关系又是那么亲密，旁人自然会把这篇大作附会到他身上。尽管经过晋王的澄清事实，后人仍然有称此文出自王粲者。《酉阳杂俎》前集卷十二《语资》曰：“魏尉瑾曰：‘《九锡》或称王粲。’”同书卷十一《广知》曰：“梁主客陆缅谓魏使尉瑾曰：‘我至邺，见双阙极高，图饰甚丽，此间石阙亦为不下。……’”可知此人正与刘勰同时。[①] 说明当时还有王粲作《册魏公九锡文》之说。

① 尉瑾事迹见《北齐书》卷四十与《北史》卷二十本传。

但在《文选》与《文心雕龙》中，萧统与刘勰则均将此文归为潘勖所作。《文选》在"册"这一类文体中仅选此文，《文心雕龙·诏策》篇中说："建安之末，文理代兴，潘勖《九锡》，典雅逸群；卫觊禅诰，符采炳耀，弗可加已。"《风骨》篇中说："昔潘勖'锡魏'，思摹经典，群才韬笔，乃其骨髓峻也。"《才略》篇中说："潘勖凭经以骋才，故绝群于锡命。"对此都有很高的评价。

刘勰在《文心雕龙·铭箴》篇中曾说："潘勖符节，要而失浅。"《杂文》篇中说："自连珠以下，拟者间出，杜笃、贾逵之曹，刘珍、潘勖之辈，欲穿明珠，多贯鱼目，可谓寿陵匍匐，非复邯郸之步；里丑捧心，不关西施之颦矣。"说明潘勖的其他作品，水平大都不高，没有引起他的好感。只是这位并非一流的文人，却写下了政治上很特殊的《九锡文》一篇，从而博得了刘勰的欣赏，一再加以称颂，作为范例，加以标举，本身就是一件耐人寻味的事，值得作些探讨。

刘勰崇儒的实质

用后代人的眼光来看，魏晋南北朝时一些文人的立身行事颇有可议之处。他们常是身历两个朝代，在前朝受到宠幸的人，转身便成了拥立新君的功臣，在政治道德上却丝毫不感到有什么为难之处。尽管他们仍然标榜信奉儒家的教义。

儒家的基本原则之一，便是确立君臣大义，这就是《论语·颜渊》篇中著录的"君君、臣臣、父父、子子"。孔子制订的这些重要原则，主要体现在《春秋》之中。《孟子·滕文公下》曰："世衰道微，邪说暴行有作，臣弑其君者有之，子弑其父者有之。孔子惧，作《春秋》。《春秋》，天子之事也；是故孔子曰：'知我者，其惟《春秋》乎！罪我者，其惟《春秋》乎！'"于此可见《春秋》一书在孔子心目中的重要地位。

司马迁在《太史公自序》中曾对《春秋》一书的要义作了深入的阐发，中云："夫《春秋》，上明三王之道，下辨人事之纪，别嫌疑，明是非，定犹豫，善善恶恶，贤贤贱不肖，存亡国，继绝世，补敝起废，王道之大者也。……故有国者不可以不知《春秋》，前有谗而弗见，后有贼而不知。为人臣者不可以不知《春秋》，守经事而不知其宜，遭变事而不知其权。为人君父而不通于《春秋》之义者，必蒙首恶之名；为人臣子而不通于《春秋》之义者，必陷篡弑之诛，死罪之名。……夫不通礼义之旨，至于君不君，臣不臣，父不父，子不子。夫君不君则犯，臣不臣则诛，父不父则无道，子不子则不孝。此四行者，天下之大过也。以天下之大过予之，则受而弗敢辞。”可见《春秋》一书在确立封建社会的等级秩序方面起着重要的指导作用。

按照《春秋》大义来说，魏晋南北朝时那些取代前朝政权的军阀，那些帮着谋王篡位者出谋划策的文人，都是“乱臣贼子”。“孔子成《春秋》而乱臣贼子惧”，按理来说，信奉儒家思想的人就应当对那些新朝人士口诛笔伐。刘勰既是儒家思想的信徒，那就理当对曹操等人表示贬抑，从而对潘勖的《册魏公九锡文》加以批判才是。但如上所述，事实却正相反。

刘勰在《文心雕龙·史传》篇中曾论及《春秋》，文曰：

> 昔者夫子闵王道之缺，伤斯文之坠，静居以叹凤，临衢而泣麟，于是就太师以正《雅》《颂》，因鲁史以修《春秋》。举得失以表黜陟，征存亡以标劝戒。褒见一字，赏逾轩冕；贬在片言，诛深斧钺。然睿旨幽隐，《经》文婉约，丘明同时，实得微言，乃原始要终，创为传体。

从这段文字来看，刘勰对孔子“因鲁史以修《春秋》”的经过和宗旨是很了解的，对《左传》与《春秋》的关系也有明确的认识。按照金毓黻《文心雕龙·史传篇疏证》一文的介绍，这段文字“悉本范宁《穀梁传序》”，[1]可见他对《春秋》学的来龙去脉都很清楚。

---

① 载《中华文史论丛》1979 年第 1 辑。

《文心雕龙·时序》篇中说:“暨皇齐驭宝,运集休明:太祖以圣武膺箓,高祖以睿文纂业,文帝以贰离含章,中宗以上哲兴运,并文明自天,缉遐景祚。今圣历方兴,文思光被,海岳降神,才英秀发,驭飞龙于天衢,驾骐骥于万里,经典礼章,跨周轹汉,唐虞之文,其鼎盛乎!”对于当代的君主,大发崇圣之词,当然也是封建文人的常态,不足为怪。只是萧齐一代的政治,未免与上述美词相距太远了。齐太祖在取得政权之后,大肆诛戮前代王室,郁林王的荒诞淫乱,齐明帝的残忍伪善,都是骇人听闻的事。刘勰长期住在当时的首都建康,不可能对此视而不见,听而不闻。如用儒家《春秋》大义来一一检核,那就无法予以首肯,但他转而肯定当前现实,则又说明他对《春秋》大义没有全盘接受,更没有坚持的意思。

随着政治形势的变化,道德观念也会有所变化。两汉王朝前后延续了四百多年,刘姓天子一系相承,他们定儒家思想于一尊,《春秋》中阐发的微言大义,能够用来帮助巩固政权,然自步入三国之后,篡弑相寻,颠倒了原来的等级秩序,破坏了原来的道德准则,新王朝代兴后,必须对儒家学说重加检择,淡化其中不利于现实政治的部分,突出其中有利于现实政治的部分,作为建立新政权的理论根据,于是禅让说被广泛采用起来,[①]而《春秋》中所强调的君臣大义,便被搁置一旁了。赵翼《廿二史札记》卷七《禅代》中说:“至曹魏则既欲移汉之天下,又不肯居篡弑之名,于是假禅让为攘夺。自此例一开,而晋、宋、齐、梁、北齐、北周以及陈、隋皆效之。此外尚有司马伦、桓玄之徒,亦援以为例。……至曹魏创此一局,而奉为成式者,且十数代,历七八百年,真所谓奸人之雄,能建非常之原者也。”说明政治形势改变之后,曹魏以后的政客和士人改为突出

① 禅让说较后起,孔子没有提出过,它应当是思孟学派根据战国时政治形势的需要而构拟的。参看拙著《〈韩非子〉札记》内《禅让与儒法之争》一文,江苏人民出版社 1980 年版。

儒家学说中的又一种说法，为当前的政治需要服务。尧传舜，舜传禹，何等堂皇正大。登上王位的人，固然可与舜、禹比俦；拥立新君的人，也就可充八恺、八元之数。这样既可摆脱“乱臣贼子”的舆论压力和心理负担，又可提高自己的身价，替自己涂抹粉饰一番。可见这种远古茫昧的传说，多么切合当前的客观需要，它之成为风行的学说，也就不难理解了。

禅让说已成了美化篡弑的一种手段，于是禅位的诏书和作为禅让前奏曲的九锡文，也就被人视作一代文献而受到了推崇。

《世说新语·排调》：“孝武属王珣求女婿，曰：‘王敦、桓温，磊砢之流，既不可复得……’”这也是令人感到奇怪的事。王敦、桓温是当代的权臣，屡次威胁晋王室的国脉，只是由于命运不济，在夺取王位之前的关键时刻，染病身亡，才使东晋的江山又延续了几十年。按理来说，晋王朝的君主应该对之深恶痛绝才是，但孝武帝却认为人才难得，甚至在物色女婿时也要遴选这一类人物，可见时人追求的目标，首先看重政治上有无才干，即使这种才干曾被用来图王篡位，也应予以好评。《世说新语·容止》篇还说：“刘尹道桓公：鬓如反猬皮，眉如紫石棱，自是孙仲谋、司马宣王一流人。”《太平御览》卷三九六引《语林》则曰：“桓温自以雄姿风气是司马宣王、刘越石一辈器，有以比王大将军者，意大不平。”这是因为王敦最后没有能够创立新朝，所以还不配做他的效法对象。他之所以推崇刘琨，则是志在北伐，企图建立不世的功业。

在《世说新语》一书中，王敦、桓温确是一再被人作为英雄人物来称颂和描述的，于此可见晋、宋两代的人品评人物时实际上采取的准则。在他们看来，王敦、桓温和司马懿之间没有什么不同，王敦、桓温如不死，那么司马氏就会让位给王氏或桓氏，这时只要举行一次禅让大典，就可顺利移交政权了。《晋书·王彪之传》曰：“（桓）温遇疾，讽朝廷求九锡。袁宏为文，以示彪之。彪之视讫，叹其文词之美，谓宏曰：‘卿固大才，安可以此示人！’时谢安见其文，又频使宏改文，宏遂逡巡其事。既屡引日，乃谋于彪之。彪之曰：'闻彼病日增，亦当不复支久，自可更小迟回。'宏从之。温亦寻薨。"可以想见，假如桓温的病好起来，按照原定计划完成了禅让大典，那么袁宏的文章定将作为一代大手笔而受人推崇，或许当时的衡文之士也会褒扬不已，当时的选集之中也会列入这一名篇的了。

成则为王，败则为寇。在魏晋南北朝的混乱时局中，出现了这样的情况：拥立成功的沈约、任昉等人，作为识时务的俊杰而受到褒扬；拥立失败的范晔、谢综等人，作为浮躁不规的文士而受到贬抑。沈约在《宋书·范晔传》中极力丑诋范晔，反映了一种微妙的心理：通过范晔拥立失败之事，反衬自己导演禅让典礼时手法的高明。给范晔脸上抹黑，也就是在自己脸上涂彩，而在自己脸上涂彩，又可避免时人与后人的指责。这些事情，实际上也没有什么严格的是非可言。《春秋》大义云云，对那个历史时期的士大夫来说，或许过于头巾气而不能认真对待的了。

刘勰自年轻时起即已托迹佛寺，服膺佛家教义，世俗中的是非之见，本不该留滞于心，况且社会上的观念也已如此，那他当然不会再去捡拾儒家学说中那些已被时人视作不合时宜的成分，定要坚持而予以阐发了。齐高帝萧道成，是谋王成功的桓温，是及身登基的司马懿；对于这样的人，当然可以崇圣一番，何况自己就是新朝统治下的子民。

人不能摆脱时代观念的影响，睿智如刘勰，也不例外。因此他在《史传》篇中虽然介绍了《春秋》的宗旨，但在实际生活中，在文学评论上，则无所运用。儒家学说中的禅让之说，因为适应当前政治的需要，却是受到了重视，从而九锡之文也得到了推重。"潘勖《九锡》，典雅逸群；卫觊禅诰，符采炳耀。"刘勰的这种观点，正是时代的产物。

刘勰“宗经”说的辨析

刘勰论文，首标“原道”、“徵圣”、“宗经”，纪昀评曰：“自汉以来，论文者罕能及此。彦和以此发端，所见在六朝文士之上。”说明刘勰此说托体甚尊，所以博得了后世多数尊奉儒家的文士的大力赞誉。

“原道”中的“道”，通过“圣”而体现在“经”中，因此他对五“经”所作的阐述，最能体现写作《文心雕龙》一书的目的和要求。《宗经》中说：“自夫子删述而大宝咸耀，于是《易》张‘十翼’，《书》标‘七观’，《诗》列‘四始’，《礼》正‘五经’，《春秋》五例，义既挺乎性情，辞亦匠于文理，故能开学养正，昭明有融。”这里对五经所作的阐释，包括义理和辞章两大部分，只是从实际来看，“义既挺乎性情”的部分，没有什么具体的阐述，后文所说的“情深而不诡”云云，只是一般性的提法，对“情”的内涵没有什么具体的规定；“辞亦匠于文理”的部分，却是得到了最充分的发挥。全书衡文的许多要义，都是举五经为典范而深入阐发的。

例如他在进一步为“宗经”之说提供例证时说：“《春秋》辨理，一字见义，五石六鹢，以详略成文；雉门两观，以先后显旨。其婉章志晦，谅以邃矣。”这里举的两个例子，都出于《公羊传》。《春秋》僖公“十有六年春王正月戊申朔，陨石于宋，五。……是月，六鹢退飞过宋都”。《公羊传》曰：“曷为先言陨而后言石？陨石记闻，闻其磌然，视之则石，察之则五……曷为先言六而后言鹢？六鹢退飞，记见也；视之则六，察之则鹢，徐而察之则退飞。”这也就是刘勰心目中“详略成文”的范例了。《春秋》定公二年“夏五月壬辰，雉门及两观灾”。《公羊传》曰：“其言雉门及两观灾何？两观，微也。然则曷为不言雉门灾及两观？主灾者两观也。主灾者两观，则曷为后言之？不以微及大也。何以书？记灾也。”这也就是刘勰心目中“先后显旨”的范例了。可见刘勰以为《春秋》中的突出之处，可供后世文士师法的地方，就是这类写作上的技巧。《公羊传》中的两个例子，通过词序表达不同的语法意义，并且通过连词和介词的运用，表达作者的等级观念。《春秋繁露·深察名号》篇曰："《春秋》辨物之理以正其名，名物如其真，不失秋毫之末，故名陨石则后其'五'，言退鹢则先其'六'，圣人之谨于正名如此。君子于其言，无所苟而已，'五石''六鹢'之辞是也。"可见这些例子，表现出作者反映客观事物时态度的严谨，基本上属修辞方面的问题。杨树达宣扬《春秋》大义，在《春秋大义述》的《言序》一章中举以为例，[①]这可以归入后世桐城义法中所谓"言有序"的范畴中去。

刘勰推崇《春秋》，《徵圣》篇中说"《春秋》一字以褒贬"，而在提供例证时，却又改成了"《春秋》辨理，一字见义"，褒贬云云，略而不谈了。他对《春秋》三传都很熟悉，应该知道，《公羊传》是宣扬政治上的微言大义的一部重要典籍，但他从中举例时，却不涉及褒贬方面的问题，而是"建言修辞"，属于写作技巧方面的一些例证。于此可知，刘勰的"宗经"，不是把其中的义理作为最高的政治标准，也不把它作为思想上必须遵循的准则而提出，他所致力的，是把五经作为行文的典范，作为"矫讹翻浅"破除时下不良文风的一种武器。

由此可见，刘勰以徵圣、宗经为标榜，他所"徵"的"圣"，已是根据魏晋南北朝人政治上的需要而重新熔铸过的孔子形象；他所"宗"的"经"，已是按照魏晋南北朝人政治上的需要而重新解说的典籍。魏晋南北朝人根据他们的现实需要，从中只取其一点，与孔子原作固有的精神，已有不同。

纪昀赞誉刘勰宗经"所见在六朝文士之上"，只能说是道出了部分事实。应该看到，作为齐梁人物，刘勰毕竟不能超脱这一时期文坛上的共同风气的羁绊。

---

① 见《春秋大义述》卷五《言序》第二十九，商务印书馆1943年重庆版。

潘勖《九锡》何以符合“宗经”的要求？

刘勰说“潘勖凭经以骋才”，和殷芸《小说》中的看法一致，该文也说“勖乃依商、周宪章，唐、虞辞义，温雅与典诰同风”，都说潘勖的《册魏公九锡文》继承了经典的传统，才能取得那么高的成就。

这篇文章，保存在《三国志》卷一《武帝纪》、《后汉纪》卷三十和《文选》卷三十五中。阅读之后，发现该文确是有它的特点。

赵翼等人都曾指出，潘勖此文乃是模仿张竦《为陈崇草奏称莽功德》一文而成的。[①] 该文见《汉书·王莽传上》。两相比较，可知此说可信。

张竦之文，倒真是依傍经典而写作的。全文铺叙详尽，一项一项地称颂王莽功德，表过功后，随即引经典为证，例如称颂王莽“行仁”“履礼”之后，接着就说：“孔子曰：‘未若贫而乐，富而好礼。’公之谓矣。”又如称颂王莽大义灭亲之后，接着就说：“周公诛管、蔡，季子鸩叔牙，公之谓矣。”又如称颂王莽定大纲、明国体之后，接着就说：“《诗》曰：‘柔亦不茹，刚亦不吐，不侮鳏寡，不畏强圉。’公之谓矣。”……这样的写法，“……公之谓矣”，“……公之谓也”，接连有十二项之多。这样的体式，颇近于《韩诗外传》等典籍中的写法。这些书中，在叙述过一段事迹之后，随即引《诗》为证，在体例上是一样的。

潘勖《册魏公九锡文》的情况有所不同。其中称颂曹操功德的文字，也是逐项铺陈，如云“昔者董卓初兴国难，群后失位，以谋王室，君则摄进，首启戎行，此君之忠于本朝也。后及黄巾，反易天常，侵我三州，延于平民，君又讨之，剪除其迹，以宁东夏，此又君之功也。韩暹、杨奉，专用威命，又赖君勋，克黜其难，遂建许都，造我

① 赵说见《廿二史札记》卷七《九锡文》。

京畿，设官兆祀，不失旧物，天地鬼神，于是获乂，此又君之功也。……”这样一一叙述曹操定天下之功，计有十一项之多，和张竦的《称莽功德》文的写法类同，只是没有随之引“《诗》曰”、“孔子曰”……等经典为证。可见潘勖的“凭”经骋才，不重直接引用经文；他的“思摹经典”，要比张竦的依《诗》立说高明一些。

但潘勖《九锡》中最受刘勰青睐的地方，可能并不在其间十一段称颂功绩的文字，因为这里只是直叙时事，铺张扬厉，倒是近于纵横家的笔法。而在此文开头和后半段，却是可以明显地看出“思摹经典”的地方。

就在“制诏”开头不久，步入正文之时，有这样一段文字：

> 曰惟祖惟父，股肱先正，其孰恤朕躬。乃诱天衷，诞育丞相，保乂我皇家，弘济于艰难，朕实赖之。今将授君典礼，其敬听朕命。

可以看出，这里使用的词汇，构成的句法，都是规仿《尚书》和《左传》等典籍而成的。有些句子，如“惟祖惟父”，“孰恤朕躬”，皆出《文侯之命》；“乃诱天衷”，出于《左传》僖公二十八年。……潘勖组织成文，技巧比较高明，既保持了高古庄重的风格，又满足了当前行文的需要，这样的文字，也就博得了“典雅逸群”的赞誉。

下半段文字，自“朕闻先王并建明德，胙之以土，分之以民”起，至“其上故传武平侯印绶”止，历叙前代褒奖功臣的事迹，按照历史程序，分段陈述。所用文字，同样规仿《尚书》和《左传》等典籍，因而具有同样的艺术风格与艺术效果。

其后分述颁赐九锡的文字，则用“……是用锡君……”这样的程式化的写法，分九层抒写，显得井然有序，庄重异常。而如其间所用的句子，有如“少长有礼，上下咸和”，“翼宣风化，爰发四方”等等，都是概括经典中的文字而成，只是经过融会贯通，已经另铸新句，因而能够用作颁布九锡的训词，而仍保持古雅的风貌。

方伯海评此文曰："裒辑《左》、《国》、《尚书》以成文，浑朴质穆。"①谭复堂评此文曰："所言不夸饰，渊乎茂乎，精神肌理与典诰相通，自是子云以后有数玮篇。"②可见此文的"动摹经诰"，并非亦步亦趋，流于形迹，而是精神肌理的流注。这里说的"精神"，也就是后人所说的神气；这里说的"肌理"，相当于后人所说的脉络。潘勖继承了经诰写作上的一些优点，形成一种朴茂高雅的风格，这才成了摹古的上乘之作。

从刘勰之重《九锡》看"通变"说的局限

刘勰举潘勖《九锡》为有"骨"的典范。有"骨"的文章，与精炼的语言结构有关。刘勰在《风骨》篇中说："沈吟铺辞，莫先于骨，故辞之待骨，如体之树骸。""练于骨者，析辞必精"，"结言端直，则文骨成焉"。在刘勰看来，"沈吟铺辞"之时，如能"思摹经诰"，因为依傍的是内容和形式均极完美的范文，这就必然"结言端直"，"捶字坚而难移"，写作出有"骨"的好作品来。

由此可知，《册魏公九锡文》之所以得到推崇，不但是因为其中的词句很多地方直接融化经典而成，而且叙述曹公功德时，层次井然地加以抒写，和《宗经》篇中标举的宗旨，《公羊传》中体现的"详略成文"、"先后显旨"的原则，都有相通的地方；在文学形式和写作技巧上，完全符合刘勰的美学要求。"潘勖'锡魏'，思摹经典，群才韬笔，乃其骨髓峻也。"可见此文不但在内容上，而且在形式上，都能得到刘勰赏识，决不是偶然的。

《风骨》篇中还说："若夫镕铸经典之范，翔集子史之术，洞晓情变，曲昭文体，然后能孚甲新意，雕画奇辞。昭体故意新而不乱，晓变故辞奇而不黩。若骨采未圆，风辞未练，而跨略旧规，驰骛新作，

① 于光华《文选集评》卷八引。

② 骆鸿凯《文选学》内《评骘》第八引，中华书局 1937 年版。

虽获巧意，危败亦多，岂空结奇字，纰缪而成经矣?”这也就是说，文章要有“风骨”，必须适当地解决“通变”问题。

刘勰在《通变》篇中讨论了文章的继承和发展的问题:“夫设文之体有常，变文之数无方。何以明其然耶?凡诗、赋、书、记，名理相因，此有常之体也;文辞气力，通变则久，此无方之数也。名理有常，体必资于故实;通变无方，数必酌于新声。故能骋无穷之路，饮不竭之源。”这里提出的一些原则，是很可取的，但他过多地承受了历史传统的重压，却是没有把发展的原则贯彻到底，因而在理论阐发的实际工作中，还有其值得商榷的地方。

刘勰曾举“夸张声貌”这一类的写作方法为例，说明“变”的问题。例如枚乘《七发》中说:“通望兮东海，虹洞兮苍天。”司马相如《上林赋》曰:“视之无端，察之无涯，日出东沼，月生西陂。”马融《广成颂》曰:“天地虹洞，固无端涯，大明出东，月生西陂。”扬雄《校猎赋》曰:“出入日月，天与地沓。”张衡《西京赋》曰:“日月于是乎出入，象扶桑于濛汜。”“此并广寓极状，而五家如一。诸如此类，莫不相循。参伍因革，通变之数也。”在他看来，作品的体裁和写作原理应该继承前代的典范之作，语言技巧方面应该注意发展新的手法，但如前代的描写手段已达高度水平，后人自难越其樊篱，并且这些地方后人也不必尽变前人，只需略作因革即可。这种意见就不见得高明。

处在相对停滞的封建社会中，王家的公文，依傍前代经典而写作，追求古朴庄重的风格，向来被视作理所当然。后人也不必多所非议。《册魏公九锡文》之所以受到推崇，原因也在于此。只是“九锡文”这种体裁，以前没有可以视为典范的作品以供效法，作者只能另谋新创;但在文辞气力方面，却是可以仿效前代经典而措辞。这样，《册魏公九锡文》的成功，也就成了“名理‘无’常”，“‘体’必酌于新声”;“通变‘有’方”，“‘数’必资于故实”了。通变说中的理论和风骨说中的范例，正好自相违背。而刘勰又把这项原则推论一切,以为后人不能超越前人规范,在写作手法等问题上,也要遵循这一原则,这样他在指导作文的实际事例中,也就取消或抑低了“文辞气力,数必酌于新声”的主张。这就不能不给刘勰的理论增加了保守的成分。

文学的形式技巧是随着社会的发展,内容的变化,人们驾驭语言文字能力的提高,而不断进步的。文学的写作手法需要不断创新,才能适应发展中的现实。作者如果在这些地方也不能有大胆的创新,则必然陷入墨守成规的境地,难以适应发展中的形势,从而达到内容和形式的高度统一。如果严格遵照刘勰标举的宗旨写作,把发展只看作“参伍因革”,那就不可能有崭新的文学现象出现。郭璞《江赋》、木华《海赋》等作品,也就难于产生。因为描写江、海时夸张声貌的手法,前代没有留下什么足资“参伍因革”的现成资料。

《文心雕龙》中的许多学说,如以理论阐发而言,往往显得平稳妥帖,说得很圆到,但若联系到他所举的例证来考察,则往往能发现其中问题之所在,从而暴露出他的某些局限。即以通变说而言,刘勰举“夸张声貌”“参伍因革”为例,就嫌不妥;假如联系到他的风骨说中所举的例证,从而分析《册魏公九锡文》一文,那就可以对问题看得更清楚一些,从而对他的理论体系也可以有更完整的认识。

(原载《社会科学战线》1989 年第 1 期)

正纬第四解析

【解题】纬是丝织物上的名称。一件丝织物，纵线叫做“经”，横线叫做“纬”。织工在机子上加工，经纬交会，始成织物。儒家把几种重要经典称为“经”，以为意义重大，像经线在织物上所起的主要作用一样。刘勰在《原道》篇中形容儒家的先圣“原道心以敷章，研神理而设教”，起到了“经纬区宇，弥纶彝宪”的作用，也可看出“经纬”一词的深入人心，已为刘勰所接受。

经典之说，先秦时已出现。《荀子·劝学》篇曰：“其数则始乎诵经，终乎读礼。”杨倞注：“经谓《诗》、《书》，礼谓典礼之属也。”“纬”之一名，虽属后起，然有“经”必有“纬”，“经”说风行之后，西汉之末也就有了零星的“纬”书出现。

儒家注重人事，不喜谈论神异。《论语·述而》曰：“子不语怪、力、乱、神。”只是人类处于蒙昧时期，对外界事物，包括许多自然现象，无法解释，社会事件中的因果关系，也无法厘清，于是只能提出种种神异之说作为解释，也希望能借神力来避祸求福。在人类的早期阶段，都有一段在原始信仰的基础上形成宗教的过程。中国的国情有所不同，始终没有出现各地普遍信仰的国家宗教。汉代建立大一统王朝后，也曾试图在齐楚文化的基础上建立以太一为至上神的宗教，未获成功。自汉武帝时起，推尊儒术，经学中的今文学派融入阴阳家说，将其纳入儒家体系，然仍无与“经”相配的“纬”书出现。到了王莽与东汉光武帝时，始有人将一些纬书引入皇家所需的思想体系之中。

王莽本为一介儒生，他以外戚的身份企图夺取汉室天下，引用儒家的禅让之说为其政治目的服务。光武帝刘秀出身太学。他以刘氏旁系小宗的身份继承大位，自然要从儒家学说中寻找理论依据，于是他以天命立说神道设教接纳纬书，且大力宣扬。

如上所言，人类处在早期阶段，对外界的自然现象无法求得解释，也无法掌握自己的命运，因而都有一种敬天命而顺从的心理。孔子自悲流年不利，也曾哀叹："凤鸟不至，河不出图，吾已矣夫?"(《论语·子罕》)当他听到鲁地发现了一头死去的麒麟时，也就预感到自己的生命即将结束。(《公羊传》哀公十四年)可知凤鸟、麒麟等瑞应之说古时早在社会上广泛传播，而黄河出图、洛水出书之说，也早已在上层社会中取得了共信。学界因此认为，《河图》、《洛书》就是早期雏形中的纬书。

这些传说中透露的信息，即所谓天人感应之说。古代的人大都信从。即使像王充这样富有怀疑精神的学者，对凤鸟、河图等瑞应之说也不怀疑，只是在《论衡·问孔》篇中企图寻找另一种解释就是了。

纬既傍经而行，当然也会宗奉孔子，于是纬书中将孔子神化，不但容貌异于常人，而且能预知吉凶，宣示世运的变迁。这样突出"纬"的预告性质，也就进一步与"谶"相融合，于是"谶""纬"常是合为一词。

谶的本质是一种预言。《释名·释典艺》释"谶"曰："纤也，其言纤微而有效验也。"例如秦始皇灭楚时，楚人就有"楚虽三户，亡秦必楚"的预言，其后果然得到应验。时人有"亡秦者胡也"的预言，其后始皇的事业真的为儿子胡亥所败坏。就是这样，每当政权更迭之时，总有一些"谶"出现，或是出于人们的祈望，也不乏一些野心勃勃的人在制造舆论。

东晋之末，迭经动乱，司马氏的天下已经难以维持。刘裕凭借军功，夺取了晋室江山，逼迫皇室举行了一场禅让大典。晋恭帝颁布玺书曰："朕每敬惟道勋，永察符运，天之历数，实在尔躬。是以五纬升度，屡示除旧之迹；三光协数，必昭布新之祥。图谶祯瑞，皎然斯在。"表示他得俯从天意，按照谶纬方面的启示，实行禅位。

到了孝武帝刘骏时，为了防止其他有政治野心的人依样画葫芦，乃下诏禁止谶纬之说，然而历时不久，宋即为齐所篡。齐高帝萧道成也起自军中，禅代之际，自然又要远应图谶，制造各种舆论。《南齐书·高帝纪》曰："上姓名骨体，及期运历数，并远应图谶数十百条，历代人所未有。"《宋书·符瑞志》上也说："齐氏受命，事殷前典。黄门郎苏侃撰《圣皇瑞应记》；永明中，庾温传《瑞应图》。其馀众品，史注所载，今详录去取，以为《志》云。"这里可以附带一提的是，沈约凭借齐代那些舆论制造者的著作撰成《宋书·符瑞志》，他也成了此中高手。《梁书·沈约传》载约谓高祖曰："谶云：行中水，作天子。"高祖萧衍之"衍"的字形为"行"中"水"，这种编造的手段实际上是很低拙的，然政治上有此需要，沈约出此一着，也就成了佐命大臣。

不但如此，萧道成还让人到异地去张皇神异，制造舆论。《南齐书·芮芮虏传》曰："宋世，其国相希利垔解星算数术，通胡汉语。尝言：南方当有姓名齐者，其人当兴。"又载："国相邢基祇罗迴奉表曰：京房谶云：'卯金十六，草肃应王，历观图纬，休徵非一，皆云庆钟萧氏，代宋者齐。'"仍然借助谶纬而阴谋篡位，手法一脉相承，只是手法又有翻新而已。所以吕思勉评之曰："妖言而托诸外夷，可谓匪夷所思矣。"①

由上可知，谶纬之说盛行于齐、梁二代，刘勰身处其时，作《正纬》篇，将儒家五经与纬书作比较，从历史记载与作品内容进行分

---

① 参看吕思勉《两晋南北朝史》下册第二十四章《晋南北朝宗教》第一节《旧有诸迷信》，开明书店 1948 年 10 月版。

析，得出了正确的结论，这也就是《正纬》一名之所从出。“正”者，正确对待、正确处理的意思。“正纬”，就是要求以经为标准，而将谶纬之说归入“正”途。联系当时的政局考察，可说刘勰的态度不避风险，严肃认真。

只是刘勰身处其时，还是无法对纬书中的记载一一作出进一步的辨析。一些古时传下的传说，孔子也已表示信从，他也无法加以否定。而纬书本来就是非常庞杂的一种大杂烩，内有优秀的神话传说和民间故事，也有一些胡编乱造的杂纂之作，刘勰指出，纬书的作用是“无益经典而有助于文章”，以为从事文学创作的人可以吸收利用，也是可取的见解。《颜氏家训·勉学》篇曰：“俗间儒士，不涉群书，经纬之外，义疏而已。”可见当时文士都在学习纬书。因此，自东汉起，至齐梁之时，文人笔下常是引及纬书，用作创作中的材料，这在《文选》选入的作品中，以及李善等人的注释中，均可发现其残佚片断，这些已是中国文学史上客观存在不容忽视的一种创作元素，自然应当予以重视，不宜轻易否定。

1. 夫神道阐幽，天命微显①，马龙出而大《易》兴，神龟见而《洪范》耀②。故《系辞》称“河出图，洛出书，圣人则之”③，斯之谓也。但世夐(xiòng)文隐，好生矫诞④，真虽存矣，伪亦凭焉⑤。

【注释】

① 阐：彰明。幽：深隐。微：精深、隐微。这句的意思是：神明之道深幽藉事物来彰明，上天意旨隐微由徵兆来显现。语本《易·系辞下》：“夫《易》彰往而察来，而微显阐幽。”韩康伯注：“《易》无往不彰，无来不察，而微以之显，幽以之阐。”

② 马龙出：形状像马的龙负《河图》从黄河里出来。《礼记·礼

运》云："河出马图。"郑玄注："马图，龙马负图而出也。"孔颖达《正义》："按《中候握河纪》云：'尧时受中图，龙衔赤文绿色。'注云：'龙而形象马，故云马图。'又云：'伏羲氏有天下，龙马负图出于河，遂法之，画八卦。'"神龟见：指玄龟背《洛书》而来到祭坛。《后汉书·方术上》："至乃《河》《洛》之文，龟龙之图……"李贤注引《尚书中候》曰："尧沉璧于洛，玄龟负书，背中赤文朱字，止坛。"《洪范》：《尚书》篇名。孔安国以为《河图》即八卦，《洛书》即《九畴》，亦即《洪范》（见《易·系辞上》"河出图，洛出书，圣人则之"句孔颖达《正义》引）。见：同"现"。此句意为：龙马献图而出黄河，《周易》由此而产生；神龟负书而现洛水，《洪范》因此而显扬。

③ 《系辞》：指《易·系辞上》。

④ 夐：辽远。隐：指意义隐晦不容易理解。矫诞：诡诈虚妄。年代久远，意义隐晦，容易产生诡诈虚妄的假托。

⑤ 凭：依凭，依靠。全句意为真的虽然被保存了下来，伪的也因此而留存。

【分析】这一段的意思可分两层，先言天意神道藉深微幽隐的事物（如《河图》、《洛书》）得以彰显，圣人据此创制《周易》、《洪范》等经典。第二层则说由于年代久远，意义幽远，就有了后世矫托之伪作。

2. 夫六经彪炳，而纬候稠叠①；《孝》、《论》昭晰，而《钩》、《谶（chèn）》葳蕤（wēi ruí）②。按经验纬，其伪有四：盖纬之成经，其犹织综③，丝麻不杂，布帛乃成；今经正纬奇，倍摘千里④，其伪一矣。经显，圣训也；纬隐，神教也⑤。圣训宜广，神教宜约；而今纬多于经，神理更繁，其伪二矣。有命自天，乃称符谶，而八十一篇皆托于孔子⑥；则是尧造

《绿图》，昌制《丹书》[⑦]，其伪三矣。商周以前，图箓(lù)频见[⑧]，春秋之末，群经方备；先纬后经，体乖织综[⑨]，其伪四矣。伪既倍摘，则义异自明，经足训矣，纬何豫焉？[⑩]

【注释】

① 六经：六部儒家经典，即《诗经》、《尚书》、《仪礼》、《乐经》、《周易》、《春秋》。彪炳：文采焕发。纬：配合经书，依托儒家经义宣扬符箓瑞应占验之书，称为纬书。候：占验。纬书中有《尚书中候》。纬候：纬书的通称。稠叠：稠密重叠，形容纬书数量之多。

② 《孝》：《孝经》。《论》：《论语》。昭晰：明白清晰。"《孝》、《论》昭晰"，与上文的"六经彪炳"为互文见义，即六经与《孝经》、《论语》都是文采焕然，条理明晰。《钩》：配合《孝经》的纬书有《钩命诀》，另有配合《春秋》的《文耀钩》、《河图》的《稽耀钩》等。《谶》，原指将要应验的预言、图记等，这里指配合《论语》的纬书如《比考谶》等。葳蕤：原指草木茂盛，这里指数量众多，内容纷繁。

③ 综：织布机上带着经线上下分开形成梭口的装置。织综：指经纬线交织。

④ 倍：通"背"。摘：通"適"，违牾。倍摘：背迕，违背。这两句的意思是：纬书配合经书，就像织布一样，用丝用麻不能混杂，才能织成布帛；而现在经书雅正，纬书奇异，风格违忤，相差千里。

⑤ 显：显明。训：教导。这两句的意思是：经书显明，因为这是圣人的教导；纬书隐晦，因为这是神意的呈现。

⑥ 有命自天，乃称符谶，而八十一篇皆托于孔子：符：符命，上天预示帝王受命的符兆；谶：谶语，预示吉凶的隐语。据《隋书·经籍志》记载："说者又云，孔子既叙六经，以明天人之道，知后世不能稽同其意，故别立纬及谶，以遗来世。其书出于前汉，有《河图》九篇，《洛书》六篇，云自黄帝至周文王所受本文。又别有三十篇，云自初起至于孔子，九圣之所增演，以广其意。又有《七经纬》三十六篇，并云孔子所

作，并前合为八十一篇。”也就是说自黄帝至周文王所受的谶纬文本，有十五篇；孔子以前九圣所增演的，有三十篇；而孔子所作的《七经纬》有三十六篇，加起来一共是八十一篇。然自汉代以来很多人都认为纬书全部为孔子所作。

⑦ 尧造《绿图》：据《尚书中候·握河纪》记载，尧在黄河、洛水边筑坛祭祀时，有龙马衔出赤文绿地的《河图》献给尧帝。昌制《丹书》：据《尚书中候·我应》记载，周文王为西伯时，有赤色雀衔着《丹书》飞到周文王姬昌住所的门户，将《丹书》赐给了周文王。这两件事说明并不是所有的纬书都是孔子所作。

⑧ 图箓：图谶符命之书，即《河图》、《洛书》之类。

⑨ 乖：违背。织综：织布。先有纬书后有经书，这和织布的程序是相违背的。

⑩ 训：教导。豫：参与。全句意为：经书足以教导世人，何需纬书参与？

【分析】这一段以四重证据力证纬书之伪。第一，经书、纬书风格适相背反，一正一奇；第二，经书简约，纬书繁多，不符合神意简约圣训广泛的原则；第三，所有纬书都托名于孔子，事实上多有出于前代者；第四，图箓在商周之前即已频出，而经书至春秋末年才开始完备，先有纬书后有经书，这与织布的程序完全违背。由此四点可证纬书为伪作。

3. 原夫图箓之见，乃昊（hào）天休命[①]，事以瑞圣，义非配经[②]。故河不出图，夫子有叹[③]，如或可造，无劳喟然。昔康王河图，陈于东序[④]；故知前世符命，历代宝传，仲尼所撰，序录而已[⑤]。于是伎数之士，附以诡术[⑥]，或说阴阳，或序灾异，若鸟鸣似语[⑦]，虫叶成字[⑧]，篇条滋蔓，必假孔氏[⑨]；

通儒讨核，谓伪起哀、平[10]，东序秘宝，朱紫乱矣[11]。至于光武之世，笃信斯术。风化所靡，学者比肩，沛献集纬以通经[12]，曹褒撰谶以定礼[13]，乖道谬典[14]，亦已甚矣。是以桓谭疾其虚伪[15]，尹敏戏其浮假[16]，张衡发其僻谬[17]，荀悦明其诡托[18]：四贤博练[19]，论之精矣。

【注释】

① 原：推究。见：通“现”。昊天：上天。休命：美善的旨意。

② 瑞圣：作为圣人的祥瑞标志。这两句意为，图谶的出现，是为了彰显上天美善的旨意，作为圣人的祥瑞标志，并不是为了配合经书。

③ 河不出图，夫子有叹：《论语·子罕》：“子曰：‘凤鸟不至，河不出图，吾已矣乎！’”何晏注引孔安国曰：“圣人受命，则凤鸟至，河出图，今天无此瑞。吾已矣夫者，伤不得见也。”

④ 康王：名姬钊，周成王的儿子。东序：古代宫室的东厢房，为藏图书、秘籍之所。《尚书·顾命》云：“大玉、夷玉、天球、河图，在东序。”

⑤ 序录：即叙录。符命是有特殊意义的图符与徵兆，孔子只是将出现符命的事实用文字记录了下来。

⑥ 伎数之士：即方术之士。伎，同“技”。数，术。附：附加，增益。

⑦ 鸟鸣似语：《左传》襄公三十年载：“鸟鸣于亳社，如曰：‘嘻！嘻！’甲午，宋大灾，宋伯姬卒。”

⑧ 虫叶如字：《汉书·五行志中之下》载：“昭帝时，上林苑中大柳树断，仆地，一朝起立，生枝叶。有虫食其叶，成文字，曰：‘公孙病已立。’……后昭帝崩，无子，徵昌邑王贺嗣位，狂乱失道，光废之，更立昭帝兄卫太子之孙，是为宣帝。帝本名病已。”

⑨ 篇条：指各种纬书。滋蔓：生长蔓延。孔氏：指孔子。

⑩ 讨核：讨究检核。哀、平：西汉哀帝、平帝年间。《尚书序》：

“古者伏牺氏之王天下也，始画八卦，造书契，以代结绳之政，由是文籍生焉。”孔颖达《正义》：“纬文鄙近，不出圣人，前贤共疑有所不取，通人考正，伪起哀、平。”《尚书·洪范》：“天乃锡禹洪范九畴”，孔颖达《正义》：“纬候之书，不知谁作，通人讨核，谓伪起哀、平。”

⑪ 朱紫乱矣：《论语·阳货》：“恶紫之夺朱也。”古人认为紫是杂色，红是正色。夺：乱；朱：大红色。这里是说，伪托的纬书与真正的经典淆乱了。

⑫ 沛献：指光武帝之子沛献王刘辅。据《后汉书·沛献王辅传》载：“（辅）好经书，善说《京氏易》、《孝经》、《论语》传及图谶，作《五经论》，时号之曰《沛王通论》。”

⑬ 曹褒：字叔通，鲁国薛人。《后汉书·曹褒传》载：“章帝元年，命小黄门持班固所上叔孙通《汉仪》十二篇，敕褒依礼条正。褒既受命，乃次序礼事，依准旧典，杂以《五经》谶记之文，撰次天子至于庶人冠婚吉凶终始制度，以为百五十篇。”

⑭ 乖：违背。谬：错谬。这句意思是：违背大道，不符合经典。

⑮ 桓谭：东汉学者，坚持反对谶纬，《后汉书·桓谭传》：“是时帝方信谶，多以决定嫌疑，又酬赏少薄，天下不时安定。谭复上疏曰：‘……今诸巧慧小才伎数之人，增益图书，矫称谶记，以欺惑贪邪，诖误人主，焉可不抑远之哉！臣谭伏闻陛下穷折方士黄白之术，甚为明矣；而乃欲听纳谶记，又何误也！其事虽有时合，譬犹卜数只偶之类……’帝省奏，愈不悦。其后有诏会议灵台所处，帝谓谭曰：‘吾欲（以）谶决之，何如？’谭默然良久，曰：‘臣不读谶。’帝问其故，谭复极言谶之非经。帝大怒，曰：‘桓谭非圣无法，将下斩之。’叩头流血，良久乃得解。”

⑯ 尹敏：东汉儒生。《后汉书·儒林传》：“以敏博通经记，令校图谶，使蠲去崔发所为王莽著录次比。敏对曰：‘谶书非圣人所作，其中多近鄙别字，颇类世俗之辞，恐疑误后生。’帝不纳，敏因其阙文增之曰：‘君无口，为汉辅。’帝见而怪之，召敏问其故。敏对曰：‘臣见前人

增损图书，敢不自量，窃幸万一。'帝深非之，虽竟不罪，而亦以此沈滞。"

⑰ 张衡：东汉著名学者。《后汉书·张衡传》载，他曾上疏皇帝论图谶之虚妄欺伪，要求将其禁绝。《传》中有详细记录。

⑱ 荀悦：东汉学者。他在《申鉴·俗嫌》篇中力主纬书为伪托，而又以为其中杂有孔子本人的言论。"或曰：'若彼者，以仲尼杂己而已。然则可谓八十一首，非仲尼之作矣。'或曰：'燔诸？''仲尼之作则否，有取焉则可，曷其燔？'"

⑲ 博练：渊博练达。

【分析】这段文字分为三个层次力主谶纬非孔子所作。一是说符谶原是天命的体现，人力无法造制，孔子只是加以序录。二是说后世符谶或由方术之士假托，或因帝王私意而伪作。三则徵引四位通儒之论，力证谶纬为伪托，其说虚妄。

4. 若乃羲、农、轩、皞（hào）之源①，山渎（dú）钟律之要②，白鱼赤乌之符③，黄银紫玉之瑞④，事丰奇伟，辞富膏腴⑤，无益经典而有助文章。是以后来辞人，捃摭（jùn zhí）英华⑥。平子恐其迷学，奏令禁绝；仲豫惜其杂真，未许煨燔（wēi fán）⑦。前代配经，故详论焉。

【注释】

① 羲：伏羲。皞：少皞。农：神农。轩：轩辕，黄帝之名。纬书中保留了以上四帝的事迹，所以纬书是四帝传说之源。

② 山渎：范文澜《文心雕龙注》引陈汉章说："山渎当是《遁甲开山图》、《河图括地象》及《古岳渎经》等"。《汉书·艺文志》载，五行家有《钟律灾应》二十六卷、《钟律丛辰日苑》二十三卷、《钟律消息》二十

九卷等。刘勰这里当是泛指纬书中涉及山川地理、声律音乐等方面的内容。

③ 白鱼赤乌之符：《史记·周本纪》载："武王渡河，中流，白鱼跃入王舟中，武王俯取以祭。既渡，有火自上复于下，至于王屋，流为乌，其色赤，其声魄云。"

④ 黄银紫玉之瑞：《礼斗威仪》载："君乘金而王，其政象平，黄银见，紫玉见于深山。"瑞：吉兆。

⑤ 膏腴：肥沃，这里指文采。

⑥ 捃摭：采取，采集。

⑦ 平子：张衡的字，他曾上疏请求皇帝禁绝谶纬。仲豫：荀悦的字。杂真：夹杂着真实而有价值的内容。煨燔：烧毁。

【分析】这一段文字申说谶纬虽然无益于经书，但内容丰富神奇，辞藻富丽华美，足为历代文人取资，有助于文章写作。

5. 赞曰：荣河温洛，是孕图纬[①]。神宝藏用，理隐文贵[②]。世历二汉，朱紫腾沸[③]。芟(shān)夷谲(jué)诡，采其雕蔚[④]。

【注释】

① 荣河温洛：《文选》载江淹《诣建平王上书》，李善注引《尚书中候》曰："成王观于洛河，沈璧，礼毕，王退。俟，至于日昧，荣光并出，幕河。"《初学记》卷九引《易乾凿度》载："帝盛德之应，洛水先温，九日乃寒，五日变为五色。"是：就此。孕：孕育，产生。图纬：图箓谶纬。

② 藏：蕴藏。隐：隐微，深奥。文：文辞。

③ 二汉：西汉、东汉。腾沸：兴盛。

④ 芟夷：铲除。谲诡：怪诞虚假之说。雕蔚：形容文辞华美。

【分析】赞辞首叙谶纬之起源，是大自然的奇徵异兆孕育了河图洛书；次述谶纬之特点，因是天意之显现，所以意义深微而文辞可贵；三记谶纬之发展，两汉以后伪作频现，淆乱正经；四论谶纬之运用，应去除谲怪而采其文辞。

《文心雕龙·正纬》篇中所展示的学术信息与政治氛围

思考这一问题时，可以扩大视野，先从历史上加以考察。

谶纬与符命

“经”与“纬”对应，本是织物上移用过来的名词。“经”指儒家的五经，“纬”乃配经而生的“纬书”，如《诗经》有《诗含神雾》等。二者性质截然不同，前者的主体为周代遗存下来的宗庙歌词与民歌民谣，后者之中夹杂着神话、传说、民间信仰、民间故事等等。从学派的分类来说，纬书内容庞杂，杂有阴阳家言与各种术数。

“谶纬”常是联缀而成一词，《正纬》之中也是合在一起讨论的。从其原始状态而言，“谶”是“谶”，“纬”是“纬”，二者情况不同。

“谶”是一种预言。先秦两汉，人类处在文明的原始阶段，天人关系未能明晰地区割，各种自然现象的出现，人们无法作出合理解释，只能以为天意如此而加以揣测。一些政治上有所企图的人，利用社会上的这种共通心理，时而人为地制造出一些谶语来左右形势。为了便于传播，谶语往往以谣谚的方式出现。西汉之末，天下分崩，群雄逐鹿，《后汉书·光武帝纪》曰：“（建武元年）光武先在长安时，同舍人彊华自关中奉赤伏符曰：‘刘秀发兵捕不道，四夷云集龙麟野，四七之际火为主。’”其后刘秀果然当上了皇帝。尽管这种手段并不高明，但仍有其蛊惑力，在当时却很奏效，因而后起者袭用不衰。《南齐书·高帝纪》曰：“上姓名骨体，及期运历数，并远应图谶，数十百条，历代所未有。臣下撰录，上抑而不宣，盛矣。”刘勰躬逢其盛，撰述之时自然无法回避这一政治领域内与思想领域内弥漫的社会现象。

赤伏符事影响深远，臣下也就常称颂帝王的登基为远应符命。

萧统《文选》设有“符命”这一文类，内录司马相如《封禅文》、扬雄《剧秦美新》、班固《典引》三文。这类文体，宣扬应天承运，皇权神授，其中司马相如、扬雄二文尤得好评。

封禅号称一代大典，只有那些政治上取得巨大成就的君主，才有这种自信，可以东临泰山，告示天下。《礼记·礼器》曰“因名山升中于天”，郑玄注：“谓巡守至于方岳，燔柴祭天，告以诸侯之成功也。《孝经说》曰：‘封乎泰山，考绩燔燎，禅乎梁甫，刻石记号也。’”孔颖达疏：“‘《孝经说》曰’至‘刻石记号’，皆《孝经纬》文也。”说明歌颂这种盛典的人都要依据纬书上的记载而立论。

封禅之事神圣非凡。改朝换位之际，如由异姓中人攫得政权，也就可以称为禅位。自王莽始，开启了禅位的新格局。扬雄《剧秦美新》就在歌颂王莽的应天顺民，为其禅位歌功颂德。

曹丕夺得汉室江山，亦行禅位，司马师禅位，也就同出一辙。南朝之时，宋、齐、梁、陈均由武人凭借军权取代前朝。新旧交替之际，例行禅让大典。条件成熟，一些见机先觉的臣子竭诚劝进，图谋另立新朝的权臣则表示推让，臣下再次劝进，权臣仍然推让，如此来回多次，二者认为表演已经足够，乃仰副天意，下合民心，举行禅位大典，建立新朝。劝进的文字，都由当时的大手笔承担，他们赞美新主的功德，总是称其远应符命，援用谶纬中文作为根据。

由此可知，南朝的文坛上弥漫着谶纬的神秘气氛，政治上有此需要，上层文士中人自然要沉潜于是。刘勰生于刘宋时期，成长于齐、梁二代，一直生活在谶纬之风风靡朝野之时，论文之时也就必须有此笔墨予以论列了。

谶纬在文学领域中的反映

中国地域广大，各地的民情风俗也有差异。吴地毗山邻水，地形复杂，区域文化自有其特点。《隋书·地理志下》："（江南）其俗信鬼神，好淫祀。"又云"大抵荆州率敬鬼，尤重祠祀之事"，因而更易成为传播谶纬说的温床。

在文史领域中，小说、骈文与史籍中的《五行志》、《符瑞志》、《灾异志》一类著作纳入谶纬之说最多。

鲁迅研究六朝小说时，特标"鬼神志怪"一目，重点介绍了魏文帝《列异传》、张华《博物志》、干宝《搜神记》、陶潜《搜神后记》、刘敬叔《异苑》、刘义庆《幽明录》、吴均《续齐谐记》等多种。[1] 其中《搜神记》的篇幅最大，内容也更丰富，今即以此为例加以讨论。

干宝在史学上有很高的修养，曾撰《晋纪》二十卷，惜已亡佚，而《总论》尚存。干氏感慨时世，关怀晋室，足以见其忧国的怀抱。他的写作《搜神记》，则又反映出了人生的另一侧面。《晋书》本传云："（宝）性好阴阳术数，留思京房、夏侯胜等传。宝父先有所宠侍婢，母甚妒忌，及父亡，母乃生推婢于墓中。宝兄弟年小，不之审也。后十馀年，母丧开墓，而婢伏棺如生，载还，经日乃苏。言其父常取饮食与之，恩情如生。在家中，吉凶辄语之，考校悉验。地中亦不觉为恶。既而嫁之，生子。又宝兄尝病，气绝积日不冷，后遂寤，云见天地间鬼神事，如梦觉，不自知死。宝以此遂撰集古今神祇灵异、人物变化，名为《搜神记》，凡二十卷。以示刘惔，惔曰：'卿可谓鬼之董狐。'"

《晋纪》与《搜神记》性质有别，就干宝本人而言，著述的态度，著作的价值，却是基本相同的。这是当时知识阶层中人很常见的

① 鲁迅《中国小说史略》第五篇《六朝之鬼神志怪书（上）》，人民文学出版社 1952 年 2 月版。

态度。

《搜神记》卷八中记录了两件有关孔子的异闻：

鲁哀公十四年，孔子夜梦三槐之间，丰、沛之邦，有赤氤气起，乃呼颜回、子夏同往观之。驱车到楚西北范氏街，见刍儿打麟，伤其左前足，束薪而覆之。孔子曰："儿来！汝姓为谁？"儿曰："吾姓为赤松，名时乔，字受纪。"孔子曰："汝岂有所见乎？"儿曰："吾所见一禽，如麇，羊头，头上有角，其末有肉。方以是西走。"孔子曰："天下已有主也。为赤刘。陈、项为辅。五星入井，从岁星。"儿发薪下麟，示孔子。孔子趋而往。麟向孔子，蒙其耳，吐三卷图，广三寸，长八寸，每卷二十四字。其言："赤留当起日周亡。赤气起，火耀兴，玄丘制命，帝卯金。"

孔子修《春秋》，制《孝经》，既成，斋戒，向北辰而拜，告备于天。天乃洪郁起白雾，摩地，赤虹自上而下，化为黄玉，长三尺，上有刻文。孔子跪受而读之，曰："宝文出，刘季握。卯金刀，在轸北。字禾子，天下服。"

这些有关孔子的奇闻，据汪绍楹的检核，出于谶纬。前者原出《孝经右契》，并见《宋书·符瑞志》；后者除见于同上二书外，尚见于《春秋演孔图》。[①] 自汉初起，一些今文学派中的儒生利用社会上弥漫的圣人信仰，就有把孔子神化的倾向，东汉后期起，便有人进一步将孔子塑造为一位超凡的神。

纬书中的孔子，远离史实，形象千奇百怪，因而自东汉起，就有桓谭、王充等人起而批判。只是政治上有此需要，民间习俗中还有容纳馀地，孔子作为神中圣者，仍然传播不歇。上述几种鬼神志怪小说

① 干宝《搜神记》（汪绍楹校注本）卷八《孔子梦》《赤虹化玉》，中华书局1979年9月版。

中，凡是提到孔子神异故事之处，绝大多数出于纬书及其旁支。孔子本重人事，不重鬼神，《论语·述而》曰："子不语怪、力、乱、神。"纬书作者强行扭合，仍然难以做到全然切合，这样也就妨碍了谶纬造神运动的发展势头，有人也会用孔子的其他言论予以破解。

天人之间本属两种不同层面的世界，南朝这一阶段的人则仍认识模糊，二者的区隔也无严格的界线。他们生活的主体部分，当然仍是人事活动，但人事可以视作神界之一角，其间存在着鬼蜮之另一面。

现在的人看来，谶纬之中尽多宣扬迷信的编造之词，只是其中一些说法也有民间故事或民间信仰为基础，读者仍会觉得并非全然出于虚构，反而会有一种奇幻美妙的感受。于是文人笔下也就经常加以援用。有关这一问题，当代学者已经做了很多工作，以《文选》为例，分析其中许多篇章中引用到的谶纬中文，均可说明谶纬对文学的影响之巨。[①]

就在《晋纪·总论》一文中，干宝就运用了许多谶纬中的故事与用语。依据李善注的提示，内有《春秋演孔图》、《尚书考灵耀》、《论语比考谶》等多种。干宝于文末总结历史教训时又云："然怀帝初载，嘉禾生于南昌，望气者又云：'豫章有天子气。'及国家多难，宗室迭兴，以愍、怀之正，淮南之壮，成都之功，长沙之权，皆卒于倾覆，而怀帝以豫章王登天位。刘向之谶云：'灭亡之后，有少如水名者得之。起事者据秦川，西南乃得其朋。'案愍帝，盖秦王之子也，得位于长安。长安，固秦地也。而西以南阳王为右丞相，东以琅邪王为左丞相。上讳业，故改邺为临漳。漳，水名也。由此推之，亦

① 参看徐兴无《〈文选〉李善注引纬考论——兼及谶纬与汉魏六朝文学的关系》，载《西北师大学报》（社会科学版）2013 年第 4 期。文中列有多张图表，介绍汉魏六朝文人引用纬书的情况，云是"今加统计核对，得'李善注'引用文字达 630 条，除去其中郑玄、宋均、宋衷三家的纬书注 86 条，实引纬文计 544 条"。

有徵祥，而皇极不建，祸辱及身。”足以说明六朝时期谶纬在文史领域中的影响之既深且巨。

有关宗教与民间信仰之类的社会现象，最早见于史传的记载，自然应该追溯到《史记·封禅书》、《汉书·郊祀志》等篇章。《宋书·符瑞志》的情况有所不同，不记各地民情风俗与皇室的祭祀典礼，仅记符瑞一端。其中的主要内容，即出于谶纬。刘知幾《史通·书志》中泛论诸志，云是“若乃五行、艺文，班（固）补子长之阙；百官、舆服，谢（承）拾孟坚之遗。王隐后来，加以瑞异；魏收晚达，弘以释老，斯则自我作故，出于胸臆，求诸历代，不过一二者焉”。然据前时典籍记载，王隐《晋书·瑞异记》之前早有同类著述行世，之后更是继之者不绝。萧子显奉梁武帝之命撰《齐书》时，内有与《宋书·符瑞志》类同的《祥瑞志》一目，云是“齐氏受命，事殷前典。黄门郎苏偘撰《圣皇瑞应记》，永明中庾温撰《瑞应图》，其馀众品，史注所载，今详录去取，以为《志》云”。齐梁两朝的萧氏毕竟同出兰陵一脉，天命所属，自可自相授受。时代至此，有此需要，自有众多文士应时而作。

这些文士中，沈约的表现尤应注意。《文选》中收录他的诗文多篇，都曾援用有关谶纬之说。尤可注意的是，他在《宋书》中还特设《符瑞志》一目，全面系统地介绍了与此有关的民间宗教信仰活动。

沈约在《宋书·志序》中说：“圣帝哲王，咸有瑞命之纪，盖所以神明宝位，幽赞祯符，欲使逐鹿弭谋，窥觊不作，据河括地，绿文赤字之书，言之详矣。爰逮道至天而甘露下，德洞地而醴泉出，金芝玄秬之祥，朱草白乌之瑞，斯固不可诬也。若夫衰世德爽，而嘉应不息，斯固天道茫昧，难以数推。亦由明主居上，而震蚀之灾不弭：百灵咸顺，而悬象之应独违。今立《符瑞志》，以补前史之缺。”可见他对此事颇为自得，许为史籍编撰中的创举。[①] 而他之所以如此费

① 参看胡晓明《论〈宋书·符瑞志〉的体例源流及编纂思想》，载《南京钟山文化研究》2013 年 5 月（总第 21 期）。

心费力，实为顺应时势，为觊觎皇位与已得皇位者维护，提供理论依据，而这又为考察南朝弥漫朝野的谶纬之风保存了丰富的史料。

齐梁时期学术环境之透析

魏晋南北朝时时势混乱，政局更迭频繁，伴随着禅位诏告而滋生的另一种孪生文体，为“九锡文”。

赵翼《廿二史札记》卷七中有《九锡文》一节，云是“每朝禅代之前，必先有九锡文，总叙其人之功绩，进爵封国，赐以殊礼，亦自曹操始，其后晋、宋、齐、梁、北齐、陈、隋皆用之。其文皆铺张典丽，为一时之大著作，故各朝正史及《南》、《北史》俱全载之”。这种谋王篡位的方式，已经形成了一种固定的程式。那些掌握军权的权臣，改朝换位的气候成熟时，就有执政大臣向上传递意愿，君主于是被迫用“九锡”的殊礼表示褒奖，赐以接近王位一步之遥的特殊身份。权臣表示谦让，君主下诏，一定要加此殊荣。下一步，臣下援引图谶，表示天命攸归，条件成熟，已经到了改朝换代的时候，于是那些一无反抗能力的旧君只能表示仰从天意，禅位于新君。其间还要有三推三让等精彩表演，最后完成政权交替。在这过程中，那些著名文士充当的角色就是舞文弄墨，写作九锡文与禅位的诏告。有的人则制造图谶，充分施展其长袖善舞的伎俩。

因为这是魏晋南北朝时习见的一种社会现象，大家见怪不怪，也就视之为正常。对于那些写作九锡文与禅位诏书的名笔，也不会有所非议，只有那些被迫执笔的人，如阮籍辈，才会感到压抑与伤感。沈约身历宋、齐、梁三朝，看够了这种闹剧，轮到自己加入其中扮演重要角色时，也就驾轻就熟，取得了很大的成功。只是细加观察，其间既有欢乐，也有无奈与痛苦。

沈约在南齐时，与后为梁武帝的萧衍都曾厕身竟陵王萧子良的幕府，学界推之为“竟陵八友”中之二友。齐亡之际，八人起了分化，沈约、范云转为拥戴萧衍篡位，沈约还以先走一步技高一筹而沾沾自喜。然而前朝之宠臣转为后朝之首要，内心还是有其矛盾，迨到梦见齐和帝以剑断其舌，于是压抑不住内心的惶恐，乃至上奏赤章于天，辩称禅位之事不由己出。可见沈约一类人物之升沉，还是不能克服内心的煎熬。

六朝时期的君主以图谶为改朝换代时使用的一种手段。成功之后，为防他人起而效尤，转而对此严加禁止。这种情况，一般常是发生在第二代或第三代君主时。司马昭等人夺得了魏室江山，晋武帝泰始三年即下诏禁星象谶纬；刘裕篡得帝位，宋孝武帝大明中也就下诏严禁图谶。萧道成之起，远应图谶而建立新朝，武帝刘赜之时又禁畜谶纬；萧衍代起，当然会有不同寻常的迹象出现。《梁书·武帝本纪》屡记其生平展现祯祥之事，《陈书·陆琼传》载“琼父云公奉梁武帝敕撰《嘉瑞记》”[①]，而在齐帝的禅位诏书中，也说“河岳表革命之符，图谶纪代终之运”，可见梁之代齐，展现了符命和图谶中所呈现的浓浓天意。

刘勰身处齐梁二代，执政者都在处心积虑地利用谶纬为改朝换代服务，刘勰却引经据典力斥其伪，从现代人的政治经验而言，刘勰或许还承受着政治风险，因为这种无所顾忌的批判，联系当时政局，真可谓反其道而行之。因此，学者研究刘勰有关的谶纬学说，应该放在齐梁的具体环境中加以考察。

谶纬与儒家学术中的《河图》《洛书》

情况表明，刘勰面临的局面极为复杂，从他生活的宋、齐、梁三朝而言，均有君主在政治上支持谶纬：上溯汉代，也是经学界至为关注的一大问题。按谶纬本身的性质来说，则又与古代的民间信仰、民间习俗有关，这里的问题又极其复杂，如河图、

① 《隋书·经籍志》史部杂史类有《嘉瑞记》三卷，陆琼。

洛书等说，春秋、战国时期各家各派都有关于这方面的论述。可以说，自从中国地域文明的初期阶段起，就与河图、洛书之说结下了缘分。

何以如此，正是因为中国文化生发于河洛地区的缘故。史书记载，近代考古发掘也可证明，中国文化的主要发源地就在黄河、洛水一带，故世人习称之曰河洛文化。贾谊《鹏鸟赋》曰："异物来萃兮，私怪其故。发书占之兮，谶言其度。"《文选》李善注："《说文》曰：'谶，验也'。有徵验之书。河洛所出书曰'谶'。"左思《魏都赋》"藏气谶纬"句下《文选》李善注引文同。先民取得某些重大成就，难以解说，只能归之天意，也就会与黄河、洛水联系起来。河图、洛书之说，自然会在这一大背景下产生。

《文心雕龙·原道》中说："若乃河图孕乎八卦，洛书韫乎九畴，玉版金镂之实，丹文绿牒之华，谁其尸之？亦神理而已。"这种认识，远承前人成说。《汉书·五行志》："刘歆以为伏牺氏继天而王，受《河图》，则而画之，八卦是也。禹治洪水，赐《雒书》，法而陈之，《洪范》是也。"其他典籍类似的记载尚多。刘勰此说即综合诸家之说而成。

玄学中的主要经典《易》以八卦为主体演绎而成。除卦爻辞外，还有十翼为之阐发。刘勰濡染玄学至深，《文心》中每依《易》学立说。《宗经》篇曰："自夫子删述而大宝启耀，于是《易》张《十翼》，《书》标'七观'，《诗》列'四始'，《礼》正'五经'，《春秋》'五例'。"以为五经均出孔子的整理与传述。《文心雕龙》中屡次引及《易系辞》中之说，刘勰以为就是孔子的真传。

由此可见，《河图》《洛书》的影响至为深远。

孔子是否看到过《河图》《洛书》，如看到过，又到底是什么样子，都无从考证，想来不可能是某种完整的文献记载，当是某种图象或不成型的神话传说。

早期黄河、洛水显示灵验的故事，看来并不限于为帝王受命提供天人感应方面的依据，一般名人也可在这两条大河中显示其地位。孔子晚年已经名声卓著，他已有了足够的自信，以为他的命运也会有天人感应之事验证。《论语·子罕》载其言曰："凤鸟不至，河不出图，吾已矣乎！"可知他也认为河洛的灵验之事应该在他身上应现。

孔子是刘勰的崇拜对象，而情况又如此，那刘勰又怎能绝对排斥《河图》《洛书》方面的传说？

汉武帝时起，朝廷开始独尊儒术，罢黜百家，将孔子整理过的五部典籍尊之为经。其时今文学派占尽上风，东汉之时仍然如此。各个流派的儒生采用谶纬中的说法，加上自身的编造，以孔子为中心，造作纬书，于是又有"七经纬"之说。自西汉之末至东汉之末，纬书始终风行天下，在政治界与思想领域中发生了极为广泛的影响。

《隋书·经籍志·六艺(纬类)序》援引《易经》中的《河图》《洛书》之说后，又引另一说法，云是"孔子既叙六艺以明天人之道，知后世不能稽同其意，故别立纬及谶，以遗来世"。这就进一步抬高了纬书的地位。

《文心雕龙》之中屡次引及纬书中说，例如《明诗》中说："诗者，持也；持人情性。《三百》之蔽，义归无邪。持之为训，有符焉尔。"按此说出于《诗含神雾》，刘勰以为与《诗》之宗旨一致。《封禅》中曰："《绿图》曰'潬潬沩沩，万物尽化'，言至德所被也。"《绿图》即《河图》，此图不知何时之物，想来不会是孔子之时《河图》上的原文。《原道》中曰："……惟人参之，性灵所钟，是谓三才。"此说亦与纬书有关。《春秋元命苞》曰："人与天、地并为三才。天以见象，地以效仪，人以作事，通乎天地，并列为三。"《易乾凿度》亦曰："《易》有六位三才，天地人道之分际也。三才之道，天、地、人也。"可知刘勰并不排斥谶纬之说；相反，他也把谶纬视为辅经而行的重要文献，因而在理论建设上也颇多引用。①

刘勰把纬书中的文字广泛用于阐述自己的学说。比较之下，当然以经为主，以纬为辅，其间一无拒斥之意。而这也是当时经学界的一种普遍现象。

刘勰推重郑玄在经学界的地位。《序志》中说："敷赞圣旨，莫若注经，而马、郑诸儒，弘之已精，就有深解。未足立家。"自云本想逐郑玄之后尘，走解经之路，然以未能独树一帜而只能放弃，改为文学理论方面的研究。然而郑玄这位经学方面的标志性人家，却也经纬兼容。时至东汉之末，古文学派与今文学派之间已非壁垒分明，开始交相融会。郑玄遍注群经之外，也遍注群纬。他的经说之中就有不少纬说，例如上述《礼记·礼器》篇中述及封禅时，郑玄就引用了《孝经纬》中的说法，这与刘勰在《封禅》篇中引用了很多纬书中说一致。

刘勰不在谶纬的学理与历史等方面考察，他只从儒家学说中有关"文"的方面进行论证。他不在《河图》《洛书》的神理上再作纠缠，也不谈有关孔子的神异之处。

《孝经援神契》曰："德至深泉，则黄龙见，醴泉涌，河出图，洛出书。"后来有关圣迹出现的种种传说当是经过长期积累，才逐渐形成系统。在传播过程中，必然会有种种不同版本出现。

历代圣王在位，均有《河图》显灵之事发生。今依年代为序，略作徵引。

一曰伏羲时事，《尚书中候》中曰："伏羲氏有天下，龙马负图出于河，遂法之画八卦。又龟书，洛出之也。"

一曰黄帝时事，《河图挺辅佐》曰："黄帝告天老曰：'余昔梦两龙以白图授予。'天老曰：'河有《河图》，洛有《龟书》，天其授帝图

① 参看邓国光《〈文心雕龙〉假纬立义初探》，载《文心雕龙研究》第三期，齐鲁书社 1986 年 1 月；后收入他的古代文学与文论研究专著《文原》，澳门大学出版中心 1997 年 7 月版。

乎？’帝乃斋住河、洛，有大鱼溯流而泛白图，帝跪受。”

一曰仓颉时事，《春秋元命苞》曰：“仓帝史皇氏，名颉，姓龙刚。龙颜侈哆，四目灵光。实有睿德，生而龙书，及受《河图》绿字，于是穷天地之变化。”

一曰尧时事，《尚书中候握河纪》曰：“尧时受《河图》，龙衔赤文绿色。”

一曰舜时事，《春秋运斗枢》曰：“舜以太尉受号，即位为天子。五年二月，东巡狩，至于中月，与三公诸侯临观，黄龙五采负图出，置舜前。”①

《尚书中候》中也记载有黄帝、尧、舜、禹等圣王见《河图》之事，林林总总，莫衷一是。估计类似记载尚多，今以纬书残佚，难以尽考，其中当然杂有大量后人的编造之词，但也可能有其前时流传下来的一些神话传说民间信仰为基础。

《礼记・礼运》篇曰“河出马图”，郑玄注：“马图，龙马负图而出也。”孔颖达疏引《中候握河纪》：“尧时受《河图》，龙衔赤文绿色。”可见魏晋南北朝人处此阶段，接受的均为汉人的纬书中说。唐李鼎祚《周易集解》卷十四提到郑玄介绍《春秋纬》时云：“《河图》有九篇，《洛书》有六篇也。”可知郑玄注《易》阐述有关《河图》《洛书》中的问题时，均曾据纬立说。刘勰叙及《河图》《洛书》时，自会沿用其心仪的经师郑玄等人之说。

根据现代著名学者陈槃的研究，“《河图》《洛书》二事，是否见于邹书，无可考。见存《谶纬》之所谓《河图》《洛书》，无疑其出于秦汉间无数方士之手，文辞驳杂。然而持校邹衍书说，大都符同，是则《河》《洛》符应，是否本诸邹说，虽未可知，然而传邹术之方士，取邹说造饰为《河图》《洛书》，成功今日《河洛》《谶纬》之面目，故甚

① 见日本学者安居香山、中村璋八辑《纬书集成》，河北人民出版社 1994 年版。本文引及纬书文字均据此书。

明，虽谓为邹衍思想下之产物，无不可者”①。则是以为《河图》《洛书》就是两种图箓，也即早期的谶纬说。

《正纬·赞》中说“荣河温洛，是孕图纬”，可见刘勰认为《河图》《洛书》乃是蕴育纬书的母体，而他在《正纬》中又说：“故知前世符命，历代宝传，仲尼所撰，序录而已。”认为这些古来相传的神异之事，孔子只是作了整理和记录，只是后来的“伎数之士，附以诡术，或说阴阳，或序灾异，若鸟鸣似语，虫页成字，篇条滋蔓，必假孔氏，通儒讨核，谓起哀平，东序秘室，朱紫乱矣”。说明他所“正”之“纬”，重在王莽、光武之后的谶纬家言。

徐兴无在论述“谶纬文献中的河洛受命神话”时，先介绍了《汉书·五行志上》所载刘歆之说，又引“《艺文志·六艺略》上所说的《易》源于《河图》、《书》源于《洛书》之说，然后总结道：“这与谶纬之说盖出于一时。又河洛神话中的仓颉是没有帝王之位的圣人，尊其为帝，安排他观河洛、受图书，是因为他创造了文字，是最早的文化圣人。此后又有孔子通晓河洛之秘，作《春秋》、《孝经》，故为‘玄圣’、‘黑帝经’（见《春秋演孔图》等）。”②这种见解，是对谶纬文献中各种纷纭复杂的记载作了疏理之后才提出的。孔子已以《河图》《洛书》的阐释者的姿态出现。

刘勰不理后人在孔子身上粘附的种种神异装饰，将之回复到一位人间的文献记录者，再在儒家的几部经典中寻找根据，但也不排斥纬书中一些可供行文之助的记载，再用可以检核的材料加以比较，从“附经而行”的“纬”中酌取了一些可用材料，这才是刘勰写

---

① 载《秦汉间之所谓“符应”论略》柒《符应说之发展结集及其与〈谶纬〉产生之关系》，载“中央研究院”《历史语言研究所集刊》第十六本，商务印书馆1937年版。

② 参看徐兴无《谶纬文献与汉代文化构建》第六章《谶纬中的“河洛”、“郊祀”与“封禅”》—《河图》、《洛书》，中华书局2003年3月版。

作《正纬》篇的真意。

刘勰的谶纬观何以能为政界与文坛所接受

刘勰对谶纬的年代与内容作了全面的考察。他以经为主体，与图谶一一进行对比，证明后者均出伪造。“以经验纬，其伪有四”，一是“经正纬奇”，二是“纬多于经，神理更繁”，三是“托于孔子”，四是“先纬后经，体乖织综”。无论从产生的年代来说，还是从学理的正否而言，都可说明谶纬之不可信，其中所呈现的“神理”自然不足信从。

联系齐梁之交的禅代活动，可以认为刘勰的理论是对当前一些御用理论的挑战。这里还可观察的是，一些当事人对此作何反应？

首先可对沈约其人进行考察。沈约自制图谶，力劝梁武帝萧衍篡得萧齐政权，他对这一问题到底持什么态度？

刘勰拜见沈约时，地位低下，呈上《文心雕龙》，希望能够得到这位朝廷重臣和文坛大佬的认可。本传上说：“约便命取读，大重之，谓为深得文理，常陈诸几案。”可见沈约对此书的激赏，在学术上高度认可。这里当然包括对《正纬》中文理的认同。可见沈约之视图谶，应当也是认为不可尽信，而他自己又以制造“行中水”的新说来劝进，可见这只是作为一种政治手段，大家无不心知肚明。以梁武帝的学识与历练，也很明白这种编造手法并不高明，然而欣然接受，可知大家实际上有共识，假托天命，玩政治游戏，这些都只是一种应景的措施，不必认真对待。然而论文之时，则应严格按照原理原则办事。沈约的论文，就是采取这一态度。沈约毕竟是一位在文学上卓有成就的人，阅读《文心雕龙》之时，也就立即作出了正确判断。

梁武帝的态度有类于此。他在积累政治资本时，不管人家编造的故事如何离奇，也照单全收。《南史·陶弘景传》记载他在“齐末为歌曰‘小丑木’，为‘梁’字。及梁武兵至新林，遣弟子戴猛之假道奉表。及闻议禅代，弘景远引图谶，数处皆成‘梁’字，令弟子进之”。这些都是在为萧衍积累政治资本,大家都心照不宣。

或许沈约的戏演得过了头,萧衍反而有了戒心,因而在重用他的时候,还是处处留了一手。先时断然拒绝其“三司之仪”的请求,后又直斥其非“忠臣”之所为。沈约难以平衡内心的煎熬,终于惊惭忧惧而殁。

梁代皇室中人大体都持同一态度。他们已经不再需要用图谶加以粉饰,从他们的兴趣而言,自然更是欣赏刘勰的文才。

由此可知,沈约、萧衍等人所表现的态度实际上是将政治与文学之间进行了严格区割,政治上可以利用谶纬之说,学术上则不能混为一谈。这也可以说是正常情况下时人的共识。

《文心雕龙》中体现的科学态度,《正纬》篇中的具体分析,逻辑严谨,说理透辟,博得了萧氏父子的认可。刘勰对风行当代的谶纬之说说不上坚决抵制,对古时出现的河图、洛书等说仍甚尊重,因为孔子实际上也已接受此说,所以他在《原道》篇中阐明“道沿圣以垂文,圣因文以明道”时也要强调“取象乎河洛,问数乎蓍龟”。截至齐梁之时,大家还是视之为配经而行的重要典籍,因此也得归入“枢纽”之中,紧随《宗经》之后,放在重要地位,只是要作一番去伪存真的甄辨,既说明其中有“伪”,也指出其中有可取的一面:以文学的角度而言,“事丰奇伟,辞富膏腴,无益经典而有助文章”。

《隋书·经籍志》上也曾提到梁武帝为防他人效尤,曾下令禁止谶纬,这当然是从政治上考虑而有此一举,在学术上却不见采取什么严格的措施禁止传习。相反,他本人也以精通此道著称。《梁书》本纪上说:“阴阳纬候,卜筮占决,并悉称善。”《梁书·昭明太子传》载其殁后王筠撰哀册曰:“驰神图纬,研精爻画。”说明王室人员都在研习此道,谶纬方面的价值,仍然得到皇家的重视。[1] 萧氏父

[1] 参看吕宗力《两晋南北朝经学与谶纬学》四《结语》,南京大学主办“经学与中国文献文化国际学术研讨会”会议论文,2013 年 8 月。

子平时之精研“纬候”，当然是在钻研这方面的学理，不会把注意力放在利用它搞政治阴谋。考察萧统的为人，更可说明这点。刘勰之精研纬学，得到萧统的爱接，在此并无矛盾。

这里还应注意当时学术领域中的另一情况。

《晋书·阮籍传》上说：“籍本有济世志，属魏晋之际，天下多故，名士少有全者，籍由是不与世事。”后人阅读魏晋南北朝时的历史，大都信从此说，以为众多文士均遭惨死，其时文学是在凄风苦雨中成长起来的。实则上述说法总结的是魏晋时期的情况。宋齐之时，当然仍有谢灵运、谢朓、王融等著名文士死于非命，但那是因为王、谢家族中人卷入政治漩涡，无法自拔的缘故。一般官僚，或仅具僚属身份的文士，讨论学术问题时很少有人遭到不测之祸。再从其时轰动一时的形神之说考察，可以说是一场正常的学术争辩。范缜著《神灭论》，坚持形尽则神灭，萧齐之时即遭围攻，梁代兴起了更大波澜，但范缜坚持己见，不屈服于依附于皇权的那些讨伐者。梁武帝亲自参与论争，号召众多文士参加论战，驳斥神灭之说，范缜仍然坚持个人的信念，毫不屈服。这一事例也可说明，齐梁时期的学术环境实际上是很宽松的。皇室已经看到这种神灭说危及自身的核心价值，但并不倚仗权势压制他人的意见，而是公开加以讨论，于是才有《神灭论》等名文的传世。刘勰的情况类同，萧衍、沈约等人并不因为《正纬》中的意见阐明了他们仍在利用的谶纬之说为虚妄而予以封杀，《文心雕龙》这才可以顺利进入文坛。沈约还能积极加以宣扬，萧氏王室还能吸收刘勰进入其文士队伍，这也为《文心》的传世提供了诸多有利条件。

（此稿乃应王华宝先生之邀，为《新学衡》创刊号而作）

辨骚第五解析

【解题】《离骚》是楚辞中最重要的有代表性的作品，所以刘勰举《骚》代表楚辞。这也是当时的一种习惯用法。胡小石先生《楚辞辨名》曰："其以'骚'为通名者，当起汉魏以下。《中山经》'少室之山，有木曰帝休，叶状如杨，其枝五衢'，郭注曰：'言树枝交错，相重互出，有象衢路也。《离骚》曰"靡萍九衢"。'又《海外东经》'汤谷'，郭注曰：'《离骚》所谓"羿焉毕日，乌焉解羽"者也。'又《大荒东经》'东海之外大壑'，郭注曰：'《诗含神雾》曰"东注无底之谷"，谓此壑也。《离骚》"降望大壑"。'又《大荒北经》'烛龙'，郭注曰：'《离骚》曰："日安不到，烛龙何耀。"'案靡萍、毕日、烛龙并出《天问》，降望、大壑出《远游》，而郭俱称之曰《离骚》，则已以《骚》该馀篇矣。《水经》三十六《温水注》：'《山海经》曰："离耳国、雕题国皆在郁水南。"《林邑记》曰："汉置九郡，儋耳与焉。民好徒跣，耳广垂，以为饰。虽男女亵露，不以为羞。暑亵薄日，自使人黑，积习成常，以黑为美，《离骚》所谓'玄国'矣。"案今《离骚》无'玄国'之文，惟《招魂》言南方'雕题黑齿'与此合，是道元引楚辞，亦以《骚》该馀篇矣。《文心·辨骚》自'《离骚》之文，依经立义'以下，兼举《天问》、《涉江》、《招魂》而纳之篇中，是亦举《骚》见全。《文选》三十二至三十三列'骚'为一目，合《离骚》、《九歌》（六首）、《九章》（一首）、《卜居》、《渔父》、《九辨》（五首），其例同刘。吴子良《林下偶谈》訾《选》

名为无义，其实此端不自昭明始也。”[①]今案纪昀亦有相似意见，本篇评语曰：“《离骚》乃楚辞之一篇，统名楚辞为‘骚’，相沿之误也。”实则这些地方也谈不上有什么错误，只是当时学术界习俗如此，后人不知底细容易引起纷扰罢了。

《说文解字·刀部》“辨”训“判也”，同部“判”字又训“分也”，段玉裁注云是“古辨、判、别三字义同”，都有剖析的意思。刘勰以“辨骚”名篇，明言此文乃分析楚辞而作。他有鉴于汉代的研究工作存在着混乱，妨碍后人从中汲取养料，认为必须作清本穷源的探讨，才能明辨是非。为此他将楚辞与《诗经》作了详细的比较，得出了新的结论。

我国向来风骚并称。但汉魏间人对这两部作品的评价却是大有出入的。《诗经》是我国古代唯一的一部文学著作，先秦时代的知识分子都曾用它作为主要读物，其后经过儒家中人的整理，将它置于其他几部典籍的首要地位，汉代思想定于一尊之后，它更被尊为“经”，地位崇高无可比拟。楚辞继之而起，成就亦极巨大，然因思想内容与艺术技巧方面都存在着许多相异之处，中多想象、虚构、夸张等特质，汉人对此毁誉不一。刘向编集《楚辞》，亦尊《离骚》为经，但只得到部分人的赞同，说明文士阶层内部对此看法很不一致。为此自汉初起就展开了往复的争论，直到汉末还未得出可信的结论。刘勰则在此基础上进了一步，对楚辞作了全面的研究，指出其优缺点所在，从而得出了结合二者之长的光辉论点。这项理论研究工作不但对矫正当时文风有着积极的意义，而且对后代的理论建设也起到了良好的作用。

1. 自风雅寝声，莫或抽绪，奇文郁起，其《离骚》哉[①]！

---

① 载《中国文学》第1卷第1期，1944年重庆出版。今据周勋初编《胡小石文史论丛》本，南京大学出版社2008年4月版。

固已轩翥(zhù)诗人之后，奋飞辞家之前，岂去圣之未远，而楚人之多才乎[②]！

【注释】

① 风雅：《诗经》中的“国风”和“小雅”“大雅”。寝：停歇，止息。抽绪：抽出丝的头绪，开始的意思。自风雅寝声，莫或抽绪：这里实际是说，自从周王朝衰落采诗观风的事停下来后，没有什么人再来接着写这类作品了。郁起：勃起。其：怕是，大概是，看上去是……带商榷性的疑问语气，实际上是郑重提出，表示肯定。

② 固：确实是。轩翥：高举远飞。固已轩翥诗人之后，奋飞辞家之前：确实是翱翔于《诗经》作者之后，汉代辞赋作家之前。岂：难道不是。去：距离。圣：指孔子。去圣未远：自孔子之死的公元前479年到屈原生的公元前343年，中间不过间隔百年多些。

【分析】这一段文字指出了楚辞的历史地位。它继诗开赋，成就甚巨。

2. 昔汉武爱《骚》，而淮南作传，以为“国风”好色而不淫，“小雅”怨诽而不乱[①]。若《离骚》者，可谓兼之。蝉蜕(tuì)秽浊之中，浮游尘埃之外，皭(jiào)然涅(niè)而不缁(zī)，虽与日月争光可也[②]。班固以为露才扬己，忿怼(duì)沉江；羿(yì)、浇、二姚，与《左氏》不合；昆仑、悬圃，非经义所载；然其文辞丽雅，为词赋之宗，虽非明哲，可谓妙才[③]。王逸以为诗人提耳，屈原婉顺，《离骚》之文，依经立义，驷虬(qiú)乘鹥(yì)，则时乘六龙；昆仑流沙，则《禹贡》敷土，名儒辞赋，莫不拟其仪表，所谓金相玉质，百世无匹者也[④]。及汉宣嗟叹，以为皆合经术；扬雄讽味，亦言体同《诗》

“雅”[5]。四家举以方经，而孟坚谓不合传，褒贬任声，抑扬过实，可谓鉴而弗精，玩而未核者也。[6]

【注释】

① 汉武：指汉武帝，西汉初期的皇帝。淮南：淮南王刘安，汉代初期封于东南地区（现在安徽一带）的一个诸侯王。汉武爱《骚》，而淮南作传：根据《汉书·淮南王传》上的记载，汉武帝很喜爱楚辞，淮南王安入朝时，汉武帝命他替《离骚》作注释。淮南王安所作的“传”，根据流传下来的一些零星材料来看，对名物作了简单的解释，还有一些评论性的文字。淫：过度。诽：讥讽。以为“国风”好色而不淫，“小雅”怨诽而不乱：刘安以为，“国风”中的情诗喜好女色但并不过分，“小雅”中的怨诗讥讽朝政但不越常规。

② 蝉蜕：像蝉一样脱去外壳。蝉蜕秽浊之中，浮游尘埃之外：都有超脱于外界污浊的环境的意思。皭：洁白。涅：浸染黑色。缁：黑色。

③ 班固：东汉初期的史学家和文学家，《汉书》的作者，有《两都赋》、《典引》等作品。怼：怨恨。班固以为露才扬己，忿怼沉江：班固在《离骚序》中反对刘安作出的评价，认为屈原喜欢表露自己的才华而突出自己，对楚怀王表示怨恨，以致投江而死。羿、浇、二姚，与《左氏》不合：《左氏》即《左传》。《左传》襄公四年上记载，后羿是有穷国的君主，夺取了夏朝太康的帝位，后来被他的臣子寒浞（zhuǒ）所杀。寒浞和羿的妻子生下了浇。后来少康复国，杀死了浇。二姚是少康的两个妻子，虞君的女儿。屈原在《离骚》和《天问》中都提到羿、浇、二姚，和《左传》上的记载一致。班固是说淮南王刘安为楚辞作传时，对羿、浇、二姚的事迹有所增捐，与《左传》所记不合，但刘安的传已经失传，情况不明。不知这里刘勰是不是在引用班固的话，班固则是在引用刘安的话而表示异议？昆仑、悬圃，非经义所载：《离骚》和《天问》中都提到过昆仑和悬圃，但经书上可没有记载过。昆仑山是西方的一座神山，悬圃

在昆仑山顶上。宗：根本，源头。虽非明哲，可谓妙才：班固在《离骚序》中评屈原曰："虽非明智之器，可谓妙才者也。"

④ 王逸：东汉后朝的文人，他所写的《楚辞章句》是流传到现在最早的一部《楚辞》读本。提耳：《诗经·大雅·抑》上说："呜乎小子，未知臧否，匪面命之，言提其耳。"相传这是卫武公讽谏周平王的话，说是要扯住平王的耳朵，以免遗忘。诗人提耳，屈原婉顺：王逸指出：《诗经》中的作者态度很激烈，屈原的态度则较婉顺。驷：用四匹马驾车。虬：独角的龙。驷虬：驾驭四条虬，这里用虬代替马。鹥：凤的一种。时乘六龙：《易·乾卦·彖(tuàn)辞》上说"时乘六龙"。乾卦的六爻(yáo)都用龙作象徵，或潜或飞，依时升降。驷虬乘鹥，则时乘六龙：王逸以为，《离骚》上说的"驷玉虬以乘鹥兮"，就相当于《易经》中说的"时乘六龙"。流沙：指西方的沙漠。《禹贡》：《尚书》中的一篇，记载着当时各地的地形和物产。敷土：分布治理。昆仑流沙，则《禹贡》敷土：《离骚》中提到的昆仑和流沙，在《禹贡》中讲到分布土地时也提到。名儒：有名的儒者，这里泛指所有的文士。拟：摹拟，效法。仪表：容貌，形态。金相玉质：即金玉之质。相也是质的意思。匹：相等。无匹：无法相比。

⑤ 汉宣：指汉宣帝，西汉中期的君主。他也喜欢辞赋，《汉书·王褒传》上记载，宣帝曾说"辞赋大者与古诗同义"，所谓"大"者中当包括屈原所作的楚辞，但他具体的言辞则已失传。嗟叹：赞叹。扬雄：扬雄评价屈原作品的言辞已亡佚。讽味：吟咏玩味。

⑥ 四家：指淮南王刘安、汉宣帝、扬雄、王逸。方：比。孟坚：班固的字。传：注释《经》的文字。这里用如经字，骈文写作需要变化字面，这里用"传"代"经"。褒贬任声，抑扬过实：褒同扬，贬同抑。任声，随口的意思。玩：玩味，体会。核：核实。

【分析】这一段文字介绍前人对楚辞的评价。汉代各家于此论战甚烈。争执的重点有二：对屈原的品格应该怎样评价？对楚辞的艺术成就应该怎样评价？这些问题，是由楚辞中包含着一些与汉儒建立起来的正统观念不合的因素而产生的。屈原对楚王的昏庸作了有力的揭发，作品之中应用了一些儒家经典中不常见的奇特手法，这些超出封建常规的东西，得到了淮南王刘安等人的肯定，但也引起了衷心维护汉代封建政权的班固的反对，于是通过楚辞的讨论表现出了两种立场与两种观点的冲突。文学批评的研究工作则在不断的论争中得到了发展。

维护楚辞的这一方面，人数虽多，但出发点不同，观点也不一致。应该补充说明的是，司马迁曾为屈原立传，并对他的为人和作品予以很高评价。司马迁认为《离骚》之作乃由怨而发，“其称文小而其指极大，举类迩而见义远”，这里就包含着对楚辞的艺术特点的某些探索。他指出了楚辞具有高度的概括力，能在普通事物的描写之中寓以深意。接着他又指出屈原“其志洁，故其称物芳；其行廉，故死而不容自疏”，这些地方更接触到了楚辞艺术特色的问题。它当指比兴手法而言，即美人香草之类。这里对屈原作品的特点作了粗浅的然而却是很本质的说明。王逸继起极力推崇屈原，但见解与方法均欠高明，定要说是“《离骚》之文依托五经以立义”（《楚辞章句序》），这就不免陷于牵强附会，否定了楚辞的创造性。刘勰对此表示不满。他批评上述五家普遍缺乏科学分析，流于主观臆断，因此在下一段文字中重新作了研究。

3. 将核其论，必徵言焉[①]。故其陈尧、舜之耿介，称汤、禹之祗（zhī）敬，典诰之体也[②]；讥桀、纣之猖披，伤羿、浇之颠陨（yǔn），规讽之旨也[③]；虬龙以喻君子，云蜺（ní）以譬谗邪，比兴之义也[④]；每一顾而掩涕，叹君门之九重，忠怨之辞也[⑤]：观兹四事，同于“风”“雅”者也[⑥]。至于托云龙，说迂怪，丰隆求宓妃，鸩（zhèn）鸟媒娀（sōng）女，诡异之辞也[⑦]；

康回倾地，夷羿彃日，木夫九首，土伯三目，谲(jué)怪之谈也[8]；依彭咸之遗则，从子胥以自适，狷(juàn)狭之志也[9]；士女杂坐，乱而不分，指以为乐，娱酒不废，沉湎(miǎn)日夜，举以为欢，荒淫之意也：摘此四事，异乎经典者也。(一) 故论其典诰则如彼，语其夸诞则如此，固知楚辞者，体宪于三代，而风杂于战国，乃雅颂之博徒，而词赋之英杰也[10]。(二) 观其骨鲠(gěng)所树，肌肤所附，虽取镕经旨，亦自铸伟辞。[11]故《骚经》《九章》，朗丽以哀志；[12]《九歌》《九辩》，绮靡以伤情[13]；《远游》《天问》，瑰(gūi)诡而惠巧[14]；《招魂》《大招》，耀艳而深华；[15]《卜居》标放言之致，《渔父》寄独往之才[16]。故能气往轹(lì)古，辞来切今，惊采绝艳，难与并能矣[17]。(三)

【注释】

① 徵言：徵引屈原的言论。

② 陈尧、舜之耿介，称汤、禹之祇敬：《离骚》上说："彼尧、舜之耿介兮"，"汤、禹俨而祇敬兮"。耿介，光明正大的意思。俨，谨肃。祇敬，敬重，敬畏。典诰之体："典"指《尚书》中的《尧典》等文，"诰"指《尚书》中的《汤诰》等文。体是风格、格局，指文章的基本精神。

③ 讥桀、纣之猖披，伤羿、浇之颠陨：《离骚》中说："何桀、纣之猖披兮"，"羿淫游以佚畋兮"，"浇身被服强圉兮，纵欲而不忍"，猖披，猖狂邪恶的意思。羿，夏朝有穷氏的一个首领，躭于游乐而好田猎。畋，田猎。浇是寒浞的儿子。寒浞篡取了羿的位子，又传给浇，浇也纵欲游乐而丧了命。颠陨，失败丧身的意思。规讽之旨：规劝讽谏的宗旨。

④ 虬龙以喻君子，云蜺以譬谗邪：《九章·涉江》上说："驾青虬兮骖白螭。"《离骚》上说："帅云蜺而来御。"螭，一种无角的龙。骖，拉车时傍着两匹主力的马作附助用的马。王逸注："虬螭，神兽，宜于驾

乘，以喻贤人清白可信托也。”帅，率领。蜺，即霓。御，迎接。王逸注：“云霓，恶气，以喻佞人。”比兴之义：比兴是《诗经》作者常用的两种写作手法，比是比喻，兴是先言一物以引起其他事物。刘勰认为虬龙和云霓也是比兴手法的运用。

⑤ 每一顾而掩涕，叹君门之九重：《九章·哀郢》上说：“望长楸而太息兮，涕淫淫其若霰，过夏首而西浮兮，顾龙门而不见。”宋玉《九辨》：“岂不郁陶（yáo）而思君兮，君之门以九重。”太息，深深地叹息。涕，眼泪。郁陶，忧郁愁思。九重，九层的门，说明与君主之间隔得很远很深。

⑥ 兹：此。同于风雅者也：和风雅的精神是一致的。这里用风雅代表所有经书的宗旨。

⑦ 托云龙，说迂怪：《离骚》上说：“驾八龙之婉婉兮，载云旗之委蛇（yí）。”蜿蜿，形容龙行走时从容不迫的姿势。委蛇，形容旗子的随风飘扬。迂：违反常理。丰隆求宓妃：丰隆是云神，一说为雷神。宓妃为洛水中的女神。《离骚》上说：“吾令丰隆乘云兮，求宓妃之所在。”鸩鸟媒娀女：鸩，一种羽毛有毒的鸟。娀，指古代的一个部落有娀氏；娀女，指有娀女的美女简狄。相传简狄是帝喾之妃，商族祖先契之母。《离骚》上说：“望瑶台之偃蹇（jiǎn）兮，见有娀之佚女；吾令鸩为媒兮，鸩告余以不好。”瑶台是天上神仙居住的台，偃蹇，巍峨的意思，佚女即美女。诡异：离奇，反常。

⑧ 康回倾地：《天问》上说：“康回凭怒，地何故以东南倾?”康回是共工的名字。凭怒，大怒。传说共工发怒，把头撞倒了不周山，地就向东南倾陷了。夷羿彃日：《天问》上说：“羿焉彃日？乌焉解羽?”夷是羿的姓。彃，射。传说羿用箭射太阳，把日中的金乌射死了。木夫九首，土伯三目：《招魂》中说：“一夫九首，拔木九千兮。”又说：“土伯九约，其角觺觺（yí）些；参目虎首，其身若牛些。”土伯，土地的神。九约，身体屈曲。觺觺，指头上的角尖锐锋利。谲怪：变幻莫测。

⑨ 依彭咸之遗则：《离骚》上说：“愿依彭咸之遗则”。彭咸，相传

是商代的一位贤人，谏君不听，投水而死。遗则，传下来的榜样。从子胥以自适：《九章·悲回风》上说："从子胥以自适"。子胥即伍子胥，他为了劝谏吴王夫差，受到谗害，被迫自杀，吴王把他的尸首投于江中。屈原愿以伍子胥为榜样，所以说将从子胥而自适其意。狷狭：急躁狭隘。

⑩ 士女杂坐，乱而不分，指以为乐：《招魂》上说："士女杂坐，乱而不分些。"士，男人。指，把这……。娱酒不废，沉湎日夜，举以为欢：《招魂》上说："娱酒不废，沈日夜些。"娱酒即贪饮。不废即不止。沉湎即沉溺。"举"与"指"意思相同。典诰：即合乎典诰精神的意思。典诰不专指《尚书》中的一些篇章，而用来代表所有的经典。夸诞：夸张荒唐。体：主体，根本。宪：效法。三代：夏、商、周。这里是指三代产生的经典。风：风气。博徒：放荡之徒，不守规矩的人。乃雅颂之博徒，而词赋之英杰也：这里是拿楚辞和前代的经典和后代的辞赋作比较。比起经典来，应该视为不合规范；比起辞赋来，则又是佼佼者了。

⑪ 鲠：通"骾"。骨鲠所树，肌肤所附：这里是用人的身体作比喻。骨鲠，骨干；树，植立。骨干和肌肤有主次之分，前者用以指文意，后者常用以指文辞。

⑫ 《骚经》：即《离骚》。自汉代起，就已有人尊《离骚》为经。《九章》：《楚辞》中的一组作品，包括《惜诵》《涉江》《哀郢》《抽思》《怀沙》《思美人》《惜往日》《桔颂》《悲回风》等九篇。据后人考证，这些作品有的是屈原所作，有的则是他人所作。

⑬ 《九歌》：屈原所作，内有《东皇太一》《东君》《云中君》《河伯》《湘君》《湘夫人》《大司命》《少司命》《山鬼》《国殇》《礼魂》等十一篇。《九辩》：宋玉的作品，一说为屈原所作。绮靡以伤情：华美而有哀伤的感情。

⑭ 《远游》：相传也是屈原的作品。据后人考证，这是汉人抄撮《楚辞》等典籍而成的一篇文章。《天问》：屈原的作品。即问天之作，对自然界和历史上的许多问题提出了疑问。瑰：奇伟。惠：通"慧"，

机智。

⑮ 《招魂》:屈原的作品,一说为宋玉所作。《大招》:《大招》为景差所作,一说为宋玉所作。

⑯ 《卜居》:相传是屈原的作品,据近人考证,当出后人假托。里面记载着屈原向太卜询问去就的问答之词。标:突出。放言:旷达的言论。致:胸怀情致。《渔父》:相传也是屈原的作品,里面记载着屈原打算投江而死时和渔父的问答。独往:独来独往,不顾世人的讥议。

⑰ 气:内在的气质,表现于文词的气势。轹:践踏。切:切合。气往轹古,辞来切今:它的气势压倒了前代,它的辞采又与后代发展的情势切合。惊:令人心惊。绝:超绝。

【分析】刘勰在这一段文字中介绍了自己的研究成果,中分三节:(一)分析,(二)总结,(三)演绎。

他拿楚辞和《诗经》作比较,得出了四同、四异的结论。“故论其典诰则如彼”,乃指四同而言;“语其夸诞则如此”,乃指四异而言。“体宪于三代”,承“典诰”一语而来;“风杂于战国”,承“夸诞”一语而来。因其杂而有战国夸诞之风,故贬之为“雅颂之博徒”;因其远承三代典诰之体,故褒之为“词赋之英杰”。这样的分析是细致的,也是合乎事实的;但他是以《诗经》作为准则而提出批评的,因而在后人看来,这样的评语却又有很多可以商榷的地方。

刘勰认为,楚辞在思想内容上继承了经典中的一些可取之处,在文辞上有很大的创造。这种意见在其他篇中也有说明,例如,《事类》篇中说:“观夫屈、宋属篇,号依诗人,虽引古事而莫取旧辞。”《诠赋》篇中说:“灵均唱《骚》,始广声貌。”《物色》篇中说:“及《离骚》代兴,触类而长,物貌难尽,故重沓舒状,于是嵯峨之类聚,葳蕤之群积矣。”他在本文中则作了具体分析,称之为“惊采绝艳,难与并能”,可谓推崇备至。

4. 自《九怀》以下，遽蹑(niè)其迹，而屈、宋逸步，莫之能追[①]。故其叙情怨，则郁伊而易感；述离居，则怆怏(yàng)而难怀；论山水，则循声而得貌；言节候，则披文而见时[②]。是以枚、贾追风以入丽，马、扬沿波而得奇，其衣被词人，非一代也[③]。故才高者菀(wǎn)其鸿裁，中巧者猎其艳辞，吟讽者衔其山川，童蒙者拾其香草[④]。(一) 若能凭轼以倚"雅""颂"，悬辔(pèi)以驭楚篇，酌奇而不失其贞，玩华而不坠其实，则顾眄(miǎn)可以驱辞力。咳唾可以穷文致，亦不复乞灵于长(zhǎng)卿，假宠于子渊矣[⑤]。(二)

【注释】

① 《九怀》：西汉辞赋作家王褒的作品。遽：立即。蹑：追踪，蹈循。遽蹑其迹：马上就走上了它开辟的道路。逸：轻快，奔放。

② 郁伊：郁塞，沉闷。离居：指屈原离开国都而流徙各地。怆怏：惆怅失意。难怀：难以为怀，很难忍受的意思。声：音节声律。循声：沿着声音，即从吟咏的声调中……。节候：季节气候。披文：打开文章，翻阅文字。

③ 枚贾：枚乘和贾谊，都是西汉初年的辞赋家。追风：追随他们的文风。马扬：司马相如和扬雄，西汉时最著名的辞赋家。沿波：顺着他们的馀波。衣被：用衣服给人披上，即给人以益处的意思。

④ 菀：通"掔(wān)"，取。鸿裁：大的义理。中：心。猎：采摘。吟：低声朗诵。讽：诵读。衔：含在口中，有玩味的意思。童蒙：无知的学童。上面四句顺次叙述了四种水平高下不等的人，所领会到的内容，学习后的收获，都不相同。

⑤ 轼：车厢前部的横木。人在车上时，要靠着轼而站立。悬：提起。辔：马韁绳。凭轼以倚雅颂，悬辔以驭楚篇：这里是用驾驶马车作比喻。雅颂代表《诗经》，这等于车上的轼，人应依靠着它，然后再来驱

使《楚辞》,这样车子就可稳当地驰骋于文坛了。贞:正常的,合乎规范的。“贞(正)”与“奇”相对。玩:欣赏。华:花朵,指辞采。实:果实,指内容。顾眄:看上一眼,指一刹那间,形容迅速立即。咳唾:形容不费气力。穷:穷尽。文致:文章的情趣。乞灵:乞求前人帮助。长卿:司马相如的字。假宠:借助前人荣光。子渊:王褒的字。

【分析】这一段文字旨在(一)介绍楚辞的成就和影响,(二)提出学习楚辞的正确态度。

楚辞的成就是多方面的,但总的说来,则是提高了作家抒写情怀和刻划事物形象的能力;楚辞的影响也是深而广的,但最明显的作用则在提高了赋家的写作技巧。刘勰认为不论老幼贤愚,如向楚辞学习,都能有所收获。只是依据上面的分析,和《诗经》比较,楚辞还有不足之处,因此学者如能取法乎上,就会获得更理想的成绩。屈原在文辞上曾经“自铸伟辞”,故有“奇”与“华”的特点:只是这些新创成分之中还有不合经典常规的地方,在“贞”(正)与“实”上有所欠缺。理想的方案是:首先应该掌握雅颂的精神,然后学习楚辞的文采,要使奇特的新创不流于诡异,华美的文辞不流于浮靡;应该注意奇、贞(正)结合,华、实结合,将《诗经》与楚辞的优秀成果熔于一炉,这样他就得到了新的结论。

刘勰的这种学说也是为反对当时的不良文风而提出的。《序志》篇中说:“去圣久远,文体解散,辞人爱奇,言贵浮诡,饰羽尚画,文绣鞶帨,离本弥甚,将遂讹滥。”为此本篇作了清本穷源的探讨,在“辨骚”的基础上提出了“奇”不能离“本”的要求。如果后代作家走上了风骚中真实与奇想两相结合的正确道路,也就不会步辞人之作的后尘了。

5. 赞曰:不有屈原,岂见《离骚》? 惊才风逸,壮采烟高①。山川无极,情理实劳。金相玉式,艳溢锱(zī)毫②。

【注释】

① 风逸、烟高：都是拿自然现象作比喻，形容《楚辞》的高远和空灵。

② 无极：无穷尽。金相玉式：相是质的意思，式是用的意思。这里形容《楚辞》的美妙，像金一样的质，像玉一样地用。锱：六两或八两。艳溢锱毫：锱毫，极为细小的意思。这是形容《楚辞》的高艳，在任何一个细小的部分都能洋溢其美妙。

【分析】这篇赞语对屈原作了最热情的歌颂，可见刘勰对楚辞的艺术成就还是充分肯定了的。

《文心雕龙·辨骚》篇属性之再检讨

在《文心雕龙》的研究者中，对《辨骚》篇的归属问题认识上分歧很大。有的人认为，虽属“枢纽”，但非“总论”；而有更多的人认为，虽属“枢纽”，但兼有文体论的性质。后一问题，自范文澜提出之后，至今争论不歇，赞成的和反对的人中都有著名的专家，彼此都曾作出过具体而深入的分析，双方均有所见，谁也说服不了谁。[①]看来这一问题还会不断争论下去。

参加论战的人中，牟世金是较早提出《辨骚》可以作为“具有兼属‘枢纽’和文体论的双重性”说的代表，后又作了系统的分析与论证。[②] 随后出现的一些著作，大都沿袭此说，例如林杉就把该篇分置两处，且曰：“笔者在《文心雕龙文体论今疏》中，曾将《辨骚》篇列为刘勰所论各种文体之首，目的是使其所论具有完整性。本书中则将《辨骚》篇归其本位，使之按刘勰原意，成为他论文指导思想的组成部分，并贯注于有关写作、鉴赏和批评的论述之中。”[③]

刘勰将一些屈原名篇散入其他文体篇章中讨论，可证《辨骚》不是文体论的专篇

牟世金还提出了新的佐证，他说：“更应看到的是，刘勰在《乐

---

① 参看牟世金《文心雕龙研究》第三章《〈文心雕龙〉的理论体系》第三节《〈辨骚〉篇的归属问题》，人民文学出版社 1995 年版。

② 同上。

③ 林杉《文心雕龙批评论新诠》上编《〈辨骚〉第五》，内蒙古教育出版社 2002 年版。《文心雕龙文体论今疏》已于 2000 年亦由内蒙古教育出版社出版。

府》篇说过:'朱、马以骚体制歌',他自己已承认'骚体'了,论者不承认这个事实,也就不起什么作用了。"这一例证似乎确是不容置疑,反对的人应该承认刘勰的文体论中确有"骚体"。然而我对这一问题仍有疑问。

这里首先就得考察刘勰是如何提出"骚体"一说的。《文心雕龙·乐府》中说:"武帝崇礼,始立乐府,总赵、代之音,撮齐、楚之气,延年以曼声协律,朱、马以骚体制歌……"前人早就指出,上文实乃袭用《汉书·礼乐志》文,中云武帝"乃立乐府。采诗夜诵,有赵、代、秦、楚之讴,以李延年为协律都尉,多举司马相如等数十人造为诗赋,略论律吕,以合八音之调,作十九章之歌"。《汉书·艺文志》中也有相同的陈述。可知这里所说的,是武帝时作郊祀歌等乐府歌曲的事。古来相传作为儒家重要经典的《诗经》,本可配合乐舞演出,内中篇章,例如"风"诗中的作品,多为各地的民歌民谣,因此汉代建立乐府,也广泛吸收民歌民谣,经过最著名的文士司马相如等人润色加工后,再由乐府令李延年配上音乐,用以演奏,供皇上享用。因为天子以四海为家,所以乐府中必须采纳各地的乐曲,汉家天子又起于楚地,所以更为重视楚声。刘勰在司马相如之前加上朱买臣其人,目的也在强调"骚体"的地方色彩。《汉书·朱买臣传》中说他疾歌讴道中,后召见,"言楚词,帝甚说之",乃得贵显汉廷。《时序》篇中说到"买臣负薪而衣锦",即用《汉书》本传中意。朱买臣的作品无一传世,并非最著名的辞赋作家,刘勰将之置于突出地位,无非将其作为"楚声"的代表人物就是了。《汉书·王褒传》曰:"宣帝时修武帝故事,讲论六艺群书,博尽奇异之好,徵能为'楚辞'九江被公,召见诵读。"此与"言楚辞"之意相合,《汉书》中的这一名词只是说明其朗读腔调的地方特色而并不具有文体之意。

如以《楚辞》与《诗经》或先秦散文(诸如史传、哲理等文)相比,人们首先感受到的,可能还是其明显的地域特色。汉武帝在乐府中看重楚声，以朱买臣的作品为代表，正说明这一特点。后人也每先从这些地方着眼进行分析，宋代黄伯思曰：

> 屈、宋诸骚，皆书楚语，作楚声，纪楚地，名楚物，故可谓之“楚词”。若些、只、羌、谇、蹇、纷、侘傺者，楚语也；顿挫悲壮或韵或否者，楚声也；沅、湘、江、澧、修门、夏首者，楚地也；兰、茝、荃、药、蕙、若、苹、蘅者，楚物也。他皆率若此，故以楚名之。①

刘勰与此不同。他之推崇《离骚》，并不首先强调其地方色彩。尽管他在《物色》篇中也提到：“若乃山林皋壤，实文思之奥府……然屈平所以能洞监风骚之情者，抑亦江山之助乎？”而他在《辨骚》篇中所辨析的，则正是其“取镕经意，亦自铸伟辞”的地方。

这里我们应该注意的是，刘勰虽然提出了“骚体”一名，却不把上述文字放在《辨骚》中申述，只是放在《乐府》中介绍，可见刘勰是把骚体看做乐府中的一个品种，而并不把它视作一种文体。

刘勰在其他地方，也发表了同样的意见。他在《颂赞》中说：“及三闾《桔颂》，情采芬芳，比类寓意，又覃及细物矣。”《桔颂》为《九章》之一，刘勰如此说，表明他原来就没有把《辨骚》视作一种文体论，所以把《桔颂》放在《颂赞》篇中论述。又如《祝盟》中说：“若夫《楚辞·招魂》，可谓祝辞之组缅也。”明示《招魂》乃《楚辞》中之一篇，而从文体来讲，应该放在《祝盟》中讨论。他在《辨骚》中不去论述《楚辞》中的一些名篇，将之分散到其他文体中去论述。说明刘勰本来就没有把《辨骚》篇看做文体论。②

---

① 《校定楚词序》，载《东观馀论》卷下。

② 参看赵永纪《〈辨骚〉篇不属于总论吗?》，《复旦大学学报》1981 年第 5 期。

魏晋南北朝时早就形成了“诗骚”传统，刘勰至为珍视，从而细作辨析列此专篇

刘勰还在其他一些篇章中阐明他的观点。

《明诗》篇中说：“自王泽殄竭，风人辍采，春秋观志，讽诵旧章，酬酢以为宾荣，吐纳而成身文。逮楚国讽怨，则《离骚》为刺。秦皇灭典，亦造仙诗。”这里说得很清楚，刘勰是把《离骚》归入诗的行列中去的。《比兴》篇说：“楚襄信谗，而三闾忠烈，依《诗》制《骚》，讽兼比兴。”这也就是说，屈原传承的是《诗》的传统。

《诠赋》篇中说：“至如郑庄之赋‘大隧’，士蔿之赋‘狐裘’，结言短韵，词自己作，虽合赋体，明而未融。及灵均唱《骚》，始广声貌。然则赋也者，受命于诗人，而拓宇于‘楚辞’也。于是荀况《礼》、《智》，宋玉《风》、《钓》，爰锡名号，与诗画境，六义附庸，蔚成大国。”说明赋这种文体，源出于诗，但得益于“楚辞”的拓展，可知刘勰之论《骚》，始终以之作为文学的一种源头来看待，而不将它局限在一种文体的小范围内进行考察。

何以如此？因为“风骚”已在魏晋南北朝时的文坛上形成一种传统，大家已经习惯于“风”“骚”并称，且以继承这一传统为荣。《世说新语·文学》篇“简文称许掾云‘玄度五言诗，可谓妙绝时人’”，刘孝标注引檀道鸾《续晋阳秋》曰：“自司马相如、王褒、扬雄诸贤，世尚赋颂，皆体则‘诗骚’，傍综百家之言。”沈约《宋书·谢灵运传论》曰：“自汉至魏四百馀年，辞人才子，文体三变：相如工为形似之言，二班长于情理之说，子建、仲宣以气质为体，并标能擅美，独映当时。是以一世之士，各相慕习，源其飚流所始，莫不同祖‘风骚’。”至于锺嵘之撰《诗品》，将所论的一百数十名诗人一一归之于“诗骚”的传统之下，更是人们熟知的事实了。

刘勰亦常《诗》《骚》连称，作为文学的源头，由此叙及后世之发展，如《物色》篇云：“《诗》《骚》所标，并据要害，故后进锐笔，怯于争

锋。”《练字》篇云：“重出者，同字相犯者也，《诗》《骚》适会，而近世忌同。”又如上引《物色》篇中所说的“屈平所以能洞监‘风骚’之情”，“风骚”亦即“诗骚”；至于不标“诗骚”之名而暗用者，更不一而足，如《物色》中云“所谓诗人丽则而约言，辞人丽淫而繁句也”。按此说出自扬雄《法言·吾子》篇，可知汉人早就有此见解，刘勰继此续作申述，说明他也继承这一著述传统。

由此可知，刘勰不是首从文体分类的角度去构拟《文心雕龙》全书体系的。刘勰奉儒家诗教为最高准则，叙及诗骚的传统，从而分论二者所衍生的文体与受其影响的各种文体。

他从学术史的角度，关注文学的发展。书中并列《原道》、《徵圣》、《宗经》、《正纬》、《辨骚》五篇，是为“文之枢纽”，因为这些篇章中论及的内容，决定后世文学的发展，其中也寄寓了刘勰的理想和希望。这五篇文章中当然也有主次之分。前三篇为主，系正面立论，后两篇为次，刘勰于此有所辨析，他将“纬”、“骚”与“经”作比较，区分出了其中合于“经”的一面，也离析出了其中不合“经”的部分，然仍强调其对后世文章发展的影响。刘勰考察古来文学的发展，认为上述五篇文章中提出的许多方面都曾起过重要的枢纽作用。“纬”与“骚”中也有符合“经”的地方，刘勰对之充分予以重视，这里似乎没有必要定将二者逐出“总论”，而只能仍然称之为“枢纽”，在“总论”与“枢纽”之间区分得那么清楚。

魏晋南北朝时直承两汉而来，前时的影响，仍然巨大而深切。刘勰是魏晋南北朝人，对“纬”与“骚”的影响的感受，自与后代不同。自隋代严禁谶纬之后，这种号称辅经而行的学术才急剧衰退，其后学人方始不易感觉其影响。刘勰之时，“纬”在思想界与学术界仍然风行，在文学界也影响巨大，试观《文选》中录入的南朝及其之前文士的作品，后人注释中，常是引及纬书，即是明证。刘勰对之必须作出辨析。“骚”从问世时起就是以文学的形态出现的。然而两汉是经学垄断一切的时代，所以一些珍视屈原作品的人，也要傍经而行。刘勰持类似观点,《辨骚》篇中亦称“《骚经》《九章》,朗丽以哀志”;而汉代又有一些人持绝对尊经的立场,坚决拒斥屈原之作享有“经”的荣誉。刘勰要尊经,以之作为裁决文学作品正否与高下的标准,一方面又要维护“诗骚”的文学传统,为楚辞作辩护。作为后起的一名文学理论家,刘勰当然要对二者作出一番别择,然后分别论述其成败得失。这就说明,吾人若从文学发展史的角度来看问题,可知刘勰的用意本以《辨骚》为枢纽,与文体论无涉。

刘勰信从刘向关于学术分类的理念,
不把屈、宋及其追随者的作品视作一种文体

下面试从中国学术史的角度再作分析。

刘勰对汉代文学的成就甚为推许,对汉代学术亦甚关注。《通变》篇中说:

> ……暨楚之骚文,矩式周人;汉之赋颂,影写楚世;魏之篇制,顾慕汉风;晋之辞章,瞻望魏采。榷而论之,则黄唐淳而质,虞夏质而辨,商周丽而雅,楚汉侈而艳,魏晋浅而绮,宋初讹而新。从质及讹,弥近弥淡。何则?竞今疏古,风末气衰也。今才颖之士,刻意学文,多略汉篇,师范宋集。虽古今备阅,然近附而远疏矣。

刘勰以为商周的“咏歌”成就最为突出,达到了“丽而雅”的完美程度,楚汉已向“侈而艳”的方向发展,然仍未离正轨,所以他要责备那些“才颖之士”,“多略汉篇,师范宋集”,可知他对汉代篇章仍然赞美。

汉代学人中,他很推崇刘向。刘向不但在创作上卓有成就,在学术上也卓有建树。上引《通变》篇中,刘勰随后又引桓谭语曰:“予见新进丽文,美而无采;及见刘、扬言辞,常辄有得”,其中“刘”

氏即指刘向。因为刘向的学术符合儒家传统的精神，《徵圣》篇中说："子政论文，必徵于圣。"[①]而刘向在学术上的最大贡献之一，就在目录方面的分类。《诸子》中说："逮汉成留思，子政雠校，于是《七略》芳菲，九流鳞萃，杀青所编，百有八十馀家矣。"[②]自从刘向奉命校书，撰就《别录》，刘歆继起，编成《七略》，班固凭藉二刘馀荫，完成《汉书·艺文志》，有关中国典籍的存佚兴废，学术源流的分合流变，方始得到了系统的辨析与记载。《时序》篇中赞颂曰："子政雠校于六艺，亦已美矣。"

刘勰对刘向在学术分类方面的成就，高度重视，而刘向对"骚"在文学发展史中的地位，它与诗、赋的关系，也有明确的意见。《乐府》篇中说："昔子政品文，诗与歌别，故略具乐篇，以标区界也。"可知刘勰之撰《乐府》专篇，是按刘向的意见处理的。《汉书·艺文志》承刘向之馀绪，把诗归入《六艺略》，把歌归入《诗赋略》；刘勰亦依此意，把诗归入《宗经》中讨论，把歌归入《乐府》中讨论。《诠赋》篇中说："《诗》有六义，其二曰赋……《传》云：'登高能赋，可为大夫。'《诗序》则同义，《传》说则异体，总其归涂，实相枝干。故刘向明不歌而颂，班固称古诗之流也。"说明赋本古诗之流。其中一些合乐的诗，流为乐府；其中一些不歌而付之吟诵的诗，又流而为赋。《汉书·艺文志》中把文学作品归为"诗赋略"，将屈原及其后学原称"楚辞"的作品二十五篇称之为《屈原赋》，可见刘勰对"楚辞"文学属性的看法，就是从刘向、班固等人的学术分类而来。

《诠赋》篇中还曾一一列举此中高手：

---

① "子政"二字据养素堂本补入。唐写本无此二字，元刊本则有"政"字，王维俭本"政"前有一空格，杨慎补作"子政"二字，或有所据。养素堂本即据杨校。后人每对杨氏之说存疑，然此处尚有可再议处。

② 刘向校完一书后，即撰一叙录，后又汇编成册，名曰《别录》。其子刘歆将之分类，取名《七略》。其间经过，颇难细说，所以后来有人也将《七略》的作者归之于刘向。

观夫荀结隐语，事数自环；宋发巧谈，实始淫丽；枚乘《菟园》，举要以会新；相如《上林》，繁类以成艳；贾谊《鹏鸟》，致辨于情理；子渊《洞箫》，穷变于声貌；孟坚《两都》，明绚以雅赡；张衡《二京》，迅发以宏富；子云《甘泉》，构深玮之风；延寿《灵光》，含飞动之势：凡此十家，并辞赋之英杰也。

事实表明，刘勰是把“楚辞”名家宋玉作为“辞赋”首出的重要代表看待的。“辞赋”合称，也就说明楚辞与赋同类，不能把“楚辞”视作一种独立的文体，魏晋南北朝时的目录学家也不把楚辞视作一种文体。

按刘勰之论文体，受挚虞的影响很大。黄侃《文心雕龙札记》于《诠赋第八》中曾一一徵引前代学人论赋之语，而又以为“虞所论为最明畅综切，可以与舍人之说互证”。他在引用挚虞原文之后，又云“观彦和此篇，亦以丽词雅义，符采相胜，风归丽则，辞翦美稗为要，盖与仲治同其意恉”①。然观挚文，可知彼时已把屈原之作归为赋体。《文章流别论》曰：“前世为赋者，有孙卿、屈原，尚颇有古诗之义，至宋玉则多淫浮之病矣。《楚辞》之赋，赋之善者也。故扬子称赋莫深于《离骚》。贾谊之作，则屈原俦也。”（《太平御览》卷五八七引）这里就是辞赋合称，辞已归入赋类，且已组成一词，辞赋成为赋的另一名称。

早在汉初，“辞赋”之说即已出现。《汉书·王褒传》载宣帝语曰：“辞赋大者与古诗同义，小者辩丽可喜，辟如女工有绮縠，音乐有郑卫，今世俗犹皆以此虞说耳目，辞赋比之，尚有仁义风谕、鸟兽草木多闻之观，贤于倡优博弈远矣。”其后辞赋一词应用日广，可觇刘勰之说远有所承。

沈约《宋书·谢灵运传论》李善注引《法言》曰：“或问：‘屈原、

① 黄侃《文心雕龙札记》，中华书局1962年版。

相如之赋，孰愈？'曰：'原也过以浮，如也过以虚。过浮者蹈云天，过虚者华无根。'"(《文选》卷五十)曹丕《典论》曰："或问'屈原、相如之赋孰愈？'曰：'优游按衍，屈原之尚也；浮沉漂淫，穷侈极妙，相如之长也。然原据托譬喻，其意周旋，绰有馀度矣。长卿、子云，意未能及也。"(《北堂书钞》卷一百引)说明汉魏之时早已有人将屈原与汉赋名家归为一类，屈原之作也归为赋体。

班固《汉书·艺文志》曰："春秋之后，周道浸坏，聘问歌咏不行于列国，学诗之士逸在布衣，而贤人失志之赋作矣。大儒孙卿及楚臣屈原离谗忧国，皆作赋以风，咸有恻隐古诗之义。"可见汉代的目录学家也已将屈原之作归入赋类，故《汉书·艺文志》中将《屈原赋》二十五篇归入"诗赋略"。①

《汉书·艺文志》后，有很长的一段时间没有类似的著述出现，袁山松《后汉书·艺文志》已佚，东汉一代的著作不见著述，故难了解其时学人对文体分类的见解。魏晋南北朝时期的目录学著作，记载比较系统的，自《晋中经簿》以下，均已散佚。阮孝绪之《七录》，仅存《序》文，见于《广弘明集》卷三，内有《目录》之纲要，《文集录内篇四》中有"楚辞部五种，五帙，二十七卷"。阮孝绪所说的《文集录》，实即班固所说的《诗赋略》。阮氏《序》文中说："王(俭)《七志》)以诗赋之名，不兼馀制，故改为文翰。窃以顷世文词，总谓之集，变翰为集，于名尤显，故序文集录为内篇第四。"可知自汉代班固的《汉书·艺文志》，至齐代王俭的《七志》、梁代阮孝绪的《七录》，一系相承，在目录分类上变化不大。这也就是说，截至刘勰之时，学术界对学科分类的看法大体上是一致的。

唐初魏徵撰《隋书·经籍志》，又将先秦至齐梁时期的典籍加以囊括，分门别类，予以著录。其中有关魏晋南北朝部分，曾将阮

① 参看朱晓海《"灵均馀影"覆议》，载其赋学专著《汉赋史略新证》一书，陕西人民出版社 2004 年版。

孝绪的《七录》作为重要参考书。《隋书·经籍书》已改用四部分类，卷四《经籍四》集部中将《楚辞》列于最前端，共录自后汉校书郎王逸注之《楚辞》十二卷（并目录）起，至刘杳撰之《离骚草木疏》二卷止，共十部二十九卷，且作介绍说：

> 《楚辞》者，屈原之所作也。自周室衰乱，诗人寝息。谄佞之道兴，讽刺之辞废。楚有贤臣屈原，被谗放逐。乃著《离骚》八篇，言己离别愁思，申抒其心，自明无罪。因以讽谏，冀君觉悟，卒不省察，遂赴汨罗死焉。弟子宋玉，痛惜其师，伤而和之。其后贾谊、东方朔、刘向、扬雄，嘉其文彩，拟之而作。盖以原楚人也，谓之《楚辞》。然其气质高丽，雅致清远，后之文人，咸不能逮。始汉武帝命淮南王为之章句，旦受诏，食时而奏之，其书今亡。后汉校书郎王逸，集屈原已下，迄于刘向逸文，自为一篇，并叙而注之。今行于世。

这番议论，代表的是南北朝时学术界的共同认识。他们说的《楚辞》，主要指王逸编纂的以屈原为代表的一系列文章。后出之文，均系"拟之而作"，所以不能算是一种文体；后人所追踪的，主要是《离骚》等文中所体现出来的精神。

由此可知，刘勰的思路与当时学术界的情况大体上是一致的。他的与众不同之处，是在《文心雕龙》的枢纽部分重点介绍屈原的突出贡献，将他与其他辞人与赋家区别开来，不把其代表作《离骚》放在文体部分加以叙述，他是在为维护其心目中的《诗》《骚》传统而作努力。

当然，齐梁时期也已有人将"骚"列为一种文体，如与刘勰关系深切的昭明太子萧统，在《文选》中就列有"骚"体一类，内收屈平、宋玉、刘安三人的文章，这与王逸等人编纂《楚辞》的做法一致。而萧统将"骚"类列在"赋"、"诗"之后，"七"体之前，与刘勰等人的做法似乎有所区别，实则这是由于各人从事的工作性质不同而产生的结果。萧统等人编的是一部总集，势必要把屈原的作品列入，但列入“赋”、“诗”之中都不合适，所以只能单列“骚”体一类，这样安排，自然与刘勰的做法有所不同了。至于后人有将句中夹有“兮”字的作品都称作骚体，也就与刘勰对文体的看法距离更远了。

馀 论

刘勰把《辨骚》归为“文之枢纽”，用现代汉语来说，也就是文之关键，用现代学术用语来说，也就是文之总论，这里似乎不必再在“枢纽”与“总论”之间再作什么区别。

汉魏六朝之时已经形成了诗骚传统。刘勰尊儒，他将二者作比较，以为后人应该学习《离骚》中合于“典诰”的地方，正确对待其流于“夸诞”之处；他也认为屈原之作由诗入赋，《诗》、《骚》都是后代文学的源头，这与汉魏六朝学者的看法大体上是一致的。他们提到“楚辞”时，或是归入赋类，或是强调其地方色彩，或是指王逸编就的一部总集，而并不视之为一种文体。至于“骚体”之称，则是从音乐的角度看待而有此一说的。

研究刘勰《文心雕龙》，辨析一些混淆不清的问题，首先还得了解其人、其书的时代背景。刘勰不再从事经学研究，改为从事文学研究。《序志》篇中说：“敷赞圣旨，莫若注经，而马、郑诸儒，弘之已精，就有深解，未足立家。唯文章之用，实经典枝条”，所以他要写作《文心雕龙》，藉以“树德建言”，并由此而“立家”，可知他的写作《文心雕龙》，是想完成一部子书。《诸子》篇中说：“诸子者，人道见志之书。太上立德，其次立言。百姓之群居，苦纷杂而莫显，君子之处世，疾名德之不章，唯英才特达，则炳曜垂文，腾其姓氏，悬诸日月矣。”于此可见其抱负之高，用意之深，而这也是魏晋南北朝时一些杰出学者的常见现象。魏文帝曹丕在《与吴质书》中说：“伟长独怀文抱质，恬淡寡欲，有箕山之志，可谓彬彬君子者矣。著《中论》二十馀篇，成一家之言，辞义典雅，足传于后，此子为不朽矣。”

其后陆机、葛洪等一些著名文士也都有类似的表述。研究刘勰，自当注意魏晋南北朝时学术界的这一重要现象。只是现代的龙学界人对此往往不易体察，难得领会。古今学者所接受的教育又完全不同，当今的学者接受的是体系完整的文学理论教育，因此有人把《文心雕龙》看做一本讲写作的书，有人把它看做一部文学理论专著。他们对刘勰所处的时代的特殊之处缺乏深入体察，往往囿于个人的经历与体验，习惯于从当今的思想去观测古人，以致有的人阐述《文心雕龙》中的文体时，纯粹按照书中顺序，将“骚”列在“诗”前而仅视作一种文体，这就不免与刘勰的抱负与立意距离过远了吧。

（原载安徽师范大学中国诗学研究中心编《中国诗学研究》第八辑〔《文心雕龙》研究专辑〕，安徽大学出版社2011年2月版）

明诗第六解析

【解题】明诗,即阐明诗的涵义,也可理解为明示诗的各种相关问题。

读者首先得对"诗"说有一个明确的区划。《明诗》中提到的"诗"不包括《诗经》中的内容,因为后者已被汉人尊之为经,其中诗篇已成经典之作,刘勰已放在《宗经》篇中讨论。《明诗》中的"诗"也不包括乐府诗,因为这类诗与音乐结合,《文心雕龙》中另有《乐府》篇加以讨论。《明诗》中讨论的内容,主要是汉代至魏晋南北朝时通行的四言诗和五言诗,也就是后人普遍看重的抒情诗。与世界各国一样,人们都把这一类诗视为文学的主要门类。

刘勰产生这种观念,乃由两汉的学术成就所决定。

自汉武帝起,罢黜百家,独尊儒术的方针开始确立,官方已把《诗经》列为五经之一,不再视作一种纯粹的文学作品集子。然而《诗经》中的作品,仍是后世一切文学的源头。《宗经》中说:"赋颂歌赞,则《诗》立其本。"说明后世诗赋类韵文都是从《诗经》中发展出来的。

这种观念,还反映在目录学中。《汉书·艺文志》中将《诗经》归入《六艺略》,后代续起之诗则归入《诗赋略》。《文心雕龙》中的篇章安排,也参考了目录学家意见。刘勰汲取了前人的成果,结合后代文学的发展,重新作了区分。

班固在《汉书·艺文志》的《诗赋略》的小序中说:

> 春秋之后，周道寖坏，聘问歌咏不行于列国。学诗之士逸在布衣，而贤人失志之赋作矣。大儒孙卿及楚臣屈原，离谗忧国，皆作赋以风，咸有恻隐古诗之义。其后宋玉、唐勒；汉兴，枚乘、司马相如，下及扬子云，竞为侈丽闳衍之词，没其风谕之义，是以扬子悔之曰："诗人之赋丽以则，辞人之赋丽以淫。如孔氏之门人用赋也，则贾谊登堂，相如入室，如其不用何？"自孝武立乐府而采歌谣，于是有代、赵之讴，秦、楚之风，皆感于哀乐，缘事而发，亦可以观风俗，知薄厚云。

刘勰在《序志》篇中介绍《文心雕龙》中的结构时，称前五篇为"枢纽"，也就是全书的总纲，《宗经》篇为枢纽之一。下面二十篇则"论文叙笔"，分论各种文体。关于文、笔的区分，则是魏晋南北朝时学术界所关注的一个理论问题，刘勰放在《总术》篇中详加讨论。他在实践中，则把列于全书第六的《明诗》篇放在首位，也就是"文"的首篇；把列于全书第十六的《史传》篇列在首位，也就是"笔"的首篇。《明诗》篇实为全书文体论的第一篇。

刘勰的文体安排与《汉书·艺文志》中的《诗赋略》似乎有所出入，这又是为什么？

《诗赋略》把"《屈原赋》二十五篇"放在首位，刘勰另有《辨骚》篇加以讨论。汉人尊经，刘向、王逸等人视屈原之作为经，刘勰看法相同，也称之为《骚经》，所以将"骚"也归入枢纽部分讨论。《明诗》中说："三百之蔽，义归无邪。""楚国讽怨，则《离骚》为刺"，说明"诗骚"是文学的源头。《明诗》首先作此介绍，也就是文章的序论，而自"人禀七情，应物斯感"之下，则进入理论探讨的领域了。

刘勰在理论上区划清楚后，回归到文学创作的源流演变上来，仍从《明诗》开始，接着讨论从诗中分出来的"乐府"。《乐府》篇中说："昔子政品文，诗与歌别，故略具乐篇，以标区界。"《汉书·艺文志》中也把乐府歌曲放在《诗赋略》中，可知班固也是沿用了刘向在

《七略》中的做法。

如上所言，刘勰是把开头的两段文字作为理论上的探讨和全文的引子看待的。到了“汉初四言”之后才步入“诗”之正题，而文章的重点，也正是在论述四言诗和五言诗的发展和取得的成就。最后还论及杂言、离合、回文、联句等次要的文体及其创作方式。这些文字不是创作界的主流，成就也有限，故不作重点讨论，只是附带提及。至于后世成为诗坛大宗的七言诗，这时还处在萌芽状态，所以刘勰不予讨论。

刘勰把四言视作“正体”，称五言为“流调”，似有抑扬之意，这是“宗经”思想的表现。因为《诗经》中的作品绝大多数属于四言，宗经的人，当然要以此为正体了。然而刘勰“铺观列代”，考察后起诗人，极力推重的，绝大多数仍属写作五言的人。因为历史就是如此。刘勰尊重历史，又要坚持理论上的完整性，才有这种不协调情况出现。而他对每一个时代的特点、诗人创作上的得失，都有精准的分析，足资后人参考。例如其中对玄言诗的批判，研究古代文学的人必须听取。因为玄言诗残佚特甚，后人已难把握其全貌，刘勰的论述，已是无可替代的经典性评价。这只要看一些文学史上的介绍就可明白。

“诗”是文学的主体。《明诗》篇中论述诗的发展，是按时代顺序介绍的，后人自可参照《时序》篇而并读，这样也就可以把握住中国古代文学史的主脉。

1. 大舜云：“诗言志，歌永言。”① 圣谟(mó)所析，义已明矣②。是以在心为志，发言为诗，舒文载实，其在兹乎③？诗者，持也，持人情性④；三百之蔽，义归无邪⑤，持之为训，有符焉尔⑥。

【注释】

① 大舜云："诗言志，歌永言"："大舜"一词初见于《孟子·公孙丑上》"大舜有大焉"。此以"大舜"称之，乃谓其功德圣伟。言志，表达作者的情志。永言，吟咏诗句。"永"通"咏"，吟咏，延长语言的音节。此二句为大舜命乐官夔之话语，《尚书·舜典》曰："诗言志，歌永言。声依永，律和声。"孔安国传："谓诗言志以导之，歌咏其义以长其言。"又《毛诗正义·诗谱序》引《尧典》郑玄注曰："诗所以言人之志意也。永长也，歌又所以长言诗之意。声之曲折，又长言而为之。"此后引申为儒家论诗之通义。

② 圣：圣人。谟：典谟，此指前句《舜典》之语。

③ 在心：蕴含在内心。发言：抒发为语言。舒文：展示文辞，发布文辞。载实：表达情志。兹：此，即指诗的意义就在此。

④ 持：执握，引申为扶正。诗的作用是扶正人们的性情。郑玄《诗谱序》孔颖达《正义》引《〈诗〉纬含神雾》曰："诗者，持也。……为人所以持人之行，使不失队(坠)。"

⑤ 三百：《诗经》三百馀篇，举其成数，代指其书。蔽：概括。《论语·为政》载述孔子语曰："《诗》三百，一言以蔽之，曰思无邪。"无邪：中正而不偏颇，没有邪僻的意念。

⑥ 训：解释。符：凭据，引申为符合、切合。

【分析】本段主要是通过引证，具体阐明"明诗"的理论基础，即以古圣先贤的"诗言志"说作为依据，以先秦"诗骚"作为文学的源头，引领起下文对诗歌的产生、发展与历代嬗变过程的论述。

2. 人禀七情，应物斯感，感物吟志，莫非自然①。昔葛天乐辞，玄鸟在曲②；黄帝《云门》，理不空弦③。至尧有《大唐》之歌④，舜造《南风》之诗⑤，观其二文，辞达而已⑥。及大禹成功，九序惟歌⑦；太康败德，五子咸怨⑧；顺美匡恶，其来久矣。自商暨周，雅、颂圆备[9]，四始彪炳，六义环深[10]。子夏监绚(xuàn)素之章，子贡悟琢磨之句[11]，故商、赐二子，可与言诗[12]。自王泽殄(tiǎn)竭，风人辍(chuò)采[13]，春秋观志，讽诵旧章[14]，酬酢(zuò)以为宾荣，吐纳而成身文[15]。逮楚国讽怨，则《离骚》为刺[16]。秦皇灭典，亦造仙诗[17]。

【注释】

① 禀：禀受，天赋。七情：人生而具有的七种感情。《礼记·礼运》曰："何谓人情？喜、怒、哀、惧、爱、恶、欲。七者，弗学而能。"应物：感受到外在事物的刺激。《礼记·乐记》曰："人心之动，物使之然。感于物而动，故形于声。"锺嵘《诗品序》亦称："气之动物，物之感人，故摇荡性情，形诸歌舞。"此为传统文艺观为主导的诗歌理论基础，人们因外物的感发而自然流露内心的情志。

② 葛天：传说中的上古氏族首领，后人尊为乐舞的发明者。《吕氏春秋·仲夏纪·古乐》："昔葛天氏之乐，三人操牛尾，投足以歌八阙。一曰《载民》，二曰《玄鸟》。"意谓"玄鸟"是葛天氏发明的乐曲之一，"玄鸟"之辞见于《诗经·商颂·玄鸟》。

③ 黄帝：传说中的上古华夏部落首领，号轩辕氏，乃五帝之首。《云门》：黄帝时所作的乐舞。《周礼·春官·大司乐》："以乐舞教国子，舞《云门》《大卷》。"郑玄注："言其德如云之所出，民得以有族类。"空弦：有曲无辞。《毛诗正义·诗谱序》："大庭有鼓龠之器，黄帝有《云门》之乐，至周尚有《云门》，明其音乐和集。既能和集，必不空弦，弦之所歌，即是诗也。"

④ 尧：传说中的上古华夏部落首领，号陶唐氏，乃五帝之一。《大唐》：尧时所拟作的歌词，赞美尧之禅让。据《尚书大传·大唐之歌》郑玄注曰："美尧之禅也。"

⑤ 舜：传说中的上古华夏部落首领，受尧禅让，国号有虞，乃五帝之一。《南风》：相传为舜帝所作之歌。据《礼记·乐记》载："昔者舜

作五弦之琴，以歌《南风》。”又，《史记·乐书》曰：“舜歌《南风》而天下治，《南风》者，生长之音也。”

⑥ 二文：此指《人唐》与《南风》两篇诗歌的文字。辞达：文辞达意。《论语·卫灵公》：“子曰：辞达而已矣。”朱熹注：“辞取达意而止，不以富丽为工。”这里是说葛天、黄帝、尧、舜的诗歌，皆以文辞达意为主，以抒发人们内心自然流露的情志。

⑦ 禹：姓姒，夏后氏首领，夏朝开国国君，史称大禹。九序：九叙，概指九项重大的治国政事，有条不紊，作歌赞颂。本书《原道》篇亦云：“夏后氏兴，业峻鸿绩，九序惟歌，勋德弥缛。”

⑧ 太康：夏朝第三任国君，沉溺淫乐，疏于政事，终于失国。败德：德行败坏。五子：太康的五位弟弟。《尚书·夏书·五子之歌》：“太康失邦，昆弟五人须于洛汭，作《五子之歌》。……五子咸怨，述大禹之戒以作歌。”后人以为此乃伪作。一说五子为太康之弟五观。《国语·楚语》“启有五观”，韦昭注：“五观，启子，太康昆弟也。”

⑨ 雅、颂：指《诗经》中的雅、颂文体。圆备：完备。

⑩ 四始：《诗经》中“风”、“小雅”、“大雅”、“颂”四者为“四始”。《诗大序》：“一国之事，系一人之本，谓之‘风’。言天下之事，形四方之风，谓之‘雅’；雅者，正也，言王政之所由废兴也，政有大小，故有‘小雅’焉，有‘大雅’焉。‘颂’者，美盛德之形容，以其成功告于神明者也。是谓四始，《诗》之至也。”本书《宗经》篇“《诗》列‘四始’”。彪炳：光采照耀。六义：《诗大序》中有“诗有六义”之说，即风、赋、比、兴、雅、颂。环：周密。深：深厚。

⑪ 子夏：卜商，字子夏，孔子弟子，孔门十哲之一，善于文学。监：明白，借鉴。绚：明亮，有文采。素：素粉，白底。《论语·八佾》：“子夏问曰：‘巧笑倩兮，美目盼兮，素以为绚兮。’何谓也？”子曰：“绘事后素。”曰：“礼后乎？”意即绘画之事须以素粉为底，再施以彩色，就如人须以忠信为先，然后学礼，孔子以其敏悟而称赞他。子贡：端木赐，字子贡，孔子弟子，孔门十哲之一，善于言辞、经商之道。琢磨：磋平磨

光。《论语·学而》记载，子贡从《诗经·卫风·淇奥》“如切如磋，如琢如磨”诗句中悟得精益求精之道，孔子因而称赞他。

⑫ 言诗：谈论诗艺。此指前句的子夏、子贡，能从所学习的诗句中得到启发，孔子认为可以与他们谈论诗艺了。

⑬ 王泽：周王的恩泽。指周朝天子的教化。殄竭：尽绝，衰竭。风人：作诗的人，这里指采诗的人。辍：停止。《汉书·艺文志·六艺略》：“古有采诗之官，王者所以观风俗，知得失，自考证也。”《孟子·离娄下》：“王者之迹熄而诗亡。”意谓自周天子德衰，教化殄竭，采诗的人停止从民间采诗，朝廷难以得到新的诗歌或歌谣。

⑭ 观志：言志。此指春秋时期“赋诗言志”的外交礼节。讽诵：讽谕诵读。旧章：旧有的诗篇。《汉书·艺文志·诗赋略序》曰：“古者诸侯卿大夫交接邻国，以微言相感。当揖让之时，必称《诗》以谕其志，盖以别贤不肖，而观盛衰焉。故孔子曰‘不学《诗》，无以言’也。”此言春秋时期“迹熄诗亡”，“风人辍采”，诸侯卿大夫在外交礼节中只能“讽诵旧章”，以喻其志。

⑮ 酬酢：古时宴饮，主人以酒敬宾客曰“酬”，宾客以酒报主人曰“酢”。宾荣：让宾客有荣宠之感。吐纳：讽诵诗篇。此指宴饮时讽诵得宜，表示对宾客的敬意。身文：自身的文采、文化修养。此指在外交礼节上吐纳得宜，同时也能展示自身的文化修养。

⑯ 刺：讽刺。此指楚人屈原以《离骚》抒发讽怨之情。范文澜《文心雕龙注》引郝懿行语曰：“按《汉志》以《骚》为赋，此篇以《骚》为诗，盖赋者古诗之流，《离骚》者含诗人之性情，具赋家之体貌也。”本书《诠赋》篇未及屈原，本篇则以《离骚》为诗，可见刘勰立说有意与班固不同。以《离骚》为诗，则上继古诗之流裔，以《离骚》为赋，则下开赋家之渊源。逮东汉时，诗体未显，故班固以《离骚》为赋，以见大宗；至齐梁时，诗作蓬勃，故刘勰以《离骚》为诗，彰显代雄。班固、刘勰的时代背景与文体立意不同，因而作品归类亦有别。

⑰ 仙诗：即《仙真人诗》，不传。据《史记·秦始皇本纪》载，秦始

皇"使博士为《仙真人诗》,及行所游天下,传令乐人歌弦之"。意谓秦始皇焚灭《诗》、《书》等诸家典籍,然仍不免于追求"仙诗",确见"应物斯感,感物吟志"的自然流露之作用。

【分析】本段分作两个层面,第一层面是通过举例追述先秦时期的诗歌创作与背景,并指出其与乐辞、歌曲的关联与流传情况,诗歌的主要风格特徵是"辞达"与"顺美匡恶"。第二层面是说明春秋以来"诗亡"之后,从"作诗"过渡至"用诗",士人只是赋诵旧章,以在外交礼仪上彰显己志,延至战国后期的楚骚,始见士人再次展现诗歌的讽刺作用。

3. 汉初四言,韦孟首唱,匡谏之义,继轨周人①。孝武爱文,《柏梁》列韵②,严、马之徒,属辞无方③。至成帝品录,三百馀篇④,朝章国采,亦云周备⑤,而辞人遗翰,莫见五言⑥,所以李陵、班婕妤(jié yú)见疑于后代也⑦。按《召南·行露》,始肇半章⑧;孺子沧浪,亦有全曲⑨。暇豫优歌,远见春秋⑩。《邪径》童谣,近在成世⑪:阅时取证,则五言久矣⑫。又《古诗》佳丽,或称枚叔⑬,其《孤竹》一篇,则傅毅之词⑭,比采而推,两汉之作乎⑮?观其结体散文,直而不野,婉转附物,怊怅(chāo chàng)切情⑯,实五言之冠冕(miǎn)也⑰。至于张衡怨篇,清典可味;仙诗缓歌,雅有新声⑱。

【注释】

① 韦孟:西汉诗人,汉初为楚元王刘交傅,历辅其子楚夷王、其孙刘戊。刘戊荒淫无道,韦孟作四言长诗匡正劝谏,即《讽谏诗》。惟《汉书》本传又称,"其子孙好事,述先人之志,而作是诗也"。匡谏:匡正劝谏。继轨:继承遵循。

② 孝武:汉孝武帝刘彻,西汉第七任皇帝,前140—前87年在位,君臣宴饮,雅好文学。《柏梁》:指在柏梁台上君臣联句成诗。《时序》篇亦有“柏梁展朝宴之诗”句。列韵:旧传武帝先列一韵,自赋一句,续作者有二十四人,每人一句,每句七字,共出一韵。据《古文苑》卷八《柏梁台》诗:“武帝元封三年,作柏梁台,语群臣二千石有能为七言诗,乃得上坐。”而据顾炎武《日知录》卷二十一云,汉武柏梁台诗,“考之于史,则多不符”,“反复考证,无一合者,盖是后人拟作”。

③ 严:严忌(生卒年不详),字夫子,西汉辞赋家,景帝时为梁孝王友。一说是严助,严忌之子,西汉辞赋家,武帝时举贤良,擢为中大夫。《汉书》中多以严助、司马相如并举。或称刘勰此“严”盖混指严忌夫子二人,不必泥实。马:司马相如,字长卿,小名犬子,西汉中期文学家,《汉书·艺文志》云有赋二十九篇,今存《子虚赋》、《上林赋》、《大人赋》、《长门赋》等,为汉赋的杰出代表作品。属辞:修饰辞采。此指作诗。无方:无常,多变化,没有一定的规格。《通变》篇有“变文之数无方”句。

④ 成帝:汉成帝刘骜,西汉第十一任皇帝,公元前32—前7年在位。品录:品评叙录。据《汉书·艺文志·总序》云:汉成帝时,命刘向校录“经传、诸子、诗赋”。《汉书·艺文志·诗赋略》云:“凡歌诗二十八家,三百一十四篇。”此即刘勰所谓“三百馀篇”。

⑤ 朝章:指朝臣篇章与朝庙乐章。国采:指汉时各地歌谣,犹如先秦时期的国风。周备:周全齐备。

⑥ 遗翰:流传下来的作品,此指诗歌。莫见:未曾见到。范文澜《文心雕龙注》云:“彦和之意,似谓三百馀篇中不见著名文士作五言诗,非谓三百馀篇无一五言诗也。采自民间之歌谣,非辞人所作,而尽多五言,彦和殆未尝疑之也。”

⑦ 李陵:字少卿,西汉名将李广之孙。班婕妤:名字不详,楼烦(今山西朔州)人,汉成帝时入宫,婕妤为妃嫔称号。相传五言《怨歌行》为其所作。见疑于后代:让后人产生怀疑。萧统《文选》录李陵《杂

诗》三首。锺嵘《诗品序》称:“逮汉李陵,始著五言之目矣。”“从李都尉迄班婕妤,将百年间,有妇人焉,一人而已。”是萧、锺不以为疑。见疑者始丁颜延之《庭诰》,云:“逮李陵众作,总杂不类,元是伪托,非尽陵制。”今人多从刘勰“见疑”之说,逯钦立《先秦汉魏晋南北朝诗》仅录《汉书》所载歌一首,以相传李陵诗入无名氏古诗中。

⑧ 《召南·行露》:指《诗经·召南·行露》中的五言诗句,即“谁谓雀无角,何以穿我屋?谁谓女无家,何以速我狱?”始肇:开始出现。半章:半篇。相应于下句的“全曲”。

⑨ 孺子:孩童。沧浪:指“沧浪之歌”。《孟子·离娄上》曲云:“沧浪之水清兮,可以濯我缨;沧浪之水浊兮,可以濯我足。”“沧浪之歌”早在春秋时期已经传唱,孔子、孟子、渔父皆曾提及此歌,除了“兮”字,已是全篇五言。全曲:全篇。相应于上句的“半章”。

⑩ 暇豫优歌:指优人唱的“暇豫歌”。《国语·晋语二》:“优施乃饮里克酒,中饮,优施起舞,曰:‘暇豫之吾吾,不如鸟乌。人皆集于苑,己独集于枯。’”一般以篇首“暇豫”二字为题。远见:早已见载。

⑪ 《邪径》:指儿童歌谣中的“邪径谣”。《汉书·五行志》,“成帝时歌谣又曰:‘邪径败良田,谗口乱善人。’”全篇六句,每句皆五言。一般以篇首“邪径”二字为题。近在:近世所见。相应于前句的“远见”。成世:汉成帝时期。

⑫ 阅时:经历的时期。取证:撷取证据。此句概括前述汉代以前的各种例证,说明五言诗产生的时代,无论是半章或全曲,都可以追溯到很早的源头,迄至东汉末年,五言诗作者才出现较普遍、较具诗歌语言特色的艺术追求。

⑬ 《古诗》:指汉代无名氏五言诗。佳丽:佳篇丽制。枚叔:枚乘,字叔。徐陵《玉台新咏》收录枚乘诗八首,皆见于《文选》卷二十九《古诗十九首》,惟未题枚乘所作。题下李善注曰:“古诗盖不知作者,或云枚乘,疑不能明也。”南朝人对汉代无名氏古诗的作者颇有争议,刘勰云“或称”,态度较为谨慎。

⑭ 《孤竹》：指《古诗》中的《冉冉孤生竹》。傅毅：字武仲，东汉辞赋家、诗人。《文选》、《玉台新咏》收录《冉冉孤生竹》，皆未题傅毅所作，不知刘勰“傅毅之词”一语何所据？

⑮ 比采：比较文采。推：推论，推断。

⑯ 结体：诗歌的文体结构。散文：敷陈文采。直而不野：质直而不粗鄙。婉转：委婉贴切。附物：贴切地相合于事物。怊怅：惆怅动人。切情：切合情感。

⑰ 冠冕：衣冠、冠盖，指称上品或第一流的作品。

⑱ 张衡：字平子，东汉著名文学家、思想家和科学家，著有《两京赋》、《思玄赋》等。怨篇：指张衡的四言《怨诗》。清典：清丽典雅。仙诗：无考。缓歌：无考。范文澜《文心雕龙注》云：“乐府古辞有《前缓声歌》。”或即指此。雅：甚，很。新声：新调。

【分析】本段分作两个层面，第一层面是探讨汉代四言诗歌的阶段性发展，主要是继承周代诗歌的“匡谏之义”，臆测其过程中存在的一些“见疑”案例，尤其是“莫见五言”的争议。第二层面是分析汉代五言诗歌的形成与定位，高度评价无名五言《古诗》的艺术价值，开启了汉末文人诗“清典”与“新声”的发展。

4. 暨建安之初，五言腾踊①，文帝、陈思，纵辔（pèi）以骋节②，王、徐、应、刘，望路而争驱③；并怜风月，狎（xiá）池苑，述恩荣，叙酣宴④，慷慨以任气，磊落以使才⑤；造怀指事，不求纤密之巧⑥，驱辞逐貌，唯取昭晰之能⑦：此其所同也。及正始明道，诗杂仙心⑧，何晏之徒，率多浮浅⑨。唯嵇志清峻⑩，阮旨遥深，故能标焉⑪。若乃应璩（qú）《百一》，独立不惧，辞谲义贞⑫，亦魏之遗直也⑬。

【注释】

① 建安:汉献帝刘协的年号。腾踊:腾飞、踊跃。指建安时期文人的五言诗创作空前活跃。

② 文帝:魏文帝曹丕(187—226),字子桓。陈思:曹植(192—232),字子建,曹丕之弟。封陈王,死后谥“思”。故后世称陈思。纵辔以骋节:放开缰绳,纵马驰骋而有节奏。此句譬喻曹丕、曹植兄弟笃好文学,诗思泉涌,犹如奔马驰骋于建安诗坛而能掌控。

③ 王、徐、应、刘:王粲,字仲宣,山阳高平人。徐幹,字伟长,北海郡人。应玚(yáng),字德琏,汝南南顿人。刘桢,字公幹,东平宁阳人。四人都是建安时期的著名作家。曹丕《典论·论文》称孔融、陈琳、王粲、徐幹、阮瑀、应玚、刘桢“斯七子者,于学无所遗,于辞无所假,咸以自骋骥騄于千里,仰齐足而并驰”。望路而争驱:望向道路,奋力争先。此喻建安时期的作家,在曹氏父子的引领下,奋力创作,以期争先。

④ 怜:爱怜。狎:游玩。述:记述。叙:叙写。

⑤ 慷慨以任气:慷慨激昂,纵任意气。磊落以使才:洒脱率直,抒发才情。

⑥ 造怀:抒写情怀。指事:叙述事物。纤密:纤微细密。

⑦ 驱辞:遣辞用字。逐貌:描写物貌。昭晰:清楚明晰。上数句阐明建安时期邺下作家的创作环境、作品内容与艺术风格的共同背景,蔚然成为“五言腾踊”的文学风气,具有鲜明的时代特徵。

⑧ 正始:魏废帝齐王芳的年号。明道:盛行老庄之道的学说。诗杂仙心:诗歌内容中夹杂了道家思想,延伸为后来的两晋玄言诗。

⑨ 何晏:字平叔,汉魏之际思想家,好老庄之言,大倡玄学。浮浅:虚浮肤浅。此指何晏之流的作家,一般多以诗歌抒写玄学感悟,貌似深奥实则意旨肤浅,违反“诗言志”的主旨。

⑩ 嵇:嵇康,字叔夜,竹林七贤之一。志:志向。清峻:清远峻烈。锺嵘《诗品》卷中称,嵇康诗“过为峻切,讦直露才,伤渊雅之致,然

托喻清远,良有鉴裁,亦未失高流矣”。“清峻”一语,兼具嵇康其人其诗的主要特徵。

⑪ 阮:阮籍,字嗣宗,竹林七贤之一。旨:旨趣。遥深:遥远幽深。锺嵘《诗品》卷上称,阮籍诗“言在耳目之内,情寄八荒之表”,“自致远大,颇多感慨之词。厥旨渊放,归趣难求”。“遥深”一语,兼具阮籍其人其诗的主要特徵。标:标举,突出。

⑫ 应璩:字休琏,三国魏作家。应玚之弟。《百一》:指《百一诗》。独立不惧:卓尔独立,不畏权势。辞谲义贞:辞意委婉,义正不屈。锺嵘《诗品》卷中称,应璩诗“指事殷勤,雅意深笃,得诗人激刺之旨”。

⑬ 遗直:遗风。

【分析】本段主要论述建安至正始时期的诗歌发展概况,前期以曹氏兄弟与七子为主流,展现出“任气”、“使才”的诗人性情,形成一股昂扬奋进的时代风气,成为两晋南朝诗人学习的诗歌典范;后期则以竹林七贤为主流,因政治局势与时代思潮的变化,对诗人的创作产生深刻的影响。

5. 晋世群才,稍入轻绮①,张、左、潘、陆,比肩诗衢②,采缛于正始,力柔于建安③;或析文以为妙,或流靡以自妍④:此其大略也。江左篇制,溺乎玄风⑤,嗤笑徇务之志,崇盛忘机之谈⑥;袁、孙已下,虽各有雕采,而辞趣一揆(kuí),莫与争雄⑦,所以景纯仙篇,挺拔而为俊矣⑧。宋初文咏,体有因革,庄老告退,而山水方滋⑨;俪采百字之偶,争价一句之奇⑩,情必极貌以写物,辞必穷力而追新⑪:此近世之所竞也。

【注释】

① 晋世：西晋，相应于下文“江左”（东晋）而言。稍：逐渐。轻绮：轻浅绮靡。陆机《文赋》称“诗缘情而绮靡”，大抵反映出西晋太康时期“三张、二陆、两潘、一左”的诗歌特点。

② 张、左、潘、陆：张载，字孟阳；张协，字景阳；张亢，字季阳。张氏兄弟三人，生卒年皆不详。左思，字太冲。潘岳，字安仁；潘尼，字正叔。陆机，字士衡；陆云，字士龙。以上诸人都是西晋著名诗人、辞赋家。比肩诗衢：在诗坛上齐名。锺嵘《诗品序》亦称，“三张、二陆、两潘、一左，勃尔复兴，踵武前王，风流未沫，亦文章之中兴也”。

③ 采缛：文采繁缛。正始：概指正始诗歌。力柔：骨力柔弱。建安：概指建安诗歌。这二句指太康时期的诗歌风格，介于建安诗歌与正始诗歌之间，兼有二者的诗歌特徵，而又稍有过之或不足。“缛”“柔”原是形容词，此处用作动词。

④ 析文：讲究文字对偶。妙：妙绝。流靡：追求声韵华美。妍：美好。

⑤ 江左：东晋。溺乎玄风：沉溺于玄言的风气。

⑥ 嗤笑：讥讽嘲笑。徇务：致力于政务。干宝《晋纪总论》云：“当官者以望空为高，而笑勤恪。”崇盛：推崇赞叹。忘机：忘却人事的机巧。此处衍申为东晋士人的清谈。

⑦ 袁、孙：袁宏，字彦伯，东晋史学家、作家。孙绰，字兴公，与许询（生卒年不详）同为东晋玄言诗人。雕采：雕饰文采。辞趣：文辞旨趣。一揆：同一道路。此指袁、孙诸人的诗歌创作与玄言清谈，同归一途。锺嵘《诗品序》称，孙绰、许询诸人的诗歌，“平典似《道德论》”。盖亦指此。

⑧ 景纯：郭璞，字景纯，两晋之际的重要作家，博学高才，通占卜地理之术。仙篇：指郭璞《游仙诗》。《文选》卷二十一收录七首，李善注曰：“璞之制，文多自叙，虽志狭中区，而辞兼素累，见非前识，良有以哉。”挺拔而为俊：卓然挺立，脱俗出众，俊杰之作。本书《才略》篇云：

“景纯艳逸，足冠中兴。”“《仙诗》亦飘飘而凌云矣。”锺嵘《诗品》卷中称，郭璞诗“文体相辉，彪炳可玩。始变永嘉平淡之体，故称中兴第一。《翰林》以为诗首。但《游仙》之作，词多慷慨，乖远玄宗”。

⑨ 文咏：文学创作。因革：继承变革。庄老告退：道家思想逐渐消退，玄言创作淡出诗坛。山水方滋：山水诗歌正在崛起。

⑩ 俪采：华丽词藻。百字之偶：长篇之中的骈偶对称。争价：攀比争胜。一句之奇：一句之内的奇特诡巧。

⑪ 情：情思。极貌以写物：竭尽形貌，描绘事物。辞：文辞。穷力而追新：穷尽力气，追求新辞。《物色》篇云：“近代以来，文贵形似。窥情风景之上，钻貌草木之中。”所谓“形似”即是“极貌写物”的具体要求。据黄侃《诗品讲疏》云：“夫极貌写物，有赖于深思，穷力追新，亦资于博学，将欲排除肤语，洗荡庸音，于此假涂，庶无迷路。”故知南朝以来诗人竞相追求的俪采情辞，亦其诗歌发展的合理轨迹。

【分析】本段分作两个层面，第一层面是阐述以太康时期为代表的西晋诗坛，乃建安、正始之后的另一个诗歌高潮，群才辈出，风格多样，兼有建安风力与正始文采之长，然而较之前二者的杰出成就，仍然稍有逊色。第二层面是勾勒出东晋诗歌至南朝诗歌的发展情况，在题材内容方面乃从玄言诗嬗变为山水诗，在艺术技巧方面则由“神似”转而“形似”，实为“时运交移，质文代变”（《时序》篇）的最佳写照。

6. 故铺观列代，而情变之数可鉴①：撮（cuō）举同异，而纲领之要可明矣②。若夫四言正体，则雅润为本③；五言流调，则清丽居宗④：华实异用，惟才所安⑤。故平子得其雅，叔夜含其润，茂先凝其清，景阳振其丽⑥。兼善则子建、仲宣⑦，偏美则太冲、公幹⑧。然诗有恒裁，思无定位，随性适分，鲜能圆通[9]。若妙识所难，其易也将至；忽以为易，其难也方来[10]。至于三、六杂言，则出自篇什[11]；离合之发，则萌于图谶（chèn）[12]；回文所兴，则道原为始[13]；联句共韵，则《柏梁》馀制[14]：巨细或殊，情理同致，总归诗囿（yòu），故不繁云[15]。

【注释】

① 情变：思想情感的变化。此指诗歌发展演变的趋势。数：法则，规律。鉴：考察、审察。

② 撮举同异：撮要举例，异同相映。纲领：诗歌体制的主要特徵。

③ 正体：正规的体制。雅润：雅正润泽。刘勰以“宗经”思想为其文学理论的主导意见，故以四言诗为“正体”，强调“雅润”的诗歌特徵，本书《章句》篇“诗颂大体，以四言为正”，也表达了同样的看法。黄侃《文心雕龙札记》引挚虞《文章流别论》云：“雅音之韵，四言为正。其馀虽备曲折之体，而非音之正也。”可见所谓的“正体”乃着意于“雅”而言。魏晋以来崛起的五言诗则是以“清”为胜，迄至南朝蔚为大观，这正是其为“非正”的主要因素。刘勰称之为“流调”，或可视为其对《诗经》以来诗歌发展的总结。锺嵘《诗品》专意评选历代五言诗，序云“五言居文词之要，是众作之有滋味者也”，对这类“流调”予以全新的审察，是其对诗歌发展的展望，庶几透露未来诗坛将以五言为“正体”的讯息。

④ 流调：流行的新调、别调、变调。清丽：清新华丽。

⑤ 华：华丽，指上文的五言流调。实：朴实，指上文的四言正体。异用：不同的功用。惟才所安：诗歌体裁的选择，取决于作家的才情。

⑥ 雅：雅正。润：润泽。清：清新。丽：华丽。以上四句，以张衡、嵇康、张华、张协的不同才情展现各自不同的诗歌风格，前二者擅长于“雅润”的四言正体，后二者擅长于“清丽”的五言流调。

⑦ 兼善:各体兼擅。此指曹植、王粲的才情洋溢,能够融会贯通,兼擅四言、五言诗歌,又不为各体诗歌的风格特徵所囿。魏晋南朝文论家品评"兼善"之诗人,对曹植或无异议,然对王粲的评价或稍有异,如本书《才略》篇云"仲宣溢才,捷而能密,文多兼善,辞少瑕累",锺嵘《诗品上》则称王粲诗"文秀而质羸"。

⑧ 偏美:偏于一体。按照刘勰的评论,除了左思、刘桢,前句张衡、嵇康、张华、张协的诗歌亦属"偏美"的一类。

⑨ 恒裁:恒定的体裁。定位:固定的位置。随:顺应。适:适应。性:才性,性情。圆通:圆满。圆,无残缺偏颇;通,无障碍闭塞。黄侃《文心雕龙札记》云:"此数语见似肤廓,实则为诗之道已具于此。'随性适分'四字,已将古今家数派别不同之故包罗无遗矣。"

⑩ 妙识:精妙的认识。忽:轻视、忽略。

⑪ 三、六杂言:指三言诗、六言诗、杂言诗。篇什:指《诗经》。

⑫ 离合:离合诗,中国古代一种离合解义的字谜游戏。本书《谐讔》篇"体目文字"下亦有讨论。图谶:指东汉时期盛行的人事预言。本书《正纬》篇"图箓""撰谶"诸词下均有讨论。

⑬ 回文:回文诗,一种正读、倒读都成章句的诗歌。道原为始:此处或指"回文诗创始于道原",然而文义难详。

⑭ 联句:联句诗。共韵:数人共用一韵。馀制:馀留下来的诗歌体制。

⑮ 巨细或殊:指诗歌体制不同,作品篇幅有短长。诗囿:诗歌的范围。

【分析】刘勰阐明历代诗歌的发展与特徵后,本段最终回归到"明诗"的原点,即诗体的"原始"与"释名"。以四言为正体,以五言为流调,历代诗人或兼善、或偏美,据此"选文以定篇",如此则可较准确地把握诗歌史主流脉络。

7. 赞曰：民生而志，咏歌所含。兴发皇世，风流二南[1]。神理共契，政序相参。英华弥缛，万代永耽[2]。

【注释】

① 民生：人生。兴发：产生。皇世：上皇之世，指远古的时代。风流：风化，流播。二南：指《诗经》中的《周南》、《召南》，概称“二南”。

② 神理：神明之理，自然之理。共契：无不契合。政序：政教秩序。相参：相互参照。英华：指作品的文采。弥：愈加。缛：繁华。永耽：永远喜爱。

【分析】赞辞总结了“诗言志”的起源与动因。通过风化与流播，契合神明之理与政教秩序，诗歌的内容与文采日益丰富华美，故能得到历代作者与读者的喜爱。

乐府第七解析

【解题】“乐府”是朝廷主管音乐歌舞的一个官署。演奏的乐章，其歌词也叫乐府，后起者又称乐府诗。《文心雕龙·乐府》中所讨论的，就是乐府与乐府诗方面的问题。

“乐府”起于何时？过去的人都依《汉书·礼乐志》而立论，内云：

> ……至武帝定郊祀之礼，祠太一于甘泉，就乾位也。祭后土于汾阴，泽中方丘也。乃立乐府，采诗夜诵，有赵、代、秦、楚之讴。以李延年为协律都尉，多举司马相如等数十人造为诗赋，略论律吕，以合八音之调，作十九章之歌。

但在《汉书·礼乐志》中还有另一种记载，云是：“高祖乐楚声，故《房中乐》楚声也。孝惠二年，使乐府令夏侯宽备箫管，更名曰《安世乐》。”这里明言汉惠帝时已有乐府，后面又说汉武帝时“乃立乐府”，前后似乎出现了矛盾，这又作何解释？有的学者认为“乐府令夏侯宽”任职的官署其实是太乐。汉初原有音乐机构太乐，也可称乐府，到了汉武帝时才设立另一机构，乐府从此有了分管雅乐与俗乐的两个不同机构。这一说法似亦可通，然与事实不符。1976 年春，秦始皇陵中出土一件编钟，纽上有秦篆“乐府”二字；[①]2000 年 4、5 月间西安

① 袁仲一《秦代金文、陶文杂考三则》之一《秦乐府钟》，载《考古与文物》，1982 年第 4 期(陕西)。

市北郊长安城遗址出土大量秦代封泥，内有“乐府丞印”、“左乐丞印”、“外乐”等字样者多件。[①] 1983年秋，广州象岗的南越王赵眜墓中则出土了编乐句鑃八件，都刻有小篆铭文“文帝九年乐府工造”，时当汉武帝元光六年(前129)，[②]凡此均可说明乐府本是一个主管制造乐器及相关器物的机构。实则《汉书·百官公卿表上》于此本有明确记载。文云：“奉常：秦官，掌宗庙礼仪……属官有太乐、太祝、太宰、太史、太卜、太医六令丞。……”又云：“少府：秦官，掌山海池泽之税，以给共养，有六丞。属官有尚书、符节、太医、太官、汤官、导官、乐府、若卢、考工室、左弋、君室、甘泉居室、左右司空。东织、西织、东园匠十六官令丞……”从中可知，秦时本有太乐、乐府两种机构的设置，前者主管宗庙礼仪，后者重在内廷的供奉。乐府则负责乐器的制造等项。汉承秦制，仍然分置太乐、乐府二处。惠帝时，夏侯宽接受指令为《房中乐》备箫管，当以《房中乐》原系楚声，乐器配置中应增添箫管，乐府令正是少府中这一部门的主管，故让其负责此事。

乐府的性质发生根本改变，约当武帝元狩三年(前120)。郊祀大典乃有关国家宗教文化建设的大事。汉代立国至此已近百年，天下大定，世上早已确立了皇帝的绝对权威，神界却缺少一个对应的上帝。战国纷争，长达二百多年，随着地方诸侯的独霸一方，神界也滋生了不少带有明显地域色彩的上帝，至是燕齐方士亳人谬忌乃从齐地引入天神太一。汉家皇室起于丰沛，正属齐地宗教的

① 中国社会科学院考古研究所汉长安城工作队《西安相家巷遗址秦封泥的发掘》，载《考古学报》2001年第4期。

② 李文初《汉武帝之前乐府职能考》、《句鑃与乐府》，载《汉魏六朝文学研究》，广东人民出版社2000年6月版。前文曾发表于《社会科学战线》1986年第3期。

范围之内，武帝乃迎太一入长安，行郊祀之礼以祠之。[1] 这是礼制中树立至上神的一代大典，意义之大无与伦比。乐府之中本有三丞的设置，至是机构扩大，而把主要职能放在郊祀太一方面。历观前代，内廷之职亲近皇上，本就容易侵入外廷的职权范围，武帝设立乐府的情况就是这样。

《汉书·艺文志·诗赋略小序》上也说："自孝武立乐府而采歌谣，于是有代、赵之讴，秦、楚之风，皆感于哀乐，缘事而发，亦可以观风俗，知薄厚云。"这些都是追踪周朝的制礼作乐而采取的重大措施。汉武帝让各地献上民歌民谣，由著名作曲家李延年制谱，组织文坛上的名家司马相如等人润色加工，编写新词，这就开创了一种新的局面。乐府新设之说，当由此而起。

古称周公制礼作乐，周代就以这种文化教育全国。礼的重点在于为各个等级的人群建立行为规范，乐的作用在于通过音声的陶冶而使广大听众唤起人类共有的感情。通过这样的教育，潜移默化，可使社会大众既有等级观念，又能上下洽和。礼乐成了周代文化的标志。礼崩乐坏，周代也就终结了。[2]

"乐府"就是宣扬礼乐文化的一个重要机构。周代官府中有无乐府之名，现已无法详考。然《周礼·春官·宗伯》中云大师教六诗，即风、赋、比、兴、雅、颂，可知其与《诗经》的关系之密切。《仪礼》中的《乡歌酒礼》和《燕礼》中多载《诗经》中的乐章。

《诗》古称三百篇，又是如何集中到宫廷中去的？难以说清。其中"风""雅""颂"三个部分，依据宋代学者郑樵在《通志·序》中

---

① 拙著《东皇太一考》中的《各诸侯国中纷纷涌现出带有地方色彩的上帝》、《燕齐方士谬忌把太一引入汉朝宫廷》二章中有详论，载《九歌新考》，上海古籍出版社 1986 年 8 月版。

② 参看徐兴无《西汉武、宣两朝的国家祀典与乐府的造作》，载《文学遗产》2004 年第 4 期。

的说法，风土之音为“风”，朝廷之音为“雅”，宗庙之音为“颂”，都与音声有关。古时一些典籍，如《汉书·食货志》与《公羊传》宣公十五年何休注中都有一些记载，云是周天子为了了解民情，命行人振木铎，周行天下求得，也有记载说是有瞽者负责徵集，这些都难确证，然据《左传》襄公二十九年上的记载，吴公子季札至鲁观礼，一一品评《诗经》中“风”“雅”“颂”三部分的诗篇与乐舞，可以说明周代宫廷之中确有专门徵集与保存各地民间歌谣与宗庙歌舞的机构。鲁国因周公的特殊贡献，可以享用朝廷的礼乐，所以季札在鲁国听到的，也可视作周代宫廷中的礼制遗韵。中国的礼乐文明确是渊源甚古，且传承有自。

儒家就是以传承礼乐文化为基本职责的一个学派，孔门教育即以《诗》为主要教材，用来贯彻该学派的基本宗旨。《论语·子罕》介绍，孔子自云“吾自卫反于鲁，然后乐正，《雅》《颂》各得其所。”说明《诗经》确是经过孔子的整理。《史记·孔子世家》中的一段文字完整地记载了孔子在诗教上的贡献，文曰：

> 古者《诗》三千馀篇，及至孔子，去其重，取可施于礼义，上采契、后稷，中述殷、周之盛，至幽、厉之缺，始于衽席，故曰：“《关睢》之乱以为‘风’始，《鹿鸣》为‘小雅’始，《文王》为‘大雅’始，《清庙》为‘颂’始”。三百五篇，孔子皆弦歌之，以求合“韶”“武”“雅”“颂”之音。礼乐自此可得而述，以备王道，成六艺。

后代学者对其可信程度曾有很多争议，但也应当承认，此说基本可信，对后代影响之巨，更是不可低估。对刘勰而言，势必发生巨大的影响。《乐府》篇中的论点，无不可以从儒家诗教中寻找其踪迹。

乐府本是文学与音乐的结合，由于音声不易传承，目下传下来的一些古曲之名，具体的音声部分无从捉摸，后人只能对前人的记载全然接受，然而已经难于全面评判这些作品水平的高下。因此，

《乐府》篇中的前面几段文字偏于介绍历史，要到“魏之三祖”以后，介绍的内容才在文学史上占有位置。这是因为曹操等人所作的乐府诗，本为个人抒写情怀之作。文学是感情的产物，这些反映时代心声饱含激情的诗篇，才能触动后世读者的心灵，至于乐人为此谱写的曲谱失传与否，则已无须介意了。

刘勰之论乐府，还是坚持儒家观点，严格区分雅、郑。《赞》词中说：“《韶》响难追，郑声易启。”他对当时风行的一些民歌民谣持鄙薄的态度。“中和之响，阒其不还。”“中和”之说，当然是他论乐的最高标准，这大约也就是《论语・八佾》中孔子对《关雎》的价值取向，所谓“乐而不淫，哀而不伤”的意思吧。因此，刘勰对自东晋时起风靡朝野的吴歌、西曲看来是评价不高的。例如清商曲中的《碧玉歌》、《华山畿》等，流连哀思，大胆热烈，刘勰一概略而不顾，大约也视之为“艳歌婉娈，怨志诀绝”的“淫曲”吧。《乐府》之中没有提到这方面的作品，也反映了他文艺思想中的一个重要方面，即始终坚持儒家区别雅、郑的正统观点。实则后代著录下来的南北朝民间乐府与《诗经》中的“风”诗部分本质上是一致的，刘勰在这些地方泥古不化，对文学中的新生事物缺乏全面的认识，而不能予以热情的支持，诚为憾事。

1. 乐府者，声依永，律和声也[①]。(一) 钧天九奏，既其上帝[②]；葛天八阕(què)，爰乃皇时[③]。自《咸》《英》以降，亦无得而论矣[④]。至于涂山歌于“候人”，始为南音[⑤]；有娀(sōng)谣乎“飞燕”，始为北声[⑥]；夏甲叹于东阳，东音以发[⑦]；殷整思于西河，西音以兴[⑧]；音声推移，亦不一概矣[⑨]。(二) 匹夫庶妇，讴吟土风，诗官采言，乐胥被律[⑩]，志感丝篁(huáng)，气变金石[⑪]。是以师旷觇风于盛衰[⑫]，季札鉴微于兴废[⑬]，精之至也。(三)

【注释】

① 《尚书·舜典》:“帝曰:‘夔,命汝典乐……声依永,律和声。’”伪孔安国《传》曰:“声谓五声:宫、商、角、徵、羽。律谓六律、六吕,十二月之音气。”孔颖达《正义》曰:“‘声依永’者,谓五声依附长言而为之,其声未和,乃用此律吕调和其五声,使应于节奏也。”依,依附。永,长音。五声依附长音,不够和谐,还要用六律、六吕加以调和,节奏才能和谐。

② 钧天:天之中央,上帝所居。九奏:多次演奏。《史记·赵世家》:“居二日半,简子寤。语大夫曰:‘我之帝所甚乐,与百神游于钧天,广乐九奏万舞,不类三代之乐,其声动人心。’”既:及于。

③ 葛天八阕:葛天氏为传说中的上古氏族首领,后人尊为乐舞的发明者。《吕氏春秋·仲夏纪·古乐》载:“昔葛天氏之乐,三人操牛尾,投足以歌八阕。”亦即《载民》、《玄鸟》等八首乐歌。爰:乃。

④ 咸:黄帝乐《咸池》。英:帝喾乐《五英》。《白虎通义·帝王礼乐》:“《礼记》曰,黄帝乐曰《咸池》,帝喾乐曰《五英》。”

⑤ 涂山:山名,其所在有安徽怀远县东南、重庆市巴县、浙江绍兴市西北等不同说法。候人:《候人歌》。《吕氏春秋·音初》:“禹行功,见涂山之女。禹未之遇,而巡省南土。涂山氏之女乃令其妾候禹于涂山之阳。女乃作歌。歌曰:‘候人兮猗!’实始作为南音。”

⑥ 有娀:古国名,故址在今山西永济市。《吕氏春秋·音初》:“有娀氏有二佚女,为之九成之台,饮食必以鼓。帝令燕往视之,鸣若謚謚,二女爱而争搏之。……燕遗二卵,北飞,遂不反。二女作歌,一终曰:‘燕燕往飞。’实始作为北音。”

⑦ 夏甲:夏后氏孔甲。东阳:地名,在今河南巩义市北。《吕氏春秋·音初》:“夏后氏孔甲田于东阳萯山,天大风晦盲,孔甲迷惑,入于民室。主人方乳。或曰:‘后来,是良日也。之子是必大吉。’或曰:‘不胜也,之子是必有殃。’后乃取其子以归。曰:‘以为余子,谁敢殃之。’子长成人,幕动坼橑,斧斫破其足,遂为守门者。孔甲曰:‘呜呼,

有疾,命矣夫!’乃作为《破斧之歌》。实始为东音。”

⑧ 殷整:殷帝河亶甲名整。西河:《竹书纪年》载“河亶甲整即位,自嚣迁于相”。(《太平御览》卷八十三引)相,地名,今河南安阳市,西河当即此地。《吕氏春秋·音初》:“殷整甲徙宅西河,犹思故处,实始作为西音。”

⑨ 概:量粟麦时刮平斗斛的器具,引伸为齐平一切的意思。一概:一律。

⑩ 匹夫庶妇:平民。土风:乡土的歌谣乐曲。《左传》成公九年:“乐操土风,不忘旧也。”诗官:采诗官。乐胥:乐官、乐吏。《汉书·食货志上》:“冬,民既入,妇人同巷,相从夜绩。……男女有不得其所者,因相与歌咏,各言其伤。……孟春之月,群居者将散,行人振木铎徇于路,以采诗。献之大师,比其音律,以闻于天子。故曰王者不窥牖户而知天下。”《公羊传》宣公十五年何休注曰:“男女有所怨恨,相从而歌,饥者歌其食,劳者歌其事。男年六十,女年五十无子者,官衣食之,使之民间求诗。乡移于邑,邑移于国,国以闻于天子。”

⑪ 志:情志。丝篁:弦乐器和管乐器。气:气质。金石:指钟和磬。这里是说加工成的乐府诗中情志与气质在丝篁与金石中得到感应与演变。丝篁、金石又“感”“变”了欣赏者。

⑫ 师旷:春秋时晋之乐师,字子野。生而目盲,善辨声乐。觇:看,《左传》襄公十八年:“晋人闻有楚师。师旷曰:‘不害。吾骤歌北风,又歌南风,南风不竞,多死声,楚必无功。’”

⑬ 季札:春秋时吴公子。《左传》襄公二十九年记季札观乐,能从各地的乐调中听出各国的盛衰。

【分析】这一段论述乐府的音乐性特徵、乐府的起源及与治乱兴衰的关系等问题。可分三节:(一)引用《尚书·舜典》,阐述乐府的音乐性在于:五声依附长音,且用六律、六吕加以调和,从而形成和谐的节奏。(二)论述乐府源远流长的历史:三皇五帝的音乐,已难以知其详，而各地最早出现的乐歌可见于史料。（三）在论述古代采诗制度的基础上，指出乐歌传达人们的情志，关乎政治教化的兴衰。

2. 夫乐本心术，故响浃（jiā）肌髓，先王慎焉，务塞淫滥[①]。敷训胄（zhòu）子，必歌九德[②]；故能情感七始[③]，化动八风[④]。（一） 自雅声浸微，溺音腾沸[⑤]。秦燔（fán）《乐经》[⑥]，汉初绍复，制氏纪其铿锵，叔孙定其容与[⑦]，于是《武德》兴乎高祖，《四时》广于孝文，虽摹《韶》《夏》，而颇袭秦旧，中和之响，阒（qù）其不还[⑧]。暨武帝崇礼，始立乐府[⑨]，总赵、代之音，撮齐、楚之气[⑩]，延年以曼声协律，朱、马以骚体制歌[⑪]。《桂华》杂曲，丽而不经，《赤雁》群篇，靡而非典[⑫]；河间荐雅而罕御，故汲黯（àn）致讥于《天马》也[⑬]。至宣帝雅诗，颇效《鹿鸣》[⑭]；迩（ěr）及元、成，稍广淫乐：正音乖俗，其难也如此[⑮]。暨后汉郊庙，惟杂雅章[⑯]，辞虽典文，而律非夔（kuí）、旷[⑰]。（二）

【注释】

① 夫乐本心术，故响浃肌髓，先王慎焉，务塞淫滥：浃，通，透。《汉书·礼乐志》："然自《雅》《颂》之兴，而所承衰乱之音犹在，是谓淫过凶嫚之声，为设禁焉。……夫乐本情性，浃肌肤而臧骨髓。"

② 胄子：卿大夫子弟，贵族子弟。九德：九种品德。古籍中"九德"之说不一，《尚书·皋陶谟》言"九德"："皋陶曰：'宽而栗，柔而立，愿而恭，乱而敬，扰而毅，直而温，简而廉，刚而塞，强而义，彰厥有常，吉哉！'"又《逸周书·常训》："九德：忠、信、敬、刚、柔、和、固、贞、顺。"

③ 七始：古代乐论认为音乐发端于天、地、人、春、夏、秋、冬等七始。《汉书·律历志上》："《书》曰：'予欲闻六律、五声、八音、七始咏，

以出内五言。……’七者，天地四时人之始也，顺以歌咏五常之言。”

④　八风：八方之风。《左传》隐公五年：“夫舞，所以节八音而行八风。”杜预注：“八音，金、石、丝、竹、匏、土、革、木也。八风，八方之风也。以八音之器，播八方之风，手之舞之，足之蹈之，节其制而序其情。”

⑤　雅声：古代的正音。浸微：渐渐衰微。溺音：不雅正的、令人情志沉溺的音乐。《礼记·乐记》：“子夏对曰：‘……今君之所好者，其溺音乎！’文侯曰：‘敢问溺音何从出也？’子夏对曰：‘郑音好滥，淫志；宋音燕女，溺志；卫音趋数，烦志；齐音敖辟，乔志。此四者皆淫于色而害于德，是以祭祀弗用也。’”腾沸：纷乱。

⑥　燔：烧。乐经：《庄子·天运》篇：“孔子谓老聃曰：丘治《诗》、《书》、《礼》、《乐》、《易》、《春秋》六经”。有的学者认为古文经学家主张先秦原有《乐经》，遭秦始皇焚书而失传。

⑦　制氏：汉初乐师，鲁人。《汉书·礼乐志》：“汉兴，乐家有制氏，以雅乐声律世世在大乐官，但能纪其铿鎗鼓舞，而不能言其义。”叔孙：叔孙通，汉初薛人。曾为秦博士，入汉后，制订汉代的朝制典礼。《汉书·礼乐志》：“高祖时，叔孙通因秦乐人，制宗庙乐。大祝迎神于庙门，奏《嘉至》，犹古降神之乐也。皇帝入庙门，奏《永至》，以为行步之节，犹古《采荠》、《肆夏》也。”

⑧　武德、四时：皆舞名。《汉书·礼乐志》：“《武德舞》者，高祖四年作，以象天下乐己行武以除乱也。……《四时舞》者，孝文所作，以明示天下之安和也。……大抵皆因秦旧事焉。”中和之响：和谐之音。《中庸》：“喜怒哀乐之未发谓之中，发而皆中节谓之和。”《文选》卷十八载汉马融《长笛赋》：“皆反中和，以美风俗。”阒：寂静。

⑨　暨：到。崇礼：崇尚礼乐。《汉书·礼乐志》：“至武帝定郊祀之礼……乃立乐府，采诗夜诵。”

⑩　总：聚合。赵、代：今河北、山西一带。撮：聚合。齐、楚：今山东、安徽、湖北、湖南一带。《汉书·艺文志》：“自孝武立乐府而采歌

谣，于是有代赵之讴，秦楚之风，皆感于哀乐，缘事而发，亦可以观风俗，知薄厚云。”

⑪ 延年：姓李，中山人，汉武帝时任协律都尉，《汉书·佞幸传》有传。曼声：发声而引之延长，舒缓的长声。朱：朱买臣。《汉书·朱买臣传》：“（朱买臣）担束薪，行且诵书。其妻亦负戴相随，数止买臣毋歌呕道中。买臣愈益疾歌。……会邑子严助贵幸，荐买臣，召见，说《春秋》，言‘楚词’，帝甚说之。”马：司马相如，西汉中期的著名辞赋作家。骚体：文体名。战国楚屈原作《离骚》，后仿其体，谓之骚体，也称“楚辞体”。《汉书·礼乐志》：“以李延年为协律都尉，多举司马相如等数十人造为诗赋。”

⑫ 桂华：《汉书·礼乐志》录《安世房中歌》十七章，其第十二章为《桂华》。经：典雅。赤雁：《汉书·礼乐志》录《郊祀歌》十九章，其中《象载瑜》十八题下注：“太始三年，行幸东海，获赤雁作。”靡而非典：华靡而不典雅。

⑬ 河间：指河间献王刘德，西汉景帝之子。《汉书·礼乐志》：“是时，河间献王有雅材，亦以为治道非礼乐不成，因献所集雅乐。天子下大乐官，常存肄之。岁时以备数，然不常御，常御及郊庙皆非雅声。”汲黯：汉濮阳人，字长孺，武帝时曾任九卿，敢于面折廷诤。《史记·乐书》：“又尝得神马渥洼水中，复次以为太一之歌……后伐大宛得千里马，马名蒲梢，次作以为歌。……中尉汲黯进曰：“凡王者作乐，上以承祖宗，下以化兆民；今陛下得马，诗以为歌，协于宗庙，先帝百姓岂能知其音邪?”

⑭ 宣帝：汉宣帝，公元前 73—前 49 年在位。《汉书·王褒传》：“宣帝时，天下殷富，数有嘉应。上颇作歌诗，欲兴协律之事。……于是益州刺史王襄欲宣风化于众庶，闻王褒有俊材，请与相见，使褒作《中和》、《乐职》、《宣布》诗，选好事者，令依《鹿鸣》之声，习而歌之。”雅诗当即指《中和》等诗。《鹿鸣》：《诗经·小雅》篇名，为宴会宾客时奏的乐歌。

⑮ 元、成:汉元帝、汉成帝。稍广淫乐:淫靡之乐较为盛行。《汉书·元帝纪赞》:"元帝多材艺,善史书。鼓琴瑟,吹洞箫,自度曲,被歌声,分刌节度,穷极幼眇。"《汉书·礼乐志》:"(成帝时)郑声尤甚,黄门名倡丙强、景武之属富显于世。贵戚五侯定陵、富平外戚之家淫侈过度,至与人主争女乐。"其难也如此:总结上言,言扭转淫乐的困难如此。

⑯ 郊:祭天地。庙:祭祖宗。《吕氏春秋·季夏纪》高诱注:"郊祀天,庙祀祖。"雅章:指汉明帝时东平宪王苍所制《武德舞歌》。《宋书·乐志》:"至明帝初,东平宪王苍……又制舞歌一章,荐之光武之庙。"

⑰ 典文:典雅的文辞。夔:舜时乐官。旷:师旷,春秋时晋国乐官。律非夔旷:音律不古雅。

【分析】这一段论述先王崇尚雅声而秦汉以来正音渐衰的历史。可分两层:(一)音乐关乎教化,是故先王推崇雅正、反对淫滥。(二)秦烧《乐经》以来,汉代君王有意恢复礼乐,但未能改变淫乐渐盛而雅声浸微的趋势。除了汉宣帝仿效雅诗之外,高祖、孝文、武帝、元、成和后汉的礼乐都不够雅正。

3. 至于魏之三祖,气爽才丽,宰割辞调,音靡节平①。观其"北上"众引,"秋风"列篇②,或述酣宴,或伤羁戍③,志不出于慆(tāo)荡,辞不离于哀思④;虽三调之正声,实《韶》《夏》之郑曲也⑤。逮于晋世,则傅玄晓音,创定雅歌,以咏祖宗⑥;张华新篇,亦充庭万⑦。然杜夔调律,音奏舒雅⑧,荀勖(xù)改悬,声节哀急⑨,故阮咸讥其离声,后人验其铜尺⑩,和乐之精妙,固表里而相资矣⑪。

【注释】

① 三祖：太祖武帝操，高祖文帝丕，烈祖明帝叡。气爽：意气豪爽。才丽：才华富丽。宰割：改作。辞调：歌辞曲调。音靡：音调浮靡。节平：节奏平庸。三祖宰割辞调，情况难明，《宋书·乐志三》：“《相和》，汉旧歌也。丝竹更相和，执节者歌。本一部，魏明帝分为二。”刘勰所谓“宰割辞调”，不知是否指此？

② “北上”：曹操《苦寒行》首句为“北上太行山”。引：琴歌曲中的一种。“秋风”：曹丕《燕歌行》首句为“秋风萧瑟天气凉”。

③ 酣宴：酣畅尽兴的宴会。羁：寄居作客。戍：驻守。

④ 慆荡：放荡。清黄叔琳《文心雕龙辑注》云：“按魏太祖《苦寒行》‘北上太行山’云云，通篇写征人之苦；文帝《燕歌行》‘秋风萧瑟天气凉’云云，亦托辞于思妇，所谓‘或伤羁戍’、‘辞不离于哀思’也。他若文帝于谯作孟津诸作，则又‘或述酣宴’、‘志不出于慆荡’之证也。”

⑤ 三调：汉代乐府相和歌的平调、清调、瑟调的合称，也叫清商三调。《隋书·音乐志下》曰：“清乐其始即《清商三调》是也，并汉来旧曲。乐器形制，并歌章古辞，与魏三祖所作者，皆被于史籍。……及平陈后获之。高祖听之，善其节奏，曰：‘此华夏正声也。’”可见，三调的乐曲是雅正的，有虞舜、夏禹所作之《韶》、《大夏》的遗风，但魏之三祖按照三调所写的歌辞华靡而不典雅。

⑥ 逮：及。傅玄：玄字休奕，北地泥阳人。博学善属文，解钟律。《晋书·乐志上》载：“及武帝受命之初……泰始二年，诏郊祀明堂礼乐权用魏仪，遵周室肇称殷礼之义，但改乐章而已，使傅玄为之词云”，有《祀天地五郊夕牲歌》等十九篇。又《晋书·乐志下》：“汉时有《短箫铙歌》之乐……及武帝受禅，乃令傅玄制为二十二篇，亦述以功德代魏。”此外，《晋书·乐志上》：“晋初，食举亦用《鹿鸣》。至泰始五年，尚书奏，使太仆傅玄、中书监荀勖、黄门侍郎张华各造正旦行礼及王公上寿酒、食举乐歌诗。”宋郭茂倩《乐府诗集》卷十三录傅玄《晋四厢乐歌》三首。《宋书·乐志一》：“（晋武帝泰始）九年，荀勖遂典知乐事，使郭琼、

宋识等造《正德》、《大豫》之舞，而勖及傅玄、张华又各造此舞歌诗。”《乐府诗集》卷五十二载傅玄《晋正德大豫舞歌》二首。《乐府诗集》卷五十三录其《晋宣武舞歌》四首、《晋宣文舞歌》二首、《晋鼙舞歌》五首。

⑦　张华：《晋书》有传。字茂先，范阳方城人。学业优博，辞藻温丽。《乐府诗集》卷十三录其《晋中宫所歌》、《晋四厢乐歌》十六首、《晋冬至初岁小会歌》、《晋宗亲会歌》、《晋宴会歌》，卷十九录其《晋凯歌二首》，卷五十二载其《晋正德大豫舞歌》二首。充：用作。庭：宫廷。万：用于宗庙祭祀之舞。

⑧　杜夔：字公良，河南人。《三国志·魏书·方伎传》有传。关于杜夔调律，《三国志》本传曰：“（杜夔）以知音为雅乐郎……太祖以夔为军谋祭酒，参太乐事，因令创制雅乐。夔善钟律，聪思过人。……时散郎邓静、尹齐善咏雅乐，歌师尹胡能歌宗庙郊祀之曲，舞师冯肃、服养晓知先代诸舞。夔总统研精，远考诸经，近采故事，教习讲肄，备作乐器，绍复先代古乐，皆自夔始也。”

⑨　荀勖：字公曾，颍川颍阴人。悬：悬挂钟磬等乐器的架，也指律吕、音乐。改悬：改变律吕。关于荀勖改悬，《晋书·律历志上》云：“武帝泰始九年，中书监荀勖校太乐，八音不和，始知后汉至魏，尺长于古四分有馀。勖乃部著作郎刘恭依《周礼》制尺，所谓古尺也。依古尺更铸铜律吕，以调声韵。以尺量古器，与本铭尺寸无差。又汲郡盗发六国时魏襄王冢，得古周时玉律及钟、磬，与新律声韵暗同。于时郡国或得汉时故钟，吹律命之皆应。勖铭其尺云：‘晋泰始十年，中书考古器，揆校今尺……其馀与此尺同。’铭八十二字，此尺者勖新尺也，今尺者，杜夔尺也。”声节哀急：声音节奏哀伤、急促。

⑩　阮咸：字仲容，陈留尉氏人。离声：离开正声。关于阮咸讥讽荀勖的声律不合古，《晋书·律历志上》云：“荀勖造新钟律，与古器谐韵，时人称其精密。惟散骑侍郎陈留阮咸讥其声高，声高则悲，非兴国之音，亡国之音。亡国之音哀以思，其人困。今声不合雅，惧非德正至和之音，必古今尺有长短所致也。会咸病卒，武帝以勖律与周汉器合，

故施用之。后始平掘地得古铜尺，岁久欲腐，不知所出何代，果长勖尺四分，时人服咸之妙，而莫能措意焉。”

⑪ 和乐：调整音乐。表里：形式和内容。相资：相互配合。

【分析】这一段以魏晋乐府诗为例，论述乐府的歌辞和乐曲并臻雅正之难。三曹父子的乐府诗的乐曲是雅正的，为汉代清商三调的馀绪；但歌辞多述酣宴、伤羁戍，情志哀伤淫荡，有失典雅。魏晋杜夔、傅玄、张华、荀勖等人致力于恢复雅乐，其中傅玄、张华制作了大量用于祭祀、典礼的雅歌。另一方面，杜夔、荀勖先后改制乐器，以求合于古声，但当时已有人怀疑其是否真正合古。可见，乐府要臻于精妙，必须歌辞和乐曲表里结合，共求雅正。

4. 故知诗为乐心，声为乐体①：乐体在声，瞽师务调其器②；乐心在诗，君子宜正其文③。好乐无荒，晋风所以称远④；伊其相谑，郑国所以云亡⑤。故知季札观乐，不直听声而已⑥。

【注释】

① 诗为乐心：诗歌为乐府的内容，即歌诗的“里”。《礼记·乐记》：“乐者，心之动也。声者，乐之象也。文采节奏，声之饰也。君子动其本，乐其象，然后治其饰。”孔颖达《诗大序正义》曰：“诗是乐之心，乐为诗之声，故诗乐同其功也。”声为乐体：音乐为乐府的形式。

② 瞽师：乐师，古代乐官多以盲人为之。务：务必。调其器：调整乐器的律吕，使其符合古代的正声。

③ 正其文：订正歌辞，使其趋于雅正。

④ 好乐无荒：爱好音乐，但不要荒废正业。语出《诗经·唐风·蟋蟀》：“好乐无荒，良士瞿瞿。”晋风：指唐风。《诗经》的“唐风”是晋国

的民歌。周成王封弟叔虞为唐侯，后迁曲沃，改国号为晋。仍其始封之地，因称唐风。称远：以用心深远而为人称道。《左传》襄公二十九年："吴公子札来聘……为之歌唐，曰：'思深哉！其有陶唐氏之遗民乎？不然，何其忧之远也？'"

⑤ 伊其相谑：（男女）互相调笑。出自《诗经·郑风·溱洧》："维士与女，伊其相谑，赠之以勺药。"云亡：被认为将要灭亡。《左传》襄公二十九年："吴公子札来聘……为之歌郑，曰：'美哉，其细已甚，民弗堪也，是其先亡乎！'"

⑥ 不直：不仅仅。

【分析】这一段对前文加以小结，引用《诗经》、《左传》，强调乐体与乐心、声与诗都要力求雅正，再次申论乐府的雅正与否关乎治乱。

5. 若夫艳歌婉娈（luán），怨志诀绝①，淫辞在曲，正响焉生？然俗听飞驰，职竞新异②，雅咏温恭，必欠伸鱼睨（nì）③；奇辞切至，则拊髀（bì）雀跃④：诗声俱郑，自此阶矣⑤。（一）凡乐辞曰诗，咏声曰歌，声来被辞，辞繁难节⑥；故陈思称左延年闲于增损古辞，多者则宜减之，明贵约也⑦。（二）观高祖之咏"大风"，孝武之叹"来迟"，歌童被声，莫敢不协⑧；子建、士衡，咸有佳篇，并无诏伶人，故事谢丝管，俗称乖调，盖未思也⑨。至于轩、岐鼓吹，汉世铙（náo）挽⑩，虽戎丧殊事，而总入乐府，缪、韦所改，亦有可算焉⑪。（三）昔子政品文，诗与歌别，故略具乐篇，以标区界⑫。（四）

【注释】

① 艳歌：《乐府诗集》卷二十八录傅玄《艳歌行》、卷三十九录古

辞《艳歌何尝行》、《艳歌行》、傅玄《艳歌行有女篇》等篇。婉娈：缠绵。作者不详的《七日夜女歌》云："婉娈不终夕，一别周年期。"（《乐府诗集》卷四十五）怨志：怨情。诀绝：坚定地断绝关系。古辞《白头吟》："闻君有两意，故来相决绝。"（《乐府诗集》卷四十一）又《有所思》："闻君有他心，拉杂摧烧之。摧烧之，当风扬其灰。从今以往，勿复相思。相思与君绝！"（《乐府诗集》卷十六）

② 俗听：世俗的鉴赏者。职：主要。竞：争求。

③ 雅咏：古雅的乐曲。温恭：温和庄重。欠伸：打哈欠。鱼睨：眼珠不转。清纪昀评："鱼睨似是瞠视之貌，鱼目不转故也。"《礼记·乐记》："魏文侯问于子夏曰：'吾端冕而听古乐，则惟恐卧；听郑、卫之音，则不知倦。敢问古乐之如彼，何也？新乐之如此，何也？"

④ 切至：打动人心。拊髀：以手拍股，表示振奋。雀跃：欣喜如雀之跳跃。《庄子·在宥》："鸿蒙方将拊髀雀跃而游。"

⑤ 郑：淫。《白虎通义·总论礼乐》："孔子曰，郑声淫何？郑国土地民人山居谷浴，男女错杂，为郑声以相诱悦怿，故邪僻声皆淫色之声也。"阶：途径，即开启了通往淫声的途径。

⑥ 声来被辞：用乐曲来配合歌辞。辞繁难节：歌辞繁多则难以做到适度。

⑦ 陈思：即曹植，封于陈，谥曰思。左延年：善郑声者。《三国志·魏书·杜夔传》："自左延年等虽妙于音，咸善郑声，其好古存正莫及夔。"闲于：擅长。贵约：以简练为贵。《晋书·乐志上》："杜夔传旧雅乐四曲，一曰《鹿鸣》，二曰《驺虞》，三曰《伐檀》，四曰《文王》，皆古声辞。及太和中，左延年改夔《驺虞》、《伐檀》、《文王》三曲，更自作声节，其名虽存，而声实异。"曹植此说不可考。

⑧ 高祖：汉高祖刘邦。《大风》：汉高祖《大风歌》。《史记·乐书》："高祖过沛诗《三侯之章》，令小儿歌之。"司马贞《索隐》："其辞曰：'大风起兮云飞扬，威加海内兮归故乡，安得猛士兮守四方！'"孝武：汉武帝刘彻。宋迟：指刘彻《李夫人歌》。《汉书·外戚传》："李夫人少而

早卒……上思念李夫人不已，方士齐人少翁言能致其神。……而令上居他帐；遥望见好女如李夫人之貌。……上愈益相思悲感，为作诗曰：‘是邪，非邪？立而望之，偏何姗姗其来迟！’令乐府诸音家弦歌之。”歌童：指前引小儿之歌《大风歌》。被声：指《李夫人歌》乐工将播诸弦管。

⑨ 子建：曹植的字。士衡：陆机的字。并：都。诏：告，多用于上对下。伶人：乐工。事谢丝管：不能用乐器伴奏。乖调：不合音律。《乐府诗集》收曹植乐府，仅《野田黄雀行四解》“置酒高殿上”（卷三十九）、《怨诗行》“明月照高楼”（卷四十一）《怨歌行》“为君既不易”（卷四十二）三种标有“右一曲晋乐所奏”，可见其馀皆不入乐。又《乐府诗集》收陆机乐府数十首，皆无入乐的说明。

⑩ 轩：轩辕黄帝。岐：岐伯，黄帝臣。鼓吹：乐名，主要乐器有鼓钲箫笳，出自北方民族，本为军中之乐。《宋书·乐志一》：“鼓吹，盖短箫铙歌。蔡邕曰：‘军乐也，黄帝岐伯所作，以扬德建武、劝士讽敌也。’”铙：饶歌，军乐，为鼓吹乐的一部，所用乐器有笛、觱篥、箫、笳等。挽：挽歌，古人送葬，执绋、挽丧车前行的人，所唱哀悼死者的歌。

⑪ 缪：缪袭。三国魏人。《三国志·魏书·刘劭传》：“劭同时东海缪袭亦有才学，多所述叙，官至尚书、光禄勋。”《乐府诗集》收缪袭《魏鼓吹曲》十二首（卷十八）、《挽歌》一首（卷二十七）。韦：韦昭，三国吴人。《晋书·乐志下》：“及魏受命，改其十二曲，使缪袭为词，述以功德代汉。……是时，吴亦使韦昭制十二曲名，以述功德受命。”可算：可以计数。

⑫ 子政：汉代刘向的字。诗与歌别：刘向《七略》将诗归入《六艺略》，将歌诗归入《诗赋略》。黄侃《文心雕龙札记·乐府第七》“子政品文”条云：“此据《艺文志》为言，然《七略》既以诗赋与六艺分略，故以歌诗与诗异类。如令二略不分，则歌诗之附诗，当如《战国策》、《太史公书》之附入《春秋》家矣。此乃为部类所拘，非子政果欲别歌于诗也。”乐篇：《乐府》篇。标：表明。区界：指诗与乐府的分别。

【分析】这一段论述与乐府的发展变化相关的四个问题：其一，世俗竞相追逐新异，因此歌辞和乐曲都变得浮靡。其二，歌辞的繁简与配乐的难易。歌辞繁复则不易配乐，因此曹植称左延年擅长增减古辞，表明歌辞以简约为贵。其三，乐府亦有不入乐者。曹植、陆机的乐府佳作多不入乐，不能以是否合调论之。其四，汉代刘向将诗与歌分列，所以刘勰特立《乐府》一篇。

6. 赞曰：八音摛（chī）文，树辞为体①。讴吟坰（jiōng）野，金石云陛②。《韶》响难追，郑声易启③。岂惟观乐，于焉识礼④。

【注释】

① 八音：古代称金、石、丝、竹、匏、土、革、木为八音。摛：创作。树辞：创作歌辞。

② 坰野：郊野。云陛：有云纹的阶石，指宫廷。

③ 韶响：指古雅的音乐。

④ 岂惟：岂仅是。于焉：于此。

【分析】赞辞总结了乐府的四大特徵：一，歌辞与乐曲的主次结合。二，分为民间歌谣和宫廷乐府两种。三，雅正的古乐难以复兴，而浮靡的俗乐极易流行。四，从乐府的雅俗兴衰，既可了解音乐的特徵，亦能窥见礼制的淳漓。

诠赋第八解析

【解题】诠赋，即阐释有关赋体的问题。

"赋"是一种文体，风行于汉代。中国学术界向来以为唐诗、宋词、元曲的文学成就最高，谈到"赋"时，则公认"汉赋"的成就达到了顶峰。魏晋南北朝时上距汉代不远，汉赋的影响尤其显得巨大而深切，所以刘勰要在研究文体时，继诗之后，首先提出来讨论。

赋又是一种最富民族特点的文体。它有文学的抒情色彩和描摹功能，适用于各种题材的表达。一些篇幅巨大的赋篇，涉及面广，内容宏富，写作这类赋篇的作家，必须学识非凡，且需长期积累，才能组织成文，由是后代才有"作赋需大才"之说。这样的作品，综文学与学术于一体，藉以表达的形式，又常是韵文与散文的交融综合。因此赋之为体，呈现出特有的丰富与多样，而且随着历史的发展，文学本身的不断变化，一些高水平的作家总能把各种新出现的技巧与手法吸收到赋作中去，于是赋史的发展又会不断增添奇光异彩。

学术界一般都把赋的流变分为先秦骚赋、两汉大赋、六朝小赋、唐代律赋、宋元文赋等几个不同阶段。刘勰的论述限于前面的几个阶段。屈原、宋玉的作品，与后人的赋，不论在内容或形式上，差异都很大，只是汉代往往辞赋并称，所以刘勰也把宋玉的赋合在一起讨论。然屈原之作，先秦之时从无赋称，刘勰看重的是诗骚传统，所以《文心雕龙》中特辟《辨骚》一篇，将之纳入"枢纽"，不放在文体方面论述。他对两汉的大赋和六朝的小赋都有精到的分析，而对“体国经野”之作尤为重视。东汉之时已有抒情小赋出现，如张衡的《归田赋》等。六朝之时，小赋大盛，有人称之为骈赋，有的则称之为俳赋，这是由六朝时人崇尚骈丽而呈现的文学特点。这时已产生了早期的律赋，随着声律论的出现，徐陵、庾信等一辈人物的赋作中都已融入这种文坛新物。与此相同，唐代也已出现早期的文赋。古文运动兴起之后，赋体之中也必然会有运用这种新的表达方式的文体出现。因此，从赋的流变中也可看出中国文学的不断创新，源自内在的各种新鲜因素的不断推进，呈现活力。

《诠赋》篇在全书的文体论中占有特殊的地位。

《文心雕龙》中一共有五十篇文章。其中前五篇，即《原道》、《徵圣》、《宗经》、《正纬》、《辨骚》，称为“文之枢纽”，也就是全书立论的纲要，显得尤为重要。自《明诗》至《书记》二十篇，则分论各种文体，这在古人看来也是至为关键的问题。所谓立言得体，实际上也就是说人们的表达方式要跟抒发的内容和追求的目的相切合。如果文章不得体，就会贻笑大方，而在一些朝廷公文中，还有可能闹出大的乱子。

文体之中，由于功能上的不同而有各种不同的要求。有的趋于实用，近人或称之为杂文学类；有的重在抒写性灵，则是偏向于纯文学的方面了。诗赋二者，一直是中国文学中的大宗，所以刘勰将二者置于文体论之首。《乐府》一体，实与诗为一类，只是后者配合音乐而演唱，在先秦两汉时期也很受到朝廷的重视，魏晋南北朝时仍然。只是刘勰讨论文学时注重传统，以经典为准则，故自东晋时起，江南流行的乐府，所谓吴歌、西曲，本为各地民歌，可始终没有进入他眼帘，予以讨论。

刘勰在《序志》中说：“上篇以上，纲领明矣”，“下篇以下，毛目显矣”。《原道》等前面五篇文章与“明诗”以下的二十篇文章为“纲领”，从《神思》以下的二十五篇文章为“毛目”，从字面上就可看出他的倾向,提醒后人研究“毛目”时不能忽视“纲领”。近代以来,文体的研究还未蔚然成风之前,人们竞相投入文学理论的研究,他们都把《文心雕龙》中论述创作理论的二十多篇文章视作主要探讨对象,然欲逆探刘勰的本意,那就应该细究“纲领”与“毛目”之间的关系,研究“毛目”时不能忘了“纲领”。

“纲领”中论文体的具体篇目为:《明诗》、《乐府》、《诠赋》、《颂赞》、《祝盟》、《铭箴》、《诔碑》、《哀吊》、《杂文》、《谐讔》、《史传》、《诸子》、《论说》、《诏策》、《檄移》、《封禅》、《章表》、《奏启》、《议对》、《书记》。从其序次可知,诗、赋两种文体最为重要,自当分别单独讨论。自《颂赞》以下,则将几种文体合在一起进行分析。《封禅》这一文体也单独列出,说明他很看重各种文体的政治功能,予以不同的对待,这与他论大赋时首重“体国经野”之作的态度是一致的。《书记》篇中则列举了谱籍簿录、方术占式、律令法制、符契卷疏、关刺解谍、状列辞谚等许多日常应用文字,而总称之为“艺文之末品”,这就与诗赋、封禅等文的价值无法并论了。总的看来,“艺文”的范围几乎包括了一切用文字记载下来的东西,说明刘勰的文字观念是很宽泛的,近于近人所说的大文学观念。

《文心雕龙》中到底讨论了多少种文体,后人的统计数字很不一样,因为各人所持的标准不一,也就出入很大,不过总有数十种之多吧,这也与儒家注重礼数有关。所谓“礼仪三百,威仪三千”,文人动笔之时,也要注意自己的身份与投赠对象的身份。

刘勰还对他的文体研究的步骤与内涵作了提示,所谓“原始以表末,释名以章义,选文以定篇,敷理以举统”。这也就是刘勰在这一部著作中讨论文体论时的几个重要步骤。《诠赋》此文即可分为四段,同样是依此程序陈述的。今即依此一一申述。

1.《诗》有六义,其二曰赋。[①]赋者,铺也。铺采摛(chī)

文，体物写志也。[2]昔邵公称“公卿献诗，师箴瞽赋。”[3]《传》云“登高能赋，可为大夫。”[4]《诗序》则同义，《传》说则异体。总其归途，实相枝干。[5]故刘向明“不歌而颂”，班固称“古诗之流”也。[6]

【注释】

① 义：意义，内涵。诗有六义，其二曰赋：《毛诗序》上说：“《诗》有六义，一曰风，二曰赋，三曰比，四曰兴，五曰雅，六曰颂。”这是《诗经》三百首中第一篇《关雎》的序，全面阐述了《诗》的内容与宗旨，故后人又称之为《诗大序》。

② 铺：敷陈，颁布，《周礼·春官·大师》郑玄注：“赋之言铺，直铺陈今之政教善恶。”摛：抒写。体物：“体”指体貌，作动词用。“体物”即刻划事物，亦即描绘事物。

③ 邵公：即召公，周初姬姓贵族，名奭(shì)，封于召地。公为朝廷中最高的爵位。昔邵公称公卿献诗，师箴瞽赋：见《国语·周语上》。公卿泛指朝廷中的高级官员。韦昭注：“师，少师也。”这是主管音乐的官。箴；规谏，讽刺。瞽，盲人。周代用盲人吟唱公卿以至于士人等所献的诗。

④ 《传》云“登高能赋，可为大夫”：《传》的全称叫《毛诗诂训传》，是汉代经师毛苌(cháng)为《诗经》所作的注释，《传》是经注的别名。这一句话见《诗经·鄘风·定之方中》，云是“故建邦能命龟，田能施命，作器能铭，使能造命，升高能赋，师旅能誓，山川能说，丧纪能诔，祭祀能语，君子能此九者，可谓有德音，可以为大夫也”。大夫为朝廷中的中高级官员。

⑤ 《诗序》则同义，《传》说则异体：《毛诗序》中把赋与其他五“义”并列，《传》中把“赋”与箴、诔等其他文体归在一起，已成另一种文体。归途：指向，宗旨。枝干：本体与支体。《诗》为本，“赋”为枝。

⑥ 刘向：字子政(前77—前6)，沛(今属江苏)人。在经学与文

学上均有建树，而在目录学上贡献尤大。他曾负责整理宫廷藏书，撰成《别录》。他的儿子刘歆删节后加以分类，撰成《七略》。班固根据二刘成果，编成《汉书·艺文志》，成为我国目录学上传世的第一部著作。班固：字孟坚(32—39)，东汉著名史学家和文学家。所作《汉书》，内有八种《志》，《艺文志》为其中之一。"不歌而颂谓之赋"，"赋者，古诗之流也"，均为《汉书·艺文志》中语。

【分析】第一段文字的主旨是"释名以章义"。他在论述各种文体时，常从"释名以章义"开始，从理论上加以明确。

"赋者，铺也。"开宗明义，表明赋主铺陈。"赋"、"铺"古时同音，叠韵而声纽相同或相近，前人称为声训。汉代学者常用这种训解方式。刘勰承此馀风，也在《文心雕龙》中大量采用，如《颂赞》篇曰："颂者，容也。"《祝盟》篇曰："盟者，明也。"《铭箴》篇曰："铭者，名也。"《诔碑》篇曰："诔者，累也。"东汉时刘熙撰《释名》一书，是集大成的一部专著。[①]

刘勰这里贯彻了"宗经"的原则，引用《毛诗》中的大序和毛《传》中的解释，说明赋体的内涵；又以二者的论述为根据，辨析其中的同异，说明赋从诗出的道理；末了再引刘向、班固等人在目录学上的记叙，说明诗赋的流变与同异。

2. 至如郑庄之赋"大隧"，士芀(wěi)之赋"狐裘"，结言短韵，词自己作，虽合赋体，明而未融。[①]及灵均唱《骚》，始广声貌。然则赋也者，受命于诗人，而拓宇于楚辞也。[②]于是荀况《礼》、《智》，宋玉《风》、《钓》，爰锡名号，与诗画境，六义附庸，蔚(wèi)成大国。[③]述客主以首引，极声貌以穷

---

① 参看邱世友《文心雕龙探原》第十一章《文体音训论》，岳麓书社 2007 年 6 月版。

文，斯盖别诗之原始，命赋之厥初也。[④]秦世不文，颇有杂赋。汉初词人，循流而作。陆贾扣其端，贾谊振其绪，枚、马播其风，王、扬骋其势；皋、朔以下，品物毕图。[⑤]繁积于宣时，校阅于成世，进御之赋，千有馀首。讨其源流，信兴楚而盛汉矣。[⑥]若夫京殿苑猎，述行叙志，并体国经野，义尚光大。[⑦]既履端于唱序，亦归馀于总乱。序以建言，首引情本；乱以理篇，写送文势。[⑧]按《那》之卒章，闵马称乱，故知殷人缉《颂》，楚人理赋，斯并鸿裁之寰域，雅文之枢辖也。[⑨]至于草区禽族，庶品杂类，则触兴致情，因变取会。[⑩]拟诸形容，则言务纤密；象其物宜，则理贵侧附。斯又小制之区畛(zhěn)，奇巧之机要也。[⑪]

【注释】

① 郑庄之赋“大隧”：见《左传》隐公元年。春秋时郑国庄公怪怨母亲姜氏溺爱其弟导致作乱，发誓不到黄泉不再见面。后来反悔，又不能收回前言，遂在隧道中与母亲见面，且赋诗曰：“大隧之中，其乐也融融。”赋诗即作诗，也就是吟诵诗。士𫇭之赋“狐裘”：见《左传》僖公五年。春秋时晋国君主献公宠信骊姬，儿子之间发生继位之争，大夫士𫇭深为忧虑，赋诗云：“狐裘龙茸(páng róng 杂乱的样子)，一国三公，我谁适从。”明而未融：明，指早上日光初亮。融，大明，完美。

② 灵均唱《骚》：屈原，字灵均，战国时期楚国人。《骚》即《离骚》。唱，倡。

③ 荀况《礼》《智》：荀况为战国著名思想家，赵国人。时人尊称之为荀子、荀卿。荀子作有《礼》、《智》、《蚕》、《箴》、《云》五赋。宋玉《风》、《钓》：宋玉为战国末期楚国人，稍后于屈原。著名楚辞作者。作有《风赋》、《钓赋》、《登徒子好色赋》等多种。《风》、《钓》等作，近代学者疑为后人之作。爰锡名号，与诗画境，六义附庸，蔚成大国：锡，即

赐。这里是说荀况、宋玉等人在赋篇上标上名号，与诗区别开来，也就单独成了一种重要文体。

④ 客主以首引，极声貌以穷文：荀子赋篇中常用主客问答的方式作导引而展开，宋玉之赋则尽情在声貌上描摩加以美饰。命赋之厥初：命，命名。厥初，开始。厥为语助词。

⑤ 颇有杂赋：《汉书・艺文志》载，秦时有杂赋九篇。词人：辞赋作家。词，通“辞”。陆贾扣其端：陆贾为秦汉间的政治思想家，《汉书・艺文志》载有赋三篇，今佚。扣：敲击，开启。贾谊振其绪：贾谊为汉初政治思想家、文学家，《汉书・艺文志》云有赋七篇，今存《鹏鸟赋》、《吊屈原赋》等作。振，发扬。绪，系统，系列。枚、马播其风：枚指枚乘，西汉中期文学家、《汉书・艺文志》云有赋九篇，今存《七发》等作。马指司马相如。王、扬聘其势：王指王褒，西汉末期文学家，《汉书・艺文志》云有赋十六篇，今存《洞箫赋》等。扬指扬雄。骋：奔驰，促进。皋、朔以下，品物毕图：皋、朔指枚皋、东方朔，二人均为西汉中期文学家，《汉书・艺文志》云枚皋有赋一百二十篇，《汉书・东方朔传》云有《平乐观猎赋》等文，二人之作均已亡佚。品物，各种各样的事物。

⑥ 繁积于宣时，校阅于成世，进御之赋，千有馀首。讨其源流，信兴楚而盛汉矣：宣，指西汉宣帝。成，指东汉成帝。进御，呈上，献给皇帝。信，确是。班固《西都赋序》：“故孝成之世，论而录之，盖奏御者千有馀篇。”

⑦ 京殿苑猎：描写京都、宫殿、苑囿、狩猎的赋，如班固的《两都赋》，张衡的《西京赋》；王延寿的《鲁灵光殿赋》，何晏的《景福殿赋》；司马相如的《上林赋》，扬雄的《甘泉赋》；扬雄的《羽猎赋》，潘岳的《射雉赋》。述行序志：介绍行程，抒写情志，如班彪的《北征赋》，班昭的《东征赋》；班固的《幽通赋》，江淹的《恨赋》、《别赋》。体国经野，义尚广大：语出《周礼・天官・冢宰》：“惟王建国，辨方正位，体国经野，设官分职，以为民极。”郑玄注：“体犹分也。经，谓为之里数。”国指都城，野

指田野。这里是指这类赋都致力于描绘都城建制，田野规划。上述诸赋的内涵都致力于丰富伟大。

⑧ 履端：古代历法中的术语，谓开头。序：序言。归馀：也是历法中的术语，谓结尾。总乱：用乱辞作总结。这种体例，见《离骚》等文，"乱"有理清头绪之意。写送文势：写送，六朝人口语，充分的意思。

⑨ 《那》之卒章，闵马称乱：《国语·鲁语下》："闵马父曰：正考父校商之名颂十二篇于周大师，以《那》为首。其辑之'乱'曰：'自古在昔，先民有作，温恭朝夕，执事有恪。'"《那》指《诗经·商颂·那》。闵马父，春秋时鲁国大夫。所引之四句为《那》之卒章。理：创作或整理。鸿裁：大的体裁，大的著作。寰域：区域，范围。枢辖：枢纽，关键。辖的原意为车辖。

⑩ 草区：草木之类。禽族：禽兽之类。庶品：众品。触兴致情：触发创作欲望，引起感情。因变取会：随着情绪的变化，找到合适的表达方式。

⑪ 拟诸形容、象其物宜：语出《易·系辞上》。形容，物之形貌。物宜，物之所宜，如阳刚之物，则宜用劲健之词。侧附：贴切相合。小制：小赋，即草区禽族、庶品杂类诸赋。区畛：范围。

【分析】这一段文字的主旨是"原始以表末"。

开头"大隧"、"狐裘"两个例子，是推寻"原始"。"赋也者，受命于诗人，而拓宇于楚辞也。"属承上启下之笔，说明"赋"之为体，源出《诗经》，又受楚辞的影响，这就与"枢纽"中的《宗经》、《辨骚》二文挂上了钩，阐明了诗骚传统的巨大影响。荀卿与宋玉的赋，也就与诗划清了界线。"述客主以首引，极声貌以穷文"，赋开始形成自己的特点，随后有秦代杂赋出，汉人承其风，遂由涓涓细流，汇成洋洋洪泽。其间作品，他又区分为"京殿苑猎，述行叙志"的大赋与"草区禽族，庶品杂类"的小赋两大块，并对二者的写作特点作了提示。

3. 观夫荀结隐语，事数自环；宋发巧谈，实始淫丽。[1]枚乘《菟(tù)园》，举要以会新；相如《上林》，繁类以成艳。[2]贾谊《鹏(fú)鸟》，致辨于情理；子渊《洞箫》，穷变于声貌。[3]孟坚《两都》，明绚以雅赡；张衡《二京》，迅拔以宏富。[4]子云《甘泉》，构深伟之风；延寿《灵光》，含飞动之势。[5]凡此十家，并辞赋之英杰也。及仲宣靡密，发篇必遒(qiū)；伟长博通，时逢壮采。[6]太冲、安仁，策勋于鸿规；士衡、子安，底(zhǐ)绩于流制。[7]景纯绮巧，缛理有馀；彦伯梗概，情韵不匮，亦魏晋之赋首也。[8]

【注释】

① 荀结隐语，事数自环：荀子的赋，描写事物时迴环呼应。隐语，即谜语。例如《蚕赋》，先由臣对蚕的形体作描摹，问王是何物？由王作猜测；再作描摩，再作猜测，经过这样多次描摩，最后点出是蚕。宋发巧谈，实始淫丽：宋玉的赋，言谈机巧，实开淫丽之风。

② 枚乘《菟园》，举要以会新：枚乘的《菟园赋》，突出抓住要点融合新意。《菟园赋》今存残文，不易读懂。相如《上林》，繁类以成艳：司马相如的《上林赋》，内含各种各样的物类，从而形成丰富的华彩。

③ 贾谊《鹏鸟》，致辨于情理：贾谊作《鹏鸟赋》，从人情物理来辨析祸福吉凶。鹏鸟即鸮。贾谊其时贬谪在长沙，民俗以鸮为凶鸟。子渊《洞箫》，穷变于声貌：王褒的《洞箫赋》，对箫的表达能力与感染力形容尽致。

④ 孟坚《两都》，明绚以雅赡：班固的《两都赋》，亮丽、典雅、丰富。张衡《二京》，迅拔以宏富：张衡的《二京赋》，锋锐、挺拔、壮阔、丰满。

⑤ 子云《甘泉》，构深伟之风：扬雄的《甘泉赋》，营造出深沉奇伟的风貌。延寿《灵光》，含飞动之势：王延寿描写的灵光殿，含有飞动

之势。

⑥ 仲宣：王粲的字。王粲为建安七子之一。靡密：细密。发篇：开端。伟长：徐幹的字。徐幹为建安七子之一。徐幹的赋，不时可以看到壮采。

⑦ 太冲：左思的字。西晋文学家 。安仁：潘安的字，西晋文学家。策勋于鸿规：在宏大的规模上树立功绩。士衡：陆机的字，西晋文学家。子安：成公绥的字，西晋文学家。陆机作《文赋》，对各种文类（流品）分析甚精，成公绥作《啸赋》，辨析声音的变化与形制甚精。底绩：《尚书·舜典》"乃言厎可绩"，伪孔安国《传》："厎，致。"《经典释文》："厎，之履反。"又《禹贡》："覃怀厎绩。""厎绩"即获益、获得的意思。

⑧ 景纯：郭璞的字，西晋东晋之交的文学家。缛理：繁富的理致。彦伯：袁宏的字，东晋文学家。梗概：刚强正直。赋首：第一流的赋家。

【分析】这一段文字的主旨是"选文以定篇"，也就是举出代表作家与代表作品来加以讨论。

刘勰列举的代表作家中，先举出的两家实际上的成就并不太高，只是起了奠基与开始的作用。"辞赋之英杰"实际上都集中在汉代。魏晋以后的赋家，成就也很可观，但刘勰在用语上时有保留，似乎已不及汉代辞赋之多样与丰硕了。

4. 原夫登高之旨，盖睹物兴情。① 情以物兴，故义必明雅；物以情观，故词必巧丽。丽词雅义，符采相胜，如组织之品朱紫，画绘之著玄黄，文虽杂而有质，色虽糅而有本，此立赋之大体也。② 然逐末之俦，蔑弃其本，虽读千赋，愈惑体要，遂使繁华损枝，膏腴害骨。③ 无贵风轨，莫益劝戒。此扬子所以追悔于雕虫,贻诮于雾縠(hū)者也。[4]

【注释】

① 旨:宗旨,用意。

② 符采:玉的纹理。符指"雅义","采"指"丽词"。相胜:相互争胜。组织:指布帛。品:评论。朱紫:朱为红色。古人认为朱为正色,紫为间色,间色为调合而成的杂色,二者有高下之分。玄:黑色。糅:杂糅。本:指本色。

③ 逐:追求。俦:辈。体要:根本要领。繁华:纷繁的花朵。膏腴:脂肪,肥胖。

④ 追悔于雕虫,贻诮于雾縠:见扬雄《法言·吾子》篇,文曰:"或问:'吾子少而好赋?'曰:'童子雕龙篆刻。'俄而曰:'壮夫不为也。'……或曰:'雾縠之组丽。'曰:'女工之蠹矣。'"扬雄以为写作只重形式不重内容的赋只是雕虫小技,过度的修饰有害于作赋。诮:讥嘲。雾縠:薄而轻的纱。

【分析】这一段文字的主旨是"敷理以举统"。

刘勰从理论上加以总结,首先提出"登高"之说,与文章开头介绍的《诗经·定之方中》毛《传》中的"登高"之说相呼应。实际上这也是魏晋南北朝人所理解的心物交融之说,刘勰在《物色》篇中有细致的辨析。

刘勰认为赋的最高境界应是"丽辞雅义,符采相胜",但"逐末之俦"却"蔑弃其本",而从其他文章中的介绍可知,自宋以下,文学即在向浮靡的方向发展,赋的写作本以追求富丽为目标,于是风气越来越坏,此亦亟待纠正的偏向。如何纠偏 ,只能回到经典规定的方向上去,这样才能"'有'贵于风规,'有'益于风雅",走上健康道路。

5. 赞曰：赋自《诗》出，分歧异派。写物图貌，蔚(wèi)似雕画。[①]抑滞必扬，言旷无隘。风归丽则，辞剪荑(tí)稗。[②]

【注释】

① 异派：不同流派。指京殿苑猎、述行叙志与草区禽族、庶品杂类。

② 抑滞必扬：压低阻滞，言文气有压抑碍滞之处必使其昂扬。言旷无隘：语出陆机《文赋》。言抒发之词应趋旷放而不能窄隘。风：文风，风格。丽则：扬雄《法言・吾子》："诗人之赋丽以则。"则指规范。荑稗：荑，通"稊"。荑稗，指野草和杂草。

【分析】赞语中还是强调"赋自《诗》出"。但赋已有自己的特点，陆机指出其特点是"体物而浏亮"，刘勰进一步指出其特点是"蔚似雕画"，也是指其形象鲜明的地方。因为赋体发展到南朝，无论描述山水，还是刻画事物，无不努力追求细致与周密，所以刘勰提醒大家，不能陷于芜杂，应该注意"风归丽则"。

释　　“赋”

“赋”这个词，在我国古典文学中经常运用，它有多种不同的涵义，因此在理解上常滋纷扰。《汉书·艺文志》引《传》曰：“不歌而诵谓之赋。登高能赋，可以为大夫。”指的是春秋时期的赋诗之风；班固《两都赋序》：“赋者，古诗之流也。”指的是一种文体；《毛诗序》：“诗有六义焉：一曰风，二曰赋，三曰比，四曰兴，五曰雅，六曰颂。”指的是一种写作手法。——三者名同实异，不能混为一谈。《文心雕龙·诠赋》篇中说：“《诗》有六义，其二曰赋。赋者，铺也；铺采摛文，体物写志也。昔邵公称：‘公卿献诗，师箴赋。’《传》云：‘登高能赋，可为大夫。’《诗序》则同义，传说则异体，总其归涂，实相枝干。”意在折衷群说，融会贯通，但却缺少应有的疏理，不免流于笼统。后代有人继续作过钻研，只是三者之间的关系仍未说清楚，因而对此还有再作探讨的必要。

应该说，赋诗之风对赋体的产生和赋这一手法的形成确有关系，不过中间还有许多曲折的过程，需要作些论证，才能阐明其间演变的经过。

春秋之时有赋诗的风气，《左传》中屡见记载，下面举昭公十六年的一次赋诗为例：

> 郑六卿饯宣子于郊，宣子曰：“二三君子请皆赋，起亦以知郑志。”子齹赋《野有蔓草》，宣子曰：“孺子善哉！吾有望矣。”子产赋“郑”之《羔裘》，宣子曰：“起不堪也。”子太叔赋《褰裳》，宣子曰：“起在此，敢勤子至于他人乎。”子太叔拜，宣子曰：“善哉！子之言是。不有是事，其能终乎。”子游赋《风雨》，子旗赋

《有女同车》，子柳赋《箨兮》，宣子喜曰：“郑其庶乎！二三君子以君命贶起，赋不出郑志，皆昵燕好也。二三君子，数世之主也，可以无惧矣。”宣子皆献马焉，而赋《我将》。子产拜，使五卿皆拜，曰：“吾子靖乱，敢不拜德！”

这样的赋诗，简直象猜谜，好在彼此都有这方面的特殊修养，因而能够做到心照不宣，非但不发生误会，反而联络了感情。郑六卿赋的大都是情诗，韩宣子却领会到它是“皆昵燕好”的表示；反之，宣子的答辞，郑六卿也能默契于心。酬答之间都显得很机智。

根据民俗学者的研究，世界上各古老民族无不重视谜语，我国古代也不例外。《国语·晋语》五载“秦客廋辞于朝”，韦昭注：“廋，隐也；谓以隐伏谲诡之言问于朝也。”这种好隐的风气，先秦各国皆然，尤以齐、楚二国为最，《韩非子》、《吕氏春秋》、《史记》、《新序》、《列女传》等书中屡见记载。《新序·杂事》篇曾记齐宣王“发‘隐书’而读之”，《汉书·艺文志》载《隐书》十八篇，颜师古注引刘向《别录》云：“隐书者，疑其言以相问，对者以虑思之，可以无不谕。”说明好“隐”就是喜欢猜谜。这种玩艺与赋诗在本质上是一回事。

时人认为通过制谜与猜谜可以测度对手的智力，从而推断该人其他方面的表现。秦客设廋辞，目的在测验晋国大夫的智力，从而推断他们的政治才能。和这一样，通过赋诗酬答，也可以测验从政者的智力。因此，凡是应答如响的政治家，就能给本国争取光荣，例如《左传》僖公二十三年记晋公子重耳至秦国求助，子犯自知水平差，不敢当此大任，改荐赵衰应付，结果果然取得了很大的成功；一些不能应付赋诗酬酢的人，就会给本国带来耻辱，例如《左传》昭公十二年记宋华定聘鲁，因为不知对方赋诗用意，又不答赋，结果被人断为昏庸“必亡”。这就说明赋诗言志之事确与国家体面有关。因为卿大夫智力的高下会直接影响到一国政治的盛衰，所以《汉书·艺文志》上说它可以“别贤不肖而观盛衰”。从这里也就可以了解到儒家中人为什么这样重视《诗》的原因了。

由上可知，赋诗之风是在“隐”的影响下产生的，它植根在古人重视谜语的基础之上。可以说，赋诗是在有诗书教养的士大夫间形成的一种特殊的、“雅致”的猜谜方法。

战国末年，儒学大师荀卿首先写作赋体，当与赋诗之风有关。他熟悉古时礼制，因此一定会熟悉赋诗之事。他曾游学于齐，仕宦于楚，因此定然会受到两国好隐风气的影响。在他丰富的文化教养和社会经历的基础之上，也就酝酿出了一种新兴的文体——“赋”。

前人也已看到荀卿赋与隐之间的关系。《文心雕龙·谐讔》篇中说：“自魏代以来，颇非俳优，而君子嘲隐，化为谜语。谜也者，回互其辞，使昏迷也。或体目文字，或图象品物，纤巧以弄思，浅察以衒辞，义欲婉而正，辞欲隐而显。荀卿《蚕赋》，已兆其体。至魏文、陈思，约而密之，高贵乡公，博举品物，虽有小巧，用乖远大。”刘勰举《蚕赋》为代表，这类作品都是“先疑其言以相问”，然后揭开谜底，与“隐”的原理完全一样。赋诗言志也以这种方式表现，这在荀卿当然是熟悉的，他之所以以“赋”为名，看来就是受了赋诗之风的启示。

综上所言，可以概括如下：赋这种文体，是在“隐”的影响下产生的；它的得名，则由赋诗之事而来。

荀卿是咏物小赋的首倡者，自此之后作者辈出。赋家把客观事物的具体形态细致地刻画出来，读者则从描绘的形象中享受其文学情趣，因此汉魏六朝都视咏物小赋为娱玩之具。

(皋)从行至甘泉、雍、河东，东巡狩，封泰山，塞决河宣房，游观三辅离宫馆，临山泽弋猎，射驭狗马，蹴鞠刻镂，上有所感，辄使赋之。为文疾，受诏辄成，故所赋者多。(《汉书·枚皋传》)

> 上令褒与张子侨等并待诏，数从褒等放猎。所幸宫馆，辄为歌颂，第其高下，以差赐帛。(《汉书·王褒传》)
>
> (上)好辞赋，每所行幸及奇兽异物，辄命相如等赋之。(《汉武故事》,《太平御览》卷八八引)

《汉书·艺文志》"诗赋略·杂赋"类载《杂鼓琴剑戏赋》十三篇、《杂山陵水泡云气雨旱赋》十六篇、《杂禽兽六畜昆虫赋》十八篇、《杂器械草木赋》三十三篇，说明汉代这类小赋的创作甚为繁荣。它们与荀卿赋之间有着继承与发展的关系，那在中间必然会有共同的特点。研究起来，这类咏物小赋在写作方法上有着明显的一致之处。

这里可举相传为西汉初期路乔如的《鹤赋》为例以说明之。

> 白鸟朱冠，鼓翼池干。举修距而跃跃，奋皓翅之䎃䎃。宛修颈而顾步，啄砂碛而相欢。岂忘赤霄之上，忽池籞而盘桓。饮清流而不举，食稻粱而未安。故知野禽野性，未脱笼樊；赖吾王之广爱，虽禽鸟兮抱恩，方腾骧而鸣舞，凭朱槛而为欢。(《西京杂记》卷四)

和荀卿《蚕》、《箴》诸赋相比，可以看到，这类小赋都注意描摹事物外形，采取如实敷写的手法，很少运用比喻，也没有什么深的寄托寓意，因此从写作手法上说，它们主要是用六义中的"赋"写成的。

汉人总结《诗经》的创作成果，提出了"六义"之说。他们归纳出了赋、比、兴三种不同的写作方法。这并非《诗》中特有，其他文体也有应用，只是由于要求不同，因而各有偏重罢了。《诗》中用比、兴的地方比较多，但用赋的地方也不少。皇甫谧《三都赋序》曰:"诗人之作，杂有赋体"，也就是说诗人运用了赋这种手法。汉人在给这种手法命名时，定会联想到当时大量存在着的赋体上去；他们看到赋家用以写作的就是这种手法，因而径以赋为"六义"之一。这样的推断，应当是合乎情理的。"赋"这种手法的得名，当由赋体移用而来。

由此可知，“赋”之一词在文学领域中包含着三种不同的意义，不加区别容易造成混乱，但中间确也存在着内在的联系。它的发展途径是：政治上的一种特殊风气影响到文学，产生一种相应的文体，然后形成一种具体的写作手法。

这里应作解释的是：屈原等人的作品为什么可以称之为“赋”？司马相如等人的大型作品为什么也以“赋”名？

刘向、班固等人称屈原的作品为赋，实则这种作品本无赋称，只有荀卿的作品才取名为“赋”，屈、宋的作品应该正称之为“楚辞”。然而自从司马相如、扬雄等人的大赋产生之后，有人看到它与楚辞之间有着密切的联系，因而也就顺口改称楚辞为赋罢了。

刘勰在《文心雕龙·诠赋》篇中将大赋的写作范围归结为“京殿苑猎”、“述行序志”，小赋的写作范围归结为“草区禽族，庶品杂类”，二者写作对象不同，写作要求不同，也就决定二者篇幅上有差异。但它们在写作手法上却无甚不同，主要都采用了六义中的“赋”法，不过由于描写对象及应用场合等条件不同，小赋的敷陈较有限制，大赋的敷陈更淋漓尽致罢了。

枚乘作《七发》，为大赋不祧之祖，但不以赋名；所作小赋，当以接受荀卿影响之故，已以赋名篇。足见大“赋”之称本由小赋发展而来。其所以如此，如上所言，则以二者之间本来存在着共通之点，尤其是写作手法上的一致。

（原载《古典文学知识》1990年第4期）

颂赞第九解析

【解题】 刘勰在文章开头就说："四始之至，颂居其极。"这是因为《诗经》中"风"、"小雅"、"大雅"、"颂"四大部分之内后者的性质最为神圣。《诗大序》中说："颂者，美盛德之形容，以其成功告于神明者也。"说明颂的功能在于歌功颂德。这种德，是"盛德"；"告"的对象，是"神明"。因此，"颂"中洋溢着宗教的虔诚和对上代创业者的无比尊崇。

《论语·八佾》："子曰：'夏礼，吾能言之，杞不足徵也；殷礼，吾能言之，宋不足徵也，文献不足故也。足，则吾能徵之矣。"《诗经》中的《商颂》是春秋时期宋大夫正考父追录的，当然不如《周颂》的近古可信，所以孔子在《八佾》中还说："周监于二代，郁郁乎文哉，吾从周。"

刘勰在论述《诗经》之后一系相承的文坛主流"诗"以及由此派生的乐府与赋之后，接着就对"颂赞"两种文体进行阐发，可见他对这两种文体的重视。

正因"颂"体有异于常，一些尊信其他宗教的人也想运用"颂"体来作宣扬。《晋书·蔡谟传》载晋成帝拟下敕为佛像作颂，谟遂进言曰："佛者，夷狄之俗，非经典之制。……今欲发王命，敕史官，上称先帝好佛之志，下为夷狄作一像之颂，于义有疑焉。"根据儒家严夷夏之防的原则立论，说明"颂"之一体不能用于异端。

上古时代，人们首重敬天法祖。"颂"之尊贵就体现在这里。

随着社会的进化，人们的宗教感情逐渐减弱，一些作者不再拘守前人的陈规，定要将这类文体用之于上告宗庙或先公先王。他们对于一些心目中所尊崇的人和喜爱之物，也用此来抒写了，这就会在士人群体中引起不同看法。有的人认为应该允许，有的人则认为违反了传统。挚虞《文章流别论》曰："昔班固为《安丰戴侯颂》，史岑为《出师颂》、《和熹邓后颂》，与《鲁颂》体意相类，而文辞之异，古今之变也。扬雄《赵充国颂》，颂而似雅。傅毅《显宗颂》，文与《周颂》相似，而杂以风雅之意。若马融《广成》、《上林》之属，纯为今赋之体而谓之颂，失之远矣。"（《艺文类聚》卷五六引）文体内部发生变异，挚虞认为这是一种自然的演变。刘勰的观点与此相似，对挚虞这一评论表示赞许，然刘勰随后又说："挚虞品藻，颇为精核，至云杂以风雅，而不辨旨趣，徒张虚论，有似黄白之伪说矣。"因为挚虞之辨"颂"体，看到一些作者与"风"、"雅"之间的创作有些相杂而在理论上未作驳难，不能作出明晰的区划，可知刘勰之辨文体，特别是对那种颂赞之体，区别更为严格。这种意见，未必就能如其所说，更为高明。因为文体一直处在变化之中，一种文体自始至终定于一种疆域，古今罕见。

明吴讷《文章辨体序说》引"《金楼子》有云：'班固硕学，尚云赞颂相似，岂不信然。'"因为颂与赞这两种文体性质上有相通之处，都用在褒德显容，因而发展到魏晋南北朝时，文士笔下仍是相混而不作细分。例如袁宏在《三国名臣颂》中说："夫诗颂之作，有自来矣。或以吟咏情性，或以述德显功。……故复撰序所怀，以为之赞云。"《晋书·袁宏传》中篇名如此，《文选》中则径自改名《三国名臣序赞》。只是颂之始起带有宗教情绪，因而显得更神圣，更庄重；赞之为体，已是逐渐以人事为重，神圣的意味渐趋消失。在古人看来，这种文体也就不如"颂"体之尊了。

正因"赞"语流于一般性的赞叹，从而在文士的笔下，也就显得随便，称赞对象的选择，也就不太严格，产生的成果，篇幅也就可能比较窄小了。有如郭璞的《尔雅图赞》，目前尚存数十则，观其体裁，可知意在显示自己的学识，并非出于感情上的响慕，这就与“颂赞”的原意距离过远。不过有一类“赞”，《文选》中称之为“史述赞”，即在史书的纪传之后缀以若干韵语，后世却是得到了很大的发展。这种体裁，《史记》中称为“论”，《汉书》中改称为“赞”，原是从《左传》中的“君子曰”这种体式中发展出来的。刘知幾撰《史通》，评论历代史家得失，在《内篇·论赞》中评之曰：“孟坚辞惟温雅，理多惬当，其尤美者，有典诰之风，翩翩奕奕，良可咏也。自兹以降，流宕忘返，大抵华多于实，理少于文，鼓其雄辞，夸其俪事。”接着历叙后世史家，以为均有其不足。因为“颂赞”之体本以庄重为贵，上距“典诰”之风越远，从文体论的角度来说，也就越发觉得不足了。

1. 四始之至，颂居其极[①]。颂者，容也，所以美盛德而述形容也[②]。昔帝喾（kù）之世，咸黑为颂，以歌《九韶》[③]。自商以下，文理允备[④]。夫化偃一国谓之风，风正四方谓之雅，雅容告神谓之颂[⑤]。风雅序人，故事兼变正；颂主告神，故义必纯美[⑥]。鲁以公旦次编，商以前王追录，斯乃宗庙之正歌，非飨讌（xiǎng yàn）之常咏也[⑦]。《时迈》一篇，周公所制；哲人之颂，规式存焉[⑧]。夫民各有心，勿壅（yōng）惟口[⑨]；晋舆之称原田，鲁民之刺裘鞸（bì）[⑩]，直言不咏，短辞以讽，丘明、子高，并谓为颂：斯则野颂之变体，浸被乎人事矣[⑪]。及三闾《橘颂》，情采芬芳，比类寓意，又覃（tán）及细物矣[⑫]。

【注释】

① 四始：指《诗经》中的“风”、“小雅”、“大雅”、“颂”。至：指上述

"四始"诗中的至理。极：尽头，极点。刘勰认为《诗经》"四始"中"颂"最为尊贵，所以说"居其极"。

② 颂者，容也，所以美盛德而述形容也："颂"就是容状，是用来称美高尚的品德和述说仪容状貌的。《诗大序》说："颂者，美盛德之形容，以其成功告于神明者也。"郑玄《周颂谱》："颂之言容。天子之德，光被四表，格于上下，无不覆焘，无不持载，此之谓容。于是和乐兴焉，颂声乃作。"《周颂谱》孔颖达《正义》曰："此解名之为颂之意。颂之言容，歌成功之容状也。"

③ 帝喾：传说中的古帝王。咸黑：传说中帝喾的乐师。昔帝喾之世，咸黑为颂，以歌《九韶》：从前帝喾的时候，咸黑就创作歌颂功德的《九韶》。《吕氏春秋·仲夏纪·古乐》中记载："帝喾命咸黑作为声歌：《九招》、《六列》、《六英》。……帝舜乃令质修《九招》、《六列》、《六英》，以明帝德。"《九韶》即《九招》，是帝喾时所作的乐曲之一，通过歌颂"以明帝德"。

④ 文理：颂的体制和写作方法。允：确实。自商以下，文理允备：从《商颂》以来，颂的文辞和义理确实是齐全了。

⑤ 化偃：《论语·颜渊》曰："君子之德，风；小人之德，草；草上之风，必偃。"风吹草倒，形容教化的影响。国：指诸侯国。四方：指天下。

⑥ 序：叙述。风雅序人，故事兼变正："风"、"雅"叙述人事，所以人事兼有治平时的风雅和衰乱时的变风变雅。颂主告神，故义必纯美："颂"主要用来禀告神明，所以义理一定要纯正美好。

⑦ 公旦：即周公旦，周文王之子，周武王之弟。鲁以公旦次编，商以前王追录：《鲁颂》由于周公旦的功勋而按次序编进《诗经》里，《商颂》是由商人追忆先王而成的。郑玄《鲁颂谱》："初，成王以周公有太平制典法之勋，命鲁郊祭天，三望，如天子之礼。故孔子录其诗之颂，同于王者之后。"又郑玄《商颂谱》曰："（宋大夫正考父）校商之名颂十二篇于周太师，以《那》为首，归以祀其先王。"又曰："孔子录《诗》之时，则得五篇而已。乃列之以备三颂，著为后王之意，监三代之成功，法莫

大于是矣。”这些都是宗庙中的雅乐正歌，与普通宴会中所作的不同。飨谦：指宴会。

⑧ 《时迈》一篇，周公所制；哲人之颂，规式存焉：《诗经·周颂·时迈》篇，是周公创作的；智慧卓越之人所作的颂，保存着作颂的法度。《毛诗序》说：“《时迈》，巡守告祭柴望也。”孔颖达正义引《国语》称周公作。哲人：智慧卓越之人，也即圣人，这里指周公。

⑨ 壅，堵塞。惟：语助词。民各有心，勿壅惟口：百姓们都有自己的想法，不要堵塞他们表达想法的口。《国语·周语上》引邵公曰：“防民之口，甚于防川。川壅而溃，伤人必多，民亦如之。……夫民虑之于心而宣之于口，成而行之，胡可壅也？”

⑩ 舆，民众。韠，古时朝觐或祭祀时所穿的衣服。晋舆之称原田，鲁民之刺裘韠：《左传》僖公二十八年记载，晋文公与楚子玉在城濮交战，听舆人之诵：“原田每每，舍其旧而新是谋。（田野的草很茂盛，可以舍旧谋而立新功。）”《孔丛子·陈士义》载：“子顺曰：先君（孔子）初相鲁，鲁人谤诵曰：‘麛裘而芾，投之无戾；芾而麛裘，投之无邮。’（穿着鹿裘和朝服的，赶走他没错；穿着朝服和鹿裘的，赶走他不算错。）及三月，政成化行，民又作诵曰：‘衮衣章甫，实获我所；章甫衮衣，惠我无私。’（穿着礼服戴着礼帽的，确实让我们各得其所；戴着礼帽穿着礼服的，惠及我们很多而没有私心。）”指鲁国人从对孔子的不满到衷心感佩。

⑪ 直言不咏，短辞以讽：直率地说出而不是歌咏，用简短的话来讽喻。丘明：即左丘明，《左传》的作者。子高：当作“子顺”。丘明、子高，并谓为颂：指上引《左传》的“晋舆之诵”与《孔丛子·陈士义》的“鲁人之诵”，都称作“颂”。野，民间。浸，逐渐。斯则野颂之变体，浸被乎人事矣：意指“颂”是民间之诵的变体，并逐渐地影响到人事上了。

⑫ 三闾《橘颂》：三闾：即屈原，因屈原曾在楚国任三闾大夫，故称。《橘颂》：屈原早年作品，歌颂橘树独立不迁的美好品质，实是以橘自喻。覃，延伸。覃及细物：指以屈原《橘颂》为代表的颂开始延伸到

歌咏细小之物了。

【分析】这一段文字介绍“颂”的内涵，是“美盛德而述形容”，它起源于帝喾时的乐曲《九韶》。刘勰区分了“风雅”和“颂”的作用，指出“风雅序人”，而“颂主告神”，并说明了“颂”作为文体，在先秦时经由《诗经》到“晋舆”、“鲁民”之颂再到屈原的咏物颂的演变过程。

2. 至于秦政刻文，爰(yuán)颂其德；汉之惠、景，亦有述容：沿世并作，相继于时矣①。若夫子云之表充国②，孟坚之序戴侯③，武仲之美显宗④，史岑之述熹后⑤；或拟《清庙》，或范《駉(jiōng)》《那(nuó)》⑥，虽深浅不同，详略各异，其褒德显容，典章一也⑦。至于班、傅之《北征》、《西征》，变为序引，岂不褒过而谬体哉⑧！马融之《广成》、《上林》，雅而似赋，何弄文而失质乎⑨？又崔瑗(yuàn)《文学》，蔡邕《樊渠》，并致美于序，而简约乎篇⑩；挚虞品藻，颇为精核，至云杂以风雅，而不辨旨趣，徒张虚论，有似黄白之伪说矣⑪。及魏晋杂颂，鲜有出辙，陈思所缀，以《皇子》为标；陆机积篇，惟《功臣》最显：其褒贬杂居，固末代之讹(é)体也⑫。

【注释】

① 秦政：秦始皇嬴政。爰：于是。秦政刻文，爰颂其德：秦始皇嬴政巡视四方，刻石以歌颂自己的功德。如李斯《泰山刻石》：“皇帝临立，作制明法，臣下修饬。廿有六年，初并天下，罔不宾服。亲巡远黎，登兹泰山，周览东极。”汉之惠、景，亦有述容：汉代的惠帝、景帝，也有记述仪容的歌舞。《汉书・礼乐志》：“又有《房中祠乐》，高祖唐山夫人所作也。……孝惠二年，使乐府令夏侯宽备其箫管，更名曰《安世

乐》。……《武德舞》者,高祖四年作……孝景采《武德舞》以为《昭德》,以尊大宗庙。”

② 子云:西汉扬雄的字。充国:赵充国,西汉初人,以镇抚西羌有功,元帝时画其像于未央宫;成帝时西羌有警,成帝因追念赵充国而使扬雄为之作颂,见《汉书·赵充国传》。子云之表充国:扬雄作《赵充国颂》以表彰赵充国。

③ 孟坚:东汉班固的字。戴侯:指窦融,东汉初人,以武功封安丰侯,死后谥曰戴,是为戴侯。孟坚之序戴侯:班固作《安丰戴侯颂》述说窦融的功绩。见《太平御览》卷五百八十八引《文章流别论》,文已散佚。

④ 武仲:东汉傅毅的字。显宗:汉明帝庙号。武仲之美显宗:傅毅作《显宗颂》赞美汉明帝,见《后汉书·傅毅传》,文已散佚。

⑤ 史岑:字孝山,东汉人。熹后:即和熹邓后,东汉和帝的皇后。史岑之述熹后:史岑作《和熹邓后颂》称述邓后,文已散佚。

⑥ 或拟《清庙》,或范《駉》《那》:指上述所引的颂有的模仿《周颂·清庙》,有的以《鲁颂·駉》和《商颂·那》为法则。《清庙》、《駉》、《那》,分别是《诗经》中《周颂》、《鲁颂》和《商颂》的第一篇,这里用来代指《周颂》、《鲁颂》、《商颂》。《后汉书·傅毅传》记载:“(傅毅)依《清庙》作《显宗颂》。”挚虞《文章流别论》说:“昔班固为《安丰戴侯颂》,史岑为《出师颂》、《和熹邓后颂》,与《鲁颂》体意相类。”

⑦ 褒德显容:赞美功德,显示舞容。典章:指颂体的典雅的法则。

⑧ 班:班固。傅:傅毅。《北征》:班固的《车骑将军窦北征颂》,见《古文苑》卷十二。《西征》:傅毅的《西征颂》,已散佚。序引:长篇铺叙事实。序,介绍;引,引申。褒过:褒奖过分。谬体:不合于“颂”这种文体的体例。

⑨ 马融:字季长,东汉人。《广成》、《上林》:马融在汉安帝四年任校书郎,当时邓太后执政,俗儒认为文德可兴,武功宜废,不再行畋

猎。安帝元初二年，他作《广成颂》以讽谏，见《后汉书·马融传》。《上林颂》已散佚。弄文而失质：追求文采而失去“颂”这种文体的基本特点。挚虞《文章流别论》：“若马融《广成》、《上林》之属，纯为今赋之体，而谓之颂，失之远矣。”刘勰之评可能受此影响。

⑩ 崔瑗《文学》：崔瑗的《南阳文学颂》，见《艺文类聚》卷三十八。蔡邕《樊渠》：蔡邕的《京兆樊惠渠颂》，见《蔡中郎集》。并致美于序，而简约乎篇：指上面所引崔瑗、蔡邕两人的颂都有较长序文，但是颂文本身的篇幅却很短。

⑪ 品藻：评价。精核：准确。挚虞品藻，颇为精核：挚虞在《文章流别论》中说到：“颂，诗之美者也。古者圣帝明王，功成治定而颂声兴，于是史录其篇，工歌其章，以奏于宗庙，告于鬼神；故颂之所美者，圣王之德也。”这些有关颂的评论是很准确的。至云杂以风雅，而不辨旨趣，徒张虚论，有似黄白之伪说矣：挚虞在《文章流别论》中又说：“傅毅《显宗颂》，文与《周颂》相似，而杂以风雅之意。”既然“与《周颂》相似”，却又“杂以风雅”，可谓前后矛盾，没有分辨颂的基本特点，徒然阐发空论，就好像黄铜白锡混杂着可以铸剑的胡说了。黄白：《吕氏春秋·似顺论》：“相剑者曰：‘白所以为坚也，黄所以为牣也。黄白杂则坚且牣，良剑也。’难者曰：‘白所以为不牣也，黄所以为不坚也。黄白杂则不坚且不牣也，又柔则卷，坚则折。剑折且卷，焉得为利剑？’”

⑫ 出辙：超出车轮碾过的痕迹，这里指超越前人作颂的法则。陈思：曹植，生前被封为陈王，死后谥号为“思”，世称陈思王。《皇子》：曹植的《皇太子生颂》，见《艺文类聚》卷四十五。《功臣》：陆机的《汉高祖功臣颂》，见《文选》卷四十七。末代：衰乱的时代。讹：错误的。其褒贬杂居，固末代之讹体也：指魏晋时期的颂混杂着赞美和贬斥，确实是乱世中的不正确的颂体。

【分析】这一段文字承接前面一段，列举秦汉时颂的作品，阐明它们大多模仿《诗经》中颂的体意，并逐渐发展为“褒过而谬体”的

“序引”，直至“弄文而失质”。到了魏晋时期，颂更是混杂着赞美和贬斥之意，成为了刘勰所说的“讹体”。

3. 原夫颂惟典懿，辞必清铄(shuò)，敷写似赋，而不入华侈之区；敬慎如铭，而异乎规戒之域①；揄扬以发藻，汪洋以树义，虽纤巧曲致，与情而变，其大体所弘，如斯而已②。

【注释】

① 典懿：雅正而美好。清铄：明洁而有光采。华侈：艳丽而过于浮夸。敬慎：庄重谨慎。

② 揄扬：歌颂赞美。藻：文辞。汪洋：广阔宏大。义：内涵。大体：指颂的主要特点。弘：发扬。

【分析】这一段文字概括颂的写作基本特点，认为颂主要是用歌颂赞美来发挥辞藻，用广阔宏大的内容来确立涵义。

4. 赞者，明也，助也①。昔虞舜之祀，乐正重赞，盖唱发之辞也②。及益赞于禹，伊陟(zhì)赞于巫咸，并飏(yáng)言以明事，嗟叹以助辞也③。故汉置鸿胪(lú)，以唱拜为赞，即古之遗语也④。至相如属笔，始赞荆轲⑤。及迁《史》固《书》，托赞褒贬，约文以总录，颂体以论辞；又纪传后评，亦同其名⑥，而仲治《流别》，谬称为述，失之远矣⑦。及景纯注《雅》，动植必赞，义兼美恶，亦犹颂之变耳⑧。然本其为义，事生奖叹，所以古来篇体，促而不广，必结言于四字之句，盘桓乎数韵之辞，约举以尽情，昭灼以送文，此其体也⑨。发源虽远，而致用盖寡，大抵所归，其颂家之细条乎⑩！

【注释】

① 赞者，明也，助也："赞"就是说明、辅助。

② 乐正：古代掌管音乐的乐官。唱发之辞：唱歌之前所作的发引之辞。据《尚书大传》载，虞舜禅位给夏禹时，首先由乐正"进赞"，然后"歌《卿云》"。重赞：郑重地进赞。

③ 益：虞舜时的大臣。益赞于禹：益辅助夏禹时说的话。《尚书·大禹谟》："益赞于禹曰：'惟德动天，无远弗届。满招损，谦受益，时乃天道。'"伊陟、巫咸：殷商时的大臣。伊陟赞于巫咸：伊陟对巫咸作的说明。《尚书序》说："伊陟赞于巫咸，作《咸乂》四篇。"飏言：鲜明突出的言辞。嗟叹：富有感情色彩的感叹。

④ 鸿胪：赞礼官，执掌朝会仪节等。鸿，大声；胪，传达。《汉书·百官公卿表》："典客，秦官。……武帝太初元年更名大鸿胪。"古之遗语：指上述所引古代流传下来口头上讲的赞语。

⑤ 相如：司马相如，西汉时期文学家。属笔：写文章。赞荆轲：《汉书·艺文志》中记载司马相如等人曾作《荆轲论》五篇。

⑥ 迁《史》固《书》，托赞褒贬，约文以总录，颂体以论辞：指司马迁的《史记·太史公自序》言各篇之末都有四言韵语的说明，称"作"，如"作《孝文本纪》第十"；班固的《汉书·叙传》言篇末都有说明，称"述"，如"述《文纪》第四"，这些赞词既有表扬也有批评，用简洁的话来总结记录，用"颂"这种文体来阐发议论。纪传后评，亦同其名：指《史记》本纪、列传之末都有评语称"太史公曰"，《汉书》改称"赞曰"，都是用以说明书中各篇写作主旨，这些赞词跟"赞"这种文体相同。

⑦ 仲治《流别》：晋代挚虞字仲治，撰有《文章流别论》，今残缺不全。谬称为述，失之远矣：挚虞曾在《文章流别论》中说《汉书·叙传》中的赞词为"汉书述"，这是相差很远的，见《汉书·叙传下》颜师古注。

⑧ 景纯：晋代郭璞的字。《雅》：《尔雅》。动植必赞：郭璞注《尔雅》，有《尔雅图赞》，其中对动物植物都有赞词，并有褒有贬。

⑨ 奖叹：赞美感叹。促：短小。广：冗长。盘桓：环绕。昭灼：明

显。送文:行文写作。这里是说,只是考知赞的本义是赞叹,所以古代的赞篇幅都不大,用四言韵语,简约地叙情达意。

⑩ 发源虽远,而致用盖寡,大抵所归,其颂家之细条乎:指“赞”这种文体从舜禹时开始,发源早远,但是实际应用不多,总体上是作为“颂”这种文体的一个小支派。细条,小支派。

【分析】这一段文字分别介绍“赞”的涵义、起源、演变过程及其写作基本特点。“赞”就是说明、辅助,发源于古代乐官的“唱发之辞”;在发展的过程中,“赞”逐渐兼有赞美和贬抑,就像“颂”的演变一样。刘勰认为,“赞”的实用性不强,只是“颂”的一个小支派而已。

5. 赞曰:容体底(zhǐ)颂,勋业垂赞①。镂影摛(chī)声,文理有烂②。年积愈远,音徽如旦③。降及品物,炫辞作玩④。

【注释】

① 底:至。容体底颂,勋业垂赞:仪容德泽写下来成为颂,赞美功业流传下来成为赞。

② 镂影摛声,文理有烂:描绘形象,构成声韵,文辞条理清晰而光彩鲜明。

③ 年积愈远,音徽如旦:年代积累得越久远,优秀的颂、赞作品就越像初升的太阳那样美好。

④ 降及品物,炫辞作玩:后世用来咏物的颂、赞,往往是炫耀辞藻作游戏罢了。

【分析】刘勰在赞语中高度称许前代典雅的颂、赞作品,而对后世“炫辞作玩”的颂、赞作品则持有保守的态度。

祝盟第十解析

【解题】祝是周代朝廷内部负责向神灵祈祷的一种官员。《周礼·春官宗伯》记有“大祝”、“小祝”、“丧祝”、“甸祝”、“诅祝”等多种，顾名思义，乃因祈祷内容的不同而作的区分。祝在祷告之时还要形之于文辞，这就成了一种文体。盟的内容与此相通，结盟者在神前举行仪式，签约誓辞，共申诚意，祈求神灵作证。二者都与先民敬畏天神的信仰有关。各个部门的祝者写作之时，都应具备宗教情绪，故次于《颂赞》之后而列在文体论的前端。

随着社会的进步，人们对天神的敬畏逐步消退，后起的祝者写作的祝词，有的甚至流为游戏文字，这就与原来的用意大不相同了。春秋、战国之时争战不歇，诸侯国的盟誓，往往流于形式，越到后来情况越发严重，盟誓形同虚设，于是祝、盟这两种文体也就逐渐消失了。

祝的首要精神是虔诚，盟的首要精神是诚信。写作的文体，不能华丽，文过于质，反而会破坏文体的基本要求。因此，从文学的角度来说，历史上少见文采斐然的作品。

纪昀评此文曰：“此篇独崇实而不论文，是其识高于文士处。非不论文，论文之本也。”[1]这种点评，可谓深得三昧。

① 纪昀评《文心雕龙》，据清翰墨园覆刻芸香堂本，下引纪评均据此书。

1. 天地定位,祀遍群神。六宗既禋(yīn),三望咸秩[①],甘雨和风,是生黍稷,兆民所仰,美报兴焉[②]。牺盛惟馨(xīn),本于明德[③],祝史陈信,资乎文辞[④]。(一) 昔伊耆(qí)始蜡(zhà),以祭八神。其辞云:"土反其宅,水归其壑,昆虫毋作,草木归其泽。"[⑤]则上皇祝文[⑥],爰在兹矣。舜之祠田云:"荷此长耜(sì),耕彼南亩,与四海俱有。"[⑦]利民之志,颇形于言矣。至于商履,圣敬日跻(jī),玄牡告天,以万方罪己,即郊禋(yīn)之词也[⑧];素车祷旱,以六事责躬,则雩禜(yú yǒng)之文也[⑨]。及周之太祝,掌六祝之辞[⑩]。是以"庶物咸生",陈于天地之郊[⑪];"旁作穆穆",唱于迎日之拜[⑫];"夙兴夜处",言于祔(fǔ)庙之祝[⑬];"多福无疆",布于少牢之馈[⑭]:宜社类祃(mà)[⑮],莫不有文,所以寅虔于神祇(qí)[⑯],严恭于宗庙也。(二) 自春秋已下,黩(dú)祀谄祭,祝币史辞,靡神不至[⑰]。至于张老成室,致美于歌哭之祷[⑱];蒯聩(kuǎi kuì)临战,获祐于筋骨之请[⑲]:虽造次颠沛,必于祝矣。若夫《楚辞·招魂》,可谓祝辞之组丽者也[⑳]。汉之群祀,肃其百礼,既总硕儒之义,亦参方士之术[㉑]。所以秘祝移过,异于成汤之心[㉒];侲(zhèn)子驱疫,同乎越巫之祝[㉓]:礼失之渐也。(三)

【注释】

① 天地定位:天上地下的位置确定。《易·说卦传》:"天地定位,山泽通气。"指天地、阴阳相交,互通生气,而生成万物。祀遍群神:指将天地、日月、山川、四时等各种神都祭祀到。六宗既禋:已推尊致祭四时、寒暑、日月星、水旱。宗:尊,推尊;禋:祭祀。三望咸秩:泰山、河、海等神灵都已按次序祭祀。此处数句语出《尚书·舜典》:"禋于六

宗，望于山川，遍于群神。”伪孔安国传：“精意以享谓之禋。宗，尊也。所尊祭者，其祀有六：谓六时也，寒暑也，日也，月也，星也，水旱也。”又曰：“九州名山大川、五岳四渎之属皆一时望祭之；群神，谓丘陵坟衍，古之圣贤皆祭之。”

② 美报兴焉：赞美报答“六宗”、“群神”所带来的黍稷丰收。

③ 牺盛惟馨，本于明德：祭祀用的牺牲和粢盛都是馨香的，其根本在于祭祀者的美好品德。《尚书·泰誓上》：“牺牲粢盛，既于凶盗。”《公羊传·桓公十四年》何休注：“黍稷曰粢，在器曰盛。”《尚书·君陈》：“黍稷非馨，明德惟馨。”伪孔安国传：“所谓芬芳，非黍稷之气，乃明德之馨，励之以德。”

④ 祝：古代祭祀时专司祝告的官员。史：史官。上古时史官也有祭祀之职，故称祝史。陈信：陈辞以取信于鬼神。

⑤ 伊耆：古代天子的称号，即神农氏。一说指帝尧。蜡：蜡祭，年终祭祀之名。八神：《礼记·郊特牲》：“天子大蜡八。”《释文》：“蜡祭有八神。”一、先啬，谷物之神；二、司啬，主管百谷之神；三、农，农耕之神；四、邮表畷（zhuò，即邮亭，用来表田的连接处，守望庄稼用），邮亭之神；五、猫虎，即食田鼠、田豕的猫神和虎神；六、坊，防水患的堤神；七、水庸，灌溉排涝的水沟神；八、昆虫，昆虫神。《礼记·郊特牲》：“伊耆氏始为蜡……曰：土反其宅，水归其壑，昆虫毋作，草木归其泽。”郑玄注：“此蜡祝辞也。若辞同则祭同处可知矣。壑，犹坑也；昆虫暑生寒死，螟蜂之属为害者也。”这首蜡祭祝辞的意思是说：堤防得到安定，水不要泛滥为患，昆虫不要损害庄稼，草木都生长到沼泽里去。

⑥ 上皇：上古帝王，即上文的伊耆氏。祝文：指上文所说的伊耆氏的蜡辞。

⑦ 舜之祠田：指虞舜祭田的文辞。祠：春祭。耜：掘土的农具。有：有年，大丰收。《太平御览》卷八十一引《尸子》：“舜兼爱百姓，务利天下。其田历山也，荷彼耒耜，耕彼南亩，与四海俱有其利。”

⑧ 商履：商汤名履。圣敬日跻：勤政之德一天胜过一天。《诗·

商颂·长发》:“汤降不迟,圣敬日跻。”郑玄笺曰:“汤之下士尊贤甚疾,其圣敬之德日进。”玄牡:黑色的公牛。郊禋:祭天。《论语·尧曰》:“予小子履,敢用玄牡,敢昭告于皇皇后帝。有罪不敢赦,帝臣不蔽,简在帝心。朕躬有罪,无以万方;万方有罪,罪在朕躬。”这是商汤祭天时的祈祷之词。

⑨ 素车祷旱:乘坐质朴的车子祈求下雨救旱。素车:没有上漆修饰的车子。祷:向神祈求。《吕氏春秋·顺民》曰:“昔者汤克夏而正天下,天大旱,五年不收,汤乃以身祷于桑林。”即指此事。以六事责躬:用六件事自责。躬:自身。根据《荀子·大略》记载,汤用六件事自责的文辞(词)是:“政不节与?使民疾与?何以不雨至斯极也!宫室荣与?妇谒盛与?何以不雨至斯极也!苞苴行与?谗夫兴与?何以不雨至斯极也!”雩:祈求下雨的祭。禜:祈求消除不合时宜的风雨霜雪水旱疫疠的祭。

⑩ 太祝:西周时掌管国家祭祀的官员。六祝:太祝所掌管的六种祭祀。《周礼·春官·大祝》:“掌六祝之辞,以事鬼神祇,祈福祥,求永贞:一曰顺祝,二曰年祝,三曰吉祝,四曰化祝,五曰瑞祝,六曰策祝。”郑玄注引郑司农云:“顺祝,顺丰年也;年祝,求永贞也;吉祝,祈福祥也;化祝,弭灾兵也;瑞祝,逆时雨,宁风旱也;策祝,远罪疾(也)。”

⑪ 庶物咸生,陈于天地之郊:万物都生长,这是祭天时所陈说的祝词。庶物:万物。陈:陈说,陈述。郊:祭天。天地是偏义复合词,指天。

⑫ 旁作穆穆:普遍地显得肃穆。旁:旁及,普遍。穆穆:肃穆,崇敬。唱于迎日之拜:在拜迎日出时所唱出的祝辞。《大戴礼记·公符》:“维某年某月,上日明光于上下,勤施于四方,旁作穆穆,惟予一人某,敬拜迎于郊。以正月朔日迎日于东郊。”“唱于迎日之拜”,即是《大戴礼记》此篇记载的祭天和祭日的祝辞。

⑬ 夙兴夜处:早起晚睡。夙:早晨。祔庙:让后死子孙附于祖庙,与祖先合在一起享受祈祷。根据《仪礼·士虞礼》的记载,在祖庙

里(即按祖先的次序举行祔祭)祭祀祖先的时候,可以祔祭其后死的子孙。

⑭ 多福无疆:多福无限。这是祖先通过祝而告知子孙的话。少牢之馈:指《仪礼·少牢馈食礼》,此礼是诸侯的卿大夫用少牢到祖庙祭祀已死的祖与父的祭礼。少牢:指用于祭祀的羊和豕。

⑮ 宜社类祃:祭土地神、祭上帝和出征军队举行的祭祀。《礼记·王制》:"天子将出征,类乎上帝,宜乎社,造乎祢(mí),祃于所征之地。"郑玄注:"类、宜、造,皆祭名,其礼亡。""祃,师祭也,为兵祷,其礼亦亡。"

⑯ 寅虔:敬畏,恭敬。神祇:天神地祇。神:天神;祇:地神。

⑰ 黩祀谄祭:指过多过滥的祭祀。黩:亵慢不敬。谄祭:不该祭的祭祀。《论语·为政》:"非其鬼而祭之,谄也。"祝币:指用玉帛祭祀。史辞:指史官祭祀时所致的祷告之辞。靡神不至:即无神不祭。

⑱ 张老成室:根据《礼记·檀弓下》记载,晋国的献文子(赵武)建成房屋,晋国的大夫们前往祝贺,张老赞颂说:"美哉轮焉,美哉奂焉,歌于斯,哭于斯,聚国族于斯。"当时的君子称张老"善颂"、"善祷"。张老:晋国大夫。

⑲ 蒯聩:春秋末年卫国卫灵公的太子。获祐于筋骨之请:根据《左传》哀公二年记载,蒯聩在随晋军出征时,曾祷告自己在战斗中"无绝筋,无折骨,无面伤"。

⑳ 《楚辞·招魂》:指《楚辞》中的《招魂》一篇。祝辞:指《招魂》篇中作者托巫祝而作的招魂之辞。关于《招魂》一篇的作者和所招之魂,历来有屈原招楚怀王之魂、宋玉招屈原之魂等不同说法。组丽:华美。

㉑ 汉之群祀:《汉书·郊祀志上》:"(高祖刘邦)下诏曰:'吾甚重祠而敬祭。'今上帝之祭及山川诸神当祠者,各以其时礼祠之如故。"可见其祭祀之众。肃:致敬。百礼:多种祭礼。硕儒之义:大儒的建议。方士之术:神仙方术之士的法术。

㉒ 秘祝移过：祝官秘密祈祷，把皇帝的过失移于臣下。《汉书·郊祀志上》："（秦）祝官有秘祝，即有灾祥，辄祝祠移过于下。"异于成汤之心：与商汤"朕躬有罪，无以万方；万方有罪，罪在朕躬"的责躬用心不同。成汤：商汤。

㉓ 侲子：古代参加驱除疫鬼仪式的童男童女。越巫之祝：即越巫的祝词。

【分析】这一段文字论述祝文的起源、性质和流变，分为三节：（一）论祝文源于祀神。祀神时祝者要向鬼神祷告，取信于鬼神，这就产生了祝文。（二）列举自伊耆氏、虞舜，到商、周时代的祭祀及祝文为例，说明在圣人时代凡事皆有祭祀，祭祀皆有祝辞；这样做的目的，是为了对神祇和祖庙表示虔敬。（三）说明自春秋以下，由于淫祀、滥祭，祝辞发生了流变。

2. 至如黄帝有祝邪之文[①]，东方朔有骂鬼之书[②]，于是后之谴咒[③]，务于善骂。唯陈思《诘咎》，裁以正义矣[④]。

【注释】

① 黄帝有祝邪之文：《云笈七籤·轩辕本纪》："帝巡狩东至海，登桓山，于海滨得白泽神兽，能言，达于万物之情。因问天地鬼神之事……帝乃作祝邪之文以祝之。"

② 东方朔有骂鬼之书：东汉王延寿《梦赋序》："臣弱冠尝夜寝，见鬼物与臣战。遂得东方朔与臣作骂鬼之书。"但东方朔生活的年代远早于王延寿，此事不可信。

③ 谴咒：谴责咒骂。

④ 陈思《诘咎》：指曹植所作的《诘咎文》。诘咎，一作"诰咎"。陈思：即曹植。曹植封于陈，谥曰思。裁：体裁，体制。

【分析】这一段说明从黄帝时起，祝文中即有诅咒一类，其流弊变为“善骂”。

3. 若乃礼之祭祝，事止告飨(xiǎng)①；而中代祭文，兼赞言行②。祭而兼赞，盖引伸而作也。又汉代山陵，哀策流文③；周丧盛姬，内史执策④。然则策本书赠⑤，因哀而为文也。是以义同于诔⑥，而文实告神，诔首而哀末，颂体而祝仪⑦，太祝所读，固周之祝文也。

【注释】

① 告飨：告神和享神，即祝和祭。

② 中代：指汉魏时期。兼赞言行：是说汉魏的祝文在祝告的同时，还称赞被祭者的言行。

③ 山陵：帝王陵墓。哀策流文：汉代祭祀皇室，用哀策文，因自前代而来，流行成为一种文体。

④ 周丧盛姬，内史执策：语出《穆天子传》六：“天子乃殡盛姬于谷丘之庙。……于是殇祀而哭，内史执策。”周：周穆王。盛姬：周穆王妃。内史：主管策命的官。

⑤ 策本书赠：策原本是用来记录赠送给死者的随葬物品的。赠：一作“赗”(fèng)。《仪礼·既夕礼》曰：“书赗于方。”又曰：“书遣于策。”现代考古常从秦汉古墓中出土记载随葬物品数量、名称的“遣策”，应该就是此处所谓“策本书赠”之“策”的原型。

⑥ 义同于诔：哀策文的用意和诔文相同。义：指哀策文的意义、用途。诔：简介死者生平，列举死者德行的哀祭文体。

⑦ 颂体而祝仪：哀策文的体裁像“颂”，而进行的仪式像“祝”。

【分析】这一段论祭祝文的文体流变。“中代”的祭文、汉代的哀策文，与诔、颂文体有交叉之处，但其实“固周之祝文也”。

4. 凡群言务华，而降神务实，修辞立诚[①]，在于无愧。祈祷之式，必诚以敬；祭奠之楷，宜恭且哀：此其大较也[②]。班固之祀涿山[③]，祈祷之诚敬也；潘岳之祭庾妇[④]，祭奠之恭哀也：举汇而求[⑤]，昭然可鉴矣。

【注释】

① 修辞立诚：《周易·乾·文言》："修辞立其诚，所以居业也。"这里用以说明祝祭之文的写作应以诚为本。

② 式：格式，法式。楷：书法，写法。

③ 班固之祀涿山：班固的《涿邪山祝文》，现仅残存四句，见严可均《全后汉文》卷二十六。涿山，即涿邪山，在今蒙古国的西部。

④ 潘岳之祭庾妇：潘岳的《为诸妇祭庾新妇文》，今存残文，见严可均《全晋文》卷九十三。潘岳：西晋时期的文学家。

⑤ 举：列举。汇：类聚。

【分析】这一段论祝文的写作要领：一是要"诚而敬"，二是要"恭且哀"。班固的《涿邪山祝文》，是祝文中"诚而敬"的典范；潘岳的《为诸妇祭庾新妇文》则是哀祭文"恭且哀"的楷模。

5. 盟者，明也。骍(xīng)毛白马，珠盘玉敦(duì)[①]，陈辞乎方明之下，祝告于神明者也[②]。在昔三王，诅盟不及，时有要(yāo)誓，结言而退[③]。周衰屡盟，以及要劫[④]，始之以曹沫[⑤]，终之以毛遂[⑥]。及秦昭盟夷，设黄龙之诅[⑦]；汉祖建侯，定山河之誓[⑧]。然义存则克终，道废则渝始，崇替在人，祝何预焉[⑨]。若夫臧洪歃(shà)辞，气截云蜺(ní)[⑩]；刘琨铁誓，精贯霏霜[⑪]；而无补于汉、晋，反为仇雠(chóu)[⑫]。故知信不由衷，盟无益也。

【注释】

① 骍毛：一作“骍旄”，赤色的牛。珠盘玉敦：装饰着珠玉的盘和敦。敦：盘类的器皿。

② 方明：木制的四方神明之象，方四尺，有六面，画六色，按方位放在明堂上。神明：上下四方之神。《仪礼·觐礼》：“诸侯觐于天子，为宫方三百步，四门壇十有二寻，深四尺，加方明于其上。”郑玄注：“方明者，上下四方神明之象也。上下四方之神者，所谓神明也。”

③ 三王：指夏、商、周三代。诅盟不及：不用歃血结盟及背约受神罚的诅咒。要誓：约定的誓言。《穀梁传》隐公八年：“盟诅不及三王”。范宁注：“三王，谓夏、殷、周也。夏后有钧台之享，汤有景亳之命，周武有盟津之会，众所归信，不盟诅也。”

④ 周衰屡盟：周朝衰落，到了春秋时代各诸侯国屡屡订立盟誓。1965年和1966年在山西侯马、1980年至1982年在河南温县出土了大量春秋后期晋国的盟书，也可说明当时的盟誓之多。要劫：要挟和劫持，指臣劫君而盟。

⑤ 始之以曹沫：由曹沫劫持齐桓公盟誓开始。根据《史记·刺客列传》记载，齐桓公和鲁庄公在柯地会盟，鲁国曹沫持匕首劫持齐桓公，要齐桓公答应归还所侵占的鲁国土地。

⑥ 终之以毛遂：最后由毛遂持剑胁迫楚王结盟而作结。根据《史记·平原君列传》记载，秦国围赵国都城邯郸，赵国的平原君到楚国求救，要求与楚国结盟。楚王没有答应。平原君的门客毛遂按剑上前，楚王这才同意结盟。

⑦ 及秦昭盟夷，设黄龙之诅：等到秦昭襄王与夷人结盟，订立下了违约要罚送对方一双玉石雕刻的黄龙的誓辞。《华阳国志·巴志》：秦昭襄王与夷人刻石盟曰：“秦犯夷，输黄龙一双；夷犯秦，输清酒一钟。”

⑧ 汉祖建侯，定山河之誓：汉高祖刘邦分封功臣为诸侯的时候，订立了使国家山河永固的誓言。《史记·高祖功臣年表》记载刘邦的

《封爵誓》曰:“使河如带,泰山若厉,国以永宁,爰及苗裔。”

⑨ 克终:能坚持到最终。渝始:改变了开始时候的誓言。崇替:指“克终”和“渝始”两种情况。

⑩ 臧洪歃辞,气截云蜺:臧洪与张超、张邈、刘岱、孔伷(zhòu)等人歃血为盟,义气直冲云霄。截:割断。根据《后汉书·臧洪传》记载,汉末董卓之乱时,臧洪任广陵太守张超的功曹,他劝张超起兵讨董卓。会集兖州刺史刘岱、豫州刺史孔伷、陈留太守张邈(miǎo)、东郡太守桥瑁(mào)、广陵太守张超,在酸枣结盟,由臧洪主盟,歃血立誓,辞气慷慨。但不久,因各怀迟疑,兵众乖散。

⑪ 刘琨铁誓,精贯霏霜:西晋刘琨与段匹磾(dī)订立的铁券盟誓,精诚灌注,洁如雪霜。根据《晋书·刘琨传》记载,西晋末年“五胡”乱中原的时候,刘琨被后赵石勒所败,投奔幽州段匹磾。段匹磾推刘琨为大都督,歃血定盟,共讨石勒。但后来刘琨却为段匹磾所忌,被缢死。

⑫ 仇雠:仇敌。

【分析】这一段论盟的定义、来源及盟文的发展演变历程。盟也是一种“祝告于神明”的文体,所以刘勰才把它和祝文合为一篇加以论述。与祝文不同的是,盟的历史既没有祝文久远,在夏、商、周三代“诅盟不及”;而且它从春秋战国以后往往“信不由衷”,已失去了盟誓真正的意义。

6. 夫盟之大体,必序危机,奖忠孝,共存亡,戮(lù)心力[①],祈幽灵以取鉴,指九天以为正[②],感激以立诚,切至以敷辞,此其所同也。然非辞之难,处辞为难。后之君子,宜存殷鉴[③],忠信可矣,无恃神焉!

【注释】

① 戮心力:齐心合力。戮:合力。

② 指九天以为正：对天发誓的意思。《离骚》："指九天以为正兮，夫唯灵修之故也。"九天：上天，中央和八方的合称。正：同"证"。

③ 殷鉴：殷人以夏朝灭亡为借鉴，意即前车之鉴。《诗·大雅·荡》："殷鉴不远，在夏后之世。"

【分析】这一段说明盟文的写作要领。写作盟文最根本的要求，是要"立诚"和"忠信"，所以说"非辞之难，处辞为难"。

7. 赞曰：毖（bì）祀钦明，祝史惟谈[①]。立诚在肃，修辞必甘。季代弥饰，绚言朱蓝[②]。神之来格，所贵无惭[③]。

【注释】

① 毖祀：慎重祭祀。《尚书·洛诰》："予冲子夙夜毖祀。"伪孔安国传："言政化由公而立，我童子徒早起夜寐，慎其祭祀而已。"钦明：即"钦盟"，与"毖祀"相对，指肃敬结盟。"毖祀"和"钦盟"一指祝，一言盟，正与题名"祝盟"相合。祝：太祝。史：太史。惟谈：思考祝辞和盟辞。

② 季代：末代，和《时序》篇中的"季世"相同，指晋代以后。绚言朱蓝：言辞绚烂而尚华采。祝盟宜求质实，后世祝盟则转尚辞藻。朱蓝：正色，这里指华采。

③ 格：至，降临。无惭：指真诚无愧。

【分析】再次强调祝盟写作的根本要求，虽然可以言辞甘美，但更应该恭敬真诚；而不能如季世末代那样，华而不实。唯有虔敬真诚，才能言辞无愧。

铭箴第十一解析

【解题】铭的起源很早。古人敬畏天命，不论是为了群体的延续，还是个人的利益，都得时时提高警觉，为群体或个人的利益而努力。因此，古书中记载下了很多远古帝王的“铭”文，反映了这一普遍存在的情绪。然铭文之大盛，实与周王朝的倡导有关。武王、周公，身体力行，都有写作大量“铭”体的记载。自此之后，一直到东周时，都有著名人物写作“铭”文的记载。

《诗经·鄘风·定之方中》曰：“定之方中，作于楚宫，揆之以日，作于楚室。”毛《传》：“建国必卜之，故建邦能命龟，田能施命，作器能铭，使能造命，升高能赋，师旅能誓，山川能说，丧纪能诔，祭祀能语。君子能此九者，可谓有德音，可以为大夫。”这也就是说，贵族阶层中人应该具备九种能力，才能厕身卿大夫的行列，说明周代贵族都把“作器能铭”看成是一项基本要求。

作“器”之“器”，主要指钟鼎与碑刻。金石坚硬，可以历时永久，因此“铭”字从“金”，说明这种文体最初大都铸刻于钟鼎之上。

姬周王朝的成功，历经艰辛。因为周人原是一个很小的部族，僻处西部，历经几代先王的努力，才得到迅猛发展。武王姬发团结八百诸侯，推翻了强大的商王朝，因此周人一直牢记先公先王创业的艰辛，对自己也提出了很高的要求，这些在《诗经》的“大雅”、“周颂”和《尚书》的“周诰”中都有很多记录。

况且周代尚属政治体制建设的初期阶段，行政系统中，尚无专职设置的监察。后世政府组织中的御史一职,要到战国后期的秦国始告出现。这当是自秦孝公起,实施法治,才将君主身边承担秘书任务的"御史"一职兼负监察之职。

在此情况下,周人必须极力强调个人的修养。儒家重视周人的文化传统,也极重视个人的道德问题。《礼记·祭统》论《铭》曰:"夫鼎有铭,铭者自名也,自名以称扬其先祖之美,而明著之后世者也。"蔡邕《铭论》曰:"武王践阼,咨于太师,而作席、几、楹、杖,杂铭十有八章。周庙金人,缄口书背,铭之以慎言,亦所以劝导人主,勖于令德也。"周人以追颂先德为重,也重在道德的规诫,不论对人对己,甚至施之日常的运用,都广泛用上了"铭"文。

铭体既重在颂德与警诫,在写作上要求视野开阔而措辞简要,主题明确而措辞婉约。陆机《文赋》中说"铭博约而温润",向被视为合适的要求。但有些铭文既然重在铭功,则自然会趋于夸张,特别是在后世帝王或著名将领建立大功之后,勒石书铭,更为注重气势。如东汉班固宣扬窦宪破北单于之功,于燕然山刻石书铭;西晋张载以蜀人恃险好乱,乃作《剑阁铭》,晋武帝随命立石垂诫。这些铭文,也就呈现铺张扬厉的特点。尤其是班固之作,"铭"文不足以尽其意,前面还加上了一篇长长的"序",这就与原始的作品大不相同了。

萧统《文选序》曰:"箴兴于补阙。"五臣李周翰注:"箴所以攻疾防患,亦犹针石之针以疗疾也。"可知箴与铭的功能有其相通处。只是"箴"的使用范围较窄。"铭"还用来颂德,"箴"则限于起警诫的作用。清孙梅《四六丛话》论"铭"曰:"夫铭之为道,有二也。一以勒勋,一以垂戒。"论"箴"曰:"箴之为道,亦有二焉:一以自励,一以尽规。"因为二者容易重叠相混,而铭的功能更为全面,所以古时一直"铭"盛"箴"衰。考箴之初起,尚用于规诫王阙,《左传》襄公四年:"昔周辛甲之为大史也,命百官,官箴王阙。"杜预注:"阙,过失也。传百官为箴辞,戒王过。"其时王室与诸侯国内尚有箴尹之官专门负责管理官箴。其后箴乃专用于臣僚。[1] 到了汉代,自扬雄始,开始大量写作各种官职的"箴"文,借以垂警,于是后来又有"百官箴"之说。考察其内容,目的是在确定各种职位的性质和要求,这也是出于政权建设的实际需要。比之前代,官僚体系已经远为庞大与周密,对此必须作出明确的区划。虽然仅凭几条守则已经无法起到有力的约束作用,然而政治上既有与前同样的要求,后代也就不会全然放弃而不用。位于今故宫博物院东华门内原朝房之前树立的康熙御制《台省箴》,原是对六部给事中的告诫,也是古时官箴遗制的实物见证。尽管"箴"的使用后来也有一些扩展,如用以自警的私箴等,其使用的范围毕竟有限,程式过于刻板,后来始终无法得到大的发展。

"铭"与"箴"的写作都是要让人牢记住的,所以都用韵语,让人易于讽诵,也易于传播。陆机《文赋》曰"箴顿挫而清壮",也在强调这类文章必须朗朗上口,富有节奏感。

"铭箴"二体,在文笔之分中属于"文"类,刘勰将其置于文体论的前端。

1. 昔帝轩刻舆几以弼违[1],大禹勒笋虡(sǔn jù)而招谏[2];成汤盘盂,著日新之规[3],武王《户》《席》,题必戒之训[4];周公慎言于金人[5],仲尼革容于欹(qī)器[6],则先圣鉴戒,其来久矣。故铭者,名也,观器必也正名,审用贵乎盛德[7]。盖臧武仲之论铭也,曰:"天子令德,诸侯计功,大夫称伐。"[8]夏铸九牧之金鼎[9],周勒肃慎之楛(hù)矢[10],令德之事也;吕望铭功于昆吾[11],仲山镂(lòu)绩于庸器[12],计功之义也;魏颗纪勋于景钟[13],孔悝(kuī)表勤于卫鼎[14]:称伐

① 参看夏桂苏、夏南强《说官箴》,载《中国文化》第十四辑,1996年12月。

之类也。若乃飞廉有石椁之锡[15]，灵公有夺里之谥[16]，铭发幽石，吁可怪矣。赵灵勒迹于番(pán)吾[17]，秦昭刻博于华山[18]，夸诞示后，吁可笑也。详观众例，铭义见矣。至于始皇勒岳，政暴而文泽，亦有疏通之美焉[19]。若班固燕然之勒[20]，张昶(chǎng)华阴之碣(jié)[21]，序亦盛矣[22]。蔡邕(yōng)铭思，独冠古今[23]；桥公之《钺》(yuè)，吐纳典谟[24]；朱穆之鼎，全成碑文，溺所长也[25]。至如敬通杂器，准矱(yuē)武铭[26]，而事非其物，繁略违中[27]。崔骃(yīn)品物，赞多戒少[28]；李尤积篇，义俭辞碎[29]。蓍(shī)龟神物，而居博弈之下[30]；衡斛(hú)嘉量，而在臼杵(jiù chǔ)之末[31]，曾名品之未暇，何事理之能闲哉[32]！魏文《九宝》，器利辞钝[33]。唯张载《剑阁》，其才清采[34]，迅足骎骎(qīn)[35]，后发前至，勒铭岷汉，得其宜矣[36]。

【注释】

① 帝轩：指黄帝轩辕氏。舆：车箱。几：低矮的案儿。弼违：纠正过失。《汉书·艺文志》道家类有"《黄帝铭》六篇"。蔡邕《铭论》："黄帝有巾几之法，孔甲有盘盂之诫。"《后汉书·朱穆传》："古之明君必有辅德之臣，规谏之官；下至器物，铭书成败，以防遗失。"李贤注："黄帝作巾几之法，孔甲有盘盂之诫。"盘盂：盘为浴器，盂为食器，后代已泛指日用器皿。《路史·疏仡纪》中有《巾几之铭》的记载，均出伪托。

② 勒：刻。笋虡：即簨虡，钟磬的架子。上面的横梁叫簨，立柱叫虡。《淮南子·泛论》载："禹之时，以五声听治。悬钟鼓磬铎，置鞀，以待四方之士。为号曰：教寡人以道者击鼓，教寡人以义者击钟，教寡人以事者振铎，语寡人以忧者击磬，有讼狱者摇鞀。"《鬻子》中也有类似文字，见《汉书》卷三十载，凡此均出汉人伪造，不足信。

③ 成汤:商朝的第一个帝王。盘盂:圆盘与方盂的并称,用于盛物,古代也在上面刻文纪功或自励。《礼记·大学》载:"汤之《盘铭》曰:'苟日新,日日新,又日新。'"这一铭文可能也是后人伪托的。

④ 武王:周朝的第一个帝王。《户》、《席》:指《户铭》、《席四端铭》。《大戴礼记·武王践阼》载有周武王在席之四端、机、鉴、盥盘、楹杖、带、履屦、觞豆、户、牖、剑、弓、矛上所刻的铭文凡十七篇。

⑤ 周公:周武王之弟,名旦。金人:金人铭,作者不详。据《太公阴谋》与《太公金匮》所云,此铭应是《黄帝六铭》之一,《说苑·敬慎》录有此铭全文:"孔子之周,观於太庙,右陛之前,有金人焉,三缄其口,而铭其背曰:'古之慎言人也。戒之哉!戒之哉!无多言,多言多败;无多事,多事多患。安乐必戒,无行所悔。勿谓何伤,其祸将长;勿谓何害,其祸将大;勿谓何残,其祸将然;勿谓莫闻,天妖伺人。荧荧不灭,炎炎奈何;涓涓不壅,将成江河;绵绵不绝,将成网罗;青青不伐,将寻斧柯。诚不能慎之,祸之根也;曰是何伤?祸之门也。强梁者不得其死,好胜者必遇其敌;盗怨主人,民害其贵。君子知天下之不可盖也,故后之、下之,使人慕之;执雌持下,莫能与之争者。人皆趋彼,我独守此;众人惑惑,我独不从;内藏我知,不与人论技;我虽尊高,人莫害我。夫江河长百谷者,以其卑下也;天道无亲,常与善人;戒之哉!戒之哉!"这篇铭文显为后世道家伪托。刘勰认为周公所作,可能由于此铜像是周初铸成;铭文中的"安乐必戒,无行所悔"等句,与传为周武王所作铭文中的"安乐必敬"、"无行可悔"相似。

⑥ 革容:变色,改变表情。据《淮南子·道应》载:"孔子观桓公之庙,有器焉,谓之宥卮……顾曰:'弟子取水。'水至,灌之,其中则正,其盈则覆。孔子造然革容曰:'善哉,持盈者乎。'"相关事迹也见于《荀子》、《说苑》等书,然未见欹器有铭的记载。

⑦ 名也:《释名·释言语》曰:"铭,名也。记名其功也。"审用:明确其作用。盛德:盛美的德行。这句是说铭文的重要功用莫过于赞美先祖美好的德行。

⑧　盖臧武仲之论铭也，曰："天子令德，诸侯计功，大夫称伐"：《左传》襄公十九年："季武子以所得于齐之兵，作林钟，而铭鲁功焉。臧武仲谓季孙曰：'非礼也。夫铭，天子令德，诸侯言时计功，大夫称伐。'"

⑨　夏铸九牧之金鼎：《左传》宣公三年："楚子伐陆浑之戎，遂至于洛。观兵于周疆。定王使王孙满劳楚子。楚子问鼎之大小轻重焉。对曰：'在德不在鼎。昔夏之方有德也，远方图物，贡金九牧，铸鼎象物，百物而为之备，使民知神奸。'"这是说夏朝时九州所贡的金鼎上刻着百物之形，但并未说铸有铭文。

⑩　肃慎：古国名，约在今黑龙江省东南部。楛矢：用楛木做的箭。《国语·鲁语下》："昔武王克商，通道于九夷百蛮，使各以其方贿来贡，使无忘职业。于是，肃慎国贡楛矢、石砮，其长尺有咫，先王欲昭其令德之致远也，以示后人，使永监焉，故铭其栝曰'肃慎氏之贡矢'。"

⑪　吕望：姜姓，吕氏，名尚，字子牙。昆吾：传为古代产铁山名，也是善冶铁的工匠名。蔡邕《铭论》："吕尚作周太师，封于齐，其功铭于昆吾之冶。"《逸周书·大聚解》载："乃召昆吾冶而铭之金版。"铭文已失传。

⑫　仲山：指仲山甫，周宣王时的卿士。镂：雕刻。绩：功。庸器：古代铭功的铜器，如鼎彝之类。《后汉书·窦宪传》载："南单于于漠北遗宪古鼎，容五斗，其傍铭曰'仲山甫鼎，其万年子子孙孙永保用'"。《周礼·春官·典庸器》郑玄注："庸器，伐国所获之器，若崇鼎、贯鼎及以其兵物所铸铭也。"

⑬　魏颗：春秋时晋国将领。景钟：即晋景公之钟。《国语·晋语》七载："昔克潞之役，秦来图败晋功，魏颗以其身却退秦师于辅氏，亲止杜回，其勋铭于景钟。"铭文已失传。

⑭　孔悝：春秋时卫国大夫。勤：劳苦。《礼记·祭统》载孔悝鼎铭，曰："六月丁亥，公假于大庙。公曰：叔舅！乃祖庄叔，左右成公。成公乃命庄叔随难于汉阳，即宫于宗周，奔走无射。启右献公。献公

乃命成叔纂乃祖服。乃考文叔，兴旧耆欲，作率庆士，躬恤卫国，共勤公家，夙夜不解。民咸曰：休哉！公曰：叔舅，予女铭，若纂乃考服。悝拜稽首曰：对扬以辟之，勤大命。施于烝彝鼎。”

⑮ 飞廉：亦作蜚廉，商纣王的大臣，恶来之父。《史记·秦本纪》载：“周武王之伐纣，并杀恶来。是时蜚廉为纣石北方，还，无所报，为坛霍太山而报，得石棺，铭曰：‘帝令处父不与殷乱。赐尔石棺以华氏。’死，遂葬于霍太山。”

⑯ 灵公：指春秋时卫灵公。夺里：《庄子·则阳》载狶韦曰：“夫灵公也死，卜葬於故墓，不吉；卜葬於沙丘而吉。掘之数仞，得石椁焉，洗而视之，有铭焉，曰：‘不冯其子，灵公夺而里之。’夫灵公之为灵也久矣！”《博物志·异闻》亦载：“卫灵公葬，得石椁，铭曰：‘不逢箕子，灵公夺我里。’”

⑰ 赵灵：指战国时赵武灵王，自号主父。番吾：山名，在今河北平山县南。《韩非子·外储说左上》载：“赵主父令工施钩梯而缘播吾，刻疏人迹其上，广三尺，长五尺，而勒之曰：‘主父常游于此。’”

⑱ 秦昭：指战国时秦昭王。博：古代一种棋局游戏。《韩非子·外储说左上》载：“秦昭王令工施钩梯而上华山，以松柏之心为博，箭长八尺，棋长八寸，而勒之曰‘昭王尝与天神博于此矣’”。

⑲ 始皇勒岳：指秦始皇时期的刻石文。《史记·秦始皇本纪》中载有《泰山刻石》、《琅玡台刻石》等文，作者为李斯。疏通：通达。

⑳ 班固：东汉前期史学家、文学家。燕然之勒：《后汉书·窦宪传》载，宪拜车骑将军，伐南单于，“登燕然山，去塞三千馀里，刻石勒功，纪汉威德，令班固作铭。”即《封燕然山铭》。

㉑ 张昶：字文舒，汉末作家。《华阴》：指《西岳华山堂阙碑铭》，文见《古文苑》卷十八，又见《艺文类聚》七、《初学记》五。碣：圆顶形的石碑。

㉒ 序亦盛矣：班固《封燕然山铭》和张昶《西岳华山堂阙碑铭》都有很长的序文。

㉓ 蔡邕：字伯喈(jiē)，汉末著名学者、文学家，长于碑铭文。

㉔ 桥公：名玄，字公祖，汉末政治家，官至司空、司徒、太尉。《钺》：蔡邕有《黄钺铭》，歌颂桥玄为度辽将军时的平乱安边之功，铭文见《蔡中郎集》。吐纳：指吸纳精萃而成佳作。典谟：指经典。

㉕ 朱穆：字公叔，一字文元，东汉顺帝、桓帝时人，曾任侍御史、冀州刺史、尚书等职。蔡邕《鼎铭》叙朱穆家世及一生经历已与碑文相混，见《蔡中郎集》。溺：沉迷，指蔡邕沉迷于其专长。

㉖ 敬通：冯衍字敬通，东汉初期辞赋家。杂器：指《刀阳铭》、《刀阴铭》、《杖铭》、《车铭》等，见严可均《全后汉文》卷二十。准矱：绳尺，引申为以……为法度、标准。武铭：指相传为周武王所作的《户铭》、《席四端铭》等。见注④。

㉗ 事非其物：铭文内容与器物不相称。繁略违中：详略失当。

㉘ 崔骃：字亭伯，东汉章帝、和帝时作家，曾在窦宪府内任主薄。品：评量。崔骃有《樽铭》、《刀剑铭》、《扇铭》等，见《全后汉文》卷四十四。赞多戒少：称赞多而劝戒少。

㉙ 李尤：字伯仁，年少时以能文著称，顺帝时官至乐安相。《华阳国志》卷十载，李充曾作铭文一百二十篇。严可均《全后汉文》卷五十辑录八十四篇。义俭：内容贫乏，意义不大。辞碎：文词杂乱、琐碎。

㉚ 蓍龟：占卜用的蓍草和龟甲。这里指李尤有关蓍龟的铭文，今不存。博弈：围棋，指李尤《围棋铭》。见《艺文类聚》卷七十四。这句是说蓍龟为反映天意的神圣之物，却放在《围棋铭》这种博弈之物的下面。

㉛ 衡斛：衡量之器，指李尤《权衡铭》，残句，见《太平御览》卷八百三十。嘉量：美好的量器。臼杵：舂米用的器具，这里指李尤有关臼杵的铭文，今不存。这句是说权衡是嘉美的量器，远比臼杵重要，李尤却把《权衡铭》放在《臼杵铭》之后。

㉜ 曾：竟，连。名品：即品名，品第名物。未暇：来不及。闲：通“娴”，熟练。这句是说对于事物的评价品第都来不及考虑，怎么会有

闲空熟悉事理呢?

㉝ 魏文:魏文帝曹丕,字子桓。《九宝》:曹丕《典论·剑铭》中说他曾命工匠铸有宝器九:剑三、刀三、匕首二、灵陌刀一。这里用“九宝”指《剑铭》。铭之佚文录于《全三国文》卷八。钝:质鲁,不佳。

㉞ 张载:字孟阳,西晋作家。剑阁:在今四川北部大小剑山之间。这里指张载《剑阁铭》,载《晋书·张载传》与《文选》卷五十六。

㉟ 骎骎:马跑得快的样子。这里借喻张载的文才。清采:清丽有文采。

㊱ 岷、汉:岷山和汉水,此指剑阁山,属岷山山脉分支,在汉水之南。《晋书·张载传》云“武帝遣使镌之于剑阁山焉”。

【分析】这一段文字详述铭文起源,指出可追溯至黄帝、大禹、成汤、武王、周公、孔子等明君圣人;然后举例说明铭文有述德、计功、称伐等功用,但也有可怪可笑之实例;最后对秦汉以后的铭文作家一一作了评点。刘勰对李斯、班固、张昶之作基本肯定,对朱穆、冯衍、崔骃则有褒有贬,对李尤、曹丕之作以批评为主,对蔡邕、张载之作则高度肯定。

2. 箴(zhēn)者,针也,所以攻疾防患,喻针石也。斯文之兴,盛于三代,夏商二箴,馀句颇存[①]。及周之辛甲,百官箴阙,唯《虞箴》一篇,体义备焉[②]。迄至春秋,微而未绝。故魏绛讽君于后羿[③],楚子训民于在勤[④]。战代以来,弃德务功,铭辞代兴,箴文萎绝。至扬雄稽古,始范《虞箴》,作卿尹州牧二十五篇[⑤]。及崔、胡补缀,总称百官[⑥],指事配位,鞶(pán)鉴可徵[⑦],信所谓追清风于前古,攀辛甲于后代者也。至于潘勖(xù)《符节》,要而失浅[⑧];温峤(qiáo)《侍臣》,博而患繁[⑨];王济《国子》,引多而事寡[⑩];潘尼《乘舆》,

义正而体芜[11]：凡斯继作，鲜有克衷[12]。至于王朗《杂箴》，乃置《巾》、《履》，得其戒慎，而失其所施[13]；观其约文举要，宪章武铭[14]，而水火井灶，繁辞不已，志有偏也[15]。

【注释】

① 夏商二箴，馀句颇存：《逸周书·文传解》引《夏箴》云："中不容利，民乃外次。""小人无兼年之食，遇天饥，妻子非其有也；大夫无兼年之食，遇天饥，臣妾舆马非其有也；国无兼年之食，遇天饥，百姓非其有也。"（后十五字据《太平御览》卷三五、五八八补）《吕氏春秋·应同》引《商箴》云："天降灾布祥，并有其职。"凡此均为夏商二代箴言的遗文，然未必可信。

② 辛甲：原为商朝大臣，后为周文王的太史。百官箴阙：《左传》襄公四年载，魏绛对晋侯曰："昔周辛甲之为大史也，命百官，官箴王阙。于虞人之箴曰：芒芒禹迹，画为九州。经启九道，民有寝庙，兽有茂草。各有攸处，德用不扰。在帝夷羿，冒于原兽，忘其国恤，而思其麀牡。武不可重，用不恢于夏家。兽臣司原，敢告仆夫。虞箴如是，可不惩乎！"其时晋侯好田猎，故魏绛以此进谏。

③ 魏绛：春秋时晋国人。魏绛讽劝晋侯之事见上注。

④ 楚子：指楚庄王。《左传》宣公十二年："栾武子曰：'楚自克庸以来，其君无日不讨国人而训之，于民生之不易，祸至之无日，戒惧之不可以怠……箴之曰：'民生在勤，勤则不匮，不可谓骄。'"

⑤ 扬雄：字子云，西汉末年文学家。稽古：考之古道。卿尹州牧：都是官名。据《汉书·扬雄传》、《胡广传》及挚虞《文章流别论》记载：扬雄认为"箴莫善于《虞箴》"，因模仿《虞箴》作十二《州箴》与二十五官箴等，有九篇亡阙，存者载《全汉文》卷五十四。

⑥ 崔：指东汉文人崔骃（yīn）、崔瑗（yuàn）父子。胡：胡广，字伯始，东汉末年大臣，官至太傅、录尚书事。扬雄所作箴有亡阙者，他们补写各种官职的箴文共四十八篇，与扬雄所作合称《百官箴》。严可均

《全后汉文》辑得崔骃七篇，见卷四十四；崔瑗九篇，见卷四十五；胡广三篇，见卷五十六。

⑦ 事：规谏的内容。位：官位。鞶：古人佩玉的皮带。鉴：衣带上装饰的小铜镜。针对不同的官位提出相应的规谏，就像衣带上的铜镜一样信而有徵。

⑧ 潘勖：字元茂，初名芝，改名勖。汉献帝时曾任尚书右丞、东海相等职，著有《符节箴》，已佚。要而失浅：扼要而失于浮浅。

⑨ 温峤：字太真，晋明帝时官拜骠骑将军、开府仪同三司，加散骑常侍，封始安郡公，曾著《侍臣箴》，文见《艺文类聚》卷十六。博而患繁：广博但嫌繁琐。

⑩ 王济：字武子，晋武帝时官至侍中，曾写作过《国子箴》，已佚。引多而事寡：引用多而事例少。

⑪ 潘尼：字正叔，西晋作家，晋惠帝时官至中书令。他曾写作过《乘舆箴》，文见《晋书·潘尼传》。义正而体芜：道理正确却体式芜杂。

⑫ 鲜：少。克：能。衷：中，恰到好处。

⑬ 王朗：字景兴，三国时魏国经学家，文帝时任司空，明帝时迁司徒，封兰陵侯。他著有《杂箴》，残存数句，见《艺文类聚》卷八十。《巾》、《履》：王朗《杂箴》中有《巾箴》、《履箴》。失其所施：刘勰认为箴一般用于箴戒帝王，王朗的《巾箴》、《履箴》虽然有戒慎之意，但安置在巾履之上，安排不当，用非其所。

⑭ 约文：简约文字。举要：举出要点。宪章：效法。武铭：周武王的铭。见上段注④。这句意为看这些作品文辞简要，是效法周武王的铭文的。

⑮ 水火井灶：王朗《杂箴》中有如下几句："家有严君焉，井灶之谓也。俾冬作夏，非灶孰能？俾夏作冬，非井孰闲？"繁辞：文辞罗嗦。志：志趣。

【分析】这一段说明箴文之功用与起源，指出箴文盛于三代，主要功用在于规谏警诫；战国以后箴文消歇而铭文代兴，直到扬雄箴文才得到复兴；最后分析了汉朝以来几位箴文作者的优缺点。刘勰高度肯定扬雄与崔骃、崔瑗、胡广等两汉作家所作的百官箴，对两晋时潘勖、温峤、王济、潘尼之作有褒有贬，对王朗之作则基本持批评态度。

3. 夫箴诵于官，铭题于器，名目虽异，而警戒实同①。箴全御过，故文资确切②；铭兼褒赞，故体贵弘润③：其取事也必核以辨，其摛（chī）文也必简而深④，此其大要也。然矢言之道盖阙，庸器之制久沦⑤，所以箴铭异用，罕施后代。惟秉文君子，宜酌其远大焉⑥。

【注释】

① 官：官府。

② 御过：防止过错。资：依靠，依赖。

③ 贵：崇尚，重视。弘润：宏伟温润。

④ 核：翔实正确。辨：明白清楚。摛：铺陈。摛文：意谓写作文章。简：简要。深：深刻。

⑤ 矢言：直言。庸器：古代铭功的铜器。沦：沉没，消亡的意思。

⑥ 秉文：写作。酌：择善而取。

【分析】这一段区分箴与铭这两种文体在内容、风格上的异同。这两种文体都有警戒的功能，但箴是为了防止过错，所以需要准确恰当，铭另有褒赞之用，文体崇尚宏伟润泽。由于用器物铭文纪功这种制度停行已久，这两种文体的不同用途在后代很少体现，希望今后的作者能够从大处着眼，发挥箴铭的远大作用。

4. 赞曰：铭实器表，箴惟德轨[①]。有佩于言，无鉴于水[②]。秉兹贞厉，警乎立履[③]。义典则弘，文约为美[④]。

【注释】

① 器表：意为铭文乃作器之用的表记。轨：规范。

② 佩：系在衣带上的装饰品。有佩于言：铭箴上的美好言论应永志不忘。无鉴于水：《国语·吴语》记伍子胥谏吴王曰："王盍亦鉴于人，无鉴于水。"韦昭注："鉴，镜也。以人为镜，见成败；以水为镜，见形而已。"

③ 秉：秉持。贞：正。厉：警惕，勉励。警：警戒。立：树立。履：行为。

④ 典：典正。弘：弘润。约：简约。

【分析】赞辞首先总结箴铭的形式与功用，然后提示应以戒惧之言为镜，用贞正惕厉之心规范自己的行为，最后强调箴铭的文体要求为义典文约。

诔碑第十二解析

【解题】《铭箴》篇的解题中已提到，周代卿大夫要有“九能”的才干，其中之一为“丧纪能诔”，可知贵族阶层中人为了表达哀思，都很重视发扬亡者的声名。古人视死如生，因此截至汉末曹魏之时，都重厚葬。不但要营建墓室，还要通过文字予以宣扬，下葬之后，则树石碑且在上面镌刻文字，作为纪念。

诔碑的形制与要求前后变化很大，这里略作介绍。

《周礼·春官宗伯》太祝“作六辞，以通上下亲疏远近”，郑玄注引郑众（司农）说：“诔谓积累生时德行以锡（赐）之命，主为其辞也。”说明“诔”的主要功能在颂德。

周代等级森严，对“诔”的写作有严格规定，《礼记·曾子问》上还说“贱不诔贵，幼不诔长”，上述规定在当时就不见得能施行，例如柳下惠之妻自撰诔文悼念其夫，虽然也在述其德行，重点却在抒发自己的哀情。《列女传》卷二《贤明传》中记载的诔文，纯为楚辞体，是否近真，难于判断，不过还是可以看出出于私人感情的写作，官府也无法干预，所以后世又有“私诔”之说。曹植《上卞太后诔表》上说：“铭以述德，诔尚及哀。”卞太后或许还有德可称，而曹植为明帝幼女曹淑作诔，遵命执笔，从众称之为“诔”；到他为自己早夭的两个幼女执笔时，也就只能称作《金瓠哀辞》《行女哀辞》了。陆机《文赋》中说：“诔缠绵而凄怆。”指的就是“诔”的这种主要功能。这也说明，时至魏晋南北朝时，文人运笔，已经偏重抒发哀思而不太注重述德了。到了唐代，文士写作这类题材时，也就渐次采取“哀辞”、“哀文”等文体之名了。

挚虞《文章流别论》曰：“诗、颂、箴、铭之篇，皆有往古成文，可放依而作，惟诔无定制，故作者多异焉。”(《太平御览》卷五九六引)由此可知，此体既无“定制”，则缺乏一定的规范，自会出现五花八门的情况，而与类同的文体相混。

“碑”的情况比较复杂。按其原义而言，指的是拴牲口的一种石条或石柱，专用于宗庙之内，树立在祭祀用的殿堂里。后来移用在贵族的葬礼上。墓穴两边立石，高端贯有圆孔，两边的人由此用绳索将棺柩慢慢放下，现在还能看到这种保存遗制的汉碑。《释名·释典艺》曰：“碑者，被也，此本葬时所设也。施其辘轳，以绳被其上，引以下棺也。臣子追述君父之功美，以书其上，后人因焉。”其后人们的技术水平提高，可用各种更方便的方法放下棺木，这样碑又移作别用，树立到墓道边作标志用了。人们在平滑的石板上刻上文字，抒写对死者的思念，宣扬他的功德，因而“碑”又寓有纪念之意。《文选》中就称这种文体为“碑文”。

历朝历代，贵族官僚为了表示身份与气派，无不树立巨形的碑，因其书写的容量大，写作碑文的人尽情歌功颂德，有事迹可称者则详述事功，这就与史书中的传体接近了。只是史家执笔之时还有其特定的传统规范，应该使用《春秋》笔法，有褒有贬，善恶必书，碑文出于私人感情和私家撰述，对死者不会再讲什么错误缺点或不足之处，常是流于过度吹捧。这样的文字，后人每贬之为谀墓文。读者最多只是欣赏其文词，而不再考其事实，只有介绍个人履历的部分，还可起到参考作用。

由此可知，诔碑的性质有相同之处，均重述德与志哀，然而由于碑文使用普遍，后世一直盛行，诔文则随历史的演变而起了质的变化，逐步消失。

东汉之后，树碑之风越发宽泛，虚词浮说，也就引起人们的反感。于是魏桓范《世要论》论铭诔时历数其弊，云是“门生故吏合集财货，刊石纪功，称述勋德，高邈伊、周，下凌管、晏，远追豹、产，近逾黄、邵。善恶无章，得失无效，岂不误哉！”北魏杨衒之《洛阳伽蓝记·城东》内引隐士赵逸语：“所谓生为盗跖，死为夷、齐，妄言伤正，华辞损实。”以致南朝史学家裴松之上表请求禁绝私碑，事见《宋书·裴松之传》。只是此事牵涉的面太广，文词的虚实有时也很难判断，所以南朝后期禁碑之事有之，后世执行者则罕见。

后世每碑碣联称，所谓“丰碑巨碣”。处在等级制度森严的古代，二者原有区别。《隋书·礼仪志三》载隋文帝开皇年间规定：“三品以上立碑，螭首龟趺。趺上高不得过九尺。七品已上立碣，高四尺，圭首方趺。若隐沦道素，孝义著闻者，虽无爵奏，听立碣。”其后各个朝代大都也有所规定，但前后并不一致，而在用词上更是日趋模糊了。一般说来，“碑”字使用较多，有用“碣”者，也可作“碑”理解。

因为碑的形制与内容变化很大，见之于前人记录者亦多，早在唐代，封演在《封氏闻见记》卷六《碑碣》中，李绰在《尚书故实》中，都有介绍碑碣体制和沿革的文字，明代吴讷《文章辨体》、徐师曾《文体明辨》等书中，更有详细的叙述。清人赵翼在《陔馀丛考》卷三十二《碑表》，近人刘师培讲授《文心雕龙》课程时，[①]都对这种文体作了详细的考证，均足参考。

1. 周世盛德，有铭诔（lěi）之文。大夫之材，临丧能诔[①]。诔者，累也；累其德行，旌之不朽也[②]。夏、商已前，其词靡闻。周虽有诔，未被于士[③]。又贱不诔贵，幼不诔长，

---

① 刘申叔遗说、罗常培笔受《文心雕龙诔碑篇口义》，载《国文月刊》第36期，1945年6月。

其在万乘(shèng),则称天以诔之[4]。读诔定谥,其节文大矣[5]。自鲁庄战乘丘,始及于士[6]。逮尼父之卒,哀公作诔,观其"慭(yìn)遗"之辞,"呜呼"之叹,虽非睿作,古式存焉[7]。至柳妻之诔惠子,则辞哀而韵长矣[8]。暨乎汉世,承流而作。扬雄之诔元后,文实烦秽,沙麓撮其要,而挚疑成篇,安有累德述尊,而阔略四句乎[9]!杜笃之诔,有誉前代,吴诔虽工,而他篇颇疏,岂以见称光武,而改盻(xì)千金哉[10]!傅毅所制,文体伦序[11];孝山、崔瑗(yuàn),辨絜(jié)相参:观其序事如传,辞靡律调,固诔之才也[12]。潘岳构意,专师孝山,巧于序悲,易入新切,所以隔代相望,能徽厥声者也[13]。至如崔骃(yīn)诔赵,刘陶诔黄,并得宪章,工在简要[14]。陈思叨名,而体实繁缓,《文皇诔》末,百言自陈,其乖甚矣[15]。若夫殷臣咏汤,追褒玄鸟之祚(zuò);周史歌文,上阐后稷之烈:诔述祖宗,盖诗人之则也[16]。至于序述哀情,则触类而长。傅毅之诔北海,云"白日幽光,氛雾杳冥";始序致感,遂为后式,影而效者,弥取于工矣[17]。详夫诔之为制,盖选言录行,传体而颂文,荣始而哀终[18]。论其人也,暧乎若可觌(dí);道其哀也,凄焉如可伤:此其旨也[19]。

【注释】

① 大夫:周代天子之下有卿、大夫、士三个阶层的官员与上层人物。大夫或为官僚的统称,包括卿在内。大夫之材,临丧能诔:大夫的才干,遇到丧事要能够写出诔文。《诗经·鄘风·定之方中》毛《传》:"丧纪能诔……可谓有德音,可以为大夫。"

② 累:积累,累计。旌:表彰。诔是累列其生平行迹,以表彰其不朽之德。

③ 未被于士：指周代的诔文还未用到士人身上。《礼记·郊特牲》曰："古者生无爵，死无谥。"生前没有爵位，死后没有谥号。"无谥"也就是不累列生平事迹，即没有诔文。

④ 贱不诔贵，幼不诔长：低贱者不能为贵人作诔，小辈不能给长辈作诔。其在万乘，则称天以诔之：天子死后，因没有比天子更贵的，就只能称说是上天为他作诔。《周礼·春官宗伯下》："作六辞以通上下亲疏远近，一曰祠，二曰命，三曰诰，四曰会，五曰祷，六曰诔。"郑玄注引郑众曰："诔谓积累生时德行以锡之命，主为其辞也。"所谓"主为其辞"，是说诔文应由诔主的上级来作。《礼记·曾子问》曰："贱不诔贵，幼不诔长，礼也。唯天子，称天以诔之。"万乘，有兵车万乘，指天子。

⑤ 读诔定谥：通过阅读诔文来确定谥号。谥，根据死者生前事迹而评议出来的称号。节文：礼仪。

⑥ 鲁庄战乘丘，始及于士：士之有诔，自此始也：春秋时鲁庄公与宋国在鲁国乘丘打仗之后，诔文才开始用到士人身上。据《礼记·檀弓上》记载，鲁庄公与宋人战于乘丘，由于马惊车翻，鲁庄公从车上坠下，便责怪驾车的县贲父和作护卫的卜国两人，两人于是奋力赴敌而死，后来才发现翻车的原因是马中箭受惊造成，鲁庄公因错怪县贲父和卜国两人，使他们牺牲了生命，于是为他们作诔。

⑦ 逮：及。尼父：仲尼，指孔子。父为敬词。哀公：鲁哀公，和孔子同时的鲁国国君。"慭遗"之辞，"呜呼"之叹：《左传》哀公十六年载，孔子去世，鲁哀公为其作诔文："旻天不吊，不慭遗一老，俾屏余一人以在位，茕茕余在疚。呜呼哀哉，尼父，无自律！"意思是上天不怜悯，不肯留下这位老人，让我孤独一人在悲痛哀伤。慭，愿，且。睿：明智的。古式：指鲁哀公为孔子作的诔文是古代流传下来的诔文范式。

⑧ 柳妻：柳下惠之妻。惠子：即柳下惠，春秋时鲁国大夫展禽，又字季，因食邑柳下，谥惠，故称柳下惠。辞哀而韵长：文辞悲哀，韵语较长，即篇幅较大。《列女传》卷二载，柳下惠死后，其妻作诔文曰："夫

子之不伐兮，夫子之不竭兮，夫子之信诚而与人无害兮。屈柔从俗，不强察兮。蒙耻救民，德弥大兮。虽遇三黜，终不蔽兮。恺悌君子，永能厉兮。嗟乎惜哉，乃下世兮。庶几遐年，今遂逝兮。呜呼哀哉，魂神泄兮。夫子之谥，宜为惠兮。”这篇诔文不像以前的诔文那样短促，所以说“韵长”。

⑨　暨：及。扬雄：字子云，西汉后期文学家。元后：西汉元帝皇后王政君。文实烦秽：扬雄作《元后诔》，文辞繁琐而不简洁。全文见《艺文类聚》卷十五。挚：挚虞，西晋时期文学家，著有《文章流别论》、《三辅决录注》等。沙麓撮其要，而挚疑成篇：《汉书・元后传》只摘取了扬雄《元后诔》中的四句：“太阴之精（月之精，代指元后），沙麓之灵（元后家正对着沙麓山）。作合于汉，配元生成（配元帝，生成帝）。”但是挚虞却在《文章流别论》里怀疑这四句就是《元后诔》的全文。阔略：疏阔简略。安有累德述尊，而阔略四句乎：哪有累列德泽追述尊行的诔文，只简略到只有四句呢？

⑩　杜笃：字季雅，东汉人。吴诔：杜笃的《吴汉诔》，见《艺文类聚》卷四十七，文不全。《后汉书・文苑・杜笃传》：“笃少博学，不修小节，不为乡人所礼。美阳令收笃送京师。会大司马吴汉薨，光武诏诸儒诔之。笃于狱中为诔，辞最高。帝美之，赐帛免刑。”疏：粗疏。眄：看待。千金：指像千金那样贵重。这段话是说，杜笃的诔文，虽然在前代有声誉，像《吴汉诔》之类写得工整得体，但其他诔文比较粗疏。难道因为汉光武帝曾称赞过《吴汉诔》，就可以将其他粗疏的作品都看得像千金那样贵重吗？刘勰对杜笃的诔文总的说来持批评态度。

⑪　傅毅：字武仲，东汉时期文学家，作有《明帝诔》和《北海王诔》，见《全后汉文》卷四十三。文体伦序：文章写得符合体制而有条理。

⑫　孝山：苏顺的字，东汉人，有《和帝诔》，见《艺文类聚》卷十二。崔瑗：字子玉，东汉人，有《和帝诔》，见严可均《全后汉文》卷四十五。辨絜相参：明晰简洁相结合。靡：细密。调：协调。观其序事如传，辞

靡律调，固诔之才也：看他们所写的诔文，叙事像传记一样，文辞细密，音律协调，确实是写诔文的人才。

⑬ 潘岳：字安仁，西晋时期文学家，善于撰写哀伤类的文字。潘岳构意，专师孝山，巧于序悲，易入新切：潘岳的诔文在构思上专门效仿苏顺，擅长叙述悲情，容易达到新颖而贴切。徽，追美。厥，其，指苏顺。声，声誉。隔代相望，能徽厥声：指潘岳的诔文能与苏顺的诔文隔代并称，并追美其声誉。

⑭ 崔骃：字亭伯，东汉时期文学家。诔赵：崔骃给姓赵的人作的诔文，已散佚。刘陶：字子奇，东汉时期文学家。诔黄：刘陶给姓黄的人作的诔文，已散佚。宪章：前人作诔文的法度。并得宪章，工在简要：都是诔文的典范，好在简明扼要。

⑮ 陈思：曹植。叨名：虚得名声。体实繁缓：文辞繁杂，文气舒缓。乖：指不合“诔”这种文体的要求。《文皇诔》末，百言自陈，其乖甚矣：曹植作有《文帝诔》，此诔的最后百馀字都在借机叙述自己的情感，这大大背离了诔文的体制。

⑯ 汤：殷商之王汤。玄鸟：燕子。祚：赐福。这句指《诗经·商颂》中的《玄鸟》篇，这是一首殷商臣民歌咏商王祖先的诗，此诗追美玄鸟赐福给商朝。周史：周朝掌管典礼的史官。文：周文王。上：前代。阐：阐发。后稷：传说中周之始祖。烈：丰功伟绩。上阐后稷之烈：指《诗经·大雅·生民》中追述后稷的功业。诔述祖宗，盖诗人之则也：累列祖宗的功德而加以叙述，是诗人所遵循的准则。

⑰ 至于序述哀情，则触类而长：至于叙述哀伤之情，那要借助同类事物的触发而产生联想。北海，指光武帝之侄刘兴，封北海王。傅毅之诔北海：傅毅有《北海王诔》，文已残佚。始序致感：一开始在序文就表达情感。《北海王诔》中的序文说到，刘兴死后，其所辖境内，百姓都悲伤得像失去了自己的亲人一样。后式：后世的范式。影而效者，弥取于工矣：如影随形地效仿他写的诔文，越来越追求工巧了。

⑱ 制：体制，法度。选言录行：选择和著录死者生前的言论行

事。传体而颂文：指“诔”的体裁像传记，文辞像颂体。荣始而哀终：诔文开始称述死者的生前功德，在结尾抒发哀伤之情。

⑲ 暧：仿佛。觌：看见。论其人也，暧乎若可觌：论述死者的人品，要让读者仿佛看见他的容貌。道其哀也，凄焉如可伤：表达自己的哀思之情，要凄怆忧伤。此其旨也：这是写作诔文的要求。

【分析】这一段文字说明诔文的写作特徵主要在于累列死者的生前德行，表达哀思之情。同时侧重于辨明“诔”的体制源流及其形式技巧的历史发展情况，兼论历代各家诔文之优劣。刘勰认为诔文的体制特点，就是要求能生动地再现死者生前的言论行迹，体裁如传记，文辞似颂体，开始要述其德行，结尾要表达哀情，并使文辞具有感动人心的作用。

2. 碑者，埤(pí)也；上古帝王，纪号封禅(shàn)，树石埤岳，故曰碑也[①]。周穆纪迹于弇(yǎn)山之石，亦古碑之意也[②]。又宗庙有碑，树之两楹(yíng)，事止丽牲，未勒勋绩；而庸器渐缺，故后代用碑，以石代金，同乎不朽，自庙徂(cú)坟，犹封墓也[③]。自后汉以来，碑碣云起，才锋所断，莫高蔡邕：观杨赐之碑，骨鲠(gěng)训典；陈、郭二文，词无择言；周、胡众碑，莫非清允[④]。其叙事也该而要，其缀采也雅而泽；清词转而不穷，巧义出而卓立；察其为才，自然而至矣[⑤]。孔融所创，有摹伯喈；张、陈两文，辨给足采，亦其亚也[⑥]。及孙绰为文，志在于碑，温、王、郗(chī)、庾，辞多枝杂，《桓彝》一篇，最为辨裁矣[⑦]。夫属碑之体，资乎史才，其序则传，其文则铭[⑧]。标序盛德，必见清风之华；昭纪鸿懿，必见峻伟之烈，此碑之制也[⑨]。夫碑实铭器，铭实碑文，因器立名，事先于诔[⑩]。是以勒石赞勋者，入铭之域；树碑述亡者，同诔之区焉[11]。

【注释】

① 埤：增益。纪号：记功绩，指古代帝王向上天表功明德。封禅：古代帝王受命之后祭祀天地的典礼。封，封泰山，祭天；禅，禅梁父，祭地。梁父：又作梁甫，泰山下面的小山。树石埤岳：竖立石碑，增高山岳。

② 周穆：周穆王。弇山：崦嵫山，在今甘肃省，相传周穆王在这里刻石记功，见《穆天子传》卷三。

③ 两楹：宗庙中庭的两根柱子。丽：系绑。丽牲：拴系祭祀用的牲畜。勒：刻。事止丽牲，未勒勋绩：宗庙中的石碑，本来只是用来拴系祭祀用的牲口，并不在上面勒刻功勋业绩。庸器：古代用以纪功的铜器。徂：到。封墓：聚土为墓。自庙徂坟，犹封墓也：石碑从用于宗庙到用于坟墓，犹如聚土为墓，加高了坟丘。

④ 碑碣：通指石碑，区别是方形为碑，圆形为碣。才锋：指遣词行文的表达能力。断：评断，判断。蔡邕：字伯喈，东汉末年文学家。杨赐之碑：指蔡邕的《太尉杨赐碑》。训典，指《尚书》中《尧典》、《伊训》这类文章。骨鲠训典：以经典为全文的骨干。陈：指蔡邕的《陈太丘碑》，陈太丘指陈寔，字仲弓，汉末人，曾任太丘长。郭：指蔡邕的《郭有道碑》，郭有道指郭泰，字林宗，汉末人，上以有道徵辟而不应。择言：指破败失当的语句。周：指蔡邕的《汝南周勰碑》。胡：指蔡邕的《太傅胡广碑》。清允：清晰得当。

⑤ 该而要：该赡而精要。缀采：连缀文辞。雅而泽：典雅而润泽。清词转而不穷，巧义出而卓立：清丽之辞流转变化而无穷，巧妙文义突出而超群。自然而至：不做作而成为最好的。

⑥ 孔融：字文举，汉末三国时人，建安七子之一。张：指孔融的《卫尉张俭碑铭》，见严可均《全后汉文》卷八十三，文已散佚。陈：指孔融的《陈义碑》，今已不存。辨给足采：文辞便捷明快而富有文采。亚：次。

⑦ 孙绰:字兴公,东晋时期文学家。温、王、郗、庾:指孙绰的《温峤碑》、《丞相王导碑》、《太宰郗鉴碑》和《太尉庾亮碑》,其中《温峤碑》已散佚,其他三篇碑文残缺不全。枝杂:行文枝蔓杂乱。《桓彝》:指孙绰的《桓彝碑》,文已散佚。辨裁:明辨而有裁断。

⑧ 属:撰写。资:依凭。属碑之体,资乎史才:撰写碑文这种体裁的文章,要凭借有作史的才能。其序则传,其文则铭:碑文的叙事近于传记,文辞近于铭文。

⑨ 标序:突出地叙述。清风之华:指死者高风亮节的品格。昭纪:明白地记录。鸿懿:美好的言行。峻伟之烈:指死者卓越宏伟的功业。峻:卓越;烈:功业。

⑩ 碑实铭器,铭实碑文,因器立名,事先于诔:碑实在是刻铭的器物,铭实在是碑上的文字,根据碑这个器物来确定碑文的名称,碑的产生在诔之前。

⑪ 区:区域,类别。勒石赞勋者,入铭之域;树碑述亡者,同诔之区:用刻石来赞扬丰功伟绩的就属于铭的范围;用立碑来陈述死者生前事迹的就同于诔的类别。

【分析】这一段文字介绍“碑”本源于上古帝王祭祀天地的刻石和系祭祀牲畜的石柱,后逐渐发展成为追述死者生前事迹的碑文。刘勰在这里指出“碑”的基本要求是突出叙述死者高风亮节的品格和明白记录死者卓越宏伟的功业,并论述了“碑”、“铭”和“诔”的关系,即以刻石来记录生人功绩的碑文为“铭”,用立碑来累列死者事迹的碑文与“诔”同类。因此,刘勰另立“铭箴”来谈“铭”,而将“诔”和“碑”放在一起讨论。

3. 赞曰:写实追虚,碑诔以立①。铭德纂行,文采允集②。观风似面,听辞如泣③。石墨镌(juān)华,颓影岂戢(jí)④。

【注释】

① 写实:描述死者言行。追虚:追录死者美德。

② 铭德:歌颂美德。即“追虚”。纂行:叙写行迹。即“写实”。允集:适合恰当。

③ 风:风采。似面:犹如亲见其面。

④ 镌:刻。华:华辞,指写得好的碑诔文。颓影:指死者对后世的影响。戢:停止,消失。

【分析】刘勰在赞语中要求碑诔文能写出如见其人、如闻其声的效果,并使之永传后世、影响后人。

哀吊第十三解析

【解题】 刘勰把《铭箴》、《诔碑》、《哀吊》三篇文章连在一起，分列第十一、十二、十三，与萧统在《文选》中把箴、铭、诔、哀、碑文、墓志、行状、吊文、祭文编在一起，思路一致。这些文体都与纪念、哀悼亡者有关，二者排列的程序也约略相同，说明刘勰与萧统在文学观上颇多一致之处。

《诔碑》篇中说："周世盛德，有铭诔之文。"说明铭、诔性质相近，所以《铭箴》、《诔碑》先后连接。刘氏随后作了进一步的分析，曰："夫碑实铭器，铭实碑文，因器立名，事先于诔。是以勒石赞勋者，入铭之域；树碑述亡者，同诔之区焉。"因为"铭"文的主要功能之一为赞勋，碑文重点如果偏于赞勋时，也就进入了"铭"的领域，"诔"的功能重在"述亡"抒哀，也就与《哀吊》为近了。

"铭"字从金，说明早期的"铭"文多铸于钟鼎等铜器之上，后来才慢慢用"石"替代，也就成了碑文。随着历史的演变，文字藉以表现的载体不同，文体也在不断发生变化，《诔碑》篇上说："后代用碑，以石代金，同乎不朽，自庙徂坟，犹封墓也。"说明载体安置的场合不同，文体随之又有变化。

《铭箴》篇曰："朱穆之鼎，全成碑文，溺所长也。"可知铸于鼎上的文字刻到碑上去时，也就发生了差异。刘勰对此似颇不以为然。《诔碑》篇中说："夫属碑之体，资乎史才，其序则传，其文则铭。"因为碑文更重在其史学价值，前面的序，近于传记，这与鼎上之文日益不同，已起变化。

钟鼎上面铸刻文字，因为材质的关系，容量有限，即使像《毛公鼎》、《散氏盘》等大器，也只能多到数百字。碑碣就不同了，镌刻易，容量大，文士多所抒发，于是在“序”的部分便可尽情发挥了。

《哀吊》篇中叙及潘岳写的哀辞，说是“叙事如传，结言摹《诗》，促节四句，鲜有缓句”。则是这种文体形式上自有其特点，在前端的“序”，与碑文又有近似的地方，说明哀辞与碑文既属两种不同文体，又有近似之处。

由此可见，文体并非一成不变，由于载体、场合、对象的差异，文体时时处在变化之中，这就对文体论者造成了很大困惑。

张融《门律自序》曰：

> 夫文岂有常体，但以有体为常，政当使常有其体。丈夫当删《诗》《书》，制礼乐，何至因循寄人篱下？

他在临终戒子书中又说：

> 吾文体英绝，变而屡奇，既不能远至汉魏，故无取乎晋宋。

大家知道，张融在南朝文坛上是颇具异端色彩的一位名士。他的这些言论，反映出了一种内在的矛盾，既想纵笔抒写，不想墨守文体的矩矱，又不想彻底突破矩矱。这种两难的心态，体现了这一时期两种时代潮流的冲突与激荡。①

张融讲的是他个人的风格，却也涉及许多语言方面的问题，所以他还说到“政以属辞多出，比事不羁，不阡不陌，非途非径耳”。这就必然会在文体上有所反映。刘勰论文体，也每牵涉属辞方面许多复杂情况，同样关注文体方面的守成与出新。

---

① 参看吴正岚《六朝江东大族的家学门风》第三章《吴郡张氏的家学门风》第二节《张融文采风流的独特性及其对侨姓文化的批判》，南京大学出版社2003年11月版。

南朝社会正处在两种似乎相悖的潮流之中。一是玄学风行，文士追求自由与洒脱，要求突破一切陈式，另一方面则又是礼学的盛行。这一时段，士族长期居于高位，要求严格的礼制来维护各阶层的规范。这种现状，反映在意识形态领域，也就是文体的要求固定，人们交往时，必须遵循伦理所规定的各种要求。礼仪繁复，所谓“威仪三千”，于此又不能有大的逾越。而文士追求放浪，则又常是不受约束，在人际交往上如此，见之于文字，也就是要求突破文体方面约定俗成的规定。

刘勰的态度趋向于守成。他要求严格遵循各种文体的要求，这有其合理的地方，因为内容必须有当时普遍认可的形式去呈现。因此在《文心雕龙》的文体论中，“敷理以举统”部分，刘勰用了很多笔墨阐述各种文体的要求，随之指出几种相近的文体之间的细致差别之处。如上面所引用过的那样，《诔碑》中云：“是以勒石赞勋者，入铭之域；树碑述亡者，同诔之区焉。”这样同时也就承认了时代变迁之后已经形成的文体要求。

从这些地方看来，刘勰认为文体是有变化的，人生活在某一阶段，应该接受现实，但不能过度破坏文体的稳定性。他在文体问题上的这些看法，值得后人进一步去探讨。

至于“哀”、“吊”二者的区别，詹锳《文心雕龙义证》中说得比较扼要，今介绍如下：

> 哀辞和吊文的区别，从本篇的说明来看，是哀辞多施于幼童，吊文多施于古人。从表面形式上来看，哀辞是四言体与骚体并用，而吊文一概属于骚体。至于《昭明文选》的“哀”类，“哀上”收潘岳《哀永逝文》，是伤妻之辞。“哀下”所收对皇后的两篇“哀策文”，和刘勰所论似不属于一体。

詹锳最后提到《文选》“哀下”中有关皇后的两篇哀策文，当因不合刘勰的理念而不予提及，不能说是刘勰已把它们排斥在“哀”

这一文体之外。《哀吊》中说:"隐心而结文则事惬,观文而属心则体奢。奢体为辞,则虽丽不哀;必使情往会悲,文来引泣,乃其贵耳。"可知刘勰看重的是内中的感情要素。《文选》中所收的这两篇皇后哀策文,正是"奢体为辞"的代表作,宜乎刘勰弃之不顾。萧统毕竟是王室中人,对于这类富丽堂皇的官样文章,自然也要备此一格,以示帝王家属身份的不同寻常。

1. 赋宪之谥(shì),短折曰哀①。哀者,依也。悲实依心,故曰哀也②。以辞遣哀,盖下流之悼,故不在黄发,必施夭昏③。昔三良殉秦,百夫莫赎,事均夭枉,《黄鸟》赋哀,抑亦诗人之哀辞乎④?暨汉武封禅,而霍嬗(shàn)暴亡,帝伤而作诗,亦哀辞之类矣⑤。降及后汉,汝阳主亡,崔瑗(yuàn)哀辞,始变前式⑥。然"履突鬼门",怪而不辞,"驾龙乘云",仙而不哀;又卒章五言,颇似歌谣,亦仿佛乎汉武也⑦。至于苏顺、张升,并述哀文,虽发其情华,而未极其心实⑧。建安哀辞,惟伟长差善,《行女》一篇,时有恻怛⑨。及潘岳继作,实钟其美。观其虑赡辞变,情洞悲苦,叙事如传,结言摹《诗》,促节四言,鲜有缓句⑩;故能义直而文婉,体旧而趣新⑪,《金鹿》《泽兰》,莫之或继也⑫。原夫哀辞大体,情主于痛伤,而辞穷乎爱惜⑬。幼未成德,故誉止于察惠;弱不胜务,故悼加乎肤色⑭。隐心而结文则事惬,观文而属心则体奢⑮。奢体为辞,则虽丽不哀;必使情往会悲,文来引泣,乃其贵耳⑯。

【注释】

① 赋:公布。宪:法令。赋宪之谥:根据公布法令的谥法。短

折：短命而死或年幼而死。这句话出于《逸周书·谥法解》："早孤短折曰哀，恭仁短折曰哀。"

② 悲实依心：悲哀之情确实依附内心，指悲是由内心发出来的。

③ 遣：表达。下流：幼小之辈。黄发：老人。施：施加于，用在。夭：夭折。昏：未名而死，指孩童未满三月而死去，古代孩童满三月取名。不在黄发，必施夭昏：指哀辞的适用对象不在老人，而是针对短命夭折者。挚虞《文章流别论》也说哀辞"率以施于童殇夭折，不以寿终者"。

④ 三良殉秦：春秋时秦国穆公死后，把子车氏的三个儿子一起陪葬，见《左传》文公六年。三良：三个好人，指子车氏的三个儿子，名为奄息、仲行(háng)、鍼(qián)虎。百夫莫赎：指很多人都换不回死去的"三良"。赎，换回。事均夭枉：指"三良"的死跟年幼而死相同。夭枉，夭折枉死。《黄鸟》：《诗经·秦风》中的一篇，为哀悼"三良"而作，中有"彼苍者天，歼我良人，如可赎兮，人百其身"之句。抑亦：也许是。

⑤ 暨：及。汉武：汉武帝刘彻。霍嬗：西汉大将霍去病的儿子，字子侯。据《汉书·霍去病传》记载，汉武帝到泰山举行封禅典礼，霍嬗奉命陪驾，归途中暴死。帝伤而作诗：汉武帝为霍嬗的死而哀伤，并为其作悼诗，《汉书·武帝纪》、《风俗通义·正义》及《艺文类聚》卷五十六并载此事，均不载汉武所作歌诗。然《云笈七签》卷一百一十《洞仙传》载汉武帝所作歌诗"嘉幽兰兮延秀"云云，不可信。

⑥ 汝阳主：汝阳长公主，汉和帝女，名刘广。崔瑗哀辞：崔瑗作《汝阳主哀辞》，文已散佚。前式：指哀辞最初只为夭折者而写的范式，后来的哀辞就不限于哀悼夭折者。

⑦ "履突鬼门"，怪而不辞，"驾龙乘云"，仙而不哀：这些是刘勰对崔瑗《汝阳主哀辞》的评价，其中"履突鬼门"、"驾龙乘云"应是《汝阳主哀辞》中的原话。刘勰称这些文辞怪异而不通，谓汝阳主入于仙

境而诔文却写得不悲哀。不辞：文辞不妥。卒章：文章的最后。仿佛乎汉武：指崔瑗的《汝阳主哀辞》与汉武帝为霍嬗所作的哀辞相似。《汝阳主哀辞》已佚，但从刘勰的叙述来看，他应当是见过原文的。

⑧ 苏顺：字孝山，东汉人。张升：字彦真，东汉人。虽发其情华，而未极其心实：指苏顺、张升两人的哀文写得有感情，却没有充分反映内心的真实感受。心实：内心的真实感受。

⑨ 建安：汉献帝年号，公元196—220年。伟长：徐幹的字，汉末三国人，建安七子之一。差：比较。《行女》：指徐幹的《行女哀辞》，文已散佚。恻怛：悲痛。

⑩ 钟：聚集。虑赡：考虑周到。洞：深入。结言摹《诗》：组织语言模仿《诗经》。促节四言，鲜有缓句：使用音节急促的四言句，很少有舒缓的句式。

⑪ 义直而文婉，体旧而趣新：含义纯直而文辞悲婉，体裁虽旧而趣味却新。

⑫ 《金鹿》：指潘岳的《金鹿哀辞》。《泽兰》：指潘岳的《为任子咸妻作孤女泽兰哀辞》。莫之或继：没有人能继续写出像潘岳这么得体的哀辞。

⑬ 大体：指哀辞的主要特点。穷：极尽。

⑭ 成德：形成品德。誉：称赞。察惠：聪明颖慧。胜务：担任具体事务。肤色：容貌。

⑮ 隐：痛。惬：切合。属：附着。奢：浮夸。隐心而结文则事惬，观文而属心则体奢：把痛苦的心情写成哀文则情辞切合，为了写哀文而表示痛心则情辞浮夸。此句可与《情采》篇中“昔诗人什篇，为情而造文；辞人赋颂，为文而造情”之句相发明。

⑯ 奢体为辞：用浮夸写出来的文辞。会：融合。引泣：指哀文能使人感动落泪。

【分析】这一段文字介绍"哀"体的意义及其应用范围,认为其本义是为年幼而死的孩童而写的,至于为不幸亡故的人而写的哀文,则是"哀"的引申义,不能算是正体。在论述前代各家的哀文作品时,刘勰认为东汉崔瑗的哀辞开始与前人所写有所不同,并高度称许潘岳的哀文作品,认为潘文聚集了所有哀辞的写作优点。另外,刘勰还讲到"哀"的写作特点,指出"隐心而结文则事惬,观文而属心则体奢",要求写作哀文要抒发真实情感,反对文辞浮夸奢靡而内容空洞的作品。所以,哀文的可贵之处就在于"情往会悲,文来引泣",也就是要有感动人心的实感真情。

2. 吊者,至也。《诗》云:"神之吊(dì)矣。"言神至也[①]。君子令终定谥,事极理哀,故宾之慰主,以至到为言也;压溺乖道,所以不吊矣[②]。又宋水郑火,行人奉辞,国灾民亡,故同吊也[③]。及晋筑虒(sī)台,齐袭燕城,史赵、苏秦,翻贺为吊,虐民构敌,亦亡之道。凡斯之例,吊之所设也[④]。或骄贵以殒身,或狷忿以乖道,或有志而无时,或行美而兼累,追而慰之,并名为吊[⑤]。自贾谊浮湘,发愤《吊屈》,体周而事核,辞清而理哀,盖首出之作也[⑥]。及相如之《吊二世》,全为赋体,桓谭以为其言恻怆,读者叹息;及卒章要切,断而能悲也[⑦]。扬雄《吊屈》,思积功寡,意深《反骚》,故辞韵沈膇(zhuì)[⑧]。班彪、蔡邕,并敏于致诘,然影附贾氏,难为并驱耳[⑨]。胡、阮之吊夷齐,褒而无间,仲宣所制,讥呵实工[⑩]。然则胡、阮嘉其清,王子伤其隘,各其志也[⑪]。祢衡之吊平子,缛丽而轻清;陆机之吊魏武,序巧而文繁[⑫]。降斯以下,未有可称者矣。夫吊虽古义,而华辞末造[⑬];华过韵缓,则化而为赋[⑭]。固宜正义以绳理,昭德而塞违,剖析褒贬，哀而有正，则无夺伦矣⑮。

【注释】

① 至：到。神之吊矣：这是《诗经·小雅·天保》中的诗，说祖先神灵已降临。

② 令终：善终，指正常死亡。定谥：确定谥号，泛指办理丧事。以至到为言：指宾客的到来就是"吊"。《说文解字·人部》曰："弔，问终也。从人弓。"《说文解字》中原作"弔"，今按规定统一改用"吊"。事实上，上面所举《诗经》中"神之吊（dì）矣"之"吊"与此处所说"吊丧"之"吊"音义均不同，刘勰例举《诗经》以明之，乃"宗经"之意。压溺乖道，所以不吊：《礼记·檀弓上》说到，有三种情形死去的人，人们不必为其哀吊，一是"畏"，被人强加罪名攻击却不作辩解而死；二是"压"，到危险的地方被崩塌之物压死；三是"溺"，在渡河游泳时淹死。压溺，即指上述情形死去的人。乖道，不是善终，指非正常死亡。

③ 宋水：据《左传》记载，庄公十一年，宋国发生水灾。郑火：据《左传》记载，昭公十八年，郑国发生火灾。行人：官名，各国的外交使节。奉辞：致辞慰问。同吊：指各国外交使节对水火之灾的慰问，与哀吊的意义相同。

④ 晋筑虒台：据《左传》记载，昭公八年，晋平公修筑虒台，即虒祁宫，鲁国派叔弓、郑国派游吉去祝贺。齐袭燕城：据《战国策·燕策一》记载，齐宣王趁燕国有丧事而攻打燕国，占领十座城池。史赵：春秋时晋国太史。苏秦：战国时纵横家。翻贺为吊：指史赵和苏秦认为"晋筑虒台"和"齐袭燕城"这类的事情不应祝贺，而应该哀吊。虐民构敌，亦亡之道：指晋国筑虒祁宫而残害人民与齐国攻打燕国而结成仇敌，也是亡国之路。设：设立，成立。

⑤ 或骄贵以殒身，或狷忿以乖道，或有志而无时，或行美而兼累，追而慰之，并名为吊：有的人由于骄傲过度而丧命，有的人由于褊

急忿恨而违背正路，有的人胸怀大志而生不逢时，有的人拥有美好才能同时也有其缺点，追念他们并加以慰问，都称为“吊”。

⑥ 浮：渡过。湘：湖南湘江。《吊屈》：指贾谊的《吊屈原文》。体周而事核：体制周密，取事精要。辞清而理哀：文辞清丽，含意悲哀。首出之作：指贾谊的《吊屈原文》是最早出现的吊文。

⑦ 相如之《吊二世》：指司马相如的《哀秦二世赋》，见《史记·司马相如传》。桓谭：字君山，东汉人。恻怆：哀伤。要切：扼要而确切。断而能悲：指读完司马相如的《哀秦二世赋》之后，作出判断，才能感到悲痛。断，指作出判断。

⑧ 扬雄《吊屈》：指扬雄的《反离骚》，《汉书·扬雄传》载扬雄吊屈原而作《反离骚》。思积功寡：思考很多而成就不大。意深《反骚》：指扬雄的《反离骚》立意重在反诘屈原的《离骚》。《汉书·扬雄传》载扬雄作《反离骚》，“往往摭《离骚》之文而反之”。沈膇：脚肿，这里指文辞沉滞不流畅。

⑨ 班彪、蔡邕，并敏于致诘：指班彪的《悼离骚》和蔡邕的《吊屈原文》，都擅长于提出疑问。影附贾氏：指班、蔡两人的文章都有模仿贾谊的痕迹。并驱：并驾齐驱。

⑩ 胡、阮之吊夷齐：指胡广的《吊夷齐文》和阮瑀的《吊夷齐文》。间：指责。仲宣所制：指王粲的《吊夷齐文》；仲宣是王粲的字。讥呵实工：指王粲的《吊夷齐文》对伯夷、叔齐的批评实在巧妙。

⑪ 然则胡、阮嘉其清，王子伤其隘，各其志也：那么胡广、阮瑀赞美伯夷、叔齐的清高，王粲批评伯夷、叔齐的狭隘，是由于他们各有自己的观点。

⑫ 祢衡之吊平子：指祢衡的《吊张衡文》。祢衡：字正平，汉末三国时期文学家。张衡：字平子，东汉时期文学家。缛丽而轻清：文辞华丽而又轻巧清新。魏武：魏武帝曹操。陆机之吊魏武：指陆机的《吊魏武帝文》。序巧而文繁：序写得巧妙而文辞繁缛。

⑬ 末造：后代。华辞末造：后世哀文才使用华丽的辞藻。

⑭ 华过韵缓，则化而为赋：文辞华丽过分而情韵滞缓，就变成赋了。

⑮ 正义：正解的观点。绳理：纠正事理。昭德：宣扬美德。塞违：防止错误。剖析：分析。正：指内容纯正。伦：理，这里指吊文的正常体制。

【分析】这一段文字介绍"吊"的两种意义及其应用范围。一是对国家遭遇天灾人祸的重大事件的吊慰，这是对生者的慰问；二是对前人的不幸遭遇进行凭吊，这是对死者的吊文，"吊"这文体就主要指后者。对于前代各家的吊文，刘勰的总体评价并不高。另外，刘勰提到了"吊"的写作特点，指出吊文在后世的写作过程中过于追求华丽的文辞而导致情韵滞缓，失去了吊文的正常体制而变成赋体；而"吊"的正常体制则是"正义以绳理，昭德而塞违，剖析褒贬，哀而有正"，即用正确观点来纠正事理，宣扬美德以防止错误，要有所分析地加以赞美或批评，能够正确地表达悲哀之情。

3. 赞曰：辞之所哀，在彼弱弄①。苗而不秀，自古斯恸(tòng)②。虽有通才，迷方失控③。千载可伤，寓言以送。④

【注释】

① 弱弄：幼童。辞之所哀，在彼弱弄："哀辞"所伤痛的，在于那些夭折的幼小孩童。

② 秀：庄稼抽穗开花。苗而不秀：幼苗不能成长。这里代指孩童过早死去。自古斯恸：从古以来都是极其悲痛的。

③ 虽有通才，迷方失控：即使有精通写作的才能，也会有迷失方向、失去控制的时候。这里是对"或骄贵以殒身，或狷忿以乖道，或有志而无时，或行美而兼累"这四种"吊"的情况而言。

④ 寓:寄托。送:表达。千载可伤,寓言以送:这些千古可悲的事情,可以寄寓在“吊”的文辞中来表达。

【分析】刘勰在赞语中再一次明确区分了“哀”和“吊”两种文体的应用范围:“哀”主要是为哀伤那些夭折的幼童而作,“吊”主要是为凭吊前人而作。

杂文第十四解析

【解题】《杂文》这一篇名，与前面几篇文章的命名方式不同。即以《明诗》、《乐府》而言，一看就可明白讨论的是"诗"与"乐府"这两种文体，《颂赞》、《祝盟》二文，就可明白前文讨论的是颂、赞两种文体，后文讨论的是祝、盟两种文体。《杂文》不然，讨论的是对问、七、连珠以及典、诰、誓、问等众多文体，其中又以对问、七、连珠为重点，典、诰、誓、问等等只是略举其名而已。

从"杂"字而言，就可知道，刘勰对这类文体不太重视。"杂"为庞杂，对纯正而言，不"纯"，终非正宗。文中还说到："凡此三者，文章之枝派，暇豫之末造也。"这里用上"暇豫"一词，说明这类文体可供休闲娱乐之需，这就古人而言，认为只是小道可观而已。

这些文体在形式上有其特定要求。对问，通过客主二者的对话申发旨意；七体，客分七层逞其雄辩；连珠，则是句意连环，历历如贯珠，富有节奏感。情况表明，这些文体，自始就形成了一种套路，后人不大会在固有的程式之外再有什么大的扩展，这样也就不免日趋萎缩而衰竭。

"对问"这种文体到底起于何时？刘勰以为起于宋玉笔下，从现存《文选》中的《宋玉对楚王问》中尚可窥其体制。章太炎《文学总略》中则认为出于《楚辞》中的《大招》、《招魂》等文。然六朝之时将这种文体取名"对问"，可能即与《对楚王问》中的"问"字有关。"七"体之兴，刘勰以为起于枚乘《七发》，从"七"字而言，这话当然是不错的，章学诚在《文史通义·诗教上》中则说《孟子》中的“孟子答齐宣王”中已可见其端倪。从“对问”、“七”文的外在形迹看，章太炎、章学诚的说法自然都有道理，然从这类文体的学术渊源来说，章学诚的看法尤应注意。“七”体之中的首出之作枚乘《七发》，也是吴客就楚太子的发问，逐项申述其主张。楚太子有疾，吴客进行规谏，劝他不要耽于声音之妙，饮食之美，车马之盛，巡游之乐，田猎之壮，观涛之奇，太子均以为未得要领，吴客最后推荐方术之士，进天下之要言妙道，太子就“霍然病已”。吴客列举的这些“辩士”，“若庄周、魏牟、杨朱、墨翟、便蜎、詹何之伦”，可知他所宣扬的是战国时期游士的要言妙道。孟子等人，奔走各国，游说诸侯，实际上也属游士一类，因此章学诚在《诗教上》中提出的“至战国而后世之文体备”，很有启发意义。如作进一步的申述，则又可见中国文学实受纵横家的影响为大。就以孟子而言，也不脱游士的风概，实与纵横家的作风为近。

“连珠”一体，虽较后出，然从其体制而言，也与战国游士的说辞相似。即以大家普遍认为首出的扬雄之作，抑或后人普遍推崇的陆机《演连珠》而言，第一句都用“臣闻……”开头，就可看出其承袭的是什么传统了。《北史·李先传》上说是有《韩子·连珠》二十二篇，论者以为就是今本《韩非子》中的《储说·内外篇》，而这正是韩非所积累的资料，供游士游说诸侯时使用。

追溯源头，连珠一体也出于战国时的纵横习俗。

刘勰在《时序》篇中言及战国时期学界取得的成就，云是：“春秋以后，角战英雄，六经泥蟠，百家飙骇。方是时也，韩、魏力政，燕、赵任权；五蠹、六虱，严于秦令，唯齐、楚两国，颇有文学。齐开庄衢之第，楚广兰台之宫。孟轲宾馆，荀卿宰邑，故稷下扇其清风，兰陵郁其茂俗。邹子以谈天飞誉，驺奭以雕龙驰响，屈平联藻于日月，宋玉交彩于风云：观其艳说，则笼罩《雅》、《颂》，故知炜烨之奇意，出乎纵横之诡俗也。”由此可知齐、楚二地对于中国古代文化的贡献之大，影响之深。这就说明伴随着百家争鸣而出现的纵横习俗，不但促进了当时文学的发展，还对后代文学继续发生其影响。因此，后人观察文体演变，应该具有学术史的眼光。

只是纵观这些文体，在后人手中，已经形成了一种固定的模式，读者读的多了，总会产生一种陈陈相因的感受。初起的作者，施展才华的空间还较大，后起的作者，虽然也在力求变化，但像是拳师关在笼子里施展拳脚一样，作者要把很大的精力放在技巧的琢磨上，读者的脑海中形成不起千变万化不可测度的感受。由于这些文体内容与形式方面大体已趋固定，过度追求人功之力，又会让人产生一种不自然的感觉。文人染指者少，也就成了不可避免之事。

范文澜释《杂文》最后一段文字曰：

> 凡此十六名，虽总称杂文，然典可入《封禅篇》，诰可入《诏策篇》，誓可入《祝盟篇》，问可入《议对篇》，曲操弄引吟讽谣咏可入《乐府篇》，章可入《章表篇》，所谓“各入讨论之域”也。（览，略，篇，或可入《诸子》篇。）①

这种看法可以成立；就像“七”体，一般文学史家都认为与辞赋实际上无大区别。只是这些各有其专门用途的杂文文体，到了汉代已有较大发展，已从偏裨成为主将，然又缺乏名文可作示范，所以刘勰放在《杂文》中附带作些介绍。

1. 智术之子，博雅之人，藻溢于辞，辞盈乎气。苑囿文情，故日新殊致①。（一）宋玉含才，颇亦负俗，始造“对问”，以申其志，放怀寥廓，气实使之②。（二）及枚乘摛（chī）艳，

① 《文心雕龙注》卷三《杂文第十四》注（三十一），人民文学出版社 1959 年 9 月第一版，1960 年 4 月第二次印刷。

首制《七发》，腴辞云构，夸丽风骇。盖七窍所发，发乎嗜欲，始邪末正，所以戒膏粱之子也[③]。（三）扬雄覃思文阁，业深综述，碎文琐语，肇为“连珠”，其辞虽小，而明润矣[④]。凡此三者，文章之枝派，暇豫之末造也[⑤]。（四）

【注释】

① 智术：智慧才能。博雅：博通高雅。藻：藻饰。辞：言辞。气：人的气质、个性。苑囿：本义指动植物园子，可借指事物荟萃之所，这里作动词用，有荟萃、萃聚意。文情：文辞情思。殊致：特殊的风致。

② 宋玉含才，颇亦负俗，始造“对问”，以申其志，放怀寥廓：宋玉，战国楚人，屈原后重要辞赋家，有《九辨》、《风赋》等。《史记·屈原贾生列传》：“屈原既死之后，楚有宋玉、唐勒、景差之徒者，皆好辞而以赋见称。”负俗，与世俗不和谐，而为世俗议论、讥讽。对问，指宋玉《对楚王问》。见《文选》卷四十五。申，申述。志，志向。放怀，开张胸怀。寥廓，高远宽广。这几句出自宋玉《对楚王问》，此文开篇曰：“楚襄王问于宋玉曰：先生其有遗行与，何士民众庶不誉之甚也？”宋玉以凤凰、鲲鱼自比，说自己的志向有天地之高、江海之大，所以曲高和寡。

③ 枚乘：西汉中期文学家。摛艳：铺陈艳丽辞藻。《七发》：篇名，见《文选》卷三十四。腴辞：丰美的辞藻。云构：云集。夸丽：华丽。风骇：天风惊飞。七窍：头面部的七个孔窍，眼二、耳二、鼻孔二、口。嗜欲：嗜好和欲望。膏粱子弟：富贵人家的子弟。《文选》枚乘《七发》李善题注曰：“七发者，说七事以启发太子也……枚乘事梁孝王，恐孝王反，故作七发以谏之。”七事分别是听琴、尝美味、乘骏马、游观、狩猎、观潮、闻道，《七发》以为前六种只是满足人眼、耳、口、鼻的嗜欲之乐，是人生的斜径，而闻“要言妙道”才是人生的正路。

④ 扬雄：西汉后期著名学者与文士，撰有《甘泉铭》、《羽猎赋》、《长扬赋》等。覃思：沉思，深思。《汉书·叙志》曰：“旧闻扬雄覃思，《法言》《太玄》。”颜师古注：“覃，大也，深也。”《汉书·扬雄传》云扬雄

"默而好深湛之思"。文阁:此处当指天禄阁。《汉书·扬雄传》载:"雄校书天禄阁,上治狱事,使者来欲收雄,雄恐不能自免,乃从阁上自投下,几死。京师为之语曰:惟寂寞,自投阁。爰清静,作符命。"业:这里指扬雄有志于以学问为事业。《汉书·扬雄传》云扬雄"实好古而乐道,其意欲求文章成名于后世"。综:统合贯通。述:这里指扬雄《太玄》、《法言》等著述。"述"是古代相对于"作"的一种著述方式,孔子说自己"述而不作",《汉书·扬雄传》云:"(雄)以为经莫大于《易》,故作《太玄》;传莫大于《论语》,作《法言》。"肇:开始。连珠:篇名,已散佚,残句见《文选》李善注、《艺文类聚》卷五十七等。明润:明洁温润。傅玄《叙连珠》曰:"连珠者……其文体辞丽而言约,不指说事情,必假喻以达其旨,而览者微悟,合于古诗劝兴之义,欲使历历如贯珠,易睹而可悦,故谓之连珠也。"

⑤ 枝派:分支流派。暇豫:闲暇娱乐。末造:不重要之物。

【分析】这一段指出"对问"、"七"、"连珠"三种文体的肇始之作及其奠定的文体特徵。可分四节:(一)从智术、博雅型作者的个性、情感、言辞特徵谈起,认为杂文是这些作者荟萃文情、日新风致的结果。(二)论述宋玉个性特徵与《对楚王问》创作的关系。(三)指出枚乘《七发》的文学特徵和社会功用。(四)阐发连珠文体特徵及其与扬雄为人、为学的关系。

2. 自"对问"以后,东方朔效而广之,名为《客难》,托古慰志,疏而有辨①。扬雄《解嘲》,杂以谐谑,回环自释,颇亦为工②。班固《宾戏》,含懿采之华③;崔骃(yīn)《达旨》,吐典言之裁④;张衡《应间》,密而兼雅⑤;崔寔(shí)《客讥》,整而微质⑥;蔡邕《释诲》,体奥而文炳⑦;景纯《客傲》,情见而采蔚:虽迭相祖述,然属篇之高者也。⑧至于陈思《客问》,辞高而理疏[9]；庾敳(yí)《客咨》，意荣而文悴：斯类甚众，无所取才矣[10]。(一) 原夫兹文之设，乃发愤以表志[11]。身挫凭乎道胜，时屯寄于情泰[12]，莫不渊岳其心，麟凤其采，此立体之大要也[13]。(二)

【注释】

① 东方朔效而广之，名为《客难》，托古慰志，疏而有辨：东方朔，西汉中期文学家。客难，篇名。见《汉书·东方朔传》及《文选》卷四十五。疏，疏阔，粗疏。辨，明辨事理。《汉书·东方朔传》载《客难》创作缘起："朔上书陈农战强国之计，因自讼独不得大官，欲求试用其言，专商鞅、韩非之语也，指意放荡，颇复诙谐，辞数万言，终不见用。朔因著论，设客难己，用位卑以自慰谕。"《客难》假客人之口批评东方朔"悉力尽忠以事圣帝，旷日持久，官不过侍郎，位不过执戟"，东方朔以乐毅、李斯、郦食其等战国游士设论，说明"彼一时也，此一时也"的道理，所以刘勰评论《客难》"托古慰志，疏而有辨"。

② 扬雄《解嘲》，杂以谐谑，回环自释，颇亦为工：《解嘲》，篇名。见《汉书·扬雄传》及《文选》卷四十五。谐谑，诙谐逗趣。回环，循环往复。释，解，解释。工，工巧。《汉书·扬雄传》："哀帝时，丁、傅、董贤用事，诸附离之者，或起家至二千石。时雄方草《太玄》，有以自守，泊如也。或嘲雄以玄尚白，而雄解之，号曰《解嘲》。"《解嘲》以颜色逗趣，如玄白。扬雄著作名《太玄》，玄有黑色意，因此时《太玄》尚未完成，故云其犹白未黑，白又有"无禄位"意。又如朱紫。《太玄》曰："纡青拕紫，朱丹其毂。"又云："客徒欲朱丹吾毂，不知一跌，将赤吾之族也。"诙谐而精警。《解嘲》排比用典，亦用趣典，如其列举"为可为于可为之时"的诸人，有蔺相如、商山四皓、公孙弘、霍去病，最后说自己也不能如"司马长卿窃訾于卓氏，东方朔割炙于细君"，即涉谐谑。故刘勰评此文"杂以谐谑，回环自释"。

③ 班固《宾戏》，含懿采之华：《宾戏》，篇名。见《汉书·叙传》及

《文选》卷四十五。懿采，美好的文采。《汉书·叙传》："(班)固永平中为郎，典校秘书，专笃志于博学，以著述为业，或讥以无功；又感东方朔、扬雄自谕以不遭苏、张、范、蔡之时，曾不折之以正道，明君子之所守，故聊复应焉。其辞曰《宾戏》。"

④ 崔骃《达旨》，吐典言之裁：崔骃，东汉初文学家，著有《达旨》、《与窦宪书》等。《达旨》，篇名。见《后汉书·崔骃传》。典言，典正之言。裁，裁断。《后汉书·崔骃传》："(骃)年十三，能通《诗》、《易》、《春秋》，博学有伟才，尽通古今训诂、百家之言，善属文。少游太学，与班固、傅毅同时齐名。常以典籍为业，未遑仕进之事，时人或讥其太玄静，将以后名失实，骃拟扬雄《解嘲》，作《达旨》以答焉。"《达旨》最后列举"原衰见廉于壶飧"、"宣孟收德于束脯"、"吴札结信于丘木"、"展季效贞于门女"、"颜回明仁于度毂，程婴显义于赵武"，并表示"仆诚不能编德于数者，窃慕古人之所序"，这些人都是仁义贞廉的有德之人，所以刘勰评此文"吐典言之裁"。

⑤ 张衡《应间》，密而兼雅：《应间》，篇名。见《后汉书·张衡传》。间，非议。密，绵密，周密。雅，雅正。《后汉书·张衡传》："顺帝初，再转，复为太史令。衡不慕当世，所居之官，辄积年不徙，自去史职，五载复还，乃设客问作《应间》，以见其志云。"《应间》假托批评者提出"前哲首务，务于下学上达，佐国理民"的学而优则仕的价值观，本人则提出"愍三坟之既颓，惜八索之不理。庶前训之可钻，聊朝隐乎柱史。且韫椟以待价，踵颜氏以行止"的可学可仕的人生价值观，故刘勰称其"密而兼雅"。

⑥ 崔寔《客讥》，整而微质：崔寔，崔骃孙，崔瑗子，东汉后期文学家。《客讥》，篇名。见《艺文类聚》卷二十五，文已不完整。整，整饬。质，质朴，相对于"文"而有文采不足之意。

⑦ 蔡邕《释诲》，体奥而文炳：蔡邕，东汉末著名文学家，有《郭林宗碑》、《陈太丘碑》等。《释诲》，篇名。释，解释。诲，教诲。见《后汉书·蔡邕传》。体，主体，根本，此处指内容。奥，玄奥、玄妙。文，文

采。炳，明亮，有光彩。《后汉书》本传曰："桓帝时，中常侍徐璜、左悺等五侯擅恣，闻邕善鼓琴，遂白天子，敕陈留太守督促发遣，邕不得已，行到偃师，称疾而归。闲居玩古，不交当世，感东方朔《客难》及扬雄、班固、崔骃之徒设疑以自通，乃斟酌群言，韪其是而矫其非，作《释诲》以戒厉云尔。"《释诲》意在回应东方朔《客难》、扬雄《解嘲》、班固《宾戏》、崔骃《达旨》等提出的人生道路和选择理由，指出其是非曲直，文章自三皇五代写起，大量用典，文采斐然，故刘勰评其"体奥而文炳"。

⑧　景纯《客傲》，情见而采蔚：虽迭相祖述，然属篇之高者也：景纯，郭璞，字景纯，东晋著名学者和文学家，有《江赋》、《游仙诗》等。《客傲》，篇名。见《晋书·郭璞传》。采蔚，文采蔚然。《晋书》本传曰："璞既好卜筮，缙绅多笑之，又自以才高位卑，乃著《客傲》。"《客傲》篇末曰："若乃庄周偃蹇于漆园，老莱婆娑于林窟。严平澄漠于尘肆，梅真隐沦乎市卒。梁生吟啸而矫迹，焦先混沌而槁杌。阮公香酣而卖傲，翟叟遁形以倏忽。吾不能几韵于数贤，故寂然玩此玄策与智骨。"可见此文有情思浓郁而文采斐然的特点。迭相祖述：相互效法。属篇：连缀成篇，指篇章。

⑨　陈思《客问》，辞高而理疏：陈思，指陈思王曹植。据上下文，《客问》当为篇名，然未见徵引著录，《文选》李善注数引曹植《辩问》，范文澜《文心雕龙注》云："疑《客问》当作《辩问》。"若是，今仅存四句。理疏：说理粗疏。

⑩　庾敳《客咨》，意荣而文悴：斯类甚众，无所取才矣：庾敳，东晋时学者、文学家。《客咨》，篇名，其文今已不存。意荣，文意丰富。文悴，文采衰弱。无所取才：无可取之处。

⑪　发愤：抒发愤懑。语出司马迁《报任安书》："盖西伯拘而演《周易》；仲尼厄而作《春秋》；屈原放逐，乃赋《离骚》；左丘失明，厥有《国语》；孙子膑脚，《兵法》修列；不韦迁蜀，世传《吕览》；韩非囚秦，《说难》、《孤愤》。《诗》三百篇，大抵贤圣发愤之所为作也。"表志：表达志向。

⑫ 身挫：身受挫折。道胜：以道术取胜。时屯：时世艰难。情泰：情思泰然。

⑬ 渊：深水。岳：高山。麟凤：麒麟凤凰。体：文体。大要：根本要领。这几句是说："对问"文心如渊之深、如山之高，思想内容极其高远深邃，文采如麟如凤，极其华美，这是建立这一文体的根本要领。

【分析】这一段评论"对问"体作品并论述"对问"文体建立的根本要领。可分两节：（一）以年代先后为序列举汉至东晋"对问"体代表作，从思想内容和文辞两方面概括各篇文章的特点。其中又分两层，首先列举两汉作品，指出诸文间虽有迭相祖述的问题，但不失为优秀作品。然后列举三国、东晋两篇作品，指出两文在思想内容和文辞上不能兼美，并否定其时对问体文的整体价值。（二）从对问体文代表作家和经典之作中抽绎出对问体的根本属性。讨论了作者的发愤表志的创作动力，作者虽遭遇挫折而能以道自胜的思想境界，因而对问体文中呈现出高远的志向和美妙的文辞，这建构了对问体的根本属性。

3. 自《七发》以下，作者继踵。观枚氏首唱，信独拔而伟丽矣[①]。及傅毅《七激》，会清要之工[②]；崔骃（yīn）《七依》，入博雅之巧[③]；张衡《七辨》，结采绵靡[④]；崔瑗（yuàn）《七厉》，植义纯正[⑤]；陈思《七启》，取美于宏壮；仲宣《七释》，致辨于事理[⑥]。自桓麟《七说》以下，左思《七讽》以上，枝附影从，十有馀家，或文丽而义暌，或理粹而辞驳。（一）观其大抵所归，莫不高谈宫馆，壮语畋猎，穷瑰奇之服馔（zhuàn），极蛊媚之声色；甘意摇骨髓，艳词洞魂识，虽始之以淫侈，而终之以居正，然讽一劝百，势不自反：子云所谓"先骋郑卫之声，曲终而奏雅"者也。唯《七厉》叙贤，归以

儒道，虽文非拔群，而意实卓尔矣⑦。（二）

【注释】

① 继踵：前后相接。踵，脚后跟。枚氏：指枚乘。首唱：首创，即上文所云“首制《七发》”。独拔：出类拔萃。伟丽：宏伟壮丽。

② 傅毅《七激》，会清要之工：《七激》，篇名。见《艺文类聚》卷五十七。会，集，聚。清要，清简得要。《后汉书》本传曰：“毅以显宗（明帝）求贤不笃，士多隐处，故作《七激》以为讽。”《七激》开篇即写“徒华公子托病幽处，游心于玄妙，清思乎黄老”，玄通子以妙音、佳肴、乘骏、观猎等激之使起，皆未能奏效，最终以“群俊学士，云集辟雍；含咏圣术，文质发蒙”使徒华公子“瞿然而兴”，故刘勰评此文“会清要之工”。

③ 崔骃《七依》，入博雅之巧：《七依》，篇名。《后汉书》本传曰：“所著诗、赋、铭、颂、书、记、表、七依、婚礼言、达旨、酒警，合二十一篇。”《七依》部分散佚，《艺文类聚》卷五十七存“宴乐”、“狩猎”两段。如其“宴乐”一段：“乃导玄山之粱，不周之稻，砻以絺绤，砥以柔韦。洞庭之鲋，灌水之鳐，滋以阳扑之姜，蔌以寿木之华，鹾以大夏之壃，酢以越裳之梅。反宇垂阿，洞门金铺，丹柱雕楹，飞阁层楼。于是置酒乎燕游之堂，张乐乎长娱之台。酒酣乐中，美人进以承宴，调欢欣以解容。回顾百万，一笑千金。振飞縠以长舞袖，袅细腰以务抑扬。当此之时，孔子倾于阿谷，柳下忽而更婚，老聃遗其虚静，扬雄失其太玄。此天下之逸豫，宴乐之至盘也，公子岂能兴乎？”文章铺陈调膳百味，敷写逸豫忘情之状，故刘勰评其“入博雅之巧”。

④ 张衡《七辨》，结采绵靡：《七辨》，篇名。见《艺文类聚》卷五十七。绵靡，绵密靡丽。《七辨》写“无为先生，祖述列仙，背世绝俗”，六位辩士分别以宫室、滋味、音乐、女色、舆服、神仙之丽邀之，未能成功，最后仿无子以贤明政治劝之使起。相对于其他七体文，《七辨》用韵最密，文辞艳丽。如写宫室之美一段：“乐国之都，设为闲馆。工输制匠，谲诡焕烂。重屋百层，连阁周漫。应门锵锵，华阙双建。雕虫彤绿，螭

虹蜿蜒。于是弹比翼，落鹂黄。加双鹍，经鸳鸯。然后擢云舫，观中流。搴芙蓉，集芳洲。纵文身，搏潜鳞。探水玉，拔琼根。收明月之照曜，玩赤瑕之璘豳。此宫室之丽也，子盍归而处之乎?”傅玄《七谟序》评《七辨》“缠绵精巧”，刘勰评论出于此。

⑤　崔瑗《七厉》，植义纯正：崔瑗，东汉中期学者、文学家，崔骃中子，崔寔父，尤善为书记箴铭。《七厉》，篇名。今佚。《后汉书》本传载：“所著赋、碑、铭、箴、颂、《七苏》、《南阳文学官志》、《叹辞》、移社文、悔祈、草书势、七言，凡五十七篇。”不云《七厉》。《艺文类聚》卷五十七引傅玄《七谟序》曰：“通儒大才马季长、张平子亦引其源而广之，马作《七厉》、张造《七辩》。或以恢大道而导幽滞，或以点瑰侈而托调咏。”则马融有《七厉》，后人或疑《文心雕龙》此处实为《七苏》之误。植义，立义。纯正，下文云《七厉》“叙贤，归以儒道”，因刘勰《文心雕龙》以儒家思想为主导，故评《七厉》“植义纯正”。

⑥　陈思《七启》，取美于宏壮；仲宣《七释》，致辨于事理：仲宣，王粲字，建安时期文学家，有《登楼赋》、《七哀诗》等。《七启》、《七释》，均为篇名。《七启》见《文选》卷三十四，《七释》文有散佚，《艺文类聚》卷五十七存其片段。曹植《七启序》：“昔枚乘作《七发》，傅毅作《七激》，张衡作《七辩》，崔骃作《七依》，辞各美丽，予有慕之焉，遂作《七启》，并命王粲作焉。”《七启》写镜机子往大荒之庭游说玄微子，“驾超野之驷，乘追风之舆，入乎泱漭之野，遂届玄微子之所居。”描写玄微子所居“左激水，右高岑，背洞壑，对芳林”。而玄微子之志则“飘飘焉，峣峣焉，似若狭六合而隘九州，若将飞而未逝，若举翼而中留”。于是镜机子在空中，“顺风”而游说，文辞壮丽。傅玄《七谟序》云：“《七启》之奔逸壮丽，《七释》之精密闲理，亦近代所希者也。”刘勰评论出于此。

⑦　桓麟：东汉末文学家。《七说》：篇名。已散佚，严可均《全后汉文》卷二十七辑得残文数条。作者有桓麟、桓彬二说。《艺文类聚》卷五十七引傅玄《七谟序》曰：“昔枚乘作《七发》，而属文之士若傅毅、

刘广世、崔骃、李尤、桓麟、崔琦、刘梁之徒，承其流而作之者纷焉，《七激》、《七兴》、《七依》、《七疑》、《七说》、《七蠲》、《七举》之篇。”《后汉书·桓荣传》附《桓彬传》载桓麟：“著碑、诔、赞、说、书凡二十一篇。”李贤注以为这里的“说”就是《七说》，且引挚虞《文章志》曰：“麟文见在者十八篇，有碑九首，诔七首，《七说》一首，《沛相郭府君书》一首。”然《桓彬传》又云桓彬“所著《七说》及书，凡三篇”。左思，西晋重要文学家。有《三都赋》、《咏史诗》等。《七讽》，篇名。已散佚，残句见《北堂书钞》卷九十六、九十七、一百等。枝附影从，犹言如枝附干，如影从形，比喻依附前贤。十有馀家，东汉末至西晋七体作者数。傅玄《七谟序》列举：“自大魏英贤迭作，有陈王《七启》、王氏《七释》、杨氏《七训》、刘氏《七华》、从父侍中《七诲》，并陵前而邈后，扬清风于儒林，亦数篇焉。”刘氏指刘邵，从父侍中指傅巽。西晋七体可考者，尚有傅玄《七谟》、张协《七命》、陆机《七徵》、《七导》等。文丽而义暌，文辞美丽但思想内容违背道义。理粹而辞驳，思想内容纯粹但文辞驳杂。畋猎，打猎。馔，饮食。摇骨髓，比喻影响至深。魂识，魂魄和意识。淫侈，过分夸饰。居正，处于正道。讽，讽谏。劝，劝诱。骋，尽量放开，放纵。郑卫之声，指郑卫地区的音乐，借指使听者忘记平和的不雅正的音乐。《论语·卫灵公》：“子曰：郑声淫。”《吕氏春秋·音初》：“郑卫之声，桑间之音，此乱国之所好，衰德之所说。”《汉书·司马相如传赞》：“扬雄以为靡丽之赋，劝百而讽一，犹骋郑卫之声，曲终而奏雅，不已戏乎！”

【分析】这一段评论枚乘以来七体作品，总结七体文写作模式，指出七体文的文学影响与作者创作意图和作品思想内容之间的不周延性。可分两节：(一)评论七体作品，构建七体经典文学系谱。(二)指出七体文写作模式是先以诸般淫奢娱乐和美妙文辞使被游说者受到浃肌透骨的感染，最后方提出正道，文章引用扬雄评论辞赋写作模式之语对七体文写作目的能否实现提出质疑。这段文字一再肯定《七厉》“归以儒道”的纯正，显示出刘勰论文的儒家思想倾向。

4. 自《连珠》以下，拟者间出[①]。杜笃、贾逵之曹，刘珍、潘勖(xù)之辈，欲穿明珠，多贯鱼目[②]。可谓寿陵匍匐，非复邯郸之步；里丑捧心，不关西施之颦矣[③]。唯士衡运思，理新文敏，而裁章置句，广于旧篇，岂慕朱仲四寸之珰(dāng)乎[④]！（一）夫文小易周，思闲可赡。足使义明而词净，事圆而音泽，磊磊自转，可称珠耳[⑤]。（二）

【注释】

① 自《连珠》以下，拟者间出：连珠，这里指扬雄《连珠》。间出，间或出现。除下文所引诸家外，《后汉书》载连珠作者，还有傅毅、赵歧、蔡邕、韩说。《艺文类聚》卷五十七又收班固《拟连珠》、曹丕、王粲连珠之作。傅玄《叙连珠》曰：“所谓连珠者，兴于汉章帝之世，班固、贾逵、傅毅三子受诏作之，而蔡邕、张华之徒又广焉。”

② 杜笃：东汉初学者、文学家，有《论都赋》、《吊比干文》等。贾逵：东汉初著名学者、文学家，有《条奏左氏传大义书》等。《后汉书》本传曰：“作诗、颂、诔、书、连珠、酒令，凡九篇。”杜笃、贾逵所作连珠已散佚，杜笃《连珠》今仅见《文选》《蜀都赋》、《幽愤诗》、《秀才入军诗》中李善注引一二残句，贾逵《连珠》今仅见《文选·景福殿赋》李善注引文数句。刘珍：东汉中期著名学者、文学家，有《释名》等著作，参予编纂《东观汉记》。《后汉书》本传曰：“著诔、颂、连珠，凡七篇。又撰《释名》三十篇，以辩万物之称号云。”潘勖：东汉末文学家。有《册魏公九锡文》等。潘勖所作连珠已散佚，《艺文类聚》卷五十七收一首。欲穿明珠，多贯鱼目：这里是说连珠文本意象要串明珠，但这些文章却多是用鱼目串成的。批评这些文章鱼目混珠，写得不够好。《文选》卢谌《赠刘

琨一首并书》“夜光报于鱼目”，李善注引《洛书》曰：“秦失金镜，鱼目入珠。”郑玄曰：“鱼目乱真珠。”

③ 寿陵匍匐，非复邯郸之步：这里是说模仿他人创作，没有了自我，其学亦不成。典出《庄子·秋水》：“且子独不闻夫寿陵馀子之学行于邯郸欤？未得国能，又失其故行矣，直匍匐而归耳。”里丑捧心，不关西施之颦矣：这里是说拟连珠之作虽不好，但与连珠体、与始作连珠者无关。典故出《庄子·天运》：“西施病心，而矉其里，其里之丑人见而美之，归亦捧心而矉其里。其里之富人见之，坚闭门而不出，贫人见之，挈妻子而去走。彼知矉美，而不知矉之所以美。”

④ 士衡运思，理新文敏，而裁章置句，广于旧篇，岂慕朱仲四寸之珰乎：士衡，陆机字，西晋著名文学家，有《文赋》、《赴洛诗》等。珰，上品珍珠。《初学记》卷二十七引南朝宋沈怀远《南越志》曰：“珠有九品，大五分以上至一寸八九分为大品；有光彩，一边小平似覆釜者名珰珠。”朱仲四寸之珰，即最大、最好的珍珠。旧题刘向《列仙传》卷上“朱仲”条曰：“朱仲者，会稽人也。常于会稽市上贩珠，汉高后时，下书募三寸珠，仲读购书笑曰：直值汝矣。赍三寸珠诣阙上书，珠好过度，即赐五百金。鲁元公主复私以七百金从仲求珠，仲献四寸珠，送置于阙即去。”陆机《演连珠》共五十首，较前人之作，篇幅增大许多，且内容新颖，文辞明快，《文选》“连珠”体下仅选陆机之作，因此文体称连珠，连珠文“欲历历如贯珠”，所以刘勰用朱仲最大、最好的四寸之珠比拟陆机之作，也与上文“鱼目”产生对照，措辞诙谐。

⑤ 文小：文体短小。连珠一首仅数句，故云。易周：易于周密。思闲：文思从容。赡：丰富。词净：用语明净。音泽：声调圆润。磊磊：圆转流动的样子。

【分析】这一段论述拟连珠之作并指明连珠体的特徵。可分为两节：(一) 批评一味模拟的连珠作者，因其失去自我，文章也失去价值；褒扬陆机《演连珠》，因其思新文敏，能拓展旧作，而成为连珠体中的经典。刘勰在此谈到文体、创作方式、文学沿革等理论问题，他将文体、模拟、模拟之作分开讨论，不否定模拟的创作方式，即使没有多少优秀作品也不因此否定某种文体的价值，而看重的是作者的创新能力和一部部作品的价值，很有理论层次。（二）指出连珠体特徵。“文小易周”乃就连珠体一首一首而言，“思闲可赡”则指连珠体一首一首可无限展衍、连续而言。刘勰也是从思想内容和文辞两端总结连珠体的要领，其中文辞方面，不仅讲求“辞净”，还提出“音泽”这一声韵方面的要求。

5. 详夫汉来杂文，名号多品，或典、诰、誓、问①，或览、略、篇、章②，或曲、操、弄、引③，或吟、讽、谣、咏④。总括其名，并归杂文之区；甄别其义，各入讨论之域：类聚有贯，故不曲述⑤。（一）

【注释】

① 典、诰、誓、问：指汉代以来以四者为篇名的文章。典，相传原为五帝之文。《说文解字》卷五上：“典，五帝之书也。”孔安国《尚书序》：“伏牺、神农、黄帝之书，谓之三坟，言大道也；少昊、颛顼、高辛、唐、虞之书谓之五典，言常道也。”《尚书》有《尧典》、《舜典》。班固作《典引》，《后汉书》本传曰：“固又作《典引》篇，述叙汉德。”李贤注：“典，谓尧典；引，犹续也。汉承尧后，故述汉德以续尧典。”《后汉书·李尤传》载“所著诗、赋、铭、诔、颂、七叹、哀、典，凡二十八篇。”诰，《尔雅·释诂》：“诰，告也。”《尚书·甘誓》孔颖达《正义》引马融说：“军旅曰誓，会同曰诰。诰、誓俱是号令之辞，意小异耳。”《尚书》有《大诰》、《康诰》、《酒诰》、《召诰》、《洛诰》等。汉以来，有冯衍《德诰》、张衡《东巡诰》、颜延之《庭诰》等文。誓，《尚书》有《甘誓》、《殷誓》、《泰誓》。汉以来有蔡邕《艰誓》等。问，汉以来试士之文体，考官将政事或经义方面的问题写在简策上，给应举者作答，即“策问”。《汉书·晁错传》载汉

文帝《策贤良文学诏》曰："朕之不德，吏之不平，政之不宣，民之不宁，四者之阙，悉陈其志，毋有所隐。……著之于篇，朕亲览焉。"这是汉代策贤良文学之始。今存汉武帝《策贤良制》、陆机《策问秀才纪瞻》六首等。

② 览、略、篇、章：指汉代以来以四者为篇名的文章。览，吕不韦《吕氏春秋》有"八览"篇，即"有始览"、"孝行览"、"慎大览"、"先识览"、"审分览"、"审应览、"离俗览"、"恃君览"。后世以览为书名者，据《隋书·经籍志》，有晋吕竦《要览》，梁周舍《正览》，《博览》，《宜览》等。略，《淮南子》末篇作《要略》，高诱注曰："凡《鸿列》之书二十篇，略数其要，明其所指，序其微妙，论其大体，故曰要略。"后以略为篇名者有大略、略要之义。《汉书·艺文志》云刘向、歆《七略》："向辄条其篇目，撮其指意，录而奏之。……向子侍中、奉车都尉歆卒父业，歆于是总群书而奏其七略，故有《辑略》，有《六艺略》，有《诸子略》，有《诗赋略》，有《兵书略》，有《术数略》，有《方技略》。"后世以略为篇名者有王弼《易略例》、郭璞《毛诗略》、环济《丧服要略》等。篇，《说文解字》卷五上："篇，书也。"段玉裁注："书，著也，著于简牍者也，亦谓之篇。古曰篇，汉人亦曰卷。卷者，缣帛可卷也。"篇是篇目单位，又表示一篇完整的作品。如司马迁《报任安书》称《诗》为"诗三百篇"。《汉书·艺文志》著录"(尚书古文经)传四十一篇"、"屈原赋二十五篇"、"高祖歌诗二篇"等。汉以来以篇为篇名者。如《仓颉篇》，《急就篇》(亦称《急就章》)，服虔《通俗篇》，曹植《美女篇》、《白马篇》、《名都篇》、《大魏篇》等。章，《说文解字》卷三上："乐竟为一章。"又如《诗经·关雎》毛《传》曰："《关雎》五章，章四句。"《汉书·艺文志》著录"《苍颉》七章"、"《爰历》六章"、"《博学》七章"等。章表示歌曲、诗文的段落单位。章，作为文体，为章表之章。《文选》"表"下李善注："至秦并天下，改为表，总有四品：一曰章，谢恩曰章……六国及秦汉兼谓之上书，行此五事。至汉魏已来，都曰表。"汉以来以章为篇名者，如蔡邕《上始加元服与群臣上寿章》、《让高阳乡侯章》等。

③ 曲:本为乐曲、歌曲,亦为歌曲、乐曲歌诗名。如汉乐府歌诗有《蒿里曲》、《横吹曲》、《鼓吹曲》等。《晋书·乐志》曰:“武帝令傅玄制《鼓吹曲》二十二篇以代魏曲。”南朝乐府歌诗有《青溪小姑曲》、《采莲童曲》、《江南曲》、《西洲曲》等。操:琴曲的一种。题名蔡邕《琴操》曰:“古琴曲有歌诗五曲……又有一十二操:一曰将归操……二曰猗兰操……三曰龟山操……四曰越裳操……五曰拘幽操……六曰岐山操……七曰履霜操……八曰雉朝飞……九曰别鹤操……十曰残形操……十一曰水仙操……十二曰怀陵操。”应劭《风俗通·声音》:“其遇闭塞忧愁而作者,命其曲曰操。操者,言遇灾遭害,困厄穷迫,虽怨恨失意,犹守礼义,不惧不慑,乐道而不失其操者也。”《史记·孔子世家》云孔子作《陬操》。乐府歌诗有以操为篇名者,如商陵牧子《别鹤操》、商山四皓《采芝操》,鲍照有《代别鹤操》诗等。弄:乐曲名。《文选》载王褒《洞箫赋》,“时奏狡弄”句下李善注曰:“弄,小曲也。”马融《长笛赋》“听簉弄者,遥思于古昔”,李善注曰:“簉弄,盖小曲也。”亦有以弄为诗题者,如沈约、萧衍有《江南弄》诗。引:曲名、乐府歌诗名。《文选》载马融《长笛赋》“聆曲引者,观法于节奏”,李善注曰:“引,亦曲也。”《古今乐录》曰:“张永《技录》:相和有四引:一曰箜篌引,二曰商引,三曰徵引,四曰羽引。”石崇《思归引》“序”云:“寻览乐篇,有《思归引》。《琴操》:思归者,卫女之所作也。欲归不得,心悲忧伤,援琴而歌,作《思归引》。倘古人之情有同于今,故制此曲。此曲有弦无歌,今为作歌辞。”汉乐府歌诗有《箜篌引》,石崇有《思归引》,沈约有宫、商、角、徵、羽《引》诸诗。

④ 吟、讽、谣、咏:原为四种吟咏方式,又指以四者为篇题的歌诗。《说文解字》卷二上:“吟,呻也。”段玉裁注:“呻者,吟之舒:吟者,呻之急。”《说文解字》卷三上:“讽,诵也。”段玉裁注:“大司乐以乐语教国子,兴道、讽诵、言语。注:倍文曰讽;以声节之曰诵。倍同‘背’,谓不开读也,诵则非直背文,又为吟咏,以声节之。周《礼》经注析言之,讽诵是二;许统言之,讽诵是一也。”谣:《尔雅》曰:“徒歌谓之谣。”咏:

《说文解字》卷二上:"咏,歌也。"段玉裁注:"《尧典》曰:歌永言。《乐记》曰:歌之为言也,长言之也。说之故言之,言之不足,故长言之。"后为诗篇名。《乐府诗集》卷六十一曰:"汉魏之世,歌咏杂兴,而诗之流乃有八名:曰行,曰引,曰歌,曰谣,曰吟,曰咏,曰怨,曰叹。皆诗人六义之馀也。"《古今乐录》曰:"张永《元嘉技录》有吟叹四曲:一曰大雅吟……"汉以来以吟、谣、咏为篇名的诗歌有:卓文君《白头吟》、诸葛亮《梁父吟》、石崇《大雅吟》、陆机《泰山吟》等。《穆天子传》有《白云谣》、《黄泽谣》,《汉书·佞幸传》有《长安谣》,《后汉书·马援传》附《马廖传》有《长安谣》,《晋书·潘岳传》有《阁道谣》等。曹植有《五游咏》、夏侯湛有《离亲咏》、颜延之有《五君咏》等。

⑤ 甄别:审查,鉴别。类聚:以类相从。曲述:详尽叙述。

【分析】这一段列举汉代以来多种诗文篇题,指出就其名号而言,这些可归入杂文范围,但循名责实,则当纳入各类相应文体中加以讨论。

6. 赞曰:伟矣前修,学坚才饱。(一)负文馀力,飞靡弄巧。枝辞攒(cuán)映,嘒(huì)若参(shēn)昴(mǎo)。(二)慕颦之心,于焉只搅[①]。(三)

【注释】

① 前修:前贤。这里指上文提及的诸多优秀作家。负文:担负文事,即写作。飞靡:飞扬挥洒美丽的文辞。弄巧:运用巧妙的文术。枝辞:文章枝派,这里指各种杂文。攒映:集聚而互相辉映。嘒:小而亮。参昴:参星和昴星,这里泛指群星。慕颦:效颦,这里指一味模仿的作者。于焉:于此。搅:心动,搅扰。

【分析】赞语概括上文。可分三节:(一)赞扬前贤的多才博学;(二)第一句概括杂文作者馀力为文的创作状态,如作家含才负俗时方作对问,扬雄连珠是其业深综述的碎文琐语;第二句赞叹杂文作者飞扬的文学才能和技巧,后两句描绘杂文众作、众体辉映的景象;(三)指出杂文中也有一些一味模仿的扰乱文心的创作。

谐隐第十五解析

【解题】谐谑，即“谐辞谑言”。这两种文体，实际上是文学上的两种手法。有的研究者根据“辞浅会俗”之说强调它与民间文学有缘，实则也不尽然。民间文学中固然常见这些手法，文人也常用这些手法。有些作品，主要使用这种手法写成，也就可以视作一种文体。

“谐”的特点是什么？刘勰时而称之为“滑稽”，目的都在逗人“悦笑”。然而一些好的谐辞，“谲辞饰说”，可以“抑止昏暴”；有的谐辞则“意在微讽，有足观者”。可知一些“诽说”有时只能供人一笑，一些高水平的“嘲调”却是“有益时用”。在刘勰看来，“谐”之为用，得失之间必须严格把握原则，“但本体不雅，其流易弊”，作者应该时时把握“雅”“正”的尺度。

“赞”中提出的原则是“虽有丝麻，无弃菅蒯”，应该“会义适时，颇益讽诫”。读者还应关注这类文学出现的时间。谐谑如用在恰当的时段，就可发生良好的效应，否则只能流为插科打诨中的一招。

“谐”文即“俳谐”之文，这里可举袁淑为例，说明这种文体的特点与社会意义。

应该说，刘宋时期的袁淑是南朝文坛上写作这类文体成果丰硕的一位作家。《隋书·经籍志》卷四载《诽谐文》十卷，袁淑撰，足见他写作的这类文体，数量巨大，亦著时誉。可惜这一集子早已亡佚，仅有部分篇章流传下来。值得注意的是，他写有《鸡九锡文》、

《驴山公九锡文》、《大兰王九锡文》、《常山王九锡文》多种。这是一种不寻常的举止。须知《九锡文》的写作，当时文坛上都视为一代巨制，无不由当时最富盛名的文士操手，而自魏代汉，直至刘宋代晋，都是由掌握军权的军阀推翻原来的主子登基的，改朝换代之时，无不采取禅让的伪装逼迫主子效法尧之禅舜，舜之禅禹，表示自愿将王位让与贤人。这是最大的虚伪。但在刀兵淫威之下，人们无不装出竭诚拥戴的态度，由那些大手笔模仿典谟训诰的形式，表示仰副天意。袁淑采用调侃的手法比之为驴，比之为鸡，真是最辛辣的嘲弄，最大的讽刺。这样的文字，在古代文学史上是不多见的。

考察袁淑其人，如以儒家的道德规范而言，可以视作六朝时期难得一见的一位忠臣。他为抵制元凶刘劭弑父自立，坚强不屈，甘以身殉。沈约本以扶助梁武帝萧衍篡齐而得大幸，然在伦理纲常方面总觉内愧，因此担任史官而为袁淑撰写传记时，也就只得秉持《春秋》大义，赞之曰："若乃义重乎生，空炳前诰，投躯殉主，世罕其人。若无阳源之节，丹青无贵焉尔。"联系当时的背景，亦可说明一些作者写作的俳谐文内涵至为丰富，决非逗笑一端所能概括。

由此可知，刘勰虽然处处标举儒家教义以论文，实则有时也并不遵循《春秋》大义品评高下，他在《时序》篇中赞美"王、袁联宗以龙章"，似颇推重袁氏之文，然对袁淑的诽谐之文则不可能赏识，而他本人对萧齐的昏主也大发颂词。因此，他所要求于俳谐之文的，只是起到"微讽""箴诫"作用，不能"有亏德音"。在措辞上所要求的，是不要违背"温柔敦厚"的诗教。

与袁淑大量创作讽世文字的同时，范晔也有同类的文章传世，《宋书・范晔传》上说他撰《和香方》，序中列举种种香料，"悉以比类朝士"，尖锐泼辣，不见于前人的写作。其后又有知名文士卞彬，列举众多禽兽，比拟高官显宦，《南史・文学・卞彬传》上云是"文章传于闾巷"，说明朝廷出现这类令人厌恶的现象后，自有文士操笔加以讨伐，刘勰对于这类文坛上大量出现的新事物，未加注目，当以观念不同之故。他坚持以温柔敦厚的诗教进行规诫，不合时代潮流，势难如愿。

“讔”是譬喻，也是寓言，人们在修辞上，写作中，以及日常言谈交往时，无不常用。而讔的使用是否适时，是否精当，体现使用者的智力高下，所以自古以来受人重视。到汉代时，就有人集合起来汇集问世，《汉书·艺文志》的《诗赋略》中载《隐书》十八篇，可知西汉之时已有总集行世。

按“讔”之一名，先秦时人往往称之为廋词，后人又称之为谜语，可知《隐书》云云，当是一本有关谜语的书，也可看作一种寓言故事。

这种手法，这种文体，虽然显示作者的机智，但总近乎小道，不如那些体系完整的文章更能呈现作者的思辨和表达水平。在古人看来，水平还是不能估计过高。《汉书·艺文志》的《诗赋略》中把《隐书》放在“杂赋”之末，也就是赋类的最后一种。颜师古注：“刘向《别录》云，疑其言以相问，对者以虑思之，可以无不谕。”可见“隐”的内容与荀子的《赋》篇相近，故可归入《诗赋略》中。《隋书·经籍志》中把袁淑的《诽谐文》十卷放在集部之末，也是同样的道理。由此可以推断，刘勰“论文叙笔”把《谐讔》放在最后，也是根据刘向、班固等人的目录学著作而安排的。[①]

回顾前面有关“文”的十篇文章，又可发现其间的安排有其内在的逻辑。《明诗》、《乐府》、《诠赋》三文，专叙诗赋，乃“文”的大宗，故置于前；《颂赞》、《祝盟》二篇，与天道有关，故置于后起的文体之前。《铭箴》、《诔碑》、《哀吊》亦与鬼神有关，而仰求天神的意味稍减，故随于后。《杂文》、《谐讔》二篇，有小道可观之意，故置

---

① 参看段熙仲《〈文心雕龙〉中〈杂文〉〈谐隐〉二篇是文非笔》，载《活页文史丛刊》(《淮阴师专学报》增刊)第六辑(第105号)，1981年。

于末。

1. 芮(ruì)良夫之诗云:"自有肺肠,俾民卒狂。"① 夫心险如山,口壅(yōng)若川②,怨怒之情不一,欢谑(xuè)之言无方③。昔华元弃甲,城者发"睅(hàn)目"之讴④;臧纥(hé)丧师,国人造"侏儒"之歌⑤:并嗤戏形貌,内怨为俳(pái)也⑥。又"蚕蟹"鄙谚⑦,"狸首"淫哇⑧,苟可箴(zhēn)戒,载于礼典⑨。故知谐辞讔(yǐn)言,亦无弃矣⑩。

【注释】

① 芮良夫:周朝卿士,作诗刺周厉王暴虐昏庸,任用非人而遭致灭亡。诗指《诗经·大雅·桑柔》,郑玄笺"自有肺肠,行其心中之所欲,乃使民尽迷惑如狂"。据《左传》文公十三年载,秦穆公节引此诗称为"芮良夫之诗"。俾:使。卒:最终。狂:迷惑狂乱。

② 口壅:堵住嘴巴。《国语·周语上》载,召公说厉王:"防民之口,甚于防川。川壅而溃,伤人必多,民亦如之。"此句指周厉王暴虐,心胸险恶如险峻的高山,像堵塞河流般堵住人民的口,最终壅溃民反,遂遭致灭亡。

③ 不一:不同。指各种各样的怨恨愤怒之情。欢谑:嘲笑讥刺。无方:没有定规。指各种各样没有定规的嘲讽言语。

④ 华元:春秋时期宋国大夫。睅目:瞪大眼睛。《左传》宣公二年载,华元率军与郑国交战,兵败被俘,后逃回国,监督筑城,还装着一副神气的模样。筑城者便唱诵"睅目"的歌谣,讽刺他瞪眼挺腹般的装模作样。

⑤ 臧纥:春秋时期鲁国大夫,据称其身材矮小,形似侏儒。《左传》襄公四年载,臧纥为救援鄫国而与邾国交战,兵败而归,鲁国人便唱诵"侏儒"之歌讽刺他无能。

⑥ 嗤：讥笑。俳：嘲戏。前句指以对方的形貌作为讥笑的题材，后句指将内心的怨怒外发为嘲戏的歌谣。

⑦ 鄙谚：粗鄙的谣谚。《礼记·檀弓下》载，有个鲁国成邑人兄死而不穿丧服，后听说要来成邑当长官者是性情至孝的子皋，于是赶紧穿上丧服以免受罚。人们便创作“蚕蟹”的歌讽刺他。“蚕蟹”语云“蚕则绩而蟹有匡”，“兄则死而子皋为之衰（丧服）”，意即养蚕要有筐，蟹壳像筐却不是为养蚕；兄死弟要服丧，但弟穿丧服却是为了子皋。

⑧ 狸：野猫。哇：哭声。淫哇：这里指淫邪的曲声。《礼记·檀弓下》载，原壤丧母，孔子帮助整治棺椁，原壤却站在棺木上唱“狸首之斑然，执女手之卷然”之歌。意为棺木的花纹像野猫头上的花纹，这里是讽刺原壤在服丧期间的非礼行为，不合儒家的礼仪规范。

⑨ 箴戒：讥刺训诫。载于礼典：记载礼仪的典籍，此指《礼记》。

⑩ 谐辞：戏笑的言辞。讔言：曲折的隐语。此句意指某些谐辞隐语因具有讥刺、训诫的作用而记载于《礼记》中，所以没有被人们抛弃。

【分析】本段有两层含意，第一层是通过举例说明“谐讔”的由来、性质。在位者昏虐无能，臣怨民怒而不敢直言，遂以“谐讔”抒发内心的怨怒之情，这是“民卒狂”之下不得已的表达方式。第二层是从礼仪典籍中的记载，得知仍有少量的“谐讔”作品具有讥刺、训诫的作用，这是刘勰从儒家政教角度的考量，揭示“谐讔”文体的正面价值。

2. 谐之言皆也[①]。辞浅会俗，皆悦笑也[②]。昔齐威酣乐，而淳于说甘酒[③]；楚襄宴集，而宋玉赋《好色》[④]：意在微讽，有足观者。及优旃（zhān）之讽漆城[⑤]，优孟之谏葬马[⑥]，并谲辞饰说，抑止昏暴[⑦]。是以子长编史，列传《滑（gǔ）稽》，以其辞虽倾回，意归义正也[⑧]。但本体不雅，其流易弊[9]。于是东方、枚皋[10]，餔(bù)糟啜(chuò)醨(lí)[11]，无所匡正，而诋嫚(màn)媟(xiè)弄[12]，故其自称为赋，乃亦俳也[13]；见视如倡，亦有悔矣[14]。至魏文因俳说以著《笑书》[15]，薛综凭宴会而发嘲调[16]，虽抃(biàn)笑衽(rèn)席，而无益时用矣[17]。然而懿文之士，未免枉辔[18]，潘岳《丑妇》之属[19]，束皙卖《饼》之类[20]，尤而效之，盖以百数[21]。魏晋滑稽，盛相驱扇[22]，遂乃应玚(yáng)之鼻，方于盗削卵[23]；张华之形，比乎握舂(chōng)杵[24]。曾是莠(yǒu)言，有亏德音[25]，岂非溺者之妄笑[26]，胥靡之狂歌欤[27]！

【注释】

① 谐：戏笑。皆：全，都。谐之言皆也：这里以“皆”释“谐”，“谐”本为一个“形声”字，以声为训，因文见义，是一种新解。形声字每从声旁取义，此亦常见现象。

② 会：适合。此句乃指“谐”的文辞浅显，容易理解，适合一般世俗之人，让大家听了都(“皆”)能喜悦发笑。

③ 齐威：齐威王，战国时期齐国国君，前356—前320年在位。淳于：淳于髡(kūn)，齐国大夫，以博学、滑稽、善辩著称。《史记·滑稽列传》载，齐威王好为长夜之饮，不务国政，淳于髡借齐威王问“饮几何而醉”，即以“酒极则乱，乐极则悲”之道讽之，齐威王称善，乃罢长夜之饮。

④ 楚襄：楚襄王，战国时期楚国国君，前298—前263年在位。宋玉：楚国著名辞赋家。《好色》：即《登徒子好色赋》，传为宋玉所作。登徒子于楚襄王面前指责宋玉好色，宋玉作《好色》自辩，以说明自己乃守德之人，始终不为天下美色所动；又以诙谐的笔调调侃登徒子实是好色之徒，秦人章华大夫初为美色而心动，终因守礼而退。楚襄王称善。

⑤ 优:优伶,供国君戏谑的伶人。旃:名叫旃的优伶。漆城:油漆城墙。《史记·滑稽列传》载,秦二世想油漆城墙,优旃假意称好,说是此举虽让百姓破费,却能使城墙光滑,敌寇爬不上来,只是难将城墙放进室内荫干,讽刺秦二世的奢侈。秦二世听后大笑,因此打消漆城的念头。

⑥ 优孟:名叫孟的优伶。葬马:安葬死马。《史记,滑稽列传》载,楚庄王爱马过度,饲养失当,马病肥死,欲以大夫之礼葬之,谏者论以死罪。优孟哭着劝谏,求以人君之礼葬马,以使天下人皆知楚庄贱人而贵马。楚庄王因此改变了葬马的想法。

⑦ 谲辞:诡诈、曲折之辞。饰说:修饰劝说。昏暴:昏庸暴虐。

⑧ 子长编史:司马迁,字子长,编撰《史记》。《滑稽》:此指《史记·滑稽列传》。刘勰上述论说之举例,主要皆据此传。倾回:诡诈、倾斜不正。意归:归意、用意。义正:正义,正确的意义。

⑨ 本体:谐辞本来的文章体制。不雅:鄙俚庸俗。相对于诗、骚的文体雅正而言。其流易弊:此指谐辞的"源"本来就不雅,后来的"流"就容易出现弊病。

⑩ 东方:东方朔,字曼倩,西汉辞赋家。枚皋:字少孺,西汉辞赋家。

⑪ 餔:吃。糟:酒糟。啜:喝。醨:薄酒。《楚辞·渔父》:"众人皆醉,何不餔其糟而啜其醨?"此指仰人鼻息,随波逐流。

⑫ 诋:毁谤、诬蔑。嫚:轻视、侮辱。媟:貌不恭敬。弄:戏耍、玩弄。

⑬ 赋:汉代主流文体,铺采摛文,体物写志。俳:俳文,此指嘲戏文。此句说明东方朔、枚皋等人的作品虽称之为"赋",但其作品随波逐流,无所纠正时弊,故被视为"俳文",呼应前句中的"其流易弊"。

⑭ 倡:倡优,乐舞艺人。《汉书·枚皋传》:枚皋"自言为赋不如相如,又言为赋乃俳,见视如倡,自悔类倡也"。

⑮ 魏文:曹丕,字子桓,魏朝开国君主,雅好文学,谥文皇帝,称

魏文帝。《笑书》:未详,古籍书目中未见曹丕《笑书》之著录。《三国志·魏书·王粲传》裴松之注引鱼豢《魏略》称曹植"诵俳优小说数千言"。曹丕以"著",曹植以"诵",或即其"俳说"之事。

⑯ 薛综:字敬文,三国时吴国臣子。《三国志·吴书·薛综传》载,薛综招待蜀国使节张奉,因劝酒曰:"蜀者何也? 有犬为独,无犬为蜀,横目苟身,虫入其腹。"奉曰:"不当复列君吴邪?"综应声曰:"无口为天,有口为吴,君临万邦,天子之都。"于是众坐喜笑,而奉无以对。嘲调:嘲笑。

⑰ 抃笑:鼓掌欢笑。衽席:宴席。刘勰认为,这些"俳说""嘲调"之言虽能带来一时之间的欢乐笑语,纵使其作者身份是帝王世子、将相名臣,但对于"时用"而言都是毫无益处的。

⑱ 懿文之士:善于为文之士,即下句所述的魏晋文士。辔:驾驭马匹的缰绳,衍申为道路之意。枉辔,即枉道,不正确的道路。本书《定势》篇"枉辔学步,力止寿陵"。

⑲ 潘岳:字安仁,西晋著名文士。《丑妇》:今本潘岳集无此篇,南朝梁、陈时或已亡佚。

⑳ 束皙:字广微,西晋著名文士,博学多闻。《饼》:此指束皙《饼赋》。《晋书·束皙传》曰:束皙"尝为《劝农》及《饼》诸赋,文颇鄙俗,时人薄之"。

㉑ 尤:责怪,过失。效:仿效,学习。尤而效之:效尤,此指仿效他人的过失。意即魏晋文士明知"谐辞""俳说"是无益时用的,但仍然仿效学习,作者乃至百馀人,形成一种"枉辔"的文坛风气。

㉒ 驱扇:相互追逐,推波助澜。

㉓ 应玚:建安七子之一。史书中未见"应玚之鼻,方于盗削卵"之记载。

㉔ 张华:字茂先,西晋重要文士。舂杵:臼里舂捣用的蛋形棒槌,其形上小下大。此处以舂杵喻头,语出《世说新语·排调》"头责秦子羽"条:"或头如巾齑杵。"张敏《头责子羽文》乃一篇辛辣的讽刺文

章，讥讽当时六位名士的丑恶行为。

㉕ 莠言：坏话，不雅的言语。《诗经·小雅·正月》："好言自口，莠言自口。忧心愈愈，是以有侮。"德音：善言，嘉誉。

㉖ 溺者：落水者。妄笑：指不知所措的嘻笑。《左传》哀公二十年载，王曰："溺人必笑，吾将有问也。"杜预注："以自喻所问不急，犹溺人不知所为而反笑也。"意指"妄笑"对于落水者而言是无济于事的。

㉗ 胥靡：囚徒。狂歌：狂乱无章的歌唱。《吕氏春秋·大乐》篇："罪人非不歌也。"高诱注："当死强歌，虽歌不乐。"意即"狂歌"对于囚徒而言是无益时用的。

【分析】本段分作两个层面，第一层面是论述先秦时期的"谐辞"，不论是文士或优伶的作品，大抵都是"意在微讽"，"抑止昏暴"，所以收录在司马迁《史记·滑稽列传》里的人物，都有"意归义正"的价值。第二层面是论述汉代以来的"谐辞"，作者们大抵随波逐流，未能准确掌握"微讽""义正"之要旨，而流于"俳说"的地步；魏晋时期的文士更是推波助澜，"谐辞"竟沦落为"无益时用"、"有亏德音"的"莠言"。

3. 讔(yǐn)者，隐也①；遁辞以隐意，谲譬以指事也②。昔还(xuán)社求拯于楚师，喻眢(yuān)井而称麦曲③；叔仪乞粮于鲁人，歌佩玉而呼庚癸④；伍举刺荆王以大鸟⑤，齐客讥薛公以海鱼⑥；庄姬托辞于龙尾⑦，臧文谬书于羊裘⑧：隐语之用，被于纪传⑨。大者兴治济身，其次弼违晓惑⑩。盖意生于权谲，而事出于机急⑪，与夫谐辞，可相表里者也⑫。汉世《隐书》，十有八篇⑬；歆、固编文，录之赋末⑭。昔楚庄、齐威，性好隐语⑮。至东方曼倩，尤巧辞述⑯。但谬辞诋戏，无益规补⑰。自魏代以来，颇非俳优，而君子嘲隐，化为谜语[18]。谜也者，回互其辞，使昏迷也[19]。或体目文字，或图象品物[20]，纤巧以弄思，浅察以衒（xuàn）辞[21]，义欲婉而正，辞欲隐而显[22]。荀卿《蚕赋》，已兆其体[23]。至魏文、陈思，约而密之[24]，高贵乡公，博举品物[25]，虽有小巧，用乖远大[26]。夫观古之为隐，理周要务[27]，岂为童稚之戏谑，搏髀（bì）而抃（biàn）笑哉[28]！然文辞之有谐讔，譬九流之有小说，盖稗（bài）官所采，以广视听[29]。若效而不已[30]，则髡袒而入室[31]，旃、孟之石交乎[32]？

【注释】

① 讔：隐语，谜语。亦称廋辞。

② 遁：回避，逃避。隐：隐藏、不直言。谲：谲诡，曲折。此指以回避的文辞将真实的意思隐藏起来，用曲折的譬喻来暗示所要表达的事情。

③ 还社：还无社，春秋时期萧国大夫。拯：救援。眢井：枯井。麦曲：以麦料制成的发酵剂。《左传》宣公十二年载，楚国伐萧，还无社知萧国必败，遂向楚国大夫申叔展求援，申叔展问“有麦曲乎？”“山鞠穷乎？”还无社皆答“无”。又问：“河鱼腹疾，奈何？”答曰：“目于眢井而拯之。”杜预注：“欲入井，故使叔展视虚废井而求拯己。”

④ 叔仪：申叔仪，春秋时期吴国大夫。乞粮：乞求粮食。庚：西方，主谷。癸：北方，主水。《左传》哀公十三年载，申叔仪向鲁国大夫公孙有山求粮，曰：“佩玉繠兮，余无所系之。旨酒一盛兮，余与褐之父睨之。”对曰：“粱则无矣，粗则有之。若登首山以呼曰‘庚癸乎！’则诺。”杜预注：“军中不得出粮，故为私隐。”

⑤ 伍举：春秋时期楚国大夫，伍员（即伍子胥）的祖父。刺：进谏。荆王：即楚庄王，春秋时期楚国国君，前613—前591年在位。《史记·楚世家》载，楚庄王即位三年，不出号令，日夜为乐，敢谏者死。伍

员以隐语进谏，曰："有鸟在于阜，三年不蜚（飞）不鸣，是何鸟也？"庄王曰："三年不蜚，蜚将冲天；三年不鸣，鸣将惊人。举退矣，吾知之矣。"

⑥ 齐客：在齐国的客人。讥：讥刺。薛公：田婴，战国时期齐国宗室大臣，号靖郭君，封于薛，故称薛公。《战国策·齐策》载，田婴将往薛地筑城自守，齐客进曰："君不闻大鱼乎？网不能止，钩不能牵，荡而失水，则蝼蚁得意焉。今夫齐，亦君之水也。君长有齐阴，奚以薛为？夫齐，虽隆薛之城到于天，犹之无益也。"

⑦ 庄姬：即庄侄。托辞于龙尾：借托"龙无尾"的言辞。《列女传》卷六载，楚顷襄王好游乐，出入不时，行年四十，不立太子，谏者蔽塞，国将危殆。庄侄对曰："大鱼失水者，王离国五百里也，乐之于前，不思祸之起于后也。有龙无尾者，年既四十，无太子也。国无强辅，必且殆也。墙欲内崩而王不视者，祸乱且成而王不改也。"

⑧ 臧文：臧文仲，春秋时期鲁国大夫。谬书：即隐语，谜语。《列女传》卷三载，臧文仲出使齐国，齐国扣留了他，打算兴兵进攻鲁国。臧文仲托人给鲁君送信，又担心书信被扣押，便用隐语写着："敛小器，投诸台。食猎犬，组羊裘。琴之合，甚思之。臧我羊，羊有母。食我以同鱼。冠缨不足，带有馀。"臧文仲识破谜底知其子已系于狱而齐将兴兵侵犯。

⑨ 用：作用。被：记载。纪传：史书典籍。此指上述《左传》《史记》《战国策》《列女传》等。

⑩ 大者：重大的作用。兴治：兴盛、大治。济身：救济自身。弼违：改正过失。

⑪ 权谲：权变诡诈。机急：机密紧急。此指隐语的产生与它所处的事件背景有密切的关联，它往往是在"权谲"、"机急"的情况下发挥重大的作用。

⑫ 表：外部。里：内部。意即谐辞与隐语各有异同，两者的"作用"较为相近，即皆用于讽谏，而"风格"则较为不同，前者"辞浅会俗"，后者"遁辞以隐意"，但两者仍可互为表里，相辅相成。

⑬ 《隐书》:先秦时期已有《隐书》,《汉书·艺文志·诗赋略》“杂赋类”载:“《隐书》十八篇。”颜师古注引刘向《别录》曰:“《隐书》者,疑其言以相问,对者以虑思之,可以无不喻。”这是班固等人所能看到皇家图书馆中的《隐书》篇数,实际上朝野流传的隐语数量当不止此数。

⑭ 歆:刘歆,字子骏,西汉后期经学家、目录学家。固:班固。编文:编录文献。刘歆根据其父刘向《七录》而编成《七略》,班固根据《七略》而编成《汉书·艺文志》。赋末:赋类之末。此指班固将《隐书》著录在《汉书·艺文志·诗赋略》“赋类”之末。东方朔、枚皋的作品自称为赋,但却被视为“俳”,此将“隐书”列于“赋末”,或亦基于汉代的同样考量。

⑮ 楚庄:即楚庄王、荆庄王。《吕氏春秋·重言》曰:“荆庄王立三年,不听而好讔。”齐威:齐威王。《史记·滑稽列传》曰:“齐威王之时喜隐。”

⑯ 东方曼倩:东方朔,字曼倩。巧:善于,巧于。辞述:指用“遁辞”“隐意”的方式进行叙述。《汉书·东方朔传》载,东方朔“指意放荡,颇复诙谐,辞数万言”。

⑰ 谬辞:荒谬的辞语,亦指隐语。诋戏:嘲讽取笑。规补:规劝补救。此指隐语缺乏规劝补救的政治功能。

⑱ 非:非议,很不满意。俳优:倡优。嘲隐:嘲戏讥讽的隐语。《韩非子·难三》曰:“俳优侏儒,固人主之所与燕宴也。”曹魏时期,君臣士人雅好文学,故对俳优之流颇多不满。因此,那些“巧于辞述”的文士便改变了他们表达心意的方法,而将嘲戏讥讽的隐语演化为谜语。

⑲ 谜:谜语。回互:回环曲折,婉转变换。昏迷:迷惑费解。

⑳ 体目:本意为身体上的部件,这里用作构造要素的辨析。“体目文字”是中国古代一种离合解义的字谜游戏。范文澜《文心雕龙注》曰:体目文字,谓如《世说新语·捷悟》篇“魏武尝过曹娥碑下”条,将“黄绢幼妇,外孙虀臼”八字解作“绝妙好辞”;又引刘孝标注谓“曹娥碑

在会稽中,而魏武、杨修未尝过江",而曰:"事固可疑,然离合解义之法,谶纬中固多有之矣。"此亦称为"猜字谜语"。图象:描绘事物的形象。品物:品目,猜测事物的名称。范文澜《文心雕龙注》曰:图象品物,谓如(《世说新语》)《捷悟》篇"杨德祖为魏武主簿"条而解"阔"字,(《世说新语》)《简傲》篇"嵇康与吕安善"而解"凡鸟"字。此亦称之"猜物谜语。

㉑ 弄思:卖弄才思。衒辞:炫耀文辞。

㉒ 婉:婉转。正:正确。意即谜面虽然婉转,但谜底很正确。隐:隐约。显:明确。意即文辞虽然隐约,但所指陈的事物很明确。

㉓ 荀卿:荀子,名况,战国后期赵国思想家,尊称荀卿。《蚕赋》:《荀子》中的一篇赋体作品。兆:预示,滥觞。

㉔ 约:简约。密:周密。

㉕ 高贵乡公:曹髦,字彦士,曹丕之孙,封为高贵乡公。博举:广博、广泛的列举。

㉖ 小巧:细致巧妙。乖:乖离,不合,违背。此指曹丕、曹植、曹髦雅好文学,成就较高,所著隐语都属细致巧妙之作,但其作用仍然不合刘勰所持儒家教化的远大意旨。

㉗ 理:道理,学说。周:遍及。要务:重要的事务。

㉘ 童稚:儿童之辈。戏谑:戏耍玩笑。搏髀:拍打大腿。抃笑:拍手抚掌。

㉙ 九流:九个学术流派。班固《汉书·艺文志》中根据中国学术史的发展,将先秦诸家学说概括为九个流派,即儒家、道家、墨家、名家、法家、阴阳家、纵横家、杂家、农家。小说:班固《汉书·艺文志》中的"九流"之外,尚有第十家——小说家。班固曰:"小说家者流,盖出于稗官,街谈巷语,道听途说者之所造也。"稗官:级别低下的小官。广:扩大。视听:见闻。

㉚ 效:仿效,学习。不已:继续的,不间断的。

㉛ 髡:淳于髡。袒:露臂。入室:升堂入室,境界渐高。《史记·

滑稽列传》载，淳于髡说齐威王，曰“堂上烛灭，主人留髡而送客，罗襦襟解，微闻芗泽，当此之时，髡心最欢，能饮一石。故曰酒极则乱，乐极则悲。”据此，淳于髡长饮从一斗、两斗、五六斗、八斗而至一石，威王亦渐悟，盖其谐辞已达讽谏之旨，境界渐次提高，譬如九流之中的小说家之“可观者”而能达到“以广视听”之效。刘勰意谓倘若文士们能认真仿效学习淳于髡之谐讔，升堂入室，取法乎上，而不流于童稚戏谑、搏髀抃笑，仍然是可取的。

㉜ 旃、孟：优旃、优孟。石交：金石之交，交情深固。《史记·苏秦列传》曰：“此所谓弃仇雠而得石交者也。”刘勰此句意指如果仿效者取法乎上，所作谐讔能有“抑止昏暴”之效，则可视作优旃、优孟的金石之交。“髡袒入室”、“旃孟石交”二句，互文见义。

【分析】本段分作两个层面，第一层面是解说“隐语”的由来、产生背景以及发展过程中的变化，至后世成为“谜语”的文字游戏。第二层面则是评论历代隐语作家、作品之得失，尤其对汉代东方朔“谬辞诋戏”与魏代以来“用乖远大”的作品深表不满。然而，刘勰仍然对谐讔之作持有积极态度，期盼能够达到“以广视听”的作用。

4. 赞曰：古之嘲隐，振危释惫①。虽有丝麻，无弃菅(jiān)蒯(kuǎi)②。会义适时，颇益讽诫③。空戏滑稽，德音大坏④。

【注释】

① 振危：拯救危亡。释惫：解除困境。

② 丝麻：蚕丝麻布，可作布帛，精细之物。菅蒯：草名，可作绳席，粗韧之物。此指类于文章末流的谐讔作品。《左传》成公九年载：“诗曰：‘虽有丝麻，无弃菅蒯。’”杜预注：“逸诗也。”意指虽有精细之物，然亦不可丢弃粗物。

③ 会义：符合义理。适时：适应时机。

④ 空：凭空。戏：戏弄。大坏：严重的损坏。

【分析】赞辞总结了谐辞隐语的概念与功能，主要在于拯救危亡，解除困境，作品中只要能够符合义理，适时之需，虽然位处文章之末流，仍有益于讽谏劝诫之作用。

史传第十六解析

【解题】从目下学习古代文学的人来说，阅读《文心雕龙》中的《史传》与《诸子》二文，无疑是最为困难的事。因为近百年来中国学术界深受西方学术的影响，文、史、哲的分科发展早成定局，学中文的不再学习历史与哲学，偶尔涉及，总觉不必投入大量的时间与精力，因此阅读这两篇文章时，常会出现陌生之感。特别是像《史传》中提到的那些早已亡佚的史著，更是无法体会刘勰的评价是否合适。

前人对此二文的看法，也出入甚大。纪昀之评《文心雕龙》，见解很高，常能给人以启发，然对此二文则评价甚低，云是“彦和妙解文理，而史事非其当行，此篇文句特烦，而约略依稀，无甚高论，特敷衍以足数耳。学者欲析源流，有刘子玄之书在”。后世史家每不同意此说，金毓黻在为此文作疏证时据理力争，以为刘知幾的《六家》、《二体》以及一些立论的原则，都曾受到刘勰的深刻影响，因此指责纪氏持论过于苛刻，不合事理。①

金氏等人的意见有其道理。我等今日学习历史，自然应当先读《文心雕龙》中的《史传》，继而细读刘知幾的史学理论名著《史

① 金毓黻《〈文心雕龙·史传篇〉疏证(上、下)》，原载《中国学报》第1卷第2期、第3期(1944年10月、1945年5月，重庆)。后再次发表在《中华文史论丛》1979年第1辑。

通》，如此则对古代的史学理论可谓思过半矣。

自周振甫等人始，则又指出这篇文章的内容与其他篇章实有不同。刘勰的著作宗旨本应评论历史散文，然而通篇所关注的，却是史籍的发展与著作体例，因此对《史》《汉》文笔上的差别，如《史记》的爱奇反经，人物塑造的呼之欲出，《汉书》循规蹈矩，文笔亦趋整饬等方面，都没有涉及。又如叙及《左传》与《战国策》时，抉发其中的不足之处，均能言之成理，而对二者表现手法上的差异也没有任何提示。刘勰论史传散文方面的不足，确也不必为之辩解。

《文心雕龙》全书以"宗经"为首要原则，以为评论史书也应"立义选言，宜依经以树则；劝戒与夺，必附圣以居宗"。只是孔子的有关言论却也并非一端。刘勰前面重点介绍了孔子的褒贬观点，所谓"腾褒裁贬，万古魂动"，后面则又强调"尊贤隐讳，固尼父之圣旨"。后者所根据的其实是《公羊传》闵公元年中提出的"为尊者讳，为亲者讳，为贤者讳"，如此立说，则是以为史家又不必善恶必书，应该多所避忌了。

现在的人读书，喜欢谈论对古人的正确评价，实际上也就是在用今天的价值标准去衡量前人的作为。若以刘勰的史学观点而言，有两点常为今人诟病。当代史学强调必须根据事实说话，事实是怎样，应该如实记录。古代本有"直笔"的传统，董狐、南史不屈服于统治者的淫威，不惜献出生命，坚持善恶必书，这些都是古人乐道的事，也为孔子所肯定，所称道。古代史书叙及一些帝王或名臣，或多或少都会贯彻这一原则，刘勰却极力强调孔子"尊贤隐讳"方面的"圣旨"，这就为后世歪曲事实者开了一条活路，为针砭丑恶的良史设置了障碍。这种观点，现代史学自然不能认同。

《文心雕龙》中还说："及孝惠委机，吕后摄政，史、班立纪，违经失实。"这里他又为什么要如此贬斥历史上的女主？

刘勰认为"牝鸡无晨"、"妇无与国"，历史上有此古训，后世就得遵循，这也是与现代人的观念大相径庭之处。吕后事实上曾掌政柄多时，司马迁如实记录，古代史学家对此也是认可的。体现汉儒精神的班固也承袭旧规，不作改动，张衡还想根据同样的原则，为“元、平二后”“立纪”。刘勰则极力反对，说明他把史学的鉴诫作用看得比实录还重。这种“劝戒与夺”的原则，就在古代也无法取得共识。

纵观汉代，确多母后干政之事。外家潜移国祚，这在古人看来，也是违反王室继承原则的大事，王莽因是篡取了政权，酿成天下大乱。因此，陈寿著《三国志》，孙盛著《晋阳秋》，都曾提出过防止母氏篡取政权的警告，刘勰沿袭的当是这一种观点。他把史学视作贯彻政治原则的重要领域，这也与后世史学界推崇如实抒写的原则有违。

萧统在《文选序》中说：

> 至于记事之史，系年之书，所以褒贬是非，纪别异同，方之篇翰，亦已不同。若其赞论之综缉辞采，序述之错比文华，事出于沉思，义归乎翰藻，故与夫篇什，杂而集之。

这就是说，总集之中对于史传的内容应有所甄别，一般记载历史事实的文字就不应收入，而其中的赞、论、序、述则可以斟酌录取，因为这类文字具有“沉思”、“翰藻”的特点，与“文”的要求一致，所以《文选》中就收入了“史论”、“史述赞”等文体中的多篇文字。考察萧统所举例证，可知萧统的关注之点，在于这类文字并非直录史实，而是具有个人的史观。前人那种着重辨明真相表达褒贬观念的史书，应该从文苑中退出，只有那些出之深刻构思、运用时人崇尚的美文撰写的赞、论、序、述，因为具有“文”的基本要素，才可列入“文选”。

由此可见，萧统提出的主张，代表其时学术潮流中的一种新趋向，要在“文”中再作区分，遴选那些更具“文”之特徵的文字入内，不能仍然停留在前此“史”书即是“文”的传统观念之中。刘勰的观点还是前时的大文学观念，萧统的观点已有向纯文学方向发展的趋向。这也并不是说二者之间有什么高下之分，而是时代发展的自然结果。萧统毕竟要比刘勰年轻得多，他已生活在梁代，处在社会急剧转型之时，自然会出现一些差异。

萧统的文学观点，与今人仍有巨大差异。他所看重的，并不把形象云云视为最重要的因素，而是强调“综缉辞采”、“错比文华”，是典型的六朝文学观。在这一点上，与刘勰仍一致。

总的看来，刘勰在《史传》中强调的是“褒贬是非，纪别同异”，“尊贤隐讳”，他要在时人认为是“文”的“史传”中也贯彻“徵圣”“宗经”的原则，因此《史传》中不谈史家之文的特点与得失，也不去讨论某位史家在“文”上作出的贡献。他所再三申述的，是史书的体例和沿革，以及他在其中要求贯彻的一些原则。

严格说来，刘勰纵论史中之“文”，也有其难处。他把《春秋》推为史书之“祖”，而《春秋》之文，简短蹇涩，王安石就贬之为“断烂朝报”。晋代发现的《竹书纪年》，近时发现的《秦纪》等简帛，所记史事，也是简短异常，略无文采。这样，刘勰就难以运用发展的观点纵论史传文学的发展，他不能直言史文源头之陋，后世史文之美。今日如以文学的角度论史，则自可用发展的观点加以考察。文学经历着质朴浑厚的初期阶段，发展到富艳精工的六朝美文阶段，史文也与文学发展的大趋势一致，吾人自可紧密结合文学的发展分析史家的用笔与成就。

1. 开辟草昧，岁纪绵邈(miǎo)，居今识古，其载籍乎[①]？轩辕之世，史有仓颉(jié)[②]，主文之职，其来久矣。《曲礼》曰：“史载笔。”史者，使也；执笔左右，使之记也[③]。古者左史记言，右史书事。言经则《尚书》，事经则《春秋》也[④]。唐、虞流于典谟，夏、商被于诰誓[⑤]。洎周命维新，姬公定法，紬(chōu)三正以班历，贯四时以联事[6]。诸侯建邦，各有国史，彰善瘅(dàn)恶，树之风声[7]。自平王微弱，政不及雅，宪章散紊(wěn)，彝伦攸斁(dù)[8]。昔者夫子闵王道之缺，伤斯文之坠，静居以叹凤，临衢而泣麟[9]，于是就太师以正《雅》、《颂》，因鲁史以修《春秋》，举得失以表黜陟(zhì)，徵存亡以标劝戒[10]。褒见一字，贵逾轩冕；贬在片言，诛深斧钺(yuè)[11]。然睿旨幽秘，经文婉约；丘明同时，实得微言，乃原始要终，创为传体[12]。传者，转也；转受经旨，以授于后，实圣文之羽翮(hé)，记籍之冠冕也[13]。

【注释】

① 草昧：蒙昧，原始。《易·屯》："天造草昧。"王弼注："造物之始，始于冥昧，故曰草昧也。"绵邈：长久。载籍：传世典籍记载有徵。

② 轩辕：黄帝。史：史官。仓颉：传说中黄帝时期的史官。许慎《说文解字·序》："黄帝之史仓颉，见鸟兽蹄迒之迹，知分理之可相别异也，初造书契。"

③ 《曲礼》：《礼记》第一篇篇名。陆德明《经典释文》曰："委曲说礼之事。"史载笔：史官带笔，意在王者身边记言记事。《礼记·曲礼上》："史载笔，士载言。"郑玄注："谓从于会同，各持其职以待事也。笔谓书具之属，言谓会同盟要之辞。"孔颖达疏："史谓国史，书录王事者。王若举动，史必书之。王若行往，则史载书具而从之也。不言简牍而云笔者，笔是书之主，则馀载可知。"史者使也：史者，受王者诏命记言记事。《白虎通义·记过彻膳之义》："所以谓之史，何？明王者使为之也。"

④ 左史记言：《礼记·玉藻》："动则左史书之，言则右史书之。"右史书事：《汉书·艺文志》："左史记言，右史记事，事为《春秋》，言为《尚书》。"言经：孔颖达《礼记正义》："经云言则右史书之，《尚书》记言

语之事,故以《尚书》当右史所书。右是阴,阴主静故也。《春秋》虽有言,因动而言,其言少也。《尚书》虽有动,因言而称动,亦动为少也。”事经:孔颖达《礼记正义》:“经云动则左史书之,《春秋》是动作之事,故以《春秋》当左史所书。左阳,阳主动,故记动。”

⑤ 唐、虞流于典谟:唐虞之事流传于《尚书》的典谟之中。流于,即流传于。典谟,指《尧典》、《舜典》、《大禹谟》。其中《大禹谟》佚失,今存为伪作。典谟为圣贤所作,历代以为文章最高典范。夏、商被于诰誓:夏商的史实载于《尚书》的诰誓之中。被于,记载于。《今文尚书》中《商书》有《汤誓》,《周书》有《牧誓》、《大诰》、《康诰》、《酒诰》、《召诰》、《洛诰》、《费誓》、《泰誓》,伪孔安国注本有《汤诰》、《仲虺之诰》。

⑥ 维新:《诗·大雅·文王》:“周虽旧邦,其命维新。”维新,即革新,与《大学》“苟日新,日日新,又日新”之语近似。清末维新变法,即借此旧名,阐发鼎革更新之意。姬公:即周公。名旦,文王子,武王崩,辅佐成王,曾自立为王,七年后还政于成王。定法:杜预《春秋经传集解序》:“其发凡以言例,皆经国之常制,周公之垂法,史书之旧章。仲尼从而修之,以成一经之通体。”䌷:䌷绎,综合,考求。这里指系王于正二三月之上,言造历算运如女工之缉而织之也。三正:夏正、殷正、周正,为三正,古代历法体系。传说夏以斗建寅之月(夏历正月)为岁始,商以建丑(夏历十二月)为岁始,周以建子(夏历十一月)为岁始。秦皇信其三代迭替,皆改正朔以示受命于天。更以建亥(夏历十月)为岁首以续周之天命。按照现代天文考古家之考究,这几种历法事实在历史上并非是系于三代的,盖为春秋之诸侯国所用之历,三正论正是炮制于这个时期。西周实多用所谓殷正建丑,少数失闰建子建寅。春秋战国诸侯国皆行四分历,齐鲁尊周,建字为正(鲁自僖公之后始改丑正为子正),三晋与楚建寅,使用夏正,秦用夏正,又以十月为岁首,实始于秦国之时,称颛顼历。因而不能称夏历、殷历、周历为三代历法。今农历称夏历,取建寅为正夏,或为雅,为华夏之意,非夏朝历极明。(以上参张汝舟先生之说,参见其《二毋室古代天文历法论丛》。)班:同

“颁”,颁布。贯四时以联事:贯穿一年四季,并以史事系于年月。杜预《春秋经传集解序》:“记事者,以事系日。以日系月,以月系时,以时系年,所以纪远近、别同异也。故史之所记,必表年以首事,年有四时,故错举以为所记之名也。”

⑦ 国史:《后汉书·班彪传》:“略论云:唐虞三代,诗书所及,世有史官,以司典籍,暨于诸侯,国自有史,故孟子曰‘楚之《梼杌》,晋之《乘》,鲁之《春秋》,其事一也’。”彰善瘅恶,树之风声:语出《尚书·毕命》。孔颖达《尚书正义》:“言当识别顽民之善恶,知其善者,表异其所居之里……表其善者,则恶者自见,明其为善,当褒赏之;病其为恶,当罪罚之。其有善人,立其善风,令邑里使放效之;扬其善声,告之疏远,使闻知之。”瘅,贬斥。树,树立。

⑧ 平王:即周平王。周平王,即姬宜臼,西周幽王之子,东迁洛邑(今洛阳),为东周开国君主。公元前770—前720年在位。班固《古今人表》贬之曰下下愚人。政不及雅:东周之诗不复雅正,指政治衰微。雅,《诗》六义之一,分大小雅,西周王畿之乐,多为上层贵族创作,雅正之音。大、小雅共105篇。宪章:法令制度。散紊:散佚紊乱。彝伦:永恒不变的伦理规范。《尚书·洪范》:“彝伦攸斁。”攸斁:败坏。

⑨ 夫子:指孔子。闵:担忧,忧虑。王道:儒家提出的一种以仁义治天下的政治主张。斯文:指西周的礼乐制度。《论语·子罕》:“天之将丧斯文也,后死者不得与于斯文也。天之未丧斯文也,匡人其如予何!”叹凤:谓生不逢时。典出《论语·子罕》:“子曰:‘凤鸟不至,河不出图,吾已矣夫!’”楚狂接舆作歌讽之:“凤兮凤兮,何德之衰。”见《论语·微子》。凤鸟,古代称为神鸟,预示太平吉祥。衢:大道。泣麟:《公羊传》:“(哀公)十有四年,春,西狩获麟……麟者,仁兽也。有王者则至,无王者则不至。有以告者,曰:‘有麇而角者。’孔子曰:‘孰为来哉! 孰为来哉!’反袂拭面,涕沾袍。”又:“西狩获麟。孔子曰:‘吾道穷矣。’”何休注:“麟者太平之符,圣人之类,时得麟而死,此亦天告夫子将没之徵,故云尔。”后以“泣麟”为哀叹悲泣世衰道穷之典。

⑩ 太师:这里义同太史,掌管音乐的官,即乐正。黜:贬抑。陟:褒扬。徵:证明,检验。标:标明。劝戒:亦作“劝诫”,勉励告诫。《汉书·古今人表序》:“归乎显善昭恶,劝戒后人。”

⑪ 褒见一字:晋范宁《春秋穀梁传序》:“举得失以彰黜陟,明成败以著劝诫,拯颓纲以继三五,鼓芳风以扇游尘。一字之褒,宠逾华衮之赠;片言之贬,辱过巾朝之挞。德之所助,虽贱必中。义之所抑,虽贵必屈。故附势匿非者无所逃其罪,潜德独运者无所隐其名,信不易之宏轨,百王之通典也。”轩冕:大夫的车冠。斧钺:行刑的工具。

⑫ 睿:深远的意旨。丘明:左丘明。传为鲁瞽史。《史记·太史公自序》:“左丘失明,厥有国语。”传说著有《左传》、《国语》,与孔子在《论语》中称赞的左丘明疑为一人,今人则多怀疑是战国时人。《国语》或许非他所著,一说左氏采《国语》作《左传》。微言:微言大义,言外之意,即《春秋》一字褒贬之例,以为《左传》得其微旨。原始要终:追根溯源,探求事实发展的起源与结果。《易·系辞下》:“《易》之为书也,原始要终以为质也。”取其传体:传体,本为解释经书的一种文体,后演化为史书体裁。《汉书·艺文志》:“……故与左丘明观其史记,据行事,仍人道,因兴以立功,就败以成罚,假日月以定历数,借朝聘以正礼乐。有所褒讳贬损,不可书见,口授弟子,弟子退而异言。丘明恐弟子各安其意,以失其真,故论本事而作传,明夫子不以空言说经也。”

⑬ 羽翮:指鸟的翅膀,引申为辅助、支撑。记籍:将史实记载于簿籍。冠冕:第一、最高,指最高标准。

【分析】本节叙述史的产生、史的含义以及《春秋》、《左传》对于史书体裁的创建。

2. 及至从横之世,史职犹存①。秦并七王,而战国有《策》,盖录而弗叙,故即简而为名也②。汉灭嬴(yíng)、项,武功积年,陆贾稽古,作《楚汉春秋》③。爰及史谈,世惟执简[4]；子长继志，甄（zhēn）序帝勣（jī）[5]。比尧称典，则位杂中贤[6]；法孔题经，则文非玄圣[7]；故取式《吕览》，通号曰纪[8]。纪纲之号，亦宏称也。故本纪以述皇王，列传以总侯伯，《八书》以铺政体，《十表》以谱年爵，虽殊古式，而得事序焉[9]。尔其实录无隐之旨[10]，博雅弘辩之才[11]，爱奇反经之尤[12]，条例踳（chuǎn）落之失[13]，叔皮论之详矣[14]。及班固述汉，因循前业，观司马迁之辞，思实过半[15]。其《十志》该富，赞序弘丽，儒雅彬彬，信有遗味[16]。至于宗经矩圣之典，端绪丰赡之功，遗亲攘美之罪，徵贿鬻（yù）笔之愆（qiān），公理辨之究矣[17]。观夫左氏缀事，附经间出，于文为约，而氏族难明[18]。及史迁各传，人始区分，详而易览，述者宗焉。及孝惠委机，吕后摄政，史、班立纪，违经失实[19]。何则？庖牺以来，未闻女帝者也。汉运所值，难为后法。牝鸡无晨，武王首誓[20]；妇无与国，齐桓著盟[21]；宣后乱秦，吕氏危汉：岂唯政事难假，亦名号宜慎矣[22]。张衡司史，而惑同迁、固，元、平二后，欲为立纪，谬亦甚矣[23]。寻子弘虽伪，要当孝惠之嗣；孺子诚微，实继平帝之体[24]：二子可纪，何有于二后哉？[25]

【注释】

① 从横之世：战国时期的合纵连横。从横，即纵横。史职犹存：史职，即史官的设置。孔子曾见百国春秋，孟子认为东周之史有楚之《梼杌》，晋之《乘》，鲁之《春秋》。前两书今有辑本。又西晋盗魏王墓葬，出土《竹书纪年》，按《晋书》卷五十一《束皙传》："太康二年，汲郡人不准盗发魏襄王墓，或言安釐王冢，得竹书数十车。其《纪年》十三篇，记夏以来至周幽王为犬戎所灭，以事接之，三家分，仍述魏事至安釐王之二十年。盖魏国之史书，大略与《春秋》皆多相应。"

② 七王：即周及齐、楚、燕、赵、韩、魏六国之王。战国有《策》：战国时代各国均有简策，后经西汉刘向编定为《战国策》。叙：按年叙录史事。《战国策》无之。即简而为名。蔡邕《独断》："策者，简也。但执一札谓之为简，连编诸简，乃名为策。"《战国策》因其为连编之简册而得名。杜预《春秋经传集解序》："大事书之于策。"

③ 嬴项：嬴政与项羽。积年：多年，连年。陆贾：楚人，从高祖定天下。善辩，为汉高、文帝深倚重。《史记》、《汉书》均有传。稽古：考察古代史事。《楚汉春秋》：司马贞《史记索隐》云："贾撰集项氏与汉高初起及惠文间事。"《汉书·艺文志》"六艺略·春秋类"著录"《楚汉春秋》九篇，陆贾所记"。《汉书·司马迁传》："赞曰：……汉兴伐秦定天下，有《楚汉春秋》。故司马迁据《左氏》、《国语》，采《世本》、《战国策》，述《楚汉春秋》，接其后事，讫于大汉。"《后汉书·班彪传》："汉兴定天下，太中大夫陆贾记录时功，作《楚汉春秋》九篇。"

④ 史谈：即太史令司马谈。据《史记·太史公自序》，其先人为周志太史，子司马迁后继为太史令。世惟执简：几代担任史官职务。执简，即持简记事。《史记·太史公自序》："当周宣王时，失其守而为司马氏。司马氏世典周史。……太史公执迁手而泣曰：'余先周室之太史也。自上世尝显功名于虞夏，典天官事。后世中衰，绝于予乎？汝复为太史，则续吾祖矣。'"

⑤ 子长：司马迁字。甄：甄别。序：同叙，叙述。勣：同"绩"，功绩。

⑥ 典：指《尚书·尧典》。位杂中贤：指《史记》所叙帝王中有贤明者，也有不肖者，故不敢称"典"。

⑦ 法孔题经：指《史记》不敢师法孔子《春秋经》而题为经。玄圣：至圣。此指孔子。

⑧ 取式：取法。《吕览》：即《吕氏春秋》。《史记·吕不韦列传》："吕不韦以秦之强，羞不如，亦招致士，厚遇之，至食客三千人。是时诸侯多辩士，如荀卿之徒，著书布天下。吕不韦乃使其客人人著所闻，集

论以为八览、六论、十二纪，二十馀万言。以为备天地万物古今之事，号曰《吕氏春秋》。布咸阳市门，悬千金其上，延诸侯游士宾客有能增损一字者予千金。”《索隐》：“八览者，《有始》、《孝行》、《慎大》、《先识》、《审分》、《审应》、《离俗》、《时君》也。六论者，《开春》、《慎行》、《贵直》、《不苟》、《以顺》、《士容》也。十二纪者，记十二月也，其书有《孟春》等纪。二十馀万言，二十六卷也。”为杂家代表性著作。通号曰纪：通称帝王传记为“本纪”。

⑨ 《八书》：《史记》八书：《礼书》第一、《乐书》第二、《律书》第三、《历书》第四、《天官书》第五、《封禅书》第六、《河渠书》第七、《平准书》第八。铺：铺陈。《十表》：《史记》十表：《三代世表》第一、《十二诸侯年表》第二、《六国年表》第三、《秦楚之际月表》第四、《汉兴已来诸侯年表》第五、《高祖功臣侯者年表》第六、《惠景间侯者年表》第七、《建元以来侯者年表》第八、《王子侯者年表》第九、《汉兴以来将相名臣年表》第十。谱：序录。年爵：《汉兴以来诸侯年表》下皆谱封爵。

⑩ 尔其：至于，至如。实录无隐：《汉书·司马迁传》：“自刘向、扬雄博极群书，皆称迁有良史之材，服其善序事理，辨而不华，质而不俚，其文直，其事核，不虚美，不隐恶，故谓之实录。”

⑪ 博雅弘辩：言《史记》广为徵引，善于叙事。《汉书·司马迁传》：“赞曰：……故司马迁据《左氏》、《国语》，采《世本》、《战国策》，述《楚汉春秋》，接其后事，讫于大汉。其言秦、汉，详矣。至于采经摭传，分散数家之事，甚多疏略，或有抵牾。亦其涉猎者广博，贯穿经传，驰骋古今，上下数千载间，斯以勤矣。”

⑫ 爱奇反经：《汉书·司马迁传》：“……又其是非颇缪于圣人，论大道则先黄老而后六经，序游侠则退处士而进奸雄，述货殖则崇势利而羞贱贫。”扬雄《法言·君王》：“多爱不忍，子长也，子长多爱，爱奇也。”尤：极其。

⑬ 踳落：乖舛错杂。《后汉书·班彪传》论《史记》曰：“至于采经摭传，分散百家之事，甚多疏略，不如其本，务欲以多闻广载为功，论议

浅而不笃。其论学术，则崇黄老而薄五经；序货殖，则轻仁义而羞贫穷；道游侠，则贱守节而贵俗功：此其大敝伤道，所以遇极刑之咎也。”

⑭ 叔皮：即班彪。东汉史学家。《后汉书·班彪传》：“班彪字叔皮，扶风安陵人也。……彪既才高而好述作，遂专心史籍之闲。武帝时，司马迁著《史记》，自太初以后，阙而不录，后好事者颇或缀集时事，然多鄙俗，不足以踵继其书。彪乃继采前史遗事，傍贯异闻，作后传数十篇，因斟酌前史而讥正得失。……所著赋、论、书、记、奏事合九篇。”《后汉书·班彪传》载其《史记论》，对《史记》多有评论。

⑮ 因循前业：遵从前人著作。指班固《汉书》前半部采《史记》，后半部采其父班彪《史记后传》。思实过半：指《汉书》学习《史记》，获益良多。《易·系辞》：“知者观其彖辞，则思过半矣。”孔颖达疏：“言聪明知达之士，观此卦下彖辞，则能思虑有益，以过半矣。”

⑯ 《十志》：《史记》称“书”，《汉书》改为“志”，有十志：《律历志》、《礼乐志》、《刑法志》、《食货志》、《郊祀志》、《天文志》、《五行志》、《地理志》、《沟洫志》、《艺文志》。该富：内容完备丰富。赞序：指《汉书》纪、志、传后皆有“赞”，加以评论；八表前均有“序”，加以说明。彬彬：言《汉书》文质彬彬。遗味：即馀味。

⑰ 端绪：《后汉书·班固传》：“固文赡而事详。若固之序事，不激诡，不抑抗，赡而不秽，详而有体，使读之者亹亹而不厌，信哉其能成名也。”遗亲攘美：司马迁在《史记》中言必称太史公（司马谈），不敢掠美，但《汉书》中几乎不称其父班彪编书之功，故有夺父之功的嫌疑。徵贿鬻笔：指班固受贿撰书。刘知幾《史通·曲笔》篇：“班固受金而始书。”此事后世以为冤枉。愆：过错。公理：即仲长统。曾著《昌言》十二卷，已佚，严可均有辑录，见《全后汉文》。其评《汉书》语，未详。究：深入、详尽。

⑱ 左氏缀事：指《左传》之叙事。附经间出：《史记·十二诸侯年表第二》：“鲁君子左丘明惧弟子人人异端，各安其意，失其真，故因孔子史记具论其语，成《左氏春秋》。”间出，即迭出。言《左氏》本与《春秋

经》并行，至晋杜预方合经入传。杜预《春秋左传集解序》："或先经以始事，或后经以终义，或依经以辨理，或错经以合异，随义而发。"先经、后经、依经、错经，总称"附经"。氏族难明：指《左传》详于编年叙事，拙于述人前后经历，故而对于一些世家大族，其籍贯未予说明，且其人名错杂，每一篇中叙人或用名或用字或用谥号，错见迭出，使人茫然不能识别。与下文"及史迁各传，人始区分，详而易览，述者宗焉"相对。

⑲ 孝惠：即汉惠帝刘盈。委机：皇帝抛弃万机。吕后摄政：指吕后临朝听政。《史记·吕太后本纪》："使人请太后曰：'此非人所为。臣为太后子，终不能治天下。'孝惠以此日饮为淫乐，不听政，故有病也。"立纪：吕后非正式帝王，司马迁、班固却将其入"本纪"。违经失实：违背儒家经典所提倡的宗法制度的伦常，与历史规律相背离。指吕雉作为女性不应摄政。

⑳ 庖牺：即伏羲。汉运：汉代的国运。值：遇到。难为后法：难以为后代所效法。牝鸡无晨，武王首誓：《尚书·牧誓》："王曰：'古人有言曰："牝鸡无晨。牝鸡之晨，惟家之索。"'"牝鸡，即母鸡；司晨，即打鸣。古人以此喻女人当政。

㉑ 妇无与国，齐桓著盟：意谓妇女不得参与国事，齐桓公将其写于盟约。《穀梁传》僖公九年："葵丘之盟……毋以妾为妻，毋使妇人与国事。"

㉒ 宣后乱秦：宣后，指秦昭王母宣太后。《史记·穰侯列传》："范睢言宣太后专制，穰侯擅权于诸侯。"吕氏危汉：《史记·吕太后本纪》："孝惠崩，高后用事，春秋高，听诸吕，擅废帝更立，又比杀三赵王，灭梁、赵、燕以王诸吕，分齐为四。"假：假权于人。政事难假，即难以让女人代为执政。名号：指为皇后立传的名号。

㉓ 张衡：据《后汉书·张衡传》："永初中，谒者仆射刘珍、校书郎刘騊駼（táo tú）等著作东观，撰集《汉记》，因定汉家礼仪，上言请衡参论其事，会并卒，而衡常叹息，欲终成之。及为侍中，上疏请得专事东观，收检遗文，毕力补缀。又条上司马迁、班固所叙与典籍不合者十馀

事。又以为王莽本传但应载篡事而已，至于编年月，纪灾祥，宜为元后本纪。”张衡请求为元、平二后立纪。张衡欲为平帝皇后立纪，根据何书，无法追查。

㉔ 寻：细论。子弘：即刘弘，吕后废少帝，立弘为帝。《史记·吕太后本纪》：“五月丙辰，立常山王义为帝，更名曰弘。……诸大臣相与阴谋曰：‘少帝及梁、淮阳、常山王，皆非真孝惠子也。吕后以计诈名他人子，杀其母，养后宫，令孝惠子之，立以为后，及诸王，以强吕氏。’”孺子：孺子刘婴，汉宣帝玄孙。西汉名义上最后一个皇帝，未立本纪，载《汉书·王莽传》，云：“已使有司徵孝宣皇帝玄孙二十三人，差度宜者，以嗣孝平皇帝之后。玄孙年在襁褓，不得至德君子，孰能安之？……其令安汉公居摄践祚，如周公故事，以武功县为安汉公采地，名曰汉光邑。……三月己丑，立宣帝玄孙婴为皇太子，号曰孺子。”实继平帝之体：《汉书·元后传》：“平帝崩，无子，莽徵宣帝玄孙选最少者广戚侯子刘婴，年二岁，托以卜相为最吉。乃风公卿奏请立婴为孺子，令宰衡安汉公莽践阼居摄，如周公傅成王故事。太后不以为可，力不能禁，于是莽遂为摄皇帝，改元称制焉。”体：体统，帝位。

㉕ 二子可纪，何有于二后：指刘弘、刘婴二子，可以为其立本纪，而吕后、元帝后，则不能入本纪。

【分析】本节论述《史记》、《汉书》的史学贡献及其不足，二书均将吕后列于本纪，受到刘勰的批评。

3. 至于《后汉》纪传，发源《东观》①。袁、张所制，偏驳不伦②；薛、谢之作，疏谬少信③。若司马彪之详实④，华峤(qiáo)之准当⑤，则其冠也。及魏代三雄，记传互出。《阳秋》、《魏略》之属⑥，《江表》、《吴录》之类⑦，或激抗难徵，或疏阔寡要⑧；唯陈寿《三志》，文质辨洽(qià)⑨，荀、张比之于迁、固⑩，非妄誉也。

【注释】

① 《后汉》纪传，发源《东观》：纪传，即史传。《东观》，即《东观汉纪》。《史通·古今正史》："在汉中兴，明帝始诏班固与睢阳令陈宗、长陵令尹敏、司隶从事孟异作《世祖本纪》，并撰功臣及新市、平林、公孙述事，作列传、载记二十八篇。自是以来，春秋考纪亦以焕炳，而忠臣义士莫之撰勒。于是又诏史官谒者仆射刘珍及谏议大夫李尤，杂作纪，表，《名臣》、《节士》、《儒林》、《外戚》诸传，起自建武，讫乎永初，事业垂竟，而珍、尤继卒。复命侍中伏无忌与谏议大夫黄景作诸王、王子、功臣、恩泽侯表，南单于、《西羌传》、《地理志》。至元嘉元年，复令太中大夫边韶，大军营司马崔寔，议郎朱穆、曹寿杂作孝穆、崇二皇及《顺烈皇后传》，又增《外戚传》入安思等后，《儒林列传》入崔篆诸人。寔、寿又与议郎延笃杂作《百官表》，顺帝功臣孙程、郭愿及郑众、蔡伦等传。凡百十有四篇，号曰《汉纪》。（即《东观汉纪》，共一百四十三卷，现存二十三卷。）熹平中，光禄大夫马日磾、议郎蔡邕、杨彪、卢植著作东观，接续纪传之可成者，而邕别作《朝会》、《车服》二志。后坐事徙朔方，上书求还，续成十志。"

② 袁、张所制，偏驳不伦：袁，即晋袁山松。著有《后汉书》与《宜都记》。《隋书·经籍志》"史部·正史类"著录"《后汉书》九十五卷，本一百卷，晋秘书监袁山松撰"。今存姚之骃辑本一卷、汪文台辑本二卷。汪文台辑本，见周天游校点《七家后汉书》（河北人民出版社 1987 年版）。张，即晋张莹。《隋书·经籍志》"史部·正史"著录："《后汉南记》四十五卷，本五十五卷，今残缺，晋江州从事张莹撰。"《旧唐书·经籍志》、《新唐书·艺文志》均作五十八卷。已佚。清汪文台辑《七家后汉书》未收此书，今有周天游《八家后汉书辑注》本（上海古籍出版社 1986 年版）。文多排叠，喜志灾异，非史书之所尚，故曰偏驳不伦。偏驳，偏颇繁杂。

③ 薛、谢之作，疏谬少信：薛，即三国时吴国人薛莹。《隋书·经籍志》"史部·编年类"著录"《后汉记》六十五卷，本一百卷，梁有，今残

缺。晋散骑常侍薛莹撰”。今存姚之骃辑一卷本、汪文台辑一卷本等。汪文台辑本,见周天游校点《七家后汉书》。谢,即三国时期吴国人谢承,《隋书·经籍志》“史部·杂传类”著录谢承《会稽先贤传》七卷。《三国志·吴书·吴主权谢夫人传》:“后十馀年,弟承拜五官郎中,稍迁长沙东部都尉、武陵太守,撰《后汉书》百馀卷。”裴松之注:“《会稽典录》曰:承字伟平,博学洽闻,尝所知见,终身不忘。”《隋书·经籍志》“史部·正史类”著录“《后汉书》一百三十卷,无帝纪,吴武陵太守谢承传”。今存姚之骃辑本四卷、汪文台辑本八卷等。汪文台辑本,见周天游校点《七家后汉书》。《史通·杂说下》:“谢承汉书,偏党吴越。”故曰疏谬少信。意谓体例多疏,多以己意妄断,难以被采信。有学者以为谢忱,误。谢忱,晋人,亦著有《后汉书》一百二十二卷,《隋志》有著录。

④　司马彪:《晋书·司马彪传》:“司马彪,字绍统,高阳王睦之长子也。出后宣帝弟敏。少笃学不倦,然好色薄行,为睦所责,故不得为嗣,虽名出继,实废之也。彪由此不交人事,而专精学习,故得博览群籍,终其缀集之务。初拜骑都尉。泰始中,为秘书郎,转丞。……以为‘汉氏中兴,讫于建安,忠臣义士亦以昭著,而时无良史,记述烦杂,谯周虽已删除,然犹未尽,安顺以下,亡缺者多。’彪乃讨论众书,缀其所闻,起于世祖,终于孝献,编年二百,录世十二,通综上下,旁贯庶事,为纪、志、传凡八十篇,号曰《续汉书》。”《隋书·经籍志》“史部·正史类”著录“《续汉书》八十三卷,晋秘书监司马彪撰”。今纪传不存,《志》三十卷,附范晔《后汉书》以行。汪文台辑有五卷,有周天游校点《七家后汉书》本。南朝梁刘昭有《续汉书》志注。清钱大昕《十驾斋养新录》卷六云:“刘昭注补后汉志三十卷,本自单行,与章怀太子所注范史九十卷各别。其并于范史,实始于宋乾兴元年(1022),盖因孙奭之请。”又云:“昭本注范史纪传,又取司马氏《续汉志》兼注之,以补蔚宗之缺,故于卷首特标注补明非蔚宗元文也。厥后章怀太子别注范史,而刘注遂废,惟志三十卷,章怀以非范氏书,故注不及焉。而司马、刘二家之书,幸得传流至今,然司马史实名《续汉书》,刘氏以补范阙,因冒后汉

之名。”

⑤ 华峤：《晋书·华峤传》：“峤字叔骏，才学深博，少有令闻。……后以峤博闻多识，属书典实，有良史之志，转秘书监，加散骑常侍，班同中书。寺为内台，中书、散骑、著作及治礼音律，天文数术，南省文章，门下撰集，皆典统之。初，峤以《汉纪》烦秽，慨然有改作之意。会为台郎，典官制事，由是得遍观秘籍，遂就其绪，起于光武，终于孝献，一百九十五年，为帝纪十二卷、皇后纪二卷、十典十卷、传七十卷及三谱、序传、目录，凡九十七卷。峤以皇后配天作合，前史作外戚传以继末编，非其义也，故易为皇后纪，以次帝纪。又改志为典，以有《尧典》故也。而改名《汉后书》奏之，诏朝臣会议。时中书监荀勖、令和峤，太常张华，侍中王济咸以峤文质事核，有迁、固之规，实录之风，藏之秘府。……所撰书十典未成而终，秘书监何劭奏峤中子彻为佐著作郎，使踵成之，未竟而卒。后监缪徵又奏峤少子畅为佐著作郎，克成十典，并草魏、晋纪传，与著作郎张载等俱在史官。永嘉丧乱，经籍遗没，峤书存者三十馀卷。”《隋书·经籍志》“史部·正史类”著录华峤《汉后书》三十一卷，并注曰：“本九十七卷，今残缺。晋少府卿华峤撰。”华峤《汉后书》纪传部分为范晔采纳，馀者散逸。清王仁俊辑一卷本，收入《玉函山房辑佚书续编》；黄奭辑一卷本，收入《汉学堂丛书》；汪文台辑有二卷，有周天游校点《七家后汉书》本。

⑥ 互出：相继出现。《阳秋》：即孙盛撰《魏氏春秋》，为避晋简文帝母郑太后名改为《魏氏阳秋》。按《晋书·孙盛传》：“孙盛，字安国，太原中都人。……盛笃学不倦，自少至老，手不释卷。著《魏氏春秋》、《晋阳秋》，并造诗、赋、论、难复数十篇。”《魏氏春秋》，已佚。《魏略》：《旧唐书·经籍志》“史部·正史类”著录“《魏略》三十八卷，魏京兆人鱼豢撰”。记三国曹魏史事。已佚。裴松之《三国志注》多有徵引。

⑦ 《江表》：即《江表传》，晋虞溥撰。《旧唐书·经籍志》入“史部·杂史类”，五卷。今佚。裴松之《三国志注》多引之。《吴录》：晋张勃撰，已佚。裴骃《史记集解》多引之。

⑧ 激抗难徵:虚夸难信。一云激切对抗,不苟凡俗。孙盛《晋阳秋》不隐讳,不虚美。曾因直书触怒桓温。《晋书·孙盛传》:"《晋阳秋》词直而理正,咸称良史焉。既而桓温见之,怒谓盛子曰:'枋头诚为失利,何至乃如尊君所说!若此史遂行,自是关君门户事。'其子遽拜谢,谓请删改之。时盛年老还家,性方严,有轨宪,虽子孙班白,而庭训愈峻。至此,诸子乃共号泣稽颡,请为百口切计。盛大怒。诸子遂窃改之。盛写两定本,寄于慕容儁。"《魏氏春秋》或亦如此。疏阔寡要:粗疏而不得要领。《史通·题目》:"鱼豢、姚察著魏、梁二史,巨细毕载,芜累甚多,而俱榜之以略,考名责实,奚其爽欤!"

⑨ 陈寿:字承祚,巴西安汉人。师事谯周,仕蜀任著作郎,撰魏、吴、蜀《三国志》凡六十五篇。《晋书·陈寿传》云:"时人称其善叙事,有良史之才。夏侯湛时著《魏书》,见寿所作,便坏己书而罢。张华深善之,谓寿曰:'当以《晋书》相付耳。'其为时所重如此。……梁州大中正、尚书郎范颙等上表曰:'……臣等案:故治书侍御史陈寿作《三国志》,辞多劝诫,明乎得失,有益风化,虽文艳不若相如,而质直过之,愿垂采录。'"《三志》:即《三国志》,分《魏志》、《蜀书》、《吴书》。辨洽:明辨博洽。

⑩ 荀、张比之于迁、固:荀,即荀勖。张,即张华。《华阳国志·后贤志》:"吴平后,寿乃鸠合三国史,著魏、吴、蜀三书六十五篇,号《三国志》,又著《古国志》五十篇,品藻典雅,中书监荀勖、令张华深爱之。以班固、史迁不足方也。"妄誉:随意称赞。

【分析】本节总结评论魏晋时期的重要史书,尤其称赏陈寿所撰《三国志》。

4. 至于晋代之书,繁乎著作①。陆机肇始而未备②,王韶续末而不终③,干宝述纪,以审正得序④;孙盛《阳秋》,以约举为能⑤。按《春秋经》《传》,举例发凡⑥;自《史》《汉》以下，莫有准的[7]。至邓粲《晋纪》，始立条例[8]。又摆落汉、魏，宪章殷、周，虽湘川曲学，亦有心典谟[9]。及安国立例，乃邓氏之规焉。[10]

【注释】

① 繁乎著作：谓晋朝史传著作繁多。如《晋书》即有二十二家之多。一本作"系乎著作"，则此"著作"，当谓著作郎，掌编纂国史。

② 陆机：陆机，西晋人，有《陆士衡集》，曾撰《晋纪》四卷，记宣帝、景帝、文帝三朝事。已佚。肇始而未备：具有开创之功但不完备。

③ 王韶：即王韶之。《南史・王韶之传》："王韶之字休泰，胡之从孙而敬弘从祖弟也。祖羡之，镇军掾。父伟之，少有志尚，当世诏命表奏，辄手自书写。太元、隆安时事，大小悉撰录。位本国郎中令。……得父旧书，因私撰《晋安帝阳秋》。及成，时人谓宜居史职，即除著作佐郎，使续后事，讫义熙九年。善叙事，辞论可观。"《隋书・经籍志》"史部・编年类"著录王韶之《晋纪》十卷，书早佚，清黄奭《汉学堂丛书》辑有一卷。今有乔治忠校注《众家编年体晋史》本。

④ 干宝述纪，以审正得序：《晋书・干宝传》："干宝，字令升，新蔡人也。……中兴草创，未置史官，中书监王导上疏……元帝纳焉。宝于是始领国史。以家贫，求补山阴令，迁始安太守。王导请为司徒右长史，迁散骑常侍，著《晋纪》，自宣帝迄于愍帝五十三年，凡二十卷，奏之。其书简略，直而能婉，咸称良史。"《隋书・经籍志》"史部・编年类"著录干宝《晋纪》二十三卷，《史通・载言》曰："昔干宝议撰晋史，以为宜准丘明，其臣下委曲，仍为谱注。于时议者，莫不宗之。"书今佚，清汤球辑有一卷本，收入《广雅书局丛书》；黄奭辑有一卷，收入《汉学堂丛书》；陶栋辑有二卷本，收入《辑佚丛刊》。今有乔治忠校注《众家编年体晋史》本。审正得序：详细审正，颇有顺序。

⑤ 孙盛《阳秋》：指孙盛《晋阳秋》。《隋书・经籍志》"史部・编年类"著录孙盛《晋阳秋》三十二卷，原称《晋春秋》，因避晋简文帝母郑

太后名而改。记载自司马懿至东晋哀帝史事。今已佚。辑本有:(1)清汤球辑三卷本,收入《广雅书局丛书》、《丛书集成初编》;(2)清王仁俊辑一卷本,收入《玉函山房辑佚书补编》;(3)清黄奭辑一卷本,收入《汉学堂丛书》。今有乔治忠校注《众家编年体晋史》本。约举:简要但却完备,犹《左传》以三十卷书之约,囊括二百四十年事,靡有遗漏。

⑥ 《春秋经》《传》:孔子《春秋经》及《左氏》、《穀梁》、《公羊》三传。举例发凡:发凡起例。杜预《春秋左传序》称:"其发凡以言例,皆经国之常制,周公之垂法,史书之旧章。"孔颖达《正义》:"杜所以知发凡言例是周公垂法、史书旧章者,以诸所发凡皆是国之大典,非独经文之例。隐七年,始发凡例,特云'谓之礼经';十一年,又云'不书于策'。建此二句于诸例之端,明书于策者,皆是经国之常制,非仲尼始造策书自制此礼也。……以是故知发凡言例,皆是周公垂法、史书旧章,仲尼从而修之,以成一经之通体也。"又杜预《序》:"诸称'书'、'不书'、'先书'、'故书'、'不言'、'不称'、'书曰'之类,皆所以起新旧,发大义,谓之变例。"孔疏:"上既言据旧例而发义,故更指发义之条,诸传之所称'书'、'不书'、'先书'、'故书'、'不言'、'不称'及'书曰'七者之类,皆所以起新旧之例,令人知发凡是旧,七者是新,发明经之大义,谓之变例。以'凡'是正例,故谓此为变例,犹《诗》之有变风变雅也。"

⑦ 《史》《汉》以下,莫有准的:准的,即明确体例和标准。《史记》、《汉书》虽有自序,但皆无发凡起例。

⑧ 邓粲《晋纪》:《晋书·邓粲传》:"邓粲,长沙人。少以高洁著名,与南阳刘驎之、南郡刘尚公同志友善,并不应州郡辟命。"《晋书·邓粲传》不言其著《晋纪》事,只云:"粲以父骞有忠信言而世无知者,乃著《元明纪》十篇,注《老子》,并行于世。"疑《元明纪》十篇即《晋纪》。《隋书·经籍志》"史部·编年类"著录十一卷,已佚。清黄奭辑有一卷,收入《汉学堂丛书》。罗振玉《鸣沙石室佚书正续编》收有《晋纪》一卷,疑为邓粲本佚文,参见郝润华《六朝史籍与史学》,中华书局2005年版。今有乔治忠校注《众家编年体晋史》本。

⑨ 摆落：言邓氏扬弃汉魏史书对于条例的忽视。湘川：当作“湘州”。《隋书·地理志》：“长沙郡，旧属湘州。”此代指邓粲。宪章殷周：指效法商周的典籍。曲学：《战国策·赵策二》：“穷乡多异，曲学多辨。”刘向《说苑·谈丛》：“穷乡多曲学。”指偏颇狭隘的言论，乡曲之论，也指鄙陋之人。有心典谟：指专心学习典谟。

⑩ 安国立例，乃邓氏之规：安国，即孙盛。传见上引。刘勰所见诸晋史，唯邓、孙二氏有例。邓粲上法仲尼、丘明立体例，“宪法殷周”。孙盛撰史立例，实为取法邓粲《晋纪》。

【分析】本节总结评论东晋、南朝人所撰晋史，以为晋史编创之例，源于邓粲《晋纪》。

5. 原夫载籍之作也，必贯乎百氏，被之千载，表徵盛衰，殷鉴兴废①，使一代之制，共日月而长存；王霸之迹，并天地而久大②。是以在汉之初，史职为盛③，郡国文计，先集太史之府④，欲其详悉于体国也。阅石室，启金匮（guì），紬（chōu）裂帛，检残竹，欲其博练于稽古也⑤。是立义选言，宜依经以树则⑥；劝戒与夺，必附圣以居宗⑦；然后诠评昭整，苛滥不作矣。⑧然纪传为式，编年缀事，文非泛论，按实而书，岁远则同异难密，事积则起讫易疏，斯固总会之为难也⑨。或有同归一事，而数人分功，两记则失于复重，偏举则病于不周，此又铨（quán）配之未易也⑩。故张衡摘史、班之舛（chuǎn）滥⑪，傅玄讥《后汉》之尤烦⑫，皆此类也。

【注释】

① 载籍：书籍，典籍。百氏：诸子百家。被：及，到达。表徵：揭示，表明。殷鉴：《诗·大雅·荡》：“殷鉴不远，在夏后之世。”意思是殷

人灭夏，殷人的子孙，应该以夏的灭亡作为鉴戒。泛指可以作为借鉴的往事。

② 王霸：王者与霸者。一般以为《尚书》所载，多为王者之迹；《春秋》所载，多为霸者之迹。秦汉以下，盛世近于王，乱世近于霸。久大：长久远大。

③ 史职为盛：汉设太史令一职。

④ 文计：《史记·太史公自序》集解引如淳注："《汉仪注》：'太史公，武帝置，位在丞相上，天下计书，先上太史公，副上丞相。'"太史之府：汉承周制，以太史典藏计书，可资存藏，以供修史之用。

⑤ 裂帛：裁帛作书。此指书籍。石室、金匮：又作金匮石室，汉代国家秘藏图书及重要文书的地方。《史记·太史公自序》："（司马谈）卒三岁而迁为太史令，紬史记石室金匮之书。"博练：渊博练达。

⑥ 依经以树则：经，即《春秋经》。《史记·孔子世家》："至于为《春秋》，笔则笔，削则削，子夏之徒不能赞一辞。"树则，立以为准则。

⑦ 附圣以居宗：圣，孔子。《春秋》以褒贬之法示惩戒，后世修史必效法孔子的褒贬准则。

⑧ 诠评昭整：谢承《后汉书》书末有诠，陈寿《三国志》纪传末有评。昭整：明白齐整。苛滥：过严或过宽。

⑨ 式：格式、体例。缀事：连缀史事。总会：作跨越数代或追溯远古的编年体史书。

⑩ 两记：一件事而数人入传。偏举：偏于一传而记数人之事。铨配：衡量分配。这里指纪传体史书中对于大事的处理上，往往会分配在数个相关人物传记中，此其不如编年体之处。

⑪ 张衡摘史、班之舛滥：《后汉书·张衡传》："又条上司马迁、班固所叙与典籍不合者十馀事。又以为王莽本传但应载篡事而已，至于编年月，纪灾祥，宜为元后本纪。"李贤注："衡集其略曰：'《易》称宓戏氏王天下，宓戏氏没，神农氏作；神农氏没，黄帝、尧、舜氏作。史迁独载五帝，不记三皇，今宜并录。'又一事曰：帝系，黄帝产青阳、昌意。

《周书》曰：‘乃命少鲟清。’清即青阳也，今宜实定之。”

⑫ 傅玄讥《后汉》之尤烦：傅玄，字休奕，北地郡泥阳（今陕西铜川）人，西晋初文学家、思想家。出身于官宦家庭，祖父傅燮，东汉汉阳太守。父亲傅干，魏扶风太守。著有《傅子》、《傅玄集》等。事见《晋书·傅玄传》。《史通·核才》：“昔傅玄有云：‘观孟坚《汉书》，实命代奇作。及与陈宗、尹敏、杜抚、马严撰中兴纪传，其文曾不足观。岂拘于时乎？不然，何不类之甚者也。是后刘珍、朱穆、卢植、杨彪之徒，又继而成之。岂亦各拘于时，而不得自尽乎？何其益陋也？’”

【分析】本节先论述史传的撰写原则，提出编史的基本要求，应该“依经”、“附圣”，但又认识到“总会”、“铨配”的不易。

6. 若夫追述远代，代远多伪，公羊高云“传闻异辞”，① 荀况称“录远略近”，② 盖文疑则阙，贵信史也。然俗皆爱奇，莫顾实理。传闻而欲伟其事，录远而欲详其迹，于是弃同即异，穿凿傍说，③ 旧史所无，我书则传，此讹（é）滥之本源，而述远之巨蠹也。至于记编同时，时同多诡④，虽定、哀微辞，而世情利害⑤。勋荣之家，虽庸夫而尽饰；迍（zhūn）败之士⑥，虽令德而嗤埋，吹霜煦露，寒暑笔端⑦，此又同时之枉⑧，可为叹息者也。故述远则诬矫如彼，记近则回邪如此，析理居正，唯素心乎⑨！

【注释】

① 公羊高：旧题《春秋公羊传》作者。战国齐人。相传是子夏（卜商）的弟子，治《春秋》，传于公羊平。西汉景帝时，传至玄孙公羊寿及齐人胡母生，才“著于竹帛”，流传于世。《公羊传》共十一卷四万馀字，以发覆《春秋》体例微义著称，西汉立其学，称今文学。传闻异辞：

《公羊传》隐公元年："所见异辞，所闻异辞，所传闻异辞。"何休解诂："所见者，谓昭、定、哀，己与父时事也；所闻者，谓文、宣、成、襄，王父时事也；所传闻者，谓隐、桓、庄、闵、僖，高祖曾祖时事也。异辞者，见恩有厚薄，义有深浅，时恩衰义缺，将以理人伦，序人类，因制治乱之法，故于所见之世，恩己与父之臣尤深，大夫卒，有罪无罪，皆日录之，'丙申，季孙隐如卒'是也。于所闻之世，王父之臣恩少杀，大夫卒，无罪者日录，有罪者不日，略之，'叔孙得臣卒'是也。于所传闻之世，高祖曾祖之臣恩浅，大夫卒，有罪无罪皆不日，略之也，公子益师、无骇卒是也。于所传闻之世，见治起于衰乱之中，用心尚粗觕，故内其国而外诸夏，先详内而后治外，录大略小，内小恶书，外小恶不书，大国有大夫，小国略称人，内离会书，外离会不书是也。于所闻之世，见治升平，内诸夏而外夷狄，书外离会，小国有大夫，宣十一年'秋，晋侯会狄于攒函'，襄二十三年'邾娄鼻我来奔'是也。至所见之世，著治大平，夷狄进至于爵，天下远近小大若一，用心尤深而详，故崇仁义，讥二名，晋魏曼多、仲孙何忌是也。"

② 荀况：即荀卿，赵人。年五十游学于齐，三为祭酒。后适楚，春申君以为兰陵令。春申君死而荀卿废，因家兰陵。李斯尝为弟子。荀卿推儒、墨、道德之行事兴坏，序列著数万言而卒。因葬兰陵。事迹见《史记·孟子荀卿列传》。后学整理《荀子》一书，凡 32 篇。录远略近：《荀子·非相》："传者久则论略，近则论详，略则举大，详则举小。"有人以为其言恰与刘勰论反，故应作"远略近详"。一说"略"后本省"于"字，录远略于近，意为录远代的事，宜比后代的略。与下文俗人"录远而欲详其迹"对看。

③ 弃同即异，穿凿傍说：弃同就异，穿凿附会，并依傍他人之说。

④ 记编同时：编撰当朝史事。诡：诡言。意谓多有微妙之语，须细辨之。

⑤ 定、哀微辞：定、哀，指鲁定公、鲁哀公。孔子编《春秋》，对定、哀有微辞。《公羊传》定公元年："定哀多微辞。"何休解诂："微辞，即下

传所言者是也。定公有王无正月，不务公室，丧失国宝；哀公有黄池之会，获麟，故总言多。”徐彦疏解云：“定、哀二君，微辞有五，故谓之多。”又载：“主人习其读而问其传，则未知己之有罪焉尔。”何休解诂：“设使定、哀习其经而读之，问其传解诂，则不知己之有罪于是。此孔子畏时君，上以讳尊隆恩，下以辟害容身，慎之至也。”而世情利害：却与世间情形与利害相关。

⑥ 勋荣：功勋与荣誉。迍败：困苦与失败。

⑦ 吹霜煦露：一说前有“理欲”二字。《史通·外篇·杂说上》：“左氏之叙事也，谈恩惠则煦如春日，记严切则凛若秋霜。”即谓吹寒气可以凝成严霜，吹暖气则降为甘露。寒暑笔端：笔端任意雌黄。《史通·曲笔》之言可为注脚，云：“其有舞词弄札，饰非文过，若王隐、虞预毁辱相凌，子野、休文释纷相谢。用舍由乎臆说，威福行乎笔端，斯乃作者之丑行，人伦所同疾也。亦有事每凭虚，词多乌有：或假人之美，藉为私惠；或诬人之恶，持报己仇。若王沈《魏录》，滥述贬甄之诏；陆机《晋史》，虚张拒葛之锋。班固受金而始书，陈寿借米而方传。此又记言之奸贼，载笔之凶人。……至如朝廷贵臣，必父祖有传，考其行事，皆子孙所为，而访彼流俗，询诸故老，事有不同，言多爽实。”按此事以魏收《魏书》最为典型。《北史·魏收传》记载魏收有言：“何物小子，敢同魏收作色，举之则使上天，按之当使入地。”足见其笔端之任意寒暑。

⑧ 枉：述古易诬，记近易枉。枉，此指颠倒黑白。

⑨ 回：回护。素心：《礼记·檀弓下》：“奠以素器，以生者有哀素之心也。”素，凡物无饰曰素。素心，即本心。一说为素臣之误。素臣，谓左氏，孔子作《春秋》而为素王，左氏忠实《春秋》体例，为万世史家楷模，堪称素臣。

【分析】本节论述撰史原则的同时，批评那些撰史中出现的不端行为。

7. 若乃尊贤隐讳，固尼父之圣旨，盖纤瑕不能玷瑾瑜也①；奸慝惩戒②，实良史之直笔，农夫见莠，其必锄也：若斯之科，亦万代一准焉。至于寻繁领杂之术③，务信弃奇之要，明白头讫之序，品酌事例之条，晓其大纲，则众理可贵④。然史之为任，乃弥纶一代，负海内之责，而赢是非之尤，秉笔荷担，莫此之劳⑤。迁、固通矣，而历诋后世⑥。若任情失正，文其殆哉⑦！

【注释】

① 尊贤隐讳：《公羊传》闵公元年："《春秋》为尊者讳，为亲者讳，为贤者讳。"后人于是将这三讳称之为春秋笔法。瑾瑜：皆美玉，喻道德高尚。即《楚辞·渔父》所谓"怀瑾握瑜"。

② 奸慝：大奸大恶。

③ 寻繁领杂：在繁杂的史料中探寻纲领。此句及以下三句为一篇总纲，亦为刘知幾《史通》全书推阐之意。

④ 弃奇：抛弃离奇的内容。头讫：首尾。品酌：品评斟酌。事例：史事。条：条例。大纲：指上述"术"、"要"、"序"、"条"四项。

⑤ 史之为任：史家的使命与任务。弥纶：包举。赢是非之尤：遭受是非过失的责备。

⑥ 通：通才。即《周易·同人》："唯君子为能通天下之志也。"司马迁所谓能"通古今之变"。历诋后世：谓后世历代有人诋毁司马迁、班固。

⑦ 任情失正：因为任意褒贬而失去原则。殆：危险。

【分析】本节继续论述撰史的标准，提出史家的使命与撰史的辛劳不易。

8. 赞曰：史肇轩黄，体备周、孔[①]。世历斯编，善恶偕总[②]。腾褒裁贬，万古魂动[③]。辞宗丘明，直归南、董[④]。

【注释】

① 轩黄：轩辕黄帝。体备周、孔：周公立作史之例，仲尼奠编年之体。体备周、孔，意谓至周公、孔子，撰史的体例、准则才臻完备。

② 世历：世代经历。斯编：编撰史书。善恶偕总：意谓本篇于《史》、《汉》以下，兼续后汉、魏、晋诸家，而惩恶劝善之旨已备。偕总：连带总括。

③ 腾：升扬。魂动：惊心动魄。

④ 辞宗丘明，直归南、董：辞宗丘明，即著史以《左传》褒贬之书及《左传》所赞之良史为准则。南史氏、董狐，皆为史官，以直笔著称。《左传》襄公二十五年："大史书曰：'崔杼弑其君。'崔子杀之。其弟嗣书而死者二人，其弟又书，乃舍之。南史氏闻大史尽死，执简以往。闻既书矣，乃还。"又《左传》宣公二年："……宣子未出山而复。大史书曰：'赵盾弑其君。'以示于朝。宣子曰：'不然。'对曰：'子为正卿，亡不越竟，反不讨贼，非子而谁？'宣子曰：'乌呼！《诗》曰：我之怀矣，自诒伊感。其我之谓矣。'孔子曰：'董狐，古之良史也，书法不隐。赵宣子，古之良大夫也，为法受恶。惜也，越竟乃免。'"

【分析】赞语旨在为史书树立准则，必以周公、孔子确定的原则为准，发扬褒贬的作用，善恶必书，文辞效法《左传》，还要效法南史氏与董狐。

诸子第十七解析

【解题】《诸子》的情况与《史传》相同，纪昀评价也很低，云是"此亦泛述成篇，不见发明。盖子书之文，又各自一家，在此原为谰入，故不能有所发挥"。后人每嫌其持论过苛，然亦认为此说具有启发意义。

国人向来认为诸子的文章达到了散文的最高成就，如孟子的磅礴犀利，庄子的汪洋恣肆，荀子的朴质严谨，韩非的峻刻奇峭。后代文士学文时，都有一段学习诸子散文的经历，刘勰注重饮水思源，把先秦学术视作"文"的源头，自然不能忽视诸子的先导作用。

不过刘勰将诸子散文统而论之，确是有其不妥之处。因为就以文体来说，诸子之文也非一端，《老子》中多用韵文；《荀子》中的《劝学》等篇，也用韵文写成，《赋》篇更是另成一体，《文心》也已列入《诠赋》等文中讨论；《韩非子》中的《扬权》《主道》等文，也多用韵语。如以刘勰"论文叙笔"的理论归类，诸子之文有"文"有"笔"，如今《文心》一概归入"笔"中讨论，也就有些自乱其例。

体察刘勰的用意，当与《史传》的想法相同，都在探讨"文"之源头，贯彻其立论原则。

刘勰对先秦诸子学术成就的评价是很高的。《诸子》开头就说："诸子者，入道见志之书。""道"是刘勰最为珍视的最高原则，他许"诸子"入道，说明这些学派中人贡献之大，地位之高。像《鬻子》作者鬻熊，还是周文王的朋友，《老子》的作者李耳伯阳，还是孔子的老师。然而无论从政治上看，还是从文学上看，还是要以文王、孔子传下的经典为根本，为准则，因为诸子的文字中总有不合“经典”的地方，也即“踳驳”之处。因此，学习诸子就应先作一番辨析，抉取其中的“纯粹”之处。“洽闻之士，宜总纲要，览华而食实，弃邪而采正。”这种态度，与他在《辨骚》中提出的“酌奇而不失其贞，玩华而不坠其实”，是一致的。

诸子的文章中确是洋溢着“奇”与“华”的特点。

刘勰区别“纯粹”与否的标准，其实也很简单，即后起的儒家典籍中有取于前代某一子书的，那么这一流派的子书中的这一部分也就可以视作“纯粹”的佳作，如《礼记·月令》，有取于《吕氏春秋》中的《十二月纪》，《礼记》中《三年问》的内容，有取于《荀子》中的《礼论》中说，那么《十二月纪》和《礼论》中的这些内容，就可认为是“纯粹”的了。这样的例证不易寻找，所以《文心》中所举子书中“纯粹”的例证比较少。相对而言，论证也就显得不够充分。

这里还可注意的是，刘勰把荀子的言论也视作“本体”，“孟轲膺儒以磬折”，孟子也属诸子中的一员，传承儒学的后继者，孟、荀的地位没有高下之分，本身都是诸子中的一员，都是儒家后学身份。可见刘勰之视儒家，实际上也归为先秦诸子中的一家，只是内容较为纯粹，可起准则作用的地方比较多就是了。

《诸子》中历数先秦诸子，以为“斯则得百氏之华采，而辞气之大略也”，其中却是不提庄子之文，令人费解。他在前面举出“踳驳”之例时，却又举出《庄子·则阳》中的“蜗角有伏尸之战”，说明他对庄子的这种大胆想象颇不以为然，因为儒家典籍中确是没有这类笔墨。由此可见，刘勰的文学主张无异为自己画地为牢，把许多本属文学手法的绝妙佳作拒之门外，这点后人也不必为之讳辩。

汉代以后的子书，水平更要略逊一筹。所谓“两汉以后，体势浸弱，虽明乎坦途，而类多依采，此远近之渐变也”。这里又是以时代论文了。刘勰认为,汉代的子书作者因为距离先圣久远,所以体势越来越弱。先秦诸子尚能高谈阔论,自立门户,这又可见刘勰之重视新创,要求自开宗派,在理论上自成体系,不依附前人。这种意见还是可取的。

考察汉代学术,其时子书确有逊于先秦子书之处,原因即在"独尊儒术,罢黜百家",思想陷于禁锢状态,这样自然会阻碍创造力的发挥。刘勰论述《诸子》时实际上也在宣扬独尊儒术,却又责怪汉代文士"类多依采",须知这种"依采"实由朝廷威胁利诱驱使所致,刘勰之见殊非正本清源的确论。

《诸子》之中,刘勰时时抒发感慨,所谓:"太上立德,其次立言。百姓之群居,苦纷杂而莫显;君子之处世,疾名德之不章。唯英才特达,则炳曜垂文,腾其姓氏,悬诸日月焉。""嗟夫!身与时舛,志共道申,标心于万古之上,而送怀于千载之下,金石靡矣,声其销乎!"《赞》中又说:"丈夫处世,怀宝挺秀;辨雕万物,智周宇宙。"凡此莫非夫子自道。若与《序志》并读,可知刘勰之撰《文心雕龙》,是在写作一部子书,一部力破"踳驳"之说、申述"纯粹"之谈的学术著作,希望自己能够继踵前人,走上立言不朽之路。

1. 诸子者,入道见志之书①。太上立德,其次立言②。百姓之群居,苦纷杂而莫显;君子之处世,疾名德之不章。唯英才特达,则炳曜(yào)垂文③,腾其姓氏,悬诸日月焉。(一)昔风后、力牧、伊尹④,咸其流也。篇述者,盖上古遗语,而战代所记者也。⑤至鬻(yù)熊知道,而文王谘询,馀文遗事,录为《鬻子》⑥。子目肇始,莫先于兹。及伯阳识礼,而仲尼访问,⑦爰序道德,以冠百氏⑧。然则鬻惟文友,李实孔师,圣贤并世,而经子异流矣⑨。(二)

【注释】

① 诸子:这里指先秦各个学派学者的文章或著作。入道见志:称述道,表现志。入道,《玉海》卷十九《诸子》引《文心雕龙》“入道”作“述道”。本篇下文云:“述道言治,枝条《五经》。”则此处当作“述道”。见志,表现志。《诗大序》:“在心为志,发言为诗。”志在人的心中,需要借文辞来表达。刘勰在《情采》篇说:“况乎文章,述志为本。”说的也是这个意思。

② 太上立德,其次立言:最上等的人立法创制,建立圣德,次一等的人写下文字,著书立说。《左传》襄公二十四年:“太上有立德,其次有立功,其次有立言”。孔颖达《正义》:“太上,谓人之最上者上圣之人也;其次次圣者,谓大贤之人也;其次,又次大贤者也。立德,谓创制垂法,博施济众,圣德立于上代,惠泽被于无穷……立言,谓言得其要,理足可传……老、庄、荀、孟、管、晏、杨、墨、孙、吴之徒,制作子书……使后世学习,皆是立言也。”

③ 特达:特别显达。炳曜:光采照耀,这里指名声昭著。

④ 风后、力牧:二人都是黄帝臣子。《汉书·艺文志》有“《风后》十三篇”、“《力牧》十五篇”。班固于二书后自注皆曰:“黄帝臣,依托之。”伊尹:商汤的相。《汉书·艺文志》也著录有“《伊尹》五十一篇”,已佚。

⑤ 篇述:篇章著述,指《汉书·艺文志》中著录的托名风后、力牧、伊尹的《风后》、《力牧》、《伊尹》三书。战代:指战国时代。

⑥ 鬻熊:楚国的祖先,传说他曾担任周文王的老师,他的著作被称为《鬻子》。《汉书·艺文志》有“《鬻子》二十二篇”,班固自注:“名熊,为周师,自文王以下问焉,周封为楚祖。”

⑦ 伯阳:老子的字。《史记·老子韩非列传》:“老子者……姓李氏,名耳,字聃,周守藏室之史也。孔子适周,将问礼于老子。”张守节《正义》:“(老子)姓李,名耳,字伯阳,一名重耳,外字聃。”仲尼:孔子的字。

⑧ 道德:指《老子》一书,又称《道德经》。百氏:诸子百家。

⑨ 文友:周文王的朋友。孔师:孔子的老师。圣贤并世:周文王和鬻熊、孔子和老子生活在同一个时代。圣,这里指周文王和孔子。贤,这里指鬻熊和老子。经子异流:他们的著作却分成了经书和子书两个不同的派别。经,圣人的著作,这里指周文王和孔子的著作。子,贤人的著作,这里指鬻熊和老子的著作。

【分析】这一段论诸子书的性质,并追溯诸子书的起源。可分为两节:(一)解释"诸子"的名义,并说明"诸子"之书产生的原因;(二)论述诸子书起源时的状态。

刘勰把诸子书界定为"入道见志之书",这和《原道》篇说"圣人因文以明道"的意思是相同的,说明刘勰对诸子书的评价是很高的。刘勰认为,诸子书的产生,除了诸子的"入道见志"的目的之外;还有一个动因,即诸子都有"立言"而传之"不朽"的要求,要使自己的姓氏"悬诸日月焉"。

刘勰又认为,诸子书起源于"圣贤并世"的时代。所谓远古时代的诸子书,应该属于战国时所记录的"上古遗语";文王、孔子时代的《鬻子》《老子》,乃是与圣人"经"书并肩的著作。在这里,刘勰虽然依当时的习惯把文王、孔子之作奉为"经",但他能客观地说明文王与鬻熊、孔子与老子的关系,这就实际上提高了诸子书的历史地位。

2. 逮及七国力政,俊乂(yì)蜂起。[①] 孟轲膺儒以磬(qìng)折[②],庄周述道以翱翔[③];墨翟(dí)执俭确之教[④],尹文课名实之符[⑤];野老治国于地利[⑥],驺子养政于天文[⑦];申、商刀锯以制理[⑧],鬼谷唇吻以策勋[⑨];尸佼(jiǎo)兼总于杂术[⑩],青史曲缀以街谈[⑪]。承流而枝附者,不可胜算,并飞辩以驰术，餍(yàn)禄而馀荣矣。

【注释】

① 乂:才德超群者。

② 孟轲:孟子名轲,故称孟轲。膺儒:膺服崇拜儒术。磬折:如磬的折角的形状,犹鞠躬。

③ 庄周:即庄子,庄子名周。翱翔:逍遥自适。

④ 墨翟:墨子名翟。俭确:节俭瘠薄,形容生活极为刻苦。

⑤ 尹文:即尹文子,战国诸子之一。《汉书·艺文志》有"《尹文子》一篇",在"名家"。班固自注:"说齐宣王,先公孙龙。"课:考核。名实之符:名实相符。

⑥ 野老:战国时期农家学派人物。《汉书·艺文志》有"《野老》十七篇",在"农家"。班固自注:"六国时,在齐楚间。"治国于地利:指农家学派认为圣人治国的根本,在于君主应与臣下一同耕种田地。《孟子·滕文公上》述农家许行之言:"贤者与民并耕而食,饔飧而治。"可以参考。

⑦ 驺子:指战国时期阴阳家的代表人物邹衍。《汉书·艺文志》有"《邹子》四十九篇",在"阴阳家"。班固自注:"名衍,为燕昭王师。居稷下,号谈天衍。"养政于天文:指邹衍通过天地自然的阴阳变化来说明政治。天文:天地自然的阴阳变化。《史记·孟子荀卿列传》:"(邹衍)乃深观阴阳消息,而作怪迂之变、《终始》《大圣》之篇十馀万言。"

⑧ 申、商:申不害、商鞅。二人都是战国时期法家的重要代表人物。刀锯以制理:用严刑峻法来裁制事理。刀锯:本为两种刑具,这里代表割刑和刖刑等严酷的刑法。《汉书·刑法志》:"中刑用刀锯"。韦昭注:"刀,割刑;锯,刖刑也。"

⑨ 鬼谷:即鬼谷子,战国时期纵横家,相传为苏秦、张仪之师。《隋书·经籍志》有"《鬼谷子》三卷",在"纵横家"。唇吻以策勋:指纵

横家靠鼓动口舌游说诸侯而博取功勋。唇吻:指代纵横家的游说活动。

⑩ 尸佼:即尸子。《汉书·艺文志》有"《尸子》二十篇",在"杂家"。班固自注:"名佼,鲁人,秦相商君师之。鞅死,佼逃入蜀。"《史记·孟子荀卿列传》:"楚有尸子、长卢。"《集解》:"刘向《别录》曰:'楚有尸子,疑谓其在蜀。'今按:《尸子》书,晋人也,名佼,秦相……谋事画计,立法理民,未尝不与佼规之也。商君被刑,佼恐并诛,乃亡逃入蜀。自为造此二十篇书,凡六万馀言。卒,因葬蜀。"兼总于杂术:杂家"兼儒、墨,合名、法",故曰"兼总于杂术"。

⑪ 青史:即青史子。《汉书·艺文志》有"《青史子》五十七篇",在"小说家"。班固自注:"古史官记事也。"曲缀:详细缀述。街谈:即"小说"。《汉书·艺文志》:"小说家者流,盖出于稗官,街谈巷语,道听途说者之所造也。"

【分析】这一段叙述战国时期诸子的学术,仿照《汉书·艺文志》中"诸子略"序次"九流十家"的顺序,每家各举一人(实际也是各举一书),并概要说明了各家的特点。与《汉书·艺文志》唯一不同的是,《汉志》中无《鬼谷子》一书,只有"《苏子》三十一篇"(班固自注:"名秦,有列传。")、"《张子》十篇"(班固自注:"名仪,有列传。");但刘勰时有"《鬼谷子》三卷"传世,鬼谷子又被认为是苏秦、张仪的老师,所以刘勰举鬼谷子作为纵横家的代表,既可明纵横家的源流,也更具有代表性。

3. 暨于暴秦烈火,势炎昆冈[①],而烟燎之毒,不及诸子[②]。逮汉成留思,子政雠校,于是《七略》芬菲,九流鳞萃(cuì)[③],杀青所编,百有八十馀家矣[④]。迄至魏晋,作者间出,谰(lán)言兼存,琐语必录[⑤],类聚而求,亦充箱照轸(zhěn)矣。[⑥]

【注释】

① 势炎昆冈:火势像烧昆仑山一样。《尚书·胤征》:“火炎昆冈,玉石俱焚。”昆冈:即昆仑山。昆仑山产玉,火烧昆仑山,必玉石俱焚。这里比喻经书和其他书籍一同被焚毁。

② 烟燎:指秦始皇焚烧儒书的烟火。不及诸子:没有烧毁诸子书。《论衡·书解》:“秦虽无道,不燔诸子。诸子尺书,文篇俱在。”但根据《史记·秦始皇本纪》:“三十四年,丞相李斯请史官非秦纪皆烧之;非博士官所职,天下敢有藏《诗》《书》百家语者,悉诣守尉杂烧之。”《史记·李斯列传》略同,其他各种典籍记载也都说是秦火同样焚烧了诸子百家著作,故王充、刘勰之说不可信。

③ 汉成留思:指西汉成帝留心于古籍。子政:刘向字子政。雠校:《文选·魏都赋注》引《风俗通》云:“案刘向《别录》:‘雠校:一人读书,校其上下,得谬误为校;一人持本,一人读书,若怨家相对为雠。’”《七略》:刘向之子刘歆撰成的目录书。《汉书·艺文志》说,刘向校理群书,每校完一书:“辄条其篇目,撮其旨要,录而奏之。”刘向去世后,汉哀帝让刘向的儿子刘歆继承父亲未竟的事业,刘歆“于是总其群书而奏其《七略》”。九流:本指先秦诸子中除“小说家”之外的儒、道、阴阳、墨、法、名、纵横、杂、农九家,这里代表所有诸子学派。鳞萃:如鱼鳞一样汇集。

④ 杀青:以竹简书写时,先用火烧竹简,去掉其中的水分,再在上面书写。这个程序就叫杀青。后来用它来指代定稿。《后汉书·吴祐传》:“(吴)恢欲杀青简以写经书”,李贤注:“以火炙简令汗,取其青易书,复不蠹,谓之杀青。亦谓汗简。”百有八十馀家:指《七略》著录的诸子共有一百八十多家。根据《汉书·艺文志》来看,它著录的诸子实际为“凡诸子百八十九家,四千三百二十四篇”。

⑤ 谰言:即遗佚之言。《汉书·艺文志》有“《谰言》十一篇”,在“儒家”。琐语:琐细之语。

⑥ 充箱:装满车箱。照轸:文采照亮整个车子。轸,古代车后的

横木，这里借指整个车子。

【分析】这一段简述秦汉至魏晋时期诸子书的发展。但刘勰把刘向、刘歆父子校理先秦以来诸子书的成果，和汉代的诸子著作合在一起叙述，很容易使人误以为汉代的诸子著作即有“百有八十八家矣”。实际上，这其中绝大部分为先秦诸子的著作，只有很少一部分是汉人的作品。

4. 然繁辞虽积，而本体易总，述道言治，枝条《五经》①。其纯粹者入矩，踳(chuán)驳者出规②。《礼记·月令》，取乎《吕氏》之《纪》③；《三年问》丧，写乎《荀子》之书④：此纯粹之类也。若乃汤之问棘，云蚊睫(jié)有雷霆之声⑤；惠施对梁王，云蜗角有伏尸之战⑥；《列子》有移山跨海之谈⑦，《淮南》有倾天折地之说，此踳驳之类也。是以世疾诸子混洞虚诞⑧。按《归藏》之经，大明迂怪⑨，乃称羿毙十日，嫦娥奔月⑩。《殷易》如兹⑪，况诸子乎？至如商、韩，六虱(shī)、《五蠹(dù)》⑫，弃孝废仁，轘(huàn)药之祸⑬，非虚至也。《公孙》之白马孤犊，辞巧理拙，魏牟比之鸮鸟，非妄贬也⑭。昔东平求诸子《史记》，而汉朝不与⑮，盖以《史记》多兵谋，而诸子杂诡术也。然洽闻之士，宜撮纲要，览华而食实，弃邪而采正，极睇(tī)参差⑯，亦学家之壮观也。

【注释】

① 本体易总：根本思想容易总结。本体：指诸子之中“述道言治”的根本思想。枝条《五经》：指诸子之作为《五经》的枝条。

② 纯粹者：指诸子中思想纯正者。入矩：合乎规矩。踳驳者：诸子中思想杂乱不纯者。踳驳：又写作“舛驳”。出规：超出规矩，不符规

矩。“规”和“矩”本指画圆的工具和画方的工具，这里代指标准。

③ 《礼记·月令》，取乎《吕氏》之《纪》：《礼记·月令》篇本于《吕氏春秋·十二月纪》的首章。

④ 《三年问》丧，写乎《荀子》之书：《礼记》中的《三年问》，是自《荀子·礼论》后半部分摘抄而成。《三年问》，《礼记》中的一篇。《荀子》之书，具体为《荀子》中的《礼论》篇。

⑤ 汤：商汤。棘：即夏革，传说为商汤的大夫，《庄子·逍遥游》作“棘”。《经典释文》：“夏革，字子棘，为汤大夫。”蚊睫：蚊子的眼睫毛，极言其细小。《列子·汤问》：“殷汤问于夏革曰：‘古初有物乎?’……夏革曰：‘江浦之间生么(微)虫，其名焦螟，群飞而集于蚊睫，弗相触也。……徐以气听，砰然闻之，若雷霆之声。”张湛注：“革，《庄子》音棘。”

⑥ 惠施：战国时期的名家人物，曾任梁国的相。梁王：指梁惠王。蜗角有伏尸之战：《庄子·则阳》：“惠施闻之而见戴晋人。戴晋人曰：‘……有国于蜗之左角曰触氏，有国于蜗之右角者曰蛮氏，时相与争地，伏尸数万，逐北旬有五日而后返。’”刘勰所言即此事。

⑦ 《列子》有移山跨海之谈：指《列子·汤问》篇有愚公移山的故事。

⑧ 《淮南》有倾天折地之说：指《淮南子·天文训》中有共工怒触不周之山，“天柱折，地维绝”的记载。混洞：混沌，含混不清。

⑨ 《归藏》：《易》中的一种。殷商时期的《易经》名。《周礼·春官·太卜》：“(太卜)掌三《易》之法：一曰《连山》，二曰《归藏》，三曰《周易》。”通常认为，夏《易》曰《连山》，殷《易》曰《归藏》。

⑩ 羿毙十日：后羿射死十个太阳。羿，夏后羿，一作夷羿。嫦娥：传说是后羿的妻子，偷食了西王母的不死之药，奔月为月精。“羿毙十日”和“嫦娥奔月”，均出于《归藏》残文。

⑪ 《殷易》：即《归藏》。

⑫ 商、韩：商鞅、韩非，二人的著作后人编为《商君书》和《韩子》，

《韩子》或作《韩非子》。六虱:《商君书》中《去强》、《靳令》等篇以礼、乐、诗、书、孝、悌等为“六虱”。虱,一种害虫。《五蠹》:《韩非子》书中的篇名。《韩非子·五蠹》篇以“学者”、“言谈者”、“带剑者”、“患御者”、“商工之民”为国家的五种蛀虫。蠹,蛀虫。

⑬ 轘:车裂。药:下毒药。

⑭ 《公孙》之白马孤犊:指《公孙龙子》书中的“白马非马”、“孤犊未尝有母”等辩题。今本《公孙龙子》有《白马论》,同书《理诠篇》中有“孤犊未尝有母”论题。魏牟:魏公子牟,又称中山公子牟。比之鸮鸟:比作可恶的鸮鸟,或因其多言而不切实用。魏牟将公孙龙比作鸮鸟的故实,今已不详。

⑮ 东平求诸子《史记》:指西汉东平思王刘宇上疏求诸子及《太史公书》一事。《汉书·宣元六王传》:“东平思王来朝,上疏求诸子及《太史公书》。上以问大将军王凤。凤曰:‘诸子书或反经书,非圣人……《太史公书》有战国纵横权谲之谋……不可予。’”

⑯ 极睇参差:极力看到诸子书中的不同观点。睇:看,指注视。

【分析】这一段就诸子书中的思想内容进行论述。先是整体评判,说诸子书“述道言治,枝条《五经》”;所以说诸子书只是《五经》之“枝条”,则是因为其间又有“纯粹”和“踳驳”之分。接着,刘勰举《吕氏春秋·十二月纪》和《荀子·礼论》为例,说明诸子书中的“纯粹者”是如何“入矩”的;举《列子·汤问》、《庄子·则阳》、《淮南子·天文训》和《归藏》《公孙龙子》等例子,说明诸子书中的“踳驳者”又是怎样“出规”的。再以西汉东平思王上疏求诸子书及《史记》遭拒的故事,说明对诸子书应“览华而食实,弃邪而采正”。

从刘勰对诸子书思想内容的分析来看,是在坚持他在《序志》篇说的“唯务折衷”的态度;再从他对诸子书“纯粹者”和“踳驳者”所举的例证来看,“踳驳者”的例子很多,“纯粹者”的例子则只有《吕氏春秋》和《荀子》书中两例,可见在他心中诸子书仍应该是“踳驳”多于“纯粹”的。

5. 研夫孟、荀所述，理懿而辞雅[①]；管、晏属篇，事核而言练[②]。《列御寇》之书，气伟而采奇[③]；《邹子》之说，心奢而辞壮[④]。《墨翟》、《随巢》，意显而语质[⑤]；《尸佼》、《尉缭》，术通而文钝[⑥]。《鹖(hé)冠》绵绵，亟(qì)发深言[⑦]；《鬼谷》眇眇，每环奥义[⑧]。情辨以泽，《文子》擅其能[⑨]；辞约而精，《尹文》得其要[⑩]。《慎到》析密理之巧，《韩非》著博喻之富；《吕氏》鉴远而体周，《淮南》泛采而文丽[⑪]：斯则得百氏之华采，而辞气之大略也。

【注释】

① 孟、荀：指《孟子》、《荀子》二书。懿：美好。雅：雅正。

② 管、晏：指《管子》、《晏子》二书。《汉书·艺文志》有“《筦子》八十六篇”，在“道家”，班固自注：“名夷吾，相齐桓公，九合诸侯，不以兵车也，有《列传》。”今本《管子》存七十六篇，文字多有伪脱。《汉书·艺文志》又有“《晏子》八篇”，在“儒家”类之首，班固自注：“名婴，谥平仲，相齐景公，孔子称善与人交，有《列传》。”今传世本题《晏子春秋》八卷。事核而言练：事实可靠而言词简练。

③ 《列御寇》之书：即《列子》。《汉书·艺文志》有“《列子》八篇”，属“道家”，班固自注：“名圄寇，先庄子，庄子称之。”气伟而采奇：文气放诞恢诡而辞采奇玮。

④ 《邹子》：指战国时阴阳家邹衍之书。《汉书·艺文志》有“《邹子》四十九篇”，属“阴阳家”，班固自注：“名衍，齐人。为燕昭王师，居稷下，号谈天衍。”又有“《邹子终始》五十六篇”。心奢：指《邹子》一书内容夸诞。辞壮：语言汪洋恣肆。

⑤ 《墨翟》、《随巢》：指《墨子》和《随巢子》二书。《汉书·艺文

志》"墨家"类有"《墨子》七十一篇",班固自注:"名翟,为宋大夫,在孔子后"。又有"《随巢子》六篇",班固自注:"墨翟弟子。"意显而语质:内容显豁而语言质朴。

⑥ 《尸佼》、《尉缭》:指《尸子》、《尉缭》二书。《汉书·艺文志》"杂家"类有"《尸子》二十篇",班固自注:"名佼,鲁人。秦相商君师之,鞅死,佼逃入蜀。"又有"《尉缭》二十九篇"。班固自注:"六国时。"术通:法术精通,特指兼通百家。文钝:文辞钝拙。

⑦ 《鹖冠》:指《鹖冠子》一书。《汉书·艺文志》有"《鹖冠子》一篇",在"道家",班固自注:"楚人,居深山,以鹖为冠。"绵绵:连绵不绝。亟发深言:屡发深言。亟:屡次。

⑧ 《鬼谷》:指《鬼谷子》一书。其书《隋书·经籍志》始见著录,在"纵横家",原注:"皇甫谧注。鬼谷子,周世隐于鬼谷。"眇眇:同"渺渺",玄远貌。每环奥义:每每环绕着深奥的含义。

⑨ 情辨以泽:情理的辨析明晰而丰润。泽:丰泽,指明白而有文采。《文子》擅其能:指《文子》一书独具情理辨析明白而有文采的特点。《汉书·艺文志》"道家"类有"《文子》九篇",班固自注:"老子弟子,与孔子并时,而称周平王问,似依托者也。"

⑩ 《尹文》:即《尹文子》。《汉书·艺文志》有"《尹文子》一篇",在"名家",班固自注:"说齐宣王,先公孙龙。"要:要领,指形名、法术之要领。

⑪ 《慎到》:指《慎子》一书。《汉书·艺文志》"法家"类有"《慎子》四十二篇"。班固自注:"名到,先申、韩,申、韩称之。"析密理之巧:巧于细密的理论分析。《韩非》:即《韩非子》一书。《韩非子》一书,《汉书·艺文志》著录为"《韩子》五十五篇",在"法家",班固自注:"名非,韩诸公子。使秦,李斯害而杀之。"著博喻之富:以丰富的比喻著称。《吕氏》:指《吕氏春秋》一书。《汉书·艺文志》"杂家"类有"《吕氏春秋》二十六篇",班固自注:"秦相吕不韦辑智略士作。"鉴远而体固:见识深远而体系周密。《吕氏春秋》一书"上观尚古",所以说"鉴远";全

书由十二纪、八览、六论组成，所以说“体周”。《淮南》：指《淮南子》一书。《汉书·艺文志》“杂家”类有“《淮南内》二十一篇”、“《淮南外》三十三篇”。泛采：指《淮南子》一书广泛采辑众说。

【分析】这一段论述先秦诸子书在风格方面的特色，而其着眼点始终在内容和辞采两方面。刘勰论先秦诸子书的思想内容，或称“理”、或称“事”，或说“气”，或说“心”，也有的言“情”、“意”、“术”、“鉴”；论先秦诸子书辞采方面的特点，则曰“辞”、“言”、“采”、“语”、“文”、“言”等等，显示他在评论诸子文章时内容与形式并重的特点。

6. 若夫陆贾《新语》①，贾谊《新书》②，扬雄《法言》③，刘向《说苑》④，王符《潜夫》⑤，崔寔（shí）《政论》⑥，仲长《昌言》⑦，杜夷《幽求》⑧，咸叙经典，或明政术，虽标论名，归乎诸子。何者？博明万事为子，适辨一理为论，彼皆蔓延杂说⑨，故入诸子之流。（一）夫自六国以前，去圣未远，故能越世高谈，自开户牖（yǒu）⑩；两汉以后，体势浸弱，虽明乎坦途，而类多依采⑪，此远近之渐变也。（二）嗟夫！身与时舛（chuǎn）⑫，志共道申，标心于万古之上，而送怀于千载之下，金石靡矣，声其销乎！（三）

【注释】

① 陆贾《新语》：汉初陆贾著《新语》十二篇，见《史记·陆贾列传》。《汉书·艺文志》有“《陆贾》二十三篇”，属“儒家”。今本《新语》书已残缺，作“二卷”。

② 贾谊《新书》：《汉书·艺文志》“儒家”类有“《贾谊》五十八篇”，《隋书·经籍志》著录为“《贾子》九卷”，原注：“《（七）录》一卷，

(汉)梁太傅贾谊撰。"《旧唐书·经籍志》著录为"《贾子》十卷",《新唐书·艺文志》始著录为"贾谊《新书》十卷"。但此处刘勰已称"贾谊《新书》",则此书编成应在刘勰之前。

③ 扬雄《法言》:《汉书·艺文志》"儒家"类有"《扬雄所序》三十八篇",班固自注:"《太玄》十九,《法言》十三,《乐》四,《箴》二。""扬雄《法言》",即指此《法言》十三篇。

④ 刘向《说苑》:《汉书·艺文志》"儒家"类有"《刘向所序》六十七篇",班固自注:"《新序》、《说苑》、《世说》、《列女传》、颂图也。"今本《说苑》作"二十卷"。

⑤ 王符《潜夫》:指东汉王符的《潜夫论》一书。全书三十五篇,合《叙录》为三十六篇,今本作"十卷"。

⑥ 崔寔《政论》:东汉崔寔"论当时便事数十条,名《政论》"。事见《后汉书·崔骃传》附《寔传》。此书北宋时亡佚,今存辑本一卷。

⑦ 仲长《昌言》:指东汉仲长统的《昌言》。仲长统著《昌言》,见《后汉书·仲长统传》。此书后亡佚,今存辑本二卷。仲长:即仲长统。

⑧ 杜夷《幽求》:指西晋杜夷所著《幽求子》一书。杜夷"著《幽求子》二十篇",事见《晋书·儒林(杜夷)传》。

⑨ 适辨一理:只辨明一种道理。蔓延杂说:广泛牵涉到各种杂说。

⑩ 越世高谈:眼光超越当世,放言高论。自开户牖:自开门户,自成一家。牖:窗。

⑪ 类多依采:大多依傍儒家学说而加以采择。

⑫ 身与时舛:自身与时代不合。舛:违背,不合。

【分析】这一段论述两汉诸子及其与先秦诸子的差异,可以分为三节:(一)论两汉诸子书及其特点、以及它们何以归入诸子。刘勰是以"博明万事"和"辞辨一理"来区分"子"和"论"的,两汉诸子之书"蔓延杂说",近于"博明万事",故"归乎诸子"。(二)论从先秦

“六国”到两汉诸子书体势风格的演变:“六国”时期的诸子离圣人不远,所以他们有圣人“作”风,见识高远,开辟门户,自成一家,形成了“九流十家”;两汉时期自汉武帝时起“罢黜百家,独尊儒术”,学者以儒学为坦途,类多依傍,理论渐趋衰落。(三)嗟叹诸子虽然身世多舛,但“述道见志”,一定能声如金石,不会消失。

7. 赞曰:丈夫处世,怀宝挺秀;辨雕万物①,智周宇宙。立德何隐,含道必授。(一)条流殊述②,若有区囿③。(二)

【注释】

① 辨雕:辩论雕饰,指辩论有文采。辨,通“辩”。

② 条流殊述:分别成不同流派,各有不同的途径。条:条别。殊述:殊术,殊途,不同的路径。

③ 区囿:区域,指诸子百家各有自己讨论的领域。囿:苑囿。

【分析】(一)申述诸子书乃丈夫“述道”、“立德”的产物,亦有“夫子自道”之意。(二)言诸子各有源流。

《史传》《诸子》的亚“枢纽”作用

《史传》《诸子》二文，放在文体论中讨论，总觉得有些别扭，前人也已提出过批评的意见。纪昀就认为刘勰是在敷衍为文，没有抓住文体的要点，近人则每从历史散文、学术论文的角度提出要求，更难与刘勰的许多提法相契合。

细读二文，发现二者托体甚尊，直承先哲的“圣训”，在刘勰心目中，其地位实非其他文体可比。《诸子》中说：“鬻惟文友，李实孔师，圣贤并世，而经子异流矣。”因为“鬻熊知道，而文王咨询”，足见鬻雄的地位之高；其后又云：“伯阳识礼，而仲尼访问”，这里已是接受了史家成说，确认老子是孔子的老师，由此说来，子书的产生，还早于经书。

自汉代起，儒家一系的著作已被尊之为“经”，“经”已处于无与伦比的独尊地位。其他系统的学说再也不能与之并列，由是其他学派的著述也就降格为“子”。所谓“圣贤并世，而经子异流”，说明以老子为代表的道家，厕列其中的人物，后代虽有《道德经》等称谓，汉代却还未能与儒家经典并列，然老子其人，却也具有“贤人”的资质。

《诸子》开端就说：“诸子者，入道见志之书。”刘勰许之为“见志”，这倒无须介意，因为任何一种发表个人意见的文字都是“见志”之作，而刘勰又许之为“入道”，则亦可见推许之意。因为诸子之作与经传一样，也已“入道”，只是有高下、深浅之别而已。

刘勰衡文，势必要树立一种标准，衡量一切文之高下。儒家始终处于中国学术的独尊地位，刘勰也已完全接受这一现实，自然会有经“圣”子“贤”之分。不过贤人也足供人效法，因为“丈夫处世，怀宝挺秀。辩雕万物,智周宇宙”,“子”的影响不仅限于文的方面。

《诸子》之中严“圣”“贤”之辨,衡量先秦诸子,多从内容是否淳正着眼。总的说来,子书“述道言治,枝条五经”,只是其中“纯粹者入矩,踳驳者出规”。而从刘勰所举的例子来看,象《庄子·逍遥游》中说的“蚊睫有雷霆之声”,《则阳》中说的“蜗角有伏尸之战”,《列子·汤问》中说的“移山跨海之谈”,《淮南子·天文》中说的“倾天折地之说”,都被归入“踳驳之类”,这是与现代人的文学观念差异最大的地方。这也说明,刘勰之论文不在研究文的种种表现特色,首先着眼在这些表现方式所体现的内容是否纯正。

上举数例中所呈现的,都是现代学者最为看重的文学特徵,神话、传说、寓言、夸张等等,都是文学的重要源头和特殊表现手法,否定这些也就否定了文学,于此可见古今文学观念差异之巨。刘勰对“愚公移山”的寓言也加以否定,大家更是难以接受。

刘勰在《序志》篇中提出,他对每一种文体都要做到“原始以表末”,“释名以章义”,“选文以定篇”,“敷理以举统”,如拿这一标准衡量《诸子》,则在“释名以章义”上就有欠缺。所谓“入道见志”,就不象是一种文体的特徵,因为形之于文字的作品林林总总,不能都说即是诸子之文。“敷理以举统”部分也有欠缺,刘勰只是举出了一些与众不同的手法上的问题,主要还是从内容的是否纯正上着眼,这是一种政治方面的价值判断,不能替代文体方面的探索。

读者如把这一文字和《辨骚》篇作比较,倒是可以发现二者之间颇多相似之处。刘勰论“骚”,也把注意力放在“经”与“骚”的区别上。刘勰揭橥“四同”“四异”之说,也是以“经”为标准,把“骚”跟它作比较,从而得出的结论。其中“诡异之辞”、“谲怪之谈”,也是从表现手法上着眼,提高到内容是否纯正的高度上来加以批判的。他对“狷狭之志”、“荒淫之意”的批判,更是只从道德的角度加以指摘的了。

“同乎风雅”与“异乎经典”,这是刘勰在《辨骚》篇中最为着力的地方。《诸子》中的情况相同,两篇文章的写法与用意是一样的。

我读《诸子》,由此得到进一步的体悟:刘勰写作《诸子》,实有另一安排,按其性质而言,本该列在“枢纽”之中,但“枢纽”不能太多,于是只能移入“文体”,而诸子之文本多散体,于是也就放在“笔”之前端论列了。

《史传》篇的情况相同,《文心雕龙》中也属特例。按照刘勰为文体论规定的四项要求来说,“原始以表末”尚有可说,“释名以章义”无有,“选文以定篇”也做得不合格,“敷理以举统”则只是讨论到了体例方面的问题。这样看来,刘勰本来就没有把《史传》作为一种文体来对待。

我们可以进一步探讨,刘勰又在怎样的情况下把《史传》、《诸子》放进文体论中去的呢?

《文心雕龙》之中,中国典籍的几大版块都已涉及,他把“经”放在首位,起到指导与准则的作用,其后所讨论的,主要是“集”部中“文”的部分。然而中国古代把“史”“子”也视为文,一些名著也已达到“文”的最高成就,从理论上说,刘勰自然应该一起加以讨论,然而“史”、“子”与“文”的性质有别,这就自然地形成了很多障碍,刘勰必须在困难重重的情况下设法解决。

刘勰把《原道》、《徵圣》、《宗经》、《正纬》、《辨骚》作为“枢纽”。前三篇为正面立论,“道”由“圣”来体现,“圣”通过“经”来传达。《正纬》讨论附“经”而行的“纬”,《辨骚》则讨论风骚传统中的“骚”文,这是与“经”关系最为密切的两种文化现象,对当时文学的影响至巨,所以刘勰也将它们放在“枢纽”之中讨论。“史”“子”的情况又有不同,按其产生年代而言,比之周公、孔子还要早,反映的内容,也非儒家系统的典籍所能包括,但史与子书中的文字,对当代文士的影响,却也无法低估,于是刘勰只能也列专篇予以讨论。然而把二文纳在“枢纽”之中,则又显得不伦不类,于是刘勰只能把这两篇文章放在文体论中,而且放在“笔”类中加以讨论。

由此可见，刘勰的立论原则实际上可分三个层次。“枢纽”之中，第一层次为《原道》、《徵圣》、《宗经》，第二层次为《正纬》、《辨骚》，第三层次为《史传》、《诸子》。三者之间又以与“经”的亲近程度为别，前三者为主体，后二者为次要，至于“史”“子”，则只能处于亚“枢纽”的地位。

论说第十八解析

【解题】 从《诸子》与《论说》的衔接来看，更可发现刘勰从学术史角度考察问题的特点。《诸子》中云“博明万事为子，适辨一理为论”。这也就是说，“子”是博明万理的著作，“论”是专辨一理的论文，二者在篇幅的大小上常有差异。再从研究方面来看，广狭的幅度上更有不同。

“论”的内容虽有固定范围，然细加分析，却也可以发现与多种文体有着交叉的关系。《论说》中说：“议者宜言，说者说语，传者转师，注者主解，赞者明意，评者平理，序者次事，引者胤辞。”这里提到的八种体裁，都与“论”关系深切，所谓“八名区分，一揆宗论”，说明这些文体都要有“论”作基础，或者说是包涵着“论”的要素，所以刘勰继“子”之后，先要提出“论”来讨论。

刘勰以《论说》命篇，当是以为“八名”之中“说”与“论”的关系尤为接近。从刘勰所举例证来看，主要是指战国之时“辩士”的“说”辞。这些辩士，实为纵横家之流。刘勰溯源时，提到“端木出而存鲁”，则是以为儒家也承辩士遗风。实际说来，孟子、荀子等人奔走各国，游说诸侯，当然也具纵横的特质。《孟子》、《荀子》，在刘勰书中也是作为“子”书看待的。

明人徐师曾在《文体明辨》的《序说》中又将萧统《文选》中的“设论”、“史论”和刘勰的八论综合起来重作区分，云是：“一曰理论，二曰政论，三曰经论，四曰史论（有评议、述赞二体），五曰文论，六曰讽论，七曰寓论，八曰设论。”以为如此始可网罗所有的“论”文，实则可以议论的对象层出不穷，势难细析，强行处理，只能陷入治丝益棼的困境。

人们对外界事物的认识，都有一个从具体到抽象的过程。从文体的一一区分，演进为提纲挈领，抓住几种主要文体来研究，本身就是一个提高的过程。人们对诸多研究对象细加观察之后，发现其间的共同之处，也就是他们的本质特徵，若是对此认识深入了，也就可以抓住对方的本质。因此，现代研究文学理论的人不再追随前人之后，去辨察那些细枝末节的文体，而是集中力量去研究几种主要文体。

从现在的人来说，“论”就是指理论文。不管是哲学论文、政治论文、文学论文……都是理论文。况且现代的人写文章时，往往放得很开，讲政治时，常是提高到哲学的层面来分析，从史学的角度来论证，用文学的手法来描述，其他理论文的情况也相同，如用过去那套文论来分析，势难合辙。

再从刘勰此文来看，重点放在哲学论文。即以中间“选文以定篇”时所举的例证而言，“详观兰石之《才性》，仲宣之《去伐》，叔夜之《辨声》，太初之《本玄》，辅嗣之两《例》，平叔之二《论》，并师心独见，锋颖精密，盖论之英也”。其中《去伐》已佚，情况难明，其他文章，都可称为理论文。进一步说，都是一些在玄学影响下产生的论文。

刘勰宗经，故在追溯“论”之得名时，也要从《论语》叙起，且云“石渠论艺，白虎讲聚，述圣通经，论家之正体也”。但从思辨水平而言，则又远逊于玄学兴起之后的一些著名论文了。《论说》篇中也曾提到：“魏之初霸，术兼名法，傅嘏、王粲，校练名理。迄至正始，务欲守文，何晏之徒，始盛玄论。于是聃、周当路，与尼父争途矣。”对于玄学之起，从儒家的衰落到名理学的过渡，勾出了一条清晰的线索，对于后人了解这一时代的学术动态，有很好的指导作用。

在《论说》所举的范文中,“叔夜之《辨声》”,即嵇康的《声无哀乐论》一文尤应注意。《世说新语·文学》:“旧云:王丞相过江,止道声无哀乐、养生、言尽意三理而已。然宛转关生,无所不入。”可见其时思想领域中这些“论”文发生的影响之大。其中《声无哀乐论》、《养生论》二文,都是嵇康的著作,于此尤可觇知嵇康在玄学发展史上的地位。《晋书·嵇康传》上说:“复作《声无哀乐论》,甚有条理。”刘勰在《才略》篇中也说“嵇康师心以遣论”,说明他对这类论文的评价甚高。

嵇康在《与山巨源绝交书》中自言“兄见骄,不涉经学”,“每非汤、武而薄周、孔,在人间不止,此事会显,世教所不容”,可知其个人作风实与儒家距离甚远。

《论说》篇中的论说方式显示出刘勰讨论文体时的一些特点:追溯源头时,标举儒家经典,作为“徵圣”、“宗经”的根据,介绍范文时,则又援引一些沐浴玄风的作者,不再拘守儒家的一些规戒,因为刘勰追求的目标,也是不同流俗。又从他对有无之辨的判断来看,最后举“般若”说为极致,而未作申论,则是因为他无法用佛学来论“文”,而对儒玄又沉潜至深的缘故。

李充《翰林论》之论“论”体曰:“研核名理而论难生焉。论贵于允理,不求支离。若嵇康之论,成文美矣。”(《太平御览》卷五九五引)《翰林论》文虽残佚,然细察其中的论点,实对《文心》有其影响。

1. 圣哲彝训曰经[①],述经叙理曰论。论者,伦也;伦理无爽,则圣意不坠[②]。昔仲尼微言[③],门人追记,故抑其经目,称为《论语》[④]。盖群论立名,始于兹矣。自《论语》已前,经无“论”字[⑤];《六韬(tāo)》二论,后人追题乎[⑥]?详观论体,条流多品[⑦]:陈政则与议、说合契[⑧],释经则与传、注参体[9]，辨史则与赞、评齐行[10]，诠文则与叙、引共纪[11]。故议者宜言[12]，说（shuō）者说（yuè）语[13]，传者转师[14]，注者主解[15]，赞者明意[16]，评者平理[17]，序者次事[18]，引者胤辞[19]：八名区分，一揆宗论[20]。论也者，弥纶群言，而研精一理者也[21]。

【注释】

① 彝训：日常的训诫、教诲。《尚书·酒诰》："聪听祖考之彝训。"伪孔安国传："言子孙皆聪听父祖之常教。"

② 伦理：有条理，有秩序的意思。爽：差失。坠：失。

③ 微言：含蓄而精微的言辞。《汉书·艺文志》："昔仲尼没而微言绝。"颜师古注："精微要妙之言。"

④ 抑：谦抑。这句意思是谦虚地不敢称经，而叫《论语》。《论语》为孔子门人记录他教诲的语录，重在记言记事，不纯粹是议论，刘勰尊经，故将"论"这种文体追溯到《论语》。

⑤ 经无"论"字：晁公武、杨慎、何焯、顾炎武均指出经文中并非没有出现过"论"字，《古文尚书》中有"论道经邦"一语，有学者以此证明《古文尚书》在梁代并不通行，刘勰没有看过。范文澜说刘勰多次引用《古文尚书》，不可能没有看到过，刘勰此句的真正意思是经书没有以"论"为名的。

⑥ 《六韬》：兵书名，相传为周代吕望（姜太公）所著兵书，原本第一篇为《霸典文论》，第二篇为《文师武论》，今本作《文韬》、《武韬》，已无"论"之名。

⑦ 条流：类别。品：种类。这句意思是，论这种文体有很多种类别。

⑧ 陈政：陈述政事。合契：契合。

⑨ 传：指解释经书的文体，如《毛氏诂训传》、《春秋公羊传》等。参体：指体例相近。

⑩ 赞评：史书中作者发表的议论、评价与观点，有时用"君子曰"

表示，如《左传》；有时称之为“赞”，如司马迁《史记》、班固《汉书》；有时称为“评”，如陈寿《三国志》。称呼虽不同，性质与“论”一样。

⑪ 诠：评价，解释。叙：指序，如《书序》、《诗序》、《序卦》等。引：一种文体，如序而更为简短，西晋时出现了这种文体。如陆云的《赠顾骠骑二首》前之引，云“《有皇》，美祈阳也。祈阳秉文之士，骏发其声，故能照明有吴，入显乎晋。国人美之，故作是诗焉。”见《陆士龙集》卷二，即是如序而稍简的“引”。纪：法度，体例。这句意为：评价作品的“论”文，就与序、引体例相同。

⑫ 宜言：说得适当。

⑬ 说语：说得动听。

⑭ 转师：转相师授。

⑮ 主解：解释为主。

⑯ 明意：表明意见。

⑰ 平理：公正地评断道理。

⑱ 次事：排比事理。

⑲ 胤：继续之义。《说文解字》卷四下“肉”部：“胤，子孙相承续也。”引申为牵引。胤辞：就原作加以引申的文词。

⑳ 一揆：一样，同样。宗：属于。以上这八种文体同属于论。

㉑ 弥纶：综括，贯通。这句的意思是论就是综括各种说法，深入地探讨某一道理的文体。

【分析】这一段文字首先阐明“论”这种文体的性质，然后考察了“论”的源起，指出群“论”立名，始于《论语》；最后区分出“论”的八种类别，分别是议、说、传、注、赞、评、序、引，指出它们的共同特点是“弥纶群言，而研精一理”。

2. 是以庄周《齐物》，以论为名①；不韦《春秋》，六论昭列②；至石渠论艺，白虎讲聚③，述圣通经，论家之正体也。

及班彪《王命》，严尤《三将》，敷述昭情，善入史体[4]。魏之初霸，术兼名法[5]，傅嘏（gǔ）、王粲，校练名理[6]。迄至正始，务欲守文[7]，何晏之徒，始盛玄论。于是聃（dān）、周当路，与尼父争途矣[8]。详观兰石之《才性》，仲宣之《去伐》[9]，叔夜之《辨声》，太初之《本玄》[10]，辅嗣之两《例》，平叔之二《论》[11]，并师心独见，锋颖精密，盖论之英也[12]。至如李康《运命》，同《论衡》而过之[13]；陆机《辨亡》，效《过秦》而不及[14]，然亦其美矣。次及宋岱（dài）、郭象，锐思于几神之区[15]；夷甫、裴頠（wěi），交辨于有无之域[16]：并独步当时，流声后代。然滞有者全系于形用，贵无者专守于寂寥[17]，徒锐偏解，莫诣正理[18]；动极神源，其般（bō）若之绝境乎[19]？逮江左群谈，惟玄是务，虽有日新，而多抽前绪矣[20]。至如张衡《讥世》，韵似俳（pái）说[21]；孔融《孝廉》，但谈嘲戏[22]；曹植《辨道》，体同书抄[23]；言不持正，论如其已[24]。

【注释】

① 《齐物》：指《庄子·齐物论》。

② 六论昭列：《吕氏春秋》中有《开春论》、《慎行论》、《贵直论》、《不苟论》、《似顺论》、《士容论》，合称“六论”。

③ 石渠：指石渠阁，西汉皇室藏书之处，在长安未央宫殿北。据《汉书·宣帝纪》，甘露三年（前51），宣帝在石渠阁“诏诸儒讲五经同异”。白虎：指白虎观，东汉宫观名，在未央宫中。据《后汉书·章帝纪》，东汉建初四年（79），章帝曾召集“大夫博士议郎郎官及诸生诸儒会白虎观，讲议五经同异”。

④ 班彪：字叔皮，班固之父，东汉初年史学家、文学家，晚年任望都长。著有《王命论》，载《汉书·叙传》、《文选》卷五二。严尤：字伯石，新莽时曾任大司马。作有《三将军论》，已佚，《全汉文》卷六十一辑

得残文两条。敷述:陈述。昭情:情理明白。善入史体:指善于运用史论这种文体。

⑤　名法:名家和法家的学说,主张循名责实,信赏必罚。

⑥　傅嘏:字兰石,三国时魏国重臣,高贵乡公时任尚书仆射,封阳乡侯。作有《才性论》、《难刘劭考课法论》等。王粲:字仲宣,著名文学家,建安七子之一,曹魏时任侍中。作有《儒吏论》、《务本论》等,文见《全后汉文》卷九十一。校练:考核、辨析的意思,辨析事物名理是魏晋清谈的主要内容。

⑦　正始:三国时期曹魏君主曹芳的第一个年号,时在240年—249年。守文:恪守成规。

⑧　何晏:字平叔,三国时期魏国名士,玄学家,正始时累官侍中、吏部尚书。玄论:关于老庄学说的谈论。聃、周:老聃、庄周。老聃,即老子。尼父:孔子字仲尼,父为尊称。争途:抢占道路,比喻争夺地位。

⑨　兰石:傅嘏的字。《才性》:据《三国志·魏书·傅嘏传》称:"常(尝)论才性同异,钟会集而论之。"裴松之注引《傅子》曰:"嘏既达治好正,而有清理识要,好论才性,原本精微,鲜能及之。"傅嘏论才性同异的文字现已散佚。《去伐》:据《隋书·经籍志》载:"梁有《去伐论集》三卷,王粲撰,亡。"说明王粲的《去伐论》梁时尚在,至初唐时已亡佚。

⑩　叔夜:嵇康的字,三国时魏国思想家、文学家,曾任中散大夫。《辨声》:指嵇康的《声无哀乐论》,载《嵇康集》卷五。太初:夏侯玄的字,三国时魏国名士,正始时官至太常。《本玄》:应为《本无》。《三国志·魏书·夏侯玄传》注引《魏氏春秋》:"玄尝著《乐毅》、《张良》、《本无》、《肉刑论》,辞旨通远,咸传于世。"《本无》今已亡佚。

⑪　辅嗣:王弼(bì)的字,三国时魏国著名思想家,玄学首创者,曾任尚书郎。《三国志·魏书·王弼传》云:"弼好论儒道,辞才逸辩,注《易》及《老子》。"两《例》:王弼注《易》的著作,称《易略例》,旧分上下两篇。二《论》:《三国志·魏书·何晏传》云:"(晏)好老庄言,作《道德

论》及诸文赋著述凡数十篇。”他所著的《道德论》分为上下二篇，故称“二《论》”。

⑫ 师心：自出心意，不拘成规。锋颖精密：笔锋锐利，论述精密。

⑬ 李康：字萧远，三国时魏国文士，明帝时起家为寻阳长。作有《运命论》，载《文选》卷五十三。《论衡》，东汉学者王充所著。这里指《论衡》中《逢遇》、《累害》等论述命运的篇目。

⑭ 陆机：字士衡，西晋著名文学家，曾历任平原内史、祭酒、著作郎等职。作有《辨亡论》，载《文选》卷五十三。《过秦》：指西汉作家贾谊的《过秦论》。

⑮ 宋岱：晋朝人，曾任荆州刺史，据《隋书·经籍志》载，他作有《周易论》一卷，今已亡佚。郭象：字子玄，西晋学者，官至黄门侍郎、太傅主簿。《晋书·郭象传》称他：“少有才理，好老庄，能清言……常闲居以文论自娱……著碑论十二篇。”代表著作为《庄子注》，今存。几神：精微神妙。

⑯ 夷甫：王衍的字，西晋名士、玄学家，官至太尉。裴頠：字逸民，西晋思想家，曾任散骑常侍、国子祭酒兼右军将军、尚书左仆射。有无：王衍持“贵无论”，裴頠主“贵有论”。《晋书·王衍传》：“魏正始中，何晏王弼等祖述老庄，立论以为天地万物皆以无为本。无也者，开物成务，无往不存者也……故无之为用，无爵而贵矣。衍甚重之。惟裴頠以为非，著论以讥之，而衍处之自若。”《晋书·裴頠传》载：“頠深患时俗放荡，不尊儒术，何晏、阮籍素有高名于世，口谈浮虚，不遵礼法，尸禄耽宠，仕不事事；至王衍之徒，声誉太盛，位高势重，不以物务自婴，遂相放效，风教陵迟，乃著崇有之论以释其蔽……王衍之徒攻难交至，并莫能屈。”

⑰ 滞：凝结，不流通，这里指拘泥。寂寥：魏源《老子本义》上篇释二十一章“寂兮寥兮”曰：“寂兮，无声；寥兮，无形也。”这句的意思是：执着于“有”的人完全拘泥于形体和作用，崇尚“无”的人又专注于无声无形的本体。

⑱ 锐:钻研、钻牛角尖的意思。偏见:片面的解释。诣:到达。这句的意思是:徒然地钻研偏颇的观点,不能得到正确的理论。

⑲ 动极:探究到底。神源:深奥之理的源头。般若:梵语的译音,或译为“波若”、“钵罗若”,指根本性的智慧,这里指佛学智慧。绝境:最高境界。这句是说能够探究深奥之理的源头的,恐怕只有佛法的最高境界吧?

⑳ 江左:指首都迁到江东建康以后的东晋时期。抽:引出,长出。前绪:前代的端绪。这句的意思是东晋时期大家所谈论的主要是玄学的话题,虽然常有新的观点,但大都是从前人发端的理论中引申出来的。

㉑ 张衡《讥世》:张衡于顺帝时任河间相,作有《讥世论》,今已亡佚。韵:风韵,这里指风格。俳:嘲戏。

㉒ 孔融:字文举,汉末文学家,建安年间为将作大匠,迁少府,又任大中大夫。著有《孝廉论》,今已亡佚,其内容与风格不得而详。《三国志·魏书·王粲传》裴松之注引曹丕《典论·论文》:“孔融体气高妙,有过人者,然不能持论,理不胜辞,至于杂以嘲戏。”

㉓ 曹植《辨道》:曹植著有《辨道论》,见《全三国文》卷十八、《续古文苑》卷九等。

㉔ 持正:保持正道。已:停止。言论如不能保持正道,还不如不写。

【分析】这一段文字叙述论的发展历史,指出这种文体后世可分几个重要的类别:经论、史论、玄论,各有代表性的作品。接着分析了各个历史时期一些重要作家在内容与风格上的优缺点。对魏晋时期的各家玄论,刘勰虽以褒赞为主,但也指出其“徒锐偏解,莫诣正理”的缺点,认为只有佛学才达到了至高的境界。对张衡、孔融、曹植的几篇论文则基本否定。

3. 原夫论之为体，所以辨正然否[①]，穷于有数，究于无形[②]，钻坚求通，钩深取极[③]；乃百虑之筌(quán)蹄，万事之权衡也[④]。故其义贵圆通，辞忌枝碎[⑤]，必使心与理合，弥缝莫见其隙[⑥]；辞共心密，敌人不知所乘[⑦]，斯其要也。是以论如析薪，贵能破理[⑧]。斤利者越理而横断，辞辩者反义而取通[⑨]。览文虽巧，而检迹知妄[⑩]。唯君子能通天下之志[⑪]，安可以曲论哉？若夫注释为词，解散论体，杂文虽异，总会是同[⑫]。若秦延君之注《尧典》，十馀万字[⑬]，朱普之解《尚书》，三十万言[⑭]：所以通人恶烦，羞学章句[⑮]。若毛公之训《诗》[⑯]，安国之传《书》[⑰]，郑君之释《礼》[⑱]，王弼之解《易》[⑲]，要约明畅，可为式矣[⑳]。

【注释】

① 然否：是与非。

② 穷：穷尽。有数：《礼记·表记》："仁有数，义有长短小大。"孔颖达《正义》："仁有数者，行仁之道有度数多少也。……言仁有数，则义亦有数；义言长短小大，则仁亦有长短小大，互言之也。"这里和"无形"相对，是指具体的、有形的事物。究：探究。这里是说既要穷尽一切具体的有形事物的知识，也要探究抽象的无形事物的道理。

③ 钻坚：努力钻研艰难的事物。钩深：探索深奥的意义。这句的意思是：钻研难点以求贯通，深入探索以获取终极意义。

④ 筌蹄：《庄子·外物》："筌者所以在鱼，得鱼而忘筌；蹄者所以在兔，得兔而忘蹄。"筌，捕鱼竹器；蹄，捕兔网。后以"筌蹄"比喻达到目的的手段或工具。权：秤锤。衡：秤杆。权衡：指衡量、评价的工具。

⑤ 义：道理。贵：崇尚。圆通：原为佛教用语，指不偏倚，无障碍，圆满通达。枝碎：支离破碎。

⑥ 弥缝：缝合，结合。隙：缝隙。这句的意思是心中所想与实际

道理相一致，二者结合没有缝隙。

⑦ 辞：文辞，语言。共：和，同。密：密合，贴切。辞共心密：文辞和心中所想切合。乘：利用。不知所乘：找不到能利用的漏洞。

⑧ 析薪：劈柴。理：指木柴的纹理。斤：斧子。这句的意思是：论说如同劈柴，贵在顺着纹理来劈破。

⑨ 斤利者越理而横断，辞辨者反义而取通：这句的意思是锋利的斧子不顺纹理而横劈木柴，能言巧辩者违反正理而自圆其说。

⑩ 检迹：检查行迹，指考查实际情况。妄：错误，不实。这句的意思是：文辞虽然巧妙，检查实际情况就可知道其虚妄不实。

⑪ 唯君子能通天下之志：这句出于《周易·同人》彖（tuàn）辞，刘勰用以说明论者应以正当的道理说服天下的人。

⑫ 解散论体：注释中的议论分散在各条，形式上是分散的。杂：碎杂，指注释文字不是一个整体。总会是同：刘勰认为零碎分散的注释文字，会总起来也和论文相同。这句的意思是：至于注释经典的文词，是分散了的论体，虽然夹杂在文中不像是论，但汇总起来就和论完全相同。

⑬ 秦延君：名恭，西汉学者。《汉书·艺文志·六艺略叙》颜师古注引桓谭《新论》："秦近君能说《尧典》，篇目两字之说至十馀万言；但说'曰若稽古'三万言。"此作秦近君，当是形近而误。

⑭ 朱普：字公文，西汉学者。三十万言：当作四十万言。《后汉书·桓郁传》叙其父桓"荣受朱普学章句四十万言，浮辞繁长，多过其实。及荣入授显宗，减为二十三万言。郁复删省定成十二万言。由是有桓君大小太常章句。"

⑮ 通人：学识渊博通达的学者。章句：剖章析句，经学家解说经义的一种方式。

⑯ 毛公：郑玄《诗谱》："鲁人大毛公，为训诂传于其家，河间献王得而献之，以小毛公为博士。"大毛公名亨，六国时人；小毛公名苌，西汉赵人。

⑰ 安国：指孔安国，字子国，西汉学者，曾给《尚书》作传。刘勰看到的孔传《尚书》则是后人伪托的。《书》：即《尚书》。

⑱ 郑君：指郑玄，字康成，东汉经学家。《礼》：指《周礼》、《仪礼》、《礼记》。郑玄遍注群经，《三礼》注是他的代表性著作。

⑲ 王弼：字辅嗣，三国魏时著名玄学家，著有《周易注》、《周易略例》等。

⑳ 要约：简练。式：法式，模范。

【分析】这一段文字论述“论”这种文体的体制特点和写作要求，指出“论”是用来明是非、说道理的一种文体，要求做到思想与文辞密切结合，组织严密没有疵病，道理正当而不能扭曲。经书的注释也属于论文的一种。刘勰批评了繁琐的注经风尚，要求注释应该做到“要约明畅”。

4. 说者，悦也；兑(duì)为口舌，故言资悦怿(yì)[①]，过悦必伪，故舜惊谗说[②]。说之善者：伊尹以论味隆殷[③]，太公以辨钓兴周[④]；及烛武行而纾郑[⑤]，端木出而存鲁[⑥]，亦其美也。暨战国争雄，辨士云踊，从横参谋，长短角势[⑦]，《转丸》骋其巧辞，《飞钳》伏其精术。一人之辨，重于九鼎之宝；三寸之舌，强于百万之师。六印磊落以佩，五都隐赈(zhèn)而封[⑧]。至汉定秦、楚，辨士弭(mǐ)节[⑨]，郦(lì)君既毙于齐镬(huò)，蒯(kuǎi)子几入乎汉鼎[⑩]；虽复陆贾籍甚，张释傅会[⑪]，杜钦文辨，楼护唇舌[⑫]，颉颃(xié háng)万乘之阶，抵嘘公卿之席[⑬]，并顺风以托势，莫能逆波而溯洄(sù huí)矣[⑭]。

【注释】

① 兑：《周易》中六十四卦之一。《周易·说卦》曰“兑……为口

舌。”意为“兑”是口舌的象徵。怿：喜悦。言资悦怿：言说是使人高兴的。

② 舜惊谗说：《尚书·舜典》：“帝曰：‘龙，朕堲（憎恨）谗说殄行，震惊朕师。’”因为谗言太多，舜深感震惊。

③ 伊尹：商汤时贤相。《吕氏春秋·本味》篇载：伊尹曾以烹调为喻来说明如何治理国家，商汤听后任用了他。

④ 太公：指吕望，姜姓，吕氏，名尚，字子牙，周朝开国功臣，分封于齐国，称为“太公望”。《史记·齐太公世家》载：“吕尚盖尝穷困，年老矣，以渔钓奸（接近）周西伯。”今传《六韬》中的《文韬·文师》篇记载着太公辨钓之语，可能出之伪托。

⑤ 烛武：即烛之武，春秋时郑国大臣。《左传》僖公三十年载，晋国和秦国包围郑国时，郑文公派烛之武去说服秦穆公，离间晋秦两国，郑国得以脱困。纾：缓和，解除。

⑥ 端木：名赐，即子贡，孔子弟子。《史记·仲尼弟子列传》：春秋时齐国田常出兵攻打鲁国，子贡前往说服田常转攻吴国，保全了鲁国。此事还见于《孔子家语》、《越绝书》等书，然不可信。

⑦ 从：同“纵”。参谋：参预谋议。长短：纵横之术。《战国策》一名《长短书》。角：竞争。这里是说用各种策略竞相角逐势位。

⑧ 《转丸》、《飞钳》：均为《鬼谷子》篇名。六印：战国时纵横家苏秦曾佩六国相印。磊落：众多貌。五都：《史记·张仪列传》：“秦惠王封仪五邑。”隐赈：即“殷轸”，富足的意思。

⑨ 弭节：停止不前。弭：止，息。

⑩ 郦君：指郦食其（yì jī），秦汉之际著名说客。镬：锅，这里指镬烹，古代一种酷刑。《史记·郦食其列传》载：郦生已说服齐王田广归汉，“淮阴侯（韩信）闻郦生伏轼下齐七十馀城，乃夜度兵平原袭齐。齐王田广闻汉兵至，以为郦生卖己……遂烹郦生。”蒯子：指蒯通，本名蒯彻（避汉武帝之讳而改），秦汉之交著名辩士。《史记·淮阴侯列传》，蒯通曾出计让韩信背汉，韩信不从，临死时长叹“吾悔不用蒯通之计”。

刘邦为此要烹杀蒯通，后来听信了他的辩解，将他释放。

⑪ 陆贾：汉初思想家。《汉书·陆贾传》称他“名有口辩，居左右，常使诸侯”。籍甚：盛多，这里指声名之盛。张释：即张释之，字季，西汉文帝时官吏。傅会：指言辞的安排布局和修饰润色。《史记·张释之列传》：张释之事孝文帝，十岁不得调，“因前言便宜事。文帝曰：‘卑之，毋甚高论，令今可施行也。’于是释之言秦汉之间事，秦所以失，而汉所以兴者。久之，文帝称善，乃拜释之为谒者仆射”。

⑫ 杜钦：字子夏，西汉大将军王凤的幕僚。《汉书·杜周附杜钦传》载，杜钦常常进策建言，均能为王凤等人采纳。严可均《全汉文》卷三十一辑其《说王凤》等八篇。楼护：字君卿，西汉末年辩士。据《汉书·游侠传》：楼护“为人短小精辩，论议常依名节，听之者皆竦。与谷永俱为五侯上客，长安号曰‘谷子云笔札，楼君卿唇舌’，言其见信用也。”

⑬ 颉颃：鸟上下飞的样子。这里指活跃于帝王的居处。万乘：指帝王。抵嘘：即诋（dǐ）戏，戏谈。

⑭ 溯洄：逆流而上。这句的意思是：这时的说客都只能借助君主高官的势力，顺着他们议论，而不能逆向而上对抗潮流。

【分析】这一段文字首先说明“说”这种文体的概念，然后分三个阶段叙述“说”的发展历史：第一阶段为春秋以前，最早的“说”可追溯到虞舜之时，这一时期屡有成功的游说实例；第二阶段为战国时期，这一时期是辩说的高峰期；第三阶段是汉朝建立以后，辩说之风渐渐消歇。

5. 夫说贵抚会，弛张相随①，不专缓颊，亦在刀笔②。范雎（jū）之言事，李斯之止逐客③，并顺情入机，动言中务④，虽批逆鳞，而功成计合⑤，此上书之善说也。至于邹阳之说吴、梁，喻巧而理至，故虽危而无咎矣⑥；敬通之说鲍、邓，事缓而文繁，所以历骋而罕遇也[7]。凡说之枢要，必使时利而义贞[8]，进有契于成务，退无阻于荣身[9]。自非谲敌，则唯忠与信[10]。披肝胆以献主，飞文敏以济辞[11]，此说之本也。而陆氏直称"说炜晔（wěi yè）以谲诳"[12]，何哉？

【注释】

① 抚：循，顺着。会：运会，际会。抚会：顺着时机。弛：松弛，从容。张：紧张。这句的意思是："说"贵在抓住时机，视情形决定说辞的紧张或从容。

② 缓颊：为人求情或婉言劝解，这里与下文相对，专指婉转的口说。刀笔：古代书写在竹简上，用笔书写，用刀削误。有些断案的吏措词老辣尖刻，有刀笔吏之称，这里仅取严厉义。

③ 范雎：字叔，战国时辩士，秦昭王时任丞相。据《战国策·秦策三》、《史记·范雎列传》载，范雎从魏国至秦后，上书秦昭王，言内外大事，得到了秦昭王的信用。李斯：秦代政治家，秦始皇时任丞相。止逐客：《史记·李斯列传》记载，秦国有人向秦始皇建议驱逐客卿，李斯作《谏逐客书》，极言客卿有功于秦，加以谏阻，获得成功。

④ 顺情：顺应对方的心情。入机：掌握好时机。动言中务：发言切中时务。

⑤ 逆鳞：指龙脖子下的一小块鳞片，一旦被触便会激怒。《韩非子·说难》："夫龙之为虫也，柔可狎而骑也；然其喉下有逆鳞径尺，若人有婴之者，则必杀人。人主亦有逆鳞，说者能无婴人主之逆鳞，则几矣。"

⑥ 邹阳：汉初作家。《汉书·邹阳传》载：景帝时，邹阳仕吴，吴王刘濞（bì）阴谋造反，邹阳上吴王书劝阻，刘濞不用，便转仕梁孝王刘武，受谗言而下狱。邹阳狱中上书自明，获释，并被梁孝王待为上宾。巧喻而理至：比喻巧妙而理由充足。

⑦ 敬通：冯衍的字。东汉初年辞赋家，曾任曲阳县令。鲍：鲍

永，字君长，曾为绿林军重要将领。东汉建立后，担任扬州刺史、司隶校尉，兖州刺史等职。邓：邓禹，东汉初著名军事家，大司徒，封高密侯，进位太傅。刘玄称帝时，派鲍永平定北方，冯衍曾向鲍永献计，文载《后汉书·冯衍传》。冯衍还担任过邓禹的幕僚，有《说邓禹书》，文残，见严可均《后汉文》卷二十。缓：不紧迫。繁：繁多，不简练。骋：施展其才能，指上书进言。罕：少。遇：优遇。历骋而罕遇：冯衍一生曾上书游说过廉丹、鲍永、田邑、邓禹诸人，但一直不得志。但冯衍罕遇的主要原因是当初与光武军队对垒时迟迟不愿投降，并不是因为其游说"事缓而文繁"。

⑧ 枢要：关键，纲领。义贞：立意正确。

⑨ 契：合。成务：成就事务。

⑩ 谲：诡诈，欺骗。

⑪ 披：表露。文敏：敏锐的文思。济辞：加强说辞。

⑫ 陆氏：指陆机，他在《文赋》中说"说炜晔以谲诳。"炜晔：有文采。谲诳：诡奇虚妄。

【分析】这一段文字分析"说"这种文体的基本要求，通过历史上正反两方面的例子来说明辩说成功的原因在于"顺情入机，动言中务"，方法上要求"巧喻而理至"，不能"事缓而文繁"；说的本质在于忠信而非谲诡。

6. 赞曰：理形于言，叙理成论①。词深人天，致远方寸②。阴阳莫忒(tè)，鬼神靡遁③。说尔《飞钳》，呼吸沮劝④。

【注释】

① 理形于言：道理用语言来表达。叙理成论：叙述道理便成了"论"。

② 人天：指人事和天道。方寸：指心。此句意为：论的内容极其

深广，包括了人事与天道，可传至远方，打动人们的心。

③ 忒：差互，差错。遁：逃避，躲闪。

④ 呼吸：一呼一吸之间，指时间短。沮：阻止。劝：勉励。这句的意思是：使用类似“飞钳”这样的论说之术，能够在瞬息之间鼓动或劝阻对方。

【分析】赞辞总结了论说文的概念与功用，指出论说文的主要特点是说理，具有探讨天道人事和打动人心的作用，能在短时间内起到立竿见影的效果。

诏策第十九解析

【解题】早期的人类社会，等级森严，处在最高位置上的王者，宣称君权神授，行动举止也得异乎常人，对待下级得用命令的口气，显示自己的神圣、威严和不容违抗。

中国最早的古籍《尚书》中，录入了很多王者或最高执政者的训词，所谓“典、谟、训、诰”，后面几种文字的内容尽是上级告诫下属之词。这一时期的文字极为古拙，但又显得庄重，因为古拙的东西常是呈现出质朴厚实之美。后世那些替朝廷撰写训词的人，也得仿效这种文体，理论界也都认为这是朝廷发布命令的典范之作。韩愈写作《平淮西碑》，所谓“点窜《尧典》《舜典》字，涂改《清庙》《生民》诗”，后世一直推为大手笔。

《尚书·说命》上记载，高宗梦见傅说，乃命百工寻访，群臣谏曰：“王言惟作命，王言臣下罔攸秉命。”王言的威力又是这么强大，《礼记·缁衣》上说：“王言如丝，其出如纶；王言如纶，其出如綍。”因此，君主应当郑重地维护自身尊严，发布命令，使之发生震慑作用。

《礼记·中庸》中说：“大哉！圣人之道洋洋乎！发育万物，峻极于天，优优大哉！礼仪三百，威仪三千，待其人然后行。”儒家倡导的礼制规定，贵族阶层中人，包括一般的士人，一举一动都得合乎礼仪。这也就是说，任何行动都得符合规范。而从统治者来说，“威仪”的规定更为细致。对下发布命令，当然也得有各种周密明确的规范了。

秦始皇统一六国，建立强大的王朝之后，开始把过去那些还未规范化的命令方式，如诰、誓、命等，统一起来，改称为“制”“诏”。《史记·秦始皇本纪》载秦统一六国后，群臣上奏，曰：“臣等昧死上尊号，王为‘泰皇’，命为‘制’，令为‘诏’，天子自称曰‘朕’。王曰：‘去“泰”着“皇”，采上古“帝”位号，号曰“皇帝”。’”裴骃《集解》引蔡邕曰：“制书，帝者制度之命也。其文曰‘制’。诏，诏书。诏，告也。”张守节《正义》：“制诏三代无文，秦始有之。”然从传流下来的史料看，秦及汉代前期每制诏连文。大约总是二者性质相近，不易细分也，后来也就习用“诏”字指称皇帝专用的诏令了。[①] 因为汉代的政治结构又有了改进，组织更为严密，于是在命令的方式上作了更周密的区分。《后汉书·周荣传》载安帝永宁(120)中，陈忠上书《论诏令文》曰：“古者帝王有所号令，言必弘雅，辞必温丽，垂于后世，列于典经。故仲尼喜唐、虞之文章，从周室之郁郁。”说明其时臣下已有将此指令使用的语言进一步规范化的自觉要求。

汉末蔡邕著《独断》，将天子令群臣之文分为四类：一曰策书，二曰制书，三曰诏书，四曰戒书。而在解释诏书时曰：

> 诏书者，诏诰也，有三品，其文曰“告某官，官如故事”，是为诏书。群臣有所奏请，尚书令奏之，下有“制曰天子答之曰可，若下某官”云云，亦云诏书。群臣有所奏请，无尚书令奏“制”字，则答曰“已奏如书，本官下所当至”，亦曰诏。

这是诏书的公文格式，规定得相当细致。时代不同，这种规定也有变化。这在史书的一些《职官志》、《百官志》等部分常是有所说明。

刘勰之论诏策，就是根据这种文体的历史发展结合帝王身份的特殊要求而立论的。至于那些与“诏策”性质相近的戒敕、教令，

---

① 参看刘跃进《〈独断〉与秦汉文体研究》，载《文学遗产》2002年第5期。

有的不再为皇室所专用，而用之于民众，其基本要求则是一致的。

《独断》之论戒书曰："戒书，戒敕刺史太守及三边营官。被敕文曰'有诏敕某官'，是为戒敕也。世皆名此为策书，失之远矣。"可知文体之分过趋细碎，时人也已不予关注，时至后人，更是忽之不顾了。晋代李充精研文体，已从"戒"字的本义着眼，不再视作有关官府的专用文体。其《起居诫》文，性质与私箴为近，与其所作的《学箴》类同，均为自警之作。

刘勰常用"诏策"这一名词概括这类文体，如《宗经》篇曰："诏策章奏，则《书》发其源。"也以为这类文体是从《尚书》一系发展出来的。

"诏策"之"策"，本义为马鞭子。《说文解字·竹部》："策：马棰也。"这里用作"册"字的假借。"册"为编织起来的竹简，古时在上面书写，诏书自然也写在册上。刘勰常是把"诏策"连成一词，有时表达一种意思，有时则分指两种文体。用作一词，亦即上告下之语；分指两种文体，则与文体论中篇名结构一致，据此前后文体的通例可以推知。

作为一种文体的"策"，从刘勰所说的武帝"策封三王，文同训典，劝戒渊雅，垂范后代"来看，指的是那些措词温和的劝戒，而非威严的申敕；又云"优文封策，则气含风雨之润"，亦可据此知其大概。帝王在向下属徵求意见时，也常用"策"字，如"策贤良制"等。刘勰大约也是考虑到了汉人发布指令时措词上有此些微差异，故用"策"字隐指那些措词较为温和雅致的上告下之词。

1. 皇帝御宇，其言也神①。渊嘿（mó）黼（fǔ）扆（yǐ），而响盈四表②，唯诏策乎？昔轩辕、唐、虞，同称为命③。命之为义，制性之本也。其在三代，事兼诰誓④。誓以训戎，诰以敷政，命喻自天，故授官锡胤（yìn）⑤。《易》之《姤（gòu）

象》,“后以施命诰四方”[6]。诰命动民,若天下之有风矣。降及七国,并称曰命,命者,使也。秦并天下,改命曰制[7]。汉初定仪则,则命有四品[8]:一曰策书,二曰制书,三曰诏书,四曰戒敕(chì)。敕戒州部,诏诰百官,制施赦命,策封王侯。策者,简也[9]。制者,裁也。诏者,告也。敕者,正也[10]。《诗》云“畏此简书”,《易》称“君子以制数度”。《礼》称“明神之诏”,《书》称“敕天之命”[11],并本经典以立名目。远诏近命,习秦制也。(一)《记》称丝纶,所以应接群后[12]。虞重纳言,周贵喉舌[13],故两汉诏诰,职在尚书[14]。王言之大[15],动入史策,其出如綍(fú),不反若汗[16]。是以淮南有英才,武帝使相如视草[17];陇右多文士,光武加意于书辞[18],岂直取美当时,亦敬慎来叶矣。[19](二)

【注释】

① 御宇:统治天下。神:神圣,指威灵。

② 渊嘿:深沉静默。嘿:同“默”。黼扆:绘画或刺绣有斧形文饰的屏风,设置在天子座位后面。《尚书·顾命》:“狄设黼扆。”孔颖达《正义》:“黼扆者,屏风画为斧文,在于衣牖之间。”四表:指四方极远之处。

③ 轩辕:黄帝。唐:尧。虞:舜。同称为命:《尚书·尧典》“乃命羲和”。同书《舜典》:“帝曰:夔,命汝典乐。”《史记·五帝本纪》:“蚩尤作乱,不用帝命。”可见黄帝、尧、舜时代天子诏命同称为“命”。

④ 制性之本:范文澜《文心雕龙注》以为“性疑作姓”。臣下立功德后始能赐姓得官。此说改字缺乏版本上的根据,又嫌迂曲。斯波六郎《文心雕龙范注补正》以为《礼记·中庸》中有“天命之谓性”,王充《论衡·命义》中云“命则性也”。刘勰每依汉人之说持论,此处或即如此。三代:指夏、商、周三代。事兼诰誓:指夏、商、周三代的命,还有诰

和誓的名称。

⑤ 誓以训戎:誓是用来训诫军队的。诰以敷政:诰用来发布政令。命喻自天:命昭示它是由天发出的。喻:晓喻,昭示。授官锡胤:授予官职、传与子孙后代。

⑥ 《易》之《姤象》:《周易·姤卦·象》:“天下有风,姤:后以施命诰四方。”孔颖达《正义》:“风行天下则无物不遇……象后以施命诰四方者,风行草偃,天之威令,故人君法此以施教命诰于四方也。”

⑦ 秦并天下,改命曰制:《史记·秦始皇本纪》:“二十六年……秦初并天下……丞相(王)绾、御史大夫(冯)劫、廷尉(李)斯等……昧死上尊号,王为泰皇,命为制,令为诏。”

⑧ 汉初定仪则,则命有四品:汉朝初年制定法制,把“命”分为四种,即下文所谓“一曰策书,二曰制书,三曰诏书,四曰戒敕”。仪则:法则。四品:四类或四种。

⑨ 敕戒州部:敕这种文体是用来告诫州一级官员的。州部:汉武帝时期把全国百馀个郡国分为十三个刺史部,简称“十三部”或“十三州”。但西汉时期的州刺史部只是一种监察区,而不是行政区域。东汉末年,州或部才逐渐演变成郡上面的一级行政区。策者,简也:《仪礼·聘礼》“百名以上书于策”,贾公彦《疏》:“简,谓据一片而言,策是编连之称。”所以说“策,简也”。

⑩ 制者,裁也。诏者,告也。敕者,正也:《说文解字·刀部》:“制,裁也。”徐铉本《说文解字·言部》:“诏,告也。”《小尔雅·广言》:“敕,正也。”此说为刘勰所本。

⑪ 《诗》云“畏此简书”:《诗经·小雅·出车》:“岂不怀归,畏此简书。”毛传:“简书,戒命也。”《易》称“君子以制数度”:《周易·节卦·象》:“泽上有水,节,君子以制数度,议德行。”孔颖达《正义》:“数度,谓尊卑礼命之多少。”《礼》称“明神之诏”:《周礼·秋官·司盟》:“北面诏明神。”郑玄注:“神之明察者,谓日月山川也。”《书》称“敕天之命”:《尚书·益稷》:“帝庸作歌曰:敕天之命,惟时惟几。”伪孔安国《传》:“敕,

正也，奉正天命以临民，惟在顺时，惟在慎微。”

⑫ 记称丝纶，所以应接群后：《礼记·缁衣》：“王言如丝，其出如纶；王言如纶，其出如綍。”郑玄注：“言言出弥大也。纶，今有秩啬夫所佩也。綍，引棺索也。”比喻王官说出口以后，影响很大。应接：应对接引。群后：诸侯。

⑬ 虞：虞舜。纳言：《尚书·舜典》：“命汝作纳言，夙夜出纳朕命，惟允。”伪孔安国《传》：“纳言，喉舌之官。”周：指西周。喉舌：《诗经·大雅·烝民》：“出纳王命，王之喉舌。”毛《传》：“喉舌，冢宰也。”

⑭ 职在尚书：职责由尚书台掌管。尚书：汉时尚书台传递王的命令的机构，典机要之事。

⑮ 王言之大：《尚书·咸有一德》：“万姓咸曰：大哉王言。”

⑯ 不反若汗：比喻王之号令如汗，既已出，不可复反。《汉书·楚元王刘交传》附《刘向传》载刘向《上封事》曰：“《易》曰：‘涣汗其大号。’言号令如汗，汗出而不反者也。”刘勰此处用刘向语。

⑰ 淮南有英才，武帝使相如视草：《汉书·淮南王传》：“时武帝方好文艺，以安属为诸父，辨博善为文辞，甚尊重之。每为报书及赐，常召司马相如等视草方遣。”刘勰此处即本于此。

⑱ 陇右多文士，光武加意于书辞：语本《后汉书·隗嚣传》：“隗嚣，字季孟，天水成纪人也……嚣宾客、掾吏多文学生，每所上事，当世士大夫皆讽诵之，故帝有所辞答，尤加意焉。”

⑲ 岂直：岂只是。敬慎来叶：使后世人以敬慎之心对待之。来叶：来世。

【分析】这一段的主旨在论述诏策的源流，可分为两节：（一）说明诏策文体的起源及自上古到汉代的发展演变；（二）说明诏策的写作必须“敬慎”。

诏策是代朝廷君王发布号令的应用文书。诏策，实际只是一个总的称呼，它在自上古至两汉的每个朝代都有自己的具体形态，如《尚书》中所载的夏、商、周三代的诰、命、训、誓等。到秦始皇时期,则“改命曰制”,汉代又将诏策分为策、制、诏、敕或戒敕四种。尽管诏策在历代都在发生流变,但刘勰仍然贯彻他的“宗经”的文体观,认为不论诏策文体怎样演变,“并本经典以立名目”。

由于诏策是帝王发号施令的神圣权威的表现,既要“取美当时”,又要“敬慎来叶”,所以一定要慎重其事。

2. 观文、景以前,诏体浮杂①;武帝崇儒,选言弘奥②。策封三王,文同训典③,劝戒渊雅,垂范后代,及制诏严助,即云厌承明庐,盖宠才之恩也④。孝宣玺(xǐ)书,责博于陈遂,亦故旧之厚也⑤。逮光武拨乱,留意斯文,而造次喜怒,时或偏滥⑥。诏赐邓禹,称司徒为尧;敕责侯霸,称“黄钺(yuè)一下”,若斯之类,实乖宪章⑦。暨明、章崇学,雅诏间出⑧。和、安政弛,礼阁鲜才⑨,每为诏敕,假手外请。建安之末,文理代兴,潘勖(xù)《九锡》⑩,典雅逸群;卫觊(jì)《禅诰》,符命炳耀⑪,弗可加已。自魏、晋诰策,职在中书,刘放、张华,互管斯任⑫,施令发号,洋洋盈耳。魏文帝下诏,辞义多伟,至于“作威作福”,其万虑之一弊乎⑬?晋氏中兴,唯明帝崇才,以温峤(qiáo)文清,故引入中书;自斯以后,体宪风流矣⑭。

【注释】

① 文、景:汉文帝、汉景帝。浮杂:指诏策文不够典雅。

② 武帝:汉武帝刘彻。崇儒:指汉武帝起“罢黜百家,独尊儒术”。弘奥:广博深奥。

③ 策封三王:指汉武帝于同日封三个儿子为王,即齐王、广陵王、燕王。文同训典:指汉武帝策封三王的《齐王策》、《广陵王策》、《燕

王策》，文章的体制风格与《尚书》中的“训”、“典”相同。《齐王策》、《广陵王策》、《燕王策》都见于《史记·三王世家》。

④ 及制诏严助，即云厌承明庐：语本《汉书·严助传》：“于是拜（助）为会稽太守。数年不闻问。赐书曰：‘制诏会稽太守：君厌承明之庐，劳侍从之事，怀故土，出为郡吏。会稽东接于海，南近诸越，北枕大江。间者，阔焉久不闻问，具以《春秋》对，毋以苏秦从横。’”制诏：即诏命。严助：汉武帝信任的臣子。承明庐：汉代皇帝侍臣值宿的住所。宠才之恩：宠信人才的荣恩，指加给严助的荣誉。

⑤ 孝宣玺书，责博于陈遂：《汉书·游侠（陈遵）传》：“（陈遵）祖父遂，字长子，宣帝微时与有故，相随博弈，数负进。及宣帝即位，用遂，稍迁至太原太守，乃赐遂玺书曰：‘制诏太原太守：官尊禄厚，可以偿博进矣。’妻君宁时在旁，知状。”玺书：加盖了皇帝玉玺的书信。责博于陈遂：偿还陈遂赌博的欠债。责：还债。博：博弈，古代的一种赌博。故旧之厚：老朋友交情的深厚。这里指陈遂与汉宣帝之间关系的深厚。

⑥ 光武拨乱，留意斯文：指汉光武帝刘秀平定天下建立东汉政权，对诏策文十分重视。造次：匆忙，仓促。偏滥：指措辞不当。

⑦ 诏赐邓禹，称司徒为尧：《后汉书·邓禹传》：“（帝）下敕曰：‘司徒，尧也；亡贼，桀也。长安吏人，遑遑无所归依，宜以时进讨，镇慰西京，系百姓之心。’”司徒：指邓禹。光武帝刘秀即位，即拜邓禹为大司徒。敕责侯霸，称“黄钺一下”：《后汉书·冯勤传》：“司徒侯霸荐前梁令阎杨，杨素有讥议，帝常嫌之。既见霸奏，疑其有奸，大怒。赐霸玺书曰：‘崇山、幽都何可偶，黄钺一下无处所，欲以身试法耶？将杀身以成仁邪？’”黄钺：以黄金为饰的大斧。宪章：法度。

⑧ 明、章：汉明帝和汉章帝。崇学：尊崇儒学。间出：间或出现。

⑨ 和、安：东汉和帝、安帝。政弛：政治废弛。礼阁：指东汉的尚书省，负责起草诏书。鲜才：很少人才。鲜：少。

⑩ 建安：东汉末年汉献帝刘协的年号。文理：文章的条理。潘

勖:汉献帝时任尚书郎。《九锡》:指潘勖所作的《册魏公九锡文》。九锡:指皇帝锡(赐)给权臣的车马、衣服、乐器、弓矢等九种物件。锡:同"赐"。

⑪ 卫觊:东汉末年任侍郎,劝赞曹丕代汉,执笔写作《为汉帝禅位魏王诏》。觊:一作"凯",据《三国志·魏书·卫觊传》应作"(卫)觊"。《禅诰》:即《为汉帝禅位魏王诏》。符命:一作"符采",指文采。

⑫ 中书:指中书省。根据《晋书·职官志》记载,魏武帝曹操为魏王时,"置秘书令,典尚书奏事";曹丕继位,"改为中书"。西晋"因之"。刘放、张华,互管斯任:魏晋间,刘放、张华先后任中书监之职,所以说"互管斯任"。

⑬ 至于"作威作福",其万虑之一弊乎:根据《三国志·魏书·蒋济传》记载,魏文帝曹丕给征南将军夏侯尚的诏书中,曾有"作威作福,杀人活人"之语,蒋济认为这是"亡国之语",曹丕派人追回诏书。刘勰认为这属于魏文帝诏策中智者千虑中的一失。一弊:即"一失",一次失误。

⑭ 晋氏中兴:指西晋灭亡后建立起东晋政权。明帝崇才:晋明帝尊重人才。明帝:晋明帝司马绍。温峤:晋明帝的大臣,曾任中书令。体宪:指诏策的体制有法度。风流:如风一样流行,指蔚然成风,流行一时。

【分析】这一段的主旨是叙述历代诏策的历史面貌,并对代表性的诏策作品进行评论。

刘勰在对历代诏策的论述,有两个特点:(一)秉持有褒有贬的原则,既称赞"雅诏"的"典雅逸群"、"符命炳耀",又批评"浮杂"之作的"偏滥"、"实乖宪章";(二)正如清代纪昀评点此篇时所说:"此书体例主于论文,若兼论所诏之是非,政恐累幅不尽。"刘勰评论历代诏策作品主要是就文章的体式立论,基本不涉及内容或事件的褒贬。

3. 夫王言崇秘，大观在上①，所以百辟其刑②，万邦作孚③。故授官选贤，则义炳重离之辉④；优文封策，则气含风雨之润⑤；敕戒恒诰，则笔吐星汉之华⑥；治戎燮(xiè)伐，则声存洊(jiàn)雷之威⑦；眚(shěng)灾肆赦，则文有春露之滋⑧；明罚敕法，则辞有秋霜之烈⑨；此诏策之大略也。

【注释】

① 崇秘：崇高神圣。大观在上：《周易·观卦·象》"大观在上"，孔颖达《正义》："谓大为在下所观，唯在于上。"意指在上的言行，大为在下所观听。

② 百辟其刑：《诗经·周颂·烈文》："百辟其刑之。"各诸侯国的君主都取法它。辟，《尔雅·释诂》"辟，君也"。刑，法，效法。

③ 万邦作孚：《诗经·大雅·文王》："仪刑文王，万邦作孚。"毛传："刑，法。孚，信也。"郑笺："仪法文王之事，则天下咸信而顺之。"

④ 义炳重离之辉：诏书的含义就像放射出日月双重的光辉。义：特指选授官的诏书的含义。炳：照耀，引申为放射。重离之辉：指著于天上的日月的双重光辉。《周易·离卦·象》："离，丽也。日月丽乎天。"王弼注："丽，犹著也。"

⑤ 优文：指优待褒奖的诏策文。风雨之润：和风细雨的温润。

⑥ 敕戒恒诰：敕戒之文永远是告诫下属。敕戒：指告诫下官之文。星汉：指银河。

⑦ 治戎：整顿军队。燮伐：顺天命而讨伐。洊雷：重叠的雷声。《周易·震卦·象》"洊雷震"，孔颖达《正义》："洊者，重也。……此是重震之卦，故曰洊雷震也。"

⑧ 眚灾肆赦：《尚书·舜典》："眚灾肆赦。"伪孔安国传："眚，过；灾，害；肆，缓……过而有害，当缓赦之。"意谓应宽宥、赦免因过失犯罪的人。春露之滋：像春露那样的滋润。

⑨ 明罚敕法：辨明惩罚，以申张王法。《周易·噬嗑·象》："噬

嗑,先王以明罚敕法。”烈:猛烈。

【分析】这一段的主旨在于说明诏策文的风格特点,也可以说是这种文体的写作要求。刘勰把诏策文细分为六种情况加以具体说明:有的要使人感到像日月的光辉,有的要有春风化雨的滋润,有的要有雷霆的威严,秋霜的严酷……刘勰的这些说明,既具体明确,又形象生动,强调不同功用的诏策文应有不同的风格特点。

4. 戒敕为文,实诏之切者,周穆命郊父受敕宪[①],此其事也。魏武称作敕戒,当指事而语,勿得依违,晓治要矣[②]。及晋武敕戒,备告百官:敕都督以兵要,戒州牧以董司,警郡守以恤隐,勒牙门以御卫,有训典焉[③]。

【注释】

① 周穆命郊父受敕宪:周穆王命大臣郊父接受教令,语出《穆天子传》:“天子属官效器,乃命正公郊父受敕宪。”敕宪,敕戒性的教令。

② 魏武称作敕戒:魏武称作敕戒事不可考。魏武,指魏武帝曹操。依违:反复不定。晓治要:明了统治术的要领。

③ 晋武:指晋武帝司马炎。都督:地方军政长官。董司:管理督察属下的行政机关。恤隐:体恤民间隐痛。牙门:立牙旗(指一种饰象牙的军旗)的军门,这里代指牙门将。训典:指代《尚书》中训和典的风格。

【分析】这一段的主旨是论述戒敕的文体特点和写作要领。刘勰认为敕戒文也是一种诏文,是帝王的告诫,但属于诏策文中严厉、峻切的一种类型。它的特点一是语言应明确,“勿得依违”;二是要根据不同的戒敕对象而有不同的敕戒内容,应规拟《尚书》中训、典的风格。

5. 戒者，慎也，禹称“戒之用休”①。君父至尊，在三罔极②，汉高祖之《敕太子》③，东方朔之《戒子》④，亦顾命之作也⑤。及马援以下，各贻家戒⑥。班姬《女戒》，足称母师也⑦。

【注释】

① 禹称“戒之用休”：大禹称用美好的话来戒喻善政。语出《尚书·大禹谟》：“戒之用休，董之用威。”休，美。

② 在三罔极：指父、师、君的恩德无穷。三，父、师、君。这里指君、父。《国语·晋语一》：“栾共子曰：‘民生于三，事之如一。父生之，师教之，君食之……”

③ 汉高祖之《敕太子》：汉高祖刘邦有勉励太子的《手敕太子文》，见《古文苑》卷十。汉高祖，汉高祖刘邦。

④ 东方朔之《戒子》：东方朔的《戒子》，见严可均《全汉文》卷二十五。

⑤ 顾命：《尚书·顾命》伪孔安国《传》：“临终之命曰顾命。”

⑥ 马援以下，各贻家戒：从马援以后，东汉的士大夫都遗留有家戒。马援，东汉扶风茂陵人，《后汉书·马援传》，载有其《戒二子严、敦书》。

⑦ 班姬《女戒》，足称母师：班昭的《女戒》，可以称得上傅母和女师。班姬，指班昭，字惠班，一名姬，曾作《女戒》七章。

【分析】这一段言“戒”文的文体特点及流变。如果说帝王的告戒称敕，即“戒敕”或“敕戒”的话，那么其他人的告戒则称“戒”，如东方朔的戒子，马援的戒兄子，班昭戒世上的女子。

6. 教者，效也，出言而民效也①。契敷五教，故王侯称教②。昔郑弘之守南阳，条教为后所述，乃事绪明也③；孔融之守北海，文教丽而罕施，乃治体乖也④。若诸葛孔明之详酌⑤，庾稚恭之明断⑥，并理得而辞中，教之善也。

【注释】

① 言出而民效也：说出话来而民众加以仿效。《说文解字·教部》："教，上所施，下所效也。"

② 契敷五教：《尚书·舜典》："帝曰：'契，百姓不亲，五品不逊，汝作司徒，敬敷五教，在宽。"伪孔安国《传》："布五常之教，务在宽。"五常之教：指父义、母慈、兄友、弟恭、子孝。王侯称教：《文选》卷三十六"教"李善注引蔡邕《独断》："诸侯言曰教。"

③ 郑弘之守南阳：郑弘是西汉泰山人，曾任南阳太守。《汉书》卷六十六有传。条教为后所述：《汉书·郑弘传》："弘为南阳太守，皆著治迹，条教法度，为后所述。"事绪明：指条教头绪分明。

④ 孔融之守北海：孔融曾任北海相，人称"孔北海"。文教丽而罕施：指孔融所作的教令文辞温雅，但难以施行。《三国志·魏书·崔琰(yǎn)传》裴松之注引司马彪《九州春秋》："融在北海……高谈教令，盈溢官曹，辞气温雅，可玩而诵，论事考实，难可悉行。"治体：政治体制。

⑤ 诸葛孔明之详酌：指诸葛亮写作教令时反复斟酌。

⑥ 庾稚恭之明断：指东晋庾翼所作的教令明白而有决断。庾稚恭，庾翼，字稚恭，《晋书》卷七十三《庾亮传》附有《翼传》。

【分析】这一段的主旨是论述"教"的文体特点与写作要领。刘勰先给"教"这一文体下了一个定义，说明"教"的特点是上"言"下"效"。然后指出"教"的源头，在《尚书》中的"契敷五教"。再举郑弘、孔融、诸葛孔明、庾翼的"教"令为例，叙"教"文体的发展演变，最后得出"教之善"者应"理得而辞中"的结论。

7. 自教以下，则又有命。《诗》云“有命自天”，明命为重也[①]。《周礼》曰“师氏诏王”，明诏为轻也[②]。今诏重而命轻者，古今之变也。

【注释】

① 《诗》云“有命自天”：《诗经·大雅·大明》：“有命自天，命此文王。”意即命令来自上天，文王统治天下是天命。明命为重：说“命”是诏策中最重要的。

② 《周礼》曰“师氏诏王”：《周礼·地官·师氏》：“师氏掌以媺(měi)诏王。”明诏为轻：说明“诏”没有“命”重要。

【分析】这一段附带说明“命”体的特点及其地位。从“命”的形成和源头来看，“有命自天”，“诏”则为师氏所掌，所以“命”重“诏”轻。

8. 赞曰：皇王施令，寅严宗诰[①]。我有丝言，兆民伊好[②]。(一) 辉音峻举，鸿风远蹈[③]。腾义飞辞，涣其大号[④]。(二)

【注释】

① 施令：发布命令。寅严：恭敬，敬畏。宗诰：宗法《尚书》的诰命。

② 丝言：王言。《礼记·缁衣》：“王言如丝。”伊好：爱好。伊：语助词。

③ 辉音峻举：辉煌的声音高扬。峻，高。鸿，宏。远蹈：传播很远。蹈，传播。

④ 涣其大号：刘向《上封事》：“《易》曰：‘涣汗其大号。’言号令如

汗，汗出而不反者也。”涣，散布。号，号令。

【分析】赞语可分为两节：(一) 强调帝王的号令，臣民应该恭敬地尊奉；(二) 强调诏策应内容与文辞俱美，这样才能传播久远。

檄移第二十解析

【解题】“檄”的初义为通告，也即公开的告示。《史记·张仪列传》记张仪游说诸侯时，楚相门下诬陷他偷盗璧，遭到殴打，任秦相后，“乃为文檄告楚相曰：‘始吾从若饮，我不盗而璧，若笞我。若善守汝国，我顾且盗而城！’”可知“檄”字并非王室的专用名词，官僚也可运用。

战国之时，檄之应用始广，凡国与国之间，下属人员出面诘责对方，均有类似的文字存世，但还没有一个统一的名称。汉代用之于军事，逐渐形成一种制度。《汉书·高帝纪下》“吾以羽檄徵天下兵”，颜师古注：“檄者，以木简为书，长尺二寸，用徵召也。其有急事，则加以鸟羽插之，示速疾也。”朝廷用上“檄文”时，一则表示急迫，一则表示公告天下，这是有别于一般公文告示的地方。

详考史籍，则亦可知羽檄之用并不专限于徵兵。祖保泉在《文心雕龙解说》中详加分析，以为“徵召”之外还有三种用途：奉迎，告谕，诘责、声讨。[①]

因为檄是急于要让更多的人快速得知信息的一种文体，所以要用大一些的木简插上羽毛来引起人们注意。看来“露布”是另一种通俗化的称呼。孙梅《四六丛话》卷二四论其区别曰：“夫檄与露

---

① 参看祖保泉《文心雕龙解说》内《檄移》篇之《解说》一，安徽教育出版社1994年8月第二次印刷。

布，六朝不甚区别，故《文心》合而为一。唐宋以后，则檄文在启行之先，露布在克敌之后，名实分矣。"隋唐之后兵戎之事屡起，故传世者有骆宾王《讨武曌檄》等名文。唐代封演《封氏闻见记》卷四《露布》中还有关于这一文体的专题讨论。

"檄""移"性质相近，所以刘勰合而论之。细加分辨，则可以说还有一些区别。尤其是在"檄"文大量用于军事之后，"移"的功能更能显示其不同。李充《起居诫》曰："檄不切厉，则敌心陵；言大夸壮，则军容弱。"(《太平御览》卷五九七引)"移"文不会这么强势，一般只用来督使对方改变立场。西汉隗嚣声讨王莽的《移檄告郡国》，重点在"檄"，以后这类文字也就不再加上"移"字作陪衬了。"移"虽然也用公开的方式表达，实际上只是一种晓示，起到通告的作用，让对方自行有所变动，因此"移"的写作富于弹性，像刘宋时期孔稚圭的《北山移文》，并非如大家所说的是在讽刺周颙，而是藉此对当时常见的那些以退隐为手段追求利禄的假隐士作嘲讽。[①] 此文虽与官场习用的移文有所不同，但孔氏用文学手法加意渲染，却把"移"的特点更明晰地显示了出来。由此可见，"移"文与"檄"文的用途实际上已大相径庭，这也是两种文体的内在不同功能趋于明晰之后的自然结果。

1. 震雷始于曜电，出师先乎威声[①]。故观电而惧雷壮，听声而惧兵威。兵先乎声，其来已久。昔有虞始戒于国，夏后初誓于军，殷誓军门之外，周将交刃而誓之[②]。故知帝世戒兵，三王誓师，宣训我众，未及敌人也[③]。至周穆西征，祭(zhāi)公谋父称"古有威让之令，有文告之辞"，即檄(xí)

---

① 参看王运熙《孔稚圭的〈北山移文〉》，载《汉魏六朝唐代文学论丛》(增补本)，复旦大学出版社 2002 年版。

之本源也[4]。（一）及春秋征伐，自诸侯出，惧敌弗服，故兵出须名，振此威风，暴彼昏乱，刘献公之所谓"告之以文辞，董之以武师"者也[5]。齐桓征楚，诘菁（jīng）茅之阙[6]；晋厉伐秦，责箕郜（gào）之焚[7]；管仲、吕相，奉辞先路，详其意义，即今之檄文[8]。暨乎战国，始称为檄[9]。（二）檄者，皦（jiǎo）也。宣布于外，皦然明白也[10]。张仪《檄楚》，书以尺二，明白之文，或称露布[11]。露布者，盖露板不封，播诸视听也[12]。（三）夫兵以定乱，莫敢自专[13]，天子亲戎，则称"恭行天罚"；诸侯御师，则云"肃将王诛"[14]。故分阃（kǔn）推毂（gǔ），奉辞伐罪，非唯致果为毅，亦且厉辞为武[15]。使声如冲风所击，气似欃（chán）枪所扫[16]，奋其武怒，总其罪人[17]，徵其恶稔（rěn）之时，显其贯盈之数[18]。摇奸宄（guǐ）之胆，订信慎之心[19]。使百尺之冲，摧折于咫书；万雉之城，颠坠于一檄者也[20]。观隗（wěi）嚣之《檄亡新》，布其三逆，文不雕饰，而辞切事明，陇右文士，得檄之体矣[21]。陈琳之《檄豫州》，壮有骨鲠，虽奸阉（yān）携养，章实太甚，发丘摸金，诬过其虐；然抗辞书衅，皦（jiǎo）然暴露矣。敢撄曹公之锋，幸哉免袁党之戮也[22]。钟会檄蜀，徵验甚明，桓温檄胡，观衅尤切，并壮笔也[23]。（四）

【注释】

① 曜电："曜"同"耀"，闪电。威声：有威慑力的宣言。

② 有虞：即虞舜。姚姓，有虞氏，名重华，受禅继尧位。戒于国：警戒国内的战士。夏后：禹受舜禅，建夏王朝，也称夏后氏。誓于军：在军队内宣誓。交刃：兵刃相交，即作战。《司马法·天子之义》篇："有虞氏戒于国中，欲民体其命也；夏后氏誓于军中，欲民先成其虑也；

殷誓于军门之外，欲民先意以行事也；周将交刃而誓之，以致民志也。”

③ 帝世：即上文所说的“有虞”。三王：即上文所说的“夏后”、“殷”、“周”。

④ 周穆：周穆王。西征，指征犬戎。祭公谋父：周卿士。威让之令：有力地斥责敌人的命令。文告之辞：告诫对方的文辞。《国语·周语上》：“穆王将征犬戎。祭公谋父谏曰：‘不可，先王耀德不观兵。夫兵，戢时而动……于是乎有刑罚之辟，有攻伐之兵，有徵讨之备，有威让之令，有文告之辞。’”祭公谋父所谓“有威让之令，有文告之辞”，就是檄文的起源。

⑤ 春秋征伐，自诸侯出：《论语·季氏》：“孔子曰：‘天下有道，则礼乐征伐自天子出；天下无道，则礼乐征伐自诸侯出。’”兵出须名：出兵要有名义。《礼记·檀弓下》：“师必有名。”振此威风：振作我军的威风。暴彼昏乱：揭露对方的昏乱。刘献公：周卿士。告之以文辞：用文辞来告诫对方。董之以武师：以武力来督责对方。董：督责。《左传》昭公十三年：“晋人将寻盟，齐人不可，晋侯使叔向告刘献公曰：‘抑齐人不盟，若之何？’对曰：‘盟以底信，君苟有信，诸侯不贰，何患焉？告之以文辞，董之以武师，虽齐不许，君庸多矣。’”

⑥ 齐桓征楚，诘菁茅之阙：鲁僖公四年，齐桓公向楚国进兵，管仲责问楚国不向周天子进贡包茅。《左传》僖公四年：“齐侯以诸侯之师侵蔡，蔡溃，遂伐楚。……管仲对曰：昔召康公命我先君大公曰：‘五侯九伯，女实征之，以夹辅周室！赐我先君履，东至于海，西至于河，南至于穆陵，北至于无棣。尔贡包茅不入，王祭不共，无以缩酒，寡人是征；昭王南征而不复，寡人是问。’”又《穀梁传·僖公四年》，“包茅”作“菁茅”。

⑦ 晋厉伐秦，责箕郜之焚：鲁成公十三年，晋厉公讨伐秦国，斥责秦军焚烧箕、郜。《左传》成公十三年：“晋侯使吕相绝秦曰：‘……及君之嗣也，我君景公引领西望曰：‘庶抚我乎！’君亦不惠称盟，利吾有狄难，入我河县，焚我箕、郜，芟夷我农功，虔刘我边陲，我是以有辅氏之聚。’”箕：地名，今址有山西蒲县、榆社县等不同说法。郜：地名，今

址不详。

⑧ 管仲：春秋齐颍上人，名夷吾，字仲。相齐，助齐桓公成春秋五霸之首。吕相：晋大夫魏锜之子魏相。魏锜亦称吕锜，故魏相亦称吕相。奉辞先路：在进军之前责问敌人。

⑨ 暨：到。

⑩ 皦：分明。

⑪ 张仪：战国时魏人，纵横家。相秦惠王。《史记·张仪列传》：张仪既相秦，为文檄告楚相曰："始吾从若饮，我不盗而璧，若笞我。若善守汝国，我顾且盗而城！"尺二：《史记·张仪列传》司马贞《索隐》：王劭按《春秋后语》云"丈二尺檄"。许慎云"檄，二尺书"。露布：不缄封之文书。汉蔡邕《独断》："唯赦令、赎令，召三公诣朝堂受制书，司徒印封，露布下州郡。"

⑫ 播：通"布"。

⑬ 自专：独自专断。

⑭ 亲戎：亲自出兵。恭行天罚：恭敬地执行天的惩罚。《尚书·甘誓》："今予惟恭行天之罚。"御师：统领军队。肃将王诛：严肃地执行天子的讨伐。《尚书·甘誓》孔颖达《正义》袭用刘勰此说："天子用兵，称恭行天罚；诸侯讨有罪，称肃将王诛。皆示有所禀承，不敢专也。"

⑮ 分阃推毂：派遣将领出兵，把处理都城以外事务的大权分给他，给他推车送行。《史记·冯唐列传》："臣闻上古王者之遣将也，跪而推毂，曰阃以内者，寡人制之；阃以外者，将军制之。军功爵赏皆决于外，归而奏之。"阃：城门。毂：车轴。奉辞伐罪：大将奉天子之命讨伐罪人。《国语·郑语》："君若以成周之众，奉辞伐罪，无不克矣。"非唯致果为毅，亦且厉辞为武：不但杀敌致果才是坚毅，而且誓言严厉才是威武。《左传》宣公二年："戎，昭果毅以听之之谓礼。杀敌为果，致果为毅。"

⑯ 声如冲风所击，气似欃枪所扫：声势像暴风袭击，气势如彗星扫荡。冲风，暴风。《史记·韩长孺列传》："'冲风之末，力不能漂鸿

毛。非初不劲,末力衰也。'"欃枪,彗星的别名。

⑰ 奋其武怒:激发起军队的威武愤怒。总其罪人:集中在罪人身上。总,集中。

⑱ 徵其恶稔之时:证实敌人罪恶到头的时候到了。显其贯盈之数:显示敌人恶贯满盈的气数。《韩非子·说林下》:"有与悍者邻,欲卖宅而避之。人曰:'是其贯将满矣,子姑待之。'答曰;'吾恐其以我满贯也。'遂去之。"稔,熟。《文选》卷四十录任昉《奏弹刘整》:"恶积衅稔。"

⑲ 摇奸宄之胆:动摇奸人的胆量。奸宄,《尚书·舜典》:"寇贼奸宄。"《国语·晋语六》:"乱在内为宄,在外为奸。"订信慎之心:确立信服者的信心。

⑳ 使百尺之冲,摧折于咫书:使敌人百尺高的战车,被尺把长的檄书所摧毁。冲:战车。《战国策·齐策五》:"千丈之城,拔之尊俎之间;百尺之冲,折之衽席之上。"万雉之城,颠坠于一檄:万丈长的城墙,被一篇檄文所推倒。雉,计算城墙面积的单位,具体大小,诸说不一。《左传》隐公元年杜预注:"方丈曰堵,三堵曰雉。一雉之墙,长三丈,高一丈。"班固《西都赋》:"建金城之万雉。"

㉑ 隗嚣:东汉成纪人,字季孟,王莽末年,据陇西起兵。《后汉书》有传。《檄亡新》:《后汉书》本传载隗嚣《移檄告郡国》文。布其三逆:隗嚣檄文申讨王莽新朝逆天、逆地、逆人的三大罪状。文不雕饰:文辞没有太多的修饰。辞切事明:措辞恰当,事理明白。陇右文士:指隗嚣。陇右即陇西,隗嚣据有陇西。得檄之体:掌握了檄文的体例。

㉒ 陈琳:据《三国志·魏书·王粲传》,陈琳字孔璋,曾避难冀州,袁绍使典文章。檄豫州:《文选》卷四十四录陈琳《为袁绍檄豫州》。壮有骨鲠:气势雄壮,有骨力。奸阉携养:曹操父曹嵩是太监养子。陈琳檄文中有"父嵩乞匄携养"、"操赘阉遗丑"之说。章实太甚:文章实在写得太过分。发丘摸金:曹操设发丘中郎将摸金校尉的官职,负责掘墓取金。陈琳檄文称:"操又特置发丘中郎将摸金校尉,所过隳突,无骸不露。"诬过其虐:暴虐的实际情况不如檄文所说的严重,檄文近

乎诬蔑。抗辞书衅:用直率的语言记录曹操的罪行。皦然暴露:写得明白直露。撄:触犯。幸哉免袁党之戮:幸运的是,陈琳免于被视为袁党,没有被曹操杀害。《三国志·魏书·王粲传》:"袁氏败,(陈)琳归太祖。太祖谓曰:'卿昔为本初移书,但可罪状孤而已,恶恶止其身,何乃上及父祖邪?'琳谢罪。太祖爱其才而不咎。"

㉓ 钟会:字士季,颍川长社人。《三国志·魏书》本传:"(姜维)与蜀将张翼、廖化等合守剑阁拒会,会移檄蜀将吏士民曰……"《文选》卷四十四录钟会《檄蜀文》。征验甚明:运用确凿的证据,将事实、道理说得很明白。桓温:字符子,谯国龙亢人。檄胡:《晋书》卷九十八本传载:"及石季龙死,温欲率众北征。"《艺文类聚》卷五十八载桓温《檄胡文》。观衅尤切:准确地察觉到胡人内部的危机。此文佚缺,观衅之语不详。壮笔:有力的檄文。

【分析】这一段论述檄的起源、作用,列举檄文的名作,说明檄文的特点。可分为四个层次:其一,论述檄文的起源:自古出兵之前必须造声势,是故"夏后"、"殷"、"周"等三王都曾誓师,周穆王西征时所谓"威让之令"、"文告之辞",便是檄的本源。其二,阐述檄文一体的正式出现。春秋时期讲究师出有名,齐桓公等人在征伐前都用文辞来告诫对方,其意义便相当于今天的檄文。战国时期,这一文体被称为檄。其三,分析"檄"或"露布"的含义,都是直露明白。其四,指出檄文的作用在于激发我军的斗志,打击敌人的威风,因而文辞必须明白有力。东汉隗嚣《移檄告郡国》、陈琳《为袁绍檄豫州》、魏钟会《檄蜀文》、晋桓温《檄胡文》都以气势雄壮、事理明白著称。

2. 凡檄之大体,或述此休明,或叙彼苛虐①,指天时,审人事②,算强弱,角权势③,标蓍(shī)龟于前验,悬鞶(pán)鉴于已然④,虽本国信,实参兵诈⑤。谲谲(jué)以驰旨,炜晔以腾说⑥，凡此众条，莫之或违者也。故其植义扬辞，务在刚健⑦，插羽以示迅，不可使辞缓；露板以宣众，不可使义隐⑧。必事昭而理辨，气盛而辞断，此其要也⑨。若曲趣密巧，无所取才矣⑩。又州郡徵吏，亦称为檄，固明举之义也⑪。

【注释】

① 凡檄之大体，或述此休明，或叙彼苛虐：檄文的重要特点在于，或是阐述我方的美好昌明，或是叙述敌方的苛刻暴虐。

② 指天时，审人事：揭示天时，审察人事。

③ 算强弱，角权势：比较双方力量的强弱和权势的高低。

④ 标蓍龟于前验，悬鞶鉴于已然：像占卜一样表明胜败已定，如鞶鉴一般昭示事实确凿。蓍龟，蓍草和龟甲，都用于占卜。鞶鉴，以镜子为装饰的皮带。《左传》庄公二十一年："郑伯之享王也，王以后之鞶鉴予之。"杜预注："鞶，带而以鉴为饰也，今西方羌胡犹然，古之遗服。"

⑤ 虽本国信，实参兵诈：虽说是立足于国家的威信，其实还掺杂了用兵的诡诈。国信，国家的威信。参，掺杂。

⑥ 诡谲：欺诈不实。驰：传播，传扬。旨：意图。炜晔：光明，引申为明白。腾：传送，宣扬。

⑦ 植义扬辞：立意和用辞。

⑧ 插羽以示迅，不可使辞缓：檄文插上羽毛表示紧急，用辞不能迂缓。《史记·韩信卢绾列传》："吾以羽檄徵天下兵，未有至者。"《集解》："魏武帝《奏事》曰：'今边有小警，辄露檄插羽，飞羽檄之意也。'裴骃案：推其言，则以鸟羽插檄书，谓之羽檄，取其急速若飞鸟也。"露板以宣众，不可使义隐：将木板显露出来，向众人宣布，不可使意义隐晦。露板：不缄封的文书。《三国志·魏书·崔琰传》："太祖狐疑，以函令密访于外，唯琰露板答曰：'盖闻春秋之义，立子以长，加五官将仁孝聪明，宜承正统。'"

⑨ 必事昭而理辨，气盛而辞断，此其要也：一定要事情明白而道

理清楚,气势强大而言辞果断,这是檄文的主要特点。

⑩ 若曲趣密巧,无所取才矣:如果旨趣曲折、文辞含蓄巧妙,对于檄文来说,这种文才是不可取的。

⑪ 州郡徵吏:州郡徵召小吏。明举:明白推举。

【分析】这一段分析檄文的基本特徵和要点。基本特徵有二:一是内容以信实为本,掺杂诡诈。二是立意措辞务必刚健有力,不可迂缓,不可隐晦。其要点则是事理明白、气势强盛、言辞果断。末句附带说明了州郡徵召小吏的公文也称为"檄",是取明白推举之义。

3. 移者,易也;移风易俗,令往而民随者也[①]。相如之《难蜀老》,文晓而喻博,有移檄之骨焉[②]。及刘歆(xīn)之《移太常》,辞刚而义辨,文移之首也[③];陆机之《移百官》,言约而事显,武移之要者也[④]。故檄移为用,事兼文武[⑤],其在金革,则逆党用檄,顺命资移[⑥],所以洗濯(zhuó)民心,坚同符契[⑦],意用小异而体义大同,与檄参(sān)伍[⑧],故不重论也。

【注释】

① 移:移文。《后汉书·光武帝纪》:"于是置僚属,作文移。"李贤注引《东观记》曰:"文书移与属县也。"清惠栋《后汉书补注》:"王幼学曰:移,笺表之类也。官曹公府不相临敬,则为移。"移风易俗:改变风气与习俗。《荀子·乐论》:"故乐行而志清,礼修而行成,耳目聪明,血气和平,移风易俗,天下皆宁,莫善于乐。"

② 相如:司马相如,汉成都人,字长卿。《汉书》本传录其《难蜀父老》。文晓而喻博:文辞明白,多用比喻。有移檄之骨:有移文和檄文的骨力。

③ 刘歆：汉刘向子，字子骏，《汉书》附《刘向传》，载其《移太常博士书》。辞刚：文辞刚健。义辨：意义明辨。文移之首：文治方面的第一篇移文。

④ 陆机：西晋吴郡吴人，字士衡，《晋书》有传。其《移百官》已佚。《晋书·成都王颖传》："（颖）遂与河间王颙表请诛后父羊玄之、左将军皇甫商等，檄（长沙王）乂使就第。乃与颙将张方伐京都，以平原内史陆机为前锋都督、前将军、假节。"又《艺文类聚》卷五十九"笺"："陆机至洛，与成都王笺曰：王室多故，祸难荐有。羊玄之乘宠凶竖，专记朝政；皇甫商同恶相求，共为乱阶。"陆机或于此时作《移百官文》，而文已失传。武移之要者也：是军事方面的重要移文。

⑤ 檄移为用，事兼文武：檄文和移文可以兼用于军事和文治。

⑥ 金革：兵器和革胄。其在金革，则逆党用檄，顺命资移：在军事方面，对于叛逆者用檄文，对归顺者用移文。

⑦ 所以洗濯民心，坚同符契：用来清洗民众的头脑，使其与在上位者高度一致，如同符节一般。符契：符节，朝廷用作凭证的信物，也用以形容事物两相吻合。《文选》卷四十七晋袁彦伯《三国名臣序赞》："衰世之中，保持名节，君臣相体，若合符契。则燕昭、乐毅，古之流也。"

⑧ 意用小异而体义大同：（檄文和移文）的用意和作用稍有差别，而体制和要求大致相同。参伍：错综变化。

【分析】这一段论述移文的特徵、分类，揭示移文与檄文的异同。移之为义，在于移风易俗。移文可分文移和武移两类。其中，文移要求文辞刚健、意义明辨，武移讲求言辞简约而叙事显豁。移文与檄文的主要区别在于接受者属于叛逆还是归顺，此外大同小异。

4. 赞曰：三驱弛网，九伐先话①。鞶鉴吉凶，蓍龟成败②。摧压鲸鲵（ní），抵落蜂虿（chài）③。移风易俗，草偃风迈[④]。

【注释】

① 三驱:打猎射击时,对禽兽或射之,或舍之。《周易·比》:"九五:显比。王用三驱,失前禽。"王弼注:"夫三驱之礼,禽逆来趣己则舍之,背己而走则射之,爱于来而恶于去也,故其所施,常'失前禽'也。"弛网:用网捕兽时,把网撤去三面。《吕氏春秋·孟冬纪·异用》:"汤见祝网者置四面,其祝曰:'从天坠者,从地出者,从四方来者,皆禽(罹)吾网。'汤曰:'嘻!尽之矣。非桀其孰为此也?'汤收其三面,置其一面,更教祝曰:'昔蛛蝥作网罟,今之人学纾。欲左者左,欲右者右,欲高者高,欲下者下,吾取其犯命者。'"九伐:讨伐九种罪行。《周礼·夏官·大司马》:"以九伐之法正邦国,冯弱犯寡则眚之,贼贤害民则伐之,暴内陵外则坛之,野荒民散则削之,负固不服则侵之,贼杀其亲则正之,放弑其君则残之,犯令陵政则杜之,外内乱,鸟兽行则灭之。"三驱弛网,九伐先话:驱赶禽兽时,要网开一面;讨伐各种罪行之前,要加以说明。

② 鞶鉴吉凶,蓍龟成败:檄文如鞶鉴一般昭示吉凶,像占卜那样预示成败。

③ 摧压鲸鲵,抵落蜂虿:檄文要打击强敌,消灭毒虫。鲸鱼雄曰鲸,雌曰鲵,喻凶恶之人。《左传》宣公十二年:"古者明王伐不敬,取其鲸鲵而封之,以为大戮,于是乎有京观,以惩淫慝。"杜预注:"鲸鲵,大鱼名,以喻不义之人吞食小国。"虿属蝎子类,蜂虿泛指毒虫。《左传》僖公二十二年:"君其无谓邾小,蜂虿有毒,而况国乎?"

④ 移风易俗,草偃风迈:移文能够移风易俗,好比风吹而草倒。

【分析】赞语总结檄移的基本作用:檄文是在出兵讨伐之前发出威声,像鞶鉴和蓍龟那样预示吉凶成败,具有打击强敌的力量;移文则有移风易俗之效。

封禅第二十一解析

【解题】《文心雕龙》中的这篇文章，最足以说明刘勰的文学思想与现代读者观念上的差距之大。从今人看来，这类文章没有任何价值，甚至可以说只是在宣传迷信而已；然在古人看来，讨论的是一代盛典，留下有关封禅文字的人，都是当时的大手笔。因为封建王朝向来把封禅视作最隆重的典礼。纪昀评曰："自唐以前，不知封禅之非，故封禅为大典礼，而封禅文为大著作。特出一门，盖郑重之。"后代帝王仍然如此，如唐高宗、唐玄宗、宋真宗等都曾亲赴泰山举行这一典礼。

汉武帝至山东举行封禅大典时，司马迁的父亲司马谈任太史之职，留在洛阳，不能随从，终身引为恨事。司马迁继位太史公，乃撰《封禅书》，详记汉代之前的宗教、神话、传说，张守节《正义》曰："此泰山上筑土为坛，以祭天，报天之功，故曰封；此泰山下小山上除地，报地之功，故曰禅。言禅者，神之也。《白虎通》曰：'或曰封者，金泥银绳，或曰石泥金绳，封之印玺也。'"《白虎通》，又称《白虎通义》、《白虎通德论》。

泰山为齐鲁地区的一座大山。按其高度而言，与内地其他一些名山相比，本算不上什么峻极于天，但在沿海地带，却是极为突出的一座大山。而且自周代始，文化发达，重心逐渐东移，春秋之后，齐鲁文化已经占有最为突出的位置，这就更进一步彰显出泰山的不同寻常。

《封禅书》上记载封禅之起，管仲对齐桓公说："古者封泰山禅梁父者七十二家。"司马贞《索隐》加案语曰："今《管子书》，其《封禅篇》亡。"说明这种说法原出《管子·封禅》篇。管仲是齐国的名相，后来很多有关齐国的故事都聚焦在他身上，而据近人考证，《管子》一书，内容庞杂，其中还容纳了稷下许多不同学派的遗说，其中"封禅"之说当为阴阳家言，因为以邹衍为代表的阴阳家一直在此活动，且大受尊重。《史记·孟子荀卿列传》上介绍邹衍时说："其语闳大不经"，"先序今以上至黄帝，学者所共术，大并世盛衰，因载其机祥度制，推而远之，至天地未生，窈冥不可考而原也。先列中国名山大川，通谷禽兽，水土所殖，物类所珍，因而推之，及海外人之所不能睹。称引天地剖判以来，五德转移，治各有宜，而符应若兹"。这些迂怪而无法徵验的学说，其后却是得到了秦始皇的青睐，所谓五德终始，以及各种符应等说，都在不同程度上发生了影响。秦本以实施法治而富强，统一中国，向东扩展后，终于逐渐为齐鲁文化所浸润。封禅之说，也为秦始皇所接受。

齐鲁文化还有其地域上的另一特点，那就是近人常说的海洋文化。渤海湾边，经常出现海市蜃楼的奇观。古人无法解释这种自然现象，也就联想到了海上有仙山之说，以为上有长生不死的神仙存在。这对古代帝王而言，又是莫大的诱惑。秦始皇几次东巡，后且死在东巡途中，目的之一，就是赴泰山一带去寻求神助，希望帝国可传之永久，个人可长生不死。

汉初，文景之时好黄老术，故不行封禅事，到了武帝时，认为条件已经成熟，自当举行封禅大典了。司马相如临死之前还要留下遗奏，劝武帝去封禅，借此也可表明自己并非一介文士，而是具有远大的政治眼光。西汉推崇的是儒家今文家说，在阴阳家说之外，其后又纳入了不少谶纬之说，所以后人所作的封禅文中，又出现了不少谶纬家言。

《白虎通义·封禅》篇上说："王者易姓而起，必升于泰山，何？

报告之义也。始受命之时，改制应天，天下太平，功成封禅，以告太平。所以必于泰山，何？万物之始，交待之处也。必于其上，何？因高告高，顺其类也。故升封者，增高也，下禅梁甫之基，广厚也。刻石记号者，著己之功迹以自劝也。”梁甫即梁父，泰山旁边的小山，祭地之处。东汉光武帝得天下后，就在这种意识的驱动下举行封禅大典。

《白虎通义》为儒家文献，其中的议论出于今文家说，显得玄妙，实则都符合民俗学方面的原理。古人以为上天有灵，帝王应天承运，就得升到高山之颠去与天帝相接，致其诚敬。万物之萌生，起于春天。春夏秋冬，四时代序，朝朝夕夕，太阳都自东方开始，齐地位于中国最东部，所以要到万物滋生的始发地点去致祭，这也符应地生万物的原理。泰山具有这么多的地位优势与宗教功能，当然会在文化史上占有重要地位了。

刘勰是佛教的忠实信徒，然亦熟谙古代典实，作为综论一切重要文章体类的一部学术著作，对于封禅大典，当然不能遗漏。后人学习此文，自当对于中国古代的这一文化背景有所了解，才能明白刘勰的用意。对他的论文特点，以及所举的范文，才能有全面的认识。

1. 夫正位北辰，向明南面①，所以运天枢，毓(yù)黎献者②，何尝不经道纬德，以勒皇迹者哉③！《绿图》曰：“潬潬(shàn)哰哰(huī)，棼棼(fén)雉雉(zhì)，万物尽化④。”言至德所被也。《丹书》曰：“义胜欲则从，欲胜义则凶。”⑤戒慎之至也。则戒慎以崇其德，至德以凝其化⑥，七十有二君，所以封禅矣⑦。

【注释】

① 正位：正中。北辰：北极星。《尔雅·释天》：“北极谓之北

辰。”《论语·为政》云:“为政以德,譬如北辰居其所而众星共之。”向明:面向光明。南面:面朝南方。《周易·说卦》云:“圣人南面而听天下,向明而治。”

② 天枢:北斗七星第一星之名,这里指称国家的权柄。毓:养育。黎献:黎民中的贤者。

③ 经道纬德:以道德为经纬,指以道德治理天下。勒:刻。皇迹:伟大、辉煌的功绩。

④ 《绿图》:《尚书中候·握河纪》说有龙马衔出赤文绿地的河图献给尧帝。刘勰《正纬》篇也说“尧造《绿图》。”潬潬:通“啴啴”。《诗·大雅·崧高》:“徒御啴啴,周邦咸喜。”毛《传》:“啴啴,喜乐也。”郑笺曰:“啴啴,安舒。”咴咴:楚人谓作乐而高兴为‘咴’。潬潬咴咴:安适喜乐之意。棼棼:即纷纷,杂乱。雉雉:和“棼棼”意近,杂乱状。棼棼雉雉,繁杂众多之貌。化:化生。

⑤ 据《史记·周本纪》张守节《正义》引《尚书·帝命验》:“季秋之月甲子,赤爵衔丹书入于丰,止于昌户。其书云:‘敬胜怠者吉;怠胜敬者灭。义胜欲者从,欲胜义者凶。’”从:顺,吉利。

⑥ 凝:成。至德以凝其化:至高的道德可以化成万物。

⑦ 七十有二君,所以封禅矣:《管子·封禅》:“古者封泰山禅梁甫七十有二家,而夷吾所记者十有二焉。”

【分析】此段阐述封禅的意义有二,第一是勒石以宣扬治理国家的功绩,第二是崇尚道德,表达戒慎。

2. 昔黄帝神灵,克膺(yīng)鸿瑞①,勒功乔岳,铸鼎荆山②。大舜巡岳,显乎《虞典》③。成康封禅,闻之《乐纬》④。及齐桓之霸,爰窥王迹⑤,夷吾谲(jué)谏,拒以怪物⑥。固知玉牒(dié)金镂(lòu),专在帝皇也⑦。然则西鹣(jiān)东鲽(dié),南茅北黍⑧,空谈非徵,勋德而已⑨。是以史迁八

《书》，明述封禅者[10]，固禋(yīn)祀之殊礼[11]，名号之秘祝[12]，祀天之壮观矣。

【注释】

① 神灵：神异。克：能。膺：承当。鸿瑞：大的祥瑞。

② 乔岳：高山，这里指泰山。据《史记·封禅书》引公孙卿言："封禅七十二王，唯黄帝得上泰山封……其后黄帝接万灵明廷，明廷者，甘泉也。……黄帝采首山铜铸鼎于荆山下，鼎既成，有龙垂胡髯下迎黄帝。"荆山：一说为今河南省灵宝市阌乡南之荆山，一说为今陕西省富平县西南之荆山。

③ 《虞典》：即《尚书·舜典》，内云："岁二月，东巡守，至于岱宗，柴……五月，南巡守，至于南岳，如岱礼。八月，西巡守，至于西岳，如初。十有一月，朔，巡守，至于北岳，如西礼。"伪孔安国传："岱宗，泰山，为四岳所宗。燔柴祭天告至。"

④ 成康：指西周的成王和康王。据《后汉书·张纯传》："纯奏上宜封禅曰：'……《乐动声仪》曰："以雅治人，风成于颂。有周之盛，成康之间，郊配封禅，皆可见也。"'"《乐动声仪》是有关乐的纬书，故曰《乐纬》。

⑤ 齐桓：即齐桓公，春秋五霸之一。爰：于是。窥：探视。王迹：帝王的事迹。指齐恒公打算举行帝王的封禅典礼。据《史记·封禅书》："齐桓公既霸，会诸侯于葵丘，而欲封禅。"

⑥ 夷吾：管仲的字，春秋时齐国著名政治家，辅佐齐桓公创立霸业。谲：诡诈。据《史记·封禅书》，齐桓公想要举行封禅典礼。管仲对此表示反对。他认为：古代封禅，除了帝王建立的功业之外，还应有许多祥瑞出现，"今凤凰麒麟不来，嘉谷不生，而蓬蒿黎莠茂，鸱枭(chī xiāo，猫头鹰之类的恶鸟)数至，而欲封禅，毋乃不可乎！"这句是说，管仲以鸱枭、蓬草这样的怪物出现为由，拒绝了齐桓公封禅的要求。

⑦ 玉牒：即帝王封禅时的玉简文书。金镂：疑当作"金缕"。据

《后汉书·祭祀志》：光武“乃求元封时封禅故事，议封禅所施用。有司奏：‘……用玉牒书藏方石……有玉检。又用石检十枚……检用金缕五周，以水银和金以为泥’”。

⑧ 西鹣：西海的比翼鸟。东鲽：东海的比目鱼。《尔雅·释地·九府》：“东方有比目鱼焉，不比不行，其名谓之鲽。南方有比翼鸟焉，不比不飞，其名谓之鹣鹣。”南茅：即江淮之间的三脊茅，一茅三脊，是茅草的一种，古代封禅时用以滤酒。长江、淮河在南方，故称“南茅”。北黍：即鄗上之黍、北里之禾。鄗（hǎo）上、北里，都是北方地名，故称“北黍”。《史记·封禅书》载：管仲在谈到古人封禅应该出现的祥瑞时说：“鄗上之黍，北里之禾，所以为盛；江淮之间，一茅三脊，所以为藉也。东海致比目之鱼，西海致比翼之鸟，然后物有不召而自至者十有五焉。”

⑨ 徵：验。勋：功勋、功绩。这句是说，这些空谈都不是徵验，主要还是看帝王的功勋道德。

⑩ 史迁：即司马迁。《八书》：指《史记》中的《礼书》、《乐书》、《律书》、《历书》、《天官书》、《封禅书》、《河渠书》、《平准书》，其中的《封禅书》是明述封禅的。

⑪ 禋祀：古代烧柴升烟以祭天，这里泛指祭祀。殊礼：特别的仪式。

⑫ 名号：古人祝祷时默念鬼神之名号，是控制鬼神的重要环节之一。秘祝：秘密的祝祷。

【分析】这一段文字简要叙述历代封禅的历史，前有黄帝、虞舜，后有成王、康王，说明这一仪式是帝皇之专利，齐桓虽是霸主，却依然没有资格。与祥瑞相比，更重要的是功绩。封禅仪式是诸多祭祀中最隆重壮观的。

3. 秦皇铭岱（dài），文自李斯[①]，法家辞气，体乏弘润[②]；然疏而能壮，亦彼时之绝采也[③]。铺观两汉隆盛[④]，孝武禅号于肃然，光武巡封于梁父[⑤]，诵德铭勋，乃鸿笔耳[⑥]。观相如封禅，蔚（wèi）为唱首[⑦]，尔其表权舆[⑧]，序皇王，炳玄符[⑨]，镜鸿业[⑩]，驱前古于当今之下，腾休明于列圣之上[⑪]，歌之以祯瑞，赞之以介丘[⑫]，绝笔兹文，固维新之作也[⑬]。及光武勒碑，则文自张纯[⑭]，首胤（yìn）典谟，末同祝辞[⑮]，引钩谶（chèn）[⑯]，叙离乱，计武功，述文德，事核理举[⑰]，华不足而实有馀矣。凡此二家，并岱宗实迹也[⑱]。及扬雄《剧秦》，班固《典引》[⑲]，事非镌（juān）石，而体因纪禅[⑳]。观《剧秦》为文，影写长（zhǎng）卿[㉑]，诡言遁辞，故兼包神怪[㉒]；然骨制靡密，辞贯圆通[㉓]，自称极思，无遗力矣[㉔]。《典引》所叙，雅有懿采[㉕]。历鉴前作，能执厥（jué）中[㉖]，其致义会文，斐（fěi）然馀巧[㉗]；故称"《封禅》靡而不典，《剧秦》典而不实"[㉘]。岂非追观易为明，循势易为力欤[㉙]！至于邯郸《受命》，攀响前声[㉚]，风末力寡，辑韵成颂[㉛]，虽文理顺序，而不能奋飞[㉜]。陈思《魏德》，假论客主[㉝]，问答迂缓，且已千言，劳深绩寡，飙（biāo）焰缺焉[㉞]。

【注释】

① 岱：泰山。秦始皇曾上泰山封禅，因大雨未成，刻石于泰山，铭文见《史记·秦始皇本纪》。

② 体：风格、风貌。弘润：宏伟圆润。

③ 疏：粗略。绝采：词藻文采极好的作品。

④ 铺观：纵观的意思。隆盛：指封禅典礼的隆重盛大。

⑤ 孝武：指汉武帝刘彻。肃然：山名，在泰山旁。据《史记·孝武本纪》：武帝元封元年四月，登封泰山，又禅泰山下趾东北肃然山。

光武：指东汉光武帝刘秀。梁父：山名，亦作梁甫，泰山下的小山。据《后汉书·光武纪下》载：中元元年春二月辛卯，“柴望岱宗，登封泰山。甲午，禅于梁父”。

⑥ 诵：称述。鸿笔：大手笔。

⑦ 蔚：文采华丽。唱首：即首唱。

⑧ 权舆：起始。表权舆：司马相如《封禅文》曾从上古初肇开始表述，认为昊穹生民以来，略可称道者有七十二君。

⑨ 炳：光明，这里用作动词，照耀、反映的意思。玄符：天之符瑞。《文选》扬雄《剧秦美新》：“玄符灵契。”李善注：“玄符，天符也。”

⑩ 镜：照，反映的意思。鸿业：宏大的事业。

⑪ 腾：腾跃。休明：美好清明。这句的意思是驱使往古列于当今之下，将当今的美好清明腾跃于列圣之上。《封禅文》说：“德侔往初，功无与二。”

⑫ 祯：吉祥。天赐：祥瑞。介邱：大山，这里指泰山。

⑬ 绝笔：据《史记·司马相如列传》载：“天子曰：‘司马相如病甚，可往从悉取其书。若不然，后失之矣。’使所忠往，而相如已死，家无书。问其妻，对曰：‘……长卿未死时，为一卷书，曰有使者来求书，奏之。无他书。’其遗札书言封禅事。”即现存之《封禅文》。维新：乃新。这句是说此文虽为相如绝笔之遗著，却是封禅文的首创之作。

⑭ 张纯：字伯仁，东汉初年大司空。据《后汉书·张纯传》：“中元元年，帝乃东巡岱宗，以纯视御史大夫从，并上元封旧仪及刻石文。”张纯所作的《泰山刻石文》载于《后汉书·祭祀志》，收入严可均《全后汉文》卷十二。

⑮ 胤：承续。典谟：《尚书》中《尧典》、《舜典》和《大禹谟》、《皋陶谟》等篇的并称。张纯《泰山刻石文》的开头说：“维建武三十有二年二月，皇帝东巡狩，至於岱宗，柴，望秩於山川。”这是模仿《尧典》而作。文末有祝告：“百僚从臣，郡守师尹，咸蒙祉福，永永无极。”

⑯ 钩谶：指纬书。张纯的《泰山刻石文》中曾大量引用《河图赤

伏符》、《河图会昌符》、《孝经钩命诀》等纬书。

⑰ 核:翔实正确。举:提出,高扬。

⑱ 实迹:指实有的刻石。

⑲ 《剧秦》:指扬雄的《剧秦美新》,载《汉书·扬雄传》、《文选》卷四十八。《典引》:班固所作《典引》,载《文选》卷四十八。

⑳ 镌:刻。体:文体。这句的意思是:《剧秦美新》和《典引》虽然不是刻石之文,但其文体风格是因袭封禅文的。

㉑ 影写:模仿。长卿:司马相如。

㉒ 诡言遁辞:谲诡之言、隐约之辞。刘勰认为扬雄的《剧秦美新》表面上是在颂赞新莽,实际上隐含着讥刺与箴规。文中有"天剖神符,地合灵契","其异物殊怪"等语,所以刘勰称此文"兼包神怪"。

㉓ 骨制:指文章的体式风格。靡:细。贯:有条理。圆通:佛教用语,指不偏倚,圆满通达,这里指文辞周密畅达。

㉔ 自称"极思":扬雄在《剧秦美新序》中说:"敢竭肝胆,写腹心,作《剧秦美新》一篇,虽未究万分之一,亦臣之极思也。"

㉕ 懿采:美好的文采。

㉖ 鉴:察看。前作:指《封禅文》和《剧秦美新》。执:持。厥:其。中:恰当。能够做到恰如其分。

㉗ 致义:表达意义。会文:组织文辞。斐然:有文采的样子。馀巧:巧妙有馀。

㉘ 《封禅》靡而不典,《剧秦》典而不实:出自班固的《典引序》:"伏惟相如《封禅》,靡而不典;扬雄《美新》,典而亡实。"靡,靡丽。典,典雅。

㉙ 追观:后面看前面。循势:遵循体式。这句是说:后人看前人的作品容易看清楚,遵循前人的体式容易取得成功。

㉚ 邯郸:指邯郸淳,字子叔,三国时魏国作家,著有《受命述》一文,载《艺文类聚》卷十。攀响前声:追攀前人创作的遗响。

㉛ 风末力寡:风力衰微,指没有风骨。辑韵:指写作。

㉜ 顺序:通顺有条理。

㉝ 陈思：指曹植，字子建，封陈王，谥思，著有《魏德论》，《全三国文》卷十七辑有佚文。假：借。

㉞ 劳：指付出的辛劳。绩：成就，效果。飙：暴风。焰：指光芒，这里用来比喻气势和力量。

【分析】这一段文字叙述封禅文的发展概况，分析了一些重要作品在内容和风格上的优缺点。秦汉之际的封禅文，除对司马相如之作全面肯定外，对李斯、张纯、扬雄、班固都有褒有贬；对魏朝的封禅文则以批评为主。

4. 兹文为用，盖一代之典章也①。构位之始，宜明大体②，树骨于训典之区，选言于宏富之路③，使意古而不晦于深，文今而不坠于浅④，义吐光芒，辞成廉锷（è）⑤，则为伟矣。虽复道极数殚（dān），终然相袭⑥，而日新其采者，必超前辙焉⑦。

【注释】

① 典章：典范，法则。

② 构位：构思布局。大体：大要，纲领。

③ 骨：骨干，主体。训典：指《尚书》中的《伊训》、《尧典》等作。宏富之路：指辞采宏大富丽之风格。

④ 晦：隐晦。深：深奥。今：新近。

⑤ 廉锷：原指物体的边棱，这里比喻锐利的文辞或谈吐。

⑥ 极、殚：都有尽的意思。数：方法。终然：终究。袭：沿袭，继承。扬雄《剧秦美新》云："是以帝典阙而不补，王纲弛而未张。道极数殚，暗忽不还。"原意是指天道既极，历数又殚，这里是说文体会式微，方法会用尽，后世作者必然会去继承前人。

⑦ 日新其采：文采不断创新。辙：车轮的痕迹。前辙：指前人走过的车印，这里指前人的创作道路。

【分析】这一段文字阐述封禅文在写作上的基本要求，即骨力刚健而文辞富丽，用意古雅而语言切今。虽然后世作者必定会有所继承，但如果能在文采上不断创新，就一定会超越前人。

5. 赞曰：封勒帝绩，对越天休①。逖（tì）听高岳，声英克彪②。树石九旻（mín），泥金八幽③。鸿律蟠（pán）采，如龙如虬（qiú）④。

【注释】

① 封：封禅。勒：刻石。绩：成果，功业。越：扬。对越天休：即对扬天休。《尚书·说命下》："敢对扬天子之休命。"伪孔安国《传》："对，答也。答受美命而称扬之。"《诗经·大雅·江汉》："虎拜稽首，对扬王休。作召公考，天子万寿。"郑《笺》："对，答；休，美；作，为也。虎既拜而答王策命之时，称扬王之美德，君臣之言宜相成也。"这里指称扬天子的美善之德。

② 逖：远。英：美好。克：能。彪：虎身上的斑纹，引申为有文采。司马相如《封禅文》中有"逖听者风声"之句，这里是化用。

③ 九旻：即九天，指高空。泥金：即金泥，用水银和金屑调制为泥，将告天之文加以封检。《汉书·武帝纪》："上还，登封泰山。"颜师古注引孟康曰："刻石纪号，有金策、石函、金泥、玉检之封焉。"八幽：八方幽远之地，这里指特别幽深的地方。

④ 鸿律：指盛大的典礼。蟠采：类似蟠龙的文采。虬：一种有角的龙。

【分析】赞辞总结了封禅典礼的功用，提出了封禅文的文体要求，指出封禅是为了记录帝王功绩和宣扬美好天命，封禅文应该有文虎蟠龙那样的文采和风格。

章表第二十二解析

【解题】汉末蔡邕所撰的《独断》中，有关于君主对臣下的公文格式方面的介绍，本书《诏策》第十九的解析中已经转述；其中还有关于臣下对君主使用的公文格式，今亦略作介绍。

凡群臣上书于天子者有四：一曰章，二曰奏，三曰表，四曰驳议。

其后更有详细的说明，如介绍“章”时曰：

章者需头，称“稽首上书”，谢恩、陈事、诣阙通者也。

奏、表、驳议的情况类同，在格式上都有详细的规定，如“奏”文规定“亦需头”，也就是开头必须加上“稽首上书”的敬上之词；下面又云“其京师官但言‘稽首下言’、‘稽首以闻’，其中有所请，若罪法劾案，公府送御史台，公卿校尉送谒者台也”。这些都是对公文如何逐步上递等程序的规定，也就是汉代官府之间公文运转的流程。

蔡邕所记录的，当是东汉末年的情况。等级制度严格之后，臣下对上的言语方式和行文格式慢慢地会形成一些规范。这种规范在不断的实践中趋于定型，官府遂用法制的方式加以固定，加以明示。可以想见，蔡邕所记录的，已是历经两汉然后定型的法定程式。

“表”的公文格式比较简单。《独断》中说：“表者不需头，上言

‘臣某言’，下言‘臣某诚惶诚恐，顿首顿首，死罪死罪’，左方下附曰‘某官臣某甲上’。文多，用编两行；文少，以五言。诣尚书通者也。”看来上至高官，下至吏民，有事要反映，均可用上表的方式通过尚书省而上达帝廷，在格式上当然不能过于繁复了。

格式可以固定，内容却千差万别。“章”下仅陈三条：“谢恩、陈事、诣阙通者也。”“奏”下、“表”下可不易归纳了。尤其是臣下的上表，身份不同，情况各异，更难归纳出几条专用的规定。

刘勰在《章表》篇中按照四者内容的不同加以归纳，云是“章以谢恩，奏以按劾，表以陈请，议以执异”。这样区分，当是阅读了两汉魏晋南北朝这四种文体的作品之后，重新作出的归纳。若按《文心雕龙》中的命名而言，已与《独断》中的说法有所不同，刘永济《文心雕龙校释》中辨别二者的分合甚为明晰，今介绍如下：

> 敷奏之文，汉分四品。舍人衡论，则约以三类。本篇兼论章、表二品，陈谢之类也。下二篇各论一品，而以启附奏，以对附议，至其联谊，则以奏事之末，或云谨启，故与奏合论，而对策之文，亦以陈政献说，合审宜之义也。分合之际，具见别裁。

刘勰把“章”“表”合在一起，当因二者在“对扬王庭，昭明心曲”上有共通之处。“章以造阙，风矩应明；表以致禁，骨采宜耀。循名课实，以文为本者也。”因为“章”更着重于颂圣，所以从文体而言，更为重要。这种区别，实际上也是很难细化的。因为一般陈情的表文，既对君主有所恳求，必然也要有颂圣的表示，对以前的沐浴皇恩也要再次感谢。即如《文选》中所录的“表”中，如诸葛亮的《出师表》，李密的《陈情表》，刘琨的《劝进表》，前面都有一大段“沐浴国恩”的颂词。又如曹植的《求自试表》、《求通亲亲表》，按其与恳求对象的关系而言，谊属国亲，但也要在“表”中缕陈“沐浴国恩”的一番感悟。可知“谢恩”“陈情”实难区分。汉制既把“章”列为四品之首，后来的人也就会把上书泛称上“章”了。明徐师曾《文体明辨序说》论“章”曰:“古人言事,皆称上书。汉定礼仪,乃有四品,其一曰章,用以谢恩。及考后汉,论谏庆贺,间亦称章,岂其流之寖广欤?自唐而后,此制遂亡。”即是这种共同心态而在文体上趋于混同的反映。

但“表”的内容既是作者个人感情的剀切陈述,自然更富文学意味,从刘勰所举的例证而言,也以“表”文为多。“章”之名篇仅列左雄、胡广二人的章奏,想是二人上的“章”中都充溢着忠于君国的情怀,但不见得有什么打动一般读者的动情之处,随后也就散佚了。今存世者,唯见多篇“表”的杰作,这也说明“表”的文学意味更浓,生命力更强。

1. 夫设官分职,高卑联事[①]。天子垂珠以听,诸侯鸣玉以朝[②]。敷奏以言,明试以功[③]。故尧咨四岳,舜命八元[④],固辞再让之请,俞往钦哉之授,并陈辞帝庭,匪假书翰[⑤]。然则敷奏以言,则章表之义也[⑥];明试以功,即授爵之典也[⑦]。至太甲既立,伊尹书诫[⑧],思庸归亳(bó),又作书以赞[⑨]。文翰献替,事斯见矣[⑩]。周监二代,文理弥盛[⑪],再拜稽首,对扬休命,承文受册,敢当丕显[⑫],虽言笔未分,而陈谢可见[⑬]。降及七国,未变古式,言事于王,皆称上书[⑭]。(一)秦初定制,改书曰奏[⑮]。汉定礼仪,则有四品[⑯]:一曰章,二曰奏,三曰表,四曰议。章以谢恩,奏以按劾,表以陈请,议以执异[⑰]。章者,明也[⑱]。《诗》云“为章于天”,谓文明也。其在文物,赤白曰章。表者,标也[⑲]。《礼》有《表记》,谓德见于仪;其在器式,揆景曰表。章表之目,盖取诸此也。(二)按《七略》、《艺文》[⑳],谣咏必录;章表奏议,经国之枢机,然阙而不纂者,乃各有故事,而布在职司也。(三)

【注释】

① 夫设官分职，高卑联事：古代国家设置官员，分派职责，高低不同的官职之间的事务相互关联。《周礼·天官》："惟王建国，辨方正位，体国经野，设官分职，以为民极。"《周礼·天官·太宰》："以八法治官府……三曰官联，以会官治。"郑玄注引郑众（司农）曰："官联谓国有大事，一官不能独共，则六官共举之。联，读为连，古书连作联。联谓连事通职，相佐助也。"

② 垂珠：指皇冠。皇冠上悬挂着珠子。蔡邕《独断》："汉明帝采《尚书·皋陶》及《周官》、《礼记》以定冕制，皆广七寸，长尺二寸，系白玉珠于其端，十二旒。"听：听政。诸侯鸣玉以朝：诸侯佩着玉上朝，进退之际，佩玉发出铿锵之声。《礼记·玉藻》："古之君子必佩玉。……周还中规，折还中矩，进则揖之，退则扬之，然后玉锵鸣也。"又云："朝则结佩。……天子佩白玉而玄组绶，公侯佩山玄玉而朱组绶，大夫佩水苍玉而纯组绶。"朝：上朝。

③ 敷奏以言，明试以功：朝臣用语言进陈各种意见，君王公开地考察它们的功效。《尚书·舜典》："敷奏以言，明试以功，车服以庸。"王肃注："敷，陈；奏，进也。诸侯四朝，各使陈进治理之言；明试其言，以要其功，功成则赐车服以表显其能用。"

④ 尧咨四岳：唐尧访问四方诸侯之长。咨，访问。四岳，相传为唐尧臣羲和的四子，分管四方的诸侯。《尚书·尧典》："帝曰：咨，四岳。"伪孔安国《传》："四岳，即上羲和之四子，分掌四岳之诸侯，故称焉。"一说四岳为官名。舜命八元：虞舜任命八位贤人。《左传》文公十八年："高辛氏有才子八人：伯奋、仲堪、叔献、季仲、伯虎、仲熊、叔豹、季貍。……天下之民，谓之八元。"杜预注："元，善也。"

⑤ 固辞：坚辞。《尚书·大禹谟》："禹拜稽首，固辞。"伪孔安国《传》："再辞曰固。"再让：臣下再次辞让。俞往钦哉：犹言啊，去吧，敬慎啊！《尚书·舜典》："帝曰：'俞，咨！伯，汝作秩宗。夙夜惟寅，直哉惟清。'伯拜稽首，让于夔、龙，帝曰：'俞！往，钦哉！'"并陈辞帝庭，匪

假书翰：都是在朝廷上口述的，未采用书面陈述。

⑥ 敷奏以言：指朝臣用语言进陈各种意见。

⑦ 明试以功，即授爵之典也：君王当众考察臣下的功效，就是授予爵位的仪式。

⑧ 伊尹书诫：指伊尹作《伊训》来告诫太甲。《尚书·伊训序》："成汤既没，太甲元年，伊尹作《伊训》、《肆命》、《徂后》。"伪孔安国《传》曰："作训以教道太甲。"

⑨ 思庸归亳，又作书以赞：太甲即位后，政治昏庸不明，伊尹把他流放到桐地。三年，太甲悔过，伊尹请他回亳京复位，作《太甲》三篇赞美他。思庸，想念常道。《尚书·太甲序》："太甲既立，不明，伊尹放诸桐。三年复归于亳，思庸。伊尹作《太甲》三篇。"伪孔安国《传》释"思庸"曰："念常道。"

⑩ 文翰献替，事斯见矣：由此可见，文书能够贡献好的意见，去掉不好的现象。献，献可，贡献好的。替，替否，去掉不好的。

⑪ 周监二代，文理弥盛：周朝以夏、商两朝为借鉴，礼仪更加丰富。《论语·八佾》："子曰：周监于二代，郁郁乎文哉！吾从周。"

⑫ 稽首：磕头。对扬休命：对答宣扬天子的美好命令。承文受册：接受天子的册命。敢当丕显：敢于承当重大显耀的委任。丕，大。显，显耀。《诗经·大雅·江汉》："虎拜稽首，对扬王休。"又《左传》僖公二十八年："王命尹氏及王子虎、内史叔兴父策命晋侯为侯伯。……晋侯三辞，从命，曰：'重耳敢再拜稽首，奉扬天子之丕显休命。'"

⑬ 虽言笔未分，而陈谢可见：虽然分不清是口头还是书面应答，但可以看到的是有陈述和答谢。

⑭ 降：向下。

⑮ 秦初定制，改书曰奏：秦朝初年定立制度，将"上书"改称为"奏"。范文澜《文心雕龙注》则以为"秦改上书为奏，当亦在始皇二十六年李斯与博士议改命令为制诏时"。

⑯ 汉定礼仪，则有四品：蔡邕《独断》："凡群臣上书于天子者有

四名：一曰章，二曰奏，三曰表，四曰驳议。”

⑰ 章以谢恩，奏以按劾，表以陈请，议以执异：章用来谢恩，奏用来检举弹劾，表用来陈述请求，议用来提出不同意见。蔡邕《独断》论章奏表议的格式和作用：“章者需头，称‘稽首上书’，谢恩、陈事、诣阙通者也。奏者亦需头，其京师官但言‘稽首下言’、‘稽首上闻’，其中者所请，若罪法劾案，公府送御史台，公卿校尉送谒者台也。表者不需头，上言‘臣某言’，下言‘臣某诚惶诚恐，顿首顿首，死罪死罪’，左方下附曰‘某官臣某甲上’。文多，用编两行；文少，以五言。诣尚书通者也。凡章表皆启封，其言密事得皂囊盛。其有疑事，公卿百官会议，若台阁有所正处，而独执异意者曰驳议。驳议曰，某官某甲议以为如是；下言臣愚戆议异。其非驳议，不言议异。”又《后汉书·胡广传》李贤注引《汉杂事》：“凡群臣之书，通于天子者四品：一曰章，二曰奏，三曰表，四曰驳议。章者需头，称‘稽首上以闻’，谢恩、陈事、诣阙通者也。奏者亦需头，其京师官但言‘稽首’，下言‘稽首以闻’。其中有所请，若罪法劾案，公府送御史台，卿校送谒者台也。表者不需头，上言‘臣某言’，下言‘诚惶诚恐，顿首顿首，死罪死罪’，左方下附曰‘某官臣甲乙上’。”又《文选》卷三十七“表”字下注：“一曰章，谢恩曰章；二曰表，陈事曰表；三曰奏；四曰驳，劾验政事曰奏。推覆平论，有异事进之曰驳。”

⑱ 章者，明也：下面几句说明“章”的含义。其一，《诗经》“为章于天”的“章”是光彩明亮的意思。《诗经·大雅·棫朴》：“倬彼云汉，为章于天。”笺云：“云汉之在天，其为文章，譬犹天子为法度于天下。”其二，在有文采的物体上，赤和白交错为章。《周礼·冬官考工记》：“画缋之事……青与赤谓之文，赤与白谓之章，白与黑谓之黼，黑与青谓之黻，五采备谓之绣。”

⑲ 表者，标也：下面几句论述“表”的含义：表是标明。《礼记》中有《表记》，认为品德表现在仪表上。在器物上，测量日影的器物叫表。《礼记·表记》卷首，孔颖达《正义》：“郑《目录》云：名曰表记者，以其记

君子之德,见于仪表。”

⑳ 《七略》、《艺文》:下面几句论述刘歆《七略》和班固《艺文志》收录章表的做法,《七略》和《艺文志》连民间歌谣都收录,作为治理国家之关键的章、表、奏、议却阙而不载,原因是按照旧法,将其分布在各相关部分。范文澜《文心雕龙注》:“谓如汉志尚书类、礼类、春秋类、论语类,各有议奏若干篇。又法家有晁错,儒家有贾山、贾谊等,诸人奏议皆在其中。”

【分析】这一段论述章表的起源、分类和文体名称的内涵等问题,可分为三层:一、秦以前的敷奏是章表的起源,此时的敷奏分不清是口头陈述还是书面上奏,也没有名目上的区别和格式上的规定。二、秦代以后上奏开始分类并规定各体的格式。汉代将章表一体分为章、奏、表、驳议四类。章表的主要含义是明白和标明。三、刘歆《七略》和班固《汉书·艺文志》未立章表一类,是因为将其分布在六艺、诸子、诗赋、兵书、数术、方技这六大类之下。

2. 前汉表谢,遗篇寡存①。及后汉察举,必试章奏②。左雄奏议,台阁为式③;胡广章奏,天下第一④,并当时之杰笔也。观伯始谒陵之章,足见其典文之美焉⑤。昔晋文受册,三辞从命⑥,是以汉末让表,以三为断⑦。曹公称为表不必三让,又勿得浮华⑧。所以魏初表章,指事造实,求其靡丽,则未足矣⑨。至于文举之荐祢(mí)衡,气扬采飞⑩;孔明之辞后主,志尽文畅⑪,虽华实异旨,并表之英也⑫。琳、瑀(yǔ)章表,有誉当时;孔璋称健,则其标也⑬。陈思之表,独冠群才⑭。观其体赡而律调,辞清而志显,应物制巧,随变生趣,执辔有馀,故能缓急应节矣⑮。逮晋初笔札,则张华为俦⑯。其三让公封,理周辞要,引义比事,必得其偶,世珍《鹪鹩(jiāo

liáo)》，莫顾章表[17]。及羊公之辞开府，有誉于前谈[18]；庾公之让中书，信美于往载[19]：序志联类，有文雅焉[20]。刘琨(kūn)《劝进》，张骏《自序》，文致耿介，并陈事之美表也[21]。

【注释】

① 前汉表谢，遗篇寡存：西汉的章表流传下来的很少。

② 及后汉察举，必试章奏：到了东汉，改革察举制，由地方推荐人才，考试时必须写章奏。《后汉书·孝顺帝纪》："阳嘉元年，初令郡国举孝廉，限年四十以上，诸生通章句，文吏能笺奏，乃得应选。"由《后汉书·左雄传》可知，此令由左雄倡议："阳嘉元年，雄又上言：'郡国孝廉，古之贡士，出则宰民，宣协风教。若其面墙，则无所施用。孔子曰"四十不惑"，《礼》称"强仕"。请自今孝廉年不满四十，不得察举，皆先诣公府，诸生试家法，文吏课笺奏，副之端门，练其虚实，以观异能，以美风俗。有不承科令者，正其罪法。若有茂才异行，自可不拘年齿。'帝从之，于是班下郡国。"又据《后汉书·胡广传》，胡广等人对此加以反对而无果："时尚书令左雄议改察举之制，限年四十以上，儒者试经学，文吏试章奏，广复与敞、虔上书驳之曰：'……'帝不从。"

③ 左雄奏议，台阁为式：左雄的章表奏议被尚书台用作标准。左雄：字伯豪，南阳涅阳人。《后汉书》本传："自雄掌纳言，多所匡肃，每有章表奏议，台阁以为故事。"

④ 胡广：字伯始，南郡华容人。《后汉书》本传："(胡广)遂察孝廉。既到京师，试以章奏，安帝以广为天下第一。"

⑤ 伯始谒陵之章：已佚。典文：典雅之作。《后汉书》本传："初，扬雄依《虞箴》作《十二州二十五官箴》……广复继作四篇，文甚典美。"

⑥ 昔晋文受册，三辞从命：从前晋文公推让了三次，才接受封策。晋文公：春秋时晋君，名重耳，献公之子，"春秋五霸"之一。参见本篇第1段注⑫。

⑦ 是以汉末让表，以三为断：因此后汉末年推让的表文，以三次

为限。《北堂书钞·设官部》引应劭《汉官仪》:“凡拜,天子临轩,六百石以上悉会。直事卿赞,御史授印绶。公三让然后乃受之。”

⑧ 曹公称为表不必三让,又勿得浮华:曹操说写表文不一定要推让三次,又说文辞不应浮华。关于“为表不必三让”,《艺文类聚》卷五十一载操建安元年上书让增封曰:“臣虽不敏,犹知让不过三。所以仍布腹心至于四五,上欲陛下爵不失实,下为臣身免于苟取。”关于“勿得浮华”,据《后汉书》卷七十《孔融传》,曹操曾令文臣代笔写信警告孔融曰:“孤为人臣,进不能风化海内,退不能建德和人,然抚养战士,杀身为国,破浮华交会之徒,计有馀矣。”

⑨ 指事造实:指出魏初表章的特点是所涉及的事件很真实。

⑩ 文举之荐祢衡,气扬采飞:孔融的《荐祢衡表》,气势昂扬,文采飞腾。文举:孔融字,鲁国人,《后汉书》有传。《文选》卷三十七收入孔文举《荐祢衡表》。

⑪ 孔明之辞后主,志尽文畅:诸葛亮辞别后主的《出师表》,充分表达情志,文辞流畅。孔明:诸葛亮字,琅玡王都人。《三国志·蜀书》有传。《文选》卷三十七录诸葛孔明《出师表》。

⑫ 华实:华指孔融《荐祢衡表》,实指诸葛亮《出师表》。

⑬ 琳、瑀章表,有誉当时:陈琳和阮瑀的章表在当时就很有名。陈琳:字孔璋,广陵人。阮瑀:字符瑜,陈留人,二人皆名列“建安七子”,并于《三国志·魏书》附《王粲传》。曹丕《典论·论文》:“琳、瑀之章表书记,今之隽也。”又《与吴质书》曰:“孔璋章表殊健。”

⑭ 陈思之表,独冠群才:在众多才子当中,陈思王曹植的表文首屈一指。《文选》卷三十七录曹植《求自试表》、《求通亲亲表》。

⑮ 体赡而律调:内容丰富,声律协调。辞清而志显:文辞清新,情志显露。应物制巧:根据表现对象的特点来建构妙笔。随变生趣:因变化丰富而具有趣味。执辔有馀,故能缓急应节矣:作者对文字驾轻就熟,所以文章的节奏收放自如。

⑯ 逮晋初笔札,则张华为隽:晋初的章表,以张华所作最为突

出。张华:字茂先,晋范阳方城人,官至司空。《晋书》本传称其"朝议表奏,多见施用"。

⑰ 其三让公封:指张华《让公封表》,已佚。理周辞要:论理周密,文辞简要。引义比事,必得其偶:引用事义作比,无不对偶。世珍《鷦鷯》,莫顾章表:世人看重他的《鷦鷯赋》,却不重视他的章表。《晋书·张华传》:"(张华)初未知名,著《鷦鷯赋》以自寄。……陈留阮籍见之,叹曰:'王佐之才也!'由是声名始著。"《文选》卷十三录张茂先《鷦鷯赋》。

⑱ 及羊公之辞开府,有誉于前谈:到羊祜的《让开府表》,前人对此多有赞誉。羊公:指羊祜,字叔子,泰山南城人。《晋书》本传:"后加车骑将军,开府如三司之仪。祜上表固让曰……"《文选》卷三十七录羊叔子《让开府表》。

⑲ 庾公之让中书,信美于往载:庾亮的《让中书监表》确实比以前的章表出色。庾公:即庾亮,字符规。《晋书》本传:"明帝即位,以为中书监。亮上书让曰:……"《文选》卷三十八录庾元规《让中书令表》。

⑳ 序志联类,有文雅焉:叙述情志,联系事类,文辞典雅。

㉑ 刘琨《劝进》,张骏《自序》,文致耿介,并陈事之美表也:刘琨《劝进》和张骏《自序》,文辞光明正大,都是陈述事情的表文佳作。刘琨:字越石,中山魏昌人。《晋书》本传:"是时西都不守,元帝称制江左,琨乃令长史温峤劝进,于是河朔征镇夷夏一百八十人连名上表。"刘琨《劝进表》载《晋书·元帝纪》、《文选》卷三十七。张骏:字公庭,安定乌氏人。《晋书》附《张轨传》,其中载有张骏请讨石季龙、李期之疏,或即指此《自序》。

【分析】这一段缕举两汉魏晋的章表名作,揭示了章表之文有典雅、质实和藻采等多种审美风格,如汉代胡广"谒陵之章"、晋羊祜《让开府表》和庾亮《让中书监表》,堪称典雅;魏初章表和诸葛亮

《出师表》,可谓质实,孔融《荐祢衡表》,富于藻采,而曹植、张华等人的章表兼具众美,更显出类拔萃。

3. 原夫章表之为用也,所以对扬王庭,昭明心曲①。既其身文,且亦国华②。章以造阙,风矩应明③;表以致禁,骨采宜耀④。循名课实,以文为本者也⑤。是以章式炳贲(bēn),志在典谟⑥;使要而非略,明而不浅⑦。表体多包,情伪屡迁⑧,必雅义以扇其风,清文以驰其丽⑨。然恳恻者辞为心使,浮侈者情为文屈⑩。必使繁约得正,华实相胜,唇吻不滞,则中律矣⑪。子贡云:"心以制之,言以结之。"盖一辞意也⑫。荀卿以为"观人美辞,丽于黼黻(fǔ fú)文章",亦可以喻于斯乎!

【注释】

① 对扬王庭:对答和宣扬朝廷的恩德。昭明心曲:表明内心的情意。

② 既其身文,且亦国华:既展示自身的文采,也显示国家的荣耀。《左传》僖公二十四年:"介之推曰:'言,身之文也。'"《国语·鲁语上》:"吾闻以德荣为国华。"

③ 章以造阙,风矩应明:章是用来送到宫门谢恩的,风格规范应该以明白为上。阙:阙下,宫阙之下。上书于皇帝而不敢直指,但言阙下。

④ 表以致禁,骨采宜耀:表是用来送到宫禁中的,骨力和文采都应鲜明。

⑤ 循名课实,以文为本者也:根据章表的名称来要求它的实质,应该是以文采为根本的。如前所述,"章"的意思是明亮、有文采,"表"的意思是"标明"。《邓析子》曰:"循名责实,君之事也。奉法宣令,臣

之职也。”

⑥ 章式炳贲，志在典谟：章的体制是显著耀眼、修饰文辞，意在效仿《尚书》中的典谟。炳，明亮显著。贲，装饰。典谟，《尚书》中的《尧典》、《大禹谟》。

⑦ 使要而非略，明而不浅：使其扼要而并非简略，明朗而不是浅显。

⑧ 表体多包，情伪屡迁：表的体制包含多方面的内容，真实和虚假变化多端。

⑨ 必雅义以扇其风，清文以驰其丽：一定要用雅正的意义来宣扬其风力，用清新的文辞来显示其色彩。

⑩ 恳恻者辞为心使，浮侈者情为文屈：诚恳真挚的作者，其文辞被真心实意所驱使；浮夸不实的作者，其真情被文辞掩盖。恳恻，诚恳、恳切。浮侈，不实、夸大。

⑪ 繁约得正：繁简得当。华实相胜：华实相互结合。唇吻不滞：音调流畅。中律：符合章表的体制规范。

⑫ 子贡：姓端木，名赐，子贡为其字，孔子弟子。心以制之，言以结之：用心意来制定言辞，用言辞来加强信任。盖一辞意也：大概是要把言辞和心意相统一。《左传》哀公十二年：“公会吴于橐皋。吴子使大宰嚭请寻盟。公不欲，使子贡对曰：‘盟，所以周信也，故心以制之，玉帛以奉之，言以结之，明神以要之。’”

⑬ 观人美辞，丽于黼黻文章：看人优美的言辞，比礼服上的刺绣更华美。黼黻：古代礼服上绘绣的花纹。《荀子·非相》：“观人以言，美于黼黻文章。”亦可以喻于斯乎：也可以用来比喻言辞和心意相一致吧。

【分析】这一段论述章表的华实关系。其一，从章表的作用和文体名称来看，是以文采为根本的。其二，偏于诚恳或浮夸者，都有文质不能平衡的弊端。因此章表的繁简、华实都要恰如其分，使得言辞与心意相一致。

4. 赞曰：敷表绛阙，献替黼扆（yǐ）[①]。言必贞明，义则弘伟[②]。肃恭节文，条理首尾[③]。君子秉文，辞令有斐（fěi）[④]。

【注释】

① 敷表绛阙，献替黼扆：向朝廷送上章表，为帝王献可替否。绛阙，宫殿的门阙。黼扆：古代帝王座后绣有斧形花纹的屏风。代指帝王。

② 言必贞明，义则弘伟：言辞一定要正确明白，意义必定要弘大壮阔。

③ 肃恭节文，条理首尾：严肃恭敬，文采有节制，首尾有条理。

④ 君子秉文，辞令有斐：君子操持文辞，使辞令文采斐然。秉，操持。有斐，五色相错，喻文章富于文采。

【分析】赞语总结章表的作用、言辞和意义方面的要求，并强调追求文采是其基本特点。

奏启第二十三解析

【解题】蔡邕撰《独断》，系统记叙了朝廷公文上下运转的内容和形式方面的一些规定，尽管此书已经残佚，然仍可据之觇知大概。刘勰有关朝廷公文方面的论述，参考了《独断》中的论断，结合汉代之后一些名作的内容以及其在历史上的演变重新作了归类与论述。他把"章""表"合在一起讨论，这里则对奏文作深入探讨。

"表"文与"奏"文都属臣下的陈上之词，性质相近，所以刘勰仍然经常将其合在一起讨论。如《奏启》中曰："自晋来盛启，用兼表奏。""又表奏确切，号为谠言。"《书记》中曰："秦汉立仪，始有表奏。"《才略》中曰："庾元规之表奏，靡密以闲畅。"由此也可看到《章表》与《奏启》实为一系相承的文类，后来才又逐渐分头发展。

李曰刚《文心雕龙斠诠》释之曰："表之所言，臣下之私心；奏之所述，经国之公事。其后亦谓'上疏'，谓其条疏其事以进于上也。"①"表"文之命名本就常是用来显示该文的性质，如《陈情表》等，"奏"则是一个宽泛的概念。按其本义而言，"表"文也可称"奏"，而从刘勰所举奏文来看，内容并非一端，只要牵涉到朝政，不管是抽象的典章制度，具体的某一事务，都可用"奏"文陈述。这类名文，其中充溢着作者公忠体国的感情，与"表"文中作者偏于私人

① 《文心雕龙斠诠》，台湾"国立"编译馆 1982 年 5 月版。

化的写法常是有所不同。

各类奏文，内容的重大与细小千差万别。有些极为机密的事务，臣下为防泄密，还用黑的袋子套起来，这就叫做“封事”。有的臣子认为有些事得抓紧办，也就称作“便宜”。可知由于臣下议政的需要，内容与措施不同，文体上也会产生很多异称。

“奏”文之中，又以“按劾之奏”最受重视。这与政治制度方面的建树也是一致的。汉初实施丞相制，尚书省的权力很大，为了防止行政方面滋生弊端，危及国运与民生，其时即已设置御史大夫一职，权力仅次于丞相，时称亚相，负有监督百僚的重任，甚至对皇帝也可实施纠察。这是该一时段政治措施上的重要一环，反映在文论中，自然也会重视“按劾之奏”了。这些文章，古人认为涉及王朝建置的根本大计，所以特别加以关注。《文心雕龙》中的论述，也反映了社会上的这一共同心态。

“启”也是用来向上陈述的一种文体，实从公文格式中移用而来。作者在奏章之末每称“××谨启”云云。从内容方面看，“用兼章奏”，数者之间实际上也难细分。张立斋《文心雕龙注订》中说：“奏专于献上，启则偏于平行，其用颇广，于体少拘。”[①]这样区分，简明扼要。因为东晋之后皇权有所削弱，臣下奏上之文也就显得随意了些，于是“启”之写作开始盛行。“启”的本义训“开”，则又说明其内容比之前此的按劾之文显得公开了不少。这又是与“封事”云云截然有异之处。

大家知道，刘勰一直奉儒家宗旨以衡文，实则也不尽然。即如本文中论奏启，就以为应该撷取儒法两家之长，始能完美，所谓“总法家之势，秉儒家之文”，可知刘勰的持论还是很灵活的，一切从实际出发。这也说明，他所秉持的儒家宗旨带有六朝时期的时代

① 《文心雕龙注订》，台湾正中书局1967年1月版。

特点。

1. 昔唐虞之臣，敷奏以言[①]；秦汉之辅，上书称奏[②]。陈政事，献典仪，上急变，劾愆谬，总谓之奏[③]。奏者，进也。言敷于下，情进于上也[④]。

【注释】

① 唐虞：尧与舜。敷：陈述。敷奏以言：用口头陈述进奏意见。

② 辅：辅助，指大臣。

③ 陈：陈述。献：呈献。典仪：礼仪制度。上急变：上报紧急重大的事变。愆：罪恶。劾愆谬：弹劾罪恶和错误。

④ 言敷于下，情进于上：也就是下情上达。

【分析】这一段文字介绍"奏"的起源，其意义在于下情上达，它的应用范围是"陈政事，献典仪，上急变，劾愆谬"。

2. 秦始立奏，而法家少文。观王绾(wǎn)之奏勋德，辞质而义近[①]；李斯之奏骊山，事略而意诬，政无膏润，形于篇章矣[②]。自汉以来，奏事或称上疏，儒雅继踵，殊采可观[③]。若夫贾谊之务农[④]，晁错之兵术[⑤]，匡衡之定郊[⑥]，王吉之劝礼[⑦]，温舒之缓狱[⑧]，谷永之谏仙[⑨]，理既切至，辞亦通畅，可谓识大体矣[⑩]。后汉群贤，嘉言罔伏[⑪]，杨秉耿介于灾异[⑫]，陈蕃愤懑于尺一，骨鲠(gěng)得焉[⑬]。张衡指摘于史职[⑭]，蔡邕铨列于朝仪，博雅明焉[⑮]。魏代名臣，文理迭兴[⑯]，若高堂天文[⑰]，黄观教学[⑱]，王朗节省[⑲]，甄毅考课，亦尽节而知治矣[⑳]。晋氏多难，灾屯流移，刘颂殷勤于时务[㉑]，温峤恳恻于费役，并体国之忠规矣[㉒]。

【注释】

① 少文:缺少文采。王绾:秦始皇时的丞相。王绾之奏勋德:指王绾等人上书称颂秦始皇的勋业功德。质:质朴。近:浅显。《史记·秦始皇本纪》载:"丞相(王)绾、御史大夫(冯)劫、廷尉(李)斯等皆曰:'……今陛下兴义兵,诛残贼,平定天下,海内为郡县,法令由一统,自上古以来未尝有,五帝所不及。'"此即"奏勋德",文辞质朴而意思浅显。

② 李斯:楚国上蔡人,曾师事荀卿。后入秦,为吕不韦舍人。秦始皇时拜为长史,又拜客卿,迁廷尉,进为左丞相。诬:虚假。膏润:恩泽。李斯之奏骊山:指李斯的《上书言治骊山陵》,今存之文曰:"臣所将隶徒七十二万人治骊山者,已深已极,凿之不入,烧之不燃,叩之空空,如下天状。"(严可均《全秦文》卷一)文意简略,述事虚假。因秦政之苛刻,无恩泽于百姓,篇章也质直而无文。

③ 疏:有条理地陈述事情。儒雅:指博学的儒生。继踵:前后相接。殊采:突出的文采。

④ 贾谊:洛阳人,汉文帝初召为博士,迁大中大夫。后受谗,出为长沙王太傅,又徵拜梁王太傅。贾谊之务农:指贾谊的《论积贮疏》。

⑤ 晁错:西汉初年大臣,曾举贤良文学,对策高第。后因吴楚七国之乱而被杀。晁错之兵术:指晁错的《上书言兵事》。

⑥ 匡衡:字稚圭,西汉人,汉元帝时曾官丞相。匡衡之定郊:指匡衡的《奏徙南北郊》。

⑦ 王吉:西汉人,字子阳,汉宣帝时为博士谏大夫,汉元帝时又徵为谏大夫。王吉之劝礼:指王吉的《上宣帝疏言得失》。

⑧ 温舒:即路温舒,字长君,汉宣帝时大臣,主张"省法制,宽刑罚,以废治狱"。温舒之缓狱:指路温舒的《尚德缓刑书》。

⑨ 谷永:字子云,汉成帝时为官,曾认为"世有仙人"之说,乃是"奸人惑众,挟左道,怀诈伪,以欺世主"。谷永之谏仙:指谷永的《说成帝拒绝祭祀方术》。

⑩ 切至：切实得当。识大体：指懂得“奏”的体制。

⑪ 罔：无。伏：隐藏。嘉言罔伏：正直而美好的言论明确地表达出来。

⑫ 杨秉：字叔节，汉桓帝时大臣。杨秉耿介于灾异：指杨秉在《因风灾上疏谏微行》中耿直地指出风灾是由帝王行动不当而生，劝阻汉桓帝私自外出游乐。

⑬ 陈蕃：字仲举，汉桓帝时大臣。尺一：汉代的诏书长一尺。陈蕃愤懑于尺一：指陈蕃在《谏封赏内宠疏》中对诏书选举不公很愤慨，批评汉桓帝的“封赏逾制”。骨鲠：有骨气而鲠直。

⑭ 张衡：字平子，东汉时期文学家与科学家。张衡指摘于史职：《后汉书·张衡传》：“又条上司马迁、班固所叙与典籍不合者十馀事。又以为王莽本传但应载篡事而已，至于编年月，纪灾祥，宜为元后本纪。又更始居位，人无异望，光武初为其将，然后即真，宜以更始之号建于光武之初。”指张衡批评司马迁、班固等史官的缺失。

⑮ 蔡邕：字伯喈，东汉时期文学家。铨列：逐一陈述。蔡邕铨列于朝仪：指蔡邕在《上封事陈政要七事》中逐一陈述当时朝廷在典章礼仪所应施行的七件大事，见《后汉书·蔡邕传》。博雅：渊博而雅正。

⑯ 文理：文章有文采有条理，此处指好的奏文。迭兴：不断兴起。

⑰ 高堂：即高堂隆，字升平，魏明帝曹睿时赐爵关内侯，当时著名儒者。高堂天文：指高堂隆在《星孛于大辰上疏》中借天象变异来警告帝王，见《三国志·魏书·高堂隆传》。

⑱ 黄观：三国时魏人，魏明帝时为郎中。黄观教学：指黄观有关教学的奏疏，今不存。

⑲ 王朗：字景兴，魏明帝时为司徒，当时著名儒者。王朗节省：指王朗的《奏宜节省》，见《三国志·魏书·王朗传》注引《魏名臣奏》。

⑳ 甄毅：三国时魏人，曾为驸马都尉。甄毅考课：指甄毅有关考课制度的奏疏。《太平御览》卷二百一十五引《魏名臣奏》中有甄毅《奏

请令尚书郎奏事处当》一文,刘勰或即指此。尽节而知治:尽臣子应尽之节,知道治国之理。

㉑ 灾屯:灾难。流移:流离迁徙。刘颂:字子雅,西晋时大臣。刘颂殷勤于时务:指刘颂在《除淮南相在郡上疏》中主张恢复周代封建制,认真热情地关注国家政务,见《晋书·刘颂传》。

㉒ 温峤:字太真,主要生活于东晋初年。温峤恳恻于费役:指温峤在《上太子疏谏起西池楼观》中诚恳痛切地指出国家不应过度耗费劳役,见《晋书·温峤传》。体国之忠规:体察国事的忠诚规诫。

【分析】这一段文字介绍"奏"的发展流变情况。在论述的过程中,刘勰列举了秦、汉、魏、晋等相关奏文作品,称前汉的奏文"切至"、"通畅",认为后汉的奏文"骨鲠"、"博雅",还指出魏晋以来优秀的奏文在于"尽节而知治"、"体国之忠规",这里表达的是刘勰作出的判断,齐梁时期基于儒家立场的见识。

3. 夫奏之为笔,固以明允笃诚为本,辨析疏通为首[①]。强志足以成务,博见足以穷理[②],酌古御今,治繁总要[③],此其体也。若乃按劾之奏,所以明宪清国[④]。昔周之太仆,绳愆纠谬[⑤];秦之御史,职主文法[⑥];汉置中丞,总司按劾[⑦],故位在鸷(zhì)击,砥砺(dǐ lì)其气,必使笔端振风,简上凝霜者也[⑧]。观孔光之奏董贤,则实其奸回[⑨];路粹之奏孔融,则诬其衅恶,名儒之与险士,固殊心焉[⑩]。若夫傅咸劲直,而按辞坚深[⑪];刘隗(wěi)切正,而劾文阔略,各其志也[⑫]。后之弹事,迭相斟酌,虽新日用,而旧准弗差[⑬]。然函人欲全,矢人欲伤,术在纠恶,势必深峭[⑭]。《诗》刺谗人,投畀(bì)豺虎[⑮];《礼》疾无礼,方之鹦猩[⑯];墨翟(dí)非儒,目以羊彘(zhì)[⑰];孟轲讥墨,比诸禽兽[⑱],《诗》《礼》儒墨,既其如兹,奏劾严文，孰云能免⑲。是以世人为文，竞于诋诃(dǐ hē)，吹毛取瑕(xiá)，次骨为戾(lì)，复似善骂，多失折衷⑳。若能辟礼门以悬规，标义路以植矩㉑，然后逾垣(yuán)者折肱(gōng)，捷径者灭趾㉒，何必躁言丑句，诟(gòu)病为切哉㉓！是以立范运衡，宜明体要㉔。必使理有典刑，辞有风轨，总法家之式，秉儒家之文㉕，不畏强御，气流墨中，无纵诡随，声动简外㉖，乃称绝席之雄，直方之举耳㉗。

【注释】

① 笔:指无韵之文。允:信实。笃:忠厚。明允笃诚:明达信实忠诚。辨析疏通:明辨分析而说理通畅。

② 强志足以成务:要有坚强的意志来完成政务。博见足以穷理:要有渊博的学识来参透事理。

③ 酌:斟酌，参照。御:驾驭，处理。酌古御今:参照古代的经验来处理当今事务。治繁总要:处理繁杂事务应能抓住要害。

④ 按劾:检举弹劾。宪:法令。国:国政。明宪清国:严明法令，廓清国政。

⑤ 太仆:周朝官职名。绳:纠正。周之太仆，绳愆纠谬:周朝的太仆，其职责是纠正官员的过失和错误。

⑥ 御史:即御史大夫，秦朝官职名。秦之御史，职主文法:秦朝御史大夫的职责是执掌法令条文。

⑦ 中丞:汉朝官职名，其职责与秦之御史大夫相类。《汉书·百官公卿表》:“御史大夫，秦官。……一曰中丞，在殿中兰台，掌图籍秘书，外督部刺史，内领侍御史员十五人，受公卿奏事，举劾按章。”汉置中丞，总司按劾:汉朝的御史大夫或御史中丞其职责是总管对官员的检举弹劾。

⑧ 位:职责。鸷:凶猛的鸟。鸷击:猛烈地打击。位在鸷击:其

职责在于严厉执法，打击犯法者。砥砺：磨刀石，引申为磨炼之意。笔端振风，简上凝霜：笔下生风，纸上结霜，比喻奏疏文章劲厉有气势。

⑨ 孔光：字子夏，西汉哀帝、平帝时的丞相。董贤：字圣卿，汉哀帝的宠臣。实其奸回：指孔光检举董贤的奏文证实了董贤的邪恶，见《汉书·佞幸传》。

⑩ 路粹：字文蔚，汉末人。孔融：字文举，汉末名士。路粹在曹操手下为军谋祭酒时，曾奉曹操旨意，捏造事实，上书弹劾诬陷孔融。见《后汉书·孔融传》。衅：隙，指缺失。衅恶：指罪名。名儒：指孔光。今按：董贤是佞臣，奸邪固不足道，孔光的弹劾董贤是奉了王莽的旨意，孔光本人的行迹也未必光明，称之为“名儒”，恐不符实。险士：阴险之人，指路粹。路粹诬陷孔融，所以被称为“险士”。殊心：用心不同。

⑪ 傅咸：字长虞，西晋人。劲直：刚劲正直。按辞坚深：指傅咸检举罪恶的奏文坚实深刻。

⑫ 刘隗：字大连，东晋人。切正：严切正直。劾文阔略：指刘隗弹劾的奏文疏阔简略，列举罪状不太具体。见《晋书·刘隗传》。

⑬ 后之弹事，迭相斟酌，虽新日用，而旧准弗差：后世的弹奏文，不断地反复斟酌，虽然在日常的使用中革新发展，但是旧有的原则没有大的改变。

⑭ 函人：制造铠甲的工人。矢人：造箭的工人。函人欲全，矢人欲伤：制造甲胄的工匠是为了使人得到安全，制造弓箭的工匠是为了使人受到伤害。《孟子·公孙丑上》：“矢人岂不仁于函人哉？矢人唯恐不伤人，函人唯恐伤人。”深峭：深刻严厉。术在纠恶，势必深峭：指奏文旨在纠正罪恶，应该如同“函人欲全，矢人欲伤”那样，一定要写得深刻严厉。

⑮ 投畀：扔给。《诗》刺谗人，投畀豺虎：《诗经》里指斥进谗言的人，说要把这种人投给豺狼虎豹。《诗经·小雅·巷伯》：“取彼谮(zèn)人，投畀豺虎。豺虎不食，投畀有北。”意为抓住那个说坏话的

人，把他扔给豺与虎。豺虎不吃他，把他扔到极寒地。

⑯ 《礼》疾无礼，方之鹦猩：《礼记》里憎恨无礼的人，把这种人比作鹦鹉、猩猩。《礼记·曲礼上》："鹦鹉能言，不离飞鸟；猩猩能言，不离禽兽。今人而无礼，虽能言，不亦禽兽之心乎！"

⑰ 墨翟：即墨子，先秦时墨家学派的代表人物。墨翟非儒，目以羊彘：墨翟反对儒家，把他们视为羊和猪。《墨子。非儒下》称："贪于饮食，惰于作务，陷于饥寒，危于冻馁，无以违之。是若乞人，鼸(xiàn)鼠藏而羝羊视，贲彘起。"

⑱ 孟轲：即孟子，战国时儒家学派的代表人物。孟轲讥墨，比诸禽兽：孟轲讥讽墨家，把他们比作禽兽。《孟子·滕文公下》："杨氏(杨朱)为我，是无君也；墨氏兼爱，是无父也。无父无君，是禽兽也。"

⑲ 《诗》《礼》儒墨，既其如兹，奏劾严文，孰云能免：指《诗经》、《礼记》、儒家、墨家的文辞尚且如此，那么弹劾奏文就更避免不了深刻严厉的言辞了。

⑳ 竞于诋诃：竞相辱骂呵斥。瑕：玉上的斑点，引申为疵病，缺点。吹毛取瑕：意即吹毛求疵。次骨：深入骨里。为戾：行为暴戾。次骨为戾：指奏文严厉得深入骨髓，暴戾而残酷。折衷：得当，没有偏颇。

㉑ 辟礼门以悬规，标义路以植矩：打开礼法之门来树立准则，标举道义之路作为规矩。"辟礼门"、"标义路"指把礼义作为法律与规范。

㉒ 逾垣：翻过围墙，比喻不守规矩。折肱：折断胳膊。捷径：近路，引申为邪路。灭趾：斩断脚。逾垣者折肱，捷径者灭趾：对跳墙而不走"礼门"的人，就斩断他的胳膊；对走抄近路而不走"义路"的人，就砍断他的脚。"折肱"、"灭趾"指违反法律而受到制裁。

㉓ 躁言丑句：狂躁丑陋的言语。诟病：耻辱诟骂。切：切合，贴切。

㉔ 立范运衡：确立规范，运用评价准则。宜明体要：应该明确奏文的体制要义所在。

㉕ 典刑：意即典型，模范。风轨：风范，法度。总法家之式，秉儒家之文：指总括法家的法制范式，秉持儒家的礼义文辞，以此来写作奏文。

㉖ 不畏强御，气流墨中，无纵诡随，声动简外：不畏强暴的权势，使气势流贯在笔墨之中；不放纵诡诈伪善的人，使声威震动于文辞之外。

㉗ 绝席之雄，直方之举：御史大夫的雄文，公正无私的壮举。绝席：即"专席"，《后汉书·宣秉传》："建武元年，拜御史中丞。光武特诏御史中丞与司隶校尉、尚书令会同，并专席而坐，故京师号曰'三独坐'。"又《后汉书·王常传》李贤注引《汉官仪》曰："御史大夫、尚书令、司隶校尉，皆专席，号三独坐。""绝席"也即"独坐"，这里指的是总管检举弹劾的御史大夫。

【分析】这一段文字介绍"奏"的写作特点，即态度要"明允笃诚"，说理要"辨析疏通"，所奏之事应该达到"成务"、"穷理"的目的，并能"酌古御今，治繁总要"。刘勰还举例说明"按劾之奏"和"弹事"的写作要求；在论证相关作品的优劣得失时，刘勰认为其大体要义在于"总法家之式，秉儒家之文"，可见刘勰撷取儒法两家之长以衡文。持论灵活，一切从实际出发，说明他所秉持的儒家宗旨带有六朝时期的时代特徵，也深刻反映其为文的折衷思想。

4. 启者，开也。高宗云："启乃心，沃(wò)朕心。"取其义也[①]。孝景讳启，故两汉无称[②]。至魏国笺记，始云"启闻"。奏事之末，或云"谨启"[③]。自晋来盛启，用兼表奏[④]。陈政言事，既奏之异条；让爵谢恩，亦表之别干[⑤]。必敛饬入规，促其音节，辨要轻清，文而不侈，亦启之大略也[⑥]。

【注释】

① 高宗:殷商王武丁。乃:你。沃:浇灌。《尚书·说命上》:“启乃心,沃朕心。”这是武丁对傅说(yuè)说的话,意思是打开你的心,开诚布公地讲出政见浇灌我的心。

② 孝景:西汉孝景帝刘启。孝景讳启,故两汉无称:为了避汉景帝刘启的名讳,所以两汉时期的对上之文没有称“启”。范文澜《文心雕龙注》说:“《释名·释书契》:‘启,亦诣也,以告语官司所至诣也。’据此,东汉已有启矣。”《释名》作者为东汉人刘熙,所以范文澜认为东汉已用“启”字。但《释名》中的文字似在说明启已用于官府。

③ 笺记:一种文体。《文心雕龙·书记》中说:“记之言志,进己志也。笺者,表也,表识其情也。”

④ 自晋来盛启,用兼表奏:自从晋代以来,“启”的使用盛行起来,其作用兼有“表”和“奏”的功能。

⑤ 陈政言事,既奏之异条;让爵谢恩,亦表之别干:“启”用在陈述政见、议论国事上,既是“奏”的支派;用在辞让爵位、感谢恩典上,也是“表”的枝干。“异条”、“别干”都是分支的意思。

⑥ 敛饬入规:收敛整饬以合于常规。促其音节:使音韵节奏短促有力。辨要轻清:论述时抓住要害,文辞简明轻快。文而不侈:有文采而不浮夸。大略:大体要求。

【分析】这一段文字介绍“启”的意义在于开启,其作用兼有“表”和“奏”的功能,并简要叙述了启文的小史。刘勰认为,“启”用在“陈政言事”方面属于“奏”的分支,用在“让爵谢恩”上则属于“表”的分支。此外,刘勰还指出“启”的基本要求在于“敛饬入规,促其音节,辨要轻清,文而不侈”。

5. 又表奏确切,号为谠(dǎng)言。谠者,正偏也①。王道有偏,乖乎荡荡,矫正其偏,故曰谠言也②。孝成称班伯之谠言，言贵直也③。自汉置八能，密奏阴阳；皂囊封板，故曰封事④。晁错受书，还上便宜⑤。后代便宜，多附封板，慎机密也⑥。夫王臣匪躬，必吐謇谔(jiǎn'è)，事举人存，故无待泛说也。

【注释】

① 谠：正直。正偏：纠正偏颇。

② 乖：违背。王道有偏，乖乎荡荡：帝王之道有了偏颇，就违背了光明正大的要求。《尚书·洪范》曰："无偏无党，王道荡荡。"谠言：直言。

③ 孝成：西汉成帝刘骜(áo)。班伯：成帝时曾任中常侍、侍中光禄大夫，为《汉书》作者班固的叔祖。言贵直：指汉成帝称赞班伯的谠言，是看重他的正直。《汉书·叙传上》："时(汉成帝)乘舆幄坐张画屏风，画纣醉踞妲己(醉酒伸腿而拥妲己)作长夜之乐。上以伯新起(大病后重新出来做事)，数目礼之(目视而敬之)，因顾指画而问伯：'纣为无道，至于是乎？'伯对曰：'《书》云乃用妇人之言，何有踞肆于朝？所谓众恶归之，不如是之甚者也。'上曰：'苟不若此，此图何戒？'伯曰：'沉湎于酒，微子所以告去也；式号式呼，《大雅》所以流连也。《诗》《书》淫乱之戒，其原皆在于酒。'上乃喟然叹曰：'吾久不见班生，今日复闻谠言！'"

④ 八能：能够用六种乐器奏出八种音律的人，即精通乐律的乐工。密奏阴阳：向帝王秘密上奏一年阴阳历律的变化。《后汉书·礼仪志中》刘昭注引《乐叶图徵》说："八能之士，常以日冬至成天文，日夏至成地理。作阴乐以成天文，作阳乐以成地理。"皂囊：黑色的帛袋。皂囊封板，故曰封事：用黑色帛袋密封写有奏启的简板，将其送给尚书，所以称作封事。

⑤ 便宜：便利宜行之事。《史记·晁错列传》："太常遣错受《尚书》伏生所，还，因上便宜事。"晁错受书，还上便宜：晁错从伏生那里学

习《尚书》回来之后，上奏需要办理便利适宜之事。

⑥ 后代便宜，多附封板，慎机密也：后代上奏“便宜”之类的奏启，大多加以密封，是为了谨慎地保守机密。

⑦ 匪：不是。躬：自身。王臣匪躬：作为帝王的臣子，办事不是为了自身私利。謇谔：直言。必吐謇谔：一定要说正直的话。事举人存，故无待泛说也：指所举之事及人这些事实俱在，所以就不必要多加空说了。

【分析】这一段文字介绍了“谠言”、“封事”和“便宜”等与奏启有关的名目的基本特点。刘勰在对这些名目区分得如此细致，目的还是要让奏启之文能起到“尽节而知治”、“体国之忠规”的作用。

6. 赞曰：皂饰司直，肃清风禁[①]。笔锐干将，墨含淳酖(zhèn)[②]。虽有次骨，无或肤浸[③]。献政陈宜，事必胜任。[④]

【注释】

① 皂饰：穿着黑色服饰，表示庄重威严。司直：指古代主持判断正邪曲直的官员，如谏议大夫、御史大夫等。风禁：风纪政教。

② 干将：古代宝剑名。笔锐干将：笔要像宝剑干将那样锋利。酖，同“鸩”，传说中的一种毒鸟，其羽毛可以制毒酒。墨含淳酖：墨如同浓厚的毒酒那样剧烈。

③ 次骨：指深刻得切入骨髓的文辞。肤浸：《论语·颜渊》：“子张问明。子曰：‘浸润之谮(毁谤)，肤受之诉，不行焉，可谓明也已矣。浸润之谮，肤受之诉，不行焉，可谓远也已矣。’”这里指伤人的谗言。

④ 献政陈宜，事必胜任：指奏启如果做到了以上的要求，那么在呈献政见、陈述事宜上就一定能够胜任其事。

【分析】刘勰在赞语中指出了奏启在写作过程中要注意的问题，就是要站在正义的角度，利用深刻得切入骨髓的文辞涤荡罪恶邪行，而不是用谗言伤人。如果奏启能做到这些要求，那么在呈献政见、陈述事宜上就一定能够胜任其事。

论南北朝的"谢启"：以赐物谢启为观察中心[①]

陈恬仪

一、前言

在中国文学史上，魏晋南北朝是一个将文学由学术概念中独立出来的时代，从这个时代对文类的分法可以看出他们的文学观念。以《昭明文选》为例，其区分的文类有三十八类，其中诏、册、令、教、策、表、上书、启、弹事、笺、奏记、书、移、檄、序、颂、赞、符命、箴、铭、诔、哀文、碑文、墓志、行状、祭文都是应用文类，其中，公牍文书类又占了相当大的分量，这种文类区分方式，也常见于历代的总集及别集中。[②]

考诸史传，此时对于士人在"尺牍"、"书记"、"书翰"、"刀笔"、"笔札"、"笔记"、"笔奏"等方面有长才者，皆特别记载，[③]显示在当

---

① 本文曾于香港大学中文系主办之"何沛雄教授荣退纪念中国散文国际学术研讨会"(2000)宣读，修改时，承蒙特约讲评黄耀堃教授、廖栋梁教授、龚鹏程教授(依姓氏笔划)惠赐宝贵意见，特此致谢。

② 《文选》分类历来学者有三十七、三十八、三十九类之说，可参周勋初纂辑《唐钞文选集注汇存・前言》(上海古籍出版社 2000 年 7 月版)，页 9—10。如宋姚铉(968—1020)辑《唐文粹》，分文体为古赋、古调、颂、赞、表奏书疏、檄、露布、制策、文、论、议、古文、碑、铭、记、箴、诫、物、书、序、传录记事、状，共二十二类，有相当篇幅是应用文类。明代徐师曾(1547—?)《文体明辨》分体一百二十七种，应用文类亦达七十多种。

③ 可参见刘师培(1884—1919)《中国中古文学史讲义》，收入《刘师培中古文学论集》，陈引驰编校，中国社会科学出版社 1997 年版，页 101。

时的观念中,认为善于创作应用文是一项重要的专长。

从东晋以来“论文叙笔”的观点来看文类,“文”指有韵者,如诗、赋;“笔”则指无韵者,统该符、檄、笺、奏、表、启、书、札的各种次文类。[①] 属于“笔”的次文类以应用文为主,其中有质木无华的,也有骈偶精工的,并不皆为骈体文,即使同为骈体,不同的文类,亦应有差异。

但是现在有关魏晋南北朝文学的研究多半集中在“文”的部分,而以诗歌为中心,在“笔”的方面,则多侧重在骈文,即文章风格技巧的层面,在文类的探讨上,尤其是应用文类,则相对予以较少的关注。这样的研究趋向,和当时人的创作及观念是有相当的落差的,因此本文拟以齐梁以来大量出现,并影响及于清末的“谢启”为观察目标。

“谢启”是当尊长有所恩赐时,在下位者用以表达感谢之意的应用文体。尊长恩赐的内容有许多是实质的“物品”,也有非实质性的,例如口头或书面的褒奖,或者是惠赐诗文,甚至惠“示”诗文或其他物品。[②] 即使不是实质的物品赏赐,但是因为是由上而来的荣耀,因此在下位者皆需申明感恩之意。无论是有形质的物品赠送或无形质的恩赐,其写作程式及基本元素并无特殊差异,但是有形质的物品赠送由于有实质的物品,其创作的程式性及基本元素的运用会更显豁明晰。因此,限于篇幅,也为了研究上的方便,故以“赐物”为观察的中心。

---

① 刘师培《刘师培中古文学论集》,页 100—101。

② 如《全梁文》中,简文帝的《谢敕示苦旱诗启》(卷 10,2b,页 3004);《谢上降为开讲启》(卷 10,6b,页 3006);元帝《谢上画蒙敕赏启》(卷 16,12b,页 3045);沈约《谢齐竟陵王示华严璎珞启》(卷 38,5a,页 3115);丘迟《为范云谢示毛龟启》(卷 56,6b,页 3283)……之类,皆属于回谢无形质恩赐的谢启。见严可均《全上古三代秦汉三国六朝文》,中华书局 1958 年版。

二、启的两种内容

“启”是在魏晋南北朝发展并成熟的一种文类。刘勰(466? —537?)《文心雕龙·奏启》云:

> 启者开也。高宗云:“启乃心,沃朕心。”取其义也。孝景讳启,故两汉无称。至魏国笺记,始云“启闻”。奏事之末,或云“谨启”。自晋来盛启,用兼表奏。陈政言事,既奏之别条;让爵谢恩,亦表之别干。①

依刘勰的看法,“启”字的意义原本是个动词,作为“开启”之用,于君而言,为“启沃教导”,在臣则为“开诚布公”之义。② 到了曹魏时,书札、公文已出现开头用“启闻”,结尾用“谨启”之词的情形。

不过“启”的用法似乎并非迟至魏代,范文澜(1893—1969)注亦引刘熙(生卒不详,约东汉末)《释名·释书契》云:“启,亦诣也,以告语官司所至诣也。”另外,服虔(生卒年不详,约东汉末)《通俗文》也说:“官信曰启。”张璠《汉纪》曰:“董卓呼三台尚书以下,自诣启事,然后得行,此启事得名之始也。”③可见,东汉已有“启”的用法。从“启”的用法可知“启”本作为动词用,指开启内心,将想法表达出来之意,表达的场所是政治的场合,也就是公领域,对象则是君长。

以“启”作为一种上行公文书的名称,就现存资料而言,至迟在

---

① 范文澜(1893—1969)《文心雕龙注》,人民文学出版社 1998 年版,页 423—424。

② 李曰刚(1907—1985)《文心雕龙“奏启”篇斠诠》,《国文学报》六期,1977 年,页 135。

③ 李昉(924—996)《太平御览》卷五九五,台湾商务印书馆 1974 年版,页 2810b—2811a。

晋代已经可以确定了，[①]然而此时的启与奏、表、笺、疏、书等文类相较，亦无甚差别。它的内容是以“陈政言事”和“让爵谢恩”为主；[②]形式上，则表、书亦常以“启”字作结。例如陆云（262—303）的《与兄平原书》末云“谨启”；[③]庾翼（305—345）的《北伐至夏口上表》用“启闻”。另外，范宁（339—401）《为豫章临发上疏》末云：“今当永离左右，不欲令心有余恨，请出臣启事，付外详择。”是以“启事”来称疏所言之事。由此可知，若就严格的文类区分而言，“启”与奏、表、笺、疏、书等似无区分之必要，仅为晋末以来时代风气所行，因为习惯以“启”、“启闻”、“谨启”、“启事”等词为开头或结尾的套语，遂以此称呼使用这种套语的公文书，而形成这样的一个文类。

由于“启”作为动词用时，是指“开启内心，表达想法”，也就是心中是有真切的“情志”，借著“启”的动作，而把情志表达出来。使用“启”表达的场所是政治的场合，也就是正式而公共的领域，表达的对象则是君长，所以“启”字在使用上也带有一种“尊敬”、“庄重”

① 察考严可均（1762—1843）辑校《全三国文》，可得高柔（204—293）《军士亡罪妻子启》及刘辅（生卒年不详，三国魏人）《论赐谥启》二篇。前一篇见于《三国志・魏志・高柔传》载：“柔启曰：‘士卒亡军……’”另一篇出于《通典》卷一〇四，刘辅等启论赐谥，因此这两篇的篇题应为后人所加，其“启”的词性亦为动词。（见《全上古三代秦汉三国六朝文》，中华书局 1958 年版）至于晋，则有山涛（205—283）的“启事”闻名，《晋书・山涛传》载：“涛再居选职十有余年，每一官缺，辄启拟数人，诏旨有所向，然后显奏，随帝意所欲为先。……涛所奏甄拔人物，各为题目，时称‘山公启事’。”

② 亦可参考谢朝栻针对中国公文书名称、内容、行文层级及同义异名的三个统计表，见《中国古代公文书之流衍及范例》，台湾文史哲出版社 1986 年版），页 167—174。

③ 陆云《与兄平原书》的对象并不是君长，而是平辈之稍尊者，施用场合及内容亦与政治无关，与魏晋及南北朝以降，多施于官长，且内容上多奏事、谢恩，施于公领域者有差异，在当时可以算是一个特殊的例子。然唐宋以来的启则上行、或相敌亦以启行，以示敬重，施用范围亦不限于公领域，则可推源于此。

的意味，以“启”字为套语的文书，也因此把原有的动词意涵，渗入文体之中，使这种文书一方面是要把内心的“情志”表达出来，但是在表达上又必须施以“尊敬”、“庄重”的态度。

“启”要表达的“情志”，是以“陈政言事”、“让爵谢恩”两类为主。前者是“奏之别条”，因此“明允笃诚”是“情志”的根本，这一类情感的基点是“忠”。情因事而生，“忠”的情感就是对职务尽心尽力的情感，职务之事纷错繁杂，所以这种情感要得宜，则必须要以理智明察职务分内的事项，提出具体的看法和做法。见解广博而确切，畅达而有条理，就是理智表现在文辞上的结果，也是好的“奏议”应有的标准，“陈言政事”的启，其文体的标准风格也是如此。①

后者则为“表之别干”，“章”和“表”都有表明以及标明的意思，所以侧重在文采，亦即如何把原有之情，以最恰当、最好的文采表明出来。② 表达的是什么样的情感呢？“启”继承章表的是“让爵谢恩”之情，“让爵”和“谢恩”都可以统归为一种“受恩之情”。“让爵”就是“受爵”而感到承当不起，所以“让爵”是“受恩”的推辞行为，“谢恩”则是“受恩”的接受行为。因此，“让爵谢恩”都是感恩之情的不同表达方式。这种感恩之情是因为朝廷或官长的恩惠（德）而产生的，藉著感恩之情的表明，可以把朝廷或官长的恩惠（德）显明出来，这样显明出来的文字，具有双重的意义，一方面代表自身的

---

① 《文心雕龙·奏启》：“夫奏之为笔，固以明允笃诚为本，辨析疏通为首。强志足以成务，博见足以穷理，酌古御今，治繁总要，此其体也。”（范文澜《文心雕龙注》，页 422）

② 《文心雕龙·章表》：“章者，明也。《诗》云：‘为章于天’，谓文明也；其在文物，赤白曰章。表者，标也。《礼》有《表记》，谓德见于仪；其在器式，揆景曰表。”（范文澜《文心雕龙注》，页 406）因此，章表皆有显明之意，并且，章的意义特别强调光彩明亮，也就是要有文采；表的意义则强调透过外在的言、行、器物，来显明一内在真实之事物，如君子之德，如时间。

文采，另一方面也表现出朝廷官长的荣耀。① 因此，“让爵谢恩”一类的“启”，文采本身就是最重要的。

相较于两类的“启”而言，“陈政言事”的启，内容和意义的完善比文辞之美更重要，“让爵谢恩”的启，文辞上的美比文章的内容和意义更为重要，本文所讨论的“谢启”属于后者，是“让爵谢恩”这一个系统的作品。

三、谢启的书写策略：程式性及其社会意义

1. 谢启的基本元素及程式

魏晋南北朝由于战乱动荡的因素，文书散佚的情形相当严重，现存“谢启”多半由类书中辑佚而来的，篇章并不完整。由于“启”是具有套语格式的文类，因此我们可以选几篇格式完整者来参考。

> 臣勉言：传诏傅灵惠宣敕，垂赐绢二十匹。伏惟皇太子，睿情天发，粹性玄凝，作震春方，继离朱陆。嘉日茂辰，毕宫告始。龙楼起曜，博望增华。含生凫藻，率土抃跃。臣运属会昌，命逢多幸，预奉休盛，复颁恩赐。白素起独丽之色，兼两迈丘园之贲。庆荷之情，实百常品，不任下情，谨奉启谢闻。谨启。（梁・徐勉〔466—535〕《谢敕赐绢启》）②

本文首先以“某言”表明说话者，并载明所收之物及数量，尔后赞美赠物者（皇太子），其次连系到自己（受恩者），再赞美所收到的物（美好及数量之多），再谈到感恩之情，最后以“谨启”作结。

> 臣某启：奉敕垂赐杂色丝布绵绢等三十段，银钱二百文。

---

① 《文心雕龙・章表》说到章表的作用：“所以对扬王庭，昭明心曲。既其身文，且亦国华。”又说：“循名课实，以文为本。”

② 严可均《全上古三代秦汉三国六朝文》，中华书局 1958 年版，凡本文所引谢启皆出自本书。

某比年以来,殊有阙乏。白社之内,拂草看冰,灵台之中,吹尘视甑。怼妻狠妾,既嗟且憎,瘠子羸孙,虚恭实怨。王人忽降,大赉先临。天帝赐年,无逾此乐,仙童赠药,未均斯喜。张袖而舞,玄鹤欲来;舞节而歌,行云几断。所谓舟楫无岸,海若为之反风;荞麦将枯,山灵为之出雨。况复全抽素茧,雪板疑倾,并落青凫,银山或动。是知青牛道士,更延将尽之命;白鹿真人,能生已枯之骨。虽复拔山超海,负德未胜;垂露悬针,书恩不尽。蓬莱谢恩之雀,白玉四环;汉水报德之蛇,明珠一寸。某之观此,宁无愧心!直以物受其生于天,不谢。谨启。(北周·庾信〔513—581〕《谢明皇帝赐丝布等启》)

起首亦以"某启"表明说话者,并言明所收到的物及数量,次言己(处境),以连系到物品,次言受赐之喜,报恩之心,最后以"谨启"作结。

我们首先可以注意到这些谢启都有共同的格套:起首须有发语词,结尾必须有结束语,而以"启"来表明。至于发语词和结束语虽然以"启"字为主,但也可以稍有弹性,如徐勉的发语词就用"言"。其次,由于物品的赐赠可能透过第三者传递,所以收到的物品及数量必须载明,以示收到了,并且表明感谢的原因。以上都是谢启必须有的格套。这些谢启常以"不任下情,谨奉启谢闻。谨启"。这样的句子来表示感谢,并加上结束语[1]。由于这些格套都是固定的,因此在编纂文集或类书时,常常会把首尾删掉,仅留下

① 如梁庾肩吾(487—551)《谢武陵王赉绢启》;梁简文帝(萧纲 503—551)《谢东宫赐裘启》、《谢赉碧棋子屏风启》、《谢赉扇启》、《谢赉纳袈裟启》、《谢敕赉柏柱并铜万斤启》、《谢敕赉铜供造善觉寺塔露盘启》、《谢敕赉苦行像并佛迹启》;梁昭明太子(萧统 501—531)《谢敕赉水犀如意启》、《谢敕赉制旨〈大涅盘经讲疏〉启》、《谢敕赉制旨〈大集经讲疏〉启》;梁萧欣(? —584)《谢赐甘露启》;梁沈约(441—513)《谢赐甘露启》。

中间的正文。

从举例的这两篇“谢启”中,我们可以找到几个元素:“物品”、“双方”——赠物者及受物者,以及恩情,这几个元素又可以用“恩情”来贯串。

也就是说,物品是恩情的象徵物,赠物的一方是恩情的供应者,受赠的一方则是恩情的收受者。谢启的写法就在这几个元素上大作文章,或者强调物品的美、好,或者强调施赠者地位、才德的高伟超群,或者强调受赠者地位和才德的微薄浅陋,这样写法的目的只有一个,就是要强调感恩之情。这些元素是“谢启”写作的基本元素,只是强调的方向和写法上稍有差异,在比较完整的篇章中,几乎都是这几个元素组成的。即使早期的谢启,如宋·刘义恭(413—465)的《启事》:

> 圣恩优重,猥赐华缨玉笏,珍冠饰首,琛板耀握,非臣朽薄,所宜服受。

这是由《初学记》和《太平御览》中辑出来的,可能不是全文,但是已经具备了谢启应有的元素:施赠者(圣),受赠者(臣),以及所赠之物(华缨、玉笏),并且说明了施赠者的德(圣恩优重),受赠者的卑微(朽薄),也对物的“美”及“好”加以简单的形容(饰首、耀握),以显出物品的好处。

再往前看,曹魏时期虽然没有“启”,但是表达谢恩者则以“表”为之,曹植(192—232)的《谢赐柰表》:

> 即夕,殿中虎贲宣诏,赐臣等冬柰一奁。诏使温啖。夜非食时,而赐见及,柰以夏熟,今则冬至。物以非时为珍,恩以绝口为厚,实非臣等所宜蒙荷。

这一篇也是从《太平御览》中辑出,但是从前举的几个元素来看,文意上已经算是完整的作品了。本篇借着强调物品(柰)的珍异性(非时而生),以显现恩情,表面上没有写出施赠者,但是施赠者的形象已经透过物品所传递的恩情,而显现出来了,至于"非臣等所宜蒙荷",也表示了受赠者本身的低微。

另外,从"书仪"中也可以看出谢启的元素和基本构造。

书仪是写信的程式和范本,供人模仿和套用。[①] 五代以前可见的书仪十分稀少[②],敦煌写本中则有相当的数量,其中有数篇感谢赐物的公文书。例如,可能是唐安史之乱前所作的【斯一七二五】有一篇《蒙与物谢启》:

> 名启:至万福依前启。某至,伏蒙示问。兼赐及无书则云伏蒙赐及。某物若干。感戴恩造,亦云感戴丘山,亦云自顾细【微】,忽蒙恩造,小物亦云捧对。下情无任战惧。上无感戴字,此云战荷。名卑守有限,不获拜谢,谨因已下【与】初启同。[③]

从这一篇谢启的形式可知,首尾都是一例的套语,所以都省略下来了,而在小注上表明和初启相同,由此我们也可以印证前面所论,即谢启首尾的一些固定的套语,常常因为是同一个式样而被省略下来。就体制而言,也是先陈列所收到的物,次述恩德,在述恩德时也透显出施赠者的地位,次言感恩之心,并在结尾表示自己的卑微,不

---

① 这种性质的书,可能可以上溯到东汉蔡邕(133—192)、孙吴(? —293)的著作,但现存最早者则为西晋的书法名家索靖(293—303)留下来的《月仪》,属于朋友问候的"朋友书仪"。《隋书·经籍志》记载南北朝流行的书仪共有十一种,现在已经全部亡佚了,从《隋书·经籍志》将这些书仪列入《史部·仪注类》,以及唐、宋书仪的体制看来,书仪的内容除了书札范本之外,还包括一些礼节的规定。参见周一良(1913—)《书仪源流考》,《魏晋南北朝史论集续编》,北京大学出版社 1991 年版,页 261—264。后亦收入周一良、赵和平(1948—)《唐五代书仪研究》,中国社会科学出版社 1995 年版。

② 周一良《书仪源流考》,页 61—62。

③ 赵和平《敦煌写本书仪研究》,台北新文丰出版公司 1993 年版,页 428—429。

足以承受如此的恩德。和前举的例子一样，都具备相同的基本元素。

另外，五代【斯五六四三号】残册亦有数篇：

> 某乙卑门末品，未彰汗血之功，伏蒙阿郎恩慈，特赐鞍马，下情无任感戴。(《谢赐鞍马》)
>
> 某乙久在恩门，惭无薄效，伏蒙阿郎台造，特赐骆“驼”，下情无【任】感激。(《谢赐“驼”》)
>
> 某乙弯弧伎薄，伏剑功微，伏蒙阿郎恩慈，特赐弓箭，下情无任荣戴。(《谢赐弓箭》)①

这三篇可能都是口头用语，所以形式上更加简单，都是同样的一个格式，先叙述受物者(自己)才德之薄，次述施赠者(阿郎)之德(恩慈)，并述物，以无任感恩作结。这三篇除了在选词上注意和所赐之物相配合以外，结构上则是完全相同，仿佛“照样造句”，只须变换几个字词，就可以使用在不同的物品上。

前举两类书仪由于作者的文化水准较低，甚至可能是口头用语，所以在文字上的技巧及变化都比较缺乏，但其中的格式化倾向则更浓。不过，被视为表、状、启一类公务性应用文模范的刘邺(？—881)《甘棠集》，其中感谢赐赠的《谢赐春衣表》、《谢冬衣表》、《谢端午衣表》②三篇，虽然文辞繁复，但也仅在节令及文辞上变化，整个篇章的结构，也都是一个模式。都是先详列收到之物，次言物

---

① 赵和平《敦煌表状笺启书仪辑校》(江苏古籍出版社，1997)，页326—327。另外，同书，页331，【伯三〇四一】《谢赐“驼”(鞍)马》及《谢赐弓箭》二则，行文用词与之绝类。同书，页334—336，【伯三六二五】《谢赐马》、《谢“驼”》，《谢宅》等篇，行文稍繁，但结构及词气皆相同。

② 【伯四〇九三】考证应为唐刘邺所作。刘邺字汉藩，两《唐书》中有传，大中14年开始充任翰林学士十数年，以善文章知名。这些文件与一般唐人文集不同处在于只收表、状、启三种公务性应用文书，而不及其他，故推论此书之结集目的在于作为写作“表、状、启”等公文的参考，也就是广义的书仪。书同注18，页4—6、页45—53。

之来锡，次言受物者（臣、民、僧、道）德薄而受赏，次言赠物者（陛下）恩惠浩大，再赞美物品以衬托出受物之愧，并再一次赞美物品以带出无限感恩之心。

再往后推，如果参看清代的谢摺，可以发现它们仍是一样固定的写作方式，[①]可以说这些感谢赐物的公文书的写作方式和元素，从一开始就已经固定化了，并且影响力一直到清末都没有改变。由于它的写作主题非常单纯，作品中的元素又相当简单，只能在文辞上稍作变化，所以篇章的安排上呈现出相当固定的模式。从它们的写法中，我们可以发现，所赠的物品可以不停的替换，人物也可以代换，不变的在于物品是恩情的象徵物，以及施与受之间不平等的地位，并且这中间的不平等性，是透过赠物的行为而彰显出来。

为什么这些感谢赠物的作品，总是不断重复固定的模式？这些重复而固定的模式代表什么呢？我们可以借用“程式”（formula）这个概念。

考尔维蒂（John George Cawelti 1929—）以为，文化产品中的程式因素可以显示出一个“特定”文化中的“传统”，这个“传统”带有“仪式”的性质，可以使在同一个文化体系中的成员懂得并参与其中，而感受到团体的紧密一致。[②] 所以，这些重复而固定的模式正彰显出感谢赐物类作品的“仪式”特性，从赐赠到创作行为，以及把作品回呈的整套过程，甚至感谢赐物的这些表、启本身的结构，

① 王传懿（1788—1852）《骈体南针》，台湾新文丰出版公司 1979 年版。

② 此处借用考尔维蒂“程式”的概念来讨论“谢启”，一方面因为它是“集体的产品”，而有“因袭”文化传统的部分；另一方面则因为“谢启”由产生到写法，都是传统文化体系下的产物，而且是在中国士人这样一个特定的文化模式中产生的。参见 J. G. 考尔维蒂（John George Cawelti）《通俗文学研究中的“程式”概念》，成穷、王作虹译。周宪、罗务恒、戴耘编《当代西方艺术文化学》，北京大学出版社 1988 年版。

都显示出它是在一个特定文化传统中的产物,这样的过程和产品可以让在这一个传统中的成员透过它而团结彼此,沟通情谊,维持组织。①

2. "交换"的仪式行为

既然我们说"谢启"类的作品,从创作行为到产品本身,都是一个特定文化模式下的产物,这个"特定的"文化模式,我们可以分几个层次来讨论。

首先,从赠赐物品到感谢赐物的作品创作,并回复给赠赐物者的一套过程,是一套具有仪式性质的行为,这个仪式性质的行为,由赠赐和回报的特质看来,正是一种"交换行为"(exchange behavior),而交换行为也正是社会组成的基本因素。

人类学者牟斯(Marcel Mauss 1872—1950)认为人类社会中普遍存在着"交换"的行为,这种行为并不是个人化而且无私、无目的的"交换",而是有一套"报称馈赠"(prestation)的系统在支配着人们的行为。② 这个系统可以归纳出几个原则:

1. 义务性:所有表面上看似自由而个人化的"交换"行为,其实是受到社会规范的约束。

2. 平衡性:在社会规范约束下的人们,收下物品都有必须回报的义务,并且回报必须等值,收受者若不回报,或不以更多的东西偿还,就表示自己的臣服,而处于阶级的下层。相反地,能分给人越高价值或越多的物品,或者可以分给越多人的,就越处于社会的上层。

---

① 也可以说这是象徵系统(Symbols)中的一部分,参见亚伯纳·柯恩(Abner Cohen)《人心深处——从人类学的观点谈现代社会中的权力结构与符号象徵》(Two Dimensional Man),宋光宇译,台湾业强出版社 1986 年版,前言。

② 牟斯(Marcel Mauss 1872—1950)《礼物:旧社会中交换的形式与功能》,汪珍宜、何翠萍译,台湾远流出版社 1989 年版。

3. 契约性：不断进行的赠与和回报的行为，使得人与人，人与团体，或团体与团体，甚至人与自然界之间维持关系，而组成团体或社会。所以表面上看是物质交换的经济现象，其实是在维护、制造或表现社会阶层关系的政治现象。

4. 普遍性：这是所有人类社会普遍的行为。

所以，表面上看来很简单的赠物/回报行为，其实是受到一套规范性原则所约束的，这种行为是人类社会组成的重要因素，透过施与受之间的互动，以及回报的义务性，而建立起人际沟通的网络。杨联升（1914—）指出中国“报”的观念，就是牟斯所指的“交换”原则，并以为这个原则是中国社会关系的一个基础，也就是说，中国的社会也是受到“报”原则所组织起来的。①

中国人长久以来就有重视“报”的传统，所以《诗·大雅·抑》说：“无言不雠，无德不报。”《礼记·曲礼》也以为从有人事制度开始就讲究“报”：“礼尚往来，往而不来，非礼也；来而不往，亦非礼也。”这里讲的就是“报”原则的义务性质，因为报是一个普遍而有规范性的法则，所以必须往来、赠答。除了“礼尚往来”的义务情质以外，《诗·王风·木瓜》曰：“投我以木瓜，报之以琼琚。匪报也，永以为好也。”这里指明赠答行为之间并不只有“回报”的义务性，它还有情感因素，并且，在赠答之际所希望建立的是一个长久的关系网络。社会组织除了个人以外，还必须有关系，而人与人的关系要建立并维持，靠的就是受到“报”原则所牵动的一项项“交换”行为。就文学活动而言，不独谢启的创作，但凡书信的往还，赠答诗的传统，以及春秋时的赋诗活动，皆是这种社会行为的产物。

有所收受，则应有所回报，这是人类普遍的社会原则。但是，牟斯所指出的普遍性的交换原则，在不同的社会组织中，会形成不

① 杨联升《报——中国社会关系的一个基础》，《食货月刊》第 3 卷第 8 期，1973 年 11 月，页 31—42。“交换原则”在此译为“交互报偿原则”。

同的交换形态。杨联升指出中国使用这个原则时，和其他社会不同之处在于中国拥有长久的传统，高度的自觉，并且把这个原则广泛的运用在社会制度上，从而产生深刻的影响。①

许多研究都指出，中国传统中使用“报”的原则时有几个特点。首先，它是被放在一个具有亲疏远近，地位差别的社会关系网中。“报”的原则因为不同的地位和不同的关系，而有不同“报”的义务、行动以及期限，并且在关系网中的所有成员都预期这样的“报”。其次，“报”的原则在运用时，具有很强的“情感”性质，因此难以估计和清偿，也容易维系长久和稳固的关系。第三，中国人是很有意识地利用这项原则，以得到各种权力和地位。因此，中国的“报称馈赠”系统，无宁是更为复杂而广泛的。②

在中国的“报称馈赠”系统中进行交换时，物品除了具有单纯的经济性质以外，更重要的在于它常常是“人情”、“权力”、“地位”、“社会声望”等的代表物，由于这些是抽象而难以计算的，所以回报

① 杨联升《报——中国社会关系的一个基础》，页 31。

② 关于此点论者甚多，费孝通（1910—）以“差序格局”来说明中国社会的结构，见费孝通《乡土中国与乡土重建》（台湾：风云时代出版公司，1993），页 22—36。亦可参考金耀基《人际关系中人情之分析（初探）》，收于杨联升《中国文化中报、保、包之意义》，附录二，香港中文大学出版社 1987 年版（本篇原发表于《国际汉学会议论文集》，页 413—428，台湾“中央”研究院编，“中央”研究院 1981 年版）。黄光国《人情与面子：中国人的权力游戏》，《中国人的权力游戏》，页 7—41，黄光国编，台湾巨流图书公司 1988 年版。刘兆明《“报”的概念及其在组织研究上的意义》，《中国人的心理与行为——理念及方法篇（一九九二）》，页 293—318，杨国枢、余安邦主编，台湾桂冠图书公司 1993 年版。就“交换”的方式，如人际关系的角度而言，中国人和其他社会亦有显著的差别。阎俊玉（Yum，J. O.）《儒家思想对东亚人际关系与人际交流方式的影响》，关世杰译。史蒂夫・莫滕森编选，关世杰、胡兴译《跨文化传播学：东方的视角》，中国社会科学出版社 1999 年版。张慧清（Hui-Ching Chang）、理查德・霍尔特（G. Richard Holt）《远不止相互关系：中国人的互动及“关系”原则》，关世杰译。同前书。

的程度也是难以估计的。

谢启的赠答行为，是在一个具有尊卑上下差异的社会架构中进行的，所以赐与和回报之间永远不平等，因为物品总是附带着赐与者的人情、权力和地位，所以物的价值是在原来的经济价值之上，又加上许多非经济的价值，这种非经济的价值常常造成难以回报的情形，赐与和回报之间的不平衡，则会形成收受者的负债感。

例如，梁简文帝未登位时，收到御赐的“郁泥真纳九条袈裟”，就说：“虽复贵比千金，轻逾二两，无以匹此洪恩，方斯殊赉。”对萧纲来说，袈裟本身的经济价值并不重要，重要的是这个袈裟是君王的赐赠，是加上了权力、地位和情感因素的象徵物品，物品于是变成“洪恩”。自己的“尘缘秽体”能被服这条袈裟，陪侍宝坊，就感到“愧荷相集”、“不任惭悚之至”，“愧荷”和“不任”的就是“洪恩”造成的负债感。[①]

谢启在写作时，往往会把这个负债感写出来，说出一些“有谢笔端，无辞陈报，不任下情，谨奉启谢闻”（庾肩吾《谢武陵王赉绢启》）或者是“荷对衔惭，伏抱衿渥”（鲍照〔？—466〕《谢赐药启》）之类的话。这些言辞常放在篇末，而形成格套。收下尊长的一份馈赠，代表收到一份必须回报的恩情，这份恩情又因为其地位、权力等因素而难以计算，因此也难以达到平衡点，可以说是永远难以回报的。

如，刘孝威（496—549）收到“净馔”，就要说自己“微物多幸，叨奉曲恩，性命可捐，殊私难答”的话。（《谢东宫赐净馔启》）刘孝仪（458—550）收到“纹绢二十匹”、“烛二十挺”，也说：“小人微贱，岂能胜报。不忘。”（《谢女出门宫赐纹绢启》）庾信也说：“白龟报主，终自无期。黄雀谢恩，竟知何日？”（《谢赵王赉白罗袍裤启》）甚至

① 梁简文帝《谢赉纳袈裟启》四首之三。

说：“蓬莱谢恩之雀，白玉四环；汉水报德之蛇，明珠一寸。某之观此，宁无愧心！直以物受，其生于天，不谢。”（《谢明皇帝赐丝布等启》先把应该要“报”的原则说出来了，而后竟然说“不谢”，因为这种恩德就像上天赐与万物生命一样，万物根本无以回报，若要回报，只能以生命回报了。

那么，既是无法报答的负债，为什么还要明写出来？

对于受赐者而言，受而不回报，或者无法回报，因此形成负债。根据“报”的平衡性原则，施、受之间的不平等，受者也在地位上就矮了一截，形成卑微和依附的关系，但是施、受双方的关系也因为双方之间“债”的关系，而得以维系。所以这个“债”根本不能“结清”，因为一但算清楚了，达到平衡了，双方的社会关系也就终止了。[①] 所以，透过谢启的书写，一方面表达对于恩情的感激，以显示自己将在未来有报答的行动：一方面也表示了对双方关系维系下去的期望，从而加强双方的关系和组织的延续性。

就施赠者的角度而言，由于“报”的义务性，使得施赠者对回报有预期。[②] 而且，中国人的工作动机并不只是工具性的层次，即以工作换取报酬，而是有很重要的情感因素——报恩动机。[③] 所以中国传统中有很强烈的“士为知己者死”的观念，汉高祖解衣推食，历代诏书中对臣子的颁赠，都是以物品来进行“人情”交换，或者更确切的说，是“恩情”的交换。前已论及，物品本身是否具有经济价值并不重要，重要的是这是一个强烈的恩情，受恩者更应当涌泉以报，这是施赠者、受赠者及同一传统成员

---

① 金耀基，页 94、104。

② 黄光国亦以为，促使中国人对别人施赠的主要动机之一，是他对别人回报的预期，页 24。

③ 这是平衡而简单的一报还一报的观念，有工具性，刘兆明，294—295。亦是金耀基所说的经济性交换行为，页 91—92。

的共识。

其次，中国人的权力常常决定于社会地位的高低，社会关系是决定个人社会地位的重要因素，所以一个人在社会关系网地位的高低、别人对他的接受和认同，以及他所能享受到的特殊权力，都和他的社会地位和声望有关。也就是说，领导地位的建立，端赖其社会关系网组成分子的素质声望，以及他在此关系网中地位的高低所建立起来的社会声望和公众形象。这种形象的建立，一方面可能是由他所归属的地位来获得，例如性别、家世、祖籍等等，另一方面，也可以靠个人的努力，例如个人本身的素质，或者是他的社会地位和权力。也就是说，一个人的权力和地位，都是在人际间不断互动的过程中建立的。① 赠物者的赠物行为，也可以说是在增强和促进社会关系，进行权力的集结。

因此，谢启的创作过程就是一套关系连结的“交换”行为，或者说是“拉关系”活动的搬演仪式，其行文中的套语和程式性质，以及对于“恩情”的强调，都是这种仪式渗入文体之中的结果。

四、赐物类谢启在齐梁大量出现的意义

1. “谢赐物”的书写史

以“谢恩”为主题的创作，在宋以前，主要是以章、表或上书来呈现。考察严可钧辑《全上古三代秦汉三国六朝文》，曹魏以前的章表，不仅保存下来的数量稀少，并且让、谢的内容也以封邑、爵位

① 此即“面子工夫”，周美伶、何友晖《从跨文化的观点分析面子的内涵及其在社会交往中的运作》，《中国人的心理与行为——理念及方法篇（一九九二）》，杨国枢、余安邦主编，桂冠图书公司 1993 年版，页 232—234，黄光国，页 29—32。

为主。[①] 魏、晋开始可以看到比较多的作品，“谢”的内容也出现一些感谢赠物的，[②]但是这种谢赠物的公文书，不只数量稀少，篇幅亦短小，多半只是寥寥几句，仅有姚嵩的《谢赐皇后所遗珠佛像表》篇幅较长。刘宋留下来的表启中，用来谢赐物者亦不多，[③]不过就遗留下来的篇章看来，篇幅已有加长的趋势，并且已经有用“启”这个文类来谢恩的了。

真正大量出现以赠物为主题的“谢启”，则是在齐梁以后，创作的成员以萧氏父子及其文学集团的成员为大宗，这些作品不独在数量上增多，在篇幅上也加长了，虽然不是长篇，但和刘宋以前所见多为寥寥几句相较，已经具备小品文的形态了。文类的发展是有一段开始、兴盛到衰亡的过程，由这个文类数量和篇幅上的增加情形看来，赐物类的谢启是在刘宋时慢慢出现，在齐梁则大大的兴盛起来的。

施恩是树立领导地位的重要方式之一，所以君王赠物品予臣下的情形自古皆有，在历史和诏书中亦随处可见，从赐赠的物品来看，宅第、钱、米、布、衣饰、车、马、牛、胙肉……等，都不能算是历史上独一无二的赠赐，为什么迟至齐梁之际，方才大量出现这样的文类，不能说不是一个特殊的现象。

---

① 如诸葛丰（生卒年不详，西汉元帝时人）《上书谢恩》，朱博（生卒年不详，约西汉末年人）《上书让封邑》及蔡邕《让高乡侯章》。

② 如曹植《谢赐柰表》、《谢赐谷表》，锺繇（151—230）《又报太子书》，王昶（？—259）《谢檠表》，刘琨（271—318）《答晋王笺》，孔坦（生卒年不详，东晋人）《谢赐酒柑表》，姚嵩（生卒年不详，后秦人）《谢赐皇后所遗珠佛像表》，王衍（256—311）《谢表》，孙楚（？—293）《谢赐障日笺》。

③ 如刘义恭有谢启十二篇，（按：其中一则《启事》《北堂书钞》卷一三四载刘义恭所作；《太平御览》卷七〇三作刘义庆（403—444），未审孰是，今姑附于刘义恭之下。）鲍照有《谢赐药启》，王弘（？—432）《谢赐河上梨表》，谢庄（421—466）《谢赐貂裘表》，颜测（423？—455？）《大司马江夏王赐绢葛启》。

早期没有以赠赐物类的公文书留下来，其原因可能是篇章散佚，亦可能是没有这样的创作。如果早期不为了赠赐物品进行创作，可见当时并不以为收下赠赐之物，有特别为它作一篇文章的需要，而仅铭记在心，等待适当时机再加以回报。若早期有这种创作，那么，早期仍有相当数量的篇章保存，其中包含各种文类，为什么独有这类作品正好全部佚失呢？如果真如此，只可能是这种创作相当简短，仅为一两句表示收到的话语，根本不具什么保存的价值。无论那一种可能，都显示出早期收到赠赐的物品时，根本没有特别为之写一篇具有姿态的文章的观念和风气。

观察齐、梁、陈、后周文，可以发现，这些谢赐物启的作者绝大部分都是当时重要文学集团的一员。除了身为文学集团主的萧氏兄弟以外，萧欣（？—584）、萧纶（？507—551）是萧氏皇族的成员，王融（467—493）、谢朓（464—499）、沈约（441—513）、王僧孺（463？—521？）都参加过竟陵王的文学集团，前三人且为竟陵八友成员，刘孝绰（481—539）、刘孝仪、刘孝威、张缵（499—549）、庾肩吾，周弘正（496—574）、徐陵（507—583）、王褒（511？—574？）、庾信也都参加过萧氏兄弟的文学活动。

赐赠物的行为是一种政治性的活动，本为人类政治生活之常态，但为此而特别写封谢启来感谢一番，却是一种比较周致繁琐的礼节，相当有“文饰化”的倾向，这种赠赐物主题的谢启发展，似乎和文学活动渗入政治活动之中，以及当时的精英文化有相当的关系。[①]

① 郑毓瑜（1959—）曾在论宫体诗时注意到齐梁谢启的写作相当大量而且几近繁琐，范围包括到生活各个层面，并以为谢启之写作除了特定事件的谢恩外，更重要的是在宣扬贵游生活的世界观，可备一说。郑毓瑜《由话语建构权论宫体诗的写作意图与社会成因》，《汉学研究》13卷2期，1995年12月，页272—273。

2. 南朝精英文化的产品

魏晋南北朝的文学集团活动和士族的文化有关。

当时的统治阶层是以士族为主，即使南朝以来的君主常常任用寒素来掌握政治上的实权，①但是因为士庶的分别已经形成，士族在社会上的地位已经确立，所以即使掌有实权的寒素，在整个统治阶级中仍然不是最高层，他们的政治地位也不能像士族一样互为依倚，常保家门代代不衰。唐长孺以为寒人的最高愿望并不在打破士庶等级区别，相反的是，他们想要得到士族的承认，挤入士族之列，并且转而以这种身分自傲，甚至同样坚持士庶区别的观点。② 可以说当时的社会地位和社会声望都以士族的身分为最高的标准，换言之，士族在当时是标准的“精英团体”。

精英团体的特色在于他们是盘踞在社会的上层，享有特权地位，并且自成“一族”的少数分子。他们以自己独特的文化模式和价值观，包括言行仪态、交往集会、内婚、精英意识等来表现他们的特殊地位。他们以一整套的观念和行为模式来和外人区别，并且常常以各种仪式行为或象徵符号的操演，让自己以及社会上的一般大众相信他们的精英地位。他们具有非正式的组织性以及排外性，他们和具有相同价值观和行为模式的人合作来往，并且排斥那些和他们不同的人或群体。在正式的组织，如政治场合或商业场合，精英团体的这种特性常常成为他们是否和某人或某团体合作

① 赵翼(1727—1814)《南朝多以寒人掌机要》，《廿二史札记校证》卷八，王树民校证，中华书局 1982 年版，页 172—174。唐长孺《南朝寒人的兴起》，《魏晋南北朝史论丛续编》，三联书店 1959 年版，页 93—123。越智重明(1923—)《梁陈政权与梁陈贵族制》，《日本学者研究中国史论著选译》，第四卷《六朝隋唐》，刘俊文主编，夏日新、韩昇、黄正建等译，中华书局 1992 年版，页 294—313。

② 唐长孺《南朝寒人的兴起》，页 109。

或来往的判准。①

所以，要和精英团体交往、合作或进行关系的连结，都必须取得他们的认同，也就是必须和他们有相同的价值观和行为模式。

魏晋南北朝既以士族为精英团体，他们盘踞在社会的上层，帝王或有政治野心的人要取得政权时，必须得到他们的支持，寒士、庶族等也希望和他们交结而取得关系和各种利益，因此，整个社会在大体上就趋向以士族的价值观和行为模式为社会的标准。

士族的标准是什么呢？由于门第要长期维持，必须要有优秀的子弟，要有好的子弟，则必须致力于教育，因此当时的家训、家戒之类的篇章数量也相当繁多。当时致力于子弟者不外家风及家学两方面，家风是以门第礼法为内容，家学则以经籍文史学业为主，这两方面就是士族身为精英分子应有的文化素养。② 士族子弟有优良的环境和刻意的教导，自然容易娴熟礼法，擅长经籍文史，并且以此自别于那些比较不具精英修养的寒人或“新出门户”。③

文学素养是这种文化素养中很重要的一个部分，常成为士族自我标榜，社会叹美的主题，如王筠（481—509）《与诸儿书论家世集》说：

> 史传称安平崔氏，及汝南应氏，并累氏有文才。所以范蔚宗云崔氏世擅雕龙，然不过父子两三世耳。非有七叶之中，名

---

① 亚伯纳·柯恩《人心深处——从人类学的观点谈现代社会中的权力结构与符号象徵》，页 133—147。亦可参见梅家玲《论建安赠答诗及其在赠答传统中的意义》，《汉魏六朝文学新论——拟代与赠答篇》，页 231，台湾里仁书局 1997 年版。

② 当时门第的家风家学，可参见钱穆（1895—1990）《略论魏晋南北朝学术文化与当时门第之关系》，《中国学术思想史论丛》第三册，台湾东大图书公司 1977 年版，页 135—199。

③ 如《世说新语·简傲》：“谢万在兄前，欲起索便器。于时阮思旷在坐曰：‘新出门户，笃而无礼。’”此乃以行为模式来区分精英与非精英。

德重光,爵位相继,人人有集,如吾门世者也。沈少傅约语人云:"吾少好百家之言,身为四代之史,自辟已来,未有爵位蝉联,文才相继,如王氏之盛者也。"汝等仰观堂构,思各努力。①

史书亦载:

(刘)孝绰兄弟及群从诸子侄,当时有七十人,并能属文,近古未之有也。其三妹适琅邪王叔英、吴郡张嵊、东海徐悱,并有才学。②

可见当时门第之中,除了重视爵位蝉连,也重视"文才相继",父兄以此砥砺子弟,子弟亦以文才自我要求,可以说当时人的人才观念和文学素养有关,亦促使士族大量致力于文章的创作。③ 曹道衡(1928—2005)以为当时人认为文字的素养标志著作者的身份和教养,文章欠佳,则是有失体面的事。④ 因此,要成为社会认可的精英,必须在文才上展现,此种重视文才的情况,尤以南朝为甚。

由于士族为社会精英,因此,要取得政治资源,集结权力,都必须得到他们的认同,而不得不以他们的文化标准做为自己的标准。因此,凡是有政治企图的人,亦常常以文学活动或文学组织来拉拢人才,获取认同。如宋庐陵王刘义真和谢灵运(385—443)、颜延之(384—456)、慧琳道人周旋交往,建平王刘景素也招集才学之士,收取名誉,于是"朝野翕然,莫不属意焉"。齐竟陵王萧子良(460—494)亦倾意宾客,招览文士,而以竟陵八友为其文学集团的核心,

① 姚思廉(557—637)《梁书》卷三十三,《王筠传》,台北艺文印书馆,页239a。

② 《梁书》卷三十三,《刘孝绰传》,页237b。

③ 文学人才与政治人才之间的关连,亦可参照林童照《六朝人才观念与文学》,页73—93。

④ 曹道衡《从文学角度看〈文选〉所收齐梁应用文》,《汉魏六朝文学论文集》,广西师范大学出版社1999年版,页64—65。

王融更因为拥立不成而遭害。

当时的君主王侯，亦常以文学自我修养，并要求子弟，甚至进行文学性质的集会或活动。如：

> 宋明帝博好文章……每有祯祥及幸谳集，辄陈诗展义，且以命朝臣，其戎士武夫，则托请不暇，困于课限，或买以应诏焉。①

> 降及梁朝，其流弥盛。盖由时主儒雅，笃好文章，故才秀之士，焕乎俱集。于时武帝每所临幸，辄命群臣赋诗，其文之善者赐以金帛。是以缙绅之士，咸知自励。②

尤其梁武帝萧衍（464—549）本身即为竟陵八友之一，具有很好的文学素养，皇室子弟更以文学相尚，昭明太子萧统、简文帝萧纲、元帝萧绎皆有文学素养，亦有文学集团的活动，上有所好，下必从焉，更加推动当时重文的风尚。使得不具明显政治企图的人，亦以此来建立自我形象和群体之间的认同。

阎采平（1956—）以为，南朝的宋、齐、梁、陈几代，在政治上是皇权控制士族，但是在文化上，皇权却不得不向士族学习，南朝普遍弥漫着一片重文的风气，和士族的行为和价值取向有极大的关系。整个社会都重文，甚至武将亦习文，以武为耻。③ 不只是皇室和一般社会大众如此，士族亦不得不重视自身的文学素养，可以说这是一个互动的过程，君王、士族以及武将、寒庶都在往重文的方

---

① 裴子野（469—530）《雕虫论·序》见严可均《全上古三代秦汉三国六朝文》，页 3262a。

② 李延寿（生卒年不详，唐贞观中累补太子典膳丞）《南史》卷七十二《文学传》序，页 815a—815b。

③ 阎采平《士庶关系与齐梁文学集团》，《文学遗产》1994 年 3 期，页 22—28。

向推进。谢启的创作，也是在这样的一个文学环境中慢慢推演的，先是寥寥几句感谢的话，后来竟演变成有姿态、章法，讲精细刻划的文章，对照这些赠物类谢启的发展史，可以看到它和南朝重文的风气是相配合的。

另外，在社会风气及文风上比较质朴的北朝，[①]创作谢启的只有王褒和庾信两人。这两个人都是由南入北的文士，可见在北朝并没有这样的风气，王、庾二人进行谢启的创作，乃是把当初在南朝时养成的应对方式带到北方去，但似乎还没有在北朝形成潮流。

重文的风气中，上位者与下位者皆以精英自许，上位者有一定的文学水准，而在下位者，亦须展现自己的文才，并且由于上下交往活动的频繁，往来之际，亦常以文辞赠答，互相评赏，以展示自己的精英身份。往来活动之际本有互相交结之意味，在上位者施赠于下，在下位者亦须表达感恩之情以维系情感，但表达时又须恰当合理，在重文的风气下，写一份具有词采的谢启，一方面可以表达感恩之情，另一方面也是自己文学修养的展示。但是谢启是呈给上位者看的，因此上位者的文学素养若不高，则不须花费太多的心思去进行修饰，因此，谢启是南朝重文的文学风气下的产物，并具体表现在文学集团上下之间的互动上。

3. 得体的言辞

文化的表现是以言辞、行为和文字的书写为主，必须恰当得体，否则就会遭到“失礼”的批评。文辞既然是一种身分和修养的表徵，当然必须要得体，所以书仪多为士族所作，这就是因为这些人比较明白怎样的表达方为得当，掌握他们写文书的体裁，才能符

---

① 有关北朝文风与南朝文风差异，可参见曹道衡《关于魏晋南北朝的骈文和散文》，《中古文学史论文集》，台湾洪叶文化事业有限公司 1996 年版，页 53—67。及同书，《试论北朝文学》，页 109—136。《再论北朝诗赋》，《中古文学史论文集续编》，文津出版社 1994 年版，页 301—315。

合士族的文化修养，也就是精英集团所标举和认同的标准。[①]

这种得当的言辞，表现在谢启上，除了在篇章的安排会形成固定的元素和程式以外，文辞上则以骈文为主，并且常有隶事用典的情形，显示出当时文学的好尚。在行文上，由于必须铺衍出一篇短文出来，但是主题以及可供表达、构篇的元素又过于简单，所以必须针对这些简单的元素加以铺陈，而有赋化的倾向。如刘孝仪《为晋安王谢赐鹅鸭启》：

> 形类沈文，经符陶记。晋室羞笾，吴觋未占。复有背如车盖，胸垂却月，口疑犀"椶"，脚似鱼悬。出九芝之池，去千金之沼。

全篇以俳偶用典的方式来描写，仿佛一篇极短篇的鹅鸭赋。不过，谢启的篇幅较短，实用性质较强，写法比较直接，在篇章的安排上也倾向直述法。以描写物品而言，谢启的篇章安排和咏物赋的差别在于谢启的篇幅短小，多半直接描绘物品，而不像赋一样容易由物之禀气、比德来说起，或者以物抒发自我的情感。例如蔡洪（生卒不详，三国吴、晋间人）《斗凫赋》：

> 嘉乾黄之散授，何气化之有灵。产羽虫之丽凫，惟斗鸭之最精。禀离什之淑气，体鸾凤之妙形。服文藻之华羽，备艳采之翠英。冠葩绿以曜首，缀素色以点缨。性浮捷以轻躁，声清响而好鸣。

相较起刘孝仪的谢启而言，蔡洪的赋作显得更周备、更全面。可以说谢启是借用了赋的铺叙手法来进行描写，但却不以赋常用的篇章安排方式来作文。

就谢启的创作而言，如何将"感恩"之心抒写出来，直接写恩情

① 周一良《书仪源流考》，页 262—263。

之浩大者有之，赞美赠物者地位和才德者亦有之，但总不如对物品进行赞美和描绘要巧妙得多了。因为物品是恩情的象徵，所以越是称赞物品，感恩之情也透过物品而更加具体地表露出来了，因此，谢启中常有针对物品仔细刻画的。这种刻画的技巧和当时山水、宫体、咏物的技法颇有相通之处的。① 例如，庾肩吾《谢东宫赐内人春衣启》：

阶边细草，犹推缥叶之光；户前桃树，反讶蓝花之色。遂得裾发台燕，领斗分鸾。试顾采薪，皆成留客。

本文对仗精工，以自然界的花草禽鸟来写春衣，尤其细草、桃树和燕都带有春天的气息，燕、鸾又有成双的意味，和女子的身分亦相符合。以简短的篇幅，将春衣的色泽之鲜美，样式之精工，以及令人赏爱的情况写得很精细，也很美。梁元帝萧绎《为妾宏夜姝谢东宫赍台心花钗启》则颇有宫体之姿态：

未得投壶，先应含笑；不因鸾凤，自能歌舞。夜姝昔在阳台，虽逢四照；曾游澧浦，惯识九衢。未有仍代爵钗，还胜翠羽。饰以南金，装兹丽玉。修靡夫人，本分章华之里；中山孺子，独荷春宫之恩。

因此，王力坚曾举本篇和江淹（444—505）《六章谢章》、《为陈六宫谢表》为例，认为连朝廷用文都以艳侧风貌出现，可证宫体诗风无孔不入之情况。② 不过，须辨析者，宫体之风较靡艳，用来表达

---

① 廖蔚卿以为六朝的诗赋及别类文体，以及当时人的言谈、文学思想，皆普遍呈一种“巧构形似之言”的文学风气。参见廖蔚卿《从文学现象与文学思想的关系谈六朝“巧构形似之言”的诗》，《汉魏六朝文学论集》，台湾大安出版社 1997 年版，页 538。六朝人在文学创作及理论上，普遍注意到事物的形象特点，追求形似，参见周勋初（1929—）《魏晋南北朝人对文学形象特点的探索》，《魏晋南北朝文学论丛》，江苏古籍出版社 1999 年版，页 254—281。

② 王力坚《六朝唯美诗学》，台湾文津出版社 1997 年版，页 168—169。

“谢恩”一类的作品尚属恰当，尤其赠物是给女子的，自然回启也带有艳丽的色彩。前已分辨谢启之两种类型，事实上，以谢恩为主题的启，因为它是以文采为表达的根本重点，因此，更容易受到当时文风和技巧的渗透，至于陈言政事一类，以其内容为书写的重点，文辞技巧并不是那么重要，相较起来，也比较不易受到时代文风的左右。

五、谢启的评价

受到南朝精英文化互动而大量出现的“谢启”，当它形成一种新的文化风气以后，就成为传统精英阶层中固定的象徵行为模式，谢启的写作传统也一直持续到清末。[①] 不过这种文类虽然有很强的应用性，但是认真谈它的人并不多，即使偶尔谈到了，又容易视之为应酬文字，而予以贬评。例如恽敬（1757—1817）《上曹俪笙侍郎书》说：

> 古之奏记，如笺、如启，皆束于体制，涂饰巧伪，殊无足观。[②]

认为谢启这种文类徒有文辞，而思想情感上都是贫乏的，因此都是不值得一看的东西。以谢启这一类的作品为“阿谀取媚”、“从内容到形式多矫揉造作”、“虚伪的妆饰之词的铺砌”、“堆垛板滞，

① 亚伯纳·柯恩曾以伦敦郊区的中产阶级新社区为例，说明一个新的象徵行为模式的形成、发展以及维系的情形。并说：“这个文化很快的变成了客观的实体存在，当某些家庭搬走，另有一些家庭搬入，新来的家庭就要‘接收’当地已经存在的文化，继续维持特殊的合作关系，他们立刻就会发现，为了要加入既有的合作网络，就必须遵守各种准则并支持它。”（《人心深处——从人类学的观点谈现代社会中的权力结构与符号象徵》，页41—42）可见文化传统虽然在不同时代会有断裂消失的现象，但亦常有延续性。

② 恽敬《大云山房集》，台湾世界书局1964年版，页48。

琢削过甚”等令人生厌的应酬之作的看法，于现代更时有可见。[①]当然，亦有予以赞扬的，甚至就是同一个作者，如庾信，不同的研究者就有称扬和贬抑两极化的倾向。[②]

同样是“谢启”，甚至同一个人的作品，却有极端的两种评价，明显地可以看到价值判断对文学批评和研究的影响。

以“启”的两种内容来看，“陈政言事”的启议论性强，具有一定的思想性和关怀，而“让爵谢恩”的启则不重视这些，仅以文辞表现为根本，招致思想贫乏、情感虚矫的批评，这是不足为怪的。但如前所论述的，“让爵谢恩”是以“受恩”之情作为情感的基础，这种情感虽出于社会关系上的互相交结，算是一种带有政治性质的交换行为，其情感样态若与无私的或广博的情感相较，自有相当程度的不如，若与纯任天真自然的情感表达相较，又多了许多礼文。但是，是不是只有“天真”、“自然”才是好的表现呢？我们又该如何看待谢启中表现的“恩情”与“交换”，或者说是人情中礼尚往来的应酬式情感呢？

如果以人类学角度来看文学，文学是诸多文化生产形式中的一种，也就是说，从更广大的文化层面来看，文学是人类经验整体的一部分，是一定社会情境的组成部分，是集体信仰和活动的方式，也可以说文学表现的根本特性即为神话和仪式。[③]

因此，当我们说文学乃文化的结晶品，是文化群体的生活方式

---

① 程福宁《中国文章史要略》，西藏人民出版社1996年版，页65、77。及江淹著，俞绍初、张亚新校注《江淹集校注》，中州古籍出版社1992年版，页7。

② 如程福宁批评庾信的启矫揉造作，张仁青却引李申耆、谭复堂、朱东观之评，以为佳作。张仁青(1937—)《历代骈文选》，台湾中华书局1965年版，页402。

③ H. M. 布洛克(Haskell M. Block)《文化人类学与当代文学批评》，戴耘译。周宪、罗务恒、戴耘编《当代西方艺术文化学》，北京大学出版社1988年版，页287。

或生命特质，则不应轻视古代士人大量创作，且渗入其不同生活层面的应用文类，即使是表面上看来无意义或无价值的应酬文字。透过这类作品的文辞技巧，我们可以进一步体察到作者以及作者所属的社群、阶层的生活特质和价值观、情感样态。

本文基本上是采取这样的视角来对“谢启”进行考察，故注意其作为一个文化产品所显现出来的普遍性，而忽略了艺术创作上独创和新变的部分。但是不同作者所创作的谢启，尤其是庾信的作品，在文化产品所显现出来的普遍性之外，更有艺术上的独创性，此部分当另以专文讨论。

（原载《古代文学理论研究》第三十六辑，华东师范大学出版社2013年9月版）

议对第二十四解析

【解题】“奏”“议”两种文体性质相近，在臣下对君主进呈的公文中有其代表性，因而早就合为一词。《汉书·成帝纪赞》曰：“公卿称职，奏议可述。”南朝任昉《王文宪集序》曰：“奏议符策，文辞表记。”后来一些以议政著称的人物就把这方面的文字集合起来，以此命名，如唐代名臣陆贽就留下了一种《陆宣公奏议》。

刘勰在《文心雕龙》中也经常这样运用。《章表》中曰：“章表奏议，经国之枢机。”《定势》中曰：“章表奏议，则准的乎典雅。”《才略》篇曰：“刘向之奏议，旨切而调缓。”这里也是有分有合，“议”可归在“奏”中，然亦可见“议”在臣下的陈上之词中地位的重要。

后人仍可发问，刘勰为什么不把“奏议”合在一篇中讨论，而要另辟《议对》一篇呢？

从刘勰所介绍的事例中可以明白。“议”的双方并非仅限于臣子与君主。“赵灵胡服，而季父争论；商鞅变法，而甘龙交辨”，或许还可说是居上位者乃独霸一方的诸侯，然若贾谊之“遍代诸生”，则又不可能是在朝廷上举行的了。可见议的使用更泛，《文心》中放在“下对上”的文体之末，或许就是由此考虑的。

“议”的内容很具体，不管是政治上的重大事务，还是生活中的细小事件，大家认为不易判断，或是大家习焉不察，有见于此者均可用“议”的方式发表意见。《后汉书·胡广传》李贤注引《汉杂事》曰：“凡群臣之书通于天子者四品：一曰章，二曰奏，三曰表，四曰驳议。”“议”而加一“驳”字，可知这种文体重在提出截然不同的意见。这种文字，应以见解独到、精辟、深刻见长。人云亦云、不痛不痒的文字，势难入选。

“议”有一个议题中心，文章环绕这一中心而深入展开，议题可由他人提出，也不必等待君主出题而可自发议论。“对”则不同，君主提出一个题目发问，臣下依此作答，是为“对”。

君主用“策”的方式发问，其中又可分为“对策”与“射策”两类。针对皇帝的策问而应对的，称“对策”；皇帝提出很多问题，分别大小，区分为甲乙二科，让应试者取到什么问题就得回答，犹如投射中的一样，称“射策”，详见《汉书·萧望之传》颜师古注。刘勰明言，“二名虽殊，即议之别体也”①。由此可见，“奏”“启”“议”“对”等等下呈上之辞，实际上内容多相通，细作区分，不免趋于烦琐。因此，文体论的发展，越来越趋向在形式的细枝末节上考察，逐末废本，理论方面也就少见深入探索之作了。

姚鼐编《古文辞类纂》，将性质相近的文体大量合并，仅列十三类，“议对”类的文章重新合在“奏议”中，看来反倒干净利索。

从刘勰所举的范文来看，无不引经据典，剀切陈言。这里的“经”，主要是儒家经典，这里的“典”，着重历史鉴戒。自古以来，儒者着重总结历史上的经验教训，因此臣下向君主陈词的各种文体中，不论是《章表》，还是《奏启》、《议对》，都应“验古明今”，“祖述《春秋》”之类的儒家经典，这也是刘勰论文至为强调的地方。

1. 周爰咨谋，是谓为议。议之言宜，审事宜也①。（一）《易》之《节卦》，“君子以制度数，议德行”②。《周书》曰：“议事以制，政乃弗迷。”议贵节制，经典之体也③。（二）

---

① 参看吴承学《策问与对策》，原载四川大学《新国学》创刊号，后收入所著《中国古代文体形态研究》，列为第三章，中山大学出版社2000年9月版。

【注释】

① 周爰咨谋:周,周遍,到处。爰,于是。咨,咨询。谋,商量。语出《诗·小雅·皇皇者华》:"载驰载驱,周爰咨谋。"毛《传》:"忠信为周,访问于善为咨……咨事之难易为谋。"郑玄《笺》:"爰,于也。大夫出使驰驱,而行见忠信之贤人,则于之访问求善道也。"议之言宜,审事宜也:这句是说议字本身有"宜"的含义,所以审察事情要适宜。《说文解字·言部》:"议,语也。一曰谋也。"段玉裁注:"论、议、语三字,为与人言之称。……议者,谊也。谊者,人所宜也。言得其宜之谓议,至于《诗》言'出入风议',《孟子》言'处士横议而天下乱矣'。"

② 《易》之《节卦》,"君子以制度数,议德行":制度数,制定礼节、法度。议德行,讨论人的德行规范。《周易·节卦·象》曰:"泽上有水,节,君子以制数度,议德行。"

③ 《周书》曰:"议事以制,政乃弗迷。"议贵节制,经典之体也:制,既定的制度、规则。弗,不。迷,迷乱,错乱。《尚书·周官》:"学古入官,议事以制,政乃不迷。"伪孔安国《传》曰:"言当先学古训,然后入官治政,凡制事必以古义议度终始,政乃不迷错。"经典,指儒家经典,承上文《周易》、《尚书》而言。体,基本精神。

【分析】这一段释"议",并为"议"立体。可分两节:(一)释"议"。引用《诗经》,指出议本身即与贤明政治有关,然后运用声训,指出议论当宜,而议论能宜,需要审事得宜。所以,从释名开始,刘勰即为"议"建立了贤德的标准。(二)引用《周易》、《尚书》有关"议"的论述,进一步指出"议"与政治、道德的密不可分,而议之当否应以儒家经典为衡量标准("节制"),从而为"议"确立了基本精神。

2. 昔管仲称轩辕有明台之议,则其来远矣[①]。洪水之难,尧咨四岳[②];宅揆(kuí)之举,舜畴(chóu)五人[③];三代所兴,询及刍荛(chú ráo)[④];《春秋》释宋,鲁僖预议[⑤]。及赵灵胡服，而季父争论[6]；商鞅变法，而甘龙交辨[7]。虽宪章无算，而同异足观[8]。（一）迄至有汉，始立驳议。驳者，杂也；杂议不纯，故曰驳也[9]。自两汉文明，楷式昭备，蔼蔼(ǎi)多士，发言盈庭，若贾谊之遍代诸生，可谓捷于议也[10]。（二）至如吾丘之驳挟弓[11]，安国之辨匈奴[12]；贾捐之之陈于朱崖[13]，刘歆(xīn)之辨于祖宗，虽质文不同，得事要矣[14]。（三 a)若乃张敏之断轻侮[15]，郭躬之议擅诛[16]；程晓之驳校事[17]，司马芝之议货钱[18]；何曾蠲(juān)出女之科[19]，秦秀定贾充之谥(shì)，事实允当，可谓达议体矣[20]。（三 b)汉世善驳，则应劭(shào)为首；晋代能议，则傅咸为宗。然仲瑗(yuàn)博古，而铨贯有叙；长虞识治，而属辞枝繁[21]；及陆机断议，亦有锋颖，而腴辞弗剪，颇累文骨[22]：亦各有美，风格存焉[23]。（三 c)

【注释】

① 管仲称轩辕有明台之议，则其来远矣：管仲，古时称为管子，春秋时期齐国著名政治家、军事家，辅佐齐桓公成就霸业。轩辕，即黄帝。《史记·五帝本纪》曰："黄帝者，少典之子，姓公孙，名曰轩辕。"明台，传为黄帝议政之所。《管子·桓公问》曰："黄帝立明台之议者，上观于贤也。"远：久远。

② 洪水之难，尧咨四岳：咨，咨询。《尚书·尧典》载帝曰："咨！四岳！汤汤洪水方割，荡荡怀山襄陵，浩浩滔天，下民其咨，有能俾乂？"《尚书》中之"咨"为叹词，此处"咨"乃咨询之意。四岳，羲和的四个儿子，为分掌四岳的诸侯。

③ 宅揆之举：宅，居。揆，即百揆。宅揆，居百揆之官，即总理百官。举，举荐。典出《尚书·舜典》："舜曰：咨！四岳！有能奋庸熙帝之载，使宅百揆，亮采惠畴。"舜畴五人：《论语·泰伯》："舜有臣五人而

天下治。”何晏《集解》引孔安国说，五臣为禹、稷、契、皋陶、伯益。畴，通“筹”，筹划、谋议。

④ 三代：指夏、商、周。兴：起，这里指办事。询及刍荛：刍荛：打柴人。语出《诗·大雅·板》：“先民有言，询于刍荛。”

⑤ 《春秋》释宋，鲁僖预议：释，释放。宋，指宋襄公。预，通“与”，参与。《春秋·僖公二十一年》：“秋，执宋公以伐宋。……十有二月癸丑，公会诸侯盟于薄，释宋公。”《公羊传》：“此其言释之何？公与为尔也。公与为尔奈何？公与议尔也。”

⑥ 赵灵胡服，而季父争论：赵灵，战国时的赵武灵王。胡服，这里指穿胡服。季父，赵武灵王季叔公子成。据《战国策·赵策二》，赵武灵王欲着胡服骑射以教百姓，公子成争论道：“中国者，贤圣之所教也，今王舍此而袭远方之服，变古之教，逆人之心。”王以胡服便于骑射，有利于开疆拓土等理由说服公子成，公子成以为“王将继简(子)、襄(子)之意，以顺先王之志”，便不再反对，于是出胡服令。

⑦ 商鞅变法，而甘龙交辨：商鞅、甘龙，为秦孝公时大夫。秦孝公实行新法，百姓惊恐。商鞅主张变法，甘龙反对，二人辩论，事见《史记·商君列传》：“孝公既用卫鞅，鞅欲变法，恐天下议己。卫鞅曰：‘疑行无名，疑事无功。且夫有高人之行者，固见非于世；有独知之虑者，必见敖于民。愚者暗于成事，知者见于未萌。民不可与虑始而可与乐成。论至德者不和于俗，成大功者不谋于众。是以圣人苟可以强国，不法其故；苟可以利民，不循其礼。’孝公曰：‘善。’甘龙曰：‘不然。圣人不易民而教，知者不变法而治。因民而教，不劳而成功；缘法而治者，吏习而民安之。’卫鞅曰：‘龙之所言，世俗之言也。常人安于故俗，学者溺于所闻。以此两者居官守法可也，非所与论于法之外也。三代不同礼而王，五伯不同法而霸。智者作法，愚者制焉；贤者更礼，不肖者拘焉。’杜挚曰：‘利不百，不变法；功不十，不易器。法古无过，循礼无邪。’卫鞅曰：‘治世不一道，便国不法古。故汤武不循古而王，夏殷不易礼而亡。反古者不可非，而循礼者不足多。’孝公曰：‘善。’以卫鞅

为左庶长，卒定变法之令。”

⑧ 宪章：法制，制度。此处指自五帝以来各种议事方式和议事制度。无算：不足计算，言数量少。同异足观：谈同说异值得注意。

⑨ 驳议：汉代上书天子的一种文体，特指百官会议已通过某决定，仍有不同意见者，向皇帝的上书。驳议行文亦有特别规定。蔡邕《独断》上曰：“凡群臣尚书于天子者有四名：一曰章，二曰奏，三曰表，四曰驳议。”“其有疑事，公卿百官会议，若台阁有所正处，而独执异意者曰驳议。驳议曰：某官某甲议以为如是，下言臣愚戆议异。其非驳议，不言议异。”

⑩ 文明：文治昌明。楷式：模式，范式。昭备：明确而完备。蔼蔼：密集、茂盛的样子。贾谊之遍代诸生：《史记·屈原贾生列传》：“文帝召以为博士，是时贾生年二十馀，最为少。每诏令议下，诸老先生不能言，贾生尽为之对，人人各如其意所欲出。诸生于是乃以为能不及也。”捷：敏捷。

⑪ 吾丘之驳挟弓：吾丘，即吾丘寿王，汉武帝时大臣。驳挟弓事，见《汉书·吾丘寿王传》。丞相公孙弘奏言民不得挟弓弩，以为十贼彍弩，百吏不敢前。吾丘寿王以为不可禁。寿王议以为：“圣王合射以明教矣，未闻弓矢之为禁也。”“今陛下昭明德，建太平，举俊材，兴学官，三公有司或由穷巷，起白屋裂地而封，宇内日化，方外乡风，然而盗贼犹有者，郡国二千石之罪，非挟弓弩之过也。”汉武帝以此向丞相问难，丞相乃服。

⑫ 安国之辨匈奴：安国，指韩安国。辨匈奴事，见《汉书·韩安国传》。武帝时匈奴来请和亲，武帝咨询群臣。大行王恢议曰：“汉与匈奴和亲，率不过数岁即背约，不如勿许，举兵击之。”韩安国议曰：“千里而战，即兵不获利。今匈奴负戎马足，怀鸟兽心，迁徙鸟集，难得而制。得其地不足为广，有其众不足为强，自上古弗属。汉数千里争利，则人马罢，虏以全制其敝，势必危殆。臣故以为不如和亲。”群臣议多附安国，于是上许和亲。明年，王恢又建议对匈奴“诱以利致之，伏兵

袭击”，上问群臣，王恢与韩安国又反复论难。

⑬ 贾捐之之陈于朱崖：贾捐之，贾谊曾孙，汉元帝时大臣。陈于朱崖事，见《汉书·贾捐之传》。大意是，武帝征南越，立珠崖郡，在南方海中洲居。元帝初元元年，珠崖反，发兵击之，诸县更叛，连年不定。上与有司议大发军，贾捐之议以为不当击。后罢珠崖郡，民有慕义欲内属者，便处之，不强求。

⑭ 刘歆之辨祖宗：刘歆，刘向之子，生活于两汉之际。辨祖宗事，见《汉书·韦贤传》附《韦玄成传》。古者天子七庙，太祖、太宗庙永不废，其馀各庙，五世亲尽则毁。西汉，高祖（太祖）、文帝（太宗）庙不毁，至汉哀帝时，汉武庙面临亲尽而毁的局面。刘歆等议以为武帝因武功卓著，不当毁庙。议曰：“孝武皇帝愍中国罢劳无安宁之时，乃遣大将军、骠骑、伏波、楼船之属，南灭百粤，起七郡；北攘匈奴，降昆邪十万之众，置五属国，起朔方，以夺其肥饶之地；东伐朝鲜，起玄菟、乐浪，以断匈奴之左臂；西伐大宛，并三十六国，结乌孙，起敦煌、酒泉、张掖，以鬲婼羌，裂匈奴之右臂。单于孤特，远遁于幕北。四垂无事，斥地远境，起十馀郡。功业既定，乃封丞相为富民侯，以大安天下，富实百姓，其规橅可见。又招集天下贤俊，与协心同谋，兴制度，改正朔，易服色，立天地之祠，建封禅，殊官号，存周后，定诸侯之制，永无逆争之心，至今累世赖之。单于守藩，百蛮服从，万世之基也，中兴之功，未有高焉者也。高帝建大业，为太祖；孝文皇帝德至厚也，为文太宗；孝武皇帝功至著也，为武世宗；此孝宣帝所以发德音也。”哀帝览其议而从之。

⑮ 张敏之断轻侮：张敏，后汉初、中期人。断轻侮事，见《后汉书·张敏传》。一男子因父亲受侮而报复杀人，地方政府判其死刑，但章帝因其义而下诏免死，减刑处置，此案成为经典案例，后引以为比，以至于“繁滋至有四五百科”。和帝时，有人提出颁布“轻侮法”，张敏反对，以为执法者不但不当以此案为“比”，章帝诏书本身也是违背古法，应当蠲除。张敏将问题引入到对国家法律本质的讨论：当帝王和执法者在伦理情感上认同捍卫父母尊严的激情和行为时，国家法律是

否也要容忍和宽恕？他的议文持否定态度。汉和帝听从了他的意见。

⑯　郭躬之议擅诛：郭躬，东汉初、中期人，议擅诛事，见《后汉书·郭躬传》。明帝永平中，大将窦固率兵出击匈奴，秦彭为副将，屯兵别处，以法斩人，窦固奏书以为秦彭专断擅杀，请诛之，明帝让公卿朝臣讨论定罪，郭躬因为精通法律被召入议。明帝主要提出两个问题：一、“军征，校尉一统于督”，今副将秦彭与大将窦固意见不一，秦彭是否违背“一统于督”之律。二、秦彭无“斧钺”之权，是否可以杀人？郭躬议曰：“一统于督者，谓在部曲也，今彭专军别将，有异于此。兵事呼吸，不容先关督帅。且汉制：棨戟即为斧钺。于法不合罪。”帝从躬议。

⑰　程晓之驳校事：程晓，三国时魏国大臣。校事，三国魏、吴官名，专司向皇帝举报官吏非法之事。驳校事事，见《三国志·魏书·程昱传》附《程晓传》。齐王芳嘉平中，校事放纵专横，程晓上疏议以为当罢，校事遂罢。

⑱　司马芝之议货钱：司马芝，三国时魏国大臣。货钱：货币，钱币。《通志》卷六十二《食货略二》曰：“魏文帝黄初二年罢五铢钱，使百姓以谷帛为市买。至明帝时，钱废谷用既久，人间巧伪渐多，竞湿谷以要利，作薄绢以为市，虽处以严刑而不能禁也。司马芝等举朝大议，以为用钱非徒丰国，亦所以省刑。今若更铸五铢，于事为便。帝乃更立五铢钱，至晋用之，不闻有所改创。”

⑲　何曾蠲出女之科：何曾，三国时魏大臣。蠲：免除、除去。出女：已出嫁的女儿。科：刑罚。蠲出女之科事，见《三国志·魏书·何夔传》裴松之注引干宝《晋纪》：“（何）曾字颖考，正元中为司隶校尉。时毋丘俭孙女适刘氏，以孕系廷尉，女母荀为武卫将军荀顗所表活，既免，辞诣廷尉，乞为官婢以赎女命。曾使主簿程咸为议，议曰：大魏承秦汉之弊，未及革制，所以追戮已出之女，诚欲殄丑类之族也，若已产育，则成他家之母，于防则不足惩奸乱之源，于情则伤孝子之思。男不御罪于他族，而女独婴戮于二门，非所以哀矜女弱、均法制之大分也。

臣以为：在室之女，可从父母之刑；既醮之妇，使从夫家之戮。朝廷从之，乃定律令。”

⑳ 秦秀定贾充之谥：贾充，晋武帝亲信大臣，晋惠帝贾后父。无子，以外孙贾谧为嗣。魏时贾充曾下令刺杀高贵乡公。秦秀，西晋大臣。定贾充之谥事，见《晋书·秦秀传》：“贾充薨，议谥。秀议曰：充以异姓为后，绝祖父之血食，开朝廷之祸门。谥法，昏乱纪度曰荒。请谥荒公。不从。”允当：公允适当。

㉑ 汉世善驳，则应劭为首；晋代能议，则傅咸为宗。然仲瑗博古，而铨贯有叙；长虞识治，而属辞枝繁：应劭，字仲远，一作仲援、仲瑗，《后汉书·应劭传》李贤注曰：“未知孰是。”后汉著名学者、文学家。汉世善驳，则应劭为首：《后汉书·应劭传》载：“劭凡为《驳议》三十篇。”今存《驳韩卓募鲜卑议》等。博古，博通于古；铨，铨衡，衡量轻重。傅咸，字长虞，西晋能臣。《晋书》本传云其“刚简有大节，风格峻整，识性明悟，疾恶如仇，推贤乐善，常慕季文子、仲山甫之志。好属文论，虽绮丽不足，而言成规鉴”。今存《议立二社表》、《重表驳成粲议太社》等。属辞，连缀文辞，这里指写议文。枝繁，本枝繁盛，指傅咸议多方说理，言成规鉴。

㉒ 陆机断议，亦有锋颖，而腴辞弗剪，颇累文骨：陆机断议：指陆机《晋书断限议》，讨论三国代终之断和晋受命之元。当时有正始、嘉平二说。晋武帝元康间陆机作议，以为司马懿、司马师、司马昭虽尊为晋帝，实为魏臣；三国时，魏、蜀、吴同有霸名，晋承蜀统，在吴灭前也只是王霸之国，只有在吴灭后，天下一统，方为晋帝，故当以晋武帝泰始为晋受命之始。陆机为吴人，唐李德林批评陆机此议“自尊本国”，刘勰评为“有锋颖”。锋颖，锋芒。腴辞，丰腴的辞采。累，拖累，有损。文骨，文章骨力。有关辞与骨的关系，同书《风骨篇》曰：“沈吟铺辞，莫先于骨。故辞之待骨，如体之树骸。”所以过分丰腴的辞采会有损于文章骨力：“若丰藻克赡，风骨不飞，则振采失鲜，负声无力。”

㉓ 风格：风范准则。

【分析】这一段论述自古以来政治咨议的传统，评论自古至晋的经典议体文，并以作家、作品建构议体文谱系。可分为三节：（一）五帝至战国时的政治咨议传统。作者强调虽然各个时代的咨议制度千差万别，但说同论异的咨议本质一致。（二）论述汉代驳议制度与驳议文的出现，并以贾谊为例谈及汉代政治中的议论实践和贾谊议论敏捷的特点。（三）分三类介绍、评价汉晋经典议体文。可分为三层：a.“得事之要”的议文。此类主要列举西汉内政外交方面的议文。值得注意的是，诸事或为汉武帝朝事，或与汉武帝有关。在官民冲突中，吾丘寿王主张官员行仁政而非禁止百姓携带弓箭；对于汉帝国与西北匈奴、朝廷与南方海中居民的关系，两议皆反对以武力解决问题。但刘勰对刘歆肯定武帝事功故不当毁武帝庙的议文也十分赞同。刘勰认为这些议文虽然文质不同，但都抓住了事情的要害。b.“事实允当”“达议体”的议体文。列举了自汉至晋的议文，内容涉及官制、礼制、法律、货币政策等方面。如何曾让僚属程咸所作关于出嫁女不应再受本家牵连获罪之议，议文指出戮及出嫁女是秦法弊政，议文分析法律戮及出嫁女的实质是殄灭犯罪者之族，但出嫁女已为他姓之妇母，在法律上应归属于夫族。接着议文将女性与男性对比，指出男性不获罪于它族，则女性也不应“婴戮于二门”。此议还从同情社会弱势群体（“哀矜女弱”）和法律平等（“均法制”）的角度进行了论证。这些议文提供各种证据，论证合理，所以刘勰称之“事实允当”，这是议文的重要特徵。c. 指出汉晋议文成就最高的作家并概括其成就取得的原因。

3. 夫动先拟议，明用稽疑，所以敬慎群务，弛张治术[①]。故其大体所资，必枢纽经典，采故实于前代，观通变于当今；理不谬摇其枝，字不妄舒其藻[②]。（一）又郊祀必洞于礼，戎事必练于兵，田谷先晓于农，断讼务精于律，然后标以显义，约以正辞，文以辨洁为能，不以繁缛为巧；事以明核为美，不以环隐为奇：此纲领之大要也[③]。（二）若不达政体，而舞笔弄文，支离构辞，穿凿会巧，空骋其华，固为事实所摈（bìn）；设得其理，亦为游辞所埋矣[④]。昔秦女嫁晋，从文衣之媵（yìng），晋人贵媵而贱女；楚珠鬻郑，为薰桂之椟（dú），郑人买椟而还珠。若文浮于理，末胜其本，则秦女楚珠，复在于兹矣[⑤]。（三）

【注释】

① 动先拟议：动，行动。拟议，草拟计议。语出《周易·系辞上》："拟之而后言，议之而后动，拟议以成其变化。"明用稽疑：明，意为求明白。用，指采用卜筮手段。稽，考察。疑，指有疑问不能决定之事。语出《尚书·洪范》，伪孔安国《传》曰："明用卜筮考疑之事。"群务：各种政务。弛：放松。张：拉开。弛张：弛张治术，谓合理地使用治术。《礼记·杂记下》曰："张而不弛，文武弗能也；弛而不张，文武弗为也。一张一弛，文武之道也。"

② 大体所资，必枢纽经典，采故实于前代，观通变于当今；理不谬摇其枝，字不妄舒其藻：大体，大局，根本。资，凭借。枢纽经典，以儒家经典为关键。故实，有参考价值的旧事。通变，变化发展。谬，错误。字，遣词用字。妄，胡乱，不合理。后两句是说：议论说理，不错误地涉及枝节问题；遣词用语，不胡乱地铺展辞藻。前句与上文"得其要"呼应，后句与上文"腴辞弗剪，颇累文骨"呼应。

③ 郊祀：古代于外郊祭祀天地。洞：洞悉，深知。练：练达，通达。晓：通晓。断讼：审理案件。精：精通。律：律法，律令。标：标示。约：精约，简要。辨洁：明白简洁。明核：明确翔实。环隐：曲折隐晦。纲领之大要：根本要领。

④ 政体：政务事体。空骋：徒然地施展。

⑤ 昔秦女嫁晋，从文衣之媵，晋人贵媵而贱女：媵，陪嫁的妾。见《韩非子·外储说左上》："昔秦伯嫁其女于晋公子，令晋为之饰装，从衣文之媵七十人。至晋，晋人爱其妾而贱公女。此可谓善嫁妾而未可谓善嫁女也。"楚珠鬻郑，为熏桂之椟，郑人买椟而还珠：鬻，卖。椟，匣子。"楚人有卖其珠于郑者，为木兰之柜，熏以桂椒，缀以珠玉，饰以玫瑰，辑以翡翠，郑人买其椟而还其珠。此可谓善卖椟矣，未可谓善鬻珠也。"亦见《韩非子·外储说左上》。浮：超过。末、本：这里以理为本，以文为末。《韩非子·外储说左上》曰："今世之谈也，皆道辩说文辞之言，人主览其文，而忘有用。……若辩其辞，恐人怀其文，忘其直，以文害用也。"与上文"设得其理，亦为游辞所埋矣"呼应。

【分析】这一段讨论议体的写作要领。中分三节：（一）从政治咨议制度论及议体文写作当尊经、鉴古而通今。在各种政务施行之前、施行时遇有疑问都有广泛的咨议，这是贤明政治的特点，所以发议论和写议文必当持敬重、审慎的态度，其议论当与贤明政治方向一致，在中国古代，贤明政治是通过儒家理想建构起来的，所以刘勰说发议论和写奏议须枢纽经典，同时参考历史成例，并与当下的时代情境相结合。由于议体文政治目的明确，所以刘勰认为议体文写作不应当错误地涉及枝节问题，也不必过分雕琢文辞。刘勰寥寥数语，论及发议论和写作议体文的态度、思想方法、政治目的以及由此而来的议体文的题材来源和写作要领等，理奥文深。（二）指出写作议体文所需之知识储备以及议体文辨洁明核的风格特徵。（三）论证议体文写作不应文胜于质，此为反证。

4. 又对策者，应诏而陈政也；射策者，探事而献说也。言中（zhòng）理准，譬射侯中的，二名虽殊，即议之别体也[①]。（一）古之造士，选事考言[②]。汉文中年，始举贤良，晁错对策，蔚（wèi）为举首[③]；及孝武益明，旁求俊乂（yì），对策者以第一登庸，射策者以甲科入仕，斯固选贤要术也[④]。(二) 观晁氏之对，验古明今，辞裁以辨，事通而赡，超升高第，信有徵矣[⑤]。仲舒之对，祖述《春秋》，本阴阳之化，究列代之变，烦而不慁(hùn)者，事理明也[⑥]。公孙之对，简而未博，然总要以约文，事切而情举，所以太常居下，而天子擢上也[⑦]。杜钦之对，略而指事，辞以治宣，不为文作[⑧]。及后汉鲁丕，辞气质素，以儒雅中策，独入高第。凡此五家，并前代之明范也[⑨]。(三) 魏晋已来，稍务文丽，以文纪实，所失已多，及其来选，又称疾不会，虽欲求文，弗可得也。是以汉饮博士，而雉集乎堂；晋策秀才，而麏(jūn)兴于前；无他怪也，选失之异耳[⑩]。(四)

【注释】

① 对策者，应诏而陈政也：应诏，回应天子下的诏书。射策者，探事而献说也：射策，应试者抽取写在简策上的密封试题然后陈说己见。《汉书·萧望之传》"望之以射策甲科为郎"，颜师古注："对策者，显问以政事经义，令各对之，而观其文辞定高下也。""射，投射也。射策者，谓为难问疑义书之于策，量其大小，署为甲乙之科，列而置之，不使彰显，有欲射者随其所取得而释之，以知优劣。"言中：献说切中题旨。理准：说理精准。侯：箭靶。中的：射中靶心。别体：另一体式。

② 造士：成士，学成之士。《礼记·王制》"造士"郑玄注："造，成也。能习礼则为成士。"选事：选择职事。《国语·鲁语上》"君不命吾子，子请之，为选事乎"，韦昭注："选事，自选择于职事也。"考言：考选有德行言论之人。《尚书·舜典》："帝曰：格汝舜，询事考言，乃言底可绩，三载，汝陟帝位。"伪孔安国传："来，汝所谋事，我考汝言，汝言致，可以立功。"

③ 汉文中年，始举贤良：汉文，指汉文帝。贤良，贤良方正能直

言极谏科的简称，选拔人才的一种科目。汉文帝二年，始举贤良方正能直言极谏者，十五年九月，汉文帝亲策。此处“中年”，就汉文帝十五年亲策而言。《汉书·文帝纪》汉文帝二年诏曰：“及举贤良方正能直言极谏者，以匡朕之不逮，各敕以职任，务省繇费以便民。”又十五年：“九月，诏诸侯王公卿郡守举贤良能直言极谏者，上亲策之，傅纳以言。”晁错对策，蔚为举首：《汉书·晁错传》载文帝十五年，“诏有司举贤良文学士，错在选中。上亲策诏之……时贾谊已死，对策者百馀人，唯错为高第，由是迁中大夫。”

④ 孝武益明，旁求俊乂：孝武，指汉武帝。两汉强调以孝治天下，除前汉高祖、后汉光武帝外，其他皇帝谥号前都加孝字。益明：指策举贤良文学的制度更加明确。《汉书·董仲舒传》：“武帝即位，举贤良文学之士前后百数。”旁求，广求。俊乂，才德出众者。登庸：升用。以第一登庸者，如上文的晁错，还有公孙弘。《汉书·公孙弘传》：“策奏天子，擢弘对为第一……拜为博士，待诏金马门。”甲科：据策之大小将射策分为甲乙两科。以甲科入仕者，据《汉书》，萧望之、翟方进、马宫等“以射策甲科为郎”。斯固选贤要术：《汉书·匡张孔马传赞》曰：“自孝武兴学，公孙弘以儒相，其后蔡义、韦贤、玄成、匡衡、张禹、翟方进、孔光、平当、马宫及当子晏，咸以儒宗居宰相位。”其中公孙弘、匡衡、翟方进、马宫等都因贤良文学对策而起，故刘勰称对策为选贤要术。

⑤ 观晁氏之对，验古明今：晁错对文，见《汉书》本传。此对对汉文帝诏策中提到的“明于国家大体”、“通于人事终始”、“直言极谏”、“吏之不平，政之不宣，民之不宁”、“悉陈其志，毋有所隐”，分别以“古之五帝”、“古之三王”、“五伯之臣”、“秦事”、“五帝之贤臣”“明之”，所以刘勰评此对“验古明今”。裁：有裁断。辨：明白。事通而赡：事理通达而丰富。徵：明证。

⑥ 仲舒之对，祖述《春秋》，本阴阳之化，究列代之变：董仲舒贤良方正对，见《汉书》本传，共有三策。第一策备述天人相应之道，第二

策指陈官吏暴虐百姓致使阴阳错乱、冤气充塞，第三策论春秋大一统之义。董仲舒第一策文首曰："陛下发德音，下明诏，求天命与情性，皆非愚臣之所能及也。臣谨案《春秋》之中，视前世已行之事，以观天人相与之际，甚可畏也。"刘勰之评出于此。烦而不慁：头绪繁多而不混乱。

⑦ 公孙之对，简而未博：公孙，公孙弘。公孙弘贤良对，见《汉书》本传。文字简要而不铺陈。武帝制曰：上古至治，今何道而臻乎此？公孙弘策指出："因能任官，则分职治；去无用之言，则事情得；不作无用之器，则赋敛省；不夺民时，不妨民力，则百姓富；有德者进，无德者退，则朝廷尊；有功者上，无功者下，则群臣逡；罚当罪，则奸邪止；赏当贤，则臣下劝：凡此八者，治民之本也。"所以刘勰评此策简而未博。总要，抓住要点。情举，情志显著。太常居下，而天子擢上：事见《汉书·公孙弘传》："元光五年，（汉武帝）复徵贤良文学，淄川国复推上弘。……时对者百馀人，太常奏弘第居下，策奏天子，擢弘对为第一。"太常，官名，掌宗庙礼仪，汉代太常兼掌选试。

⑧ 杜钦之对：杜钦，西汉末学者。对文见《汉书·杜周传》附《杜钦传》："后有日蚀地震之变，诏举贤良方正能直言士，合阳侯梁放举钦。"钦对曰："臣闻日蚀地震，阳微阴盛也。……《春秋》日蚀三十六，地震五，或夷狄侵中国，或政权在臣下，或妇乘夫，或臣子背君父，事虽不同，其类一也。"略而指事：简略地回答所问并指明事实。

⑨ 后汉鲁丕，辞气质素：鲁丕，东汉中期大儒。《后汉纪》卷十六载鲁丕"以笃学质直称"。刘珍《东观汉记》卷十九记鲁丕"兼通五经，以《鲁诗》《尚书》教授，为当世大儒……关东号曰：五经复兴鲁叔陵（鲁丕字）"。以儒雅中策，独入高第：见《后汉书·鲁恭传》所附《鲁丕传》："建初元年，肃宗诏举贤良方正，大司农刘宽举丕，时对策者百有馀人，唯丕在高第，除为议郎。"鲁丕对见袁宏《后汉纪》卷十六，文已不全。五家：指上引之晁错、董仲舒、公孙弘、杜钦、鲁丕。明范：显著的典范。

⑩ 魏晋已来，稍务文丽，以文纪实，所失已多：务，求。以文纪

实，用丽文纪载实事。来选：来到朝廷参加考选。称疾不会：托病不参加会考。《通志》卷十四载："《晋书》元帝时，以天下丧乱，远方孝秀不复策试，到即除署，既经略粗定，乃诏试经，有不中科，刺史、太守免官，其后孝秀莫敢应命，有送至京师，皆以疾辞。"汉饮博士，而雉集平堂：事见《汉书·成帝纪》鸿嘉二年下，"三月，博士行饮酒礼，有雉蜚集于庭，历阶升堂而雊"。成帝诏书对雉集的含义作出推测："意乃招贤选士之路郁滞而不通与？将举者未得其人也？"于是决定"举敦厚有行义、能直言者，冀闻切言嘉谋，匡朕之不逮"。晋策秀才，而麏兴于前：事见《晋书·五行志》："（成帝）咸和六年正月丁巳，会州郡秀孝于乐贤堂，有麏见于前，获之。"《五行志》推测道："夫秀孝，天下之彦士，乐贤堂，所以乐养贤也。自丧乱以后，风教陵夷，秀孝策试，乏四科之实，麏兴于前，或斯故乎？"无他怪也，选失之异：不是因别的原因而出现怪异之事，是因为选举有失而出现的怪异之事。

【分析】这一段讨论篇名"议对"中的"对"，论对在汉晋取士制度中的作用和兴衰并评述对策名作。共分三节：（一）解释对策、射策，指出"对"是"议"的别体，这是议对两种文体合篇而论的基础。（二）指出对策、射策是汉代重要的取士手段，评述两汉五家名对并以之为对文典范。可分两层：1. 谈对文与选举制度的关系。从人才选拔制度的角度讨论对文的起源，又从取士制度的稳固施行讨论优秀对文对选拔贤才的意义。2. 评论五家应选名对，总结各篇特色。刘勰从"事"（事理）、"辞"两方面评论对文，其中事理要"明"（明白）、"切"（切要）、"通"（通达），辞为表达事理而存在（"辞以治宣，不为文作"），要"辨"（明白）、"约"（简约），甚至"辞气质素"也受到肯定。（三）指出魏晋以来对文趋于文丽以及选举时不能正确对待对文的过失。

5. 夫驳议偏辨，各执异见；对策揄扬，大明治道[①]。（一）使事深于政术，理密于时务，酌三五以熔世，而非迂缓之高谈;驭权变以拯俗,而非刻薄之伪论。风恢恢而能远,流洋洋而不溢,王庭之美对也[②]。难矣哉,士之为才也!或练治而寡文,或工文而疏治,对策所选,实属通才,志足文远,不其鲜欤[③]!(二)

【注释】

① 偏辨:侧重于论辩。揄扬:宣扬。治道:治国之道。

② 事:指所议、对之事。深于:深合于。政术:为政的方式方法。理:议、对所持之理。密于:切合于。时务:当前的重大事情。酌:斟酌,反复思考决定去取。三五:三皇五帝。此处总括上文"经典之体"、"采故实于前代"而言。熔世:融合时事。亦即上文"观通变于当今"之意。迂缓:迂腐,不切实际。驭:驾驭,掌握。权变:因时因地灵活变通。拯俗:拯救世俗。刻薄:尖刻,不厚道。伪论:不切实际的空论。风恢恢而能远,流洋洋而不溢:恢恢,宽阔广大;洋洋,盛大。因风来去疾速、忽起忽止,有不能远之性;流水盛大则夏水襄陵,有易溢之性,这里以"风恢恢而能远,流洋洋而不溢"作比,言若能以前端所示要领作议对,则能兼美,成为王庭美对。然而兼得虽美却颇难得,从而过渡到下面文字。

③ 练治:治道练达。寡文:缺少文采。疏治:缺乏政治才能。通才:这里指既通治术、又有文才的人。志足:志向大,指有经国大志。文远:文章能传之久远。鲜:少。

【分析】这一段论对策文的写作要领。分为三节:(一)与驳议对比,指出对策在于宣传揄扬治国之道。(二)总结对策文的写作要领,强调对策文要切于时务。首先,正面论述对策文的写作要领。要斟酌经典,借鉴三皇五帝的成例,更要切合当前的事务,具有实际操作性,不能让对策流于不切实际的高谈阔论。然后,刘勰以风和流水作比,因风来去疾速、忽起忽止,有不能远之性;流水盛大但夏水襄陵,有易溢之性,所以以"风恢恢而能远,流洋洋而不溢”说明对策若能成就兼美，则为王庭美对。然而兼得虽美却难得，由此过渡到感慨士人治才、文才兼具者之难得，强调议对所选人才应是既有治术又有文才的通才。

6. 赞曰：议惟畴(chóu)政，名实相课。断理必刚，摛(chī)辞无懦①。对策王庭，同时酌和。治体高秉，雅谟远播②。

【注释】

① 畴：通“筹”，筹划，谋划。课：考核，检验。断理：判断事理。刚：刚直，果断有理。摛辞：舒布文辞。

② 同时：指许多人同时对策。酌和：斟酌应答。治体：治国之道的大体。秉：持，抓住。雅谟：雅正的谋议。

【分析】赞语前四句总结议，后四句总结对。

书记第二十五解析

【解题】《书记》篇的位置和《杂文》类似。《杂文》置于有韵之“文”的尾部,《书记》则列于无韵之“笔”的末尾。以儒家的价值标准而言,《杂文》中的几种文体乃“文章之枝派,暇豫之末造”,自当置于其他使用韵语写作的正规文体之后;《书记》中用散文笔法写作的文体,如书信、笺记等类,时有佳作,然而偏于私人交往,总不如《章表》、《奏启》、《议对》中的作品,关乎君臣大义,理当放在后面。何况用这种散体写成的文体“衣被事体”,更有“多品”,这些“笔札杂名”自然不能位列前端了。可见刘勰的安排文体,看重这种文体的社会价值,依据儒家规定的伦理而分高下与先后。

《杂文》何以置于《谐讔》之前? 也应考察。《谐讔·赞》曰:“虽有丝麻,无弃菅蒯。”可知后者的社会价值更低,犹如茅草一般,本不能与前面诗赋等“丝麻”一样的文体并列。只是经典中曾引及“谐辞隐语”,因而也不能舍弃。这就说明,《杂文》中的文体虽不足贵,然比之《谐讔》,品位还是高上一筹,应该位居前面。《书记》篇之位于“笔”之末尾,因为这类文体之中也有一些“菅蒯”之作业已混在一起。

刘勰在《序志》篇中介绍全书篇章结构时说:“若乃论文叙笔,则囿别区分。”自《明诗》至《谐讔》,是为“有韵之文”,《史传》至《书记》,则是“无韵之笔”。“文”“笔”类的文章各占十篇,这也就是“大衍之数”中的两大“数”了。

研究《文心雕龙》的很多专家都指出，“书记”一名有广义、狭义之分。广义的“书记”，泛指一切见之于文字的笔札：狭义的“书记”，则指“奏记”“笺记”一类常是富有情味的散体之作。刘勰的学术思想，受汉儒的影响很大，刘向的目录学思想，许慎等人的文字学思想，对他的文体定义与区别范畴都有很大影响，因此他的文学观念，持大文学观念，这与近人的纯文学观念差别很大。纪昀在此文“笔札杂名，古今多品”数语上加眉批曰：“此种皆系杂文，缘第十四先列《杂文》，不能更标此目，故附之《书记》之末，以备其目，然与书记颇不伦，未免失之牵合。”说明后起之人已经不太愿意接受这种文体区分法了。然而章太炎在《文学总略》中提出凡书于竹帛者均可称之为文，则又与刘勰的见解接近。中国学术界的文体观，总是在溯源与逐流之间不断探讨与徘徊。

刘勰所举的范文中，有些“上书”之作，如秦代李斯之论逐客，见《史记·李斯列传》，《文心雕龙·论说》中说：“李斯之止逐客……此上书之善说也。”《才略》中曰：“李斯自奏丽而动，若在文世，则扬、班俦矣。”又如西汉晁错上书景帝言兵事，见《汉书·晁错传》；王吉上书宣帝言得失，见《汉书·礼乐志》，《文心雕龙·奏启》中曰：“若夫贾谊之务农，晁错之兵术，匡衡之定郊，王吉之观礼……理既切至，辞亦通畅，可谓识大体矣。”李斯之文还见收于《昭明文选》。可见“书”之一类，由于投赠对象不同，文类区分就有不同。对象为君主，就应归入“奏启”，对象非君主，就应归入“书记”。况且有些文章，就像李斯的上书，原来只是一份奏章，未必就会取名“谏逐客书”，此名当系后人代拟，这又是以内容命名的了。这就说明，文体论的区分并无严格的逻辑必然，往往随各种不同条件而定。行文随对象之不同，语气有异，当是首要之事。后人提出种种标准，将之归类，这就称之为“文体”。由于各人所见不同，标准各异，将之归入哪一种类，往往大有差异。

1. 大舜云:“书用识(zhì)哉!”所以记时事也[1]。盖圣贤言辞,总为之书,书之为体,主言者也[2]。扬雄曰:“言,心声也;书,心画也。声画形,君子小人见(xiàn)矣。”[3]故书者,舒也。舒布其言,陈之简牍,取象于夬(guài),贵在明决而已[4]。三代政暇,文翰颇疏[5]。春秋聘繁,书介弥盛:绕朝赠士会以策,子家与赵宣以书,巫臣之遗子反,子产之谏范宣,详观四书,辞若对面。又子叔敬叔进吊书于滕君,固知行人挈(qiè)辞,多被翰墨矣[6]。及七国献书,诡丽辐辏(fú còu)[7];汉来笔札,辞气纷纭。观史迁之报任安,东方之谒(yè)公孙,杨恽(yùn)之酬会宗,子云之答刘歆(xīn),志气盘桓,各含殊采,并杼轴(zhù zhóu)乎尺素,抑扬乎寸心[8]。逮后汉书记,则崔瑗(yuàn)尤善[9]。魏之元瑜,号称翩翩;文举属章,半简必录;休琏(lián)好事,留意词翰;抑其次也。嵇康《绝交》,实志高而文伟矣;赵至赠离,乃少年之激切也[10]。至如陈遵占辞,百封各意;祢(mí)衡代书,亲疏得宜,斯又尺牍之偏才也[11]。

【注释】

① 书用识哉:书,书写。用,作用。识,记录,即记载事物。此句原出《尚书·益稷》“书用识哉”,伪孔安国《传》:“书识其非,欲使改悔。”谓将过失记录下来。此处引申为记载一切事物。

② 总:都。书:指《尚书》。体:文体、体制。意谓《尚书》的体制主要是记载古代圣贤的言辞。

③ 扬雄:字子云,蜀郡成都人,西汉学者、辞赋家。心声:内心的声音。心画:心意的符号。形:表现。见:判别。此句原出扬雄《法言·问神》,谓语言是发自内心的声音,文字是表达心意的符号,通过

两者则可辨识君子、小人之别。

④ 舒布：发布。陈：书写。简牍：竹片，短的木板。后世以简牍概指用以书写的纸张。象：指卦象。夬：即《夬卦》，《易》六十四卦之一。此句语出《易·系辞下》："上古结绳而治，后世圣人易之以书契，百官以治，万民以察，盖取诸夬。"明决：明白决断。

⑤ 三代：夏、商、周三代。政暇：政事闲暇，即天下清平。文翰：文书，指官方公文。疏：稀少。

⑥ 春秋：东周春秋时期（前770—前476）。聘：聘问，诸侯各国互派使者的外交访问。繁：频繁。书：文书，指聘问的公文。介：使者，传送文书的使者。弥盛：愈加繁盛。绕朝：春秋秦国大夫。士会：一作随会，春秋晋国大夫。策：有二说，一作"书策"解，一作"马鞭"解。《左传》文公十三年载，晋国大夫士会在秦国，晋人惧其为秦国重用，使计迫使士会归晋，秦国大夫绕朝识破计谋，临行"赠之以策"。孔颖达《正义》引服虔说，以为绕朝赠的是书策，刘勰即从此说，很多学者认为应从杜预注，赠的当是马鞭。子家：春秋郑国大夫。赵宣：赵盾，谥宣子，春秋晋国大夫。书：书信。据《左传》文公十七年载，晋灵公会见各国诸侯，但没见到郑国国君，认为郑国有二心；郑国大夫子家便派人给晋国大夫赵宣送信，表明郑国仍然服从晋国。巫臣：姓屈，春秋楚国大夫。遗：谴责。子反：春秋楚国大夫。《左传》成公七年载，巫臣与楚国大夫子重、子反先后结下仇怨，巫臣逃往晋国，子重、子反杀害巫臣家族，巫臣便送信给子重、子反，指责他们"以谗慝贪婪事君，而多杀不辜，余必使尔罢于奔命以死"。子产：姬姓，郑氏，名侨，郑穆公之孙，故称公孙侨，字子产，春秋郑国大夫。谏：劝说。范宣：春秋晋国大夫士会之孙，士匄，食邑于范，谥宣子，故称范宣子，春秋晋国大夫。《左传》襄公二十四年载，晋国向诸侯各国收取厚礼，郑国大夫子产便写信劝谏晋国执政大臣范宣子，应当减少徵收财物，以免引起各国对晋国与范宣子的怨恨。四书：指以上绕朝、子家、巫臣、子产四人所写的书信。辞：文辞。对面：当面谈话。子叔敬叔：春秋鲁国大夫叔弓，谥敬子。

子为男子通称，叔为氏，敬叔谥号。吊书：吊丧的书信。滕君：滕国国君。《礼记·檀弓下》载，滕成公死，鲁国派子叔敬叔前往吊慰，奉呈国君滕文公吊书。行人：春秋时期外交使臣，掌管聘问之事。挈：携带。辞：国君辞命。翰墨：笔墨，书面文字。

⑦　七国：秦、楚、燕、齐、韩、赵、魏七国，概指东周战国时期（前475—前221）。献书：呈献的书信。诡丽：诡奇华丽。辐辏：辐，车轮的辐条；辏，聚集靠拢。另详本书《体性》"辐辏相成"注释、《事类》"众美辐辏"注释。这里概指战国时期的书信，汇集了诡奇华丽的文辞，若与春秋时期"辞若对面"的书信相比，已有很大的变化。

⑧　汉来：西汉以来。笔札：书信。辞气：文辞气度。纷纭：繁盛多样。史迁：司马迁，字子长，武帝时史官，《史记》编者，故称"史迁"。报：回覆，回信。任安，字少卿，生卒年不详，武帝时大臣。司马迁《报任安书》，详载于《文选》，《汉书·司马迁传》中载录者略有删节。东方：东方朔，字曼倩，西汉辞赋家。谒：进谒，拜见。公孙：公孙弘，字季，武帝时大臣。东方朔《谒公孙书》，或作《难公孙书》，今佚。范文澜《文心雕龙注》曰：严可均《全汉文》卷二十五自《初学记》卷十八、《太平御览》卷四百一十辑得东方朔《与公孙弘借车书》云云，又引《艺文类聚》卷九十六公孙弘《答东方书》云云，或即此书欤？杨恽：字子幼，司马迁的外孙，宣帝时大臣。酬：酬答，回信。会宗：孙会宗，生卒年不详，有智略，宣帝时大臣，杨恽之友。杨恽《报孙会宗书》，《文选》中载录。子云：扬雄字，西汉后期辞赋家。答：回答，答覆。刘歆：字子骏，刘向之子，西汉后期著名学者。扬雄《答刘歆书》，载严可均《全汉文》卷五十二。志气：情志意气。盘桓：曲折回旋。殊采：特殊的文采。杼轴：亦作"杼柚"，织布用具，比喻错综交织的文章辞句。语出《诗经·小雅·大东》"杼轴其空"。尺素：古人用作写信的一尺生绢，代指书信。抑扬：高低起伏。寸心：微小心意，个人情怀。语出陆机《文赋》"函绵邈于尺素，吐滂沛乎寸心"。

⑨　崔瑗：字子玉，东汉文学家。《后汉书·崔瑗传》曰："瑗高于

文辞,尤善为书记箴铭。”严可均《全后汉文》卷四十五载其《与葛元甫书》两则残文。

⑩ 元瑜:阮瑀字,建安七子之一。翩翩:形容姿态优美,举止洒脱。曹丕《与吴质书》曰:“元瑜书记翩翩,致足乐也。”《典论·论文》又称“(陈)琳、(阮)瑀之章表书记,今之隽也。”《文选》卷四十二载录阮瑀《为曹公作书与孙权》。文举:孔融字,建安七子之一。属章:撰写文章。半简:半篇文章,比喻片言只语,极言其少。《后汉书·孔融传》曰:“魏文帝深好融文辞,每叹曰:‘扬、班俦也。’募天下有上融文章者,辄赏以金帛。”《文选》卷四十一载录孔融《论盛孝章书》。休琏:应璩字,应玚(建安七子之一)之弟。好事:喜好文事。留意:用心。词翰:文学作品。《三国志·魏书·王粲传》注引《文章叙录》曰:应璩“博学好属文,善为书记文”。《文选》卷四十二载录应璩书信四篇。其次:次一等。这里指上述东汉书信作品,较之西汉文士“志气盘桓,各含殊采”的书信作品,略有不足,故称“抑其次也”。嵇康:字叔夜,正始名士,竹林七贤之一。《绝交》:指《与山巨源绝交书》。山涛,字巨源,竹林七贤之一。山涛为选曹郎,荐举嵇康自代,嵇康不愿,篇名虽曰“绝交”,实乃表达不与司马昭等人为伍的立场。《文选》卷四十三载录此书信。志高:志向高远。文伟:文辞峻伟。赵至:字景真,魏晋文士,与嵇康兄子嵇蕃友善。赠离:离别赠书。指赵至《与嵇茂齐书》中叙述的离别之情。《文选》卷四十三载录此书信。戴明扬《嵇康集校注》附录《与嵇茂齐书之作者考》以为“此书出于吕安,诚无可疑”。激切:激昂真切。

⑪ 陈遵:陈遵,字孟公,生卒年不详,仕于两汉之际。占辞:口占授辞。百封各意:指百封书信而各有不同之意。《汉书·陈遵传》曰:王莽“起为河南太守,既至官,当遣从史西,召善书吏十人于前,治私书谢京师故人。遵凭几,口占书吏,且省官事,书数百封,亲疏各有意”。祢衡:字正平,东汉后期文士。代书:代人撰写书信。亲疏得宜:指亲近疏远皆各得其宜。《后汉书·祢衡传》曰:祢衡为黄祖代作书记,“轻

重疏密，各得其宜”。尺牍：古人用作写信的一尺木简，代指书信。偏才：偏善于书信的人才。

【分析】本段主要论述书记的定义、性质与文体来源，概述书记文体的历史发展，列举历代名家作品，展示文体特徵，其中经历了“辞若对面”、“多被翰墨”、“诡丽辐辏”、“辞气纷纭”的嬗变。

2. 详总书体，本在尽言，所以散郁陶（yáo），托风采，故宜条畅以任气，优柔以怿（yì）怀。文明从容，亦心声之献酬也[①]。若夫尊贵差序，则肃以节文，战国以前，君臣同书，秦汉立仪，始有表奏；王公国内，亦称奏书，张敞奏书于胶后，其义美矣[②]。迄至后汉，稍有名品，公府奏记，而郡将奉笺[③]。记之言志，进己志也。笺者，表也，表识（zhì）其情也。崔寔（shí）奏记于公府，则崇让之德音矣；黄香奏笺于江夏，亦肃恭之遗式矣。公幹笺记，丽而规益，子桓弗论，故世所共遗，若略名取实，则有美于为诗矣。刘廙（yì）谢恩，喻切以至；陆机自理，情周而巧，笺之为善者也[④]。原笺记之为式，既上窥乎表，亦下睨（nì）乎书，使敬而不慑，简而无傲，清美以惠其才，彪蔚（wèi）以文其响，盖笺记之分也[⑤]。

【注释】

① 详总：仔细概括。书体：书记文体。尽言：畅所欲言。散：表达、抒发。郁陶：情思郁积。《尚书·五子之歌》：“郁陶乎予心，颜厚有忸怩。”伪孔安国《传》云：“郁陶，言哀思也。”又《礼记·檀弓下》曰：“人喜则思陶。”孔颖达《正义》：“郁陶者，心初悦而未畅之意。”王念孙《广雅疏证》卷二下参会众说，指出“郁陶”兼忧、喜二义，大抵喜忧不能舒，结而为思。王说兼综喜意忧思，其义较胜。托：展现。风采：风度文

采。条畅：条贯通畅。任气：纵任意气。优柔：优裕宽舒。怿怀：悦愉释怀。文明：文辞显明。从容：安闲自得。心声：内心的声音。献酬：相互酬答。

② 差序：差别有序，指地位尊卑的差别。肃：恭敬、严肃。节文：调节礼仪。君臣同书：指战国以前君臣上下撰写的书信都称之为"书"，尚未区别君臣书信的文体称谓。立仪：确立礼仪制度。表奏：表文、奏疏，指书信文体中的不同类别。本书《诏策》《章表》有对君臣所撰文体的细致划分。王公国内：指秦汉时期诸侯、王公的封国。张敞：字子高，宣帝时大臣。胶后：指胶东王刘寄之母王太后。张敞任胶东相，撰《奏书谏胶东王太后数出游猎》，王太后从谏，遂深居简出，不复游猎。事见《汉书·张敞传》。

③ 名品：名位品别。指东汉以来，因作者身份不同，所撰书信的名称、品别也有不同的文体称谓。公府：三公之府。东汉时期以太尉、司徒、司空为三公。奏记：书记之一，指上书公府的官文称为奏记。郡将：郡守，汉代郡国最高长官，治理民政，兼领武事，故亦称"将"。奉笺：书记之一，指上书郡守的官文称为奉笺。

④ 言志：叙说情志。进：进呈。表：表明，表达。识：志，记录。这里是说笺为使用文字表明情志。崔寔：字子真，崔瑗之子，东汉后期政论家。奏记于公府：向公府上书之奏记。黄侃《文心雕龙札记》曰："崔寔奏记于公府，今无所考。公府盖谓梁冀，寔尝为大将军冀司马也。《后汉书》本传云：所著碑、论、箴、铭、答、七言、词、文、表、记书凡十五篇。是子真之文有记。"崇让：崇尚谦让。德音：美好声誉。黄香：字文彊，东汉和帝、安帝时大臣。奏笺于江夏：向江夏郡守上书之奉笺。黄侃《文心雕龙札记》曰："黄香奏笺于江夏，无考。但本传叙其所著有笺。"肃恭：严肃，恭敬。遗式：垂示之典范。公幹：刘桢字，建安七子之一。丽：文采华丽。规益：有益于规劝。子桓弗论：指曹丕未加评论刘桢的笺记作品。曹丕，字子桓。所著《与吴质书》只论及刘桢"五言诗，妙绝当时"。所著《典论·论文》论述"章表书记"时，列举陈琳、

阮瑀作品为"今之隽也",而未及刘桢。故刘勰称"子桓弗论"。严可均《全后汉文》卷六十五录刘桢书信三篇。遗:遗忘,忽略。略名取实:不偏执于名声,而取证于实际作品。有美于为诗:谓刘桢的笺记作品,实际上比他的诗写得更好。本书《明诗》云"偏美则太冲、公幹"。锺嵘《诗品》将刘桢诗、左思诗皆列于上品,又曰:"自陈思以下,桢称独步。"可见刘桢诗之美。而刘勰认为刘桢笺记"有美于为诗",当曾寓目其作品,而称美其"丽而规益"之题旨。刘廙:字恭嗣,汉魏之际名士。谢恩:感谢恩德。喻切:比喻贴切。至:得当。据《三国志·魏书·刘廙传》载,刘廙弟刘伟参与邺城叛乱,事败获罪,刘廙当受株连,但曹操不加追究,刘廙遂撰《上疏谢徒署丞相仓曹属》以谢恩。黄侃《文心雕龙札记》曰:"案刘廙文,《魏志》目之为疏。"黄氏意谓刘廙此篇当入《奏启》,而不当入《书记》。陆机:字士衡,西晋著名文学家。自理:自我申辩。情周:情理周到。巧:文辞巧妙。据《晋书·陆机传》载,赵王伦篡位伏诛,齐王冏(jiǒng)怀疑陆机代作禅文,逮捕下狱,经成都王颖与吴王晏营救获释,后陆机撰《谢平原内史表》为己被疑获罪之事辩白,寓愤慨于谢恩之中,乃情理文辞皆为优秀之作。善者:优秀作品。

⑤ 原:推求,探究。式:体式,规格。窥:窥视,有相近意。睨:斜视,亦有相近之意。此句意思是:章表是臣下给帝王的上书,书信是朋友往来的简札,而笺记是臣下用于对宗室、诸王表示谢意或祝贺,故称笺记的文体对象是介乎上(章表)、下(书信)之间,三者的文体功能则是相近的。敬:恭敬。慑:畏惧。简:简便。傲:傲慢。清美:清丽华美。惠:显示,展现。彪蔚:文采焕发。文:文饰。响:声响,指作品文辞对读者的影响。分:本份,特点。

【分析】这一段阐明行文随对象之不同,文体名称也不同,比如奏记、笺记之别,列举若干优秀的作家作品,指明笺记的体制特点和写作要领。

3. 夫书记广大，衣被事体，笔札杂名，古今多品[①]。是以总领黎庶，则有谱籍簿录[②]；医历星筮（shì），则有方术占式[③]；申宪述兵，则有律令法制[④]；朝市徵信，则有符契券疏[⑤]；百官询事，则有关刺解牒[⑥]；万民达志，则有状列辞谚[⑦]：并述理于心，著言于翰，虽艺文之末品，而政事之先务也[⑧]。

【注释】

① 广大：指用途广泛。衣被：覆盖，概括。事体：记事的体裁。笔札：书记，即概括了书记文体中的各种应用文章。杂名：名称繁杂。多品：种类繁多。

② 总领：统辖管理。黎庶：百姓民众。

③ 医：医药。历：历法。星：星象。筮：卜筮。

④ 申宪：申明法令。述兵：讲述军事。

⑤ 朝市：朝廷和市集。徵信：凭据证明。

⑥ 百官：各级的官方部门。询事：询问事情。

⑦ 万民：百姓民众。达志：表达情志。

⑧ 述理于心：叙述内心的情理。著言于翰：书写所要表达的言语。艺文：文章。末品：最低品次。政事：政府公务。先务：首要事务。

【分析】这一段说明书记文体的范围广泛，类别众多，用途各异，合计二十四种。

4. 故谓谱者，普也。注序世统，事资周普，郑氏谱《诗》，盖取乎此[①]。

籍者，借也。岁借民力，条之于版；《春秋》司籍，即其事也[②]。

簿者，圃也。草木区别，文书类聚；张汤、李广，为吏所簿，别情伪也[3]。

录者，领也。古史《世本》，编以简策，领其名数，故曰录也[4]。

方者，隅也。医药攻病，各有所主，专精一隅，故药术称方[5]。

术者，路也。算历极数，见路乃明，《九章》积微，故称为术；《淮南万毕》，皆其类也[6]。

占者，觇(chān)也。星辰飞伏，伺候乃见，登观书云，故曰占也[7]。

式者，则也。阴阳盈虚，五行消息，变虽不常，而稽之有则也[8]。

律者，中也。黄锺调起，五音以正，法律驭民，八刑克平，以律为名，取中正也[9]。

令者，命也。出命申禁，有若自天；管仲下令如流水，使民从也[10]。

法者，象也。兵谋无方，而奇正有象，故曰法也[11]。

制者，裁也。上行于下，如匠之制器也[12]。

符者，孚也。徵召防伪，事资中孚；三代玉瑞，汉世金竹，末代从省，易以书翰矣[13]。

契者，结也。上古纯质，结绳执契，今羌胡征数，负贩记缗(mín)，其遗风欤[14]！

券者，束也。明白约束，以备情伪，字形半分，故周称判书。古有铁券，以坚信誓。王褒《髯(rán)奴》，则券之谐也[15]。

疏者，布也。布置物类，撮（cuō）题近意，故小券短书，号为疏也[16]。

关者，闭也。出入由门，关闭当审；庶务在政，通塞应详。《韩非》云：“孙亶（dǎn）回，圣相也，而关于州部。”盖谓此也[17]。

刺者，达也。诗人讽刺，《周礼》三刺，事叙相达，若针之通结矣[18]。

解者，释也。解释结滞，徵事以对也[19]。

牒者，叶也。短简编牒，如叶在枝，温舒截蒲，即其事也。议政未定，故短牒咨谋。牒之尤密，谓之为签；签者，纤密者也[20]。

状者，貌也。体貌本原，取其事实，先贤表谥（shì），并有行状，状之大者也[21]。

列者，陈也。陈列事情，昭然可见也[22]。

辞者，舌端之文，通己于人。子产有辞，诸侯所赖，不可已也[23]。

谚者，直语也。丧言亦不及文，故吊亦称谚。廛（chán）路浅言，有实无华。邹穆公云“囊漏储中”，皆其类也。《太誓》曰：“古人有言，‘牝鸡无晨’。”《大雅》云：“人亦有言，惟忧用老。”并上古遗谚，《诗》《书》可引者也。至于陈琳谏辞，称“掩目捕雀”；潘岳哀辞，称“掌珠伉俪”：并引俗说而为文辞者也。夫文辞鄙俚，莫过于谚，而圣贤诗书，采以为谈，况逾于此，岂可忽哉[24]！

【注释】

① 谱：贯穿衔接，此指根据相关事物发展而系统编次的表文。

普：普遍，全面。注序：编排次第。世统：世代相承的统序。周普：周详全面。郑氏谱《诗》：指东汉的郑玄为《诗经》编著《诗谱》，或称《毛诗谱》。

② 籍：凭藉，此指名册薄书之类。借：借用。《礼记·王制》："古者，公田藉而不税"郑玄注："藉之言借也，借民力治公田。"籍与"藉"通。条：条列记录。版：书写的简板。司籍：掌管典籍的人。《左传》昭公十五年载，周景王对籍谈说："昔而高祖孙伯黡（yǎn），司晋之典籍，以为大政，故曰籍氏。"谓春秋时期即有专门掌管典籍的官员。

③ 簿：丛集事物，此指按类记事的册子。圃：园圃。文书类聚：指文书册子按类汇聚。张汤：西汉杜陵人，武帝时任廷尉。李广：陇西成纪人，西汉名将。为吏所簿：被官吏根据文簿审讯、责罪。张汤、李广"为吏所簿"，事见《史记·酷吏列传》、《李将军列传》。别：判别。情伪：事情的真伪。

④ 录：目录，名录。领：统领。《世本》：史书名，《汉书·艺文志·六艺略》著录《世本》十五篇，记载黄帝以来至春秋时期帝王、诸侯、卿大夫的氏姓、世系、居里等。名数：名号事数，此指帝王诸侯的户籍世系。

⑤ 方：药方，用药的方法。隅：角，部分。攻病：治病。各有所主：主要治理的病症。

⑥ 术：数学，规律。路：道路，指运算方法。算历：算学、历法。极数：最终的推算答数。明：明白。《九章》：即《九章算术》，汉代重要的数学著作，具体作者不可考，或云经历代学者增补修订而成。积微：最精微的运算方法。《淮南万毕》：指旧传西汉淮南王刘安所撰《万毕术》。《汉书·艺文志》不著录，《隋书·经籍志》"五行类"著录梁时有《淮南万毕经》、《淮南变化术》各一卷，或后世托名之作。已佚。

⑦ 占：观察徵兆，以卜吉凶。觇：探看，窥视。飞伏：星辰的运行与隐伏，盖指汉儒占卜吉凶徵兆的方法。伺候：候望，观察。登观：登上高台观察。书云：记录云气变化。据《左传》僖公五年载，"公既视

朔，遂登观台以望而书，礼也。凡分、至、启、闭，必书云物，为备故也。”

⑧ 式：栻（shì），古代占卜的器具，状若罗盘，后称星盘，此指占时卜日的记载。则：法式，规则。盈虚：变化。消息：消长。稽：稽查，查考。

⑨ 律：约束、规定，这里包括法律与乐律。中：中正。黄锺：古代乐律十二律中的第一律。《吕氏春秋·适音》：“黄锺之宫，音之本，清浊之衷也。”陈奇猷《校释》云：“黄锺即今所谓标准音，故是音之本。”“自黄锺始，愈上音愈高，愈下音愈低，故黄锺是清浊之衷。”五音以正：五音，宫、商、角、徵、羽。《孟子·离娄上》曰：“不以六律，不能正五音。”六律：十二律中的奇数六律，黄锺亦是奇数六律之首。两句意谓，第一律的黄锺起调准确，其后的五音才能处于恰当的位置。法律驭民：根据法律治理百姓。八刑：古代惩治八种罪人的刑罚。《周礼·地官·大司徒》曰：“以乡八刑纠万民：一曰不孝之刑，二曰不睦之刑，三曰不姻之刑，四曰不弟之刑，五曰不任之刑，六曰不恤之刑，七曰造言之刑，八曰乱民之刑。”克平：便能公平。

⑩ 令：发号施令，指朝廷政令。命：命令。出命申禁：发布命令，申明禁止。有若自天：有如来自上天的旨意。管仲：姬姓，管氏，名夷吾，字仲，春秋时齐国政治家。下令如流水：下达命令，仿佛流水般的顺畅。语出《管子·牧民·士经》：“下令于流水之原者，令顺民心也。”朝廷政令深得民心，令行禁止，仿佛流水般的顺畅。从：顺从。

⑪ 法：指军事兵法方面的著作。象：法式。兵谋：兵法谋略。无方：没有固定的方法。奇正：指兵法中的虚实战术。《孙子·势篇》：“战势不过奇正，奇正之变，不可胜穷也。”“三军之众，可使必受敌而无败者，奇正是也。”《孙子十家注》引曹操注：“先出合战为正，后出为奇。”有象：有一定的法式。

⑫ 制：指军事上的指令。黄侃《文心雕龙札记》曰：“《史记·封禅书》司马贞《索隐》引刘向《七录》云：文帝所造书有《木制》《兵制》《服制》篇。”此指“兵制”。《礼记·曲礼下》：“大夫死众，士死制。”孔颖达

《正义》云:“大夫死众者,大夫职主领众将军,若四郊多垒,则为已辱,故有寇难当保国,必率众御之,以死为度。士死制者,制谓君教命所使也,虽不得率师,若君命使之,则唯致死。”裁:裁制。上行于下:由上而下,贯彻执行。匠:工匠。制器:制作器具。

⑬　符:符信,指凭信物件。孚:信用。徵召:徵集招募。防伪:防止作伪。中孚:《易》卦名,《中孚》表示诚信。此指以符信作为防伪的凭信物件。三代:夏、商、周三个朝代。玉瑞:指用作信物的玉器。金竹:指汉代用作信物的铜虎和竹箭。末代:指魏晋以后的时期。从省:从简。易:改作。书翰:书信,文书。

⑭　契:刻记的符号。结:结约。纯质:纯厚质朴。结绳执契:以结绳作为契约。羌胡:羌人、胡人,通指边境的少数民族。徵数:验证数目。负贩:背负物品的商贩。缗:用作串钱记数的绳子,一千为一缗。

⑮　券:契约,契券,字据。以备情伪:防止作假。字形半分:契券分割为两半,各执一半为凭据。判书:周代的判书。《周礼·秋官·朝士》:“凡有责者,有判书以治则听。”郑玄注:“判,半分而合者,故书判为辨。”铁券:即丹书铁券,或称丹书铁契。《汉书·高帝纪下》:“又与功臣剖符作誓,丹书铁契,金匮石室,藏之宗庙。”帝王用以赐给有特殊功勋者,为世袭之政治特权。以坚信誓:用以坚定誓约。王褒:字子渊,生卒年不详,西汉辞赋家。《髯奴》:即《僮约》,见严可均《全汉文》卷四十二。髯:两颊上的须发。谐:诙谐。黄侃《文心雕龙札记》云:“文为俳谐之作,非当时果有此约契也。”

⑯　疏:分条陈述,此指市集买卖中简短的券约字据。布:分布。物类:事物的类别。撮题:摘取要点。近意:内容大意。

⑰　关:指官府部门相互质询的公文。《新唐书·百官志一》:“诸司相质,其制有三:一曰关,二曰刺,三曰移。”其意与此相近。审:慎重审查。庶务在政:各种政事。通塞:通行或禁阻。详:清楚周详。《韩非》:指《韩非子》,战国后期韩国思想家韩非所撰的法家著作。孙亶回,圣相也,而关于州部:孙亶回事迹未详。语出《韩非子·问田》,田

鸠答曰："此无他故异物，主有度，上有术之故也。"

⑱ 刺：刺探，探询。达：通达。诗人讽刺：《诗经》作者的讽刺，指传统的诗学理论。《诗大序》曰："上以风化下，下以风刺上。"风同"讽"。《周礼》三刺：《周礼》中记载的三种探询层面。《周礼·秋官·小司寇》："以三刺断庶民狱讼之中：一曰讯群臣，二曰讯群吏，三曰讯万民。"叙：次第，依照次序。针：针灸。通结：仿佛以针灸之法刺通郁结阻塞之处。

⑲ 解：解除，调解。释：放开。结滞：郁结阻滞。徵事：验证事实。对：核对。

⑳ 牒：短小的片子编成的册页。叶：树叶。温舒：路温舒，字长君，生卒年不详，汉宣帝时大臣，官至临淮太守。截蒲：截断蒲条。《汉书·路温舒传》："温舒取泽中蒲，截以为牒，编用写书。"颜师古注："小简曰牒，编联次之。"议政：议论政事。未定：未能作出决定。短牒咨谋：以简短的牒文商议。牒之尤密：牒文中记事更为细密的文体。签：签注处理意见，验证细节。纤密：纤细、细密。签通"纤"。

㉑ 状：状貌，指描摹追述贤者事迹的官文。貌：相貌。体貌本原：描摹事物的本来面貌。谥：古代帝王、宗室、大臣死后，朝廷根据其生平事迹追赠的称号。行状：用于向朝廷请谥或向师友请铭志的状文。吴讷《文章辨体序说·行状》曰："按行状者，门生故旧状死者行业上于史官，或求铭志于作者之辞也。"徐师曾《文体明辨序说·行状》曰："汉丞相仓曹傅胡幹始作《杨元伯行状》，后世因之。盖具死者世系、名字、爵里、行治、寿年之详，或牒考功太常使议谥，或牒史馆请编录，或上作者乞墓志碑表之类皆用之。而其文多出于门生故吏亲旧之手，以谓非此辈不能知也。"大者：最重要的。

㉒ 列：列举。王符《潜夫论》中有《卜列》、《巫列》、《相列》、《梦列》四篇。陈：陈列。

㉓ 辞：言辞。舌端之文：口头辩辞。舌端：《韩诗外传》卷七有云："是以君子避三端：避文士之笔端，避武士之锋端，避辩士之舌端。"通己于人：将己意直接传达与他人。子产：公孙侨，字子产，春秋郑国

大夫。有辞：善于言辞。语出《左传》襄公三十一年，叔向曰："辞之不可以已也如是夫！子产有辞，诸侯赖之，若之何其释辞也！"

㉔ 谚：民间谚语。直语：质直的言语。丧言不及文：丧亲者的言辞，不应该文饰。语出《孝经·丧亲》："孝子之丧亲也，哭不偯，礼无容，言不文。"邢昺疏："不为文饰。"吊：吊慰丧家的言辞。廛路：市井街头巷尾，指古代城市平民住的地方。浅言：言辞浅近。有实无华：朴实而不讲究文采。邹穆公：曹姓，春秋时邹国国君，为鲁附庸，后为楚国所灭。囊漏储中：粮袋漏了，米粮仍在仓中积储。贾谊《新书·春秋》载邹穆公语："汝知小计而不知大会。周谚曰：'囊漏储中。'而独弗闻与？"《太誓》：《尚书》篇名。现存《太誓》中无"牝鸡无晨"语，应为《牧誓》中的字句。牝鸡：母鸡。无晨：不会晨啼报晓。《大雅》：《诗经》篇名。《大雅》中《荡》、《抑》、《桑柔》、《烝民》等篇有"人亦有言"句，而无"惟忧用老"句；"惟忧用老"句见《小雅·小弁》，而无"人亦有言"句。惟忧用老：意谓忧思使人衰老。遗谚：遗留下的谚语。意谓谚语虽然质直无华，但曾为《诗经》《尚书》所引用，故仍具有一定的文体价值。此与后文"圣贤诗书，采以为谈"句义同。陈琳：字孔璋，建安七子之一。谏辞：劝谏的言辞。此指陈琳《谏何进召外兵》。掩目捕雀：遮住眼睛去捕捉雀鸟。据《三国志·魏书·王粲传》载，陈琳曾劝止袁绍等招"四方猛将及诸豪杰"引兵入京，谏曰："《易》称'即鹿无虞'，谚有'掩目捕雀'。夫微物尚不可欺以得志，况国之大事，其可以诈立乎！"潘岳：字安仁，西晋著名文学家。哀辞：哀吊之辞。掌珠：掌上明珠，喻极其珍爱。黄侃《文心雕龙札记》云："'掌珠'不见潘文。"伉俪：夫妻。潘岳《悼亡赋》云："且伉俪之片合，垂明哲乎嘉礼。"引俗说而为文辞者：引用民间谚语，写成文章。鄙俚：鄙直俚俗。莫过于谚：意谓谚语乃言辞最为鄙俚的文体。逾：超过，胜过。忽：忽略，忽视。此处意谓：谚语鄙俚仍为圣贤之书所引用，而上述诸种书记文体的言辞远远胜过谚语，怎么可以忽视它们呢？

【分析】这一段分别简介二十四种书记类别的文体定义、性质与体用之道，或举一二例子补充说明，并强调古代的圣贤之书都曾引用民间谚语，所以我们仍不可忽视书记文体的重要价值。

5. 观此众条，并书记所总：① 或事本相通，而文意各异，或全任质素，或杂用文绮，随事立体，贵乎精要，意少一字则义阙，句长一言则辞妨，并有司之实务，而浮藻之所忽也。② 然才冠鸿笔，多疏尺牍，譬九方堙(yīn)之识骏足，而不知毛色牝牡也。③ 言既身文，信亦邦瑞，翰林之士，思理实焉。④

【注释】

① 总：总括，统属。指上述评介的诸种文体，都可以为“书记”的统属范畴。

② 全任：完全凭任。质素：质直朴素。杂用：参杂兼用。文绮：文采绮丽。随事：根据事物的情况。立体：确立体制特徵。精要：精确简要。义阙：文义缺漏。辞妨：妨碍文辞。有司：职有专司，指掌管各种书记文体的官吏。实务：实际事务。浮藻：浮华的辞藻。指过于追求文采的文士，会忽略书记文体的实际事务。

③ 才冠：才华特出，居于首位。鸿笔：大手笔。疏：疏忽。尺牍：书信短札。九方堙：即九方皋，春秋时善于相马的人。骏足：骏马。不知：没有辨明。牝牡：雌雄。《淮南子·道应》中记载，秦穆公派九方堙求马，三个月后求得骏马，说是“牡而黄”，穆公派人察看却是“牝而骊”，穆公不悦，对伯乐说：“败矣。子之所使求者。毛物、牝牡弗能知，又何马之能知?”伯乐叹息说：“一至此乎！是乃其所以千万臣而无数者也。若堙之所观者，天机也。得其精而忘其粗，在内而忘其外，见其所见而不见其所不见，视其所视而遗其所不视。若彼之所相者，乃有贵乎马者！”马至，果然是一匹千里马。这一典故在于强调“得其精”、“贵其内”，所以伯乐盛赞九方堙识马，刘勰却批评九方堙“不知毛色牝

牡”，乃反用其意。实则刘勰“随事立体，贵乎精要”之旨，亦与伯乐“得其精而忘其粗”之意相近。

④ 身文：自身的文采、文化修养。邦瑞：邦国的祥瑞。思：思考，考虑。理实：从事实务。

【分析】这一段指明写作书记必须“贵乎精要”，“义阙”“辞妨”都是作者常犯的毛病，尤其那些大手笔往往更会忽略这些书记公文的写作要领。

6. 赞曰：文藻条流，托在笔札。既驰金相，亦运木讷①。万古声荐，千里应拔。庶务纷纶，因书乃察②。

【注释】

① 条流：枝条和支流。托：寄托，归纳。驰：驰骋，指积极发挥。金相：金子的质地，指文采精美。王逸《楚辞章句序》：“所谓金相玉质，百世无匹，名垂罔极，永不刊灭者矣。”运：运用。木讷：质朴，不善辞令。《论语·子路》：“刚毅木讷，近仁。”

② 万古声荐：声名传播万古。千里应拔：千里之外迅速响应。庶务：各种繁琐的政事。纷纶：纷纭繁杂。因书乃察：依靠书记专司，得以清楚明察。

【分析】赞辞总结了书记的文体特点与应用功能。如果作者能够掌握要领、书写得当，他们的作品与声名都将永世流传，历朝历代的书记官文正是清清楚楚记录了这些看似繁琐实则作用远大的政务事迹。